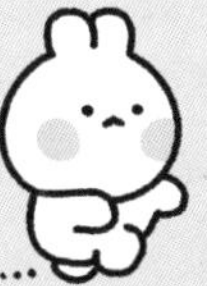

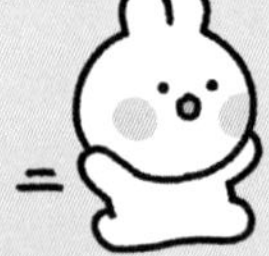

말랑말랑,
뱃살도 귀여워

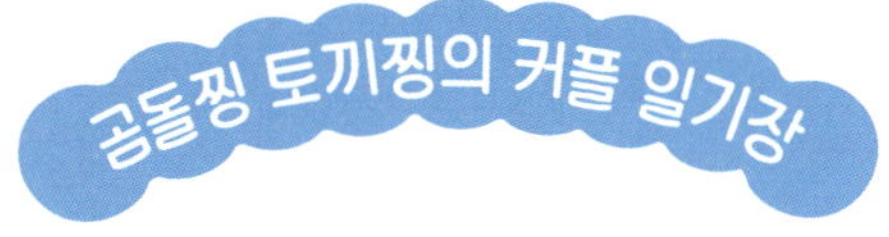

곰돌찡 토끼찡의 커플 일기장

말랑말랑,
뱃살도 귀여워

유미어스 지음

니들북

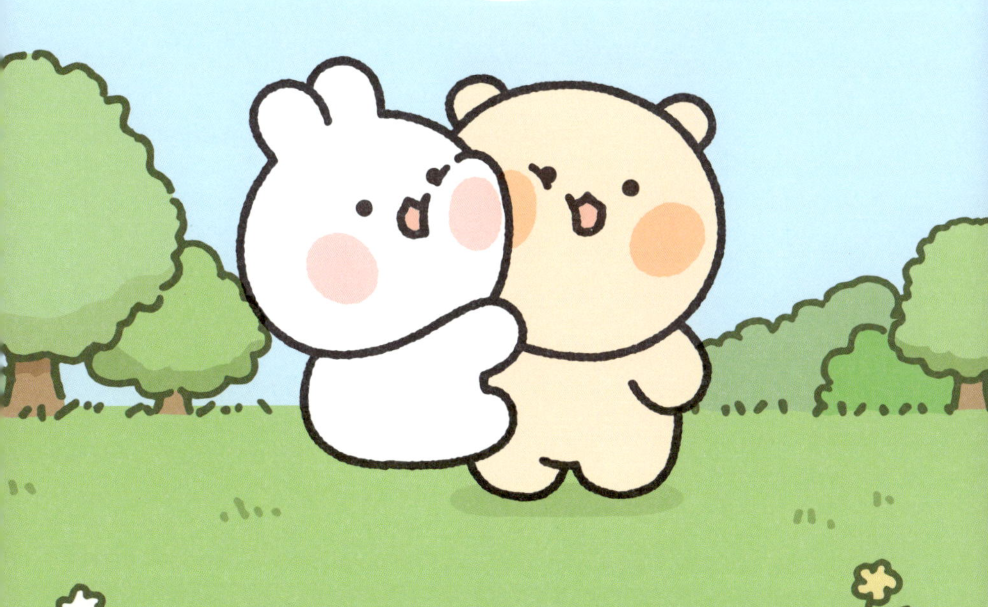
항상 고마운
﹏﹏﹏ 찡에게 ♥

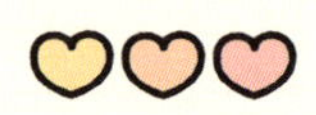

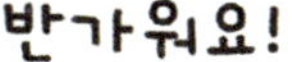
반가워요!

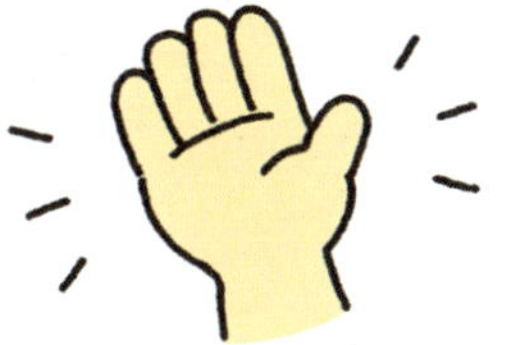
찡찡이들을 그리고 있는

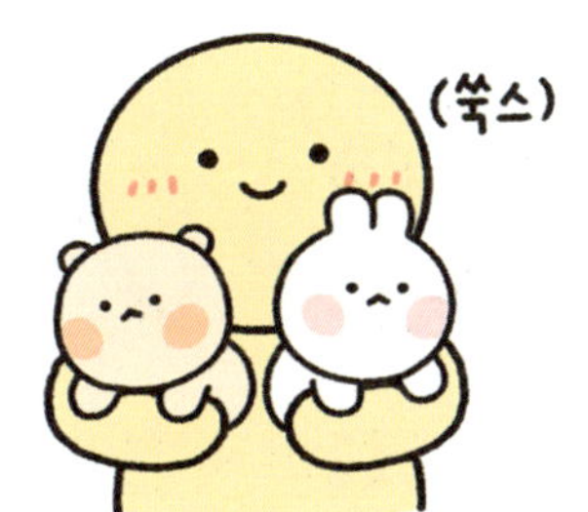
유미어스 작가입니다
(쑥스)

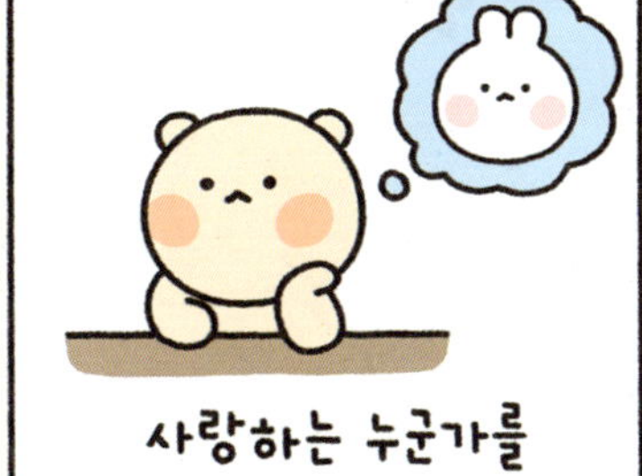
사랑하는 누군가를
떠올릴 때

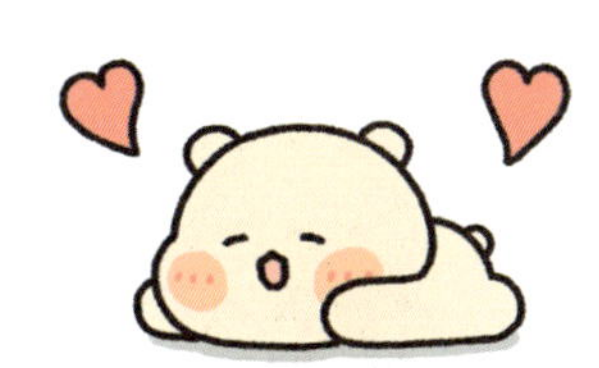
저절로 웃음이
지어진 적 있으신가요?

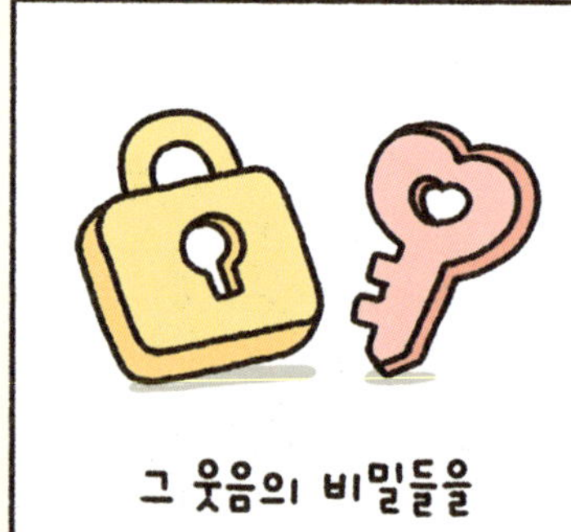

그 웃음의 비밀들을

이 책에 꾹꾹 눌러
담았어요

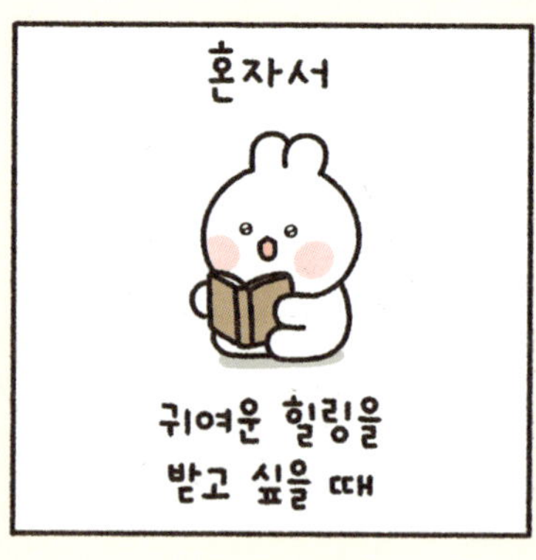

혼자서
귀여운 힐링을
받고 싶을 때

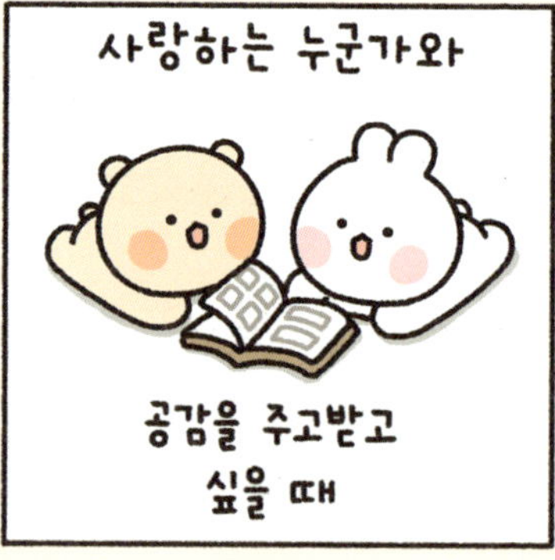

사랑하는 누군가와
공감을 주고받고
싶을 때

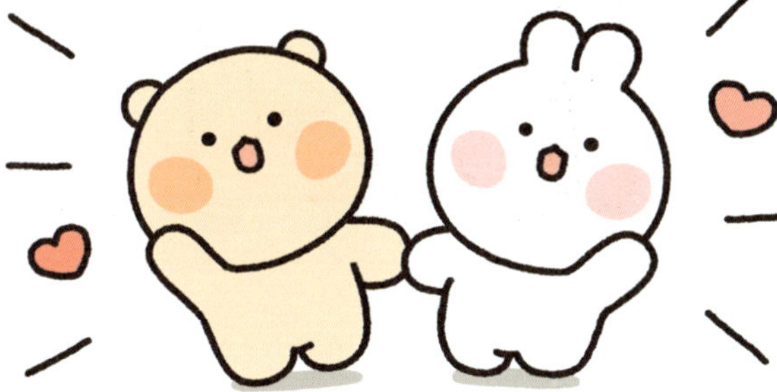
이 책을 찾아주세요!
언제든 기다리고 있을게요

곰돌찡이랑 토끼찡을
소개합니다

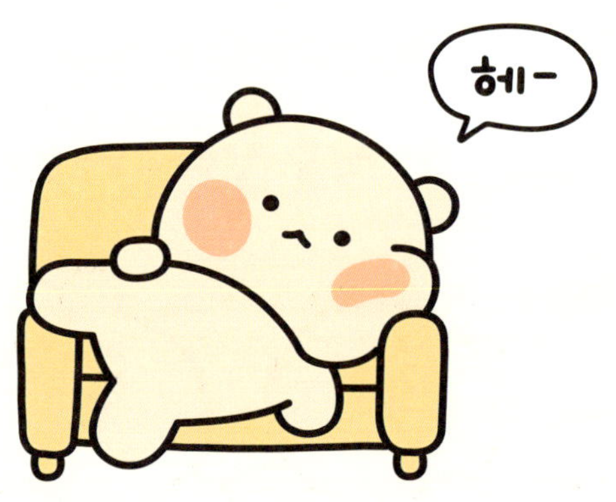

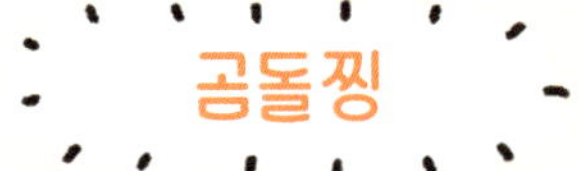

순하고 온화한 성격의 곰돌찡은
틈만 나면 눕는 걸 좋아하는 귀여운 뱃살의 소유자입니다.
토끼찡만 바라보면 눈에서 꿀이 떨어지는
사랑꾼이기도 하지요.

#순둥순둥 #부드러움 #사랑둥이

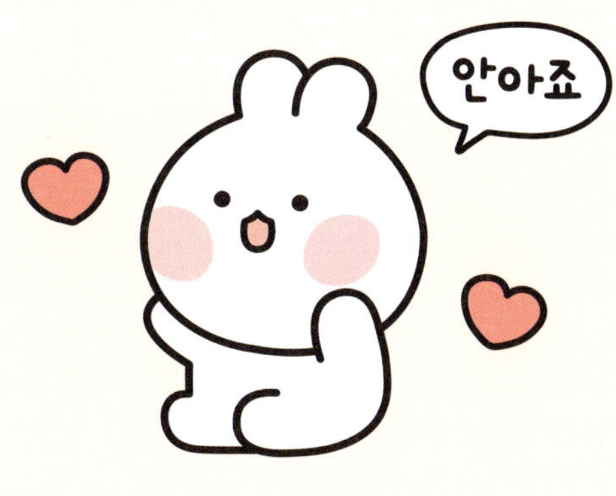
안아죠

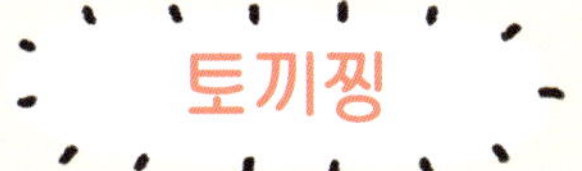
토끼찡

통통 튀는 매력을 가진 토끼찡은
못 말리는 장난꾸러기입니다.
곰돌찡에게 시도 때도 없이 장난치는 취미를 가지고 있어요.
그렇지만 하나도 밉지 않은 사랑스러운 토끼랍니다.

#말괄량이 #똥꼬발랄 #애교쟁이

목차

프롤로그 ♡007

곰돌찡이랑 토끼찡을 소개합니다 ♡010

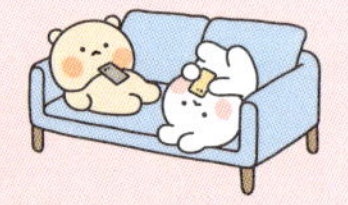

> CHAPTER 1

우리 집에 cctv 다셨나요?

직장인 곰돌찡의 피로 푸는 법 ♡020

뒹굴뒹굴 집데이트 ♡022

곰돌찡의 꾸깃대는 일상 1 ♡023

곰돌찡의 꾸깃대는 일상 2 ♡024

곰돌찡의 꾸깃대는 일상 3 ♡025

토끼찡 봉인하기 ♡026

바보무새 곰돌찡 응징법 ♡028

화장실도 가지 마 ♡030

이번만 봐준다 ♡031

토끼찡 전용 ASMR ♡033

나라가 허락한 보약 ♡034

곰돌찡의 소확행 1 ♡036

내가 이겼다 ♡037

꿈에서 놀아야겠다 ♡039

곰돌찡의 소확행 2 ♡041

모르는 척하라고 ♡043

호기심 대마왕 1 ♡044

호기심 대마왕 2 ♡045

들어올 땐 맘대로지만 나갈 땐 아니란다 ♡046

곰돌찡의 소확행 3 ♡047

웃었다고 풀린 거 아니거든 ♡048

순식간에 화 풀어주기 ♡049

참을 수 없는 토끼찡 볼때기 ♡051

침대빌런 ♡053

자는 척하는 이유 ♡054

중독돼버렸어 ♡056

곰돌찡 소확행 4 ♡058

같이 덮자 ♡059

밖에선 카리스마 뿜뿜 곰돌찡 ♡061

곰돌찡은 향기를 남기고 ♡062

세상에서 제일 편한 베개 ♡063

0.1초 만에 화해하기 ♡ 064
곰리둥절 1 _ 토끼찡이 화난 이유 ♡ 066
화생방 체험 ♡ 067
자연스럽게 편한 자세로 1 ♡ 069
자연스럽게 편한 자세로 2 ♡ 070
빠릿빠릿 움직이도록 ♡ 071
귀여우면 그럴 수 있지 ♡ 072
나보다 재밌어? ♡ 073

전용베개 ♡ 074
5분만 ♡ 075
배불러 ♡ 076
통화한 지 10분 후 ♡ 077
사실 배고팠던 것 ♡ 078
엘리베이터 안에서 ♡ 080
커플 수면자세 심리테스트 ♡ 082

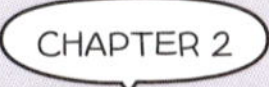
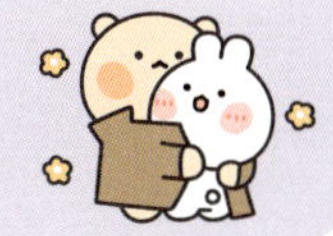

CHAPTER 2
곰돌찡 심쿵 모멘트

헤어지기 싫을 때 보쌈각 ♡ 090
맨날 귀여워 ♡ 091
바로 너! ♡ 092
너만 보인단 말이야 ♡ 093
곰돌찡 콩깍지 1 ♡ 094
경고했다, 작작 귀여워라 ♡ 095
나만 괴롭힐 거야 ♡ 096
곰돌찡의 모닝루틴 ♡ 097
뿌듯해 ♡ 098
토끼찡 심쿵시키는 법 ♡ 099

전신 뽀뽀테라피 ♡ 100
같이 입으면 따뜻해 ♡ 102
맛있게 혼내주기 ♡ 104
하트부자 ♡ 105
곰돌찡 이불이 딱이야 ♡ 106
전지적 곰돌찡 시점 ♡ 108
큰일났다 ♡ 109
뭘 해도 사랑스러워 ♡ 110
언제나 손잡기 1 ♡ 111
언제나 손잡기 2 ♡ 112

언제나 손잡기 3 ♡ 113
곰돌찡의 보물1호 ♡ 114
네 앞에선 안 무서운 척 ♡ 115
으라차차 ♡ 117
같이 있어야 완성인 것 ♡ 118
어부바 ♡ 120
시원한 여름 낮잠 ♡ 122
사실은 힘을 숨긴 거야 ♡ 123
무한반복 ♡ 125
드라이브 가는 날 ♡ 127

사소한데 심쿵하는 1 ♡ 128
사소한데 심쿵하는 2 ♡ 129
사소한데 심쿵하는 3 ♡ 130
너에게 가는 길 ♡ 131
곰돌찡 콩깍지 2 ♡ 132
곰돌찡 콩깍지 3 ♡ 133
내 거 줄게 ♡ 135
너만 지킬 수 있다면 ♡ 136
순식간에 달려갈게 ♡ 137
커플쿠폰 모음ZIP ♡ 138

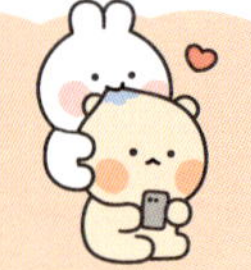

CHAPTER 3

토끼찡은 잔망꾸러기

오다 주웠다 ♡ 142
맛있는 곰돌찡 ♡ 144
이리 와봐 ♡ 145
곰리둥절 2 _ 곰돌찡 죽부인 ♡ 147
거부할 수 없는 궁디 ♡ 149
어허! 가만있어 ♡ 151
항상 붙어 있고 싶은걸 ♡ 152
내놔 ♡ 154
깜짝 놀라게 해야지 ♡ 155
가만두기 싫어 ♡ 156
기습 사랑공격 ♡ 157

백설공주 ♡ 159
오늘의 처방전 ♡ 160
뽀뽀귀신 ♡ 162
튀어 ♡ 164
그냥 다 가져 ♡ 166
댕댕둥절 ♡ 167
곰돌찡 얼굴에 낙서하기 ♡ 168
뒤를 조심하세요 1 ♡ 169
뒤를 조심하세요 2 ♡ 170
뒤를 조심하세요 3 ♡ 171
곰돌찡이나 안아야지 ♡ 172

CHAPTER 4

우리는 모두 뱃살이 있다

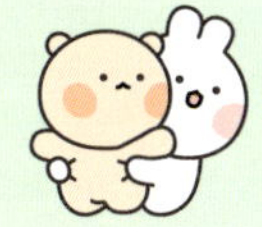

우리 집에
CCTV 다셨나요?

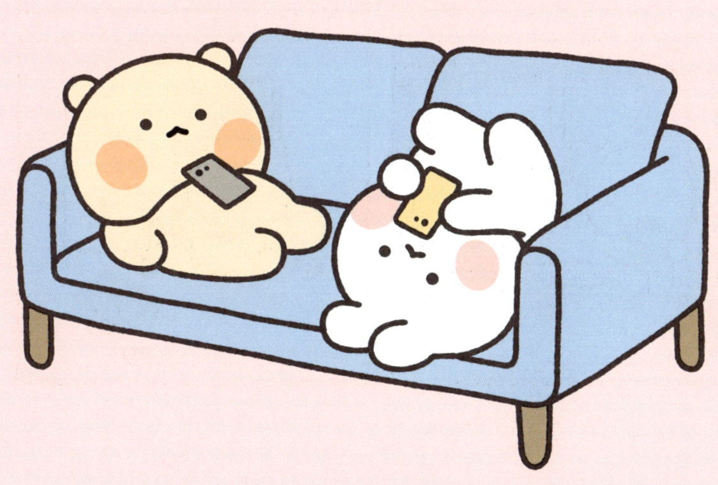

직장인 곰돌찡의
피로 푸는 법

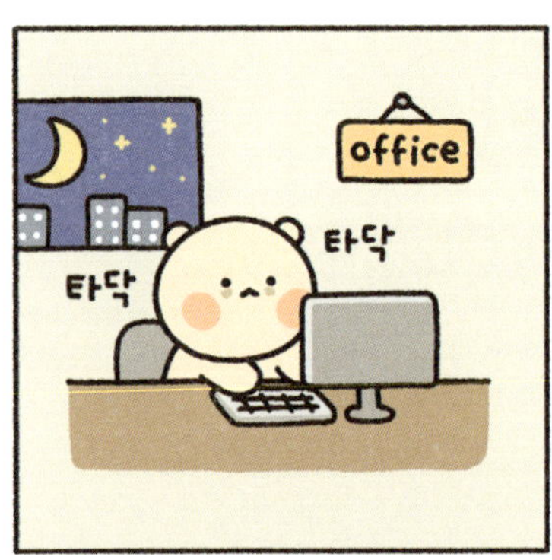
office
타닥
타닥

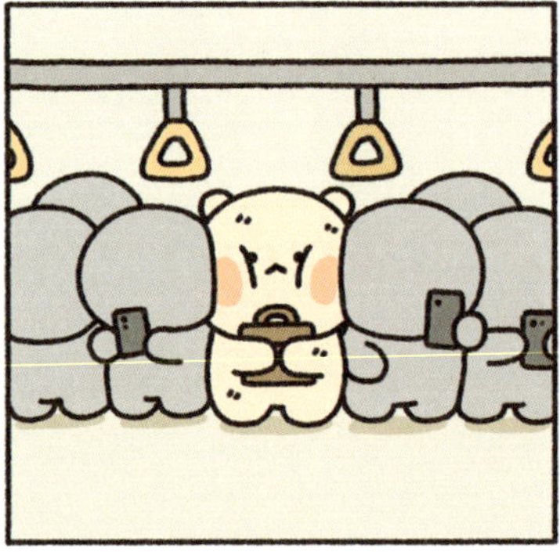

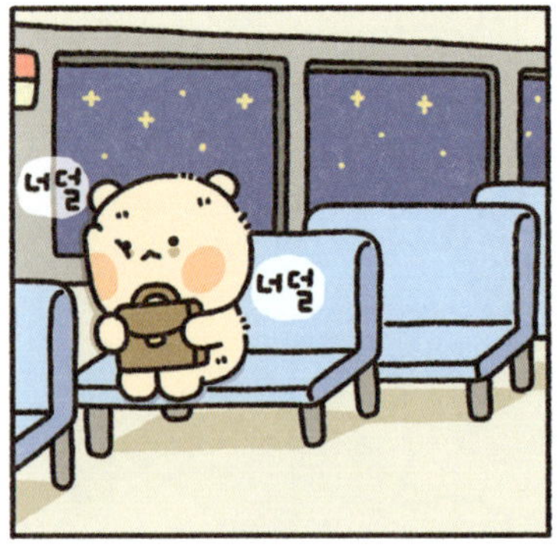
너덜
너덜

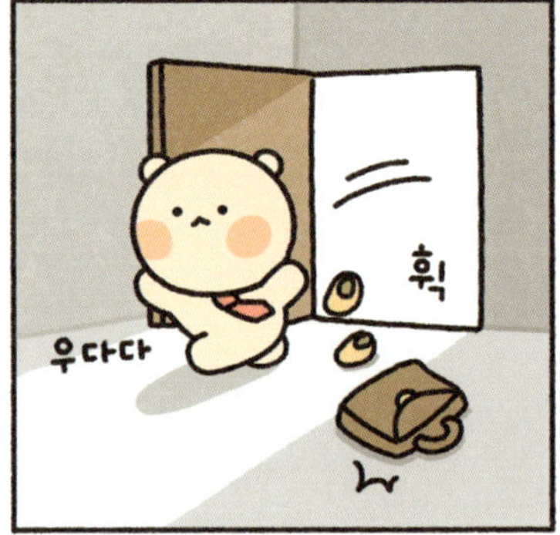
휙
우다다

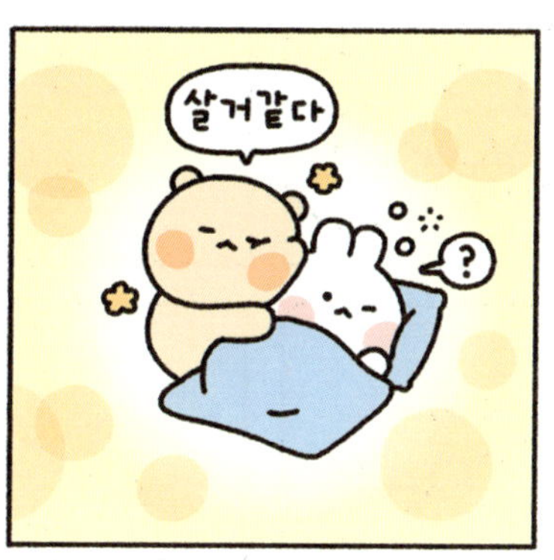

살거같다
?

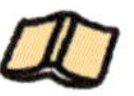

뒹굴뒹굴
집데이트

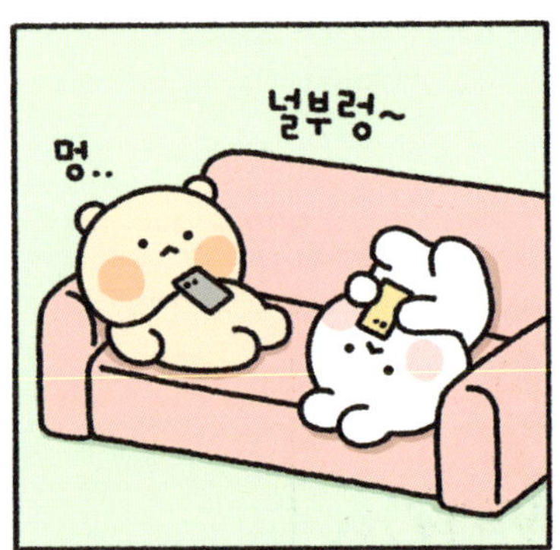

멍..
널부렁~

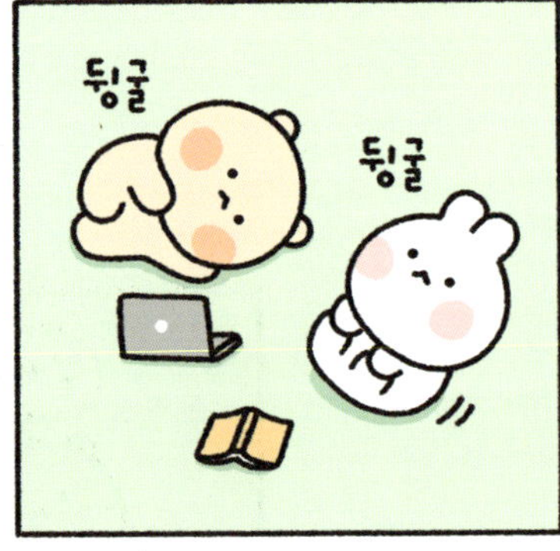

뒹굴
뒹굴

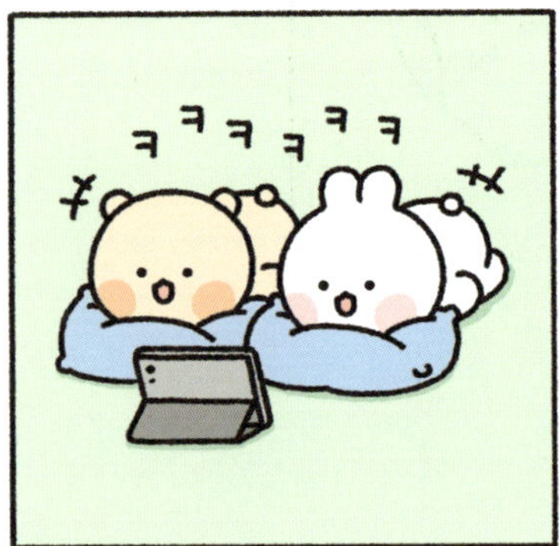

ㅋㅋㅋㅋㅋㅋ

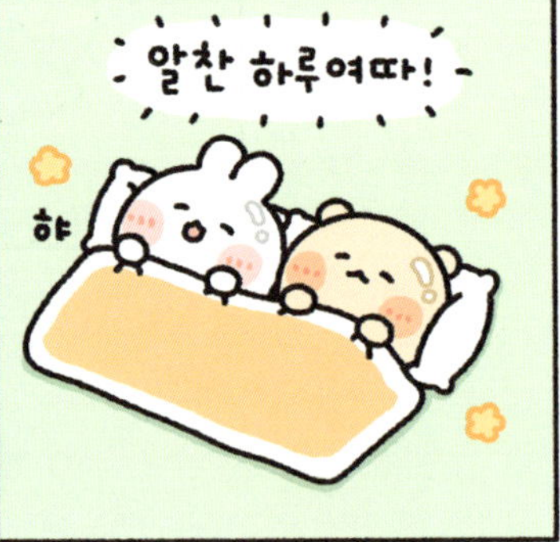

알찬 하루여따! ~
햐

곰돌찡의
꾸깃대는 일상 Ⅰ

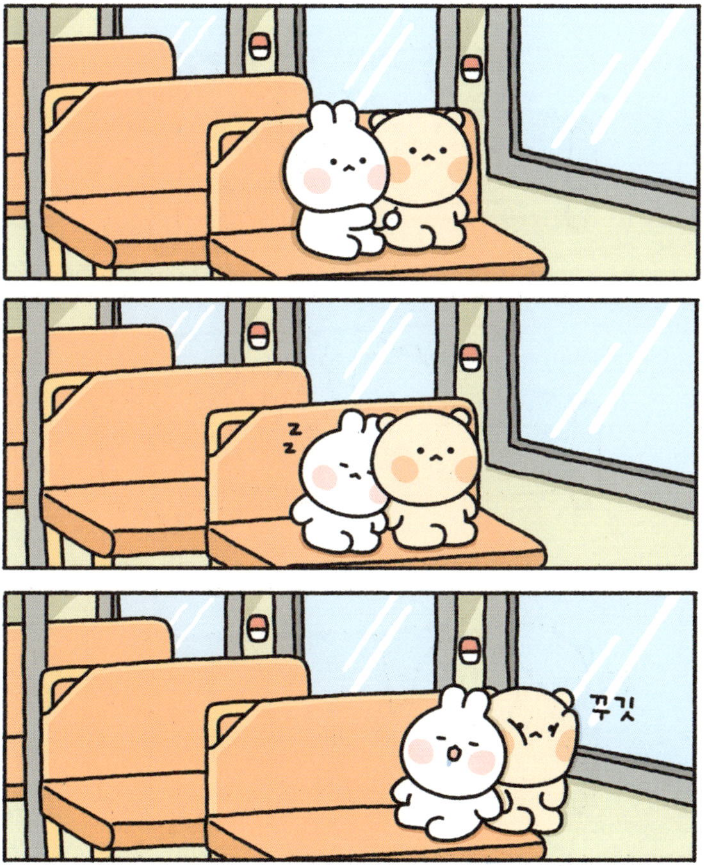

곰돌찡의
꾸깃대는 일상 2

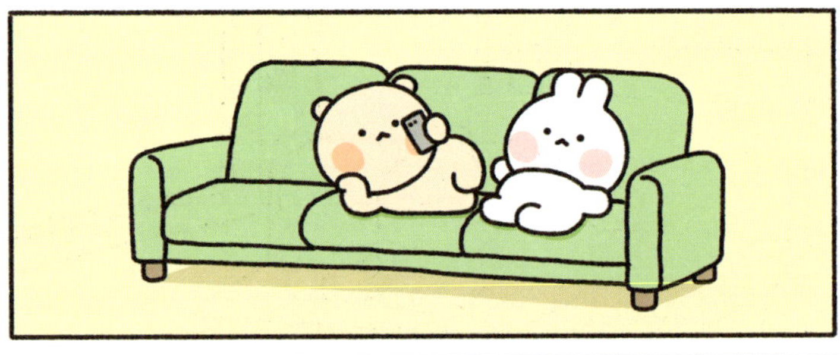

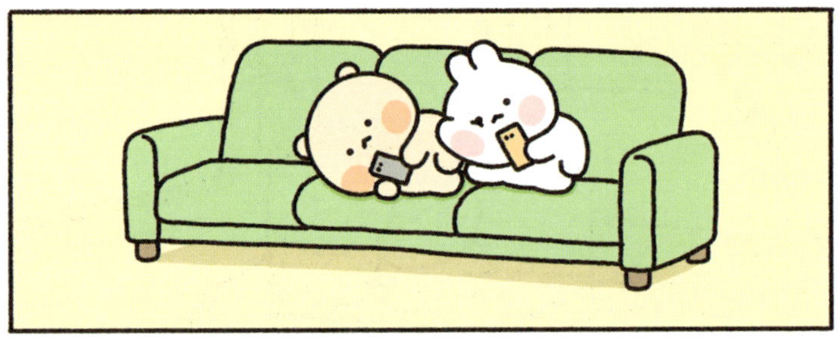

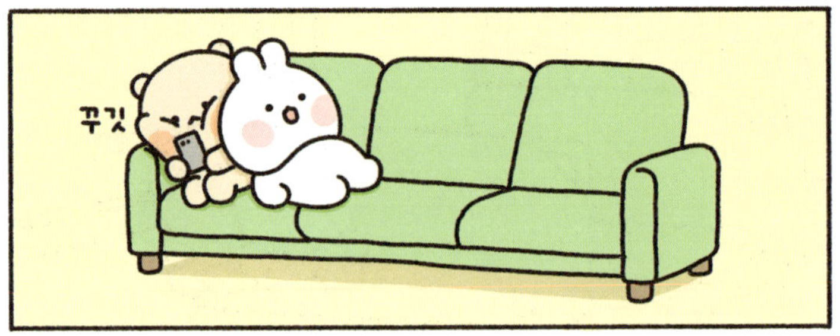

곰돌찡의
꾸깃대는 일상 3

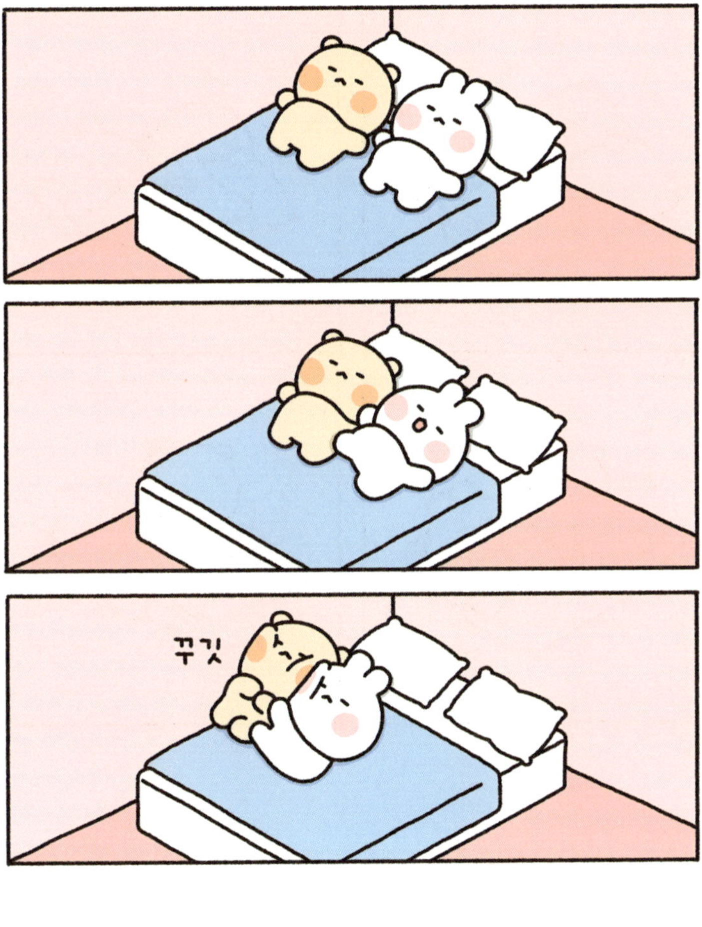

토끼찡
봉인하기

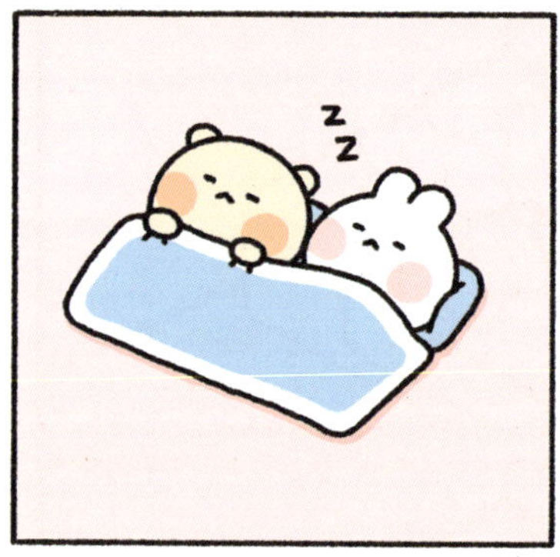
ZZ

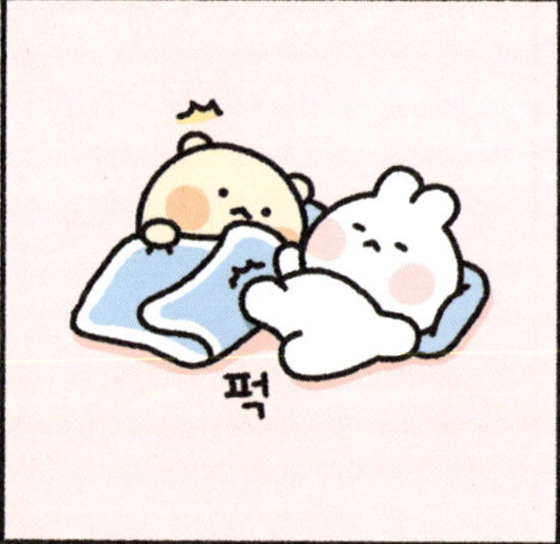
퍽

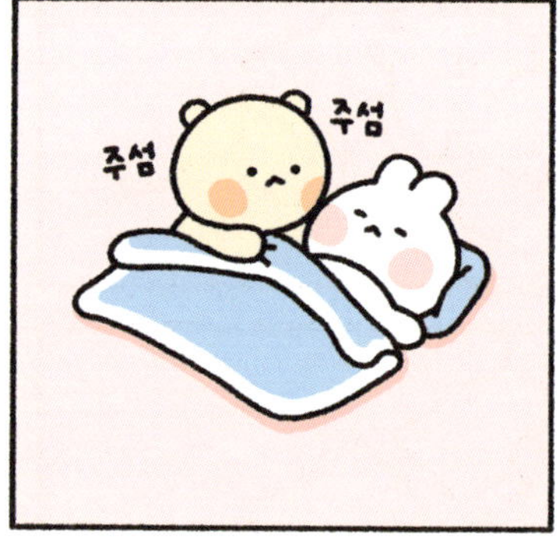
주섬
주섬

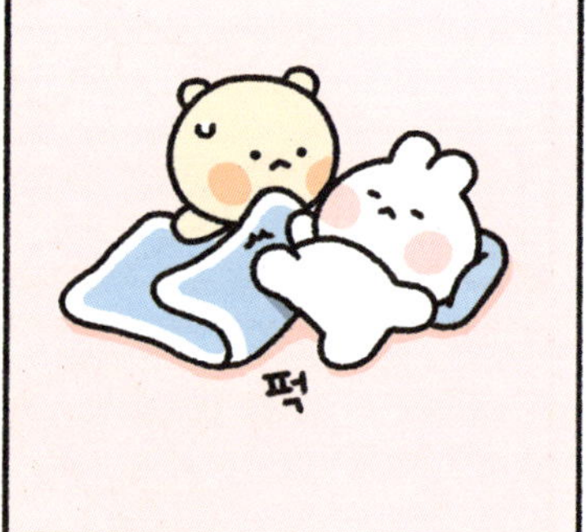
퍽

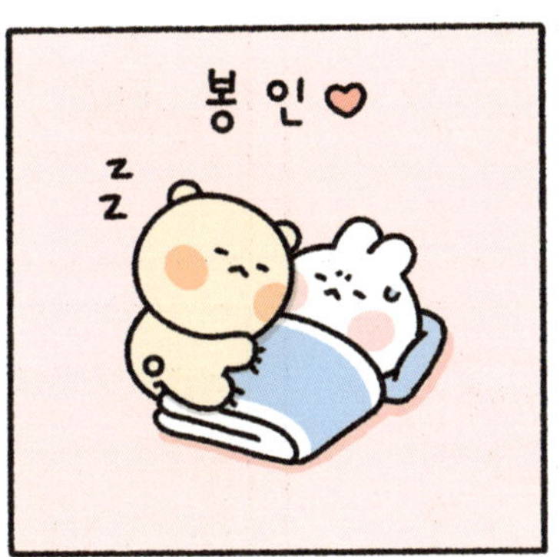

봉인 ♡
Z
z

바보무새 곰돌찡
응징법

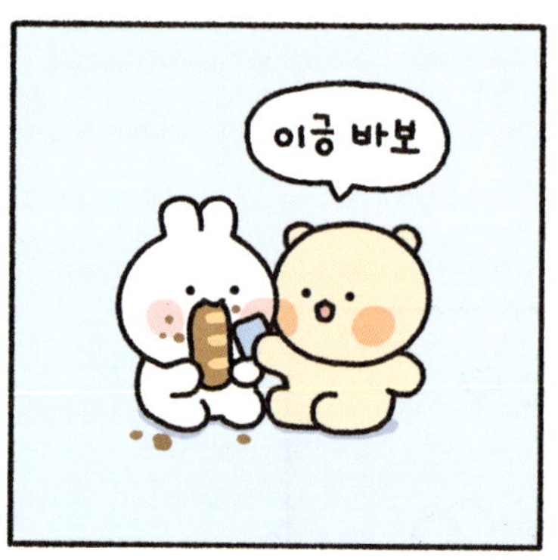
이궁 바보

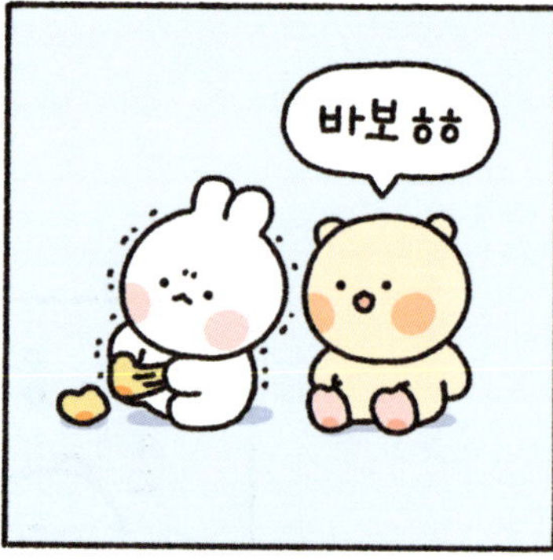
바보 ㅎㅎ

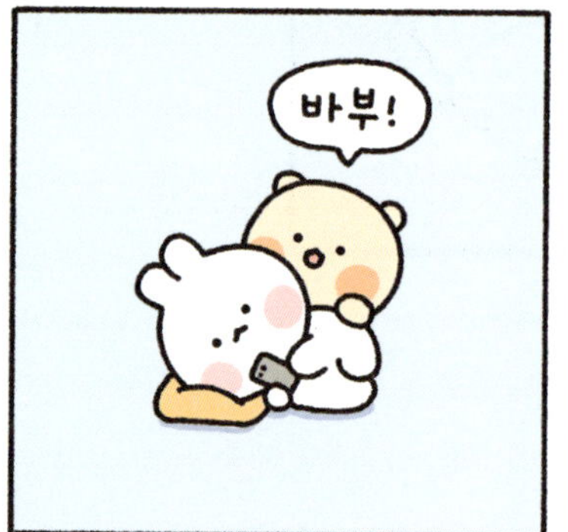
바부!

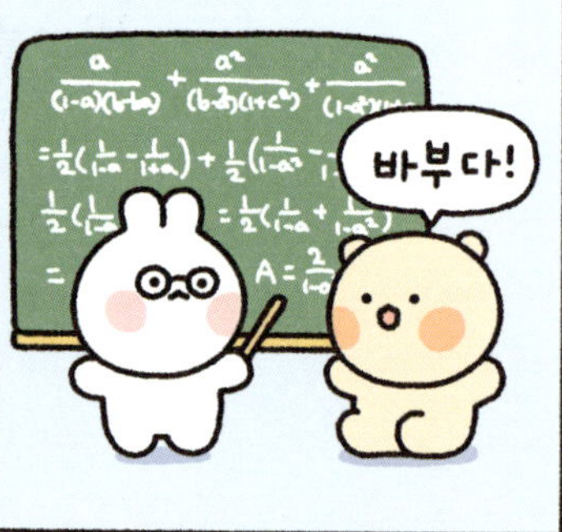
바부다!

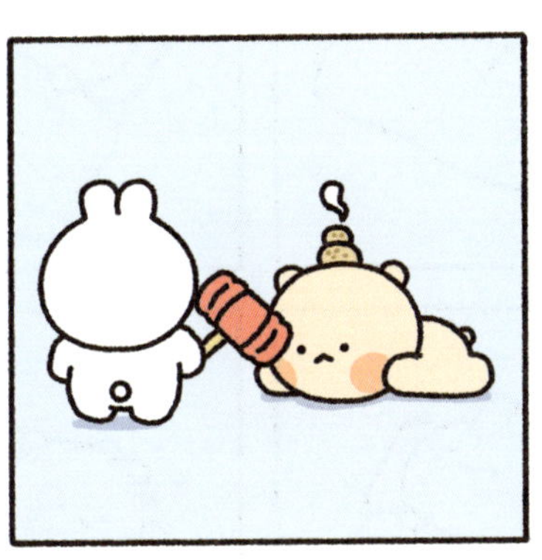

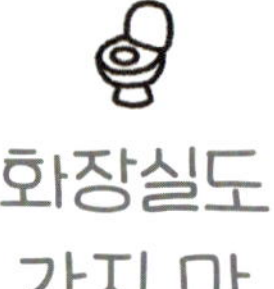

화장실도
가지 마

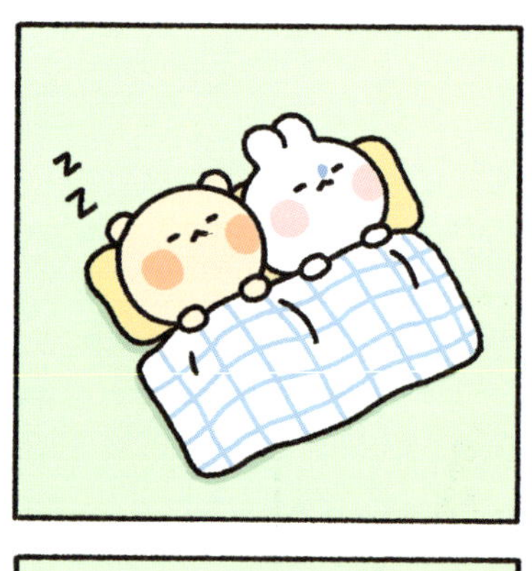

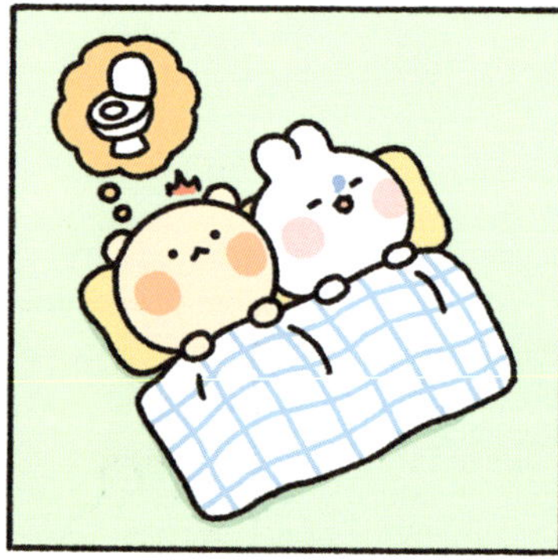

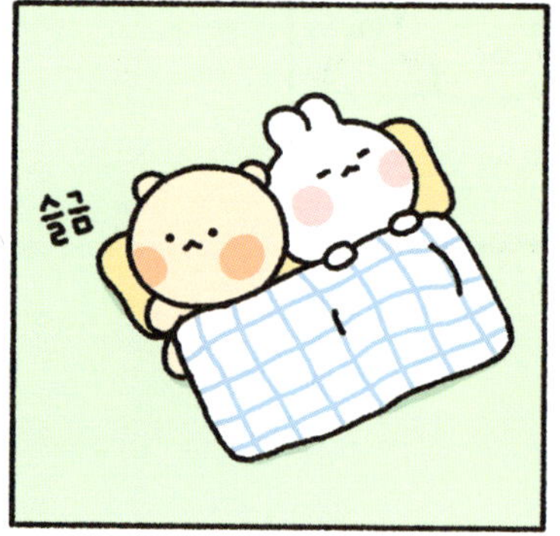

슬금

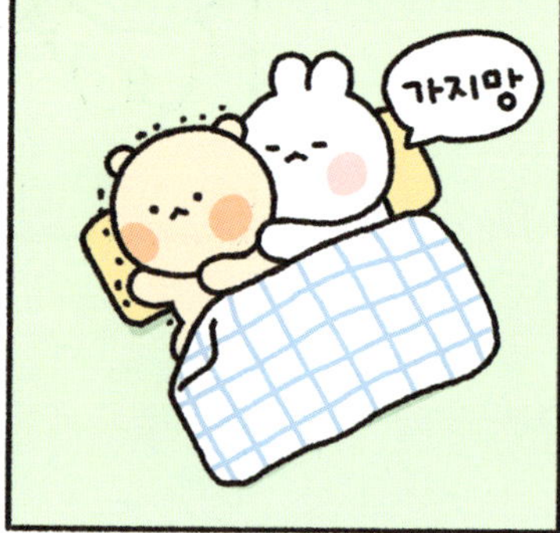

가지망

이번만
봐준다

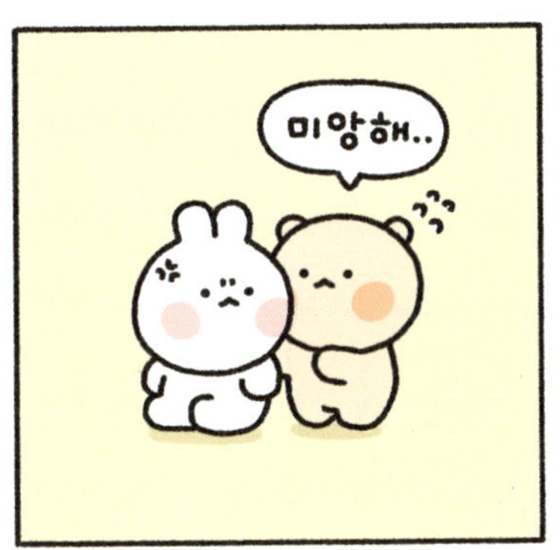

미앙해..

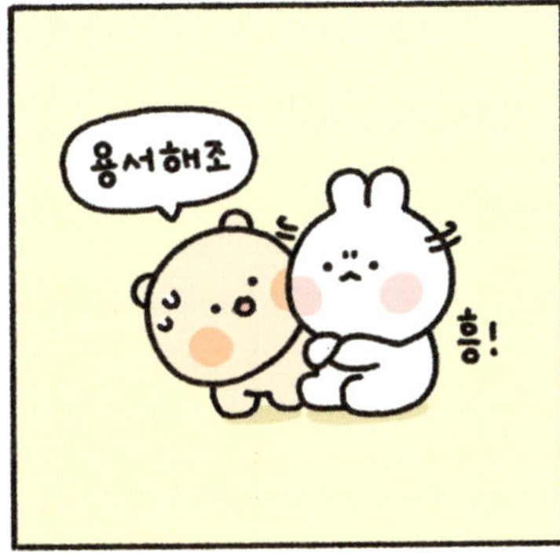

용서해조
흥!

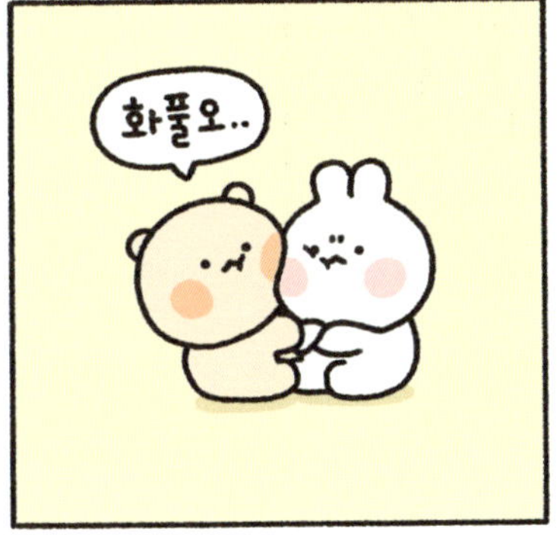

화풀오..

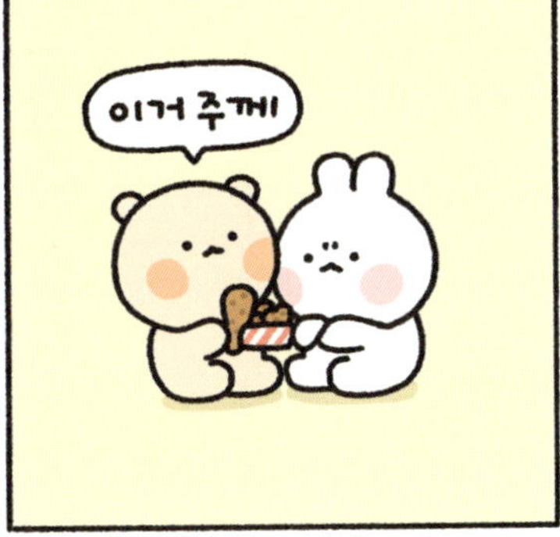

이거 주께

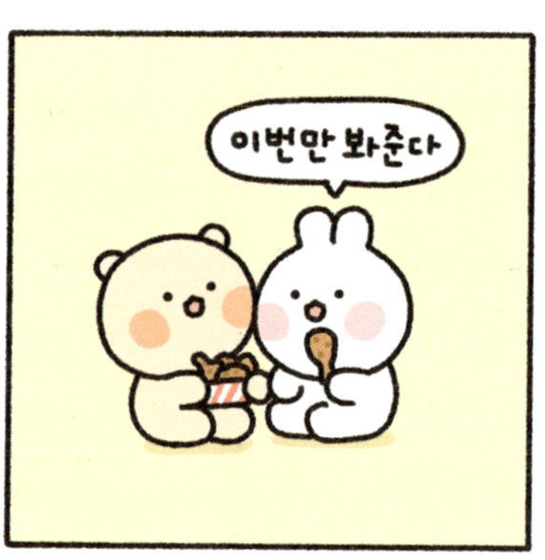

이번만 봐준다

토끼찡 전용
ASMR

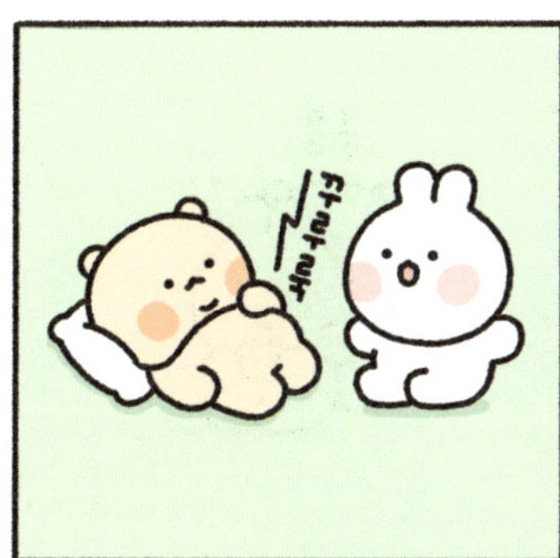

두구두두두

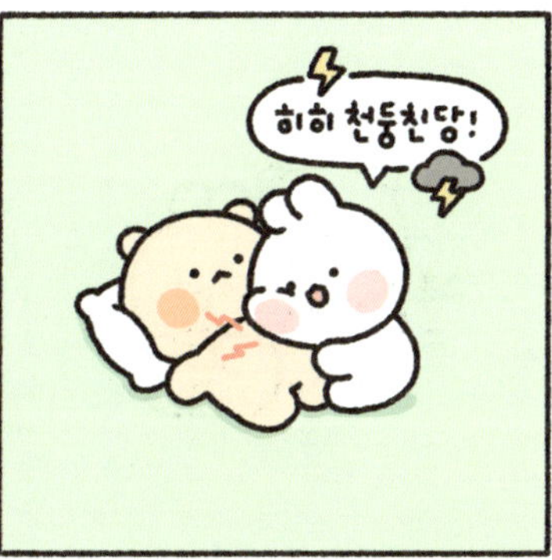

히히 천둥천둥!

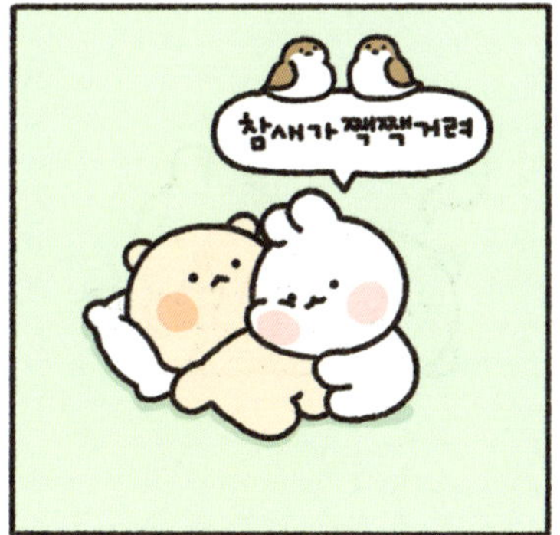

참새가 짹짹거려

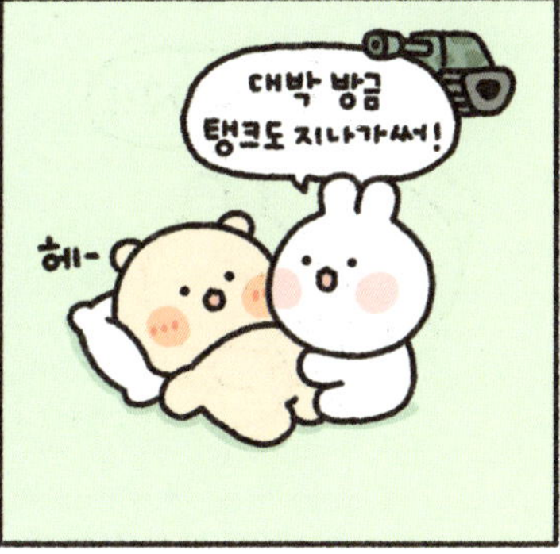

대박 방금 탱크도 지나가써!
헤-

나라가 허락한
보약

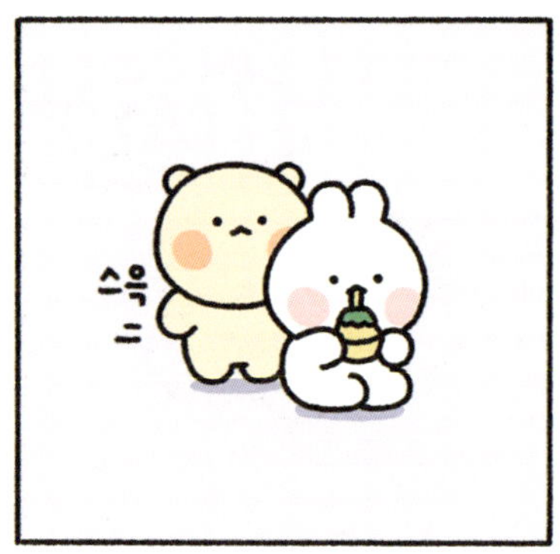

스윽

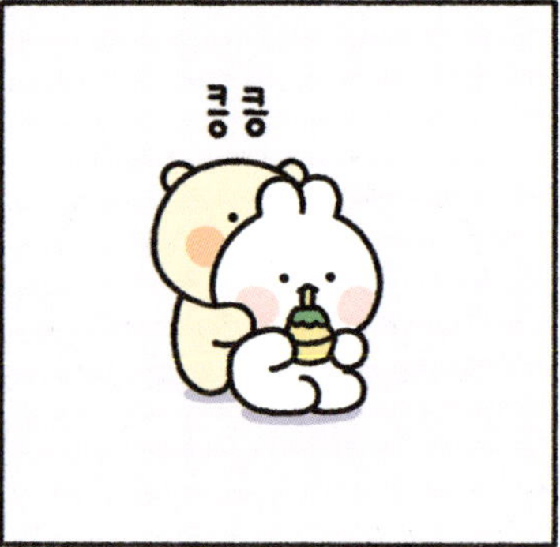

쿵쿵

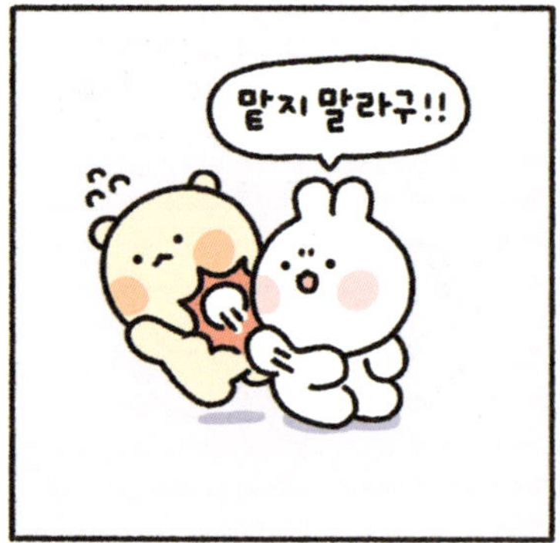

맡지 말라구!!

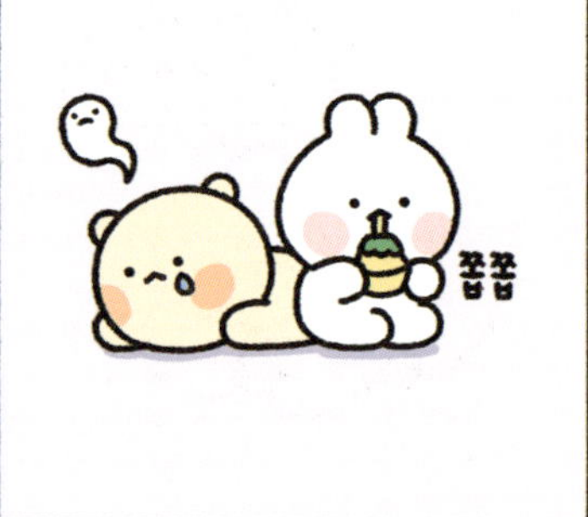

쭙쭙

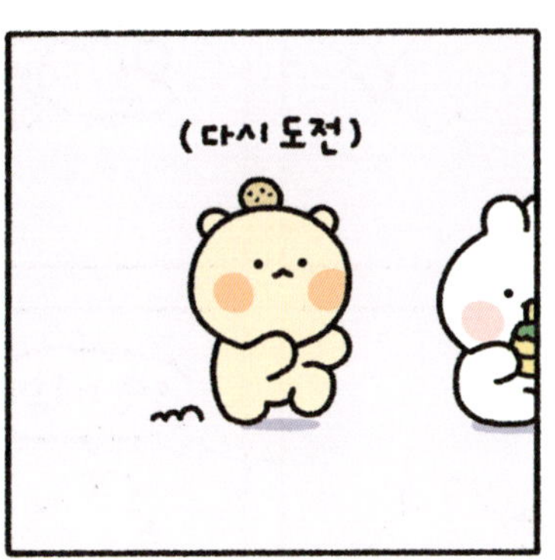
(다시 도전)

곰돌찡의
소확행 1

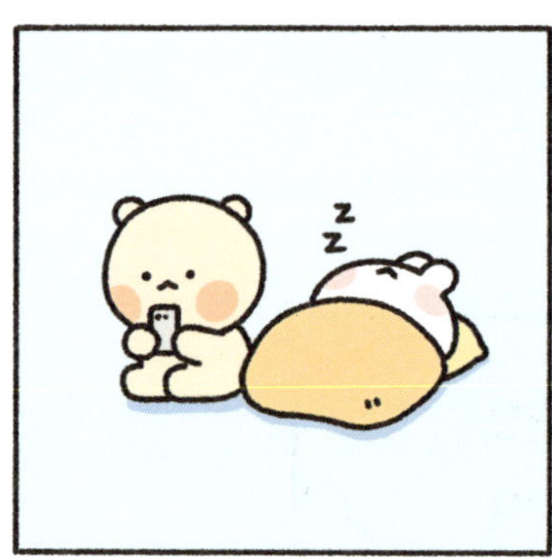
Z
z

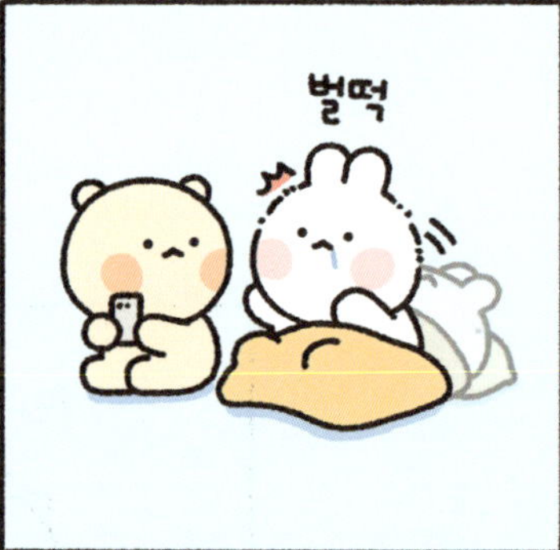
벌떡

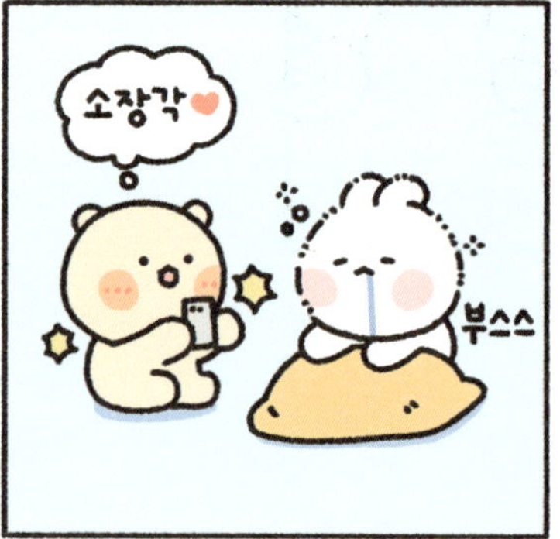
소장각
부스스

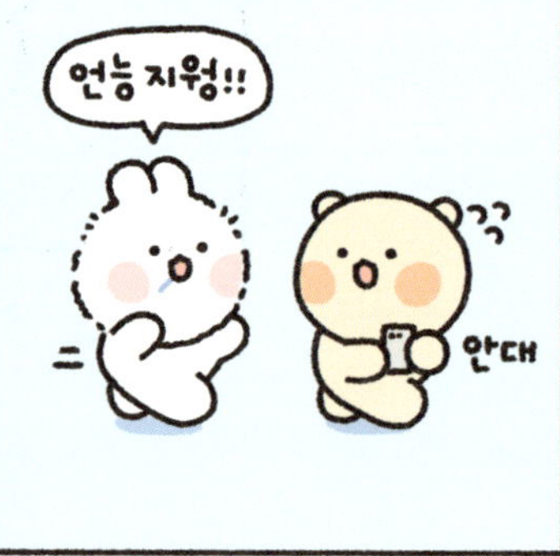
언능 지웡!!
끙
안대

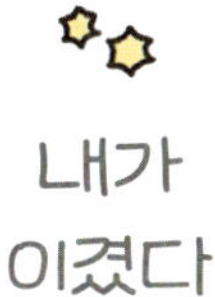

내가
이겼다

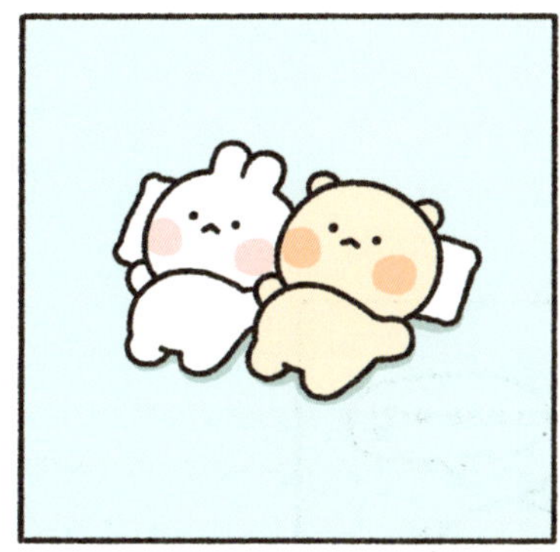

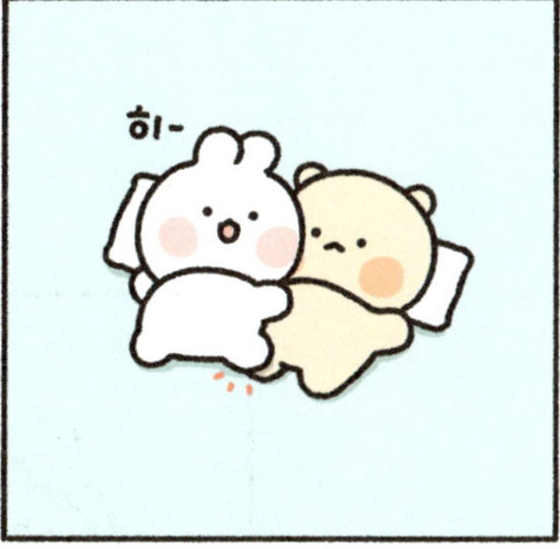

히-

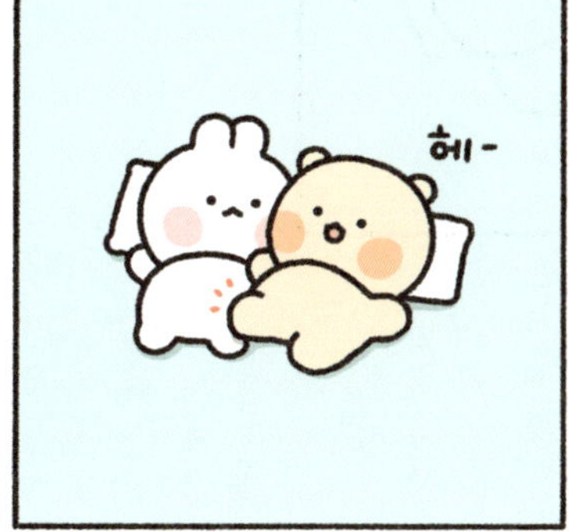

헤-

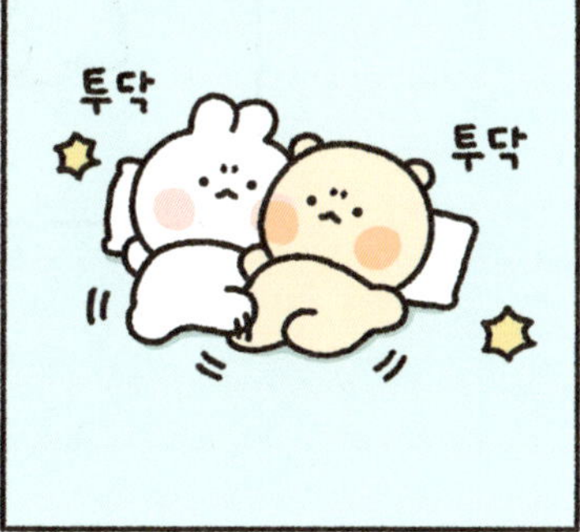

투닥
투닥

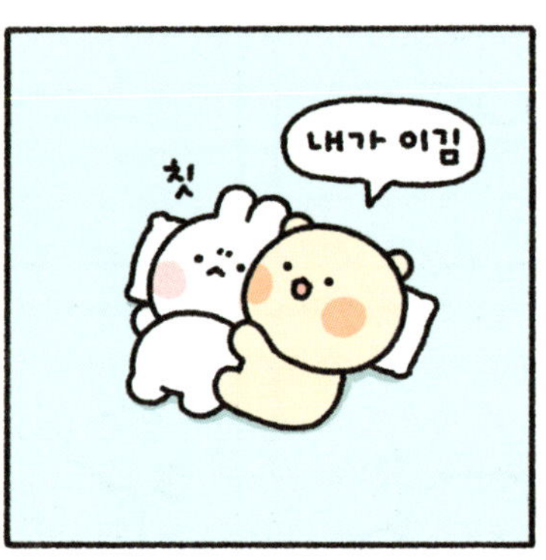

내가 이김
칫

꿈에서
놀아야겠다

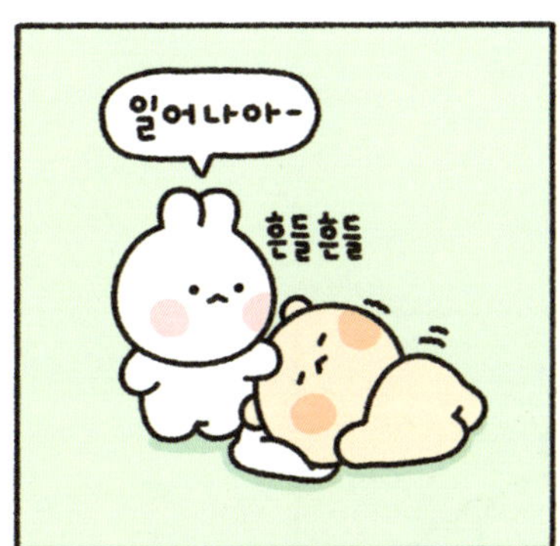

일어나아-
흔들흔들

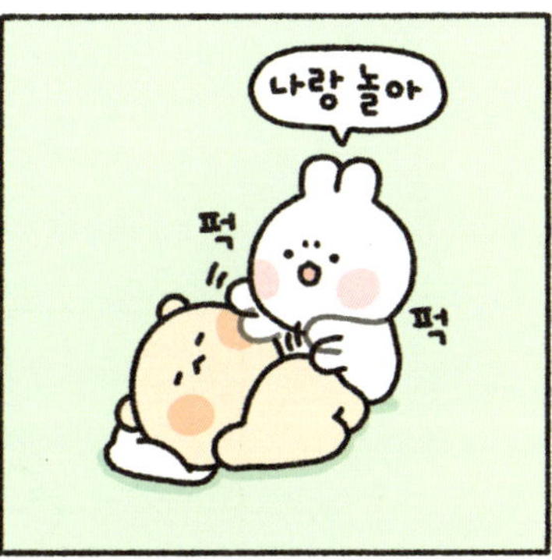

나랑 놀아
퍽
퍽

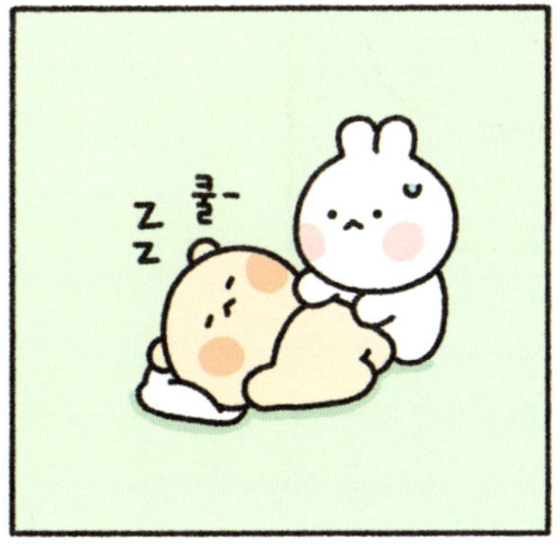

쿨-
ZZ

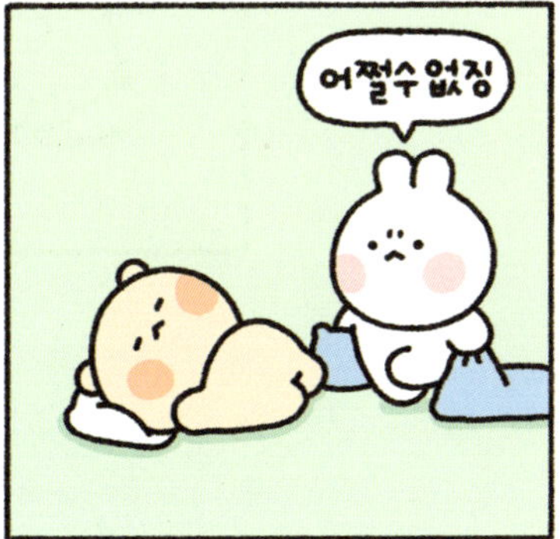

어쩔수 없징

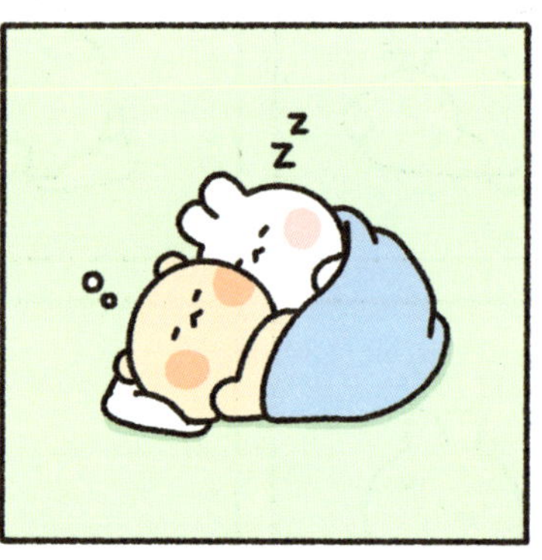

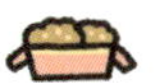

곰돌찡의
소확행 2

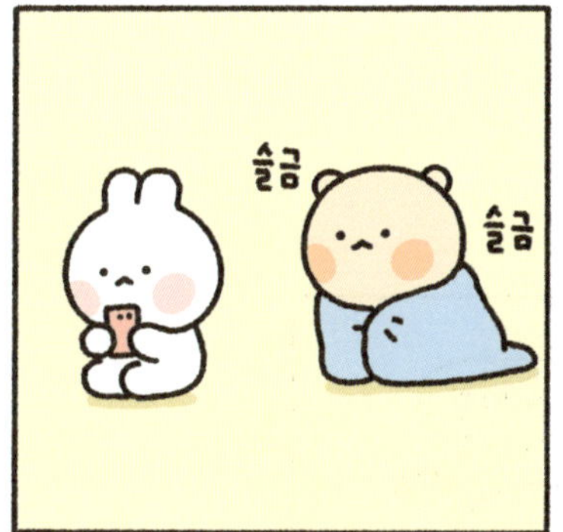

슬금
슬금

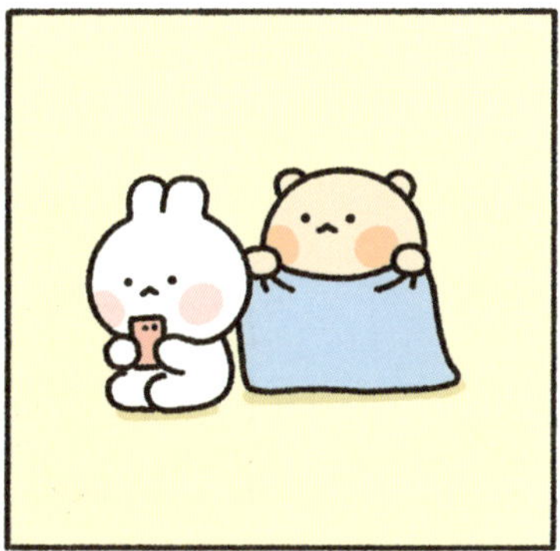

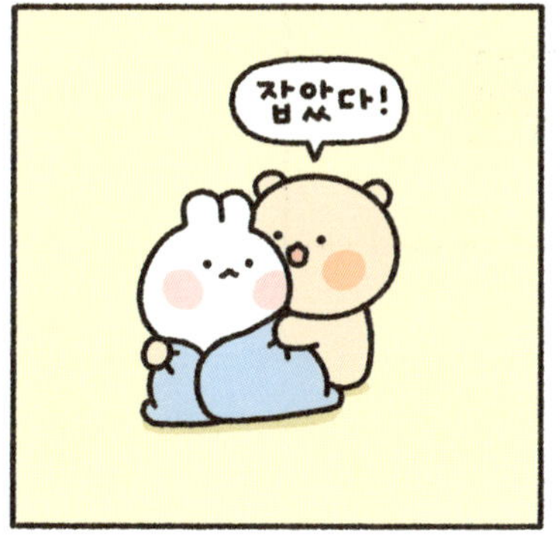

잡았다!

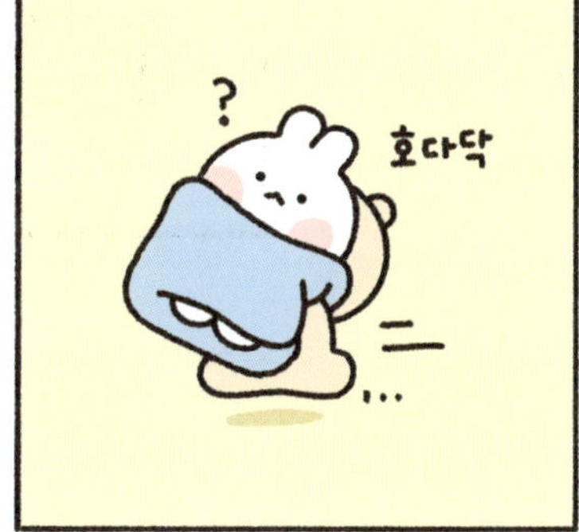

?
호다닥

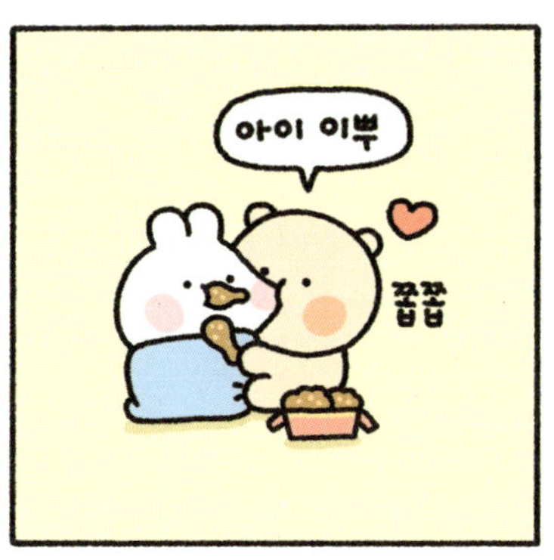
아이 이뿌
쫍쫍

모르는
척하라고

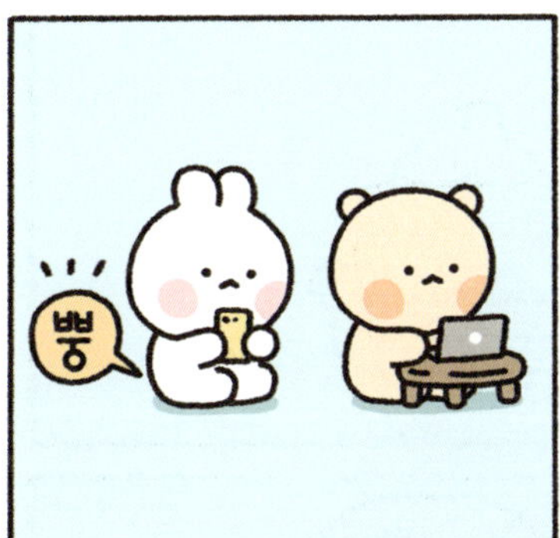

뿡

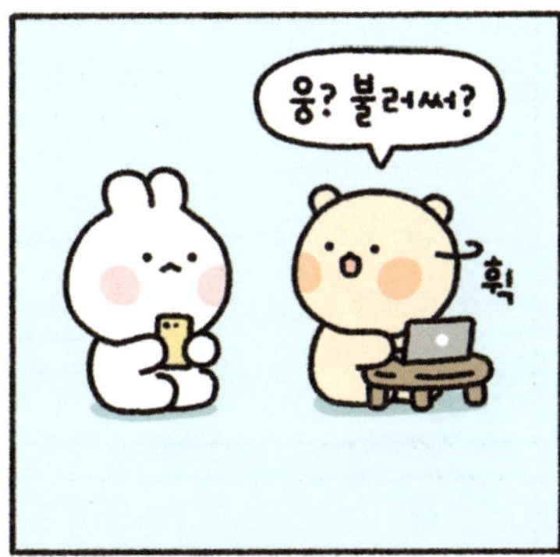

응? 불러써?
휙

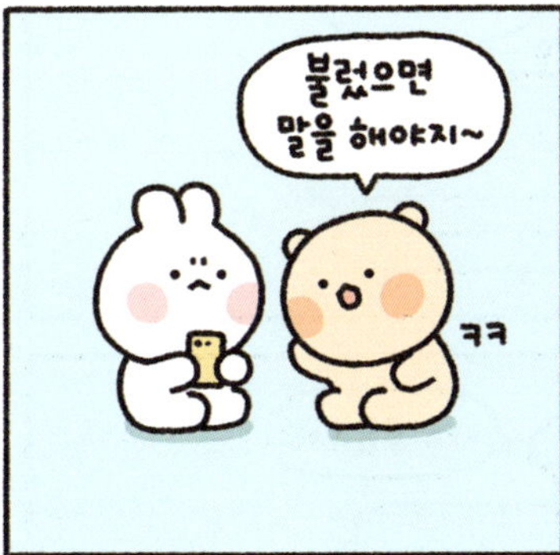

불렀으면
말을 해야지~
ㅋㅋ

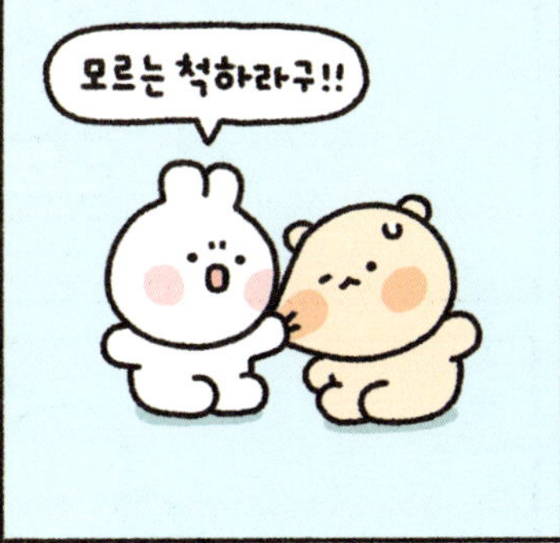

모르는 척하라구!!

호기심
대마왕 1

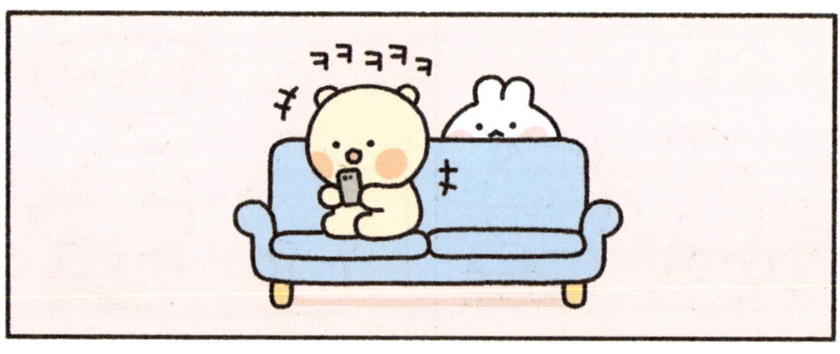

ㅋㅋㅋㅋㅋ

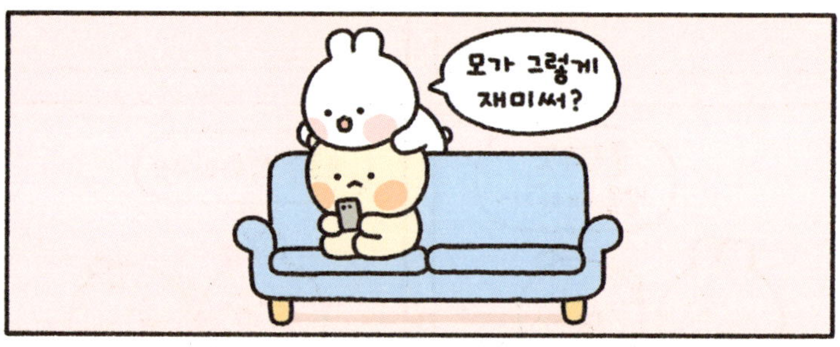

모가 그렇게
재미써?

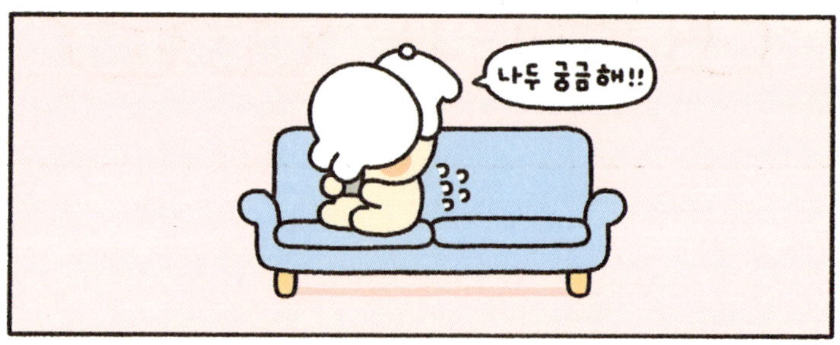

나두 궁금해!!

호기심
대마왕 2

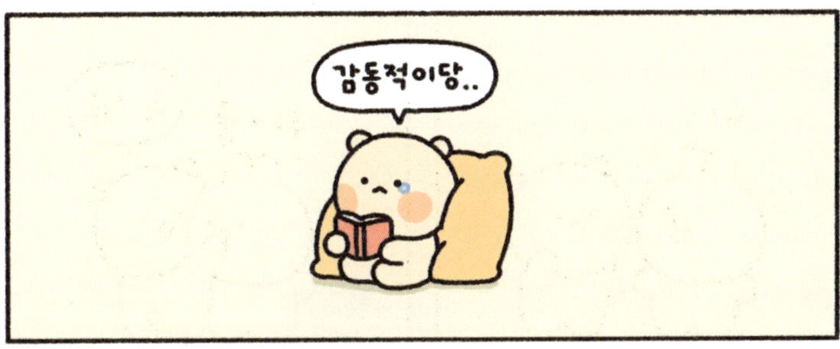

감동적이당..

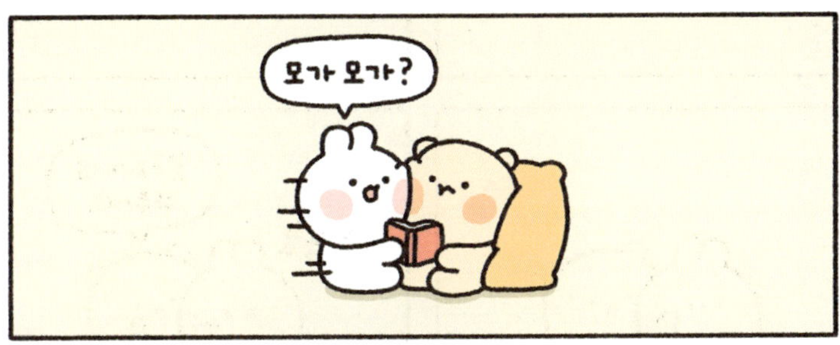

모가 모가?

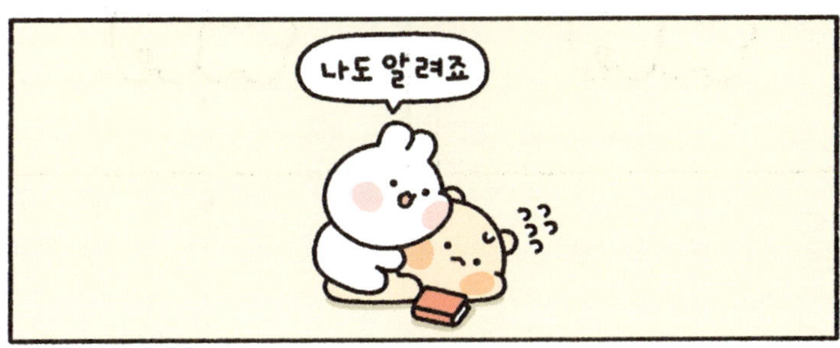

나도 알려죠

들어올 땐 맘대로지만
나갈 땐 아니란다

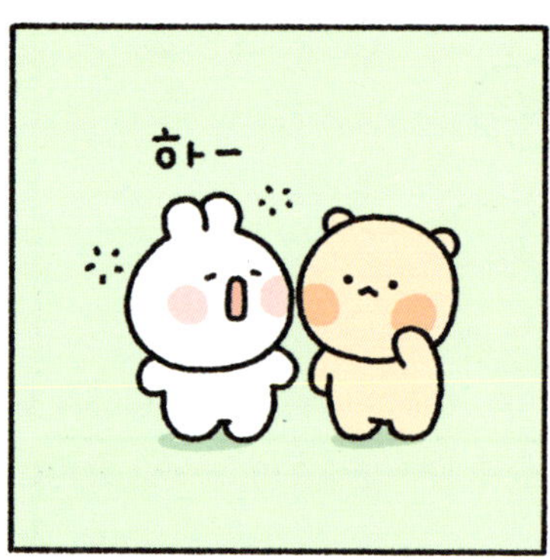

하-

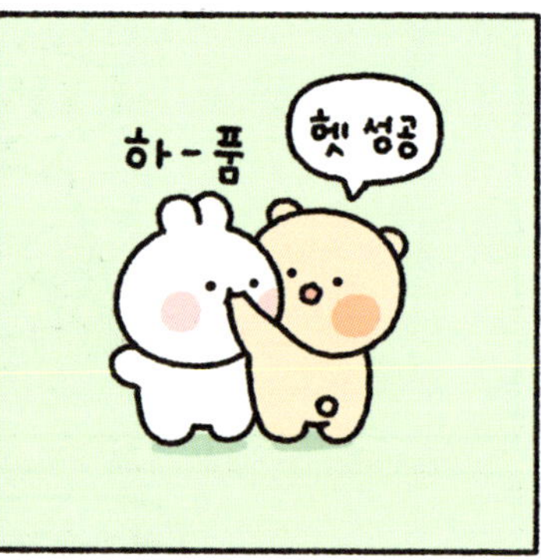

하-풉
헷 성공

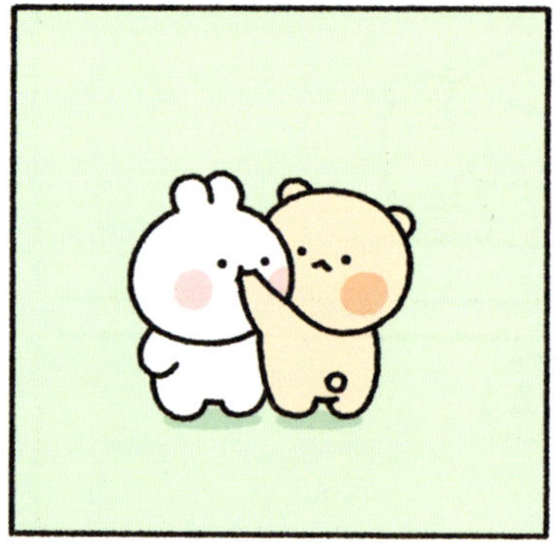

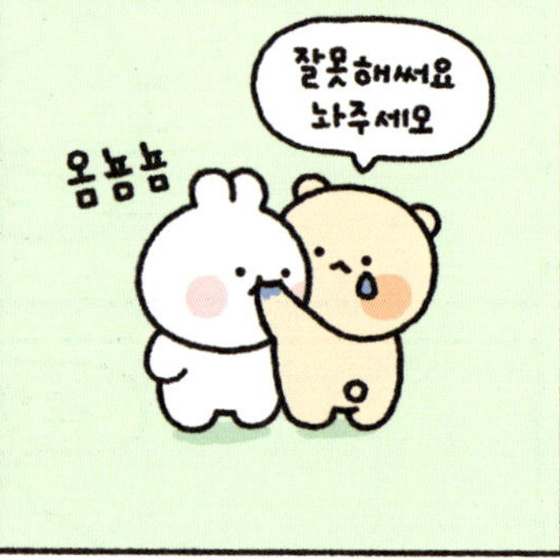

옴뇸뇸
잘못해써요
노주세오

곰돌찡의
소확행 3

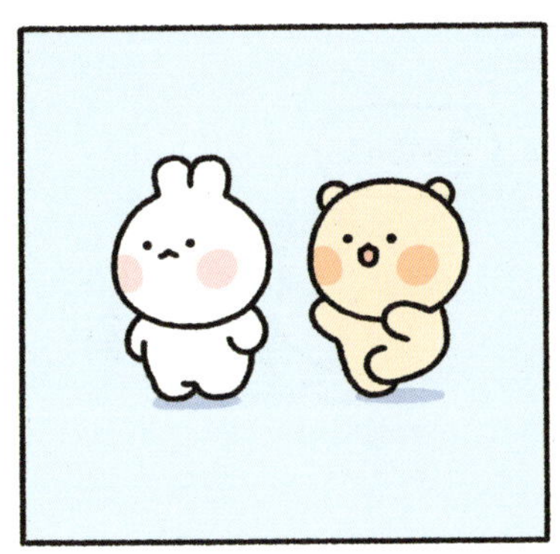

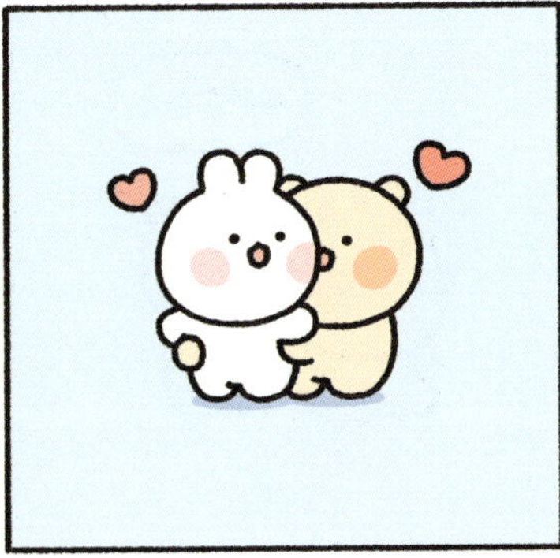

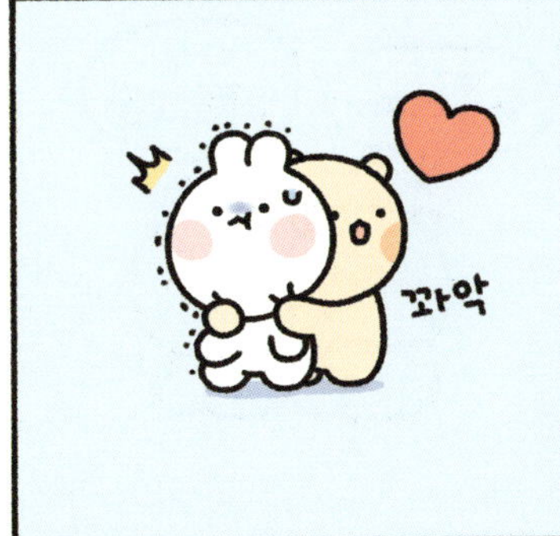

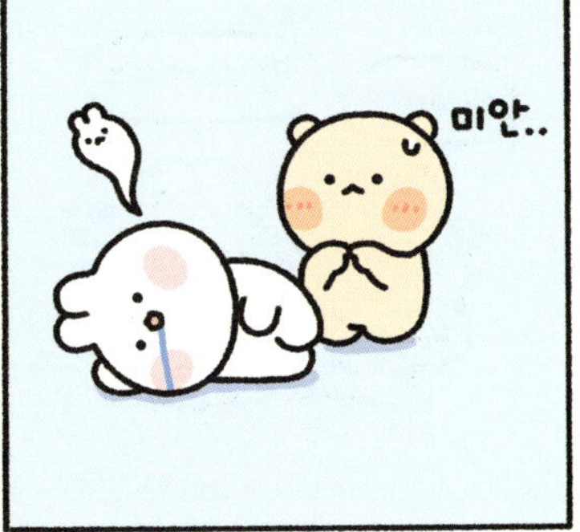

웃었다고
풀린 거 아니거든

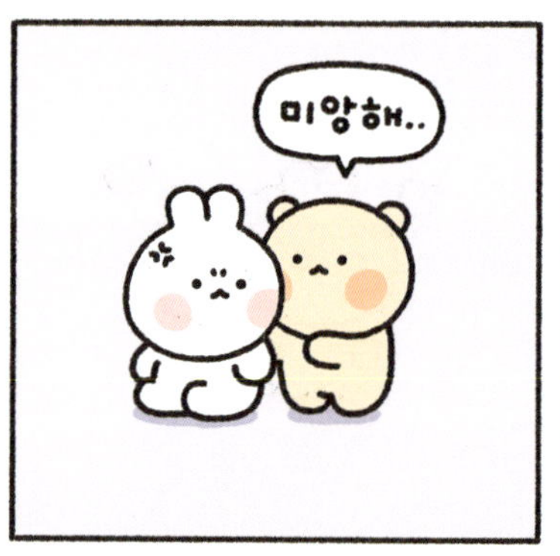
미안해..

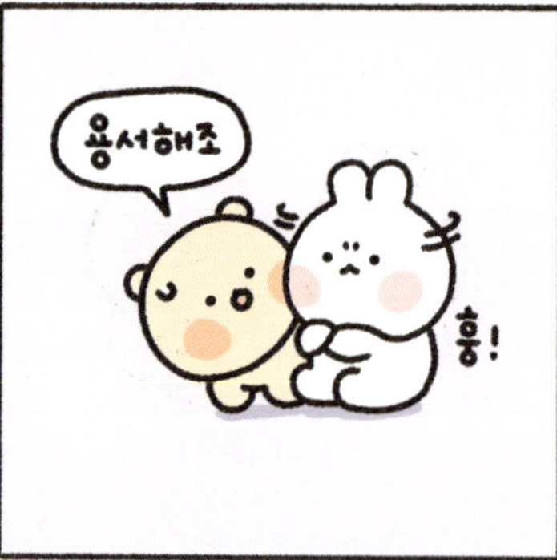
용서해조
흥!

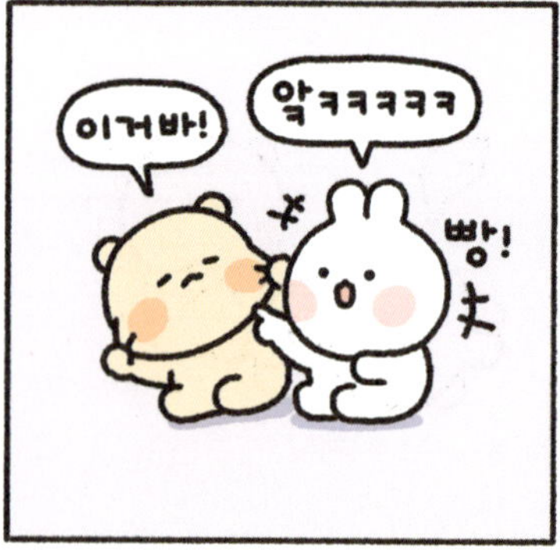
이거바!
악 ㅋㅋㅋㅋㅋ
빵!

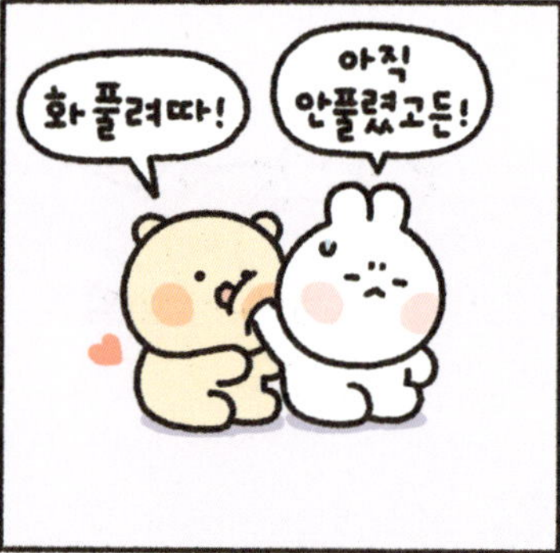
화 풀려따!
아직
안풀렸고든!

순식간에
화 풀어주기

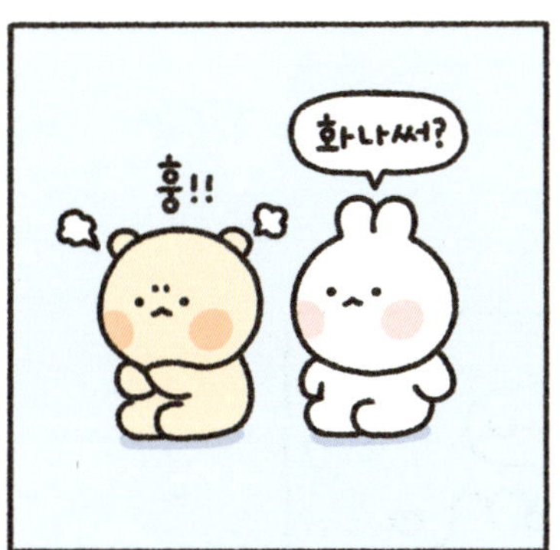

흥!!
화나써?

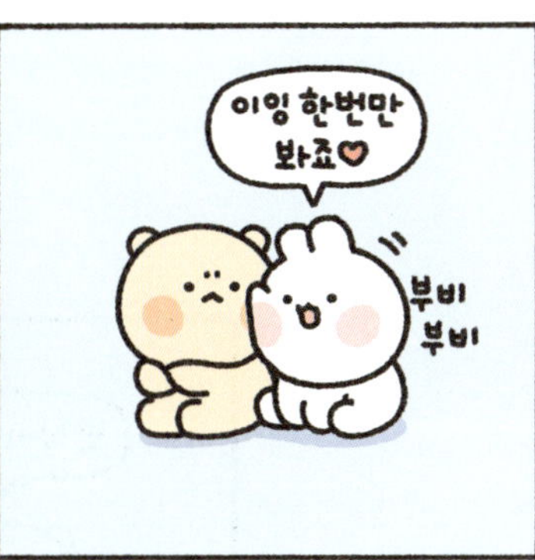

이잉 한번만
봐죠♡
부비
부비

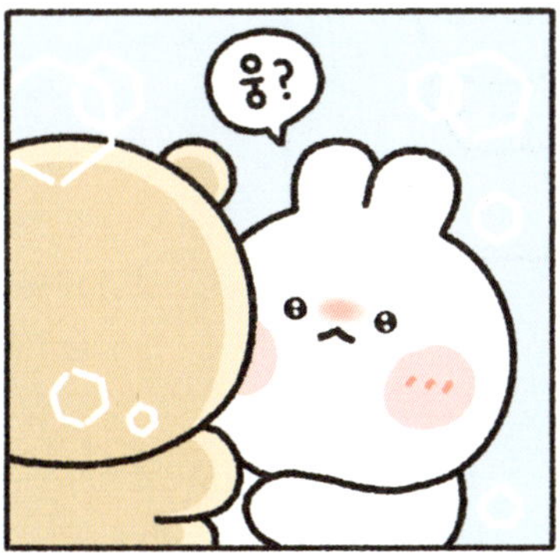

웅?

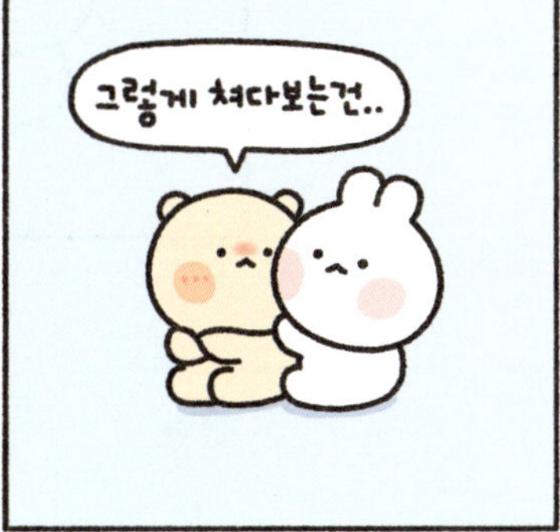

그렇게 쳐다보는건..

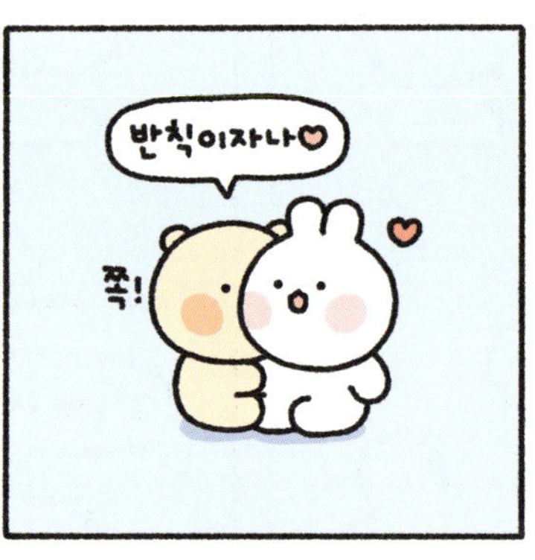

반칙이자나♡
쪽!

참을 수 없는
토끼찡 볼때기

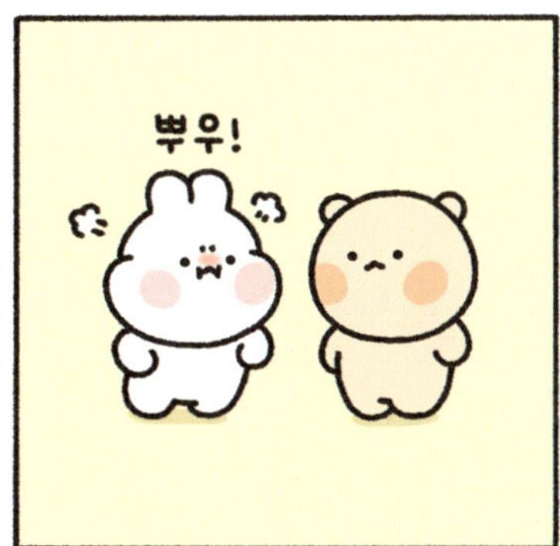

뿌우!

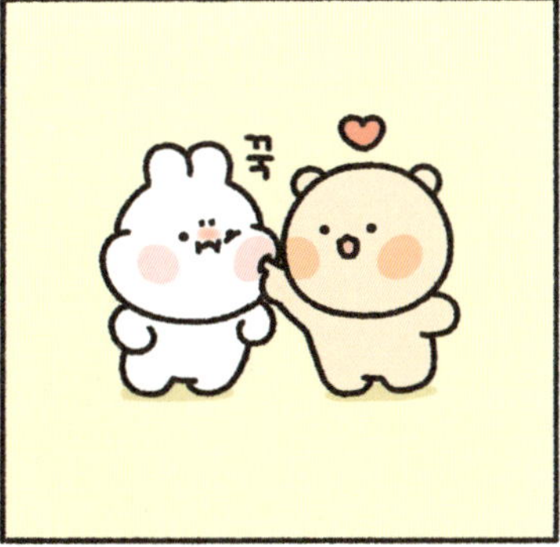

꾹

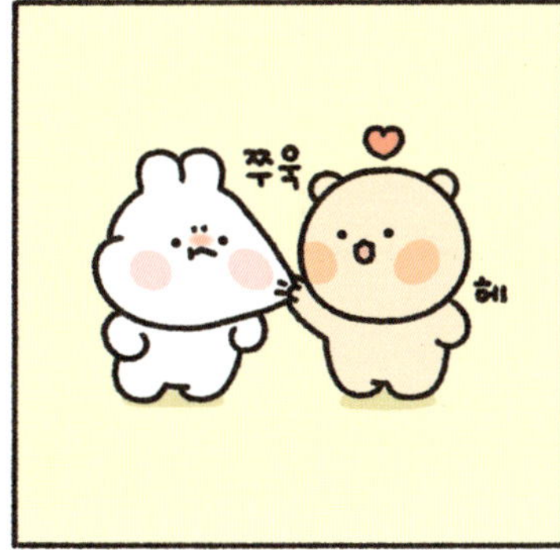

쭈욱
헤

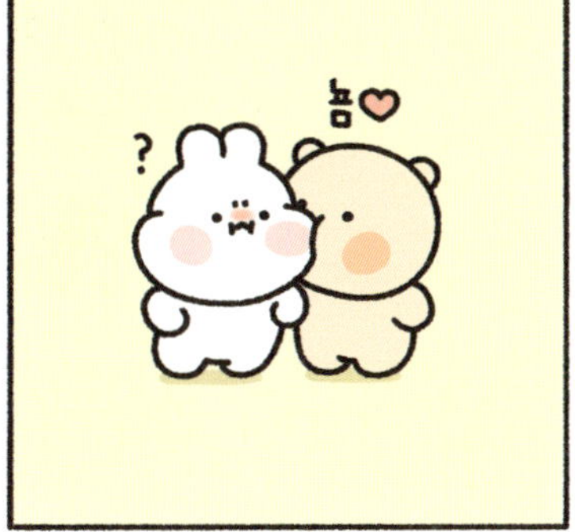

?
뽐

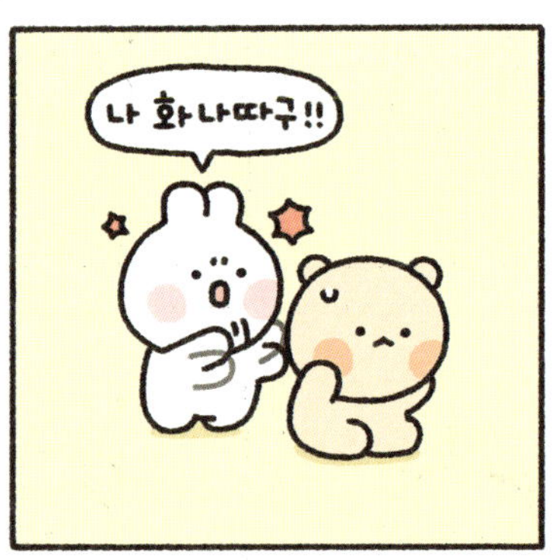

나 화나따구!!

침대빌런

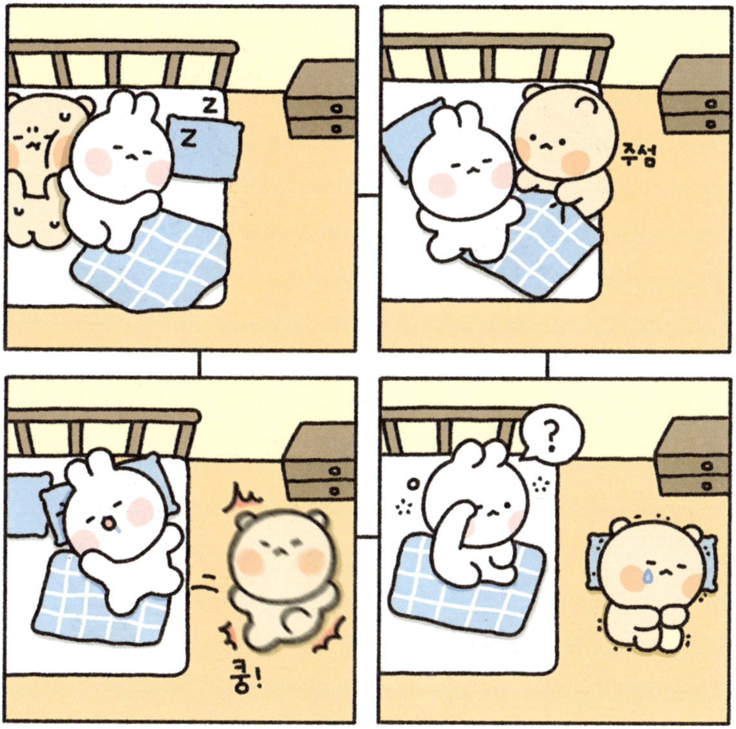

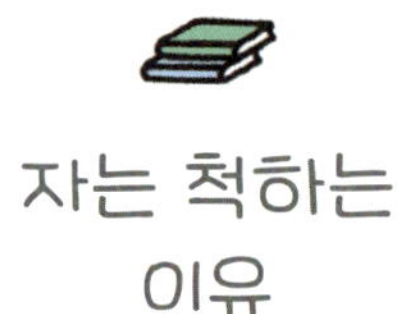

자는 척하는
이유

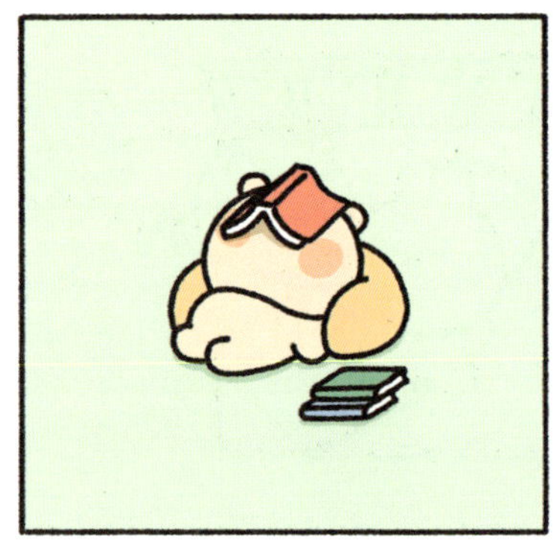

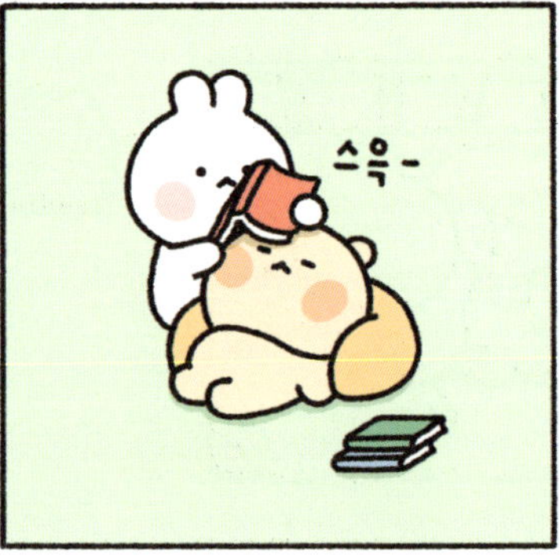

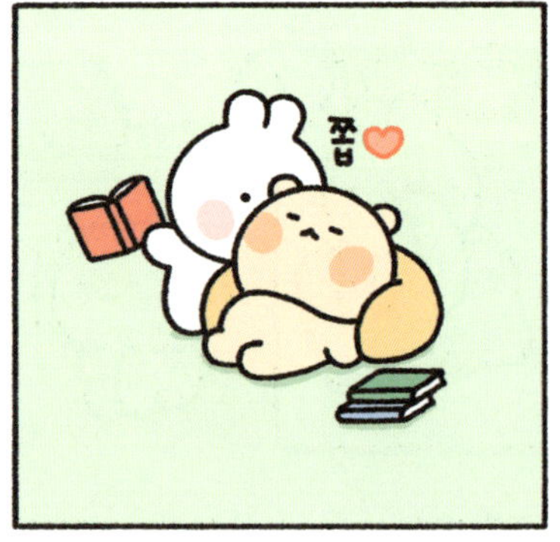

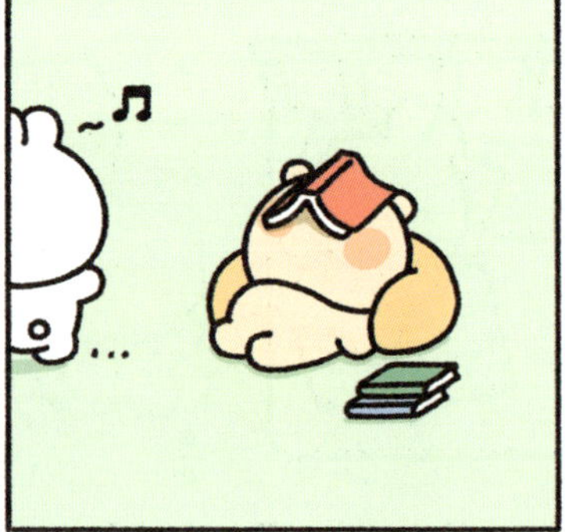

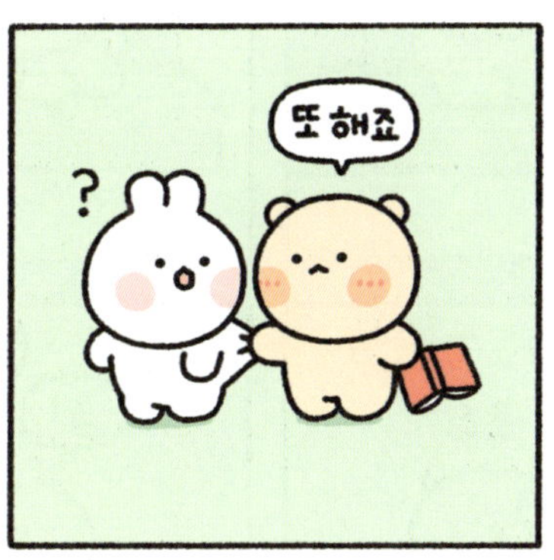

또 해죠
?

중독돼버렸어

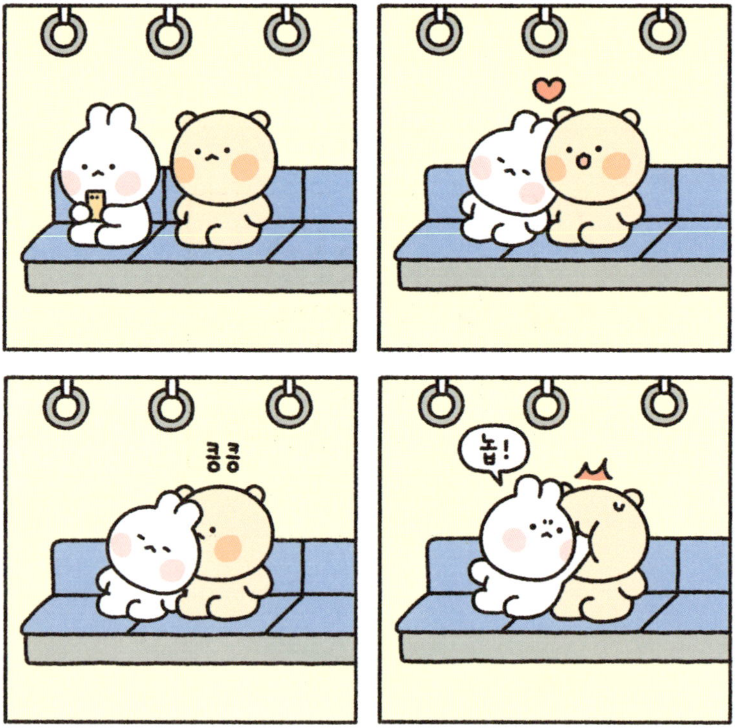

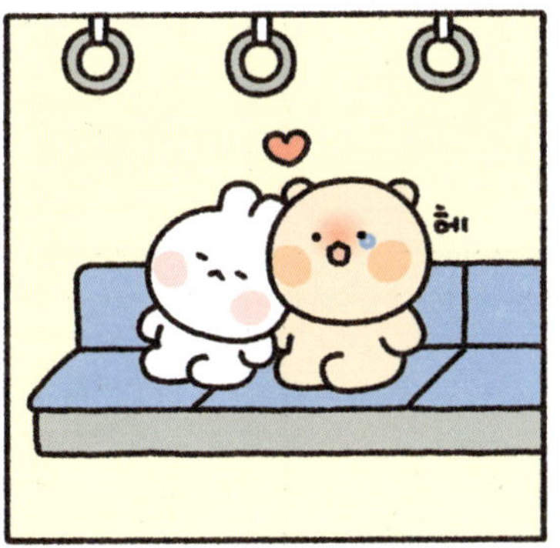

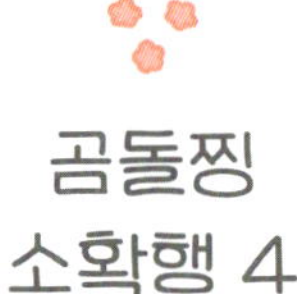

곰돌찡
소확행 4

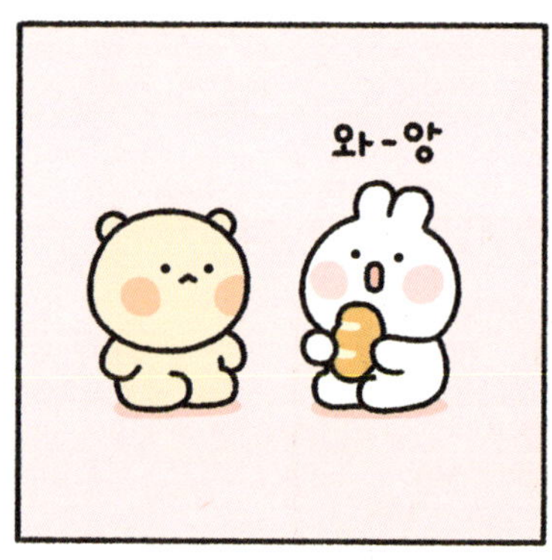

와-앙

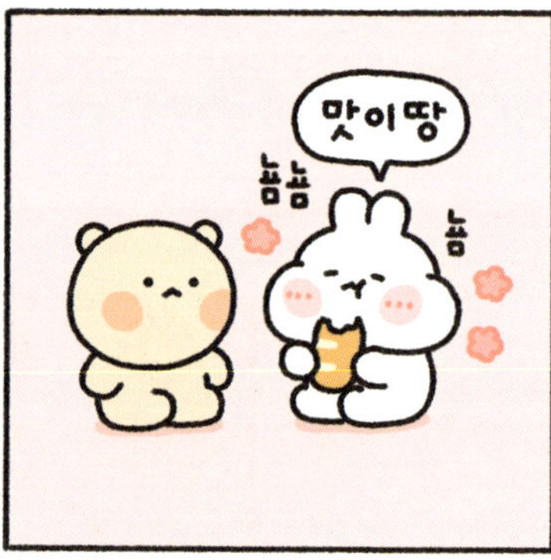

맛이땅
냠냠
냠

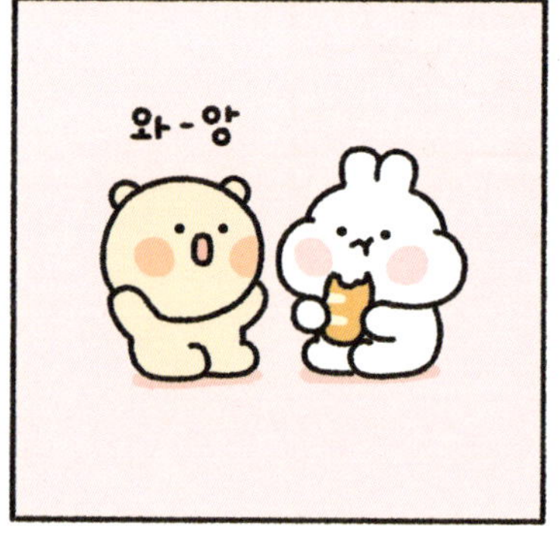

와-앙

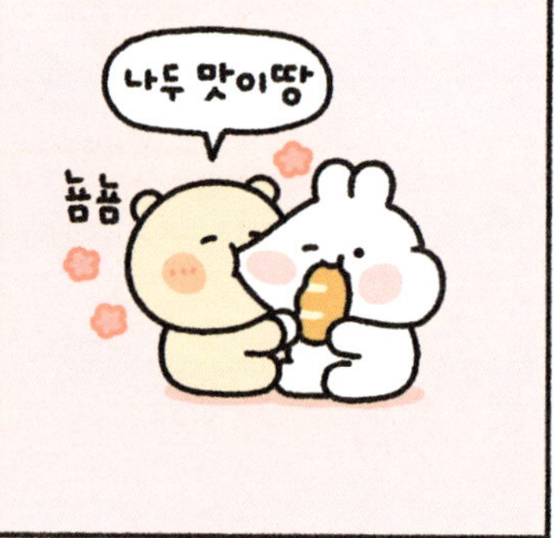

나두 맛이땅
냠냠

같이
덮자

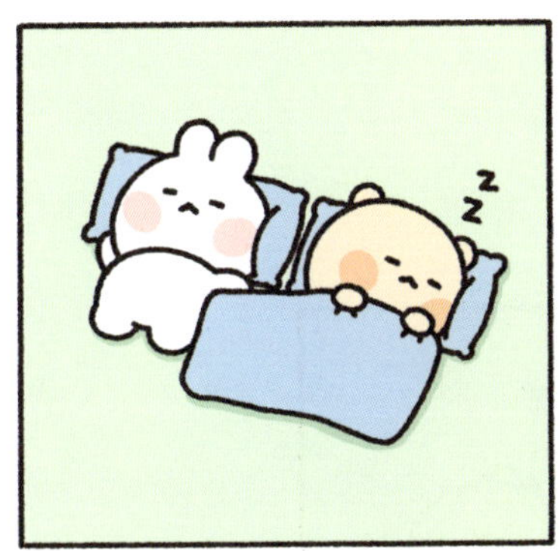

Z
Z

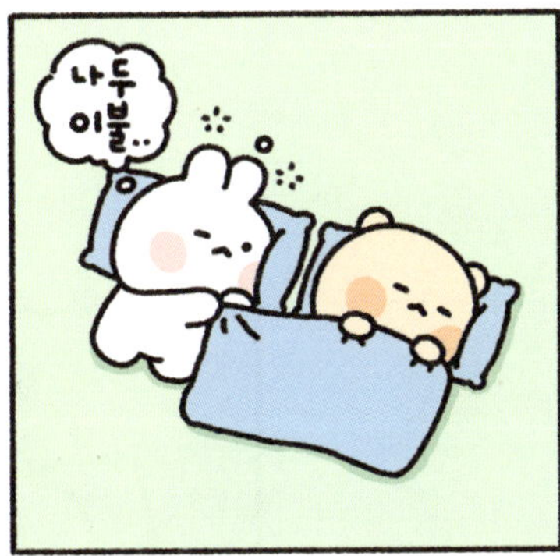

나두
이불..

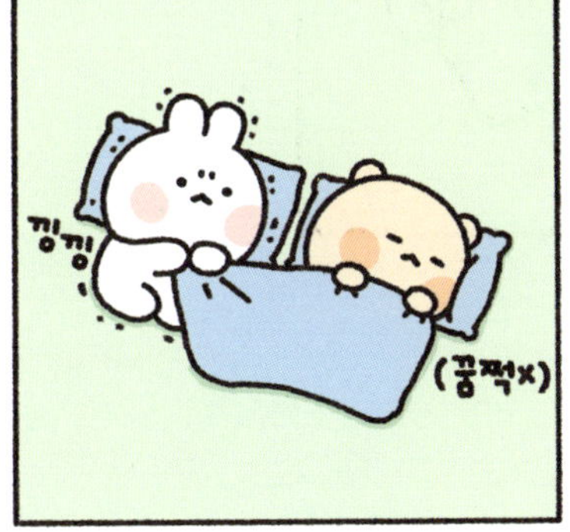

낑낑
(꿈쩍X)

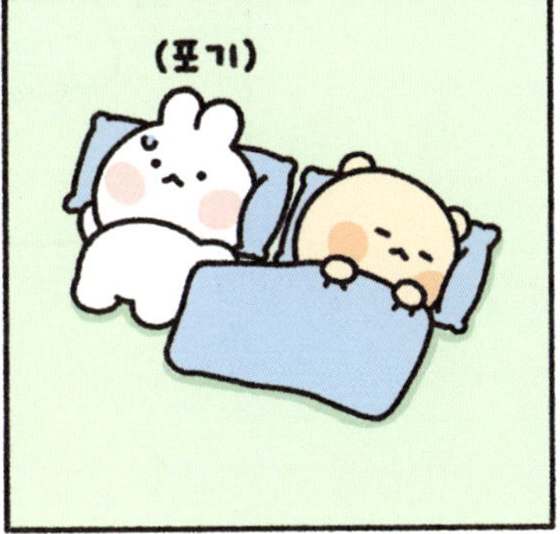

(포기)

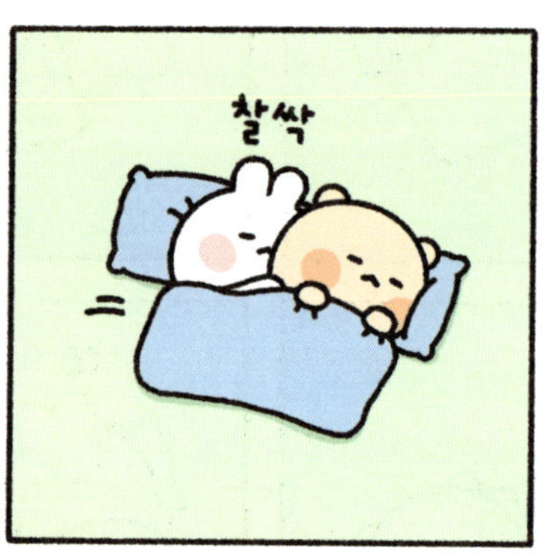
찰싹

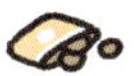

밖에선 카리스마 뿜뿜
곰돌찡

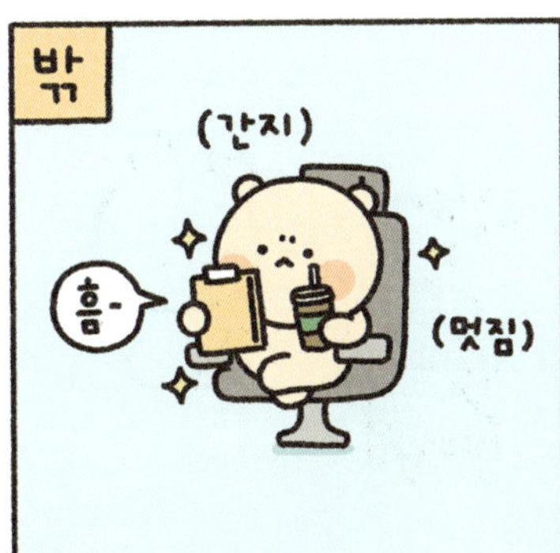
밖
(간지)
흠-
(멋짐)

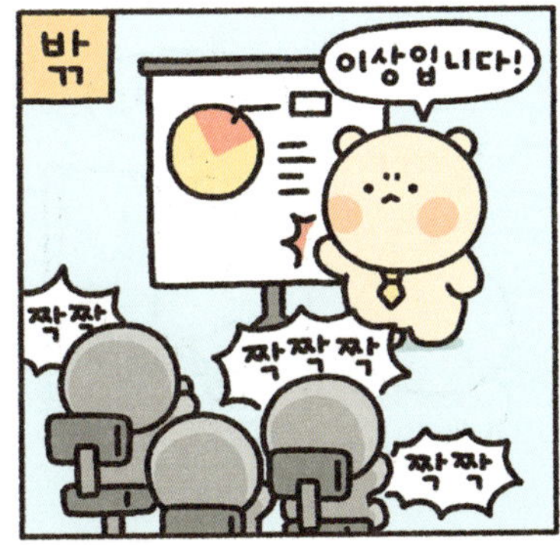
밖
이상입니다!
짝짝
짝짝짝
짝짝

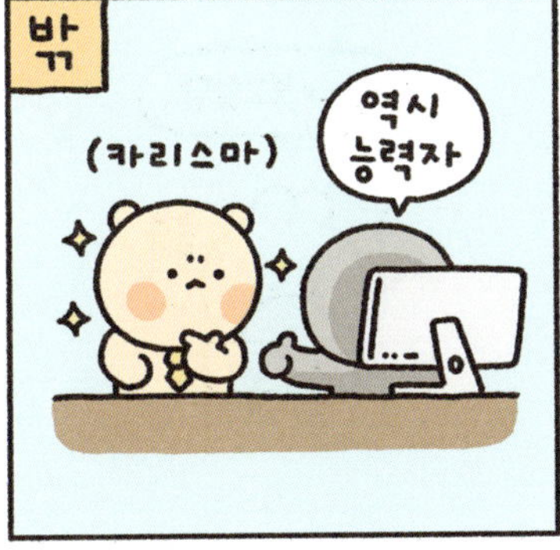
밖
(카리스마)
역시 능력자

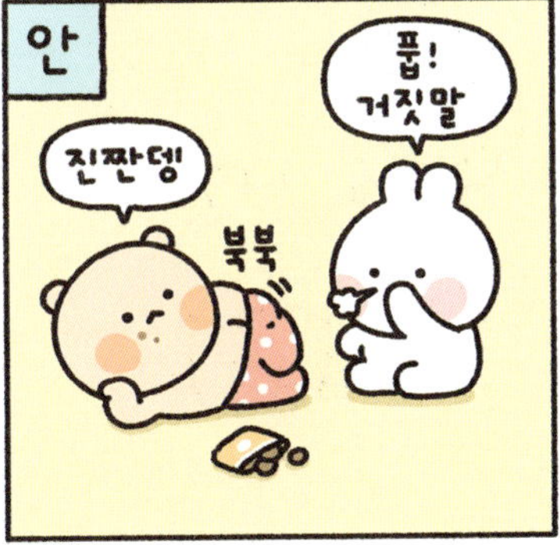
안
푭! 거짓말
진짠뎅
북북

♡

곰돌찡은
향기를 남기고

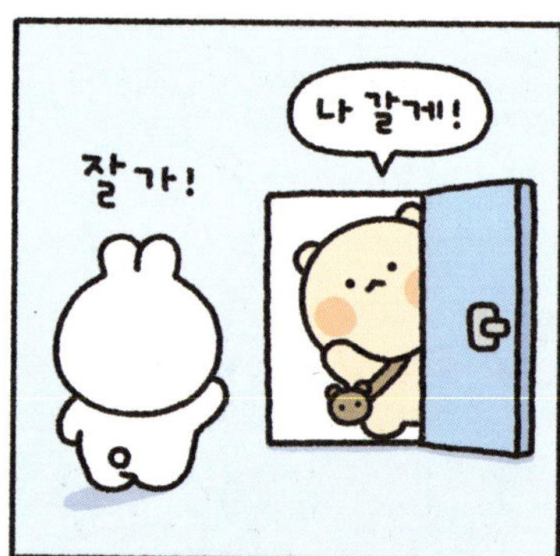

나 갈게!
잘가!

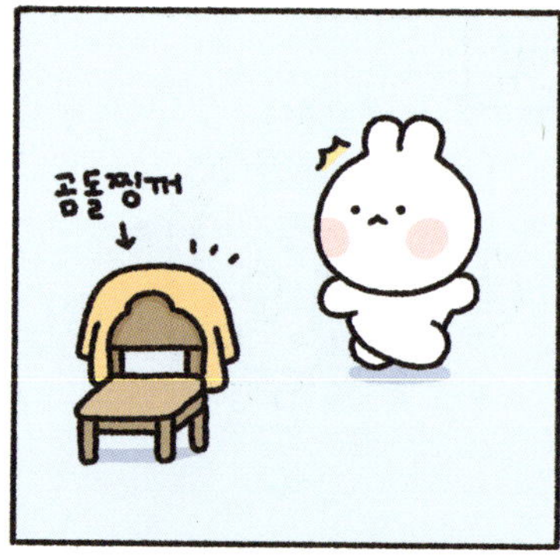

곰돌찡꺼

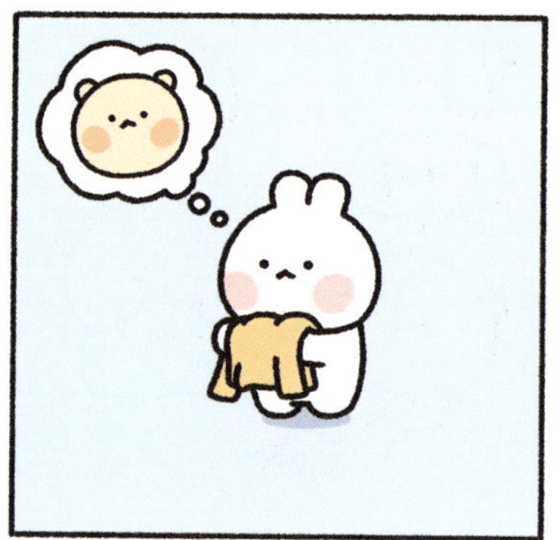

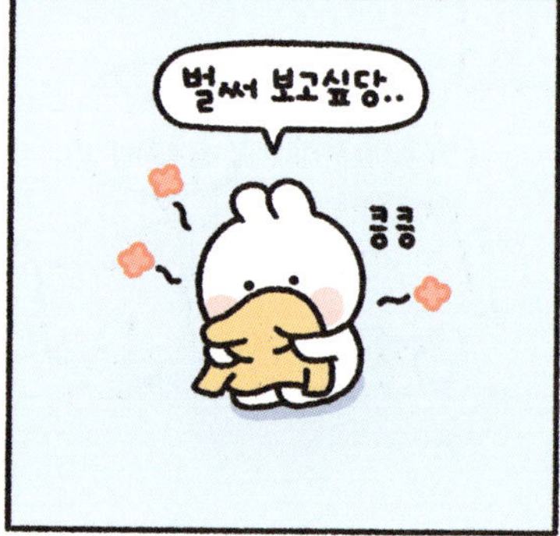

벌써 보고싶당..
쿵 쿵

세상에서 제일 편한
베개

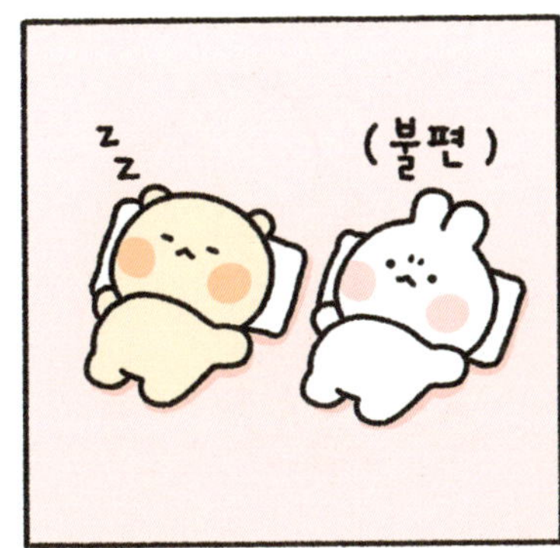
Z
z
(불편)

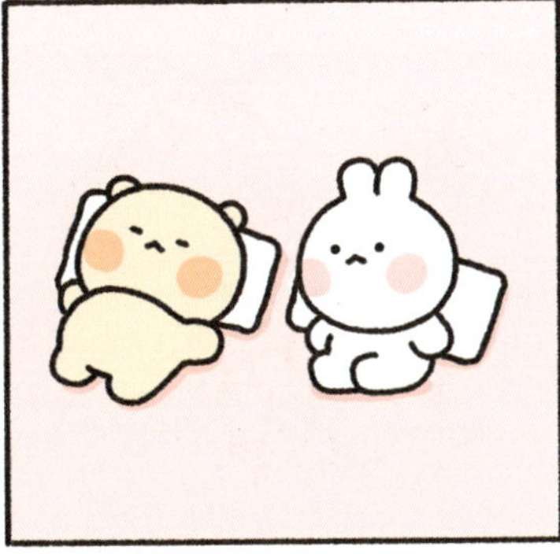

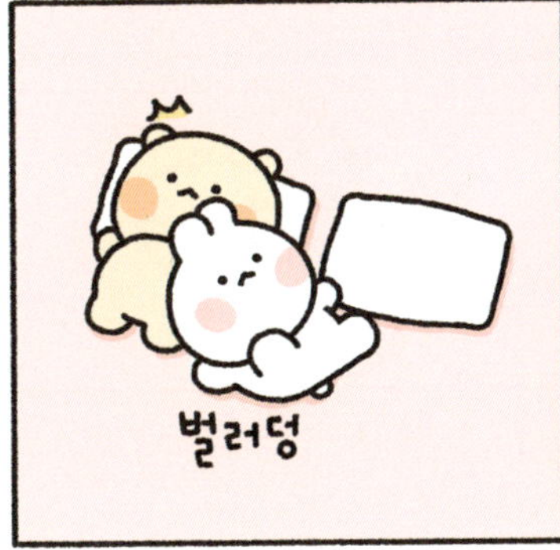
벌러덩

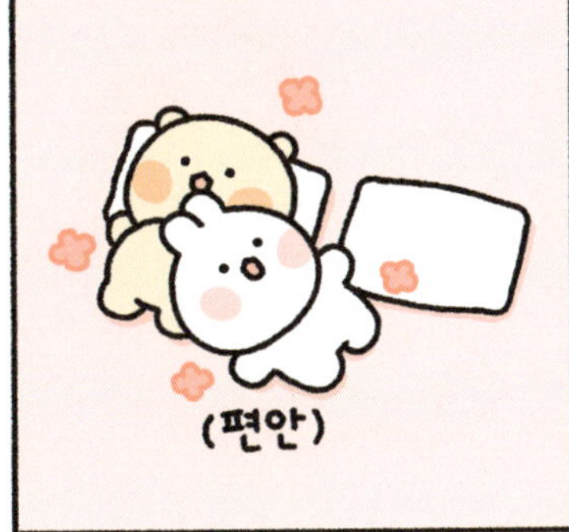
(편안)

0.1초 만에
화해하기

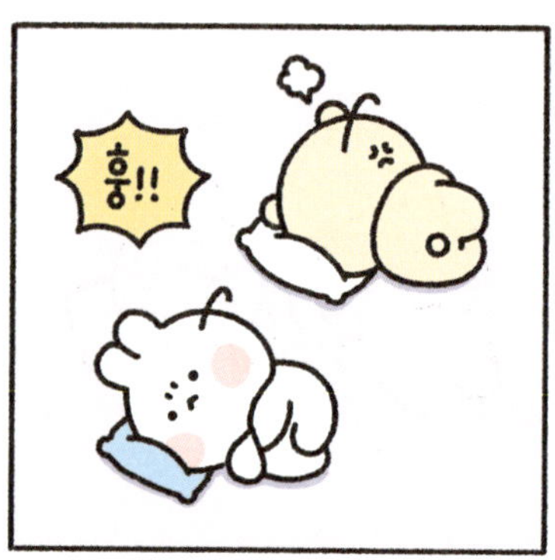
흥!!

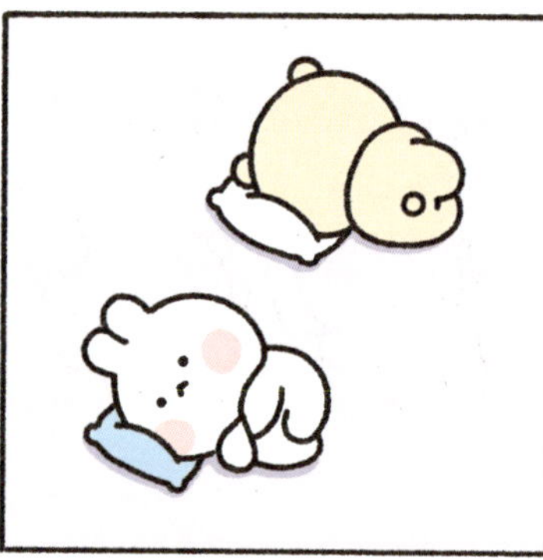

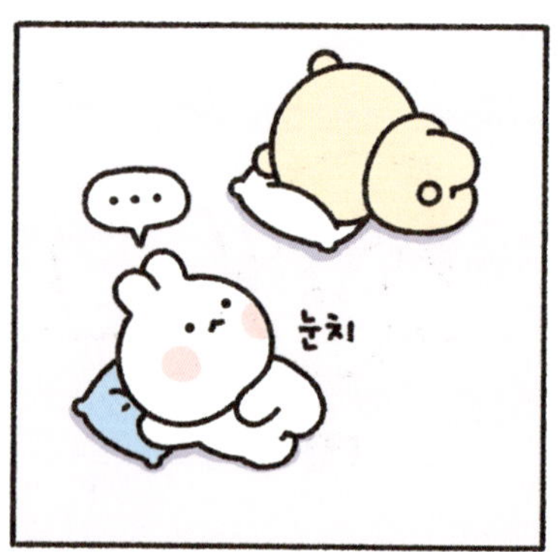
···
눈치

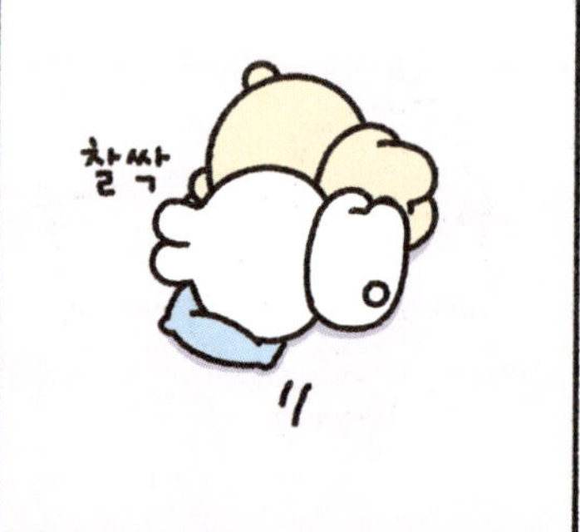
찰싹

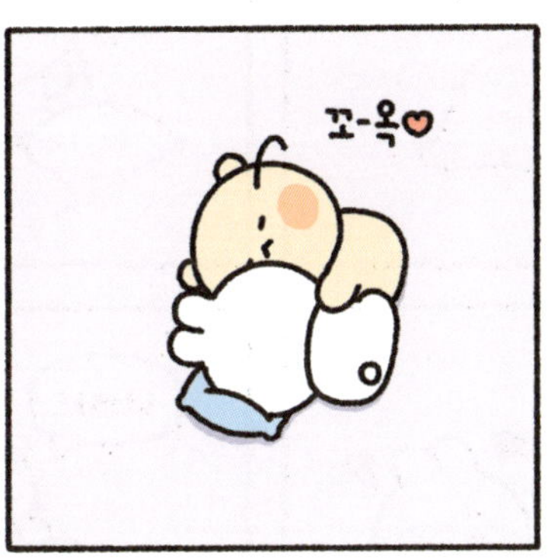
꼬-옥♡

곰리둥절 1
_ 토끼찡이 화난 이유

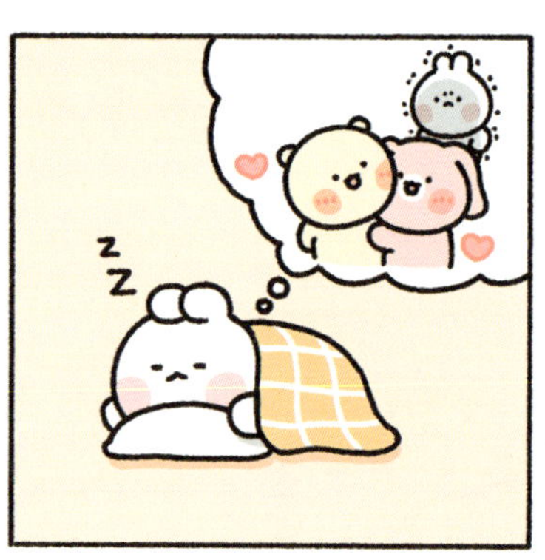
Z
Z

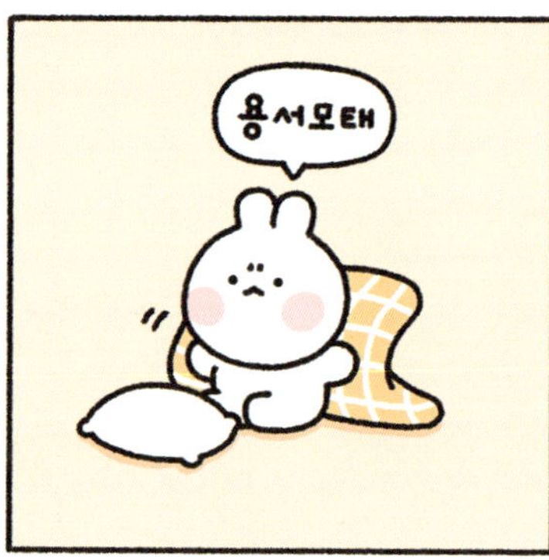
용서모태

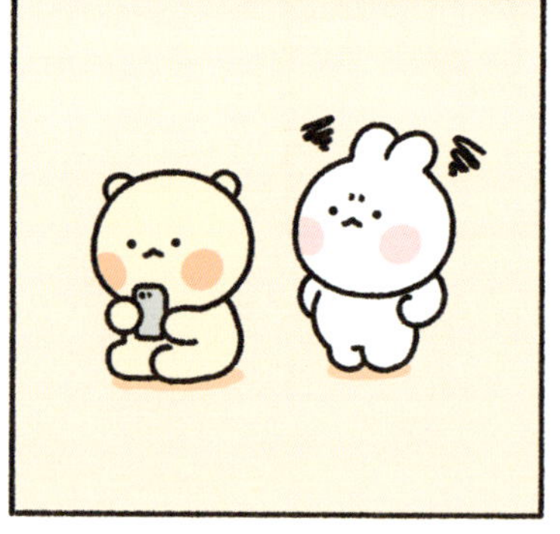

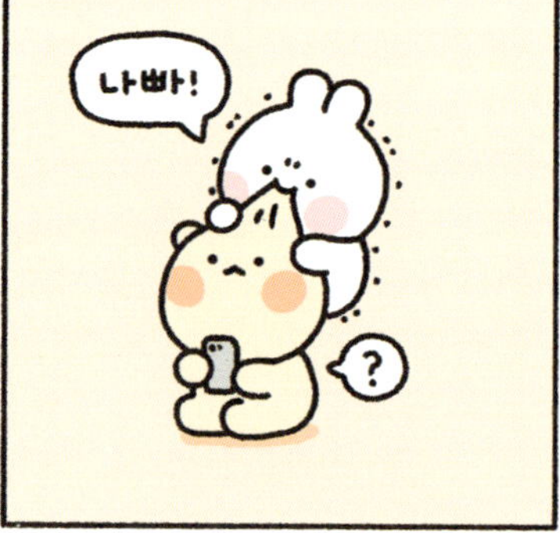
나빠!
?

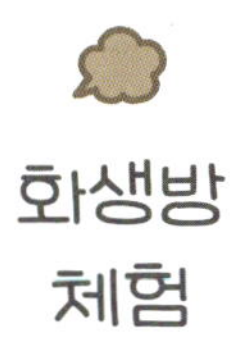

화생방
체험

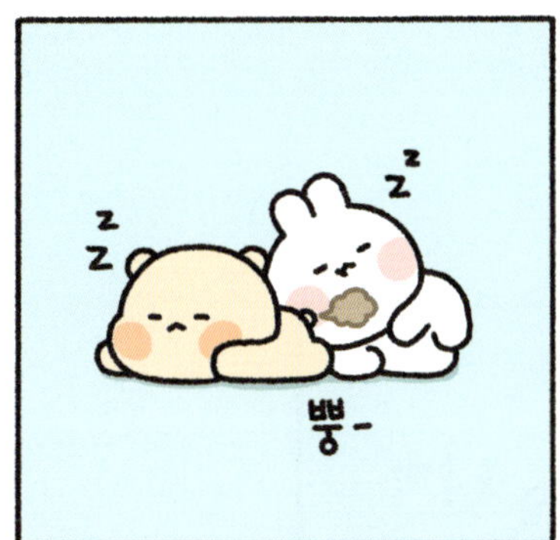

Z
Z
뿡-

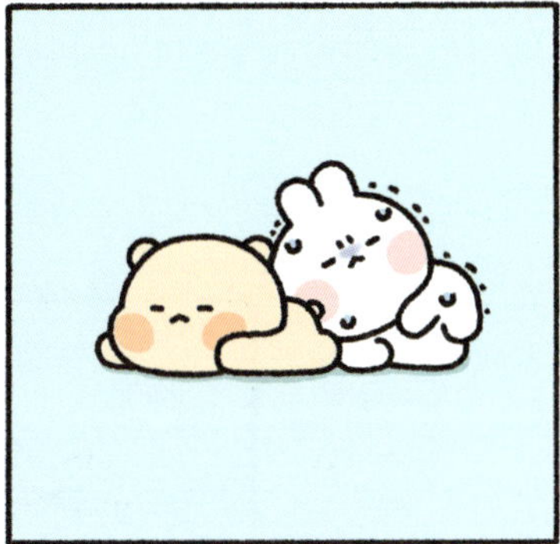

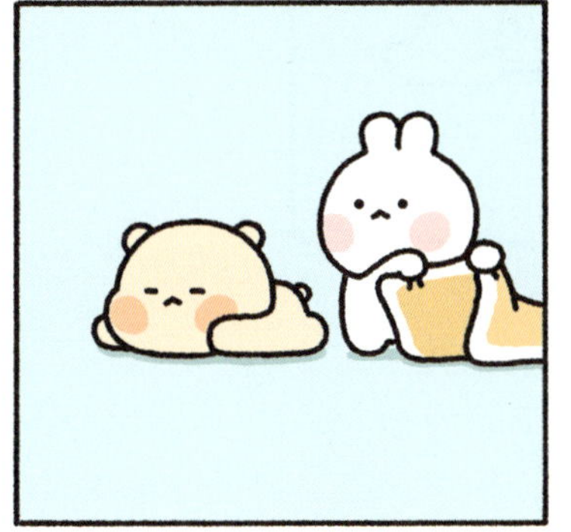

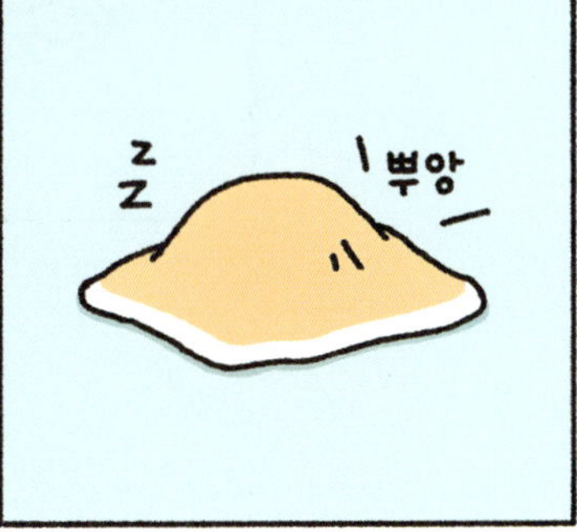

Z
뿌앙

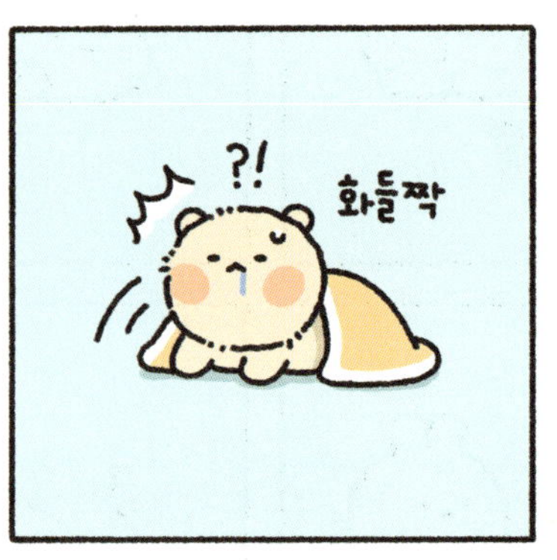
?!
화들짝

자연스럽게
편한 자세로 1

꼬옥

30분 뒤

2시간 뒤
널부렁

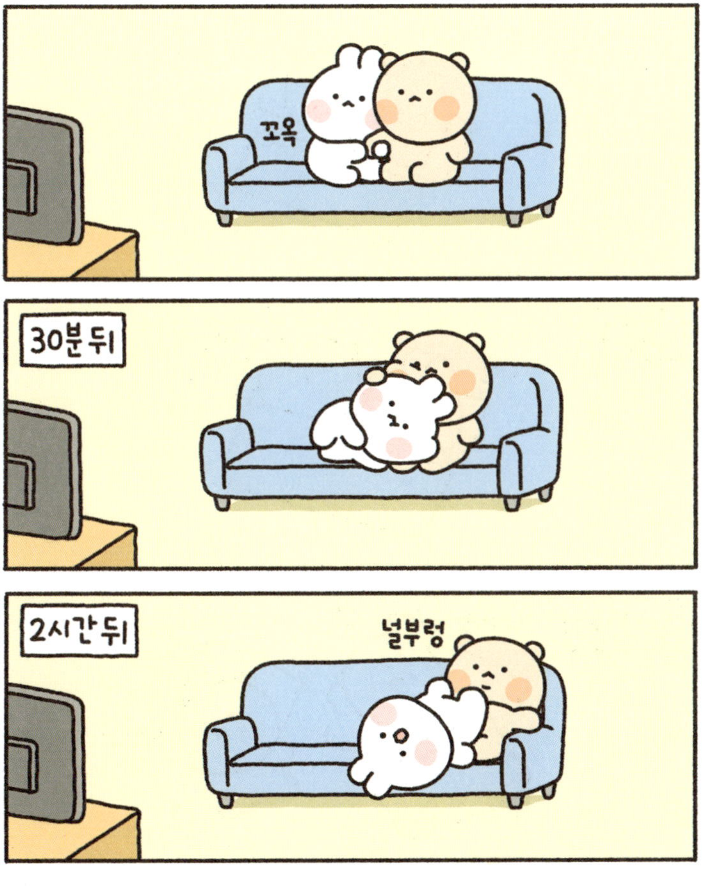

자연스럽게
편한 자세로 2

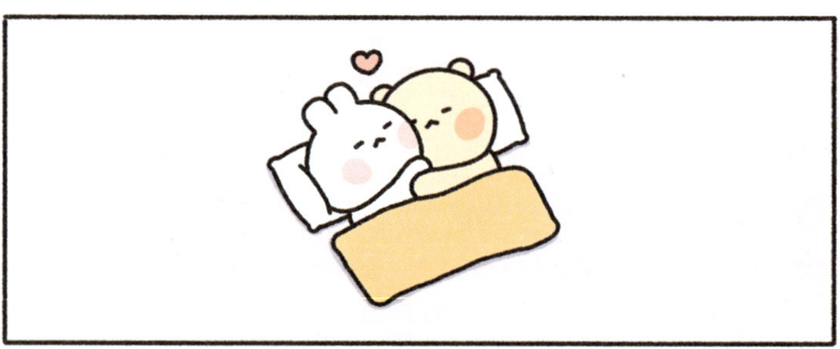

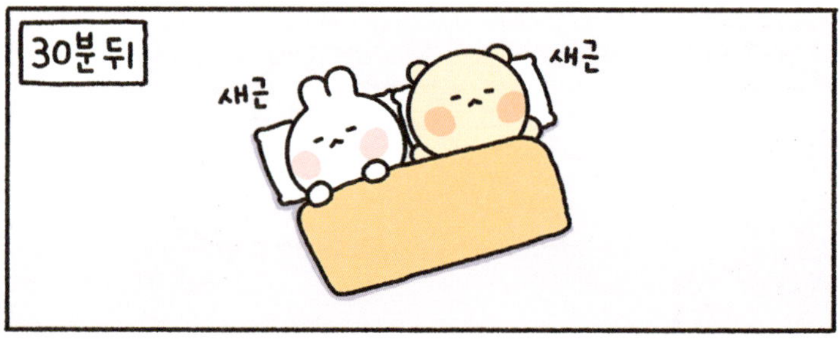

30분 뒤
새근
새근

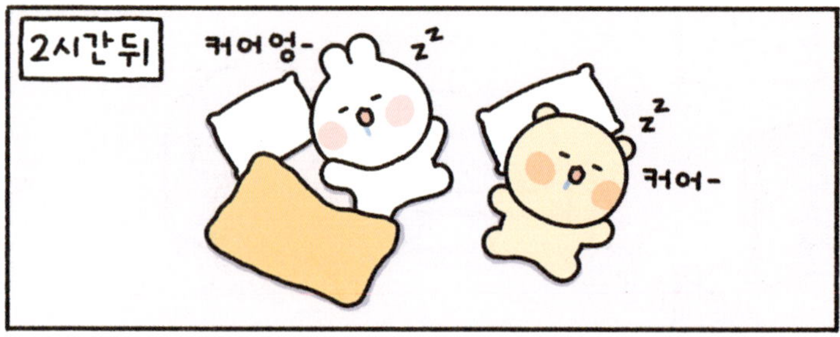

2시간 뒤
커어엉-
z²
z²
커어-

빠릿빠릿
움직이도록

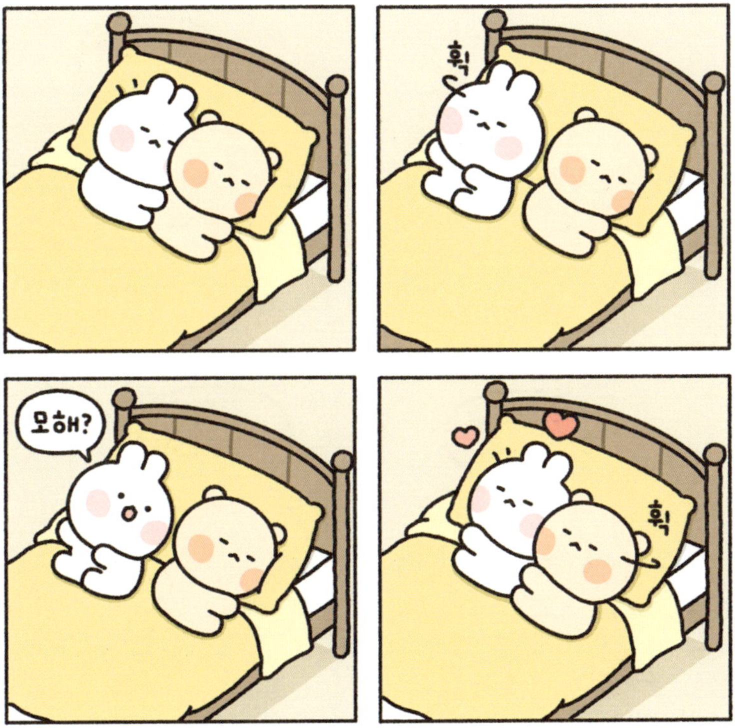

귀여우면
그럴 수 있지

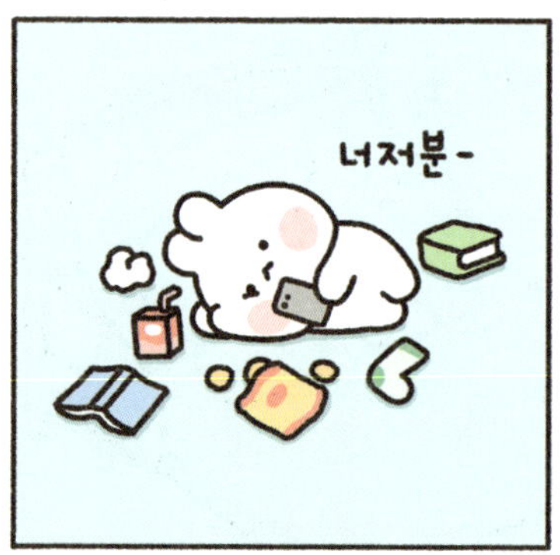

너저분 -

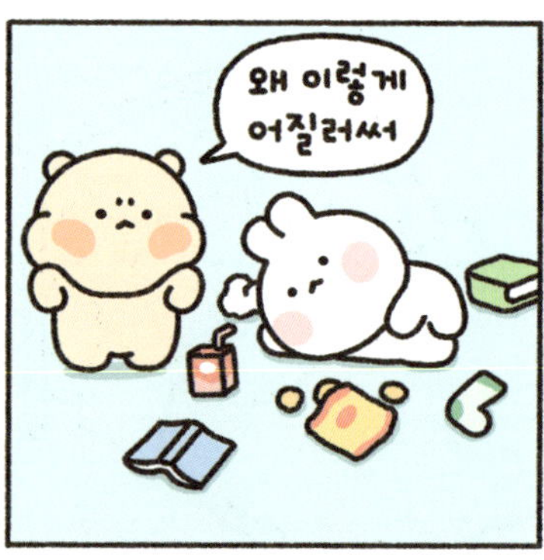

왜 이렇게
어질러써

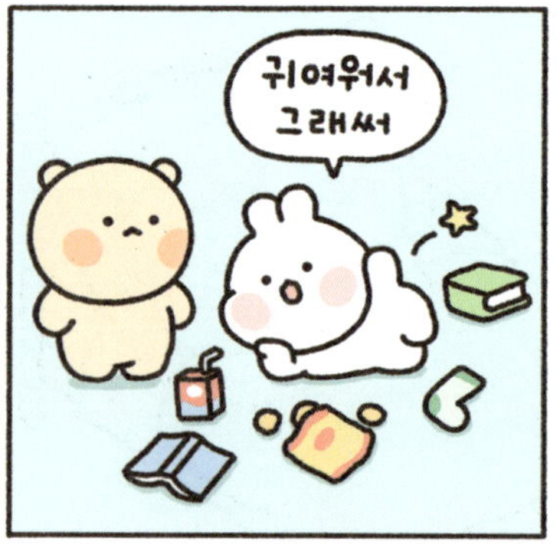

귀여워서
그래써

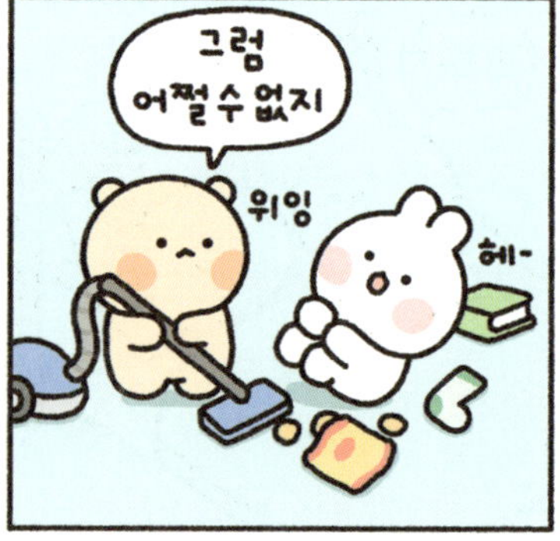

그럼
어쩔 수 없지
위잉
헤 -

나보다
재밌어?

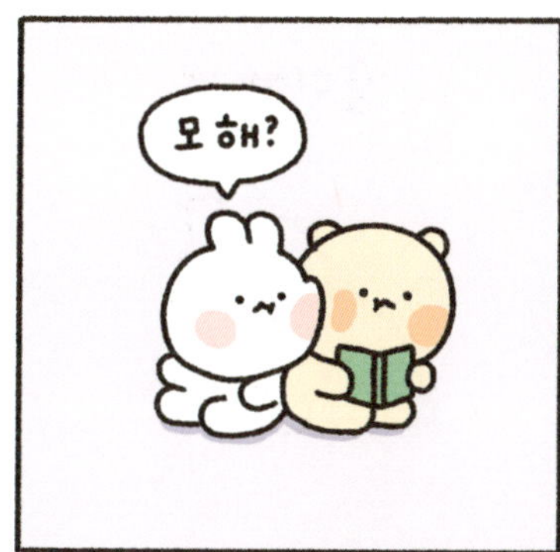

모 해?

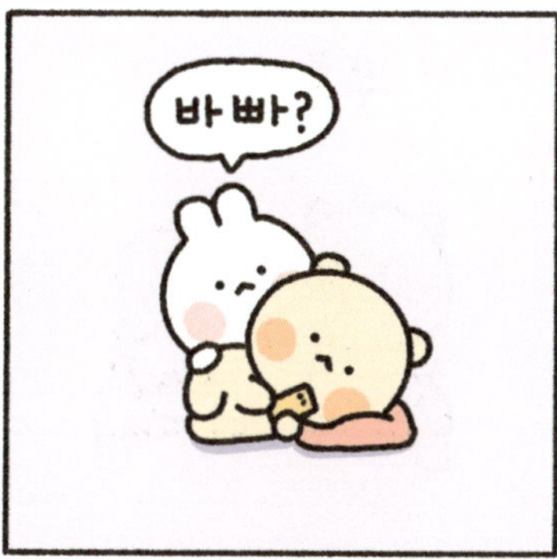

바빠?

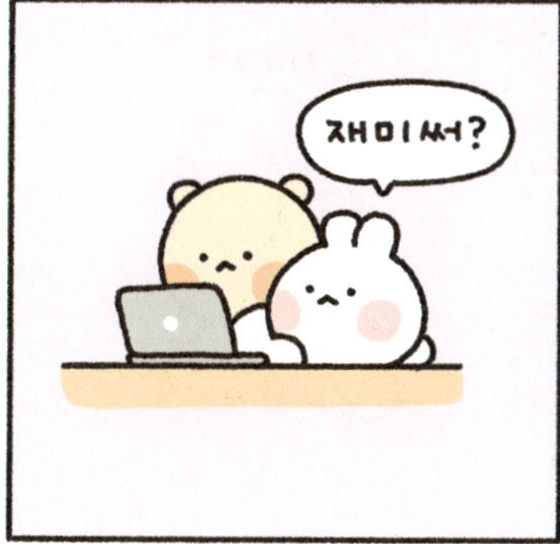

재미써?

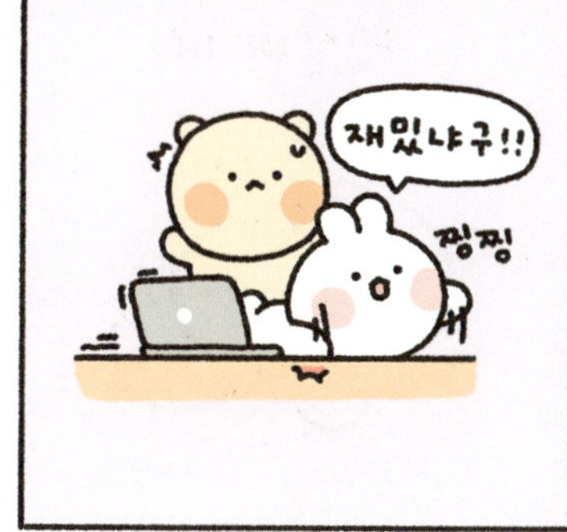

재밌냐구!!
찡찡

전용베개

무릎베개

궁디베개

뱃살베개
푹신

등베개

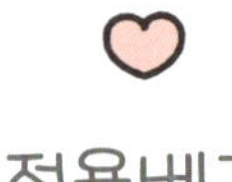

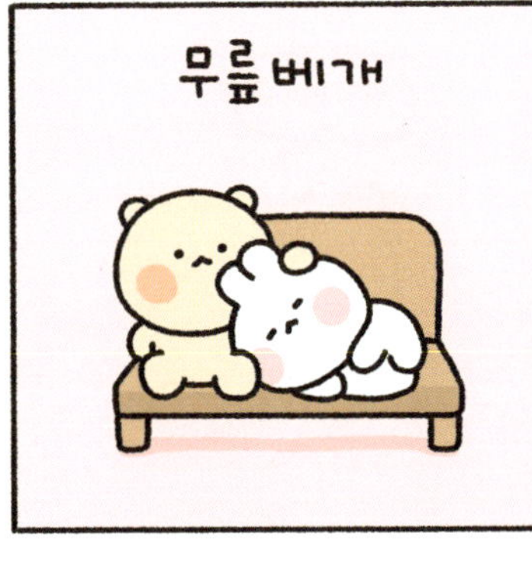

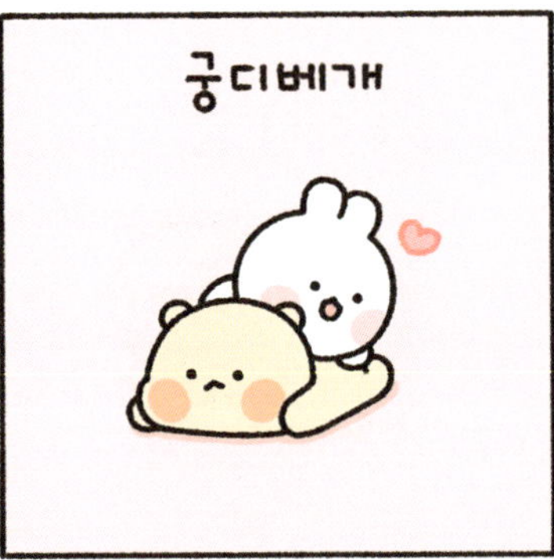

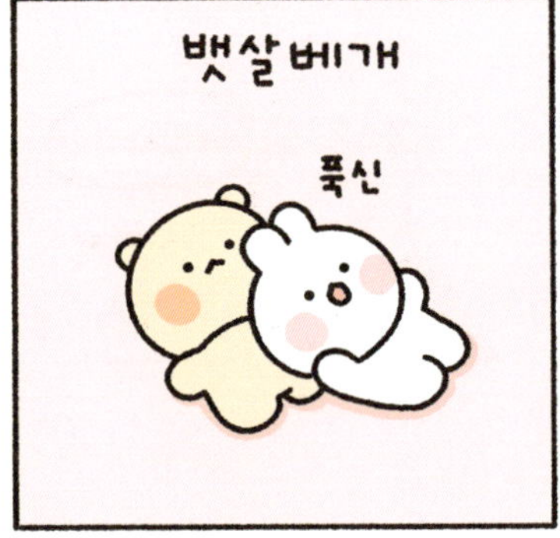

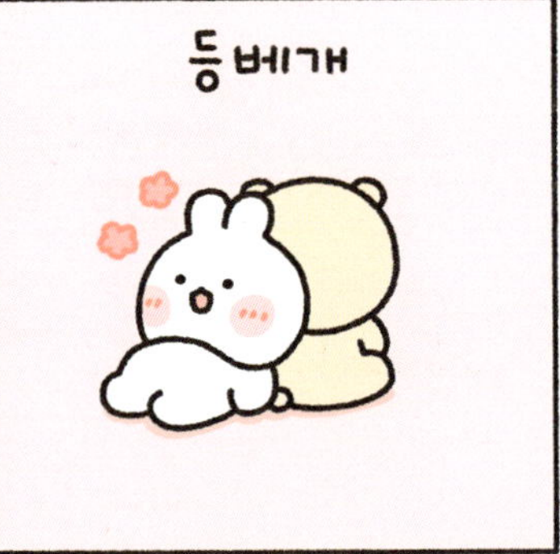

5분만

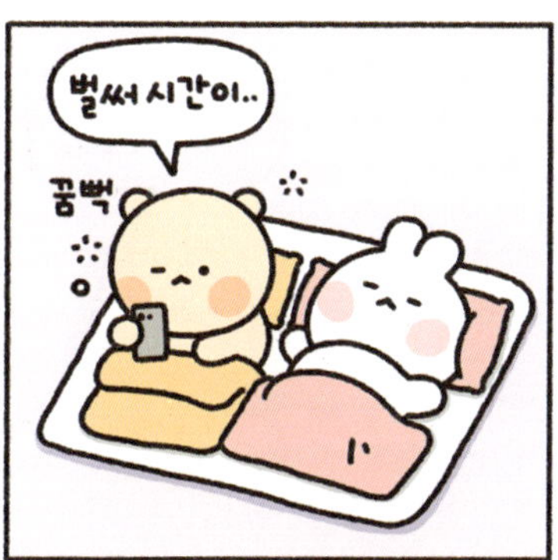
벌써 시간이..
꿈뻑

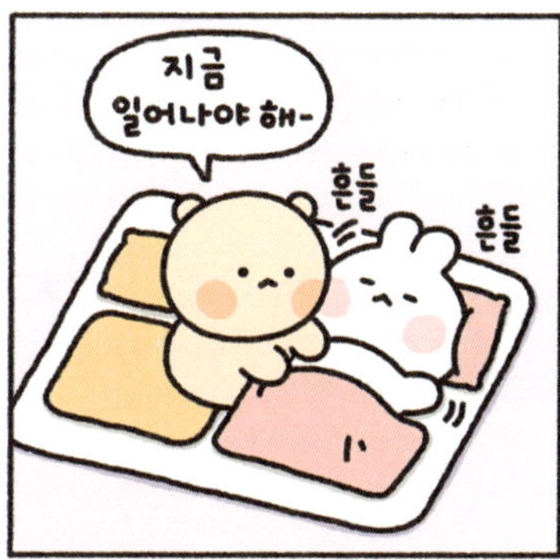
지금
일어나야 해~
흔들
흔들

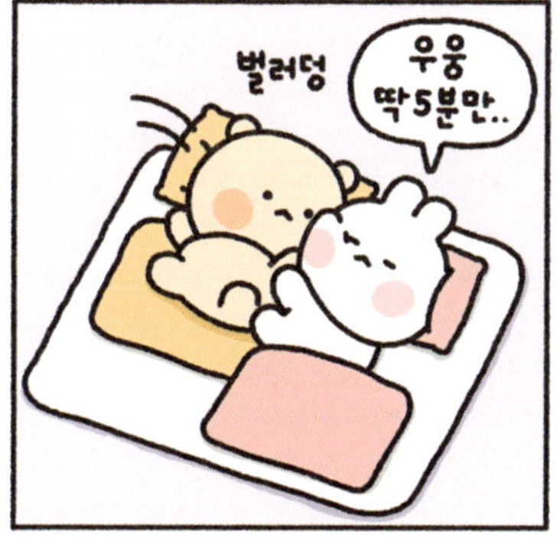
벌러덩
우웅
딱 5분만..

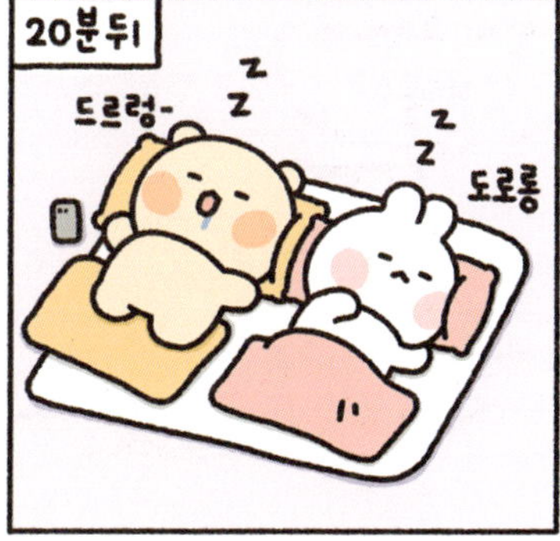
20분 뒤
드르렁~
Z
Z
Z
도로롱

배불러

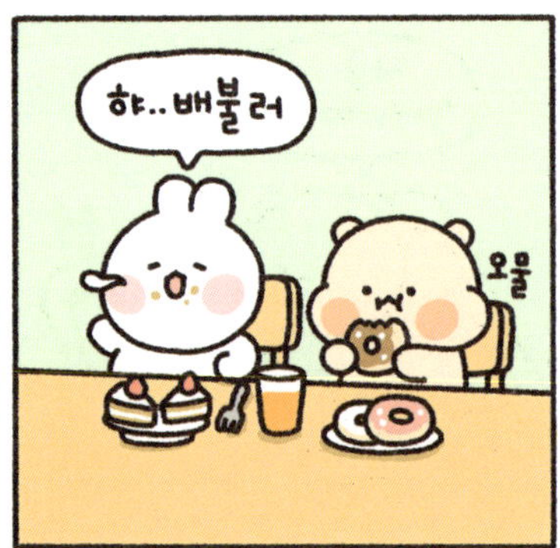
햐..배불러
오물

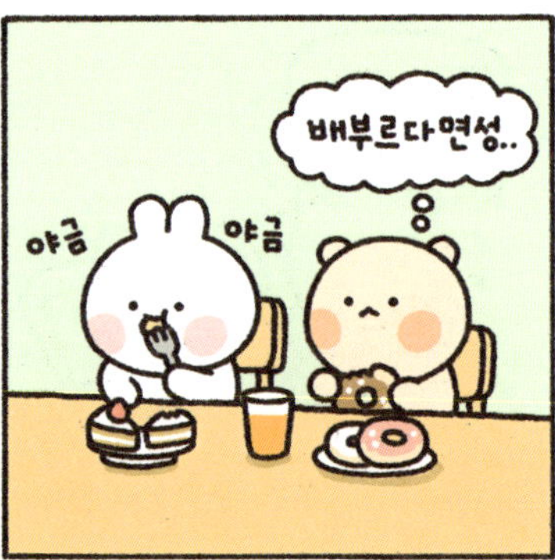
배부르다면성..
야금
야금
응

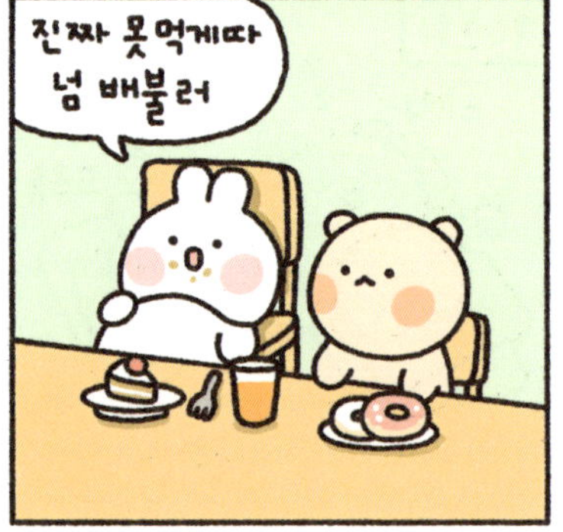
진짜 못먹게따
넘 배불러

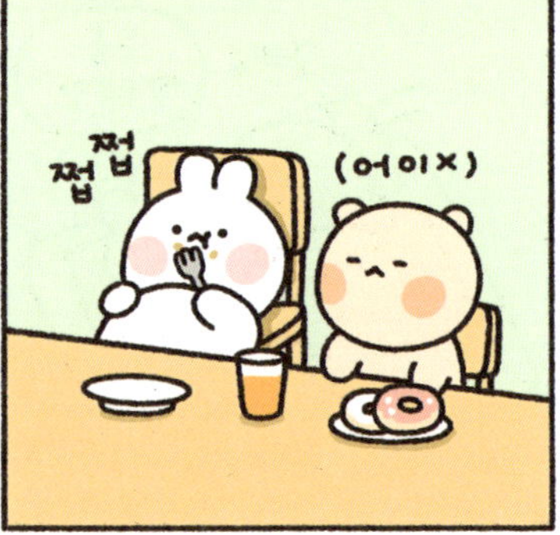
쩝
쩝쩝
(어이X)

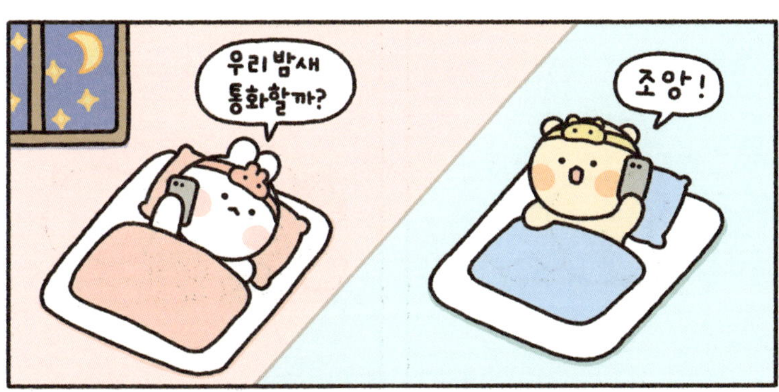

우리 밤새
통화할까?
조앙!

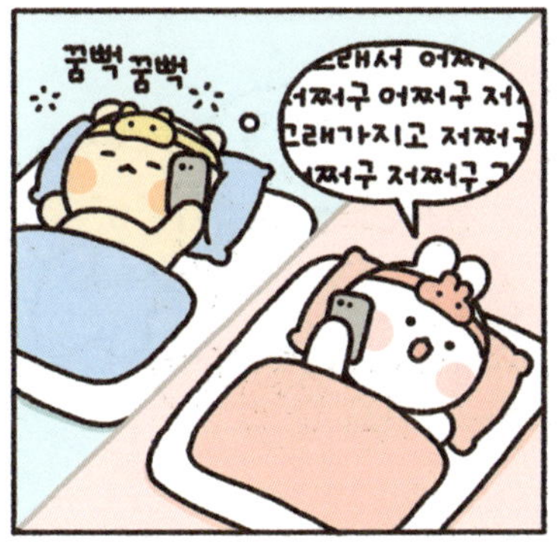

꿈뻑 꿈뻑
그래서 어쩌
저쩌구 어쩌구 저
그래가지고 저쩌
어쩌구 저쩌구 그

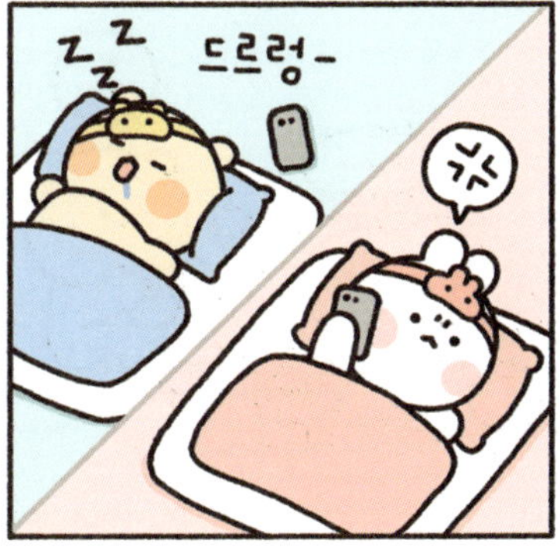

Z Z
Z
드르렁_

사실
배고팠던 것

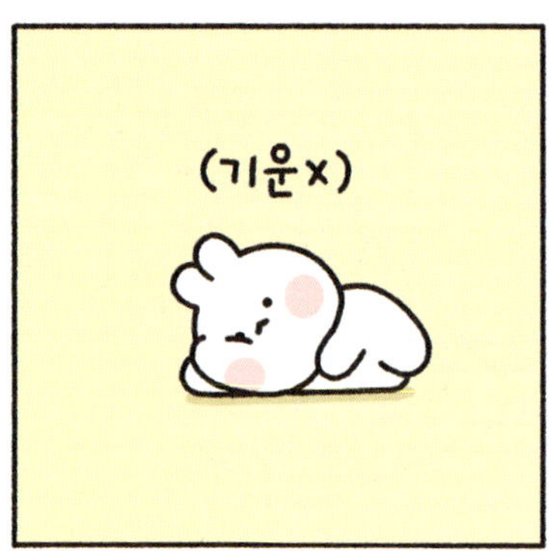
(기운X)

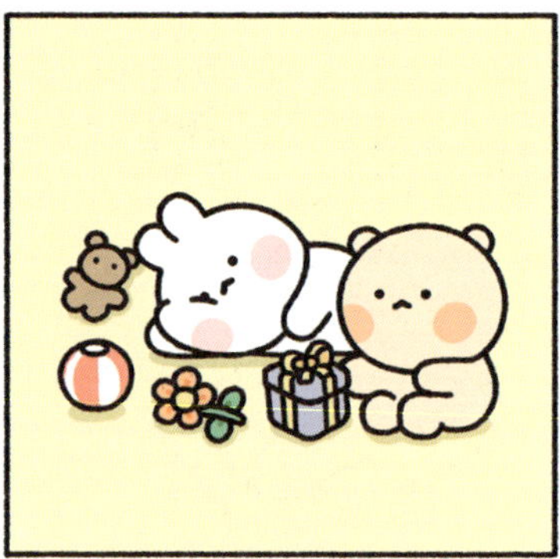

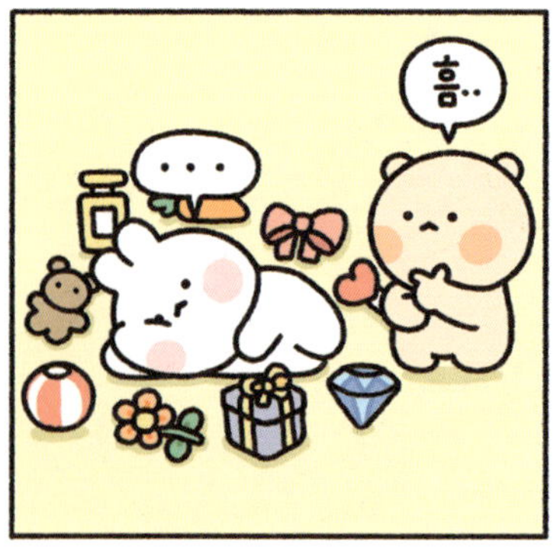
흠..
...

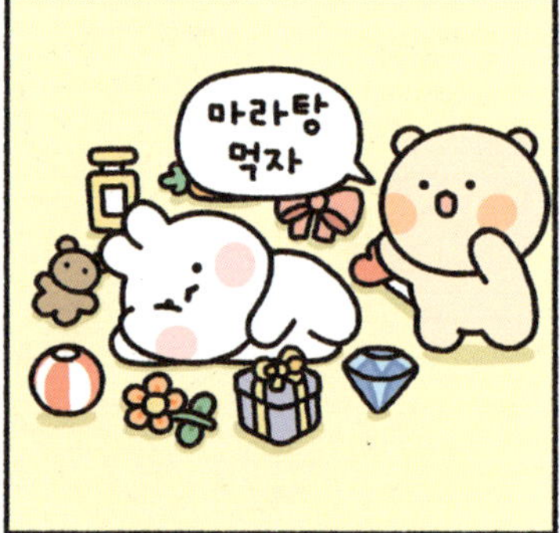
마라탕
먹자

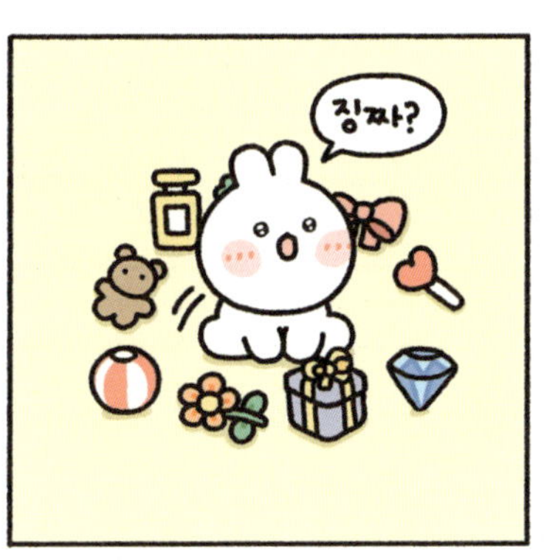
진짜?

♪♫

엘리베이터
안에서

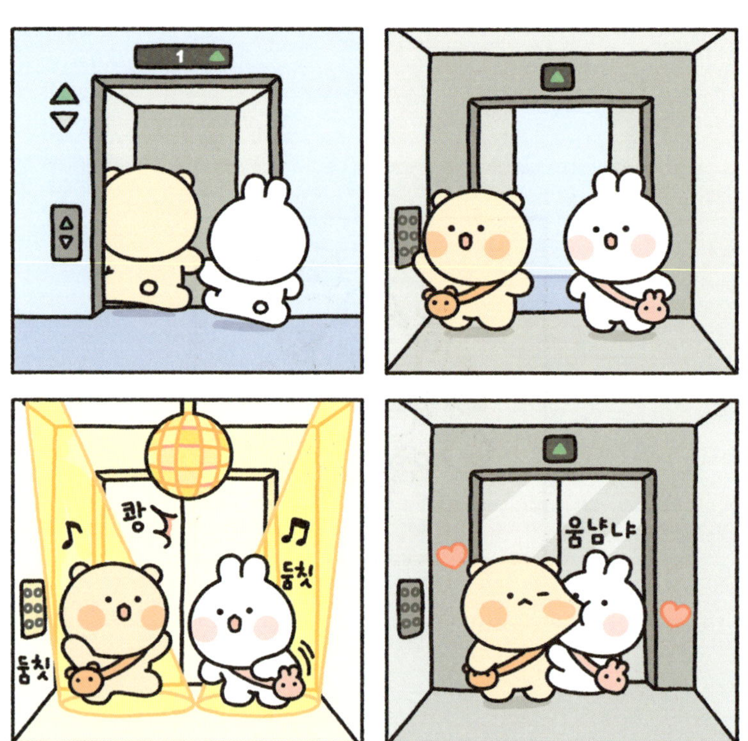
1
♪
쾅
둥칫
둥칫
움냠냐

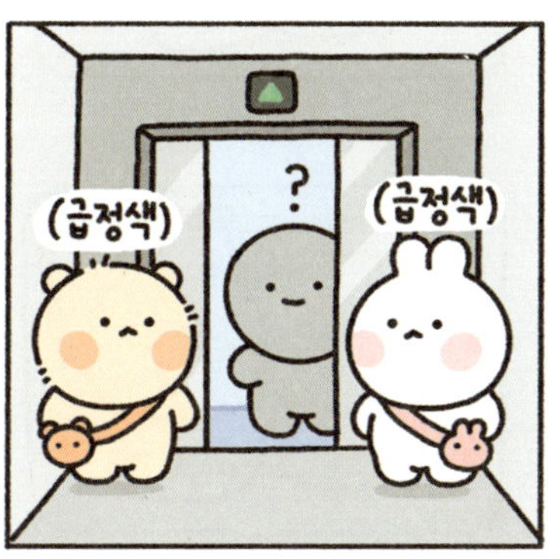

(급정색)
?
(급정색)

여러분은 어떤 자세로 주무시나요?

A.

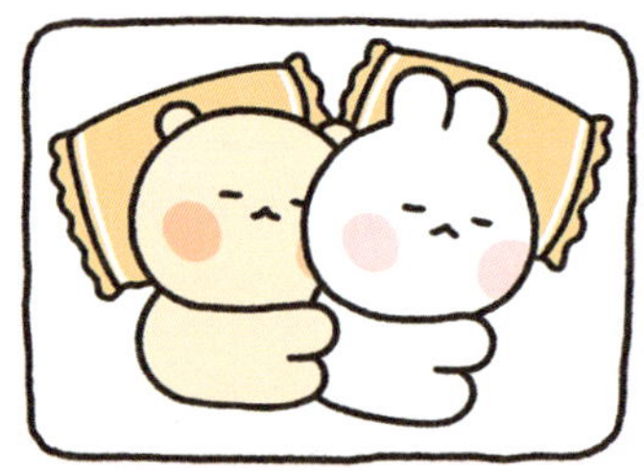

B.

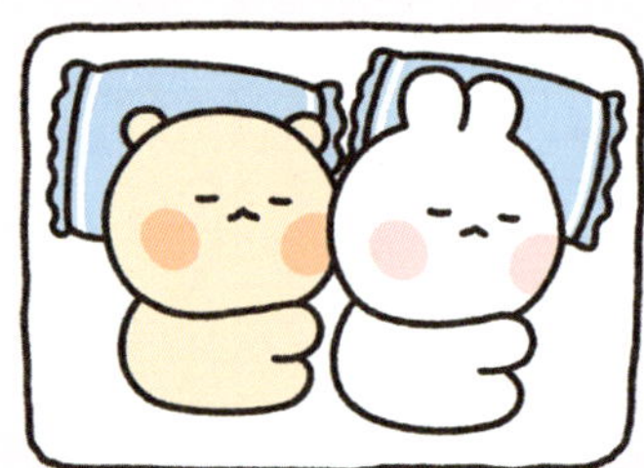

C.

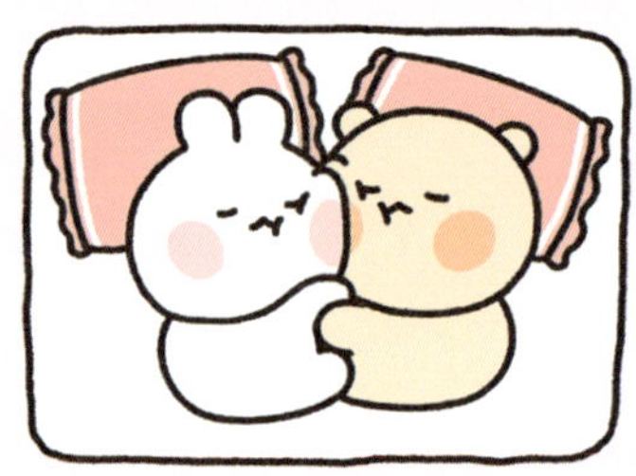

D. 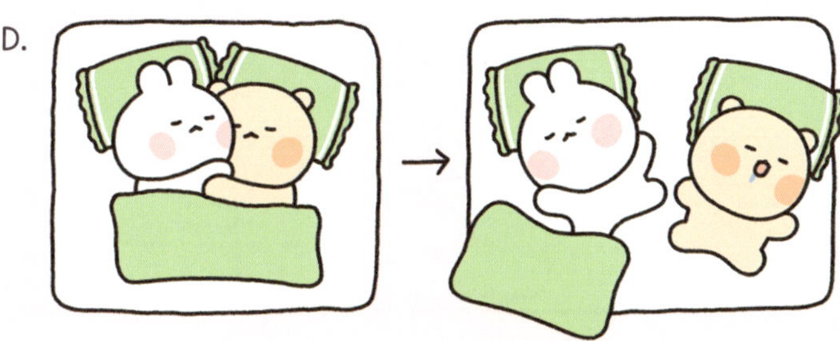

E. 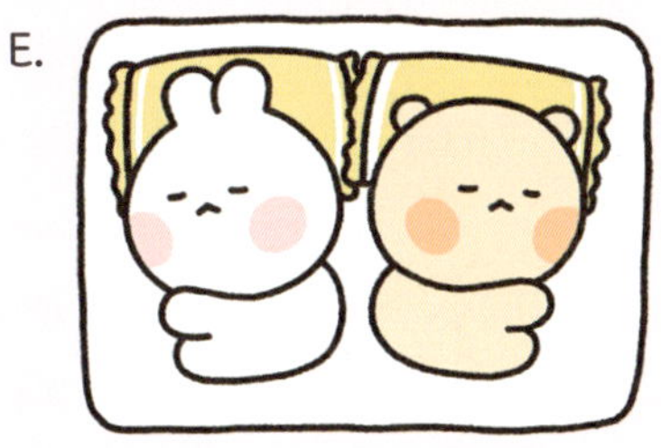

F. 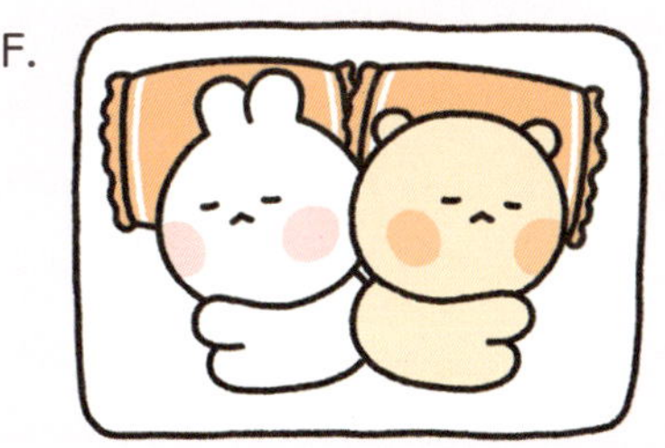

G.

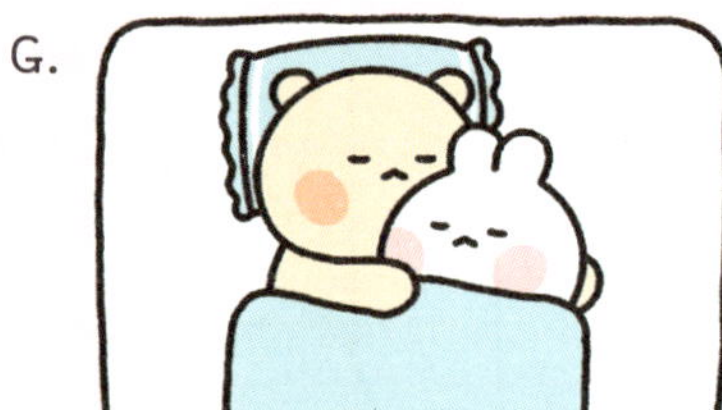

H.

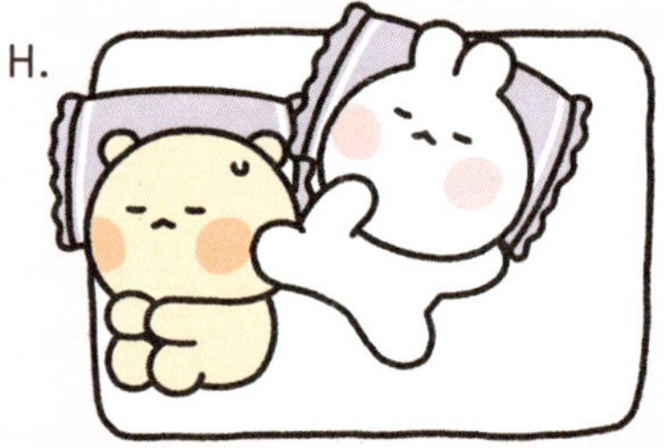

I.

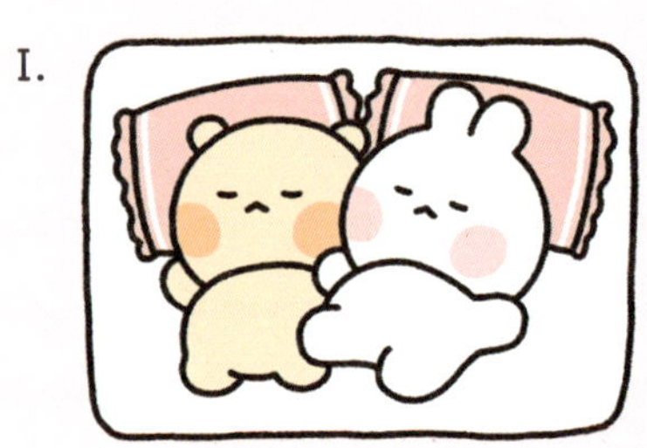

A. 포개찜 유형

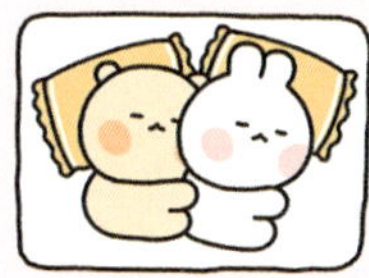

심리적 안정감과 신뢰가 높은 유형! 한 명이 다른 한 명을 뒤에서 감싸 안은 모습으로 '나는 당신을 믿는다'는 뜻이 담겨 있는 다정한 자세이지요. 전체 연인의 18% 정도가 이러한 자세로 잠을 잔다고 해요.

B. 멀어진 포개찜 유형

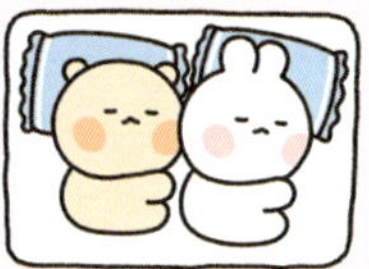

서로의 공간을 이해해주는 유형! 포개찜 유형이 시간이 흐르며 나타나는 자세로 관계가 오래 지속된 연인에게서 많이 나타나요. '내가 뒤에 있으니 내게 기대도 된다'는 뜻이 담겨 있어요.

C. 껌딱찜 유형

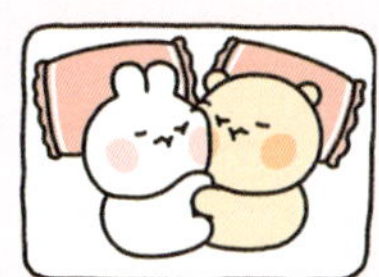

아주 친밀한 관계의 껌딱찜 유형! 서로 엮여 밀착한 상태의 모습으로 상대방에게 많이 의지하는 연인에게서 나타나는 자세예요.

D. 풀어진 껌딱찡 유형

독립성과 친밀함을 모두 충족하는 유형! 꼭 끌어안고 자
다가 시간이 지나면 서로 떨어져 자는 편한 자세
로, 껌딱찡 유형보다 더 결속력이 높은 연인들이에요.
8% 정도의 연인이 이런 형태로 잠을 잔다고 해요.

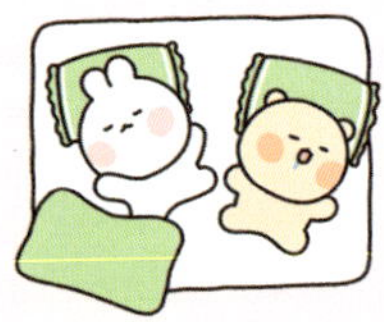

E. 멀어져찡 유형

서로 등을 돌린 채 어느 정도 간격을 두고 자는 자세의
유형! 생각보다 많이 보여지는 자세로 상당히 흔해
서 27%의 연인이 이런 모습이라고 해요. 서로의 독립
성을 보장해주며 관계를 지속하는 유형이에요.

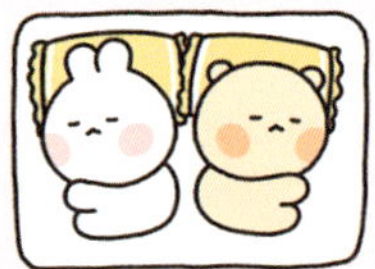

F. 등뽀뽀 유형

연인과 등이나 엉덩이를 맞댄 자세의 유형! 연애
초반, 1년 이하로 만난 관계에서 많이 보이는 자
세라고 해요. 서로가 상대방에게 편안함을 느끼
는 상태예요.

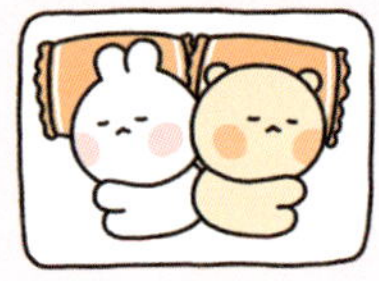

G. 찰떡콩떡 유형

팔을 베고 가슴에 머리를 기댄 자세의 유형! 다정한
느낌이 드는 자세로 보호와 의지의 느낌을 강하게 주는
모습이에요. 신뢰도도 무척 높다고 합니다!

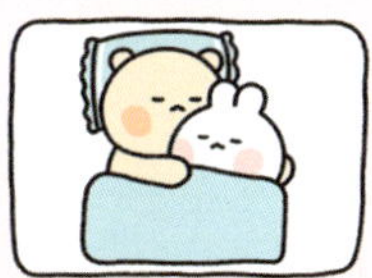

H. 무겁찜 유형

상대방의 몸 위에 다리를 올려놓고 자는 유형! 상대
방에 대한 깊은 이해를 의미해요. 서로의 삶이 하나
로 섞여 있고, 상대방을 무척 신경 써주고 있을 때 나
타나는 자세예요.

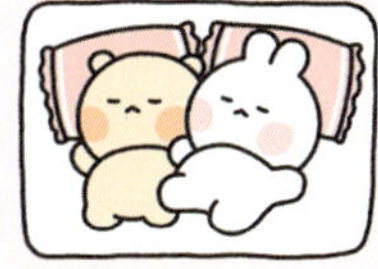

I. 욕심쟁이 유형

한쪽이 많은 공간을 쓰고 자는 유형! 잘 때 욕심쟁이
인 연인은 관계 속에서도 욕심쟁이일 가능성이 높다
고 해요. 서로 사랑하고 배려하는 자세가 필요한
자세예요.

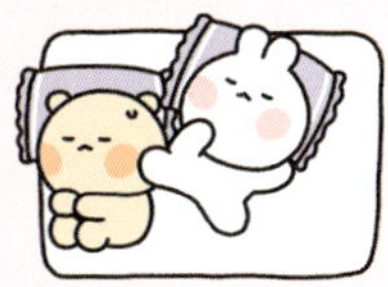

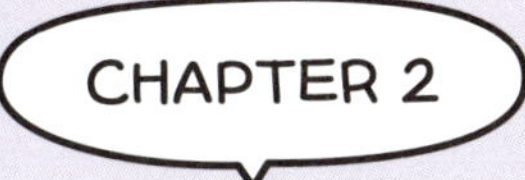

곰돌찡
심쿵 모멘트

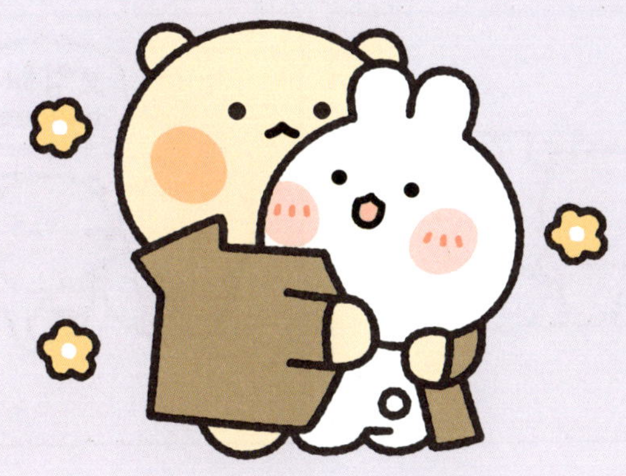

헤어지기 싫을 땐
보쌈각

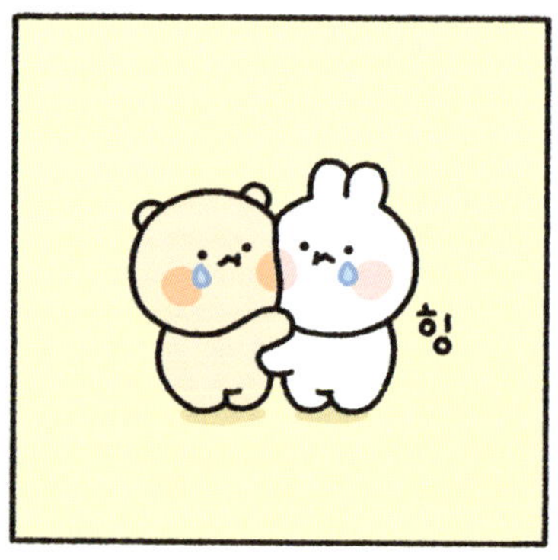
힝

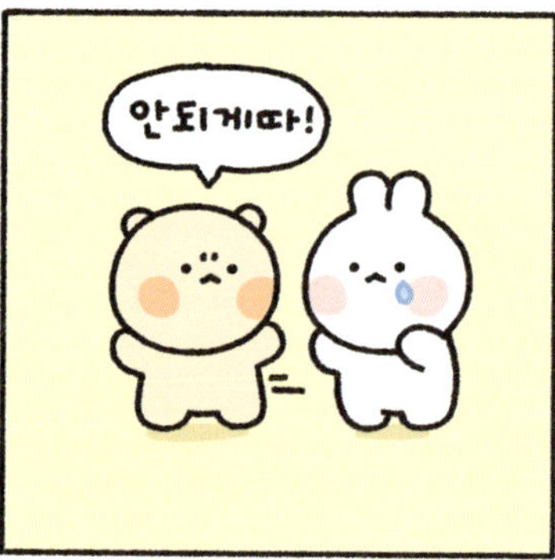
안되게따!

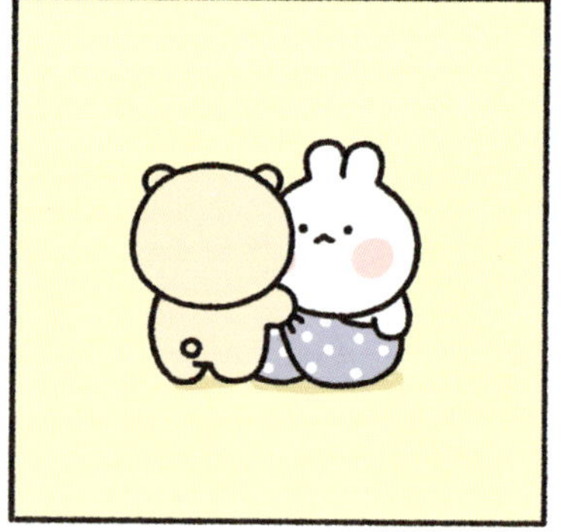

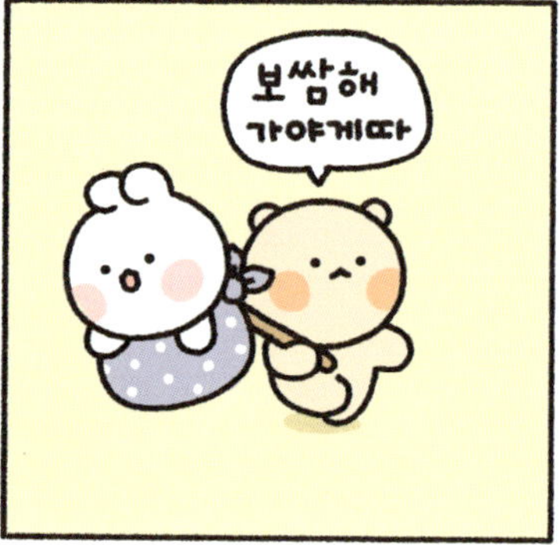
보쌈해
가야게따

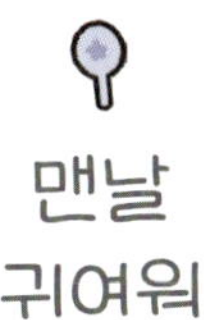

맨날
귀여워

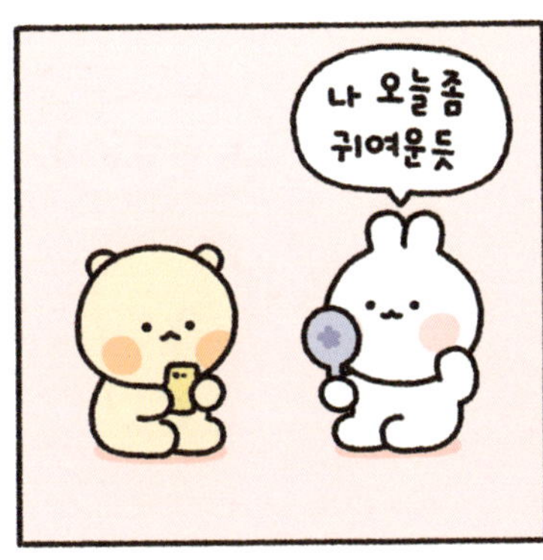
나 오늘좀
귀여운듯

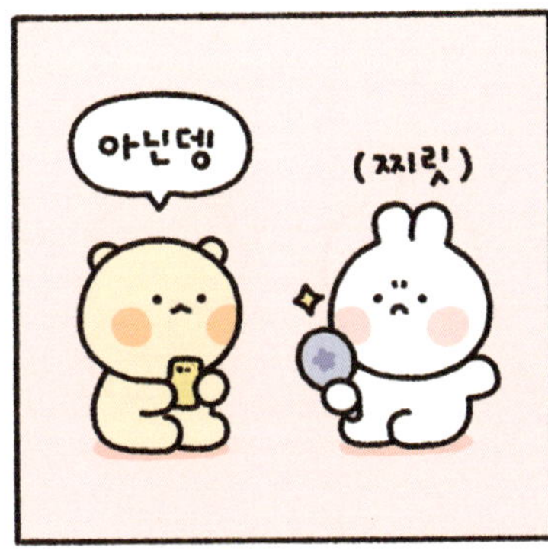
아닌뎅
(찌지릿)

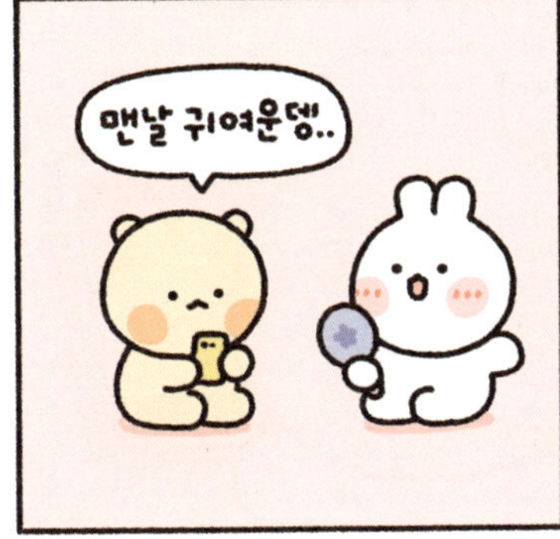
맨날 귀여운뎅..

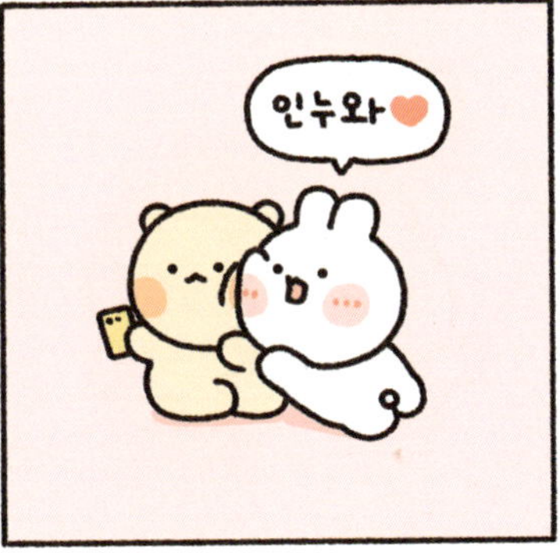
인누와 ♥

바로
너!

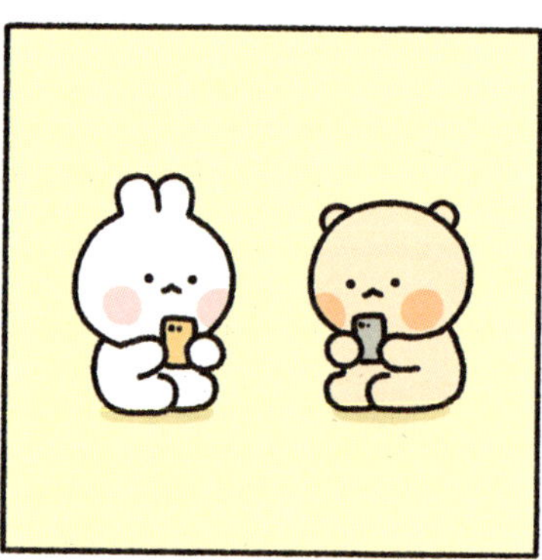

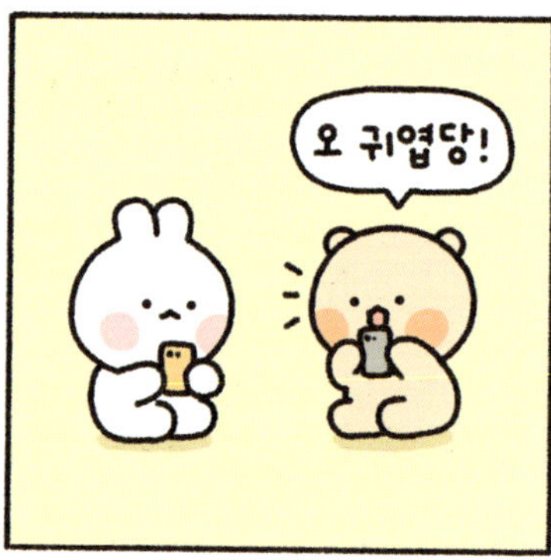

오 귀엽당!

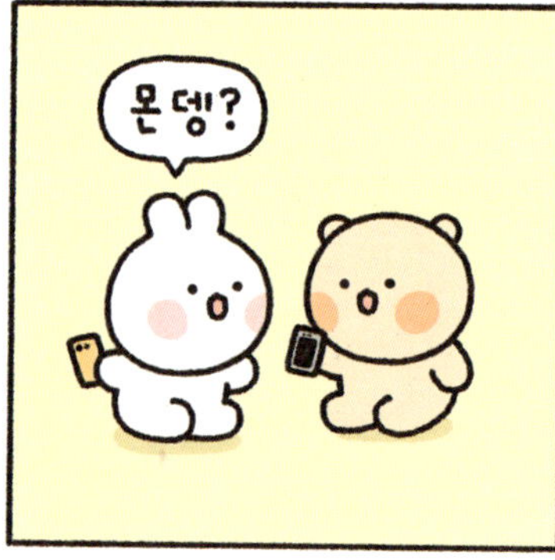

몬 뎅?

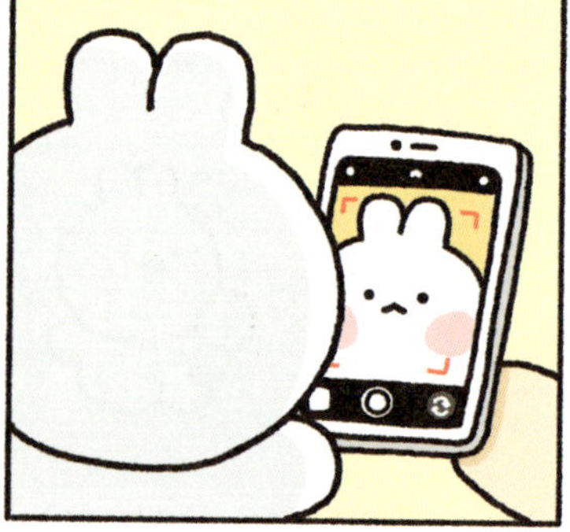

너만 보인단
말이야

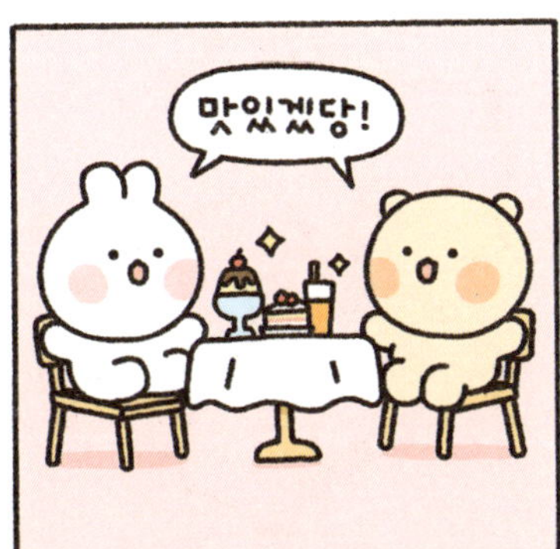

맛있겠당!

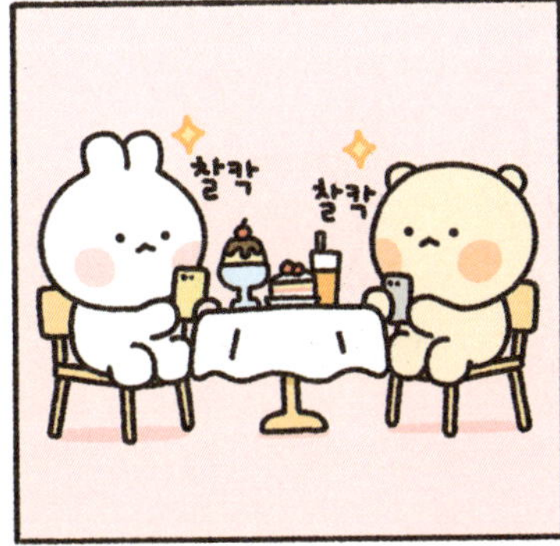

찰칵
찰칵

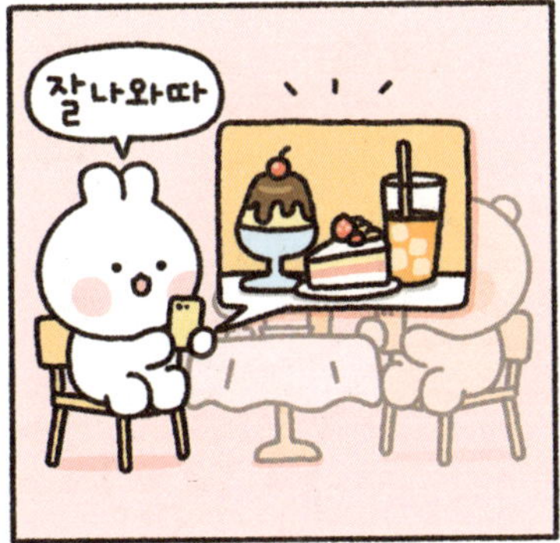

잘나와따

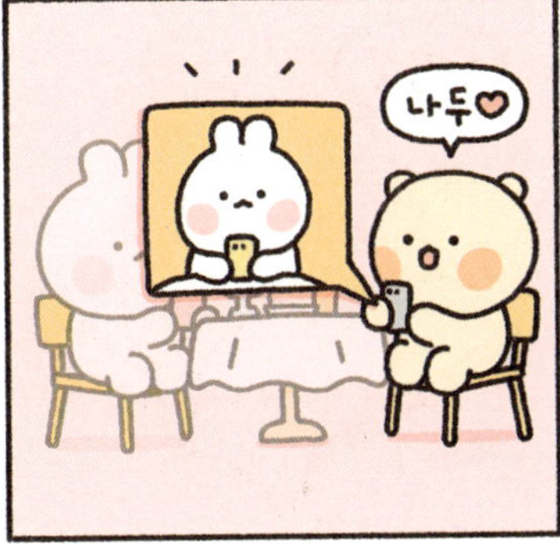

나두♡

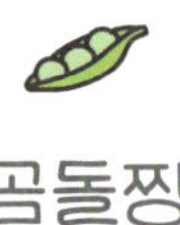

곰돌찡
콩깍지 1

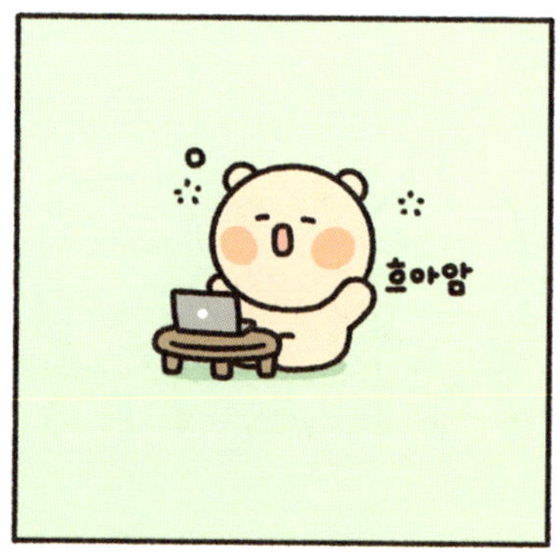
호아암

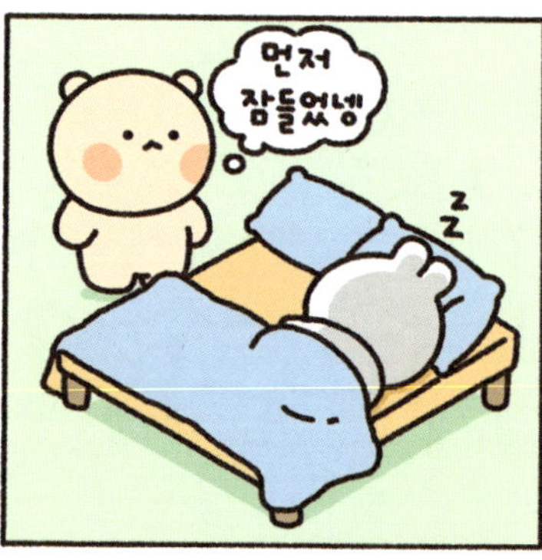
먼저 잠들었넹
ZZ

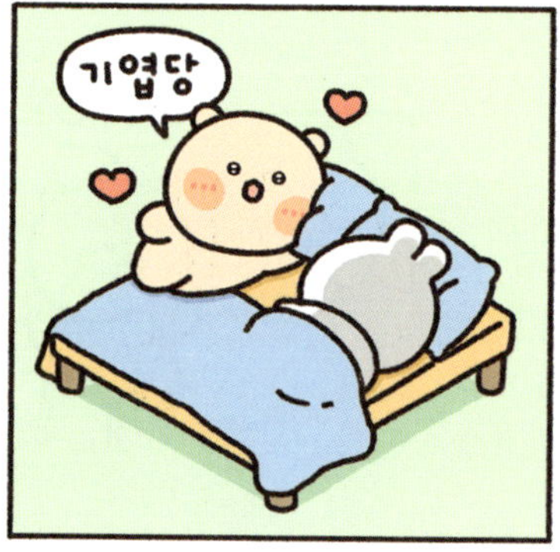
기엽당

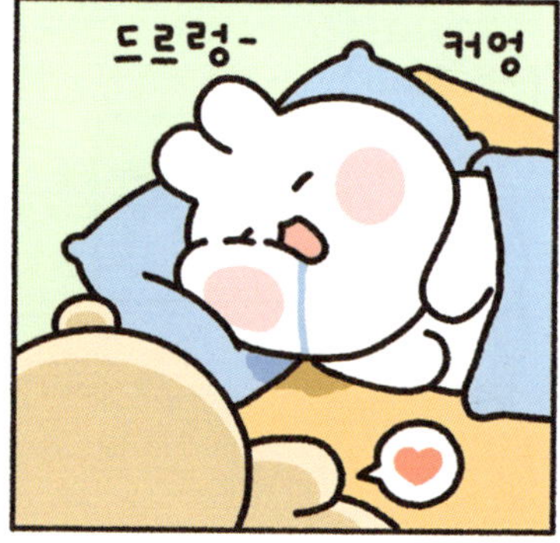
드르렁-
커엉

경고했다,
작작 귀여워라

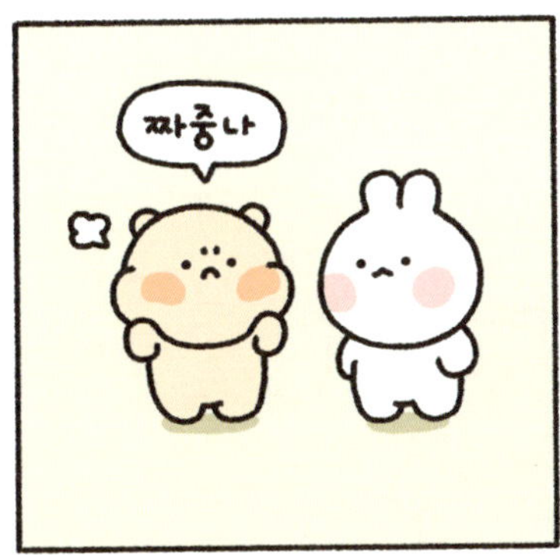
짜증나

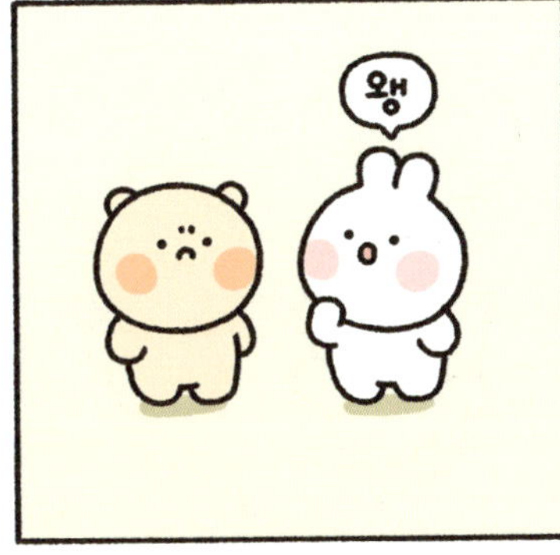
왱

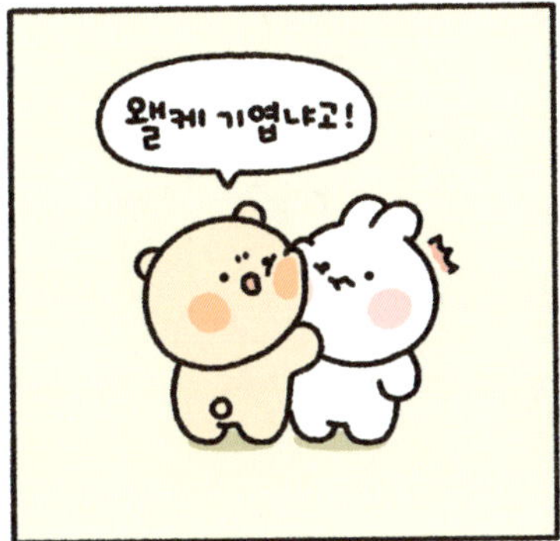
왤케 기엽냐고!

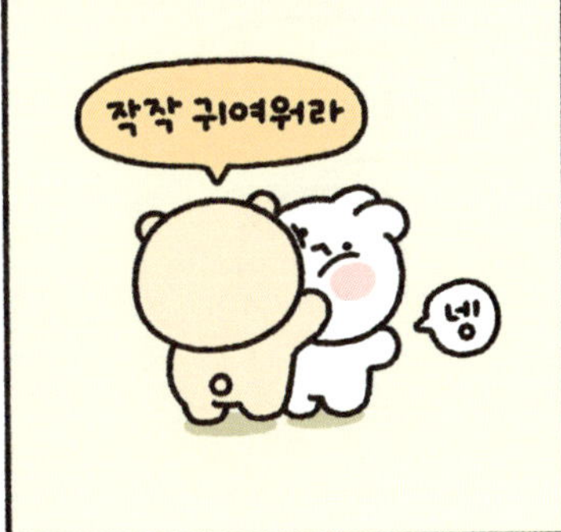
작작 귀여워라
넹

나만
괴롭힐 거야

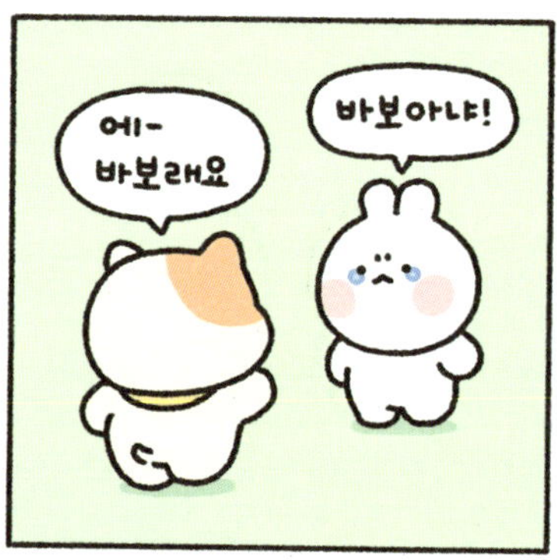
에-
바보래요
바보아냐!

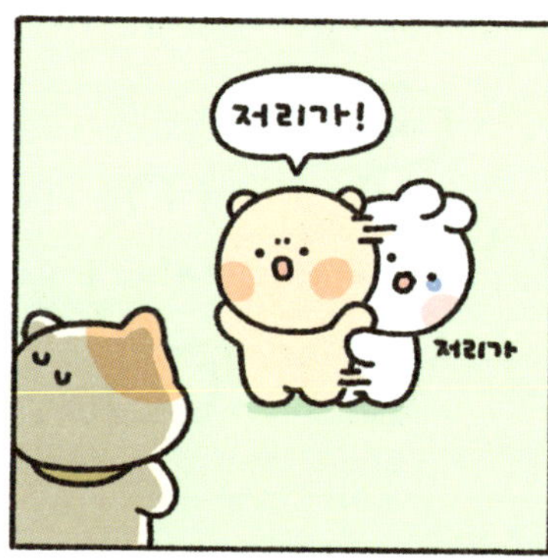
저리가!
저리가

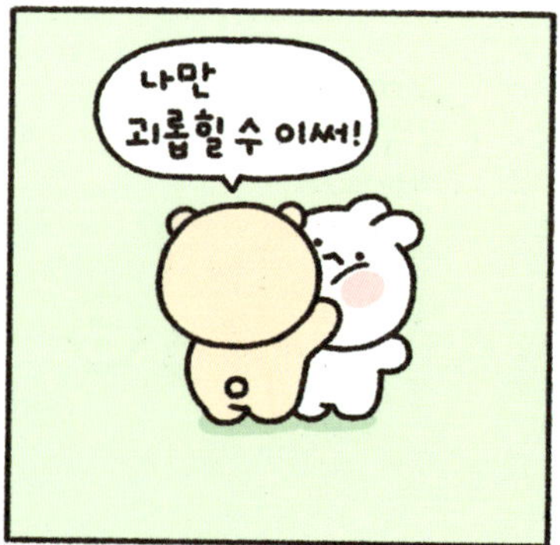
나만
괴롭힐 수 이써!

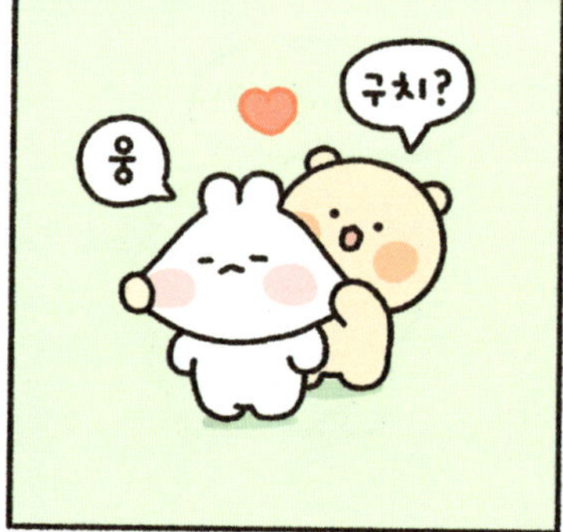
웅
구치?

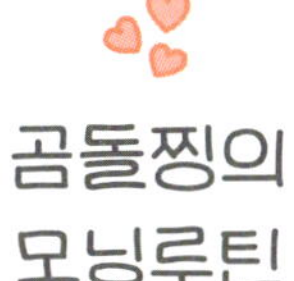

곰돌찡의
모닝루틴

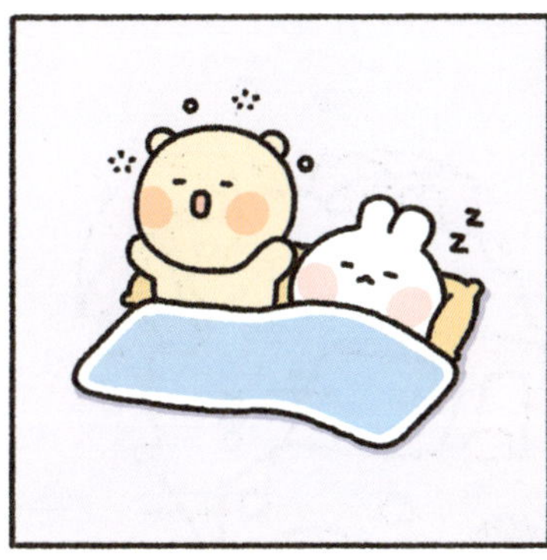

ㅇ

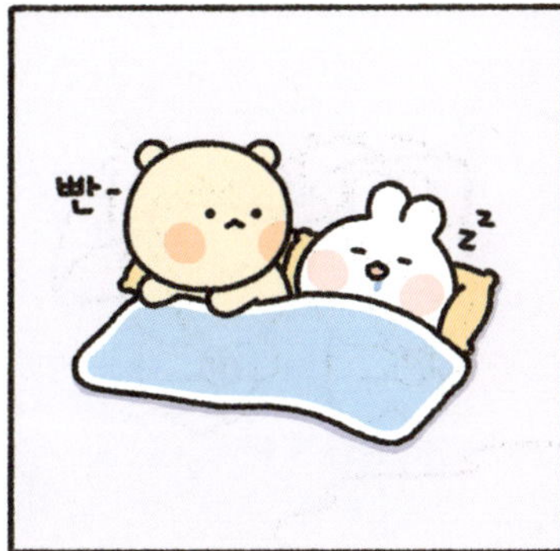

빤-

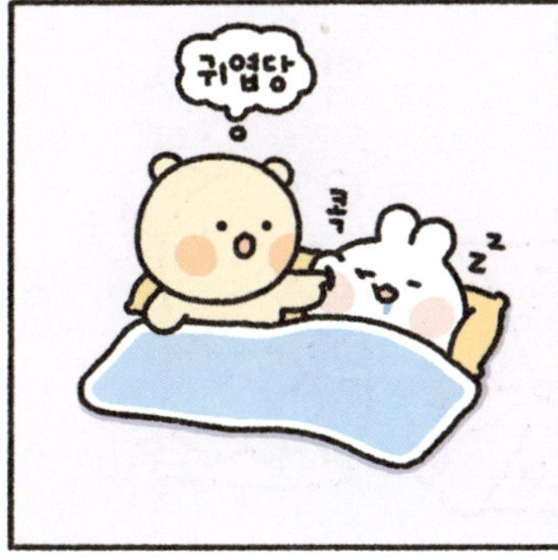

귀엽당
쿡

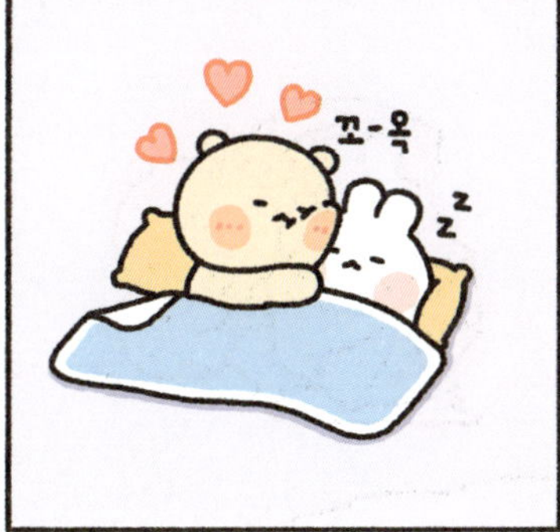

꼬-옥

뿌듯해

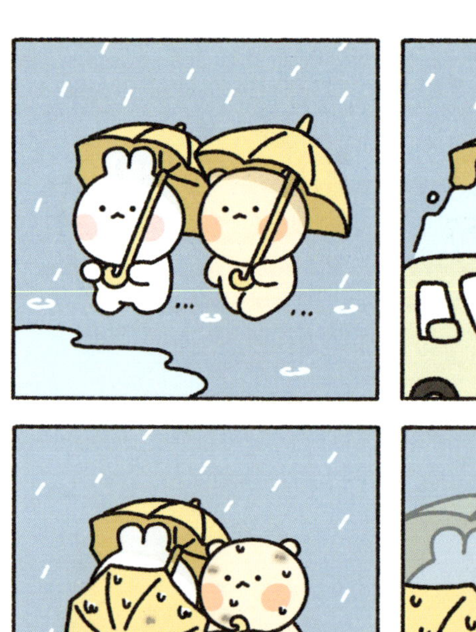
...
...

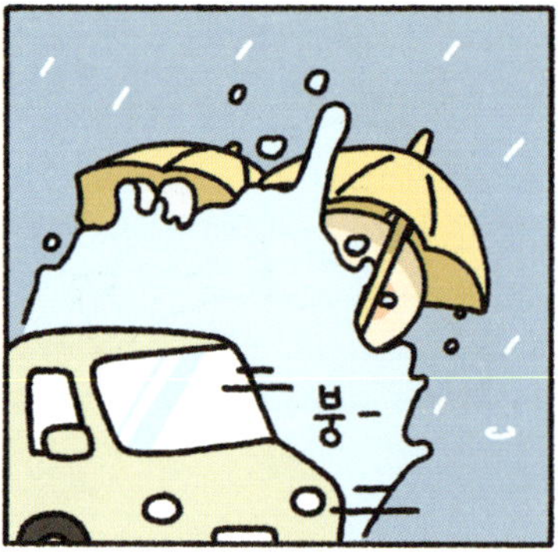
붕—

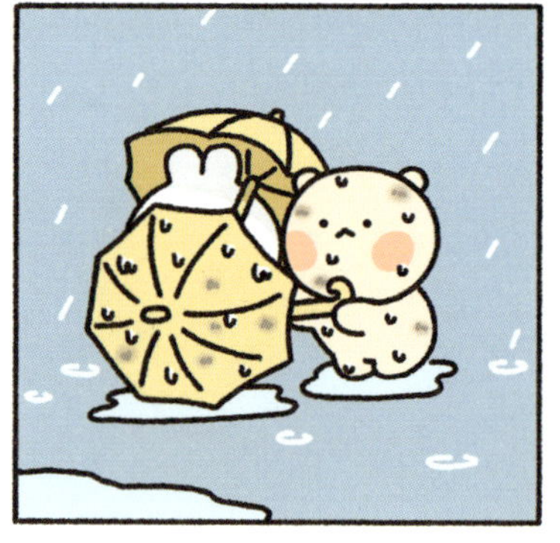

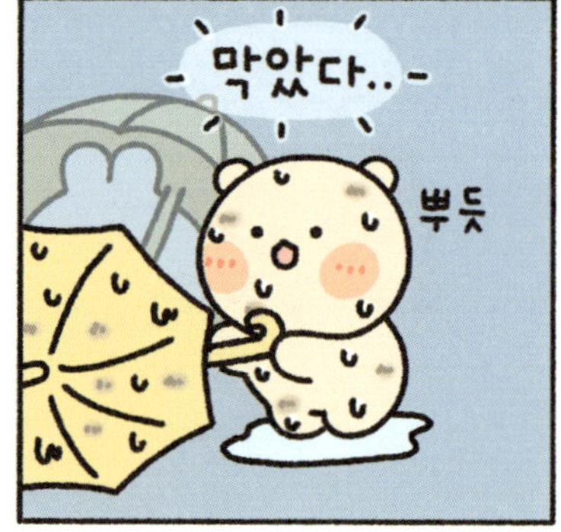
- 막았다.. -
뿌듯

토끼찡
심쿵시키는 법

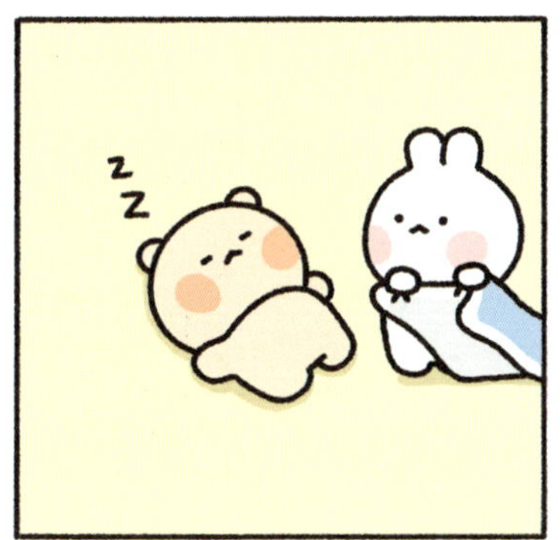
ZZ

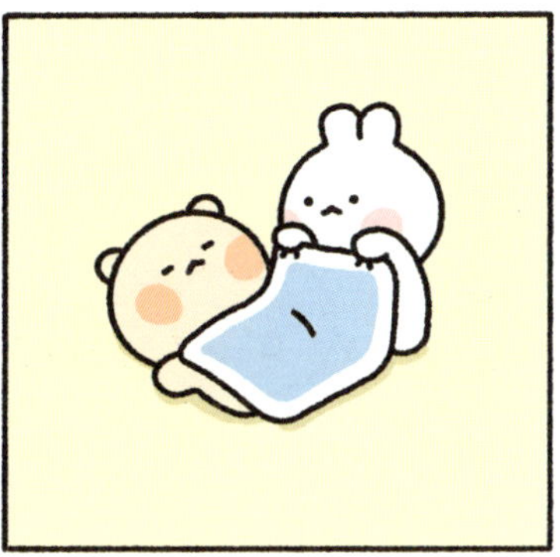

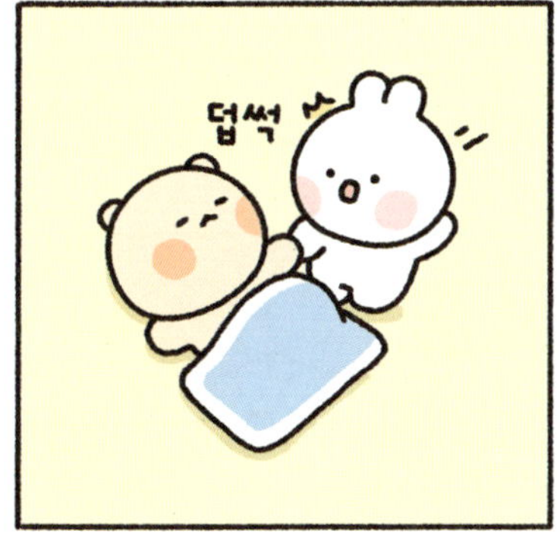
덥썩

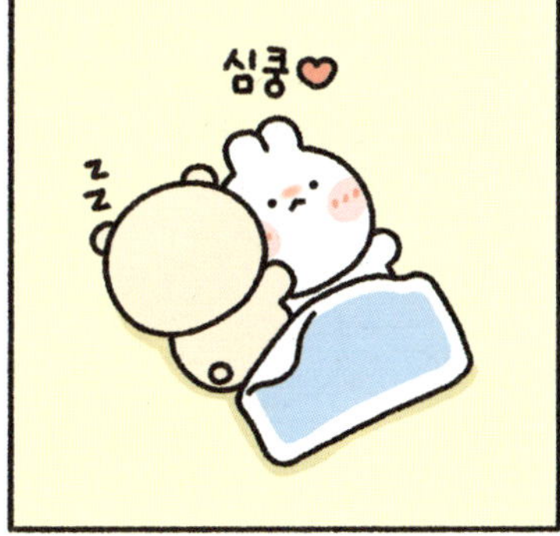
심쿵♡
ZZ

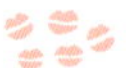

전신
뽀뽀테라피

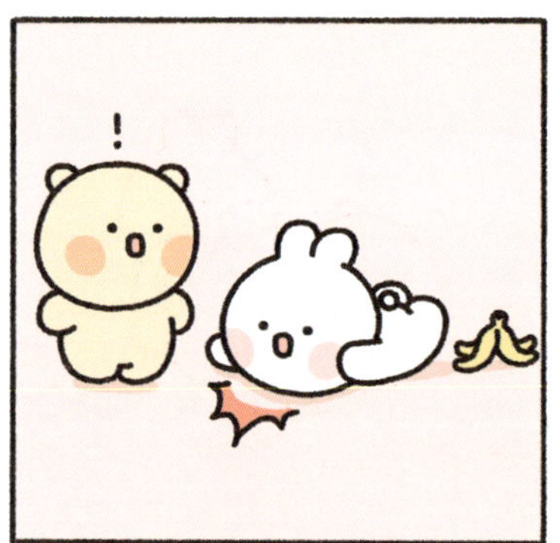
!

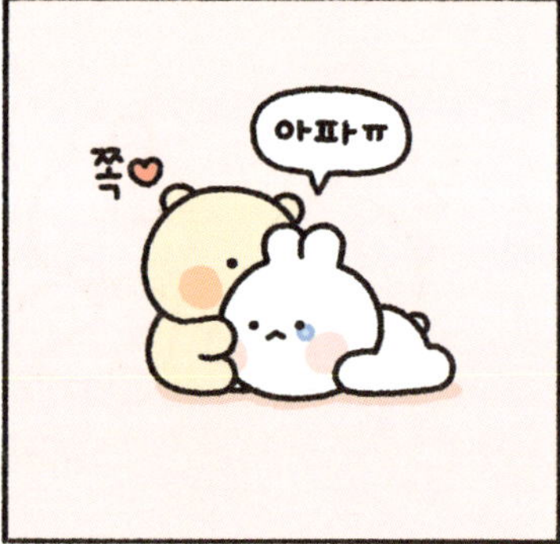
아파ㅠ
쪽

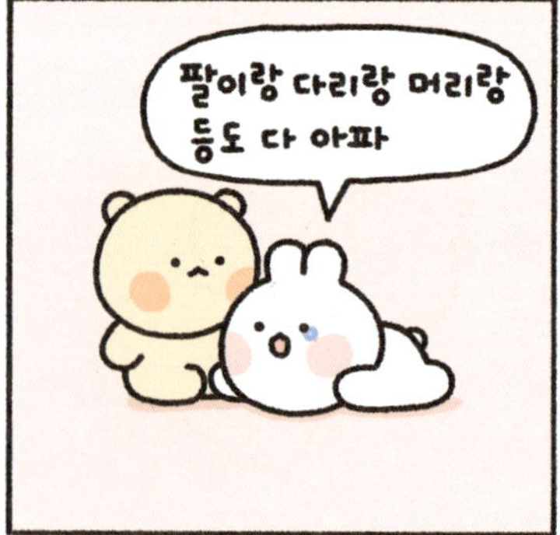
팔이랑 다리랑 머리랑
등도 다 아파

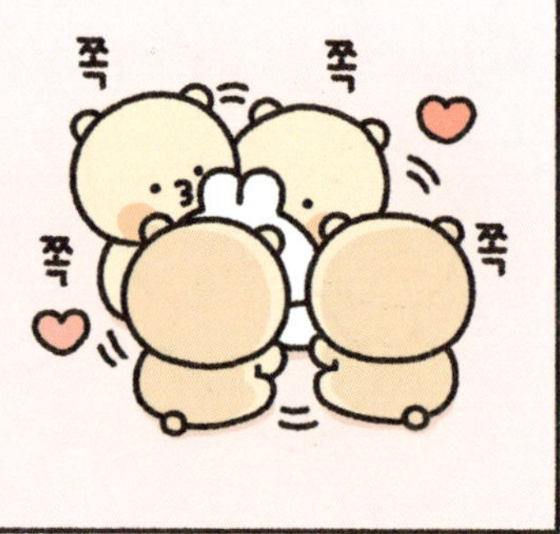
쪽
쪽
쪽
쪽

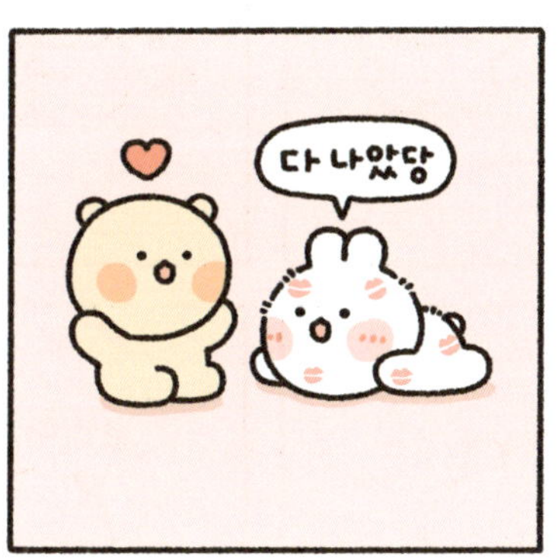
다 나아땅
쏘ㅇ

같이 입으면
따뜻해

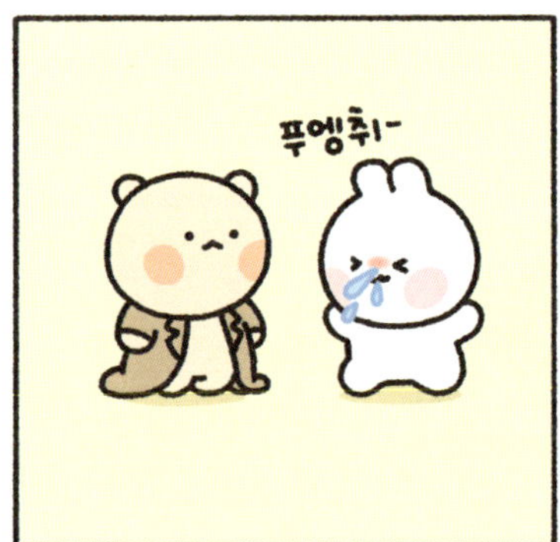
푸엥취-

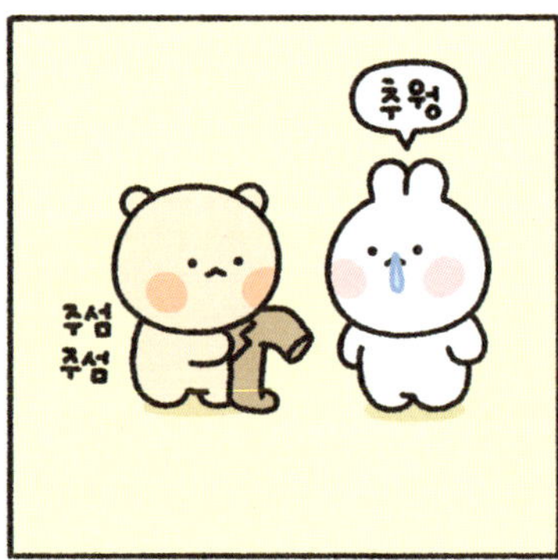
추웡
주섬
주섬

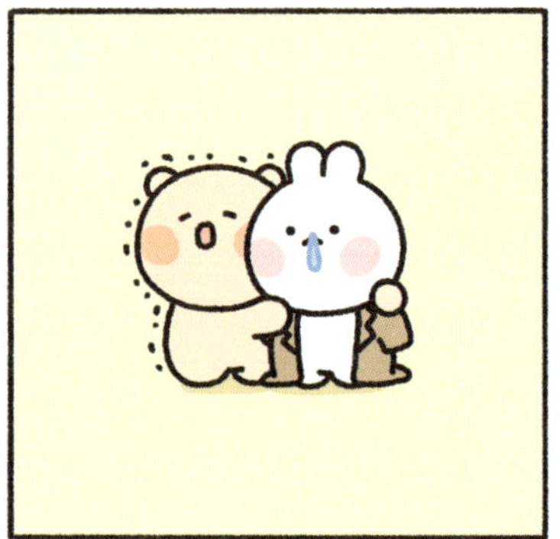

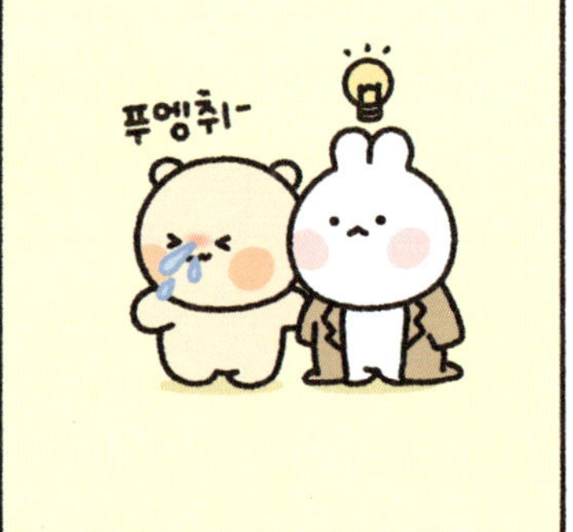
푸엥취-

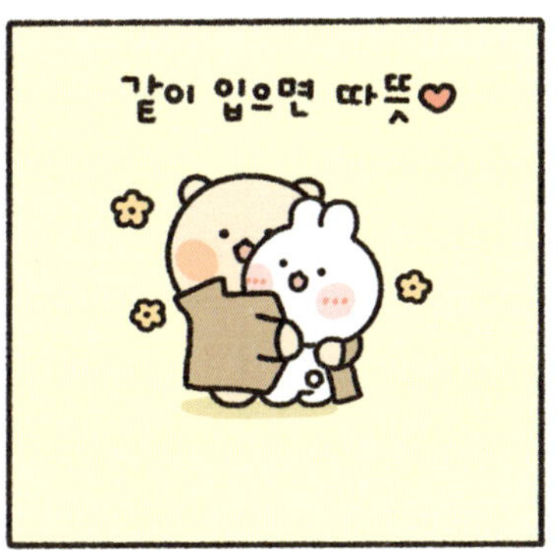
같이 입으면 따뜻♥

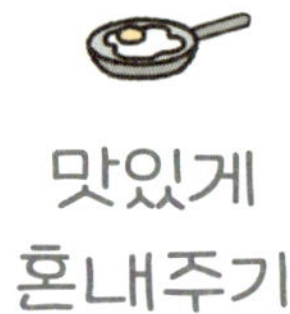

맛있게
혼내주기

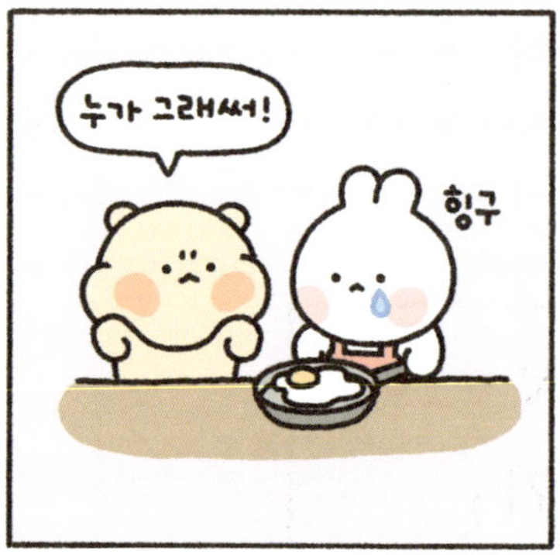

누가 그래써!
힝구

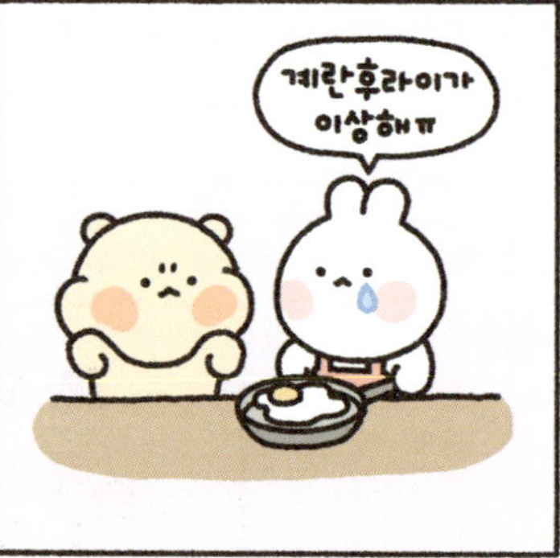

계란후라이가
이상해ㅠ

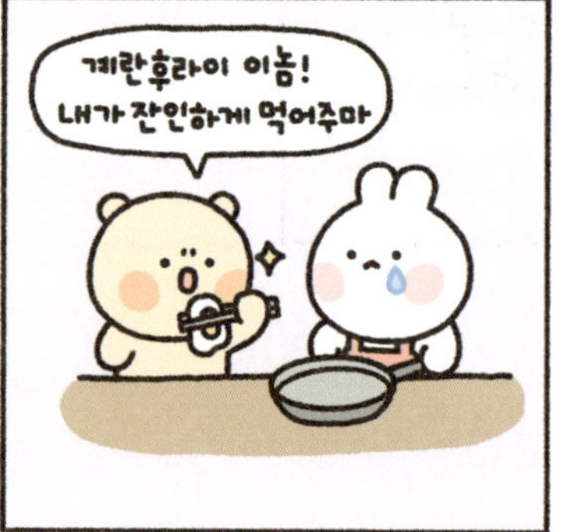

계란후라이 이놈!
내가 잔인하게 먹어주마

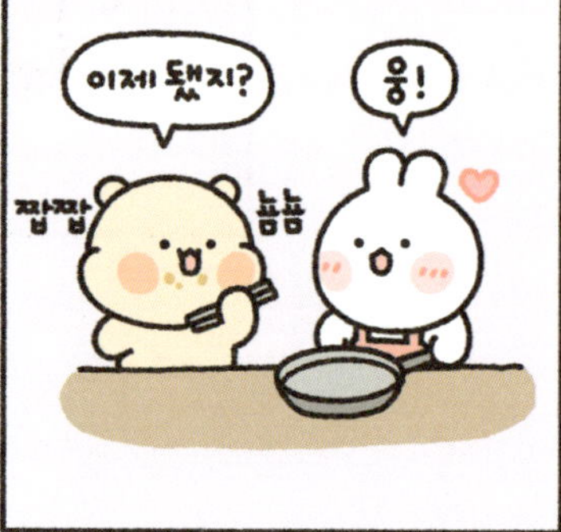

이제 됐지?
응!
짭짭
폼폼

하트부자

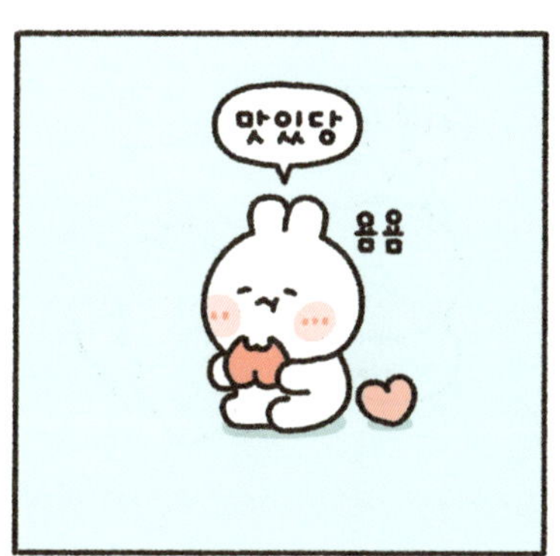

맛있당
욤욤

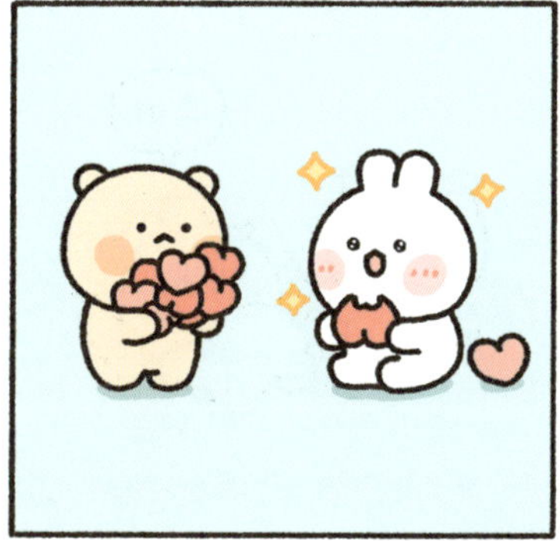

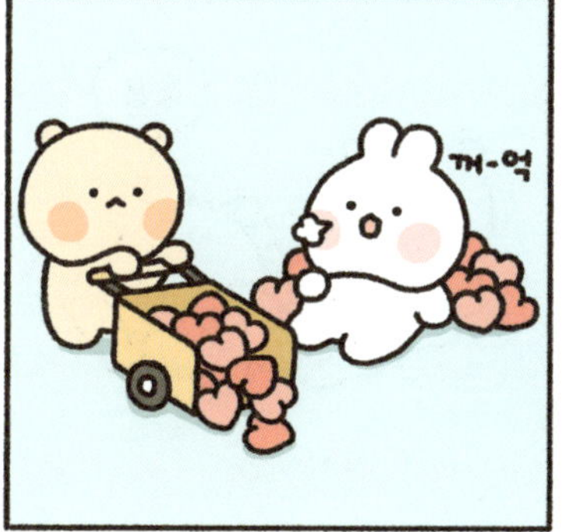

꺼-억

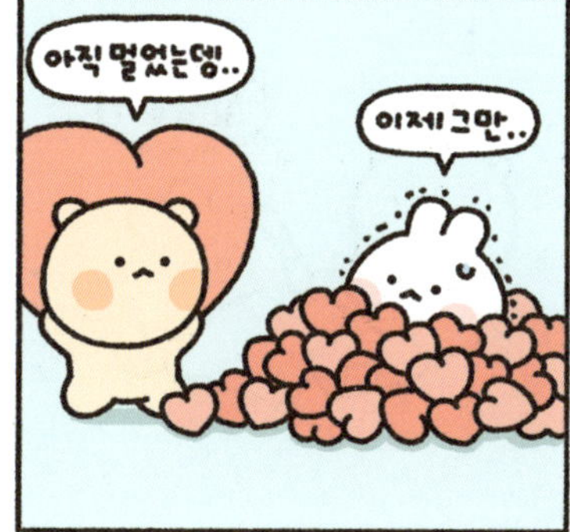

아직 멀었는뎅..
이제 그만..

곰돌찡 이불이
딱이야

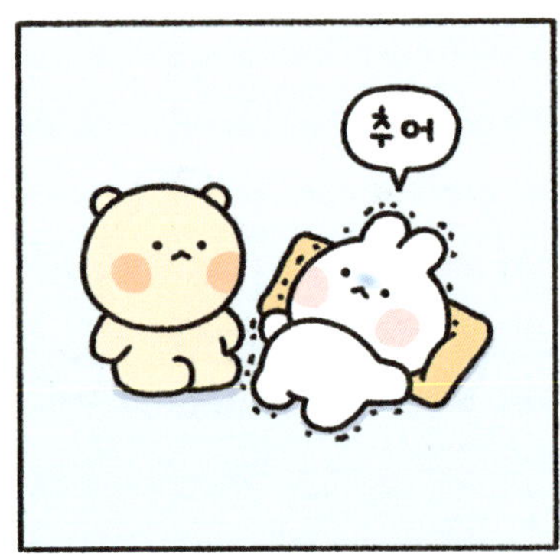
추어

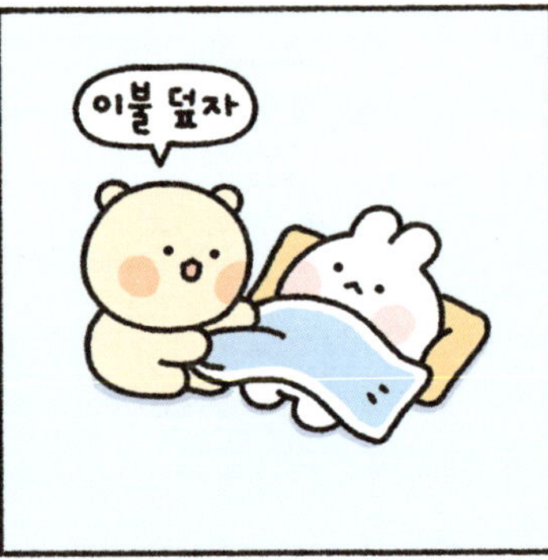
이불 덮자

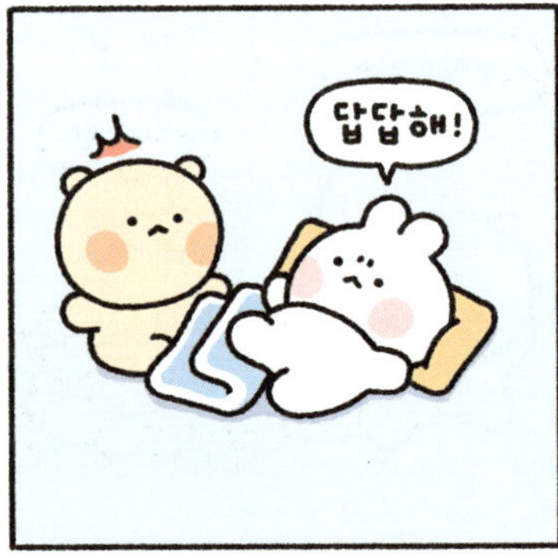
답답해!

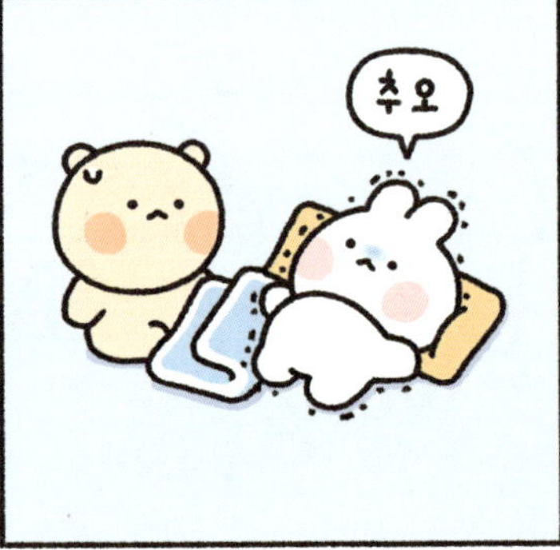
추오

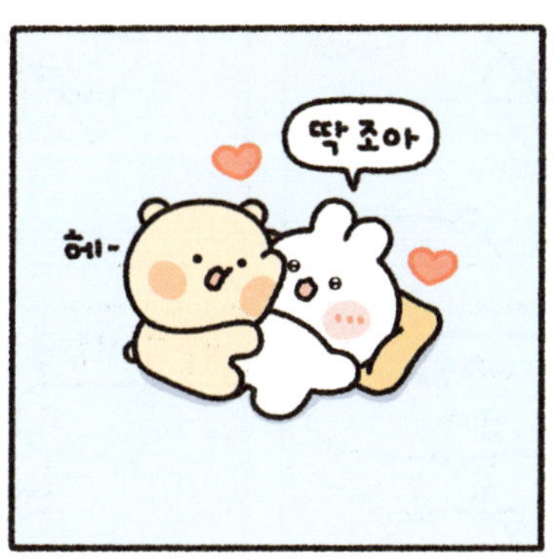
딱 조아
헤-

전지적
곰돌찡 시점

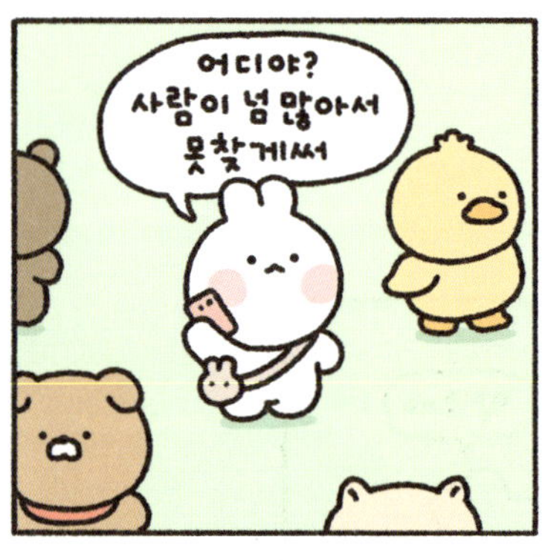

어디야?
사람이 넘 많아서
못찾게써

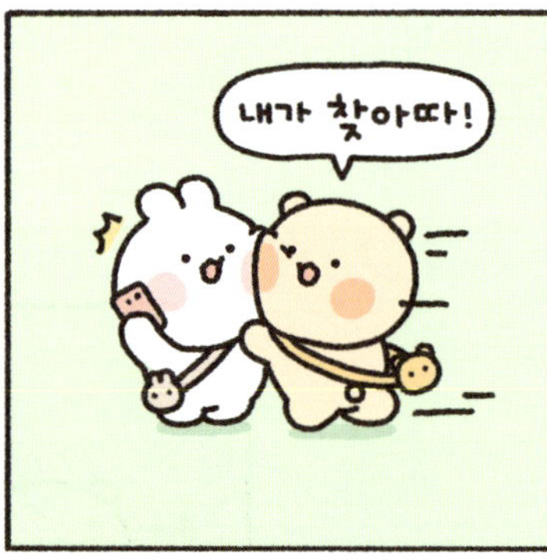

내가 찾아따!

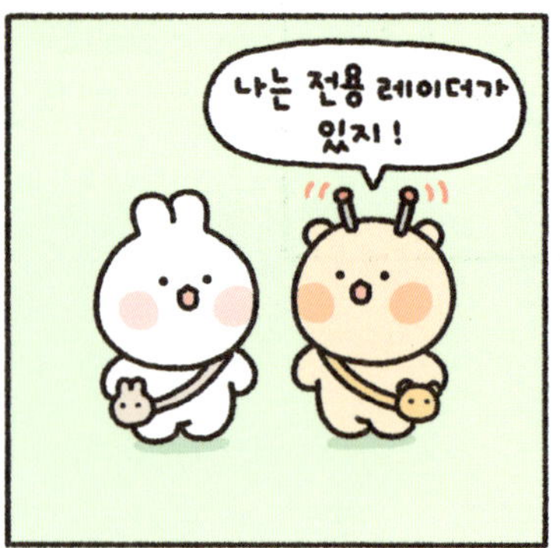

나는 전용 레이더가
있지!

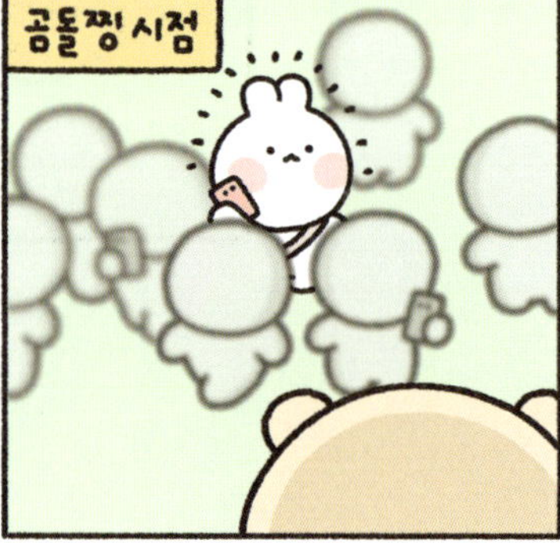

곰돌찡 시점

큰일났다

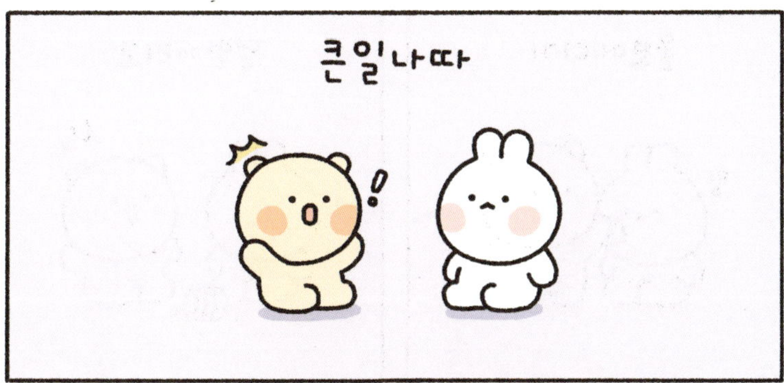

큰일나따

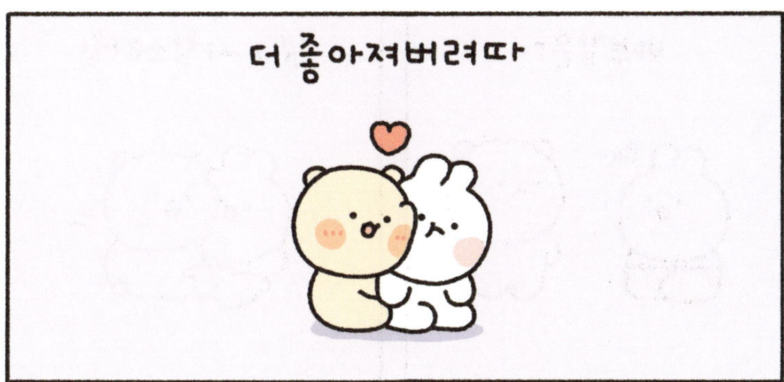

더 좋아져버려따

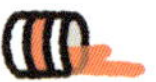

뭘 해도
사랑스러워

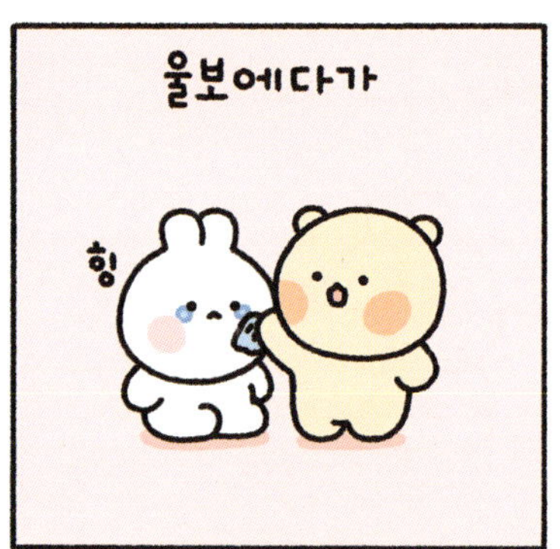

울보에다가
힝

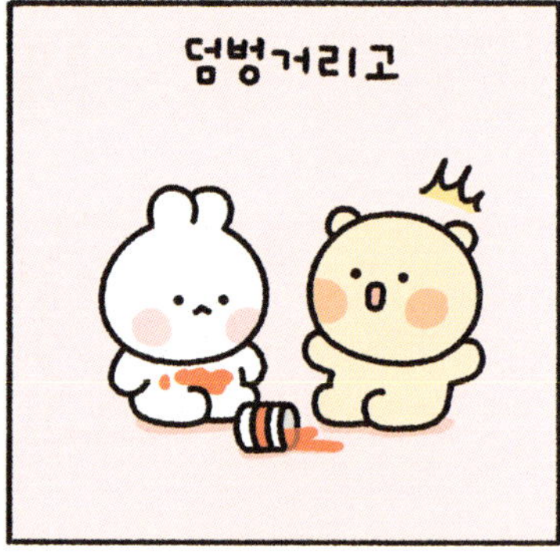

덤벙거리고

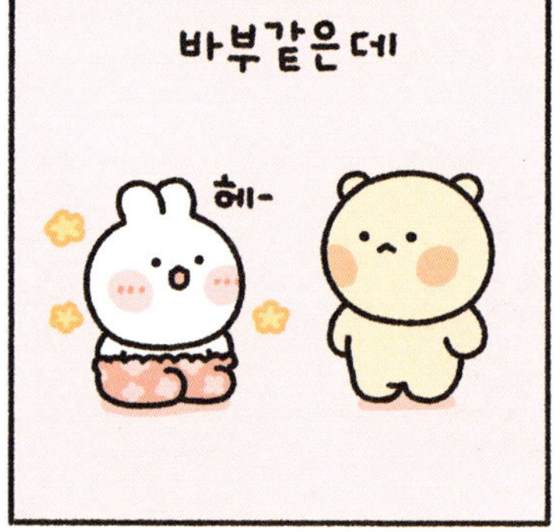

바부같은데
헤-

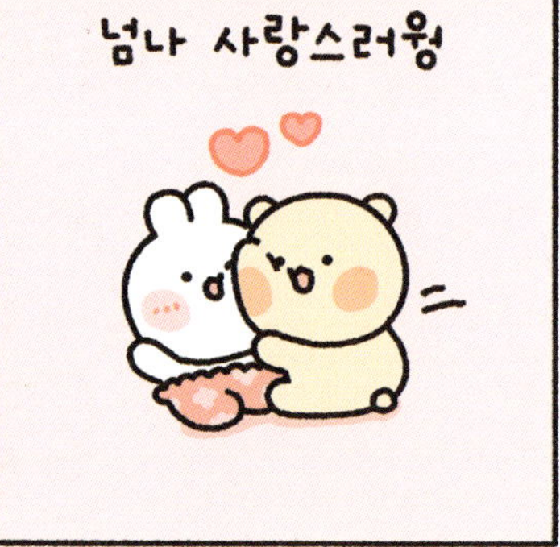

넘나 사랑스러웡

언제나
손잡기 1

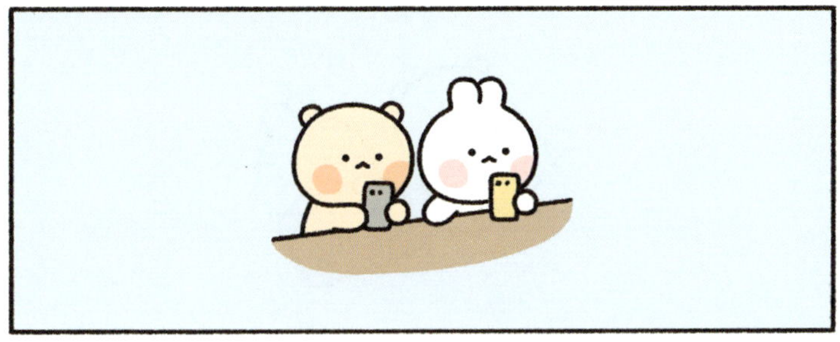

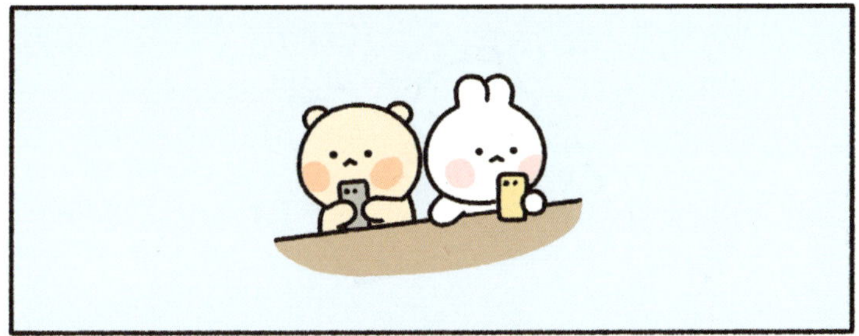

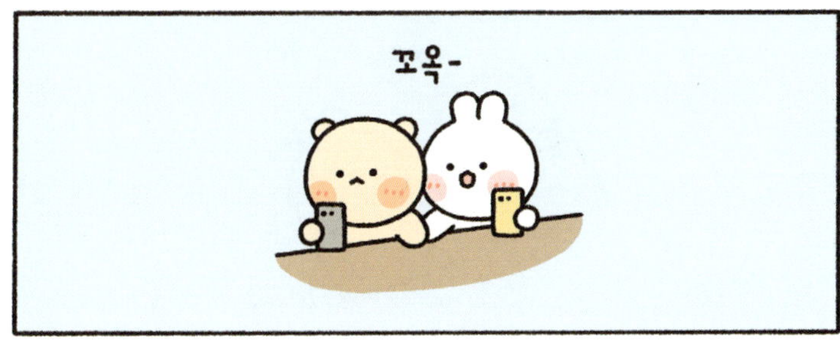

언제나
손잡기 2

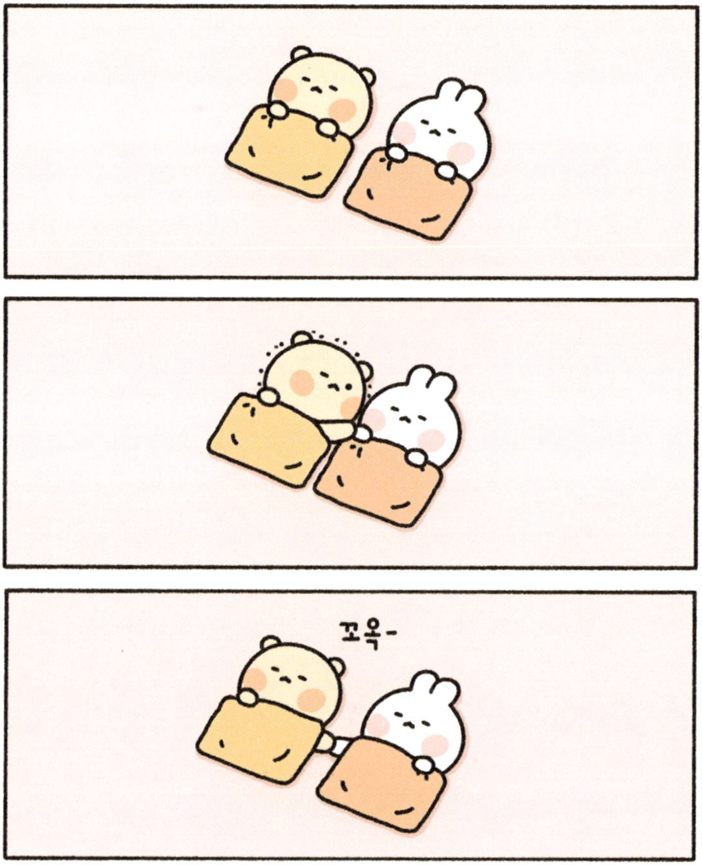

언제나
손잡기 3

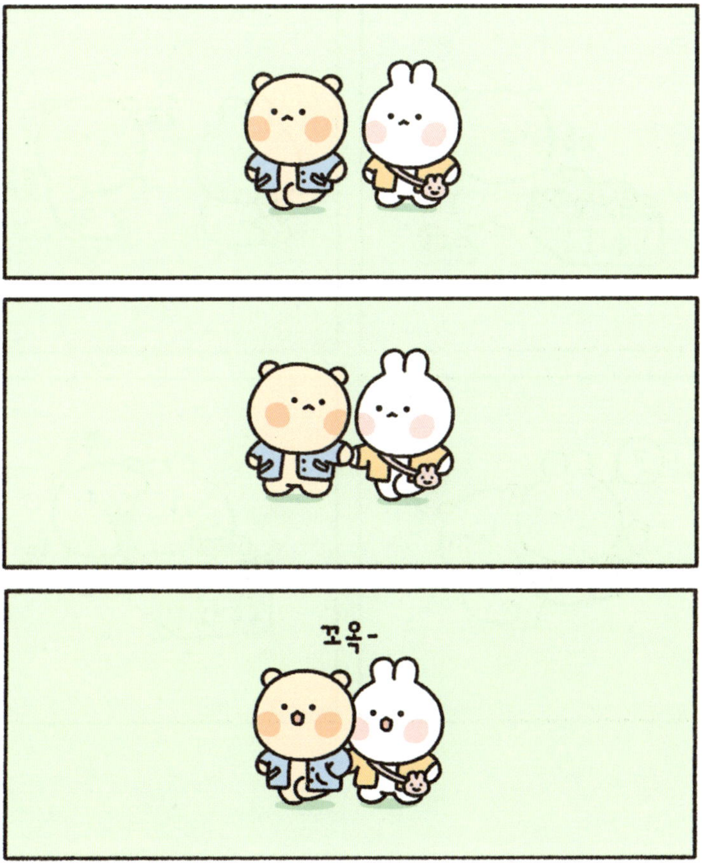

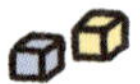

곰돌찡의
보물1호

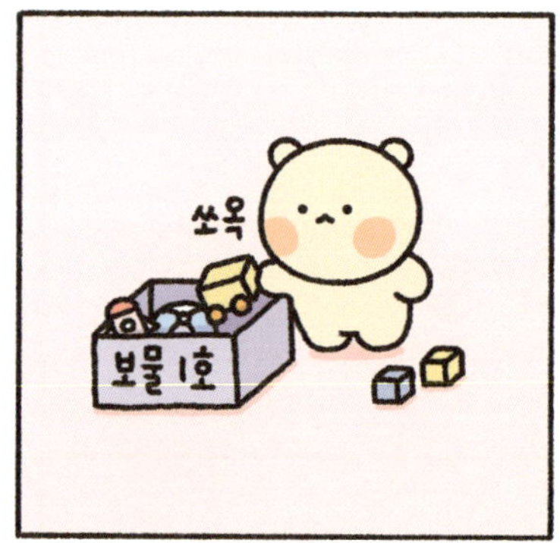

쏘옥
보물1호

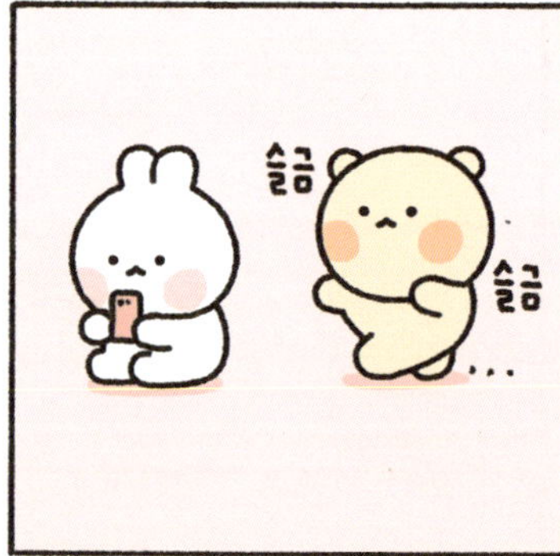

슬금
슬금
. . .

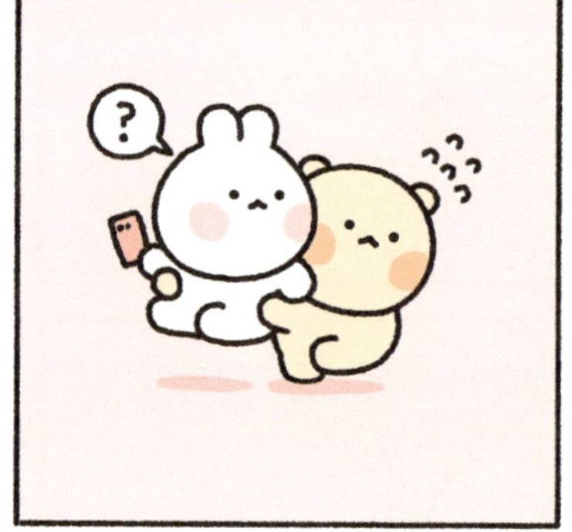

?

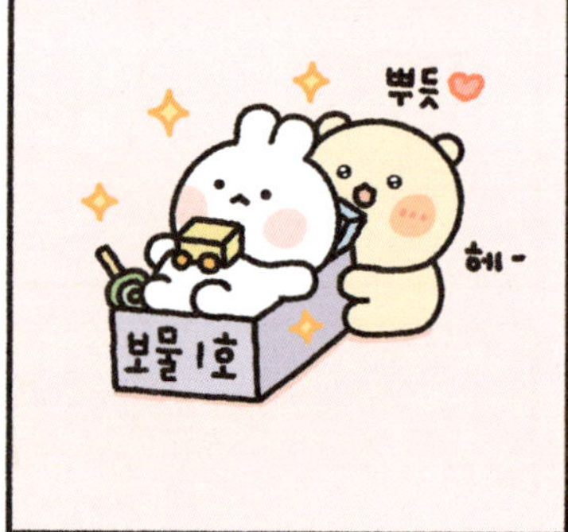

뿌듯
헤 -
보물1호

네 앞에선
안 무서운 척

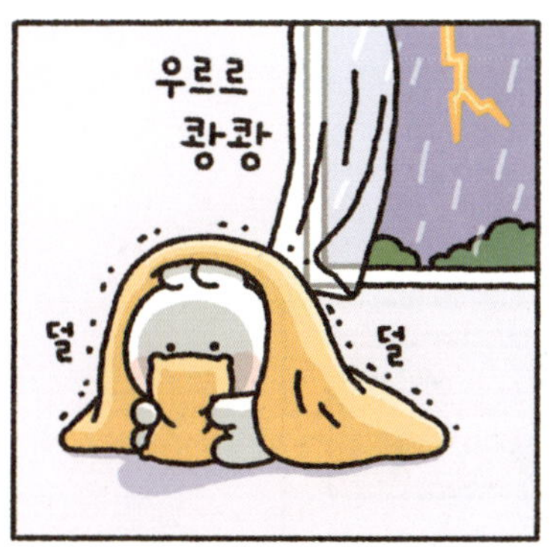

우르르
쾅쾅
덜
덜

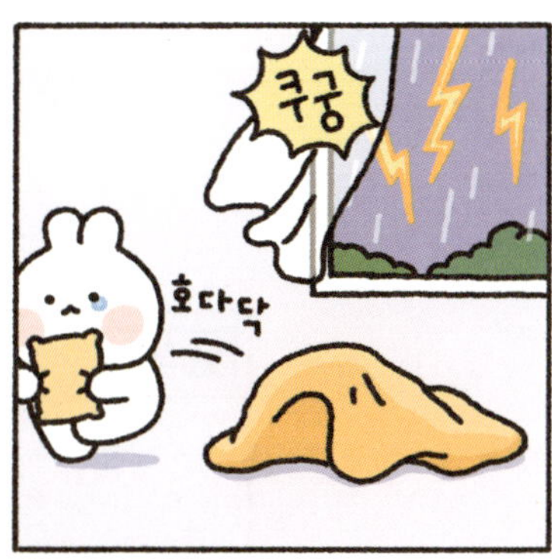

쿠궁
호다닥

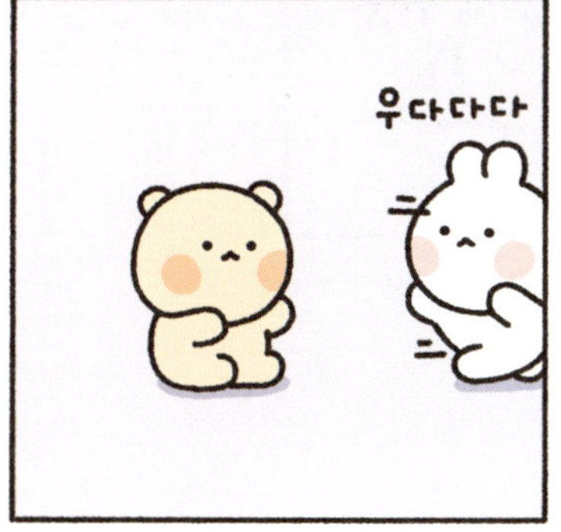

우다다다

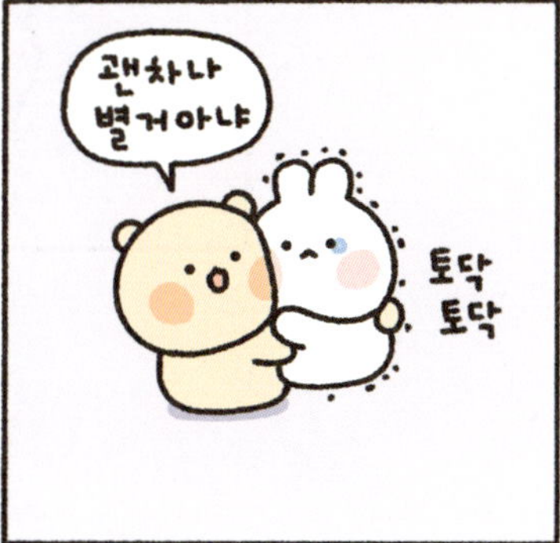

괜찮아
별거아냐
토닥
토닥

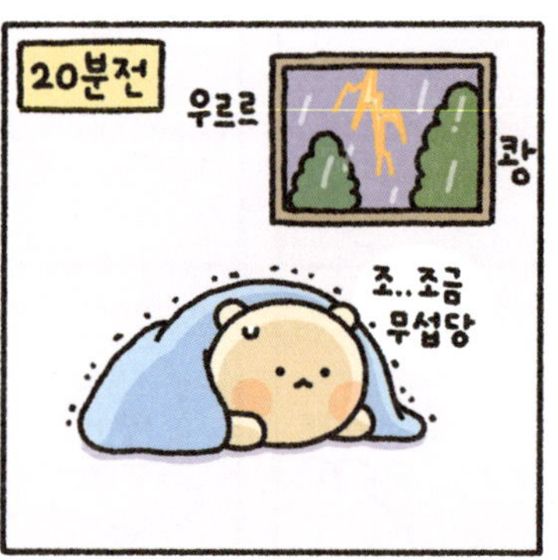
20분전
우르르
쾅
조..조금
무섭당

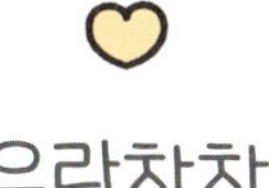

으라차차

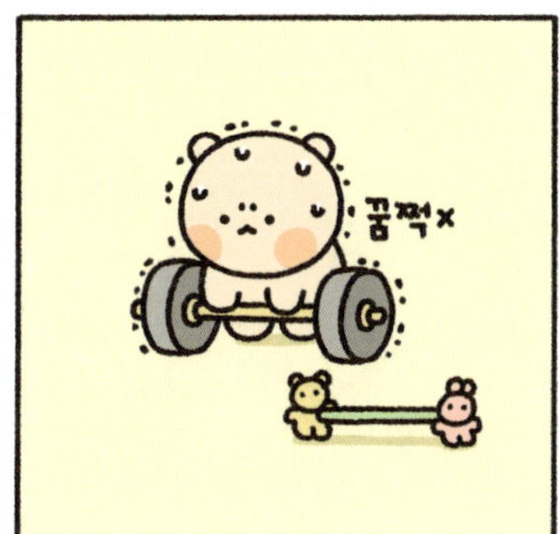
꿈쩍x

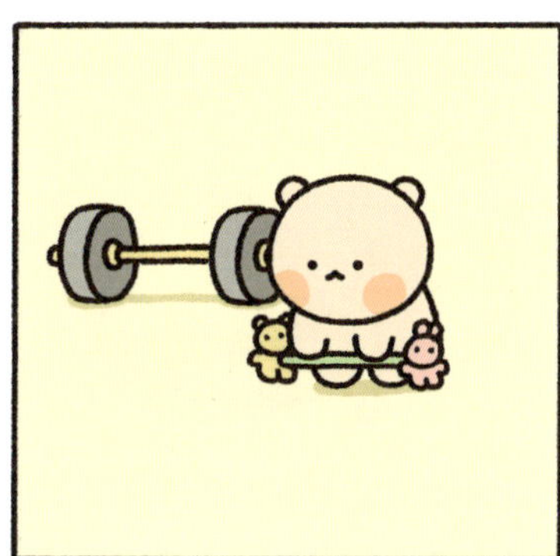

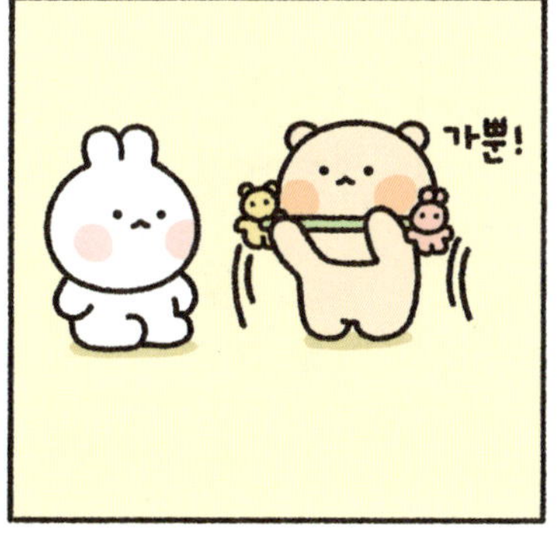
가뿐!

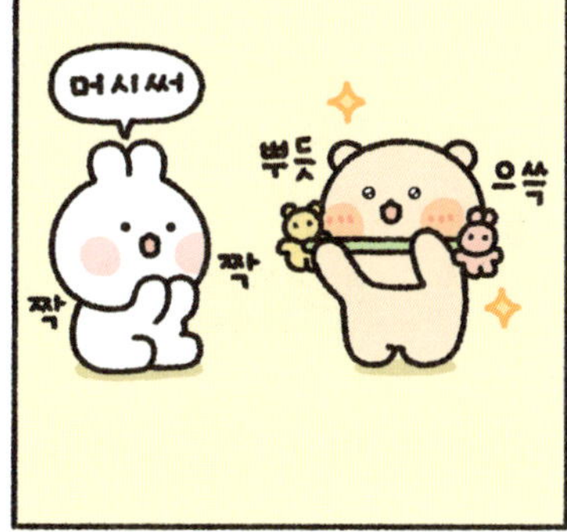
머시써
짝
짝
뿌듯
으쓱

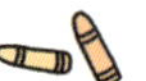

같이 있어야
완성인 것

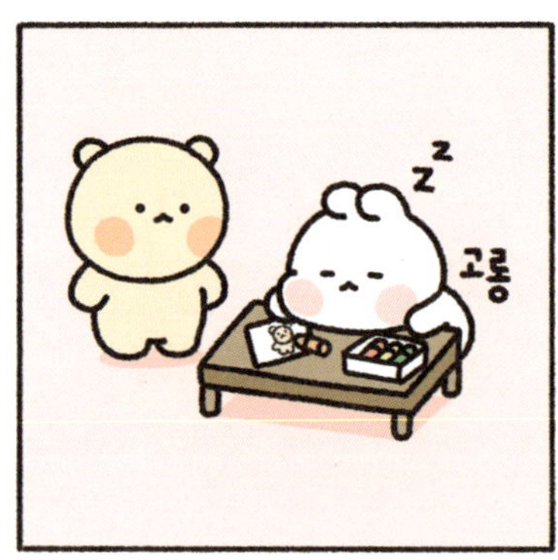
Z
Z
고롱

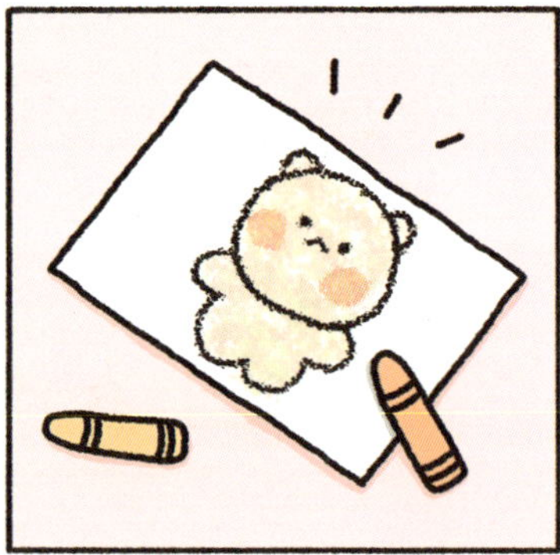

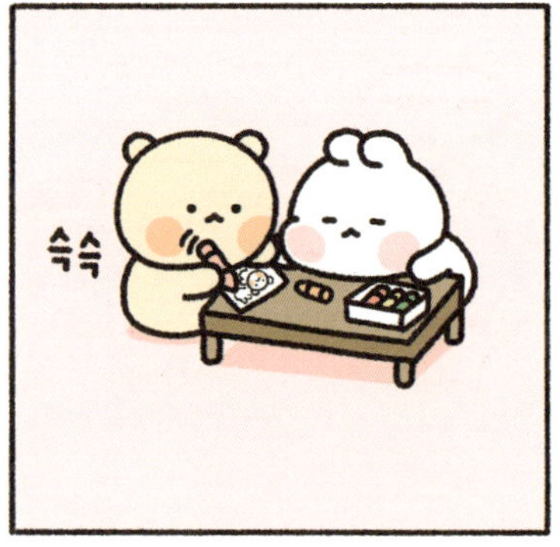
슥슥

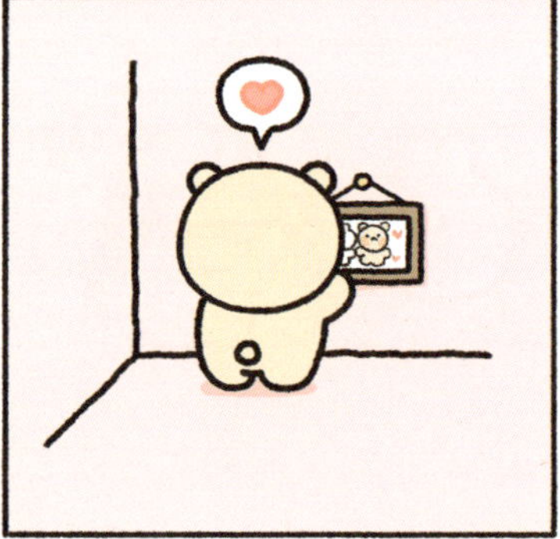

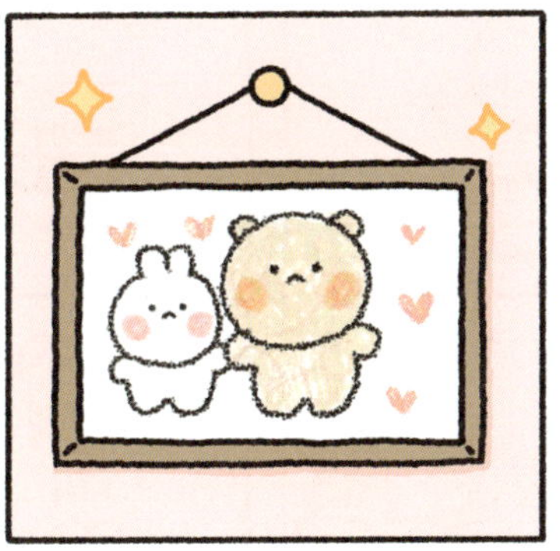

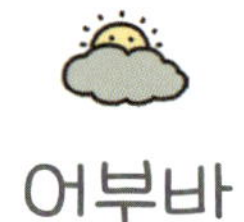

어부바

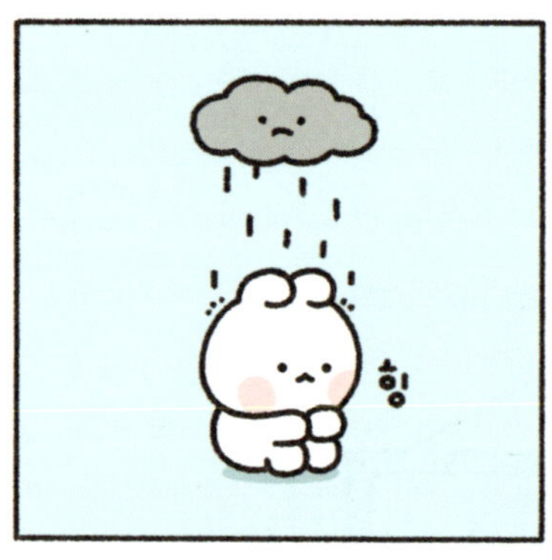

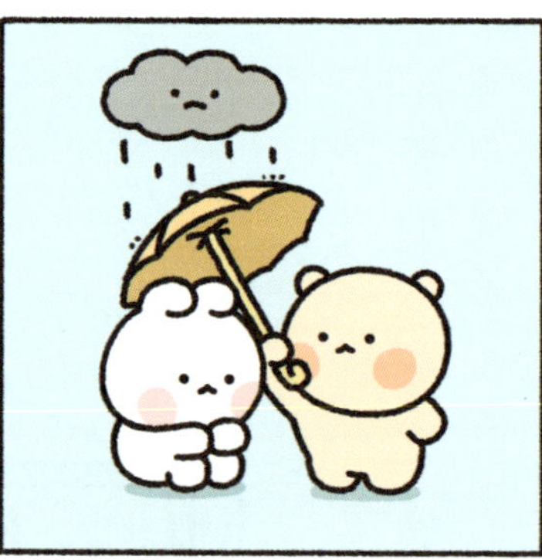

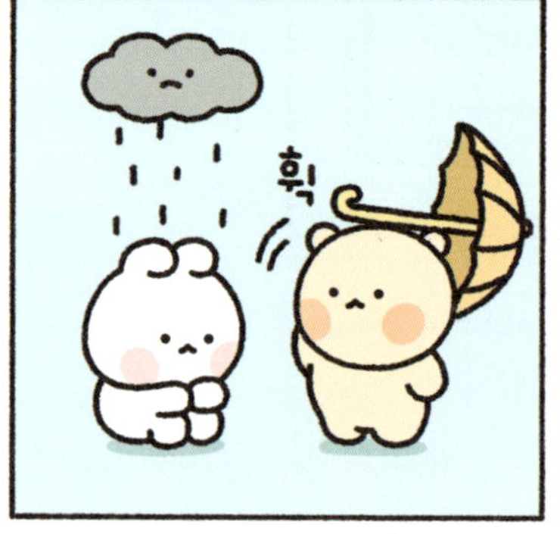

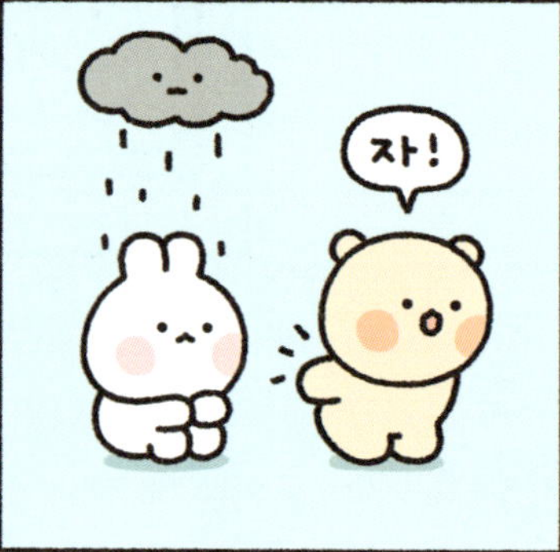

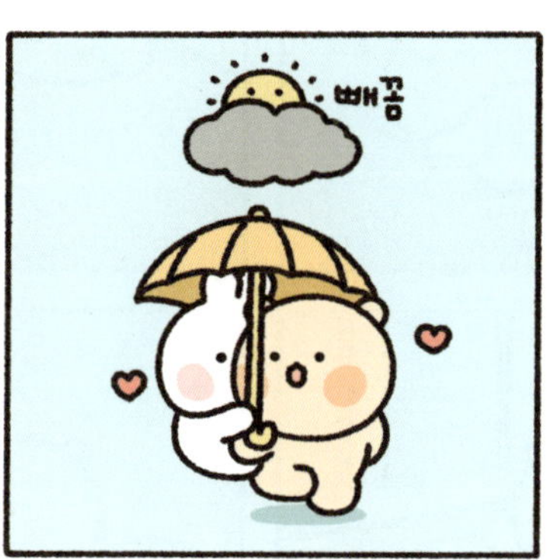
빼꼼 응

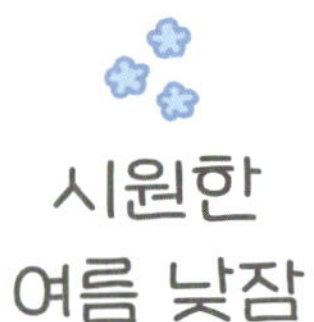

시원한
여름 낮잠

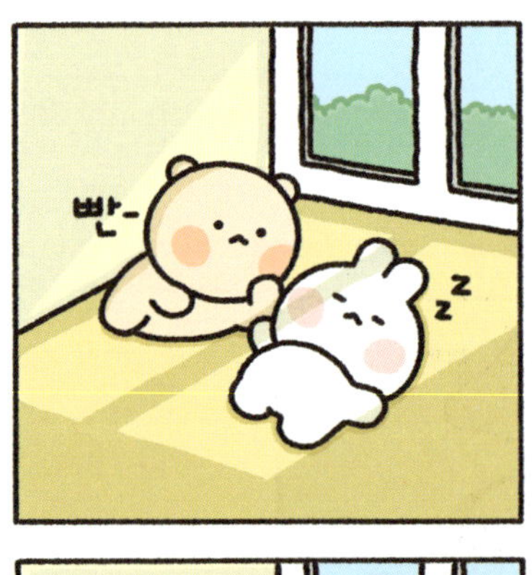

빤-
Z Z

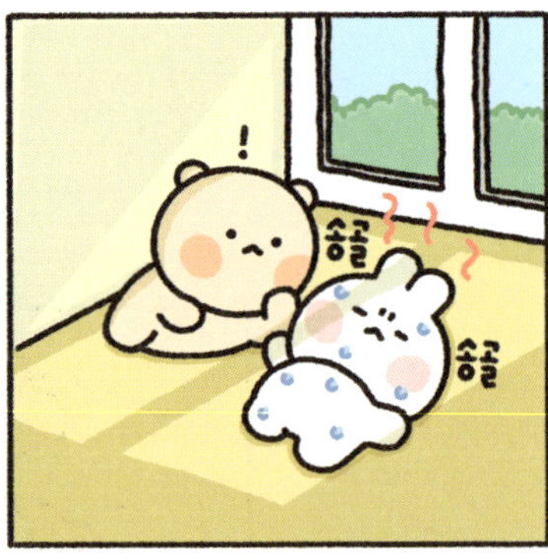

!
송골
송골

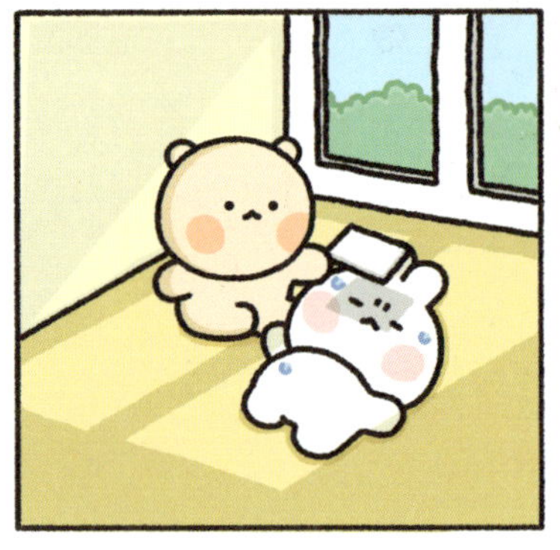

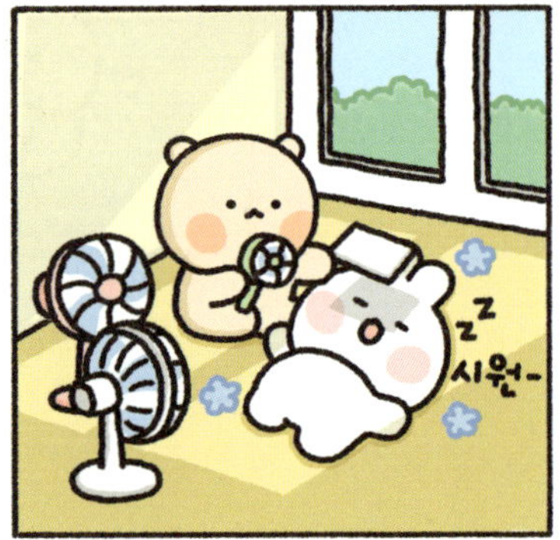

Z Z
시원-

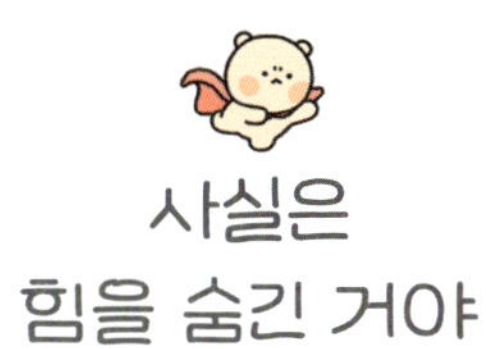

사실은
힘을 숨긴 거야

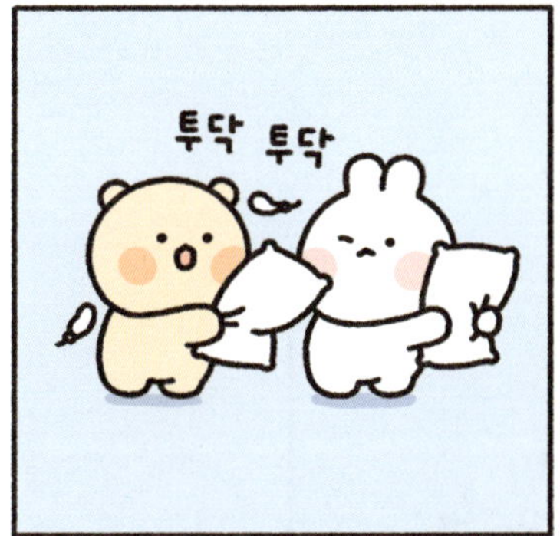
투닥 투닥

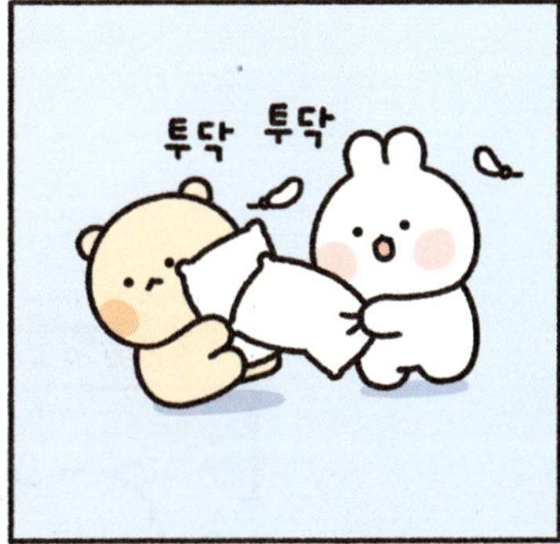
투닥 투닥

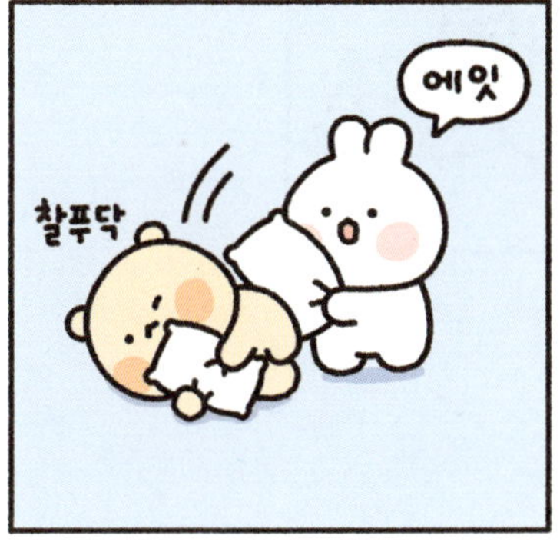
에잇
찰푸닥

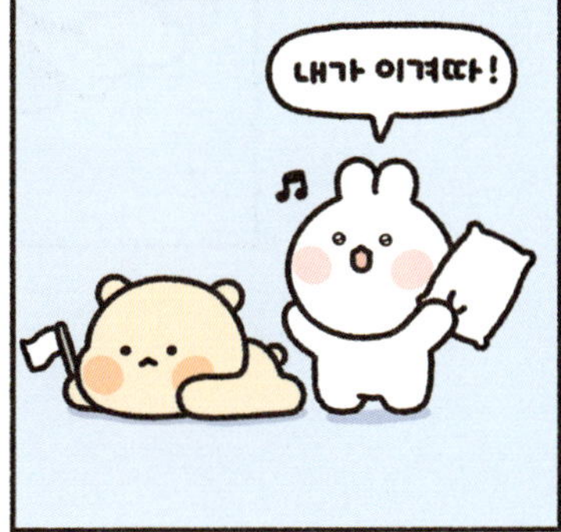
내가 이겨따!

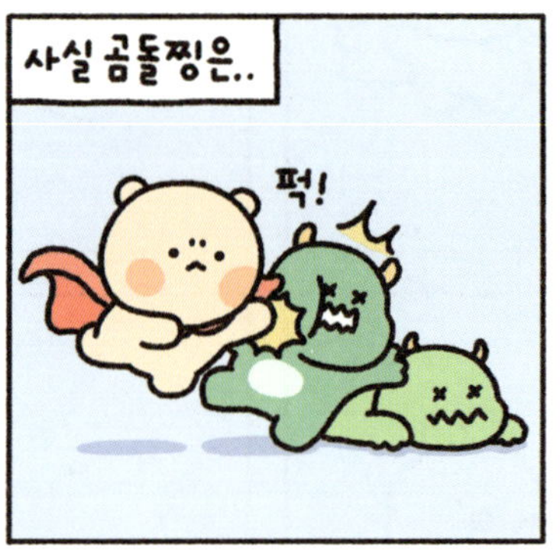

사실 곰돌찡은..
퍽!

무한반복

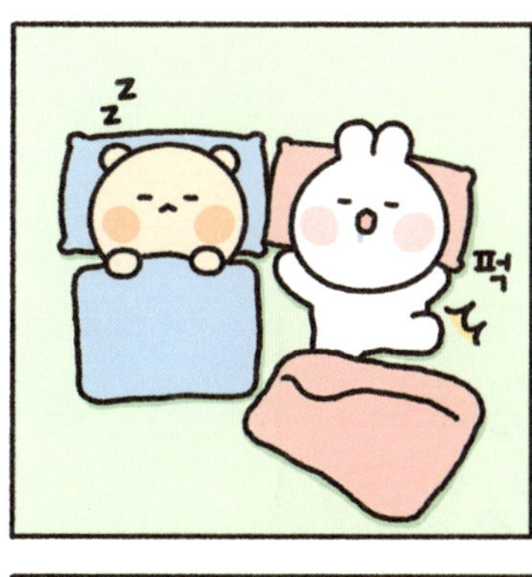

z
Z
퍽

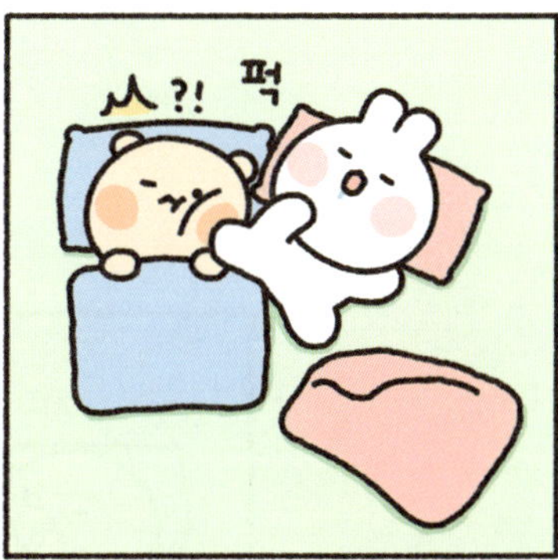

ㅆ ?! 퍽

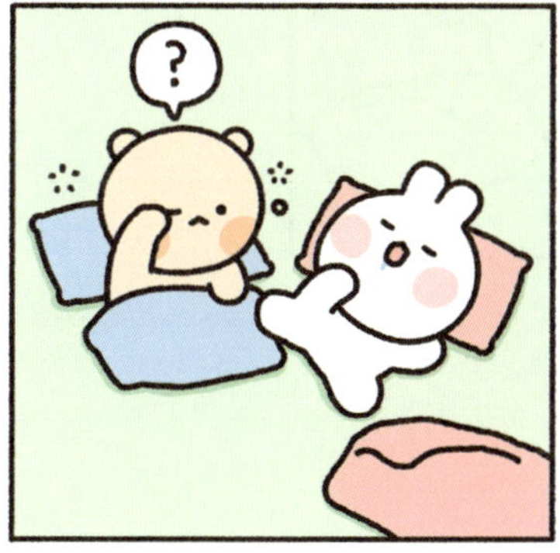

?

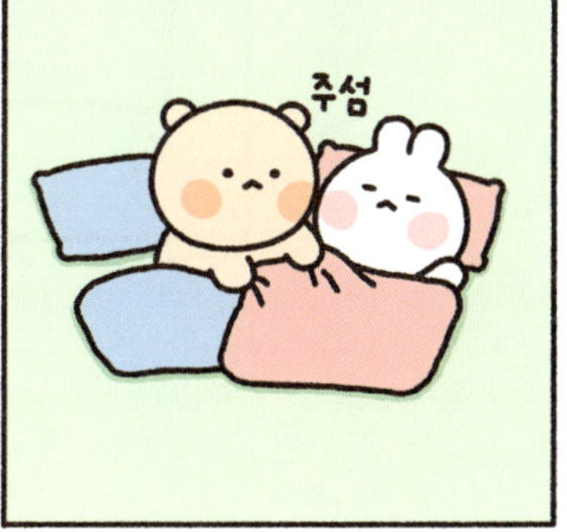

주섬

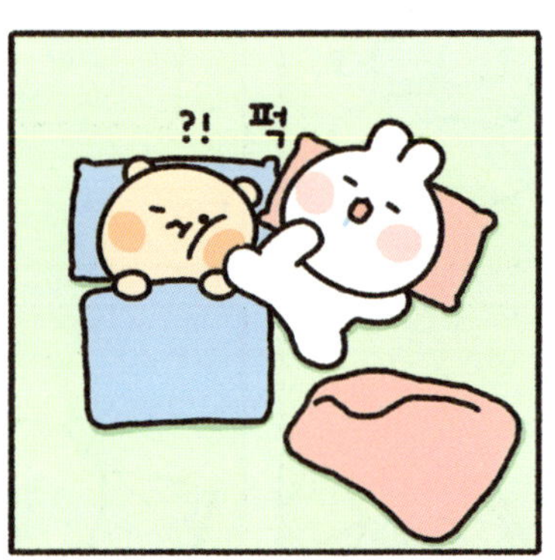
?!
퍽

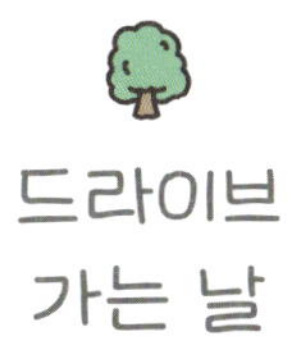

드라이브
가는 날

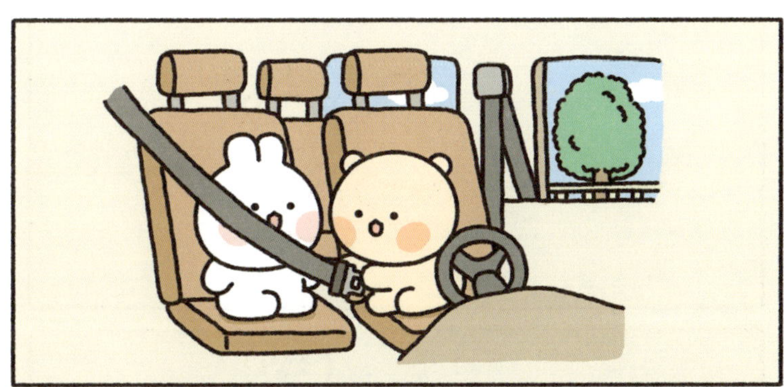

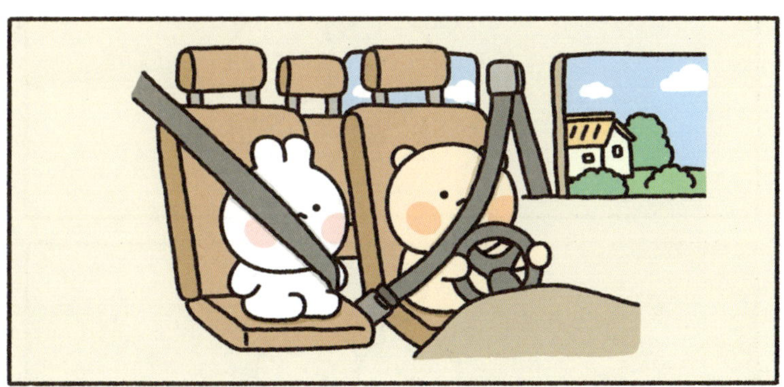

사소한데
심쿵하는 1

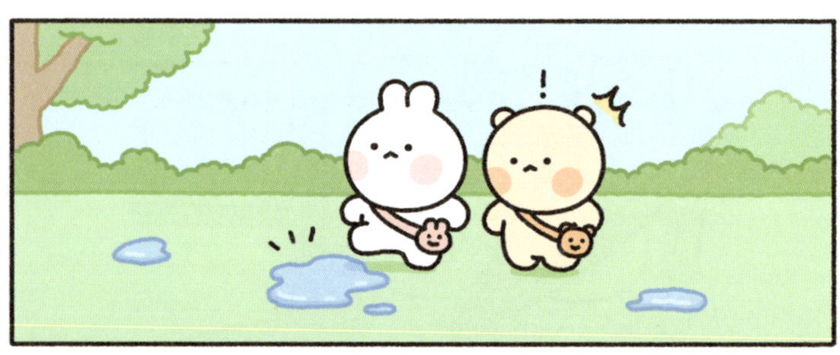

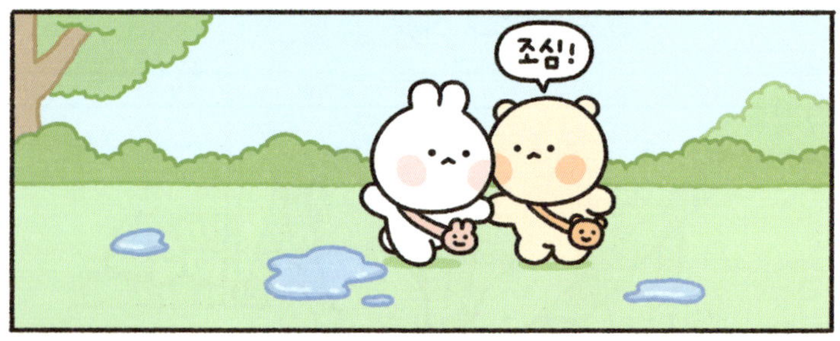

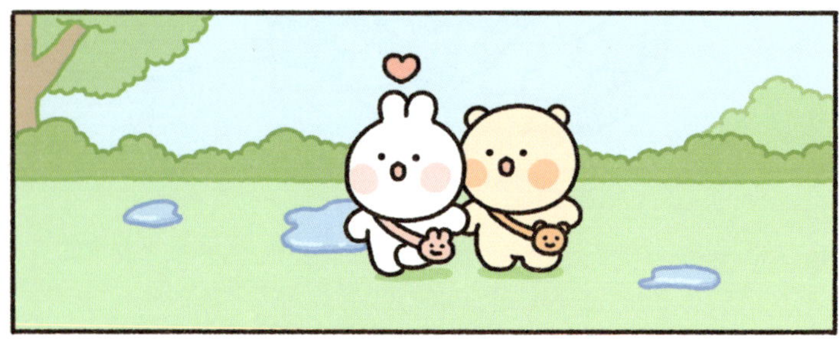

사소한데
심쿵하는 2

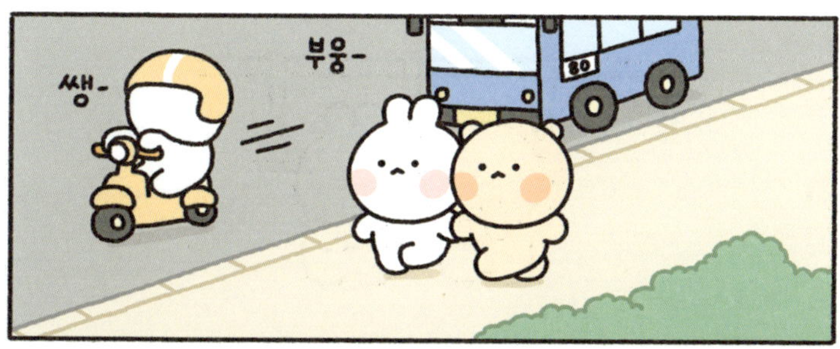

쌩-
부웅-
80

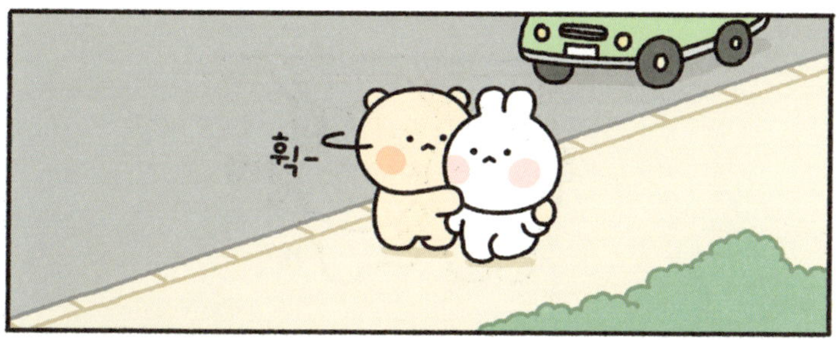

휙-

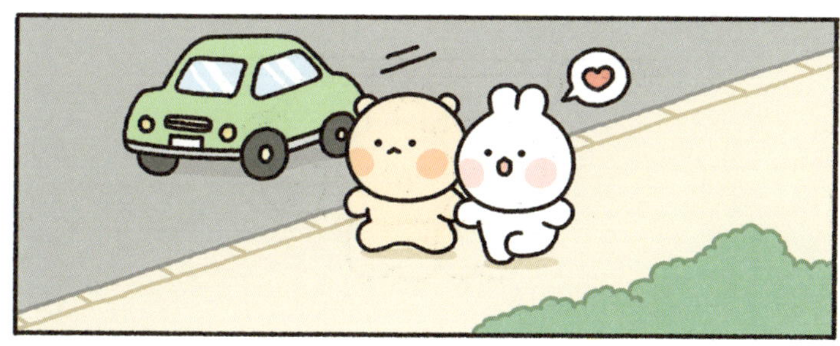

사소한데
심쿵하는 3

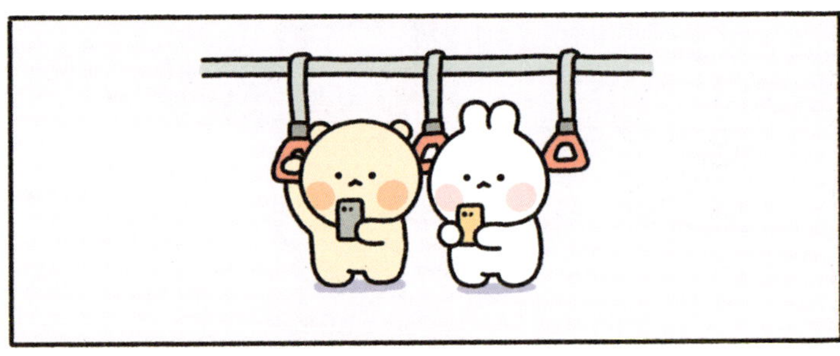

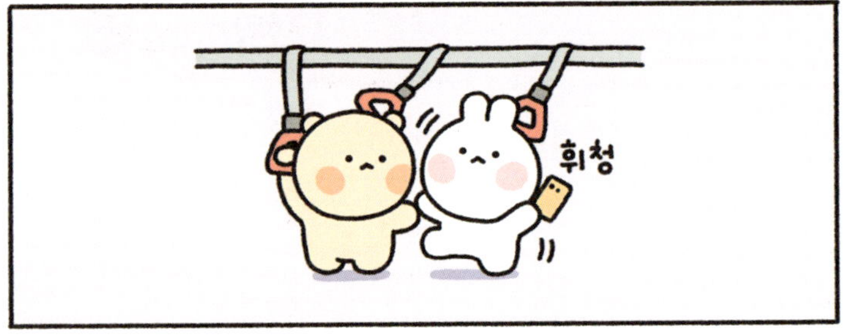

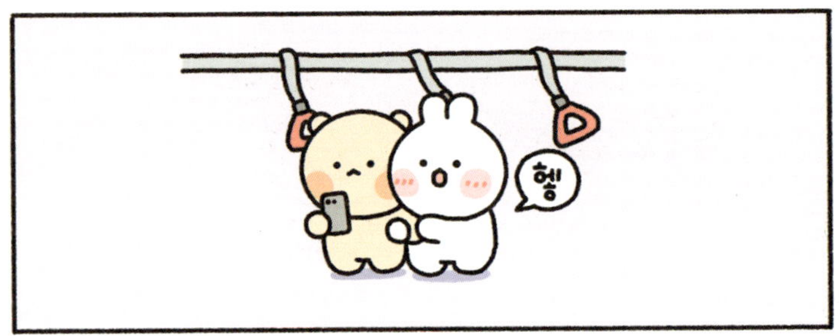

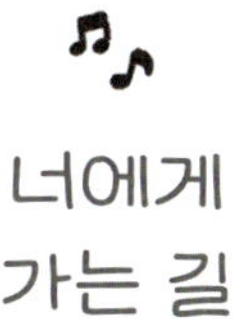

너에게
가는 길

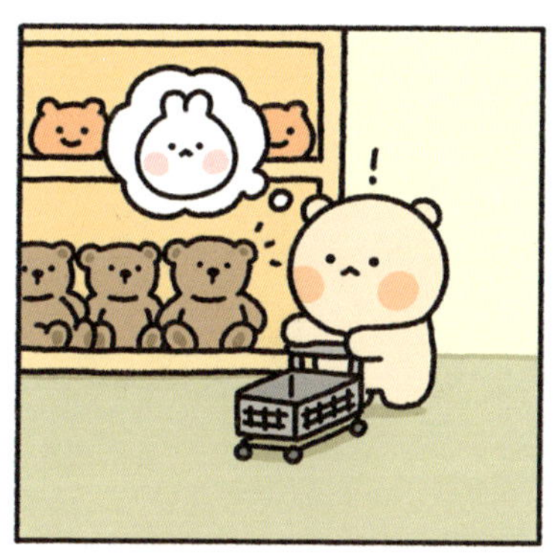

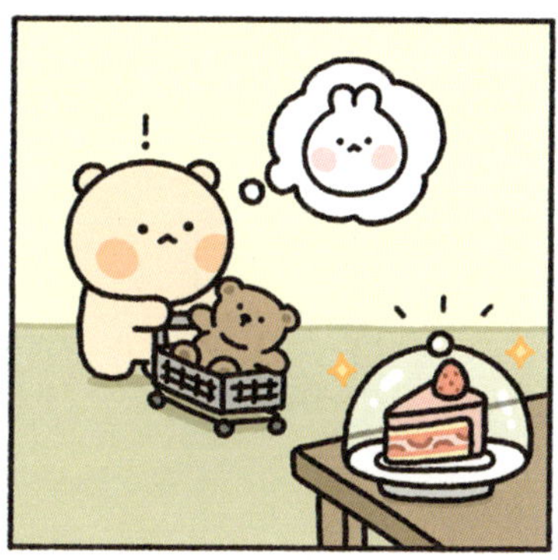

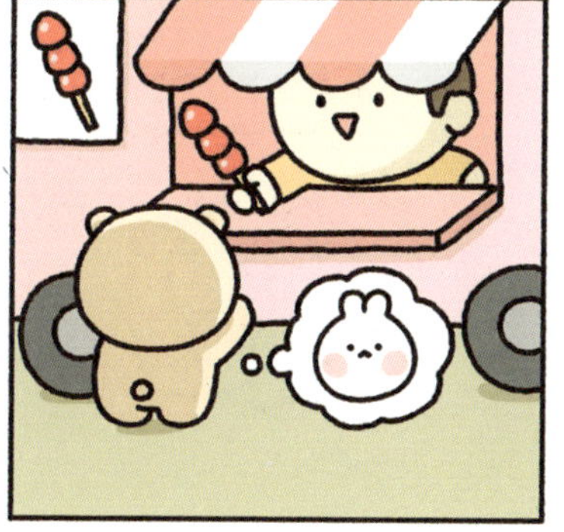

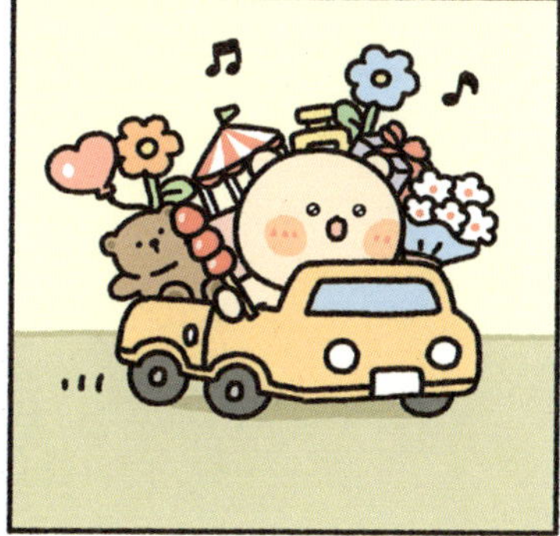

곰돌찡
콩깍지 2

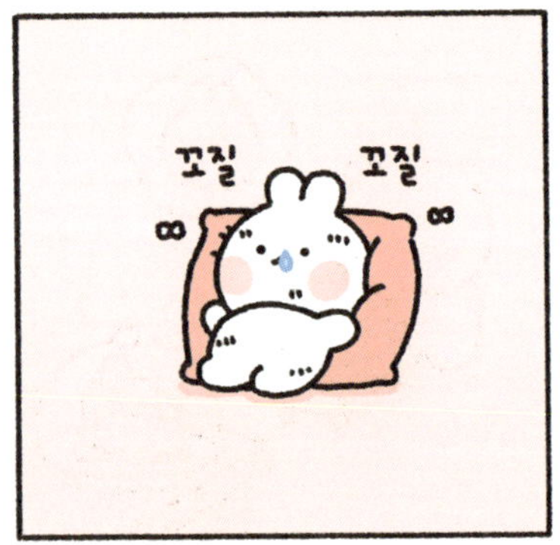

꼬질
꼬질

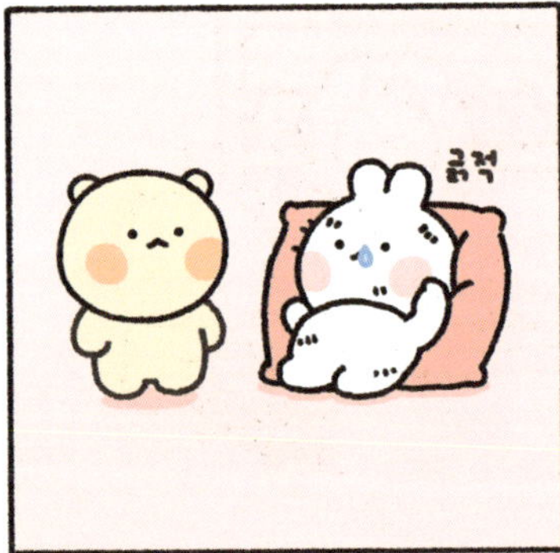

굼적

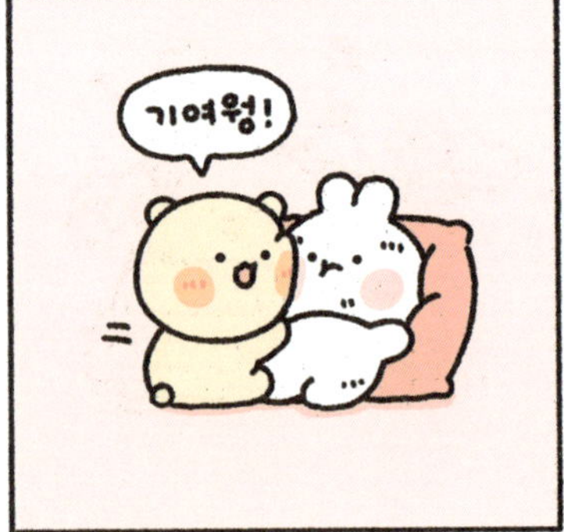

기여웡!

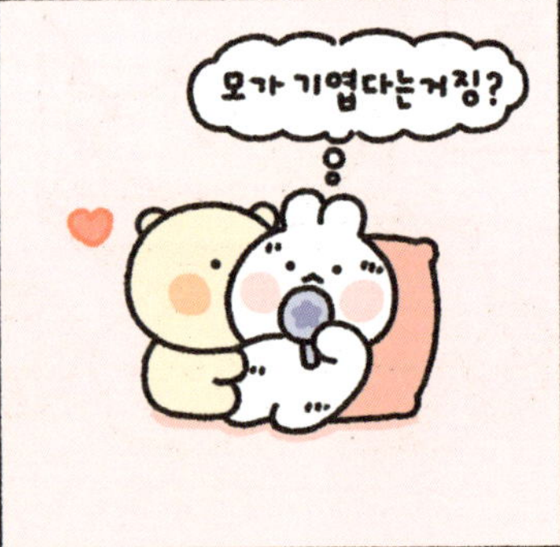

모가 기엽다는거징?
응

곰돌찡
콩깍지 3

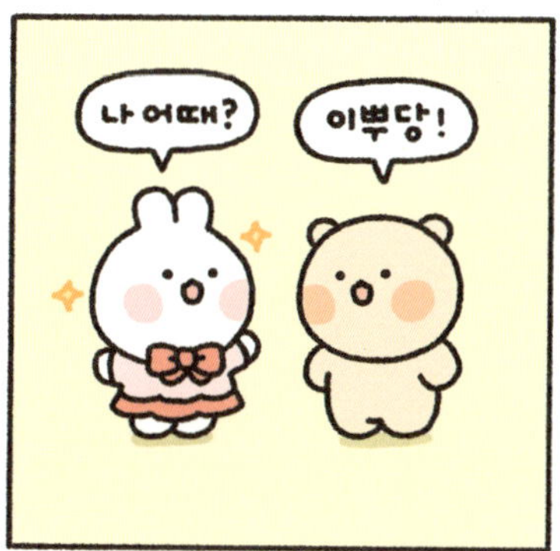

나 어때?
이뿌당!

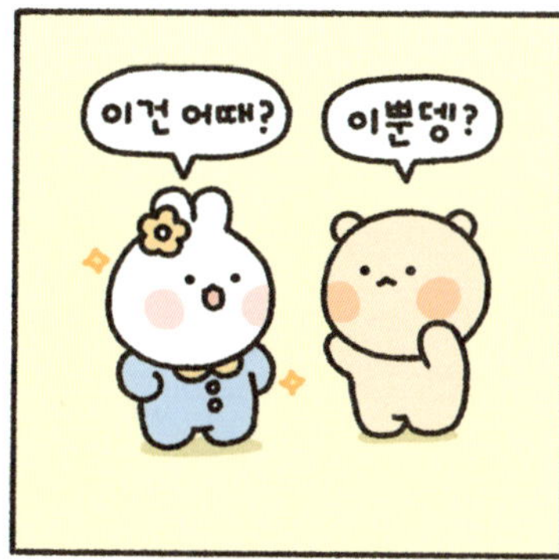

이건 어때?
이뿐뎅?

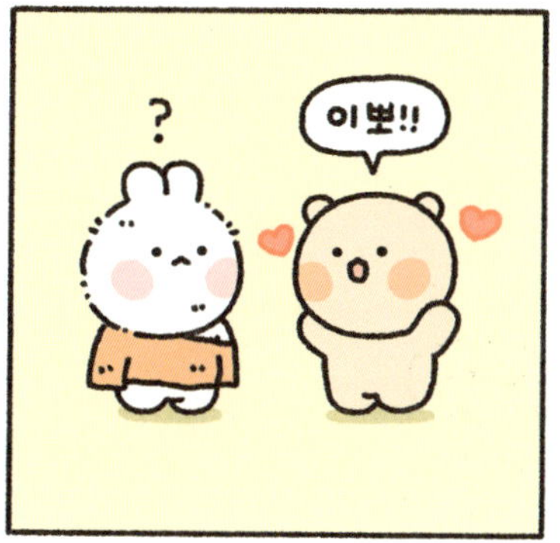

?
이뽀!!

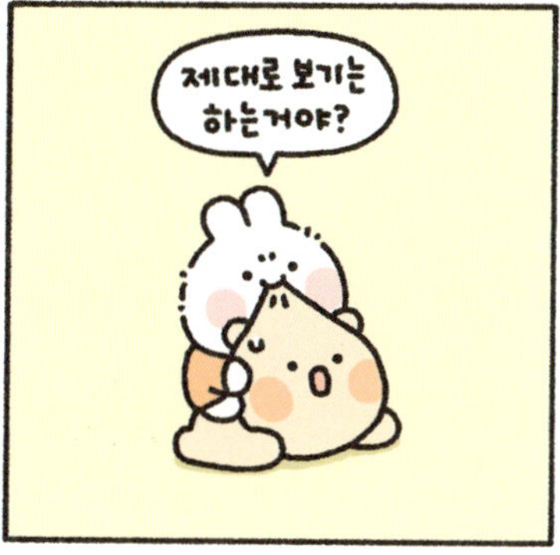

제대로 보기는
하는거야?

콩깍지가 씌었구나! 라고
느껴질 때가 있다면?

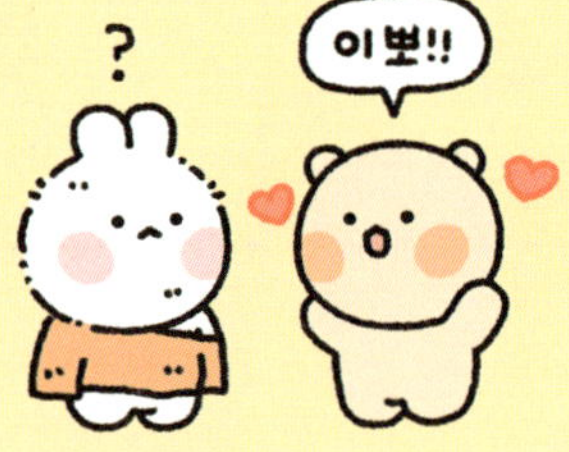

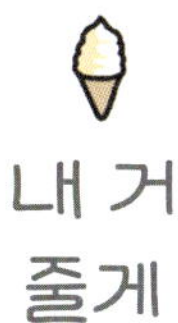

내 거
줄게

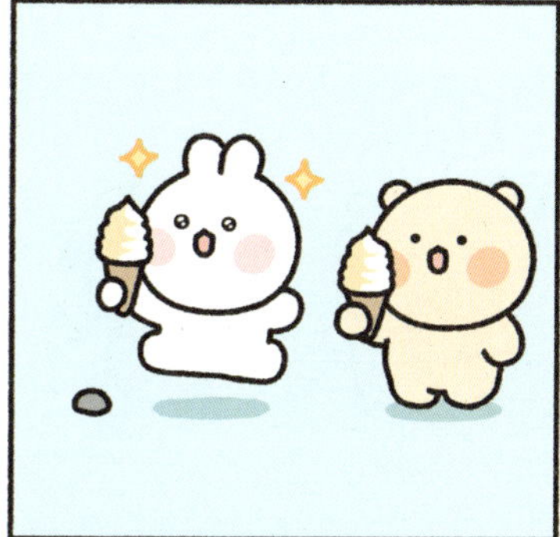

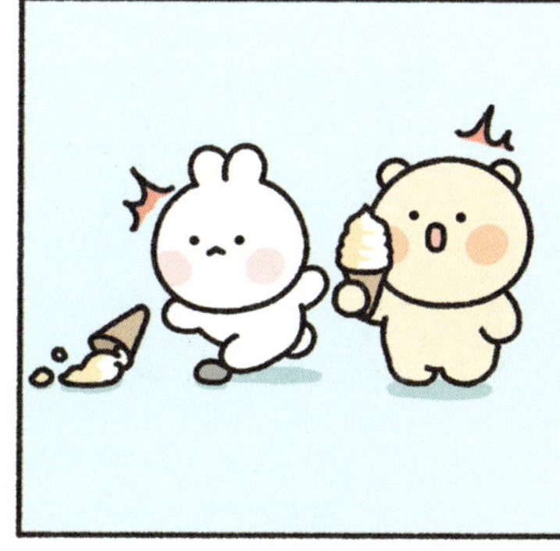

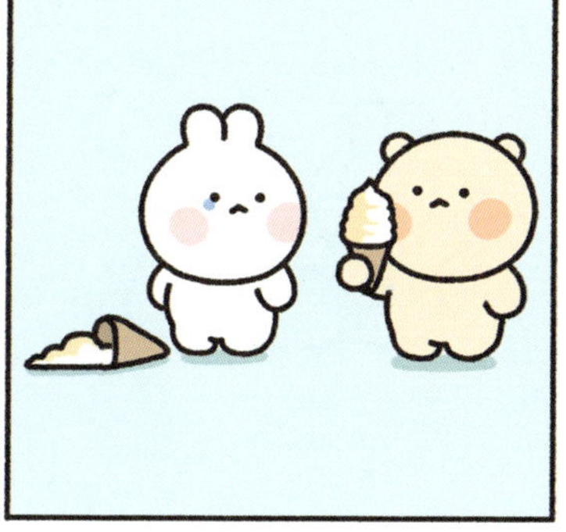

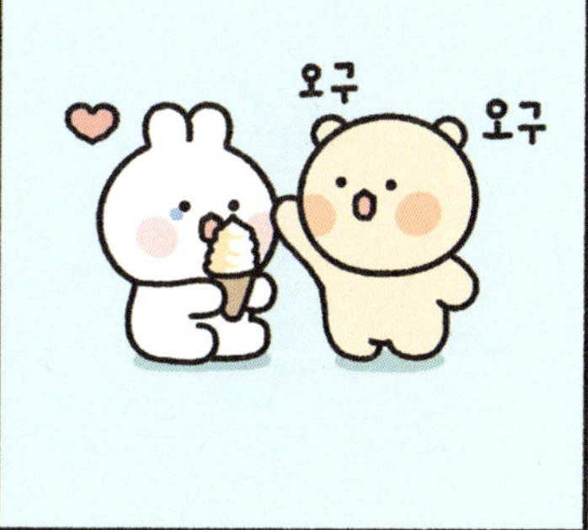

너만 지킬 수
있다면

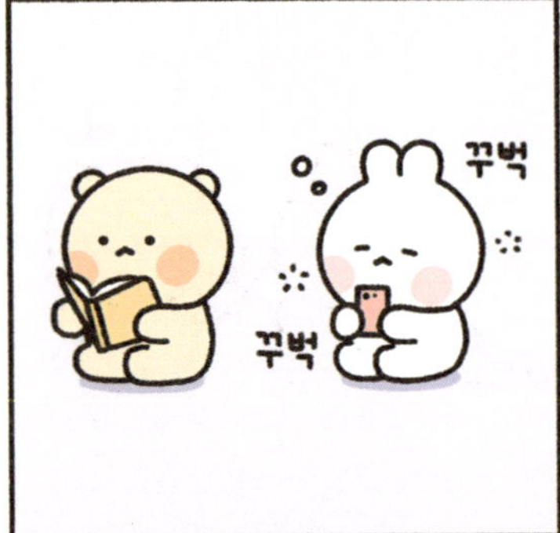
꾸벅
응
꾸벅

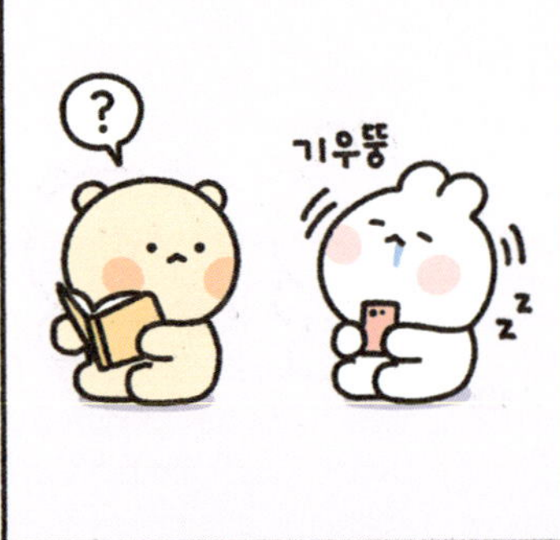
?
기우뚱
Z
Z

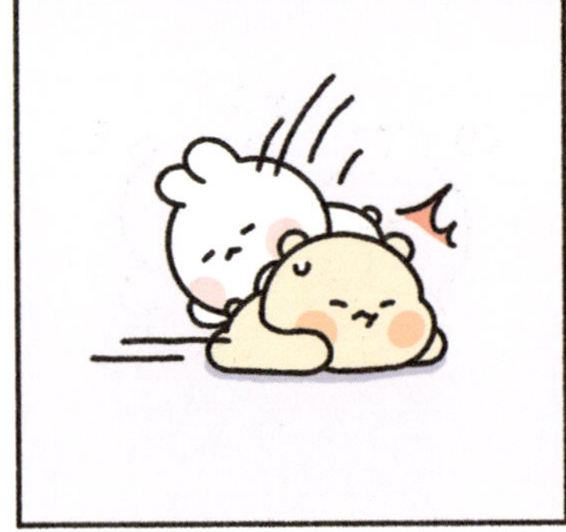

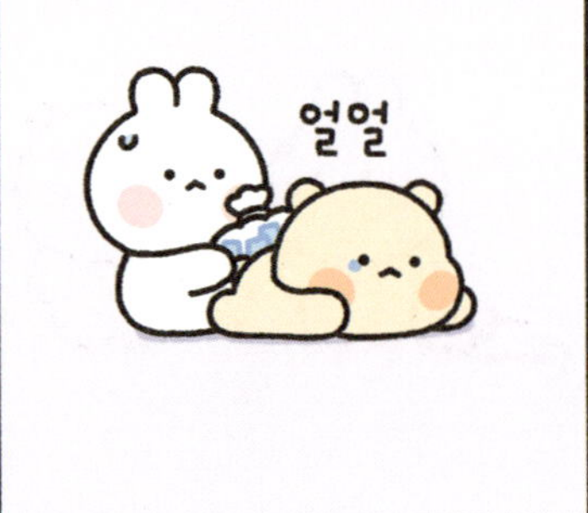
얼얼

순식간에
달려갈게

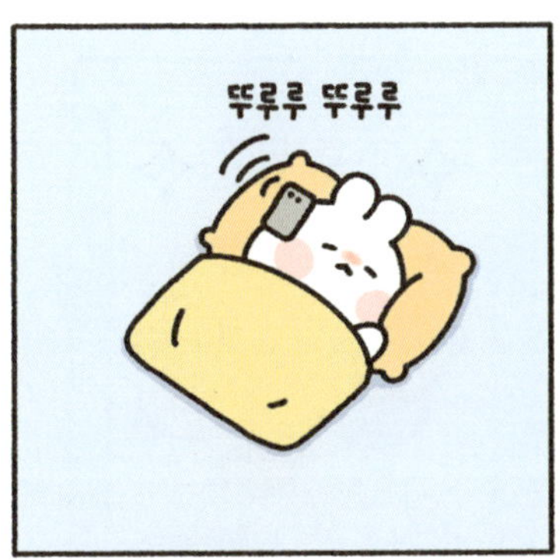

뚜루루 뚜루루

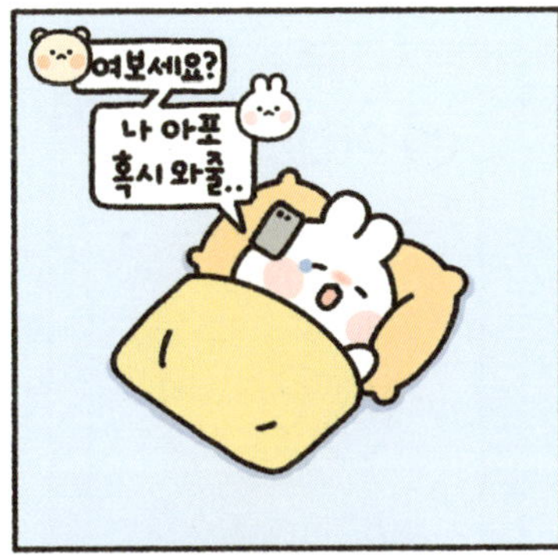

여보세요?
나 아파
혹시 와줄..

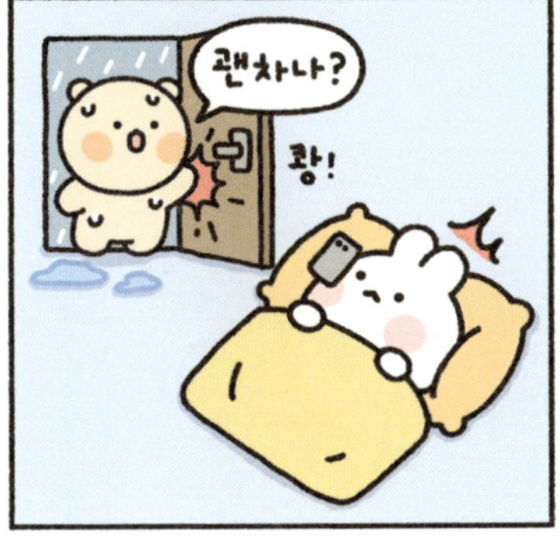

괜찮아?
쾅!

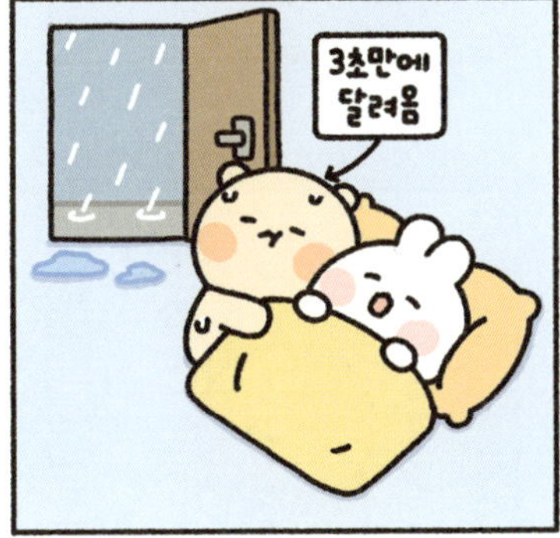

3초만에
달려옴

짝꿍에게 쿠폰을 사용해보자!

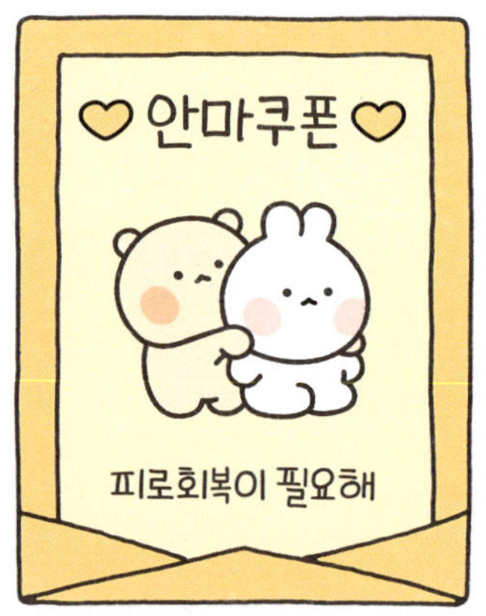

♡ 안마쿠폰 ♡
피로회복이 필요해

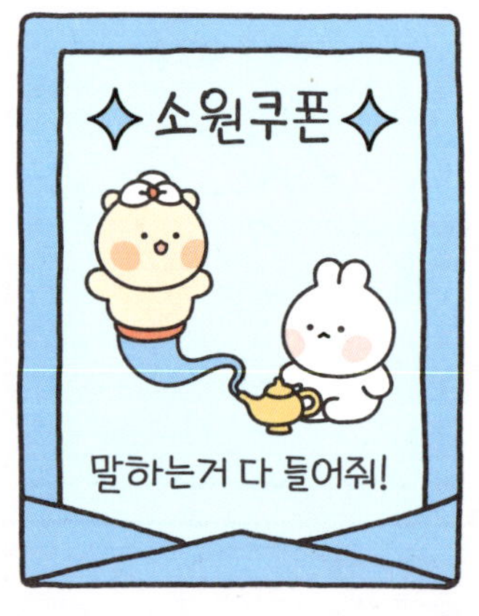

◆ 소원쿠폰 ◆
말하는거 다 들어줘!

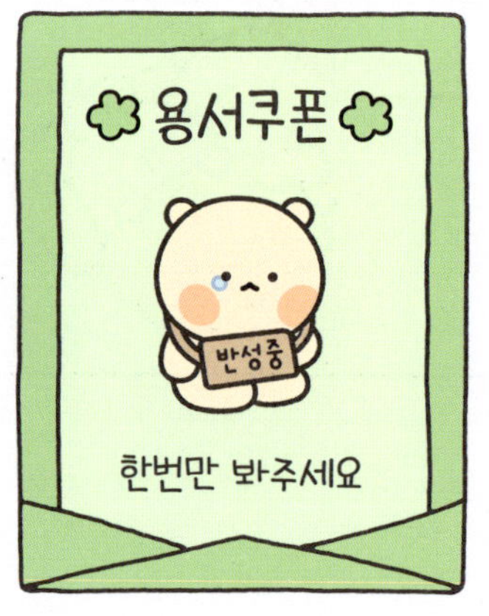

❀ 용서쿠폰 ❀
반성중
한번만 봐주세요

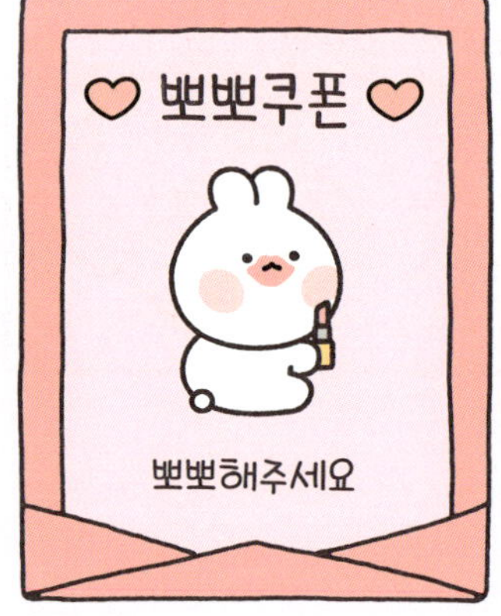

♡ 뽀뽀쿠폰 ♡
뽀뽀해주세요

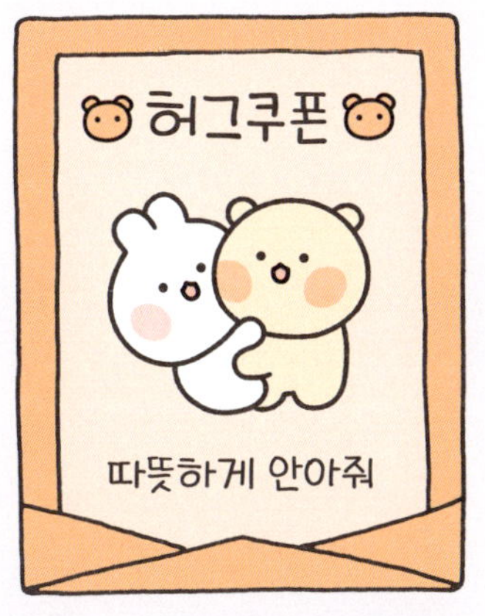
허그쿠폰
따뜻하게 안아줘

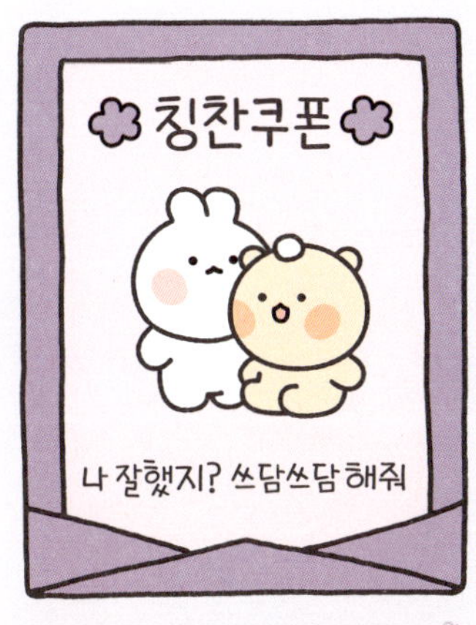
칭찬쿠폰
나 잘했지? 쓰담쓰담 해줘

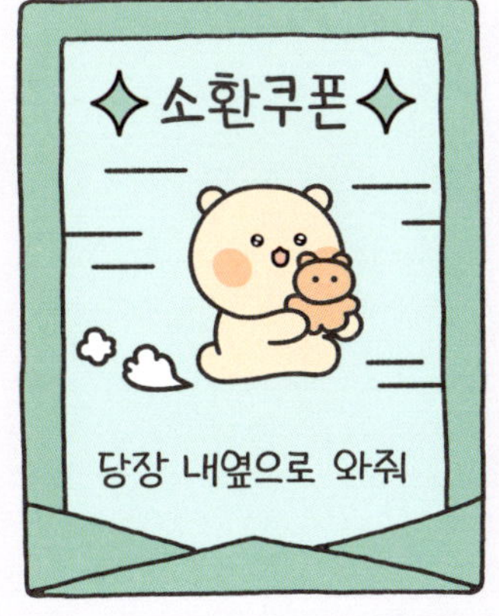
소환쿠폰
당장 내옆으로 와줘

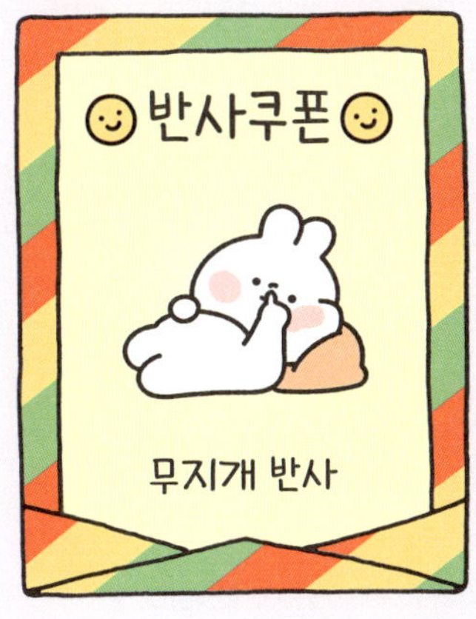
반사쿠폰
무지개 반사

토끼찡은 잔망꾸러기

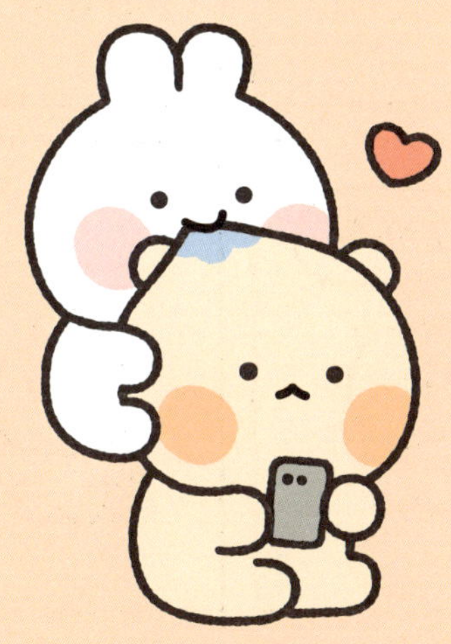

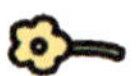

오다
주웠다

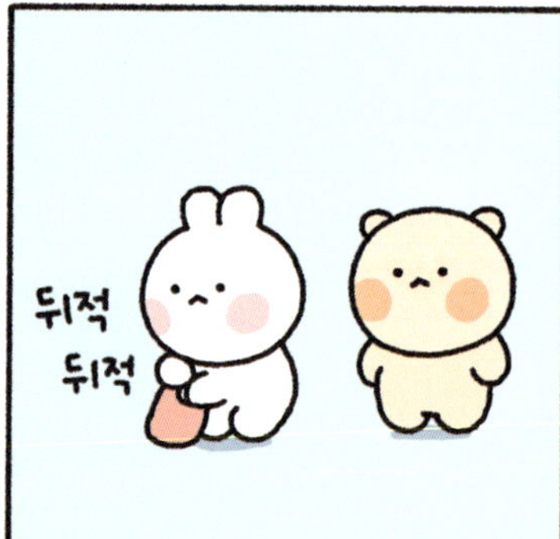

뒤적
뒤적

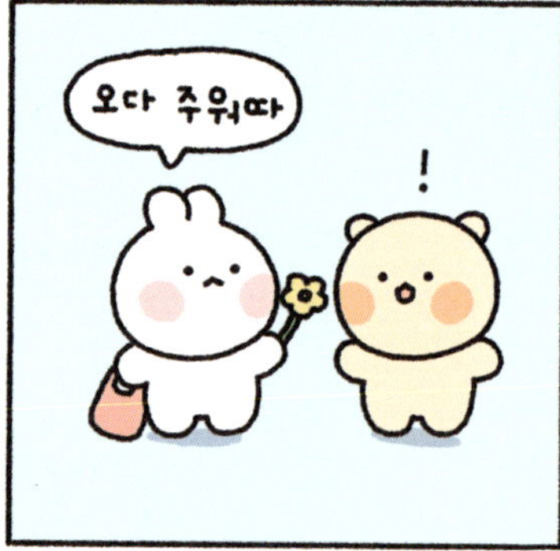

오다 주워따
!

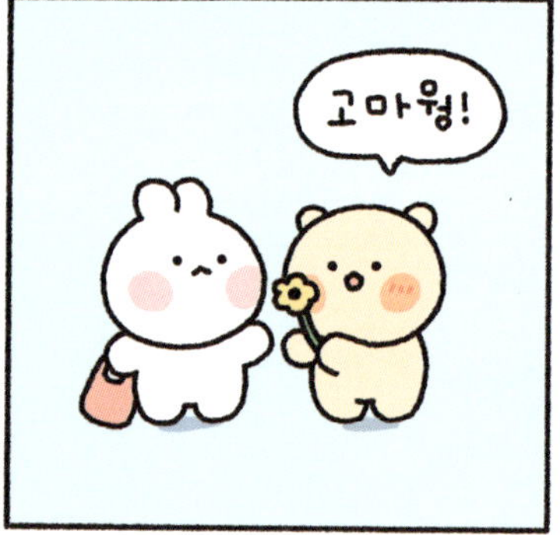

고마웡!

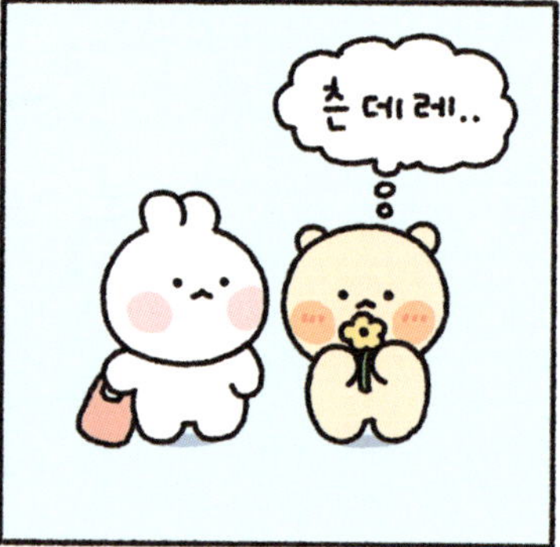

춘 데 레..
ㅇ

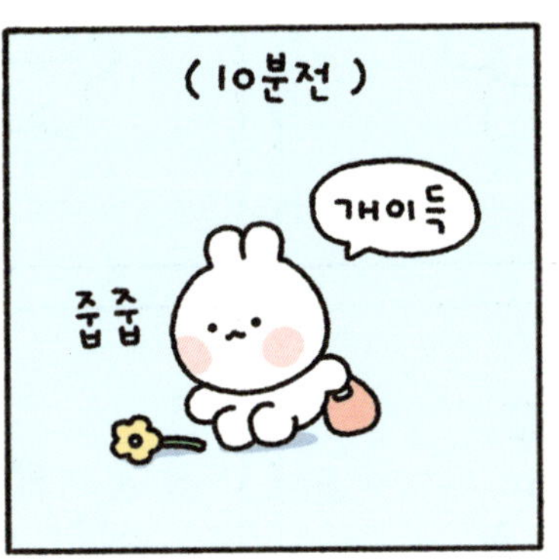
(10분 전)
개이득
줍 줍

맛있는
곰돌찡

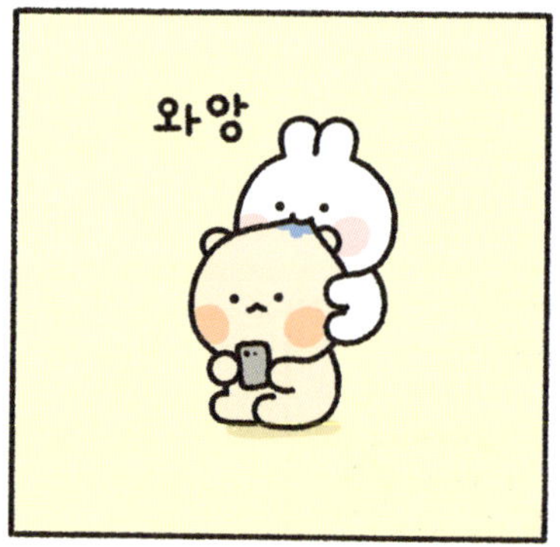
와앙

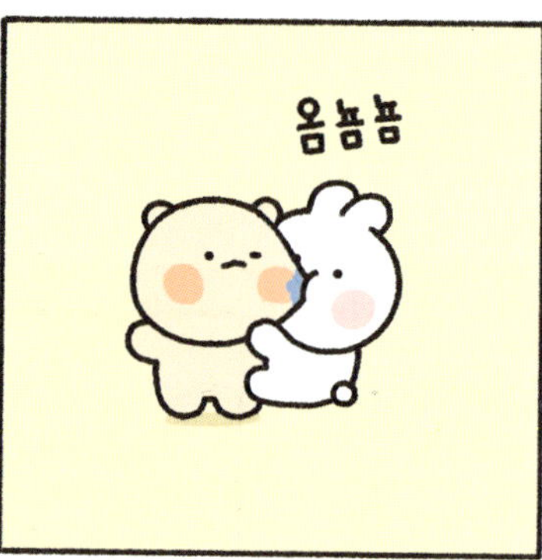
옴뇸뇸

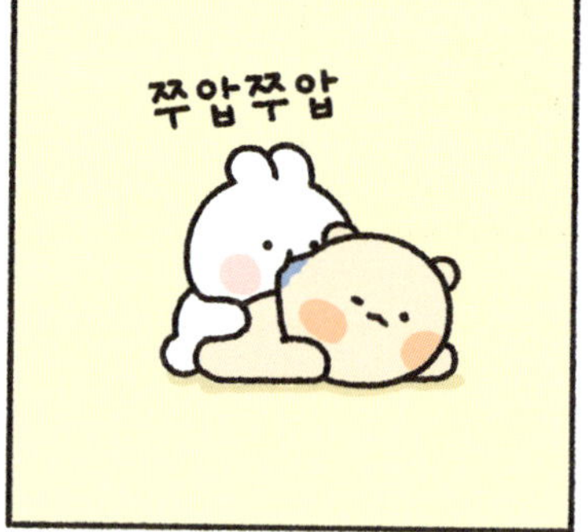
쭈압쭈압

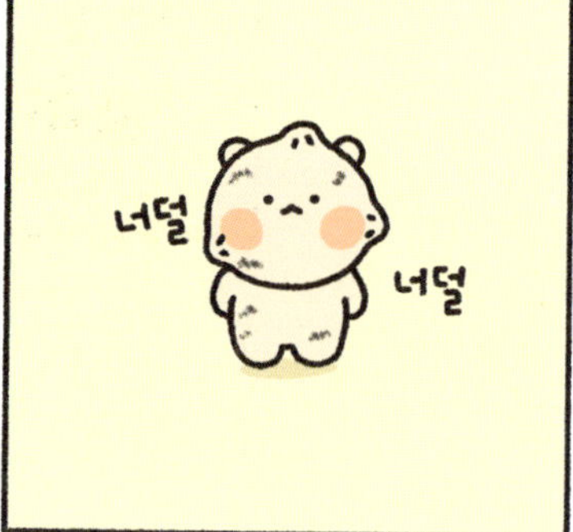
너덜
너덜

이리
와봐

곰돌�찡!
일루 와바

빤니!!

?

따랑해

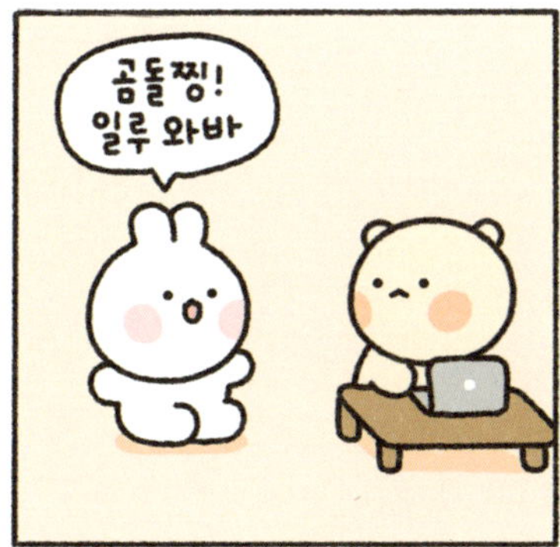

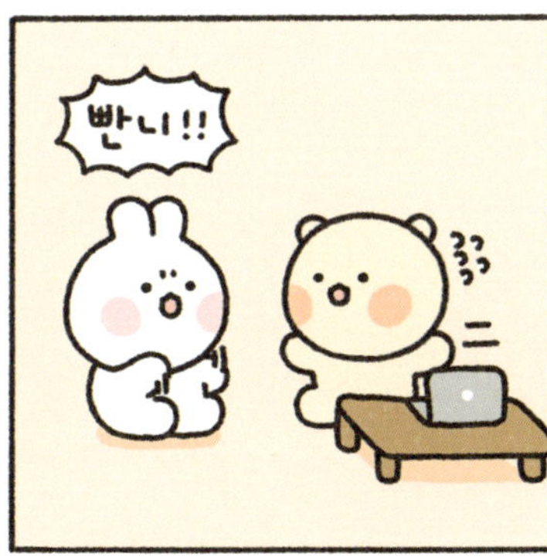

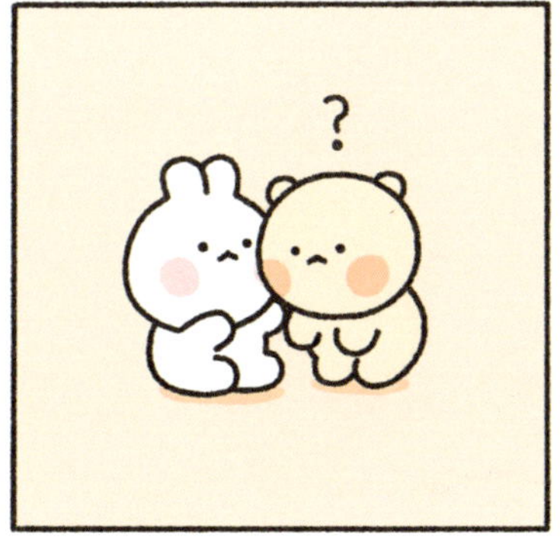

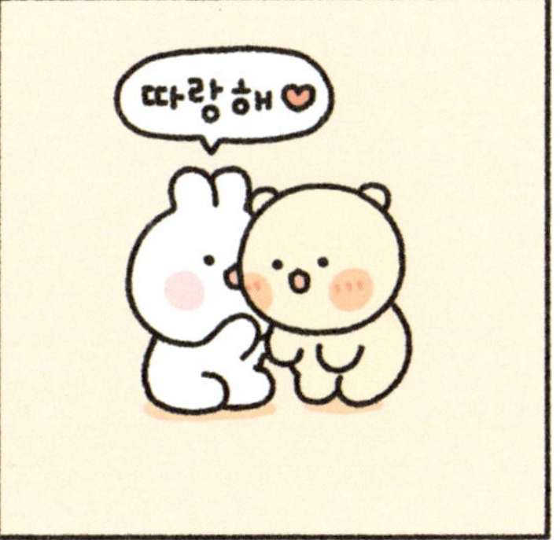

오래도록 기억에 남는
설레는 말은?

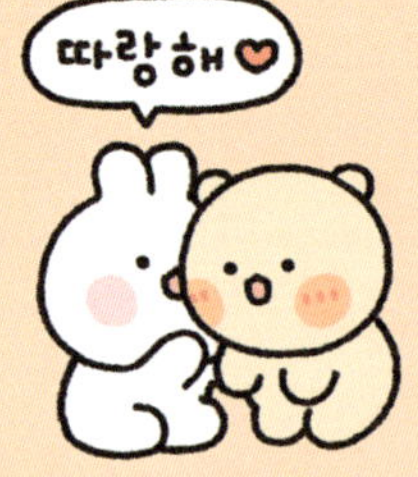

곰리둥절 2
_ 곰돌찡 죽부인

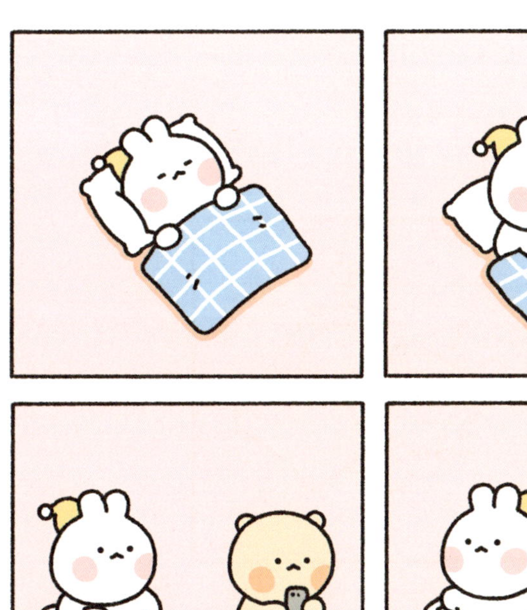

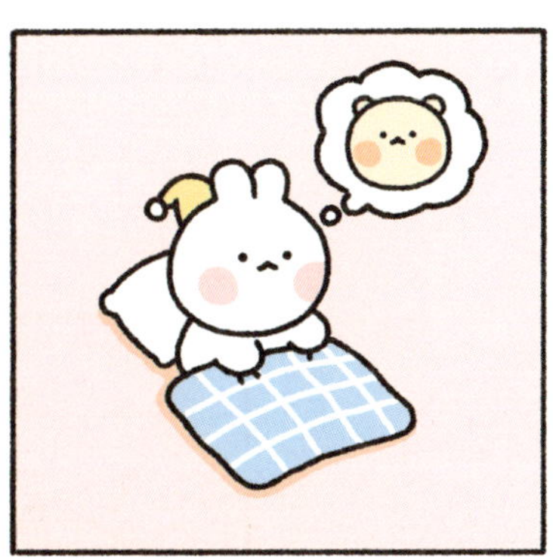

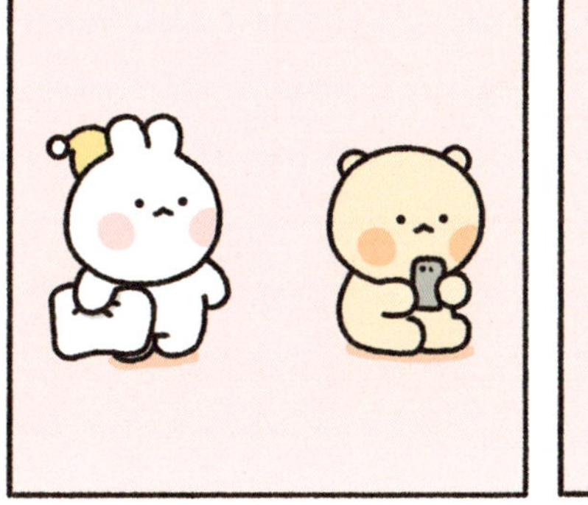

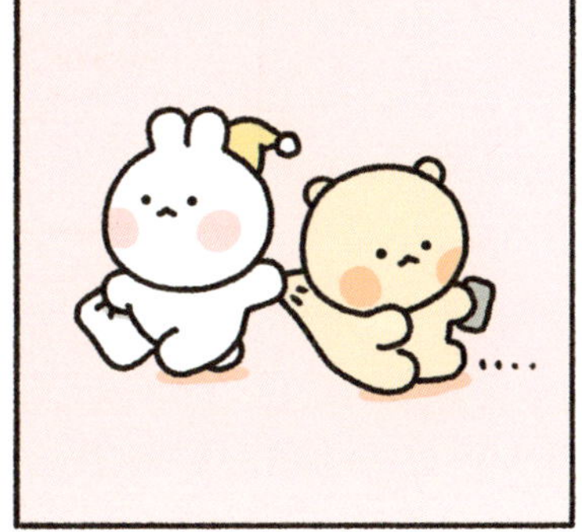

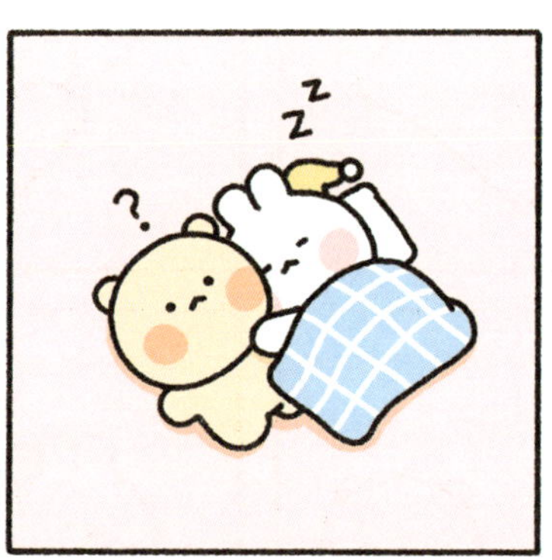

거부할 수 없는
궁디

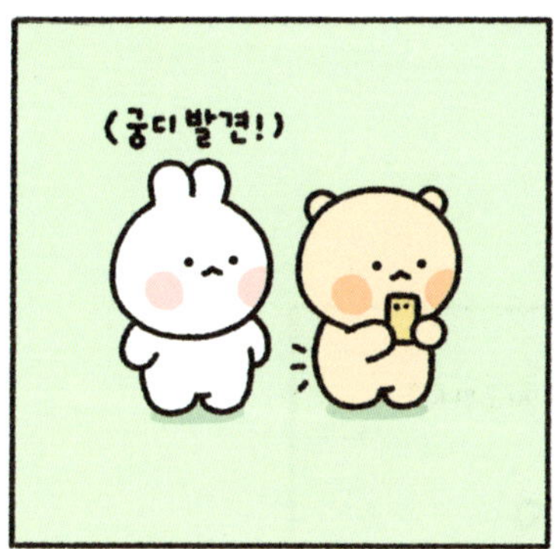
(궁디 발견!)

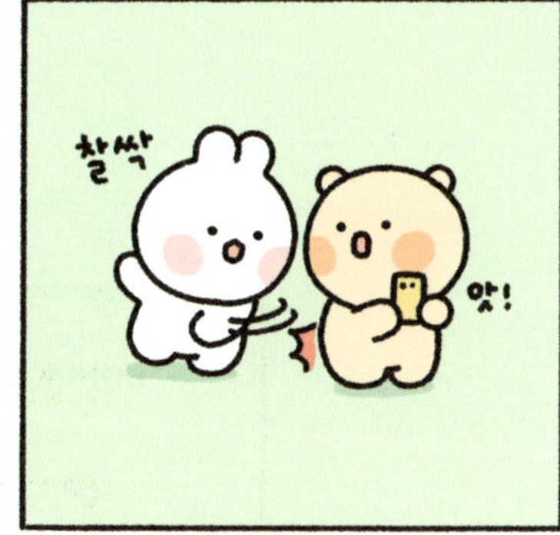
찰싹
앗!

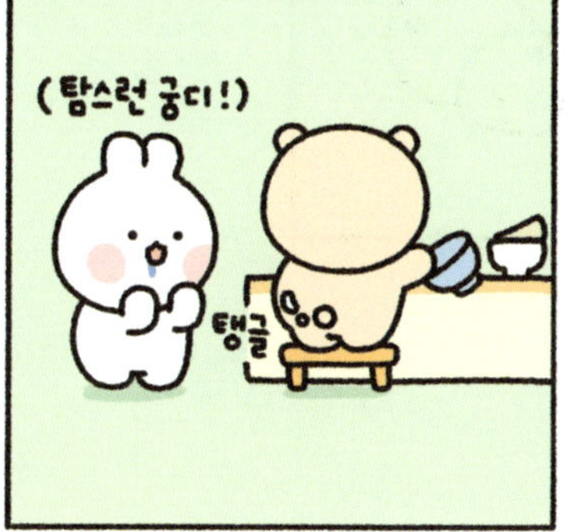
(탐스런 궁디!)
텡글

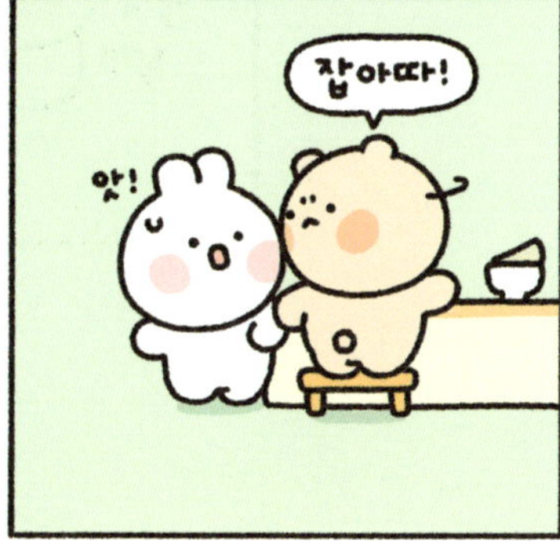
잡아따!
앗!

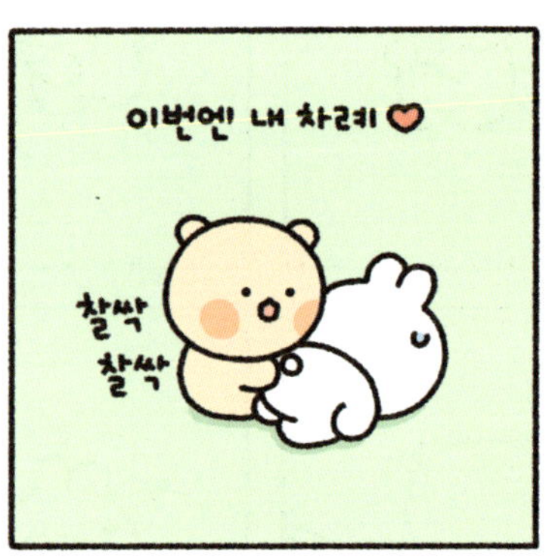

이번엔 내 차례 ♥
찰싹
찰싹

어허!
가만있어

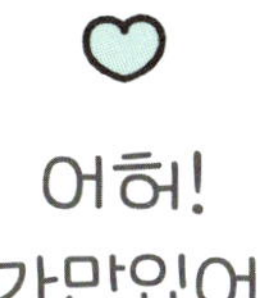

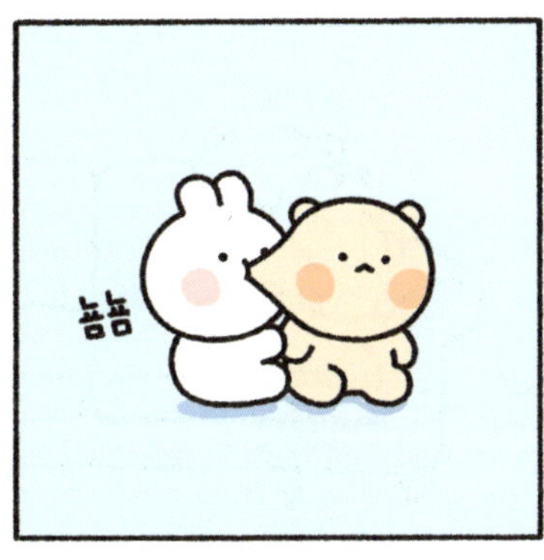

눔눔

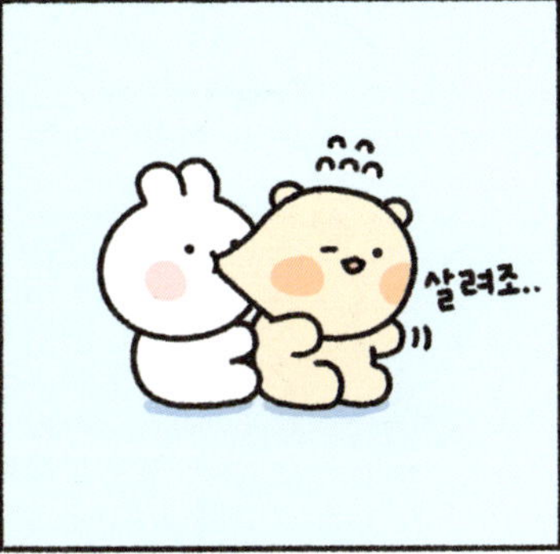

살려조..

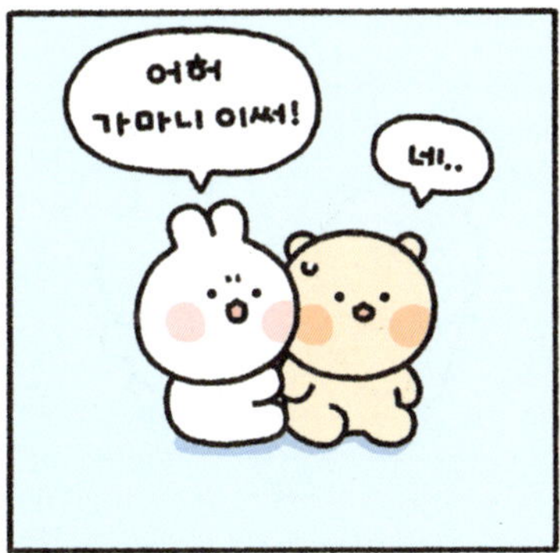

어허
가마니 이써!
네..

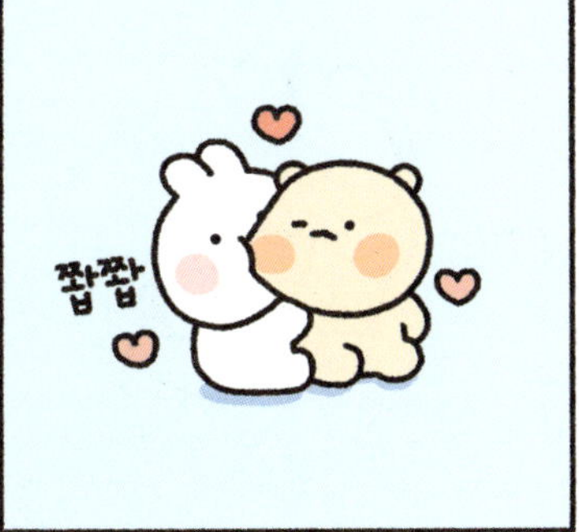

쪽쪽

항상 붙어 있고
싶은걸

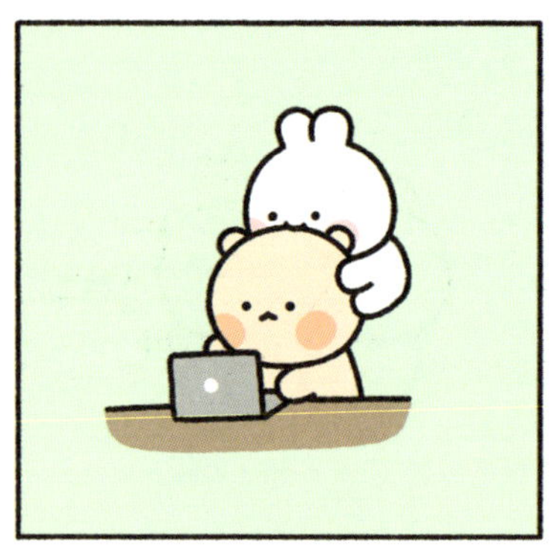

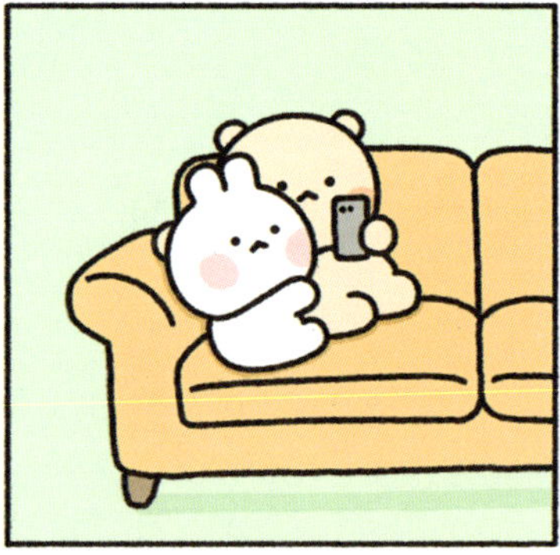

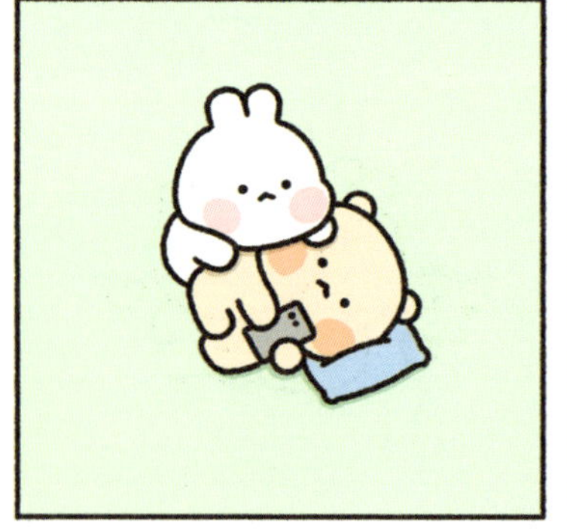

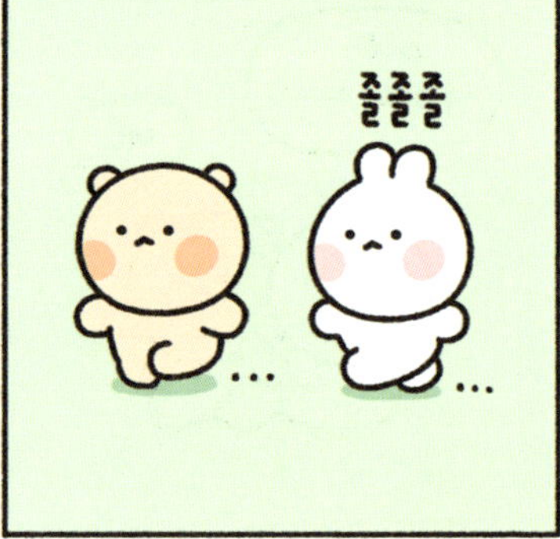

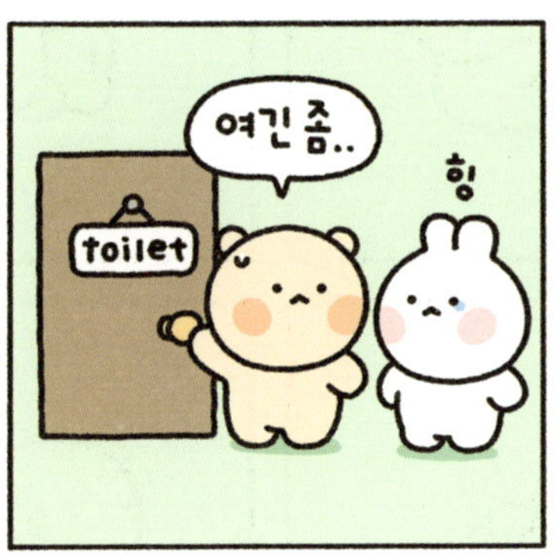

여긴 좀..
힝
toilet

내놔

내놔

내나
?

쓰담
헹

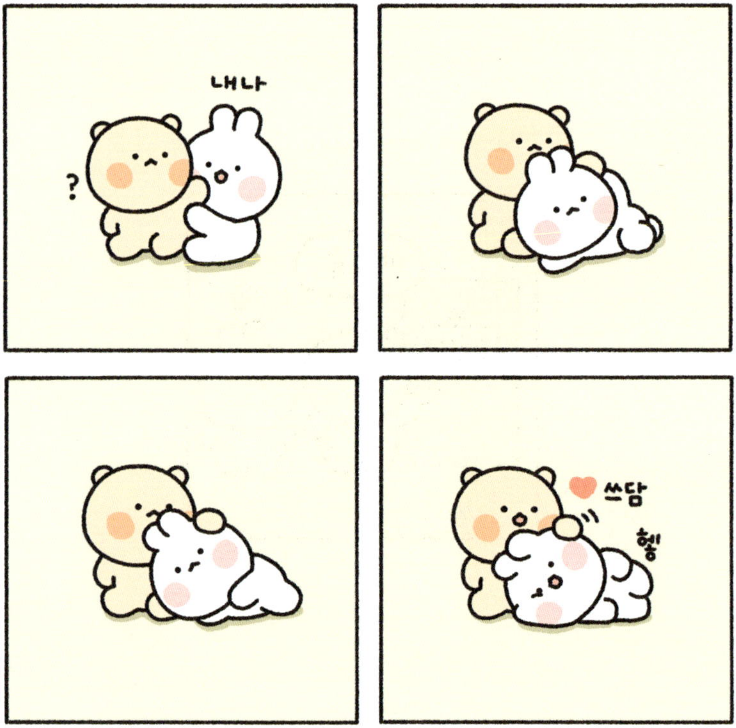

깜짝 놀라게
해야지

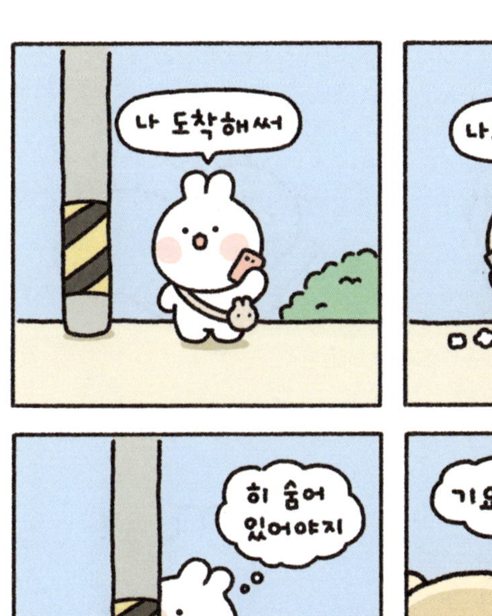
나 도착해써
히 숨어
있어야지

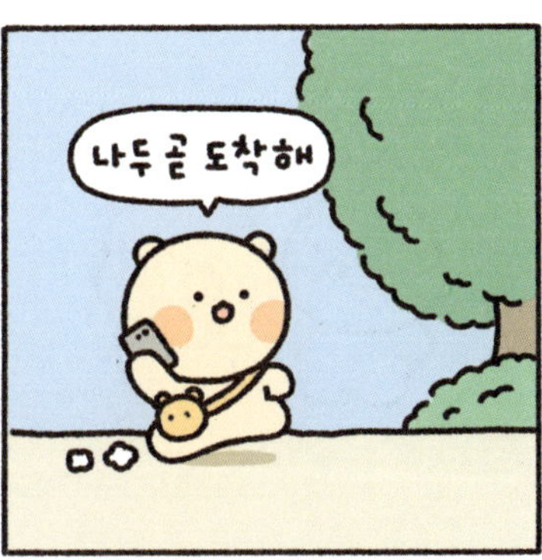
나두 곧 도착해

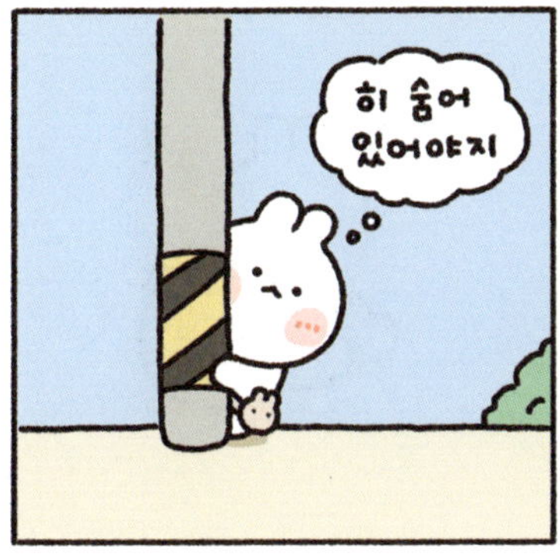

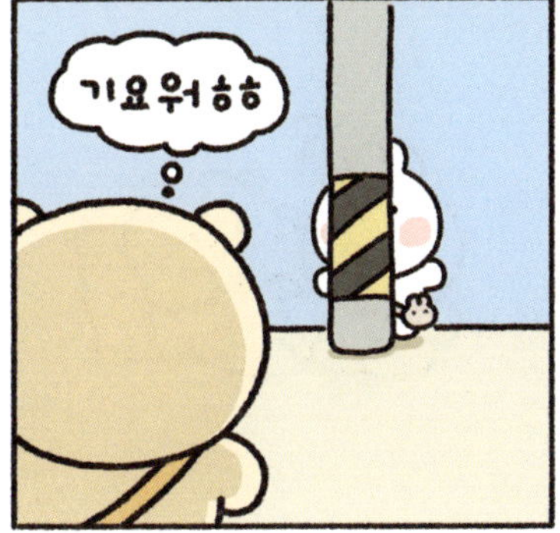
기요워응흥

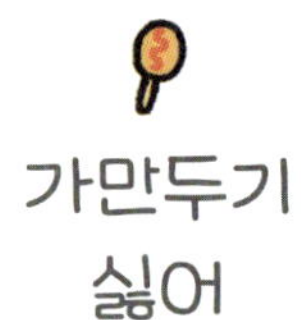

가만두기
싫어

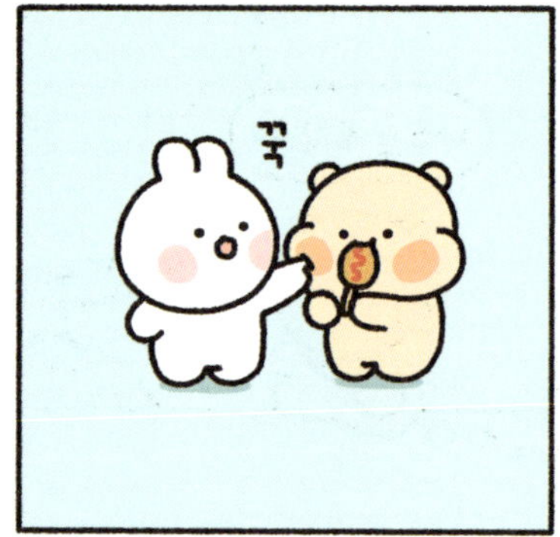

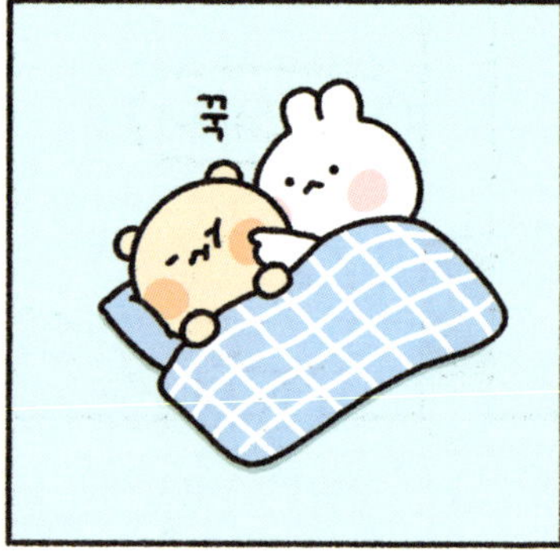

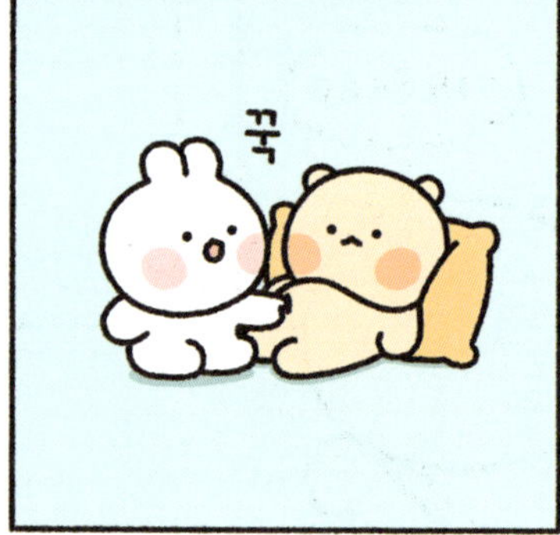

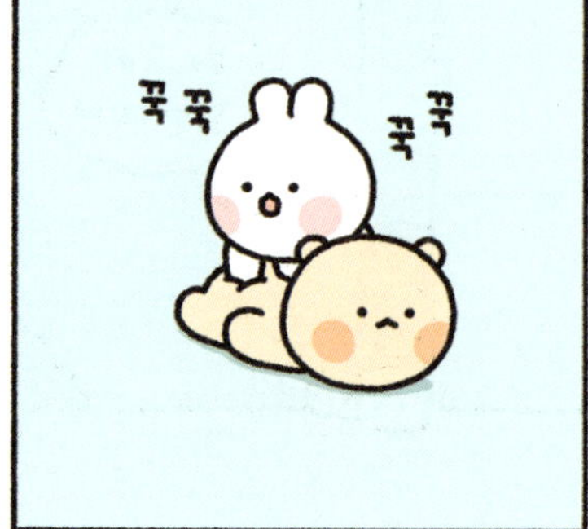

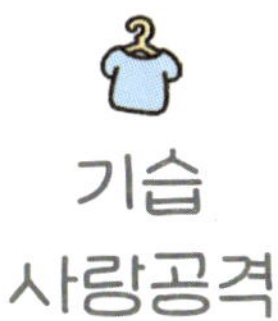

기습
사랑공격

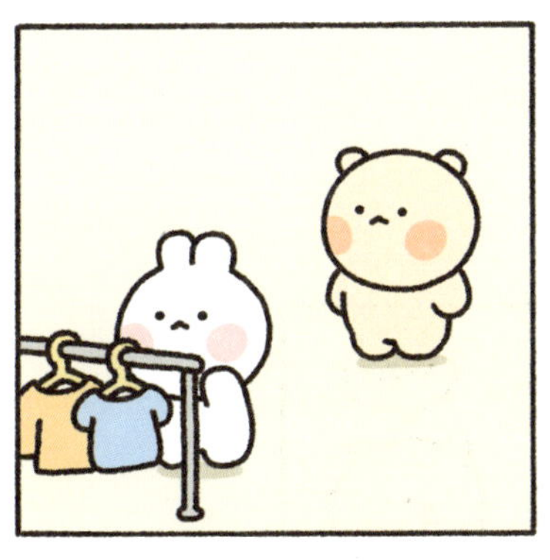

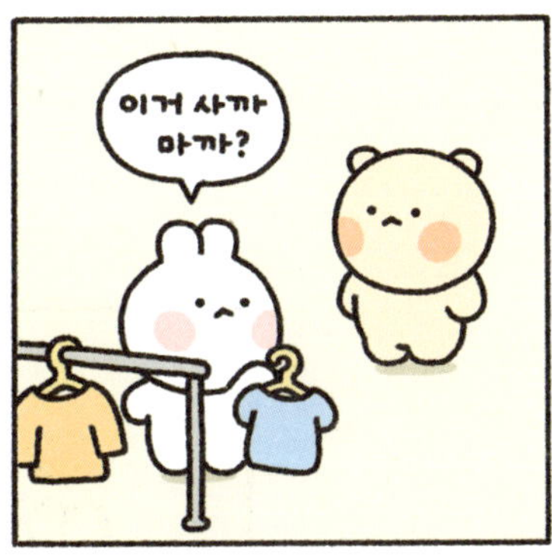
이거 사까
마까?

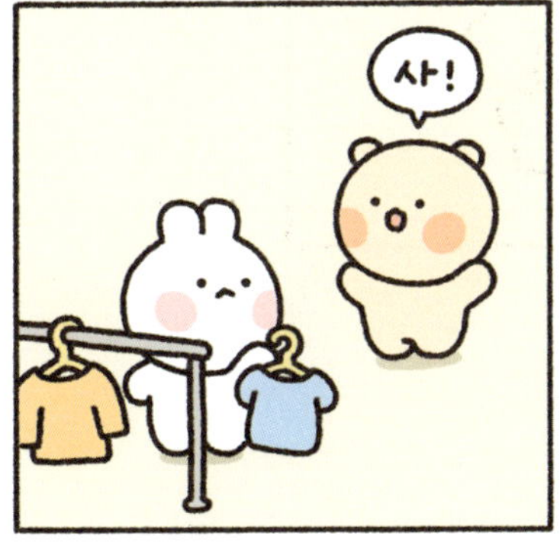
사!

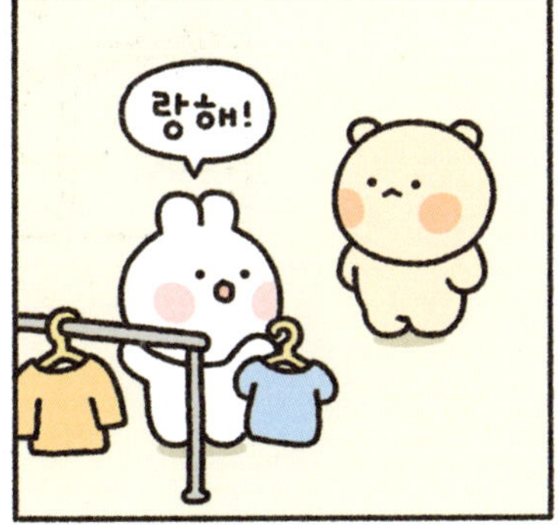
랑해!

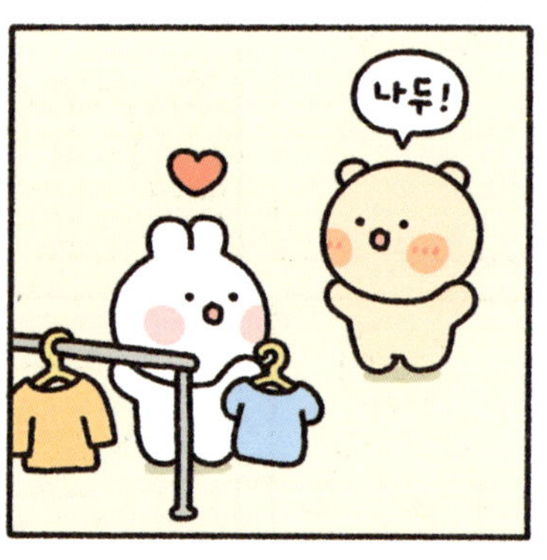
나두!

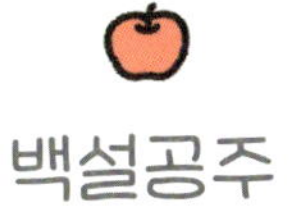

백설공주

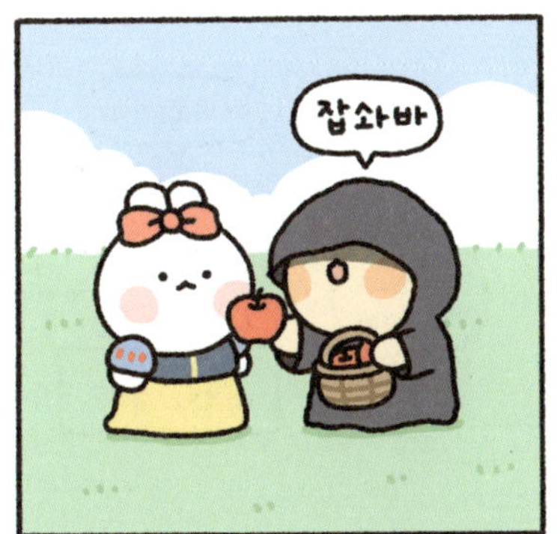

잡솨바

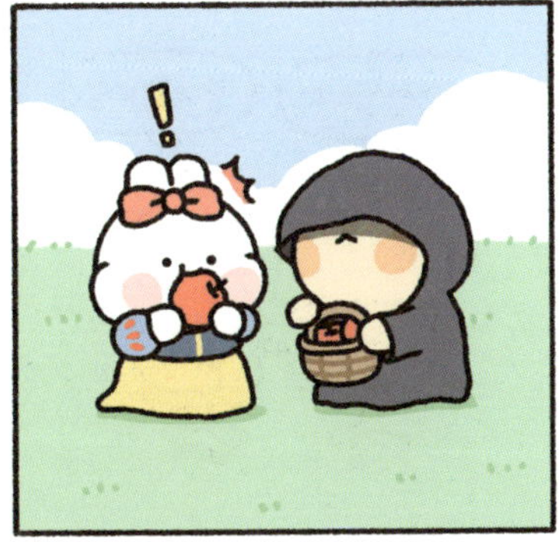

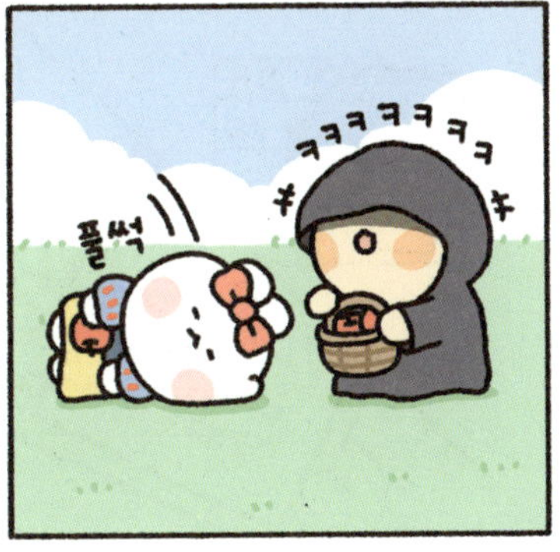

ㅋㅋㅋㅋㅋㅋㅋ
풀썩

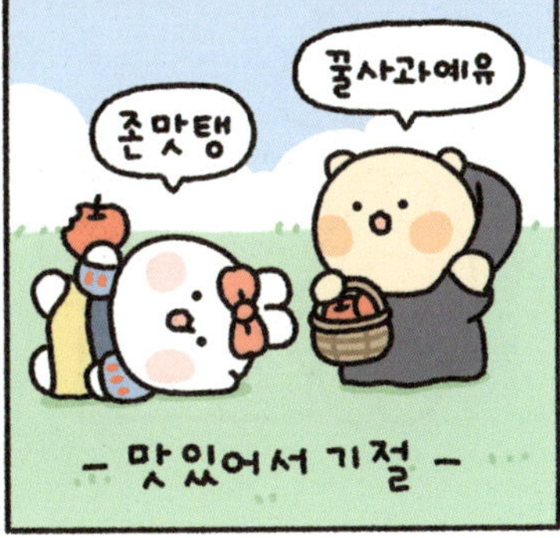

꿀사과예유
존맛탱
- 맛있어서 기절 -

오늘의
처방전

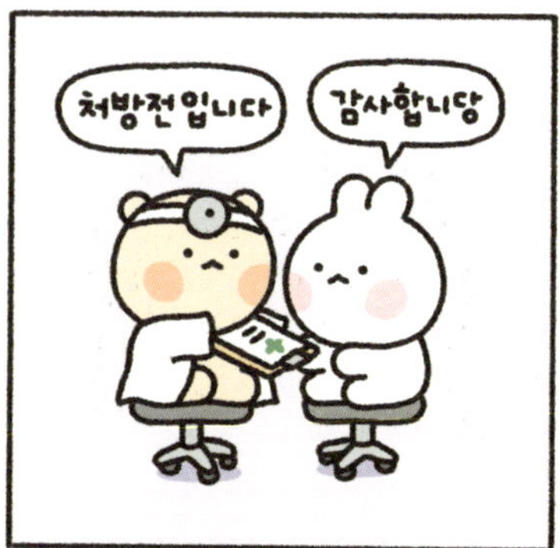

처방전입니다
감사합니당

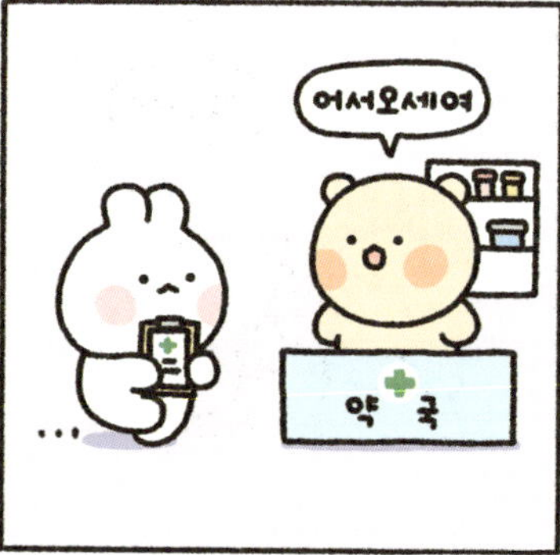

어서오세여
약 국

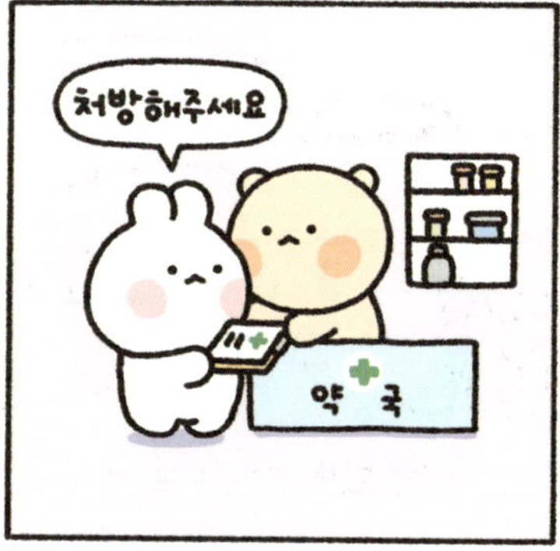

처방해주세요
약 국

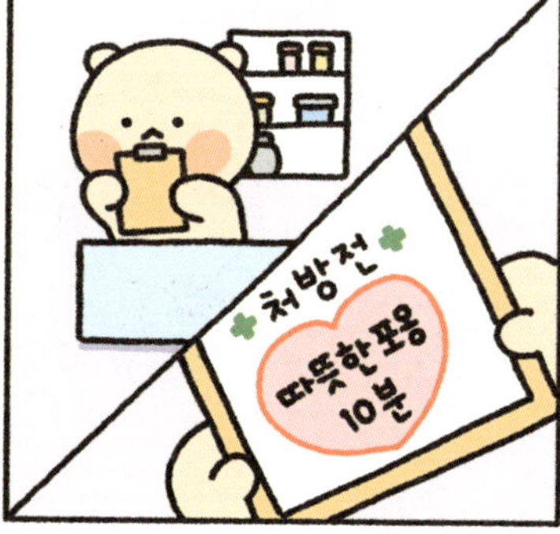

처방전
따뜻한 포옹
10분

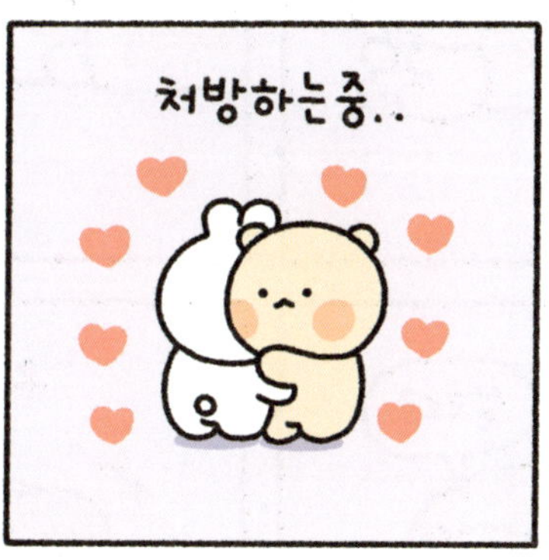
처방하는 중..

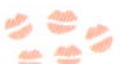

뽀뽀귀신

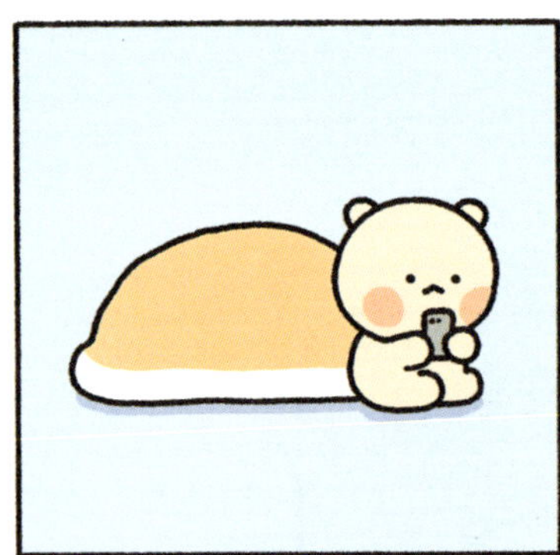

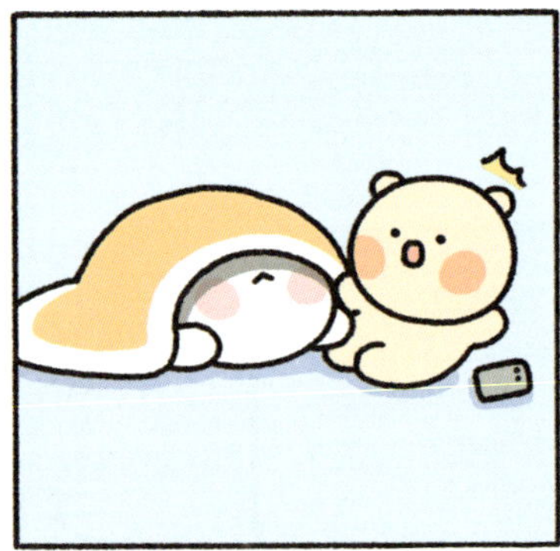

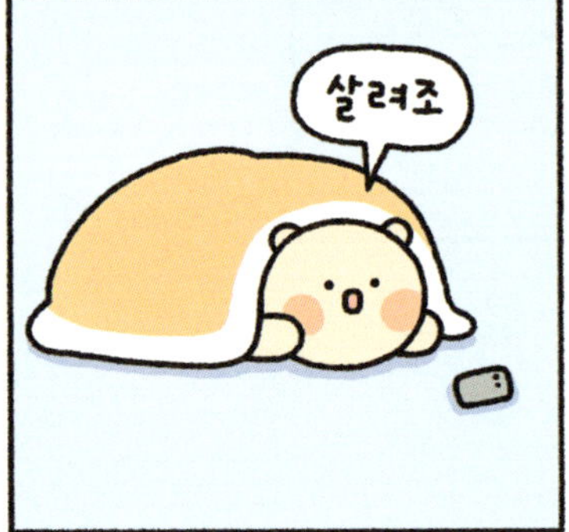

살려조

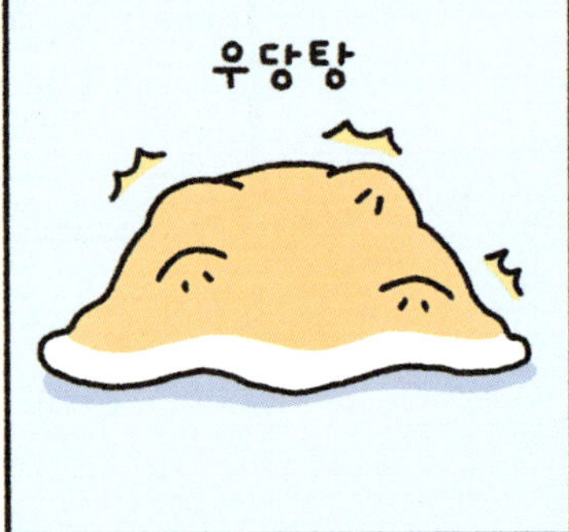

우당탕

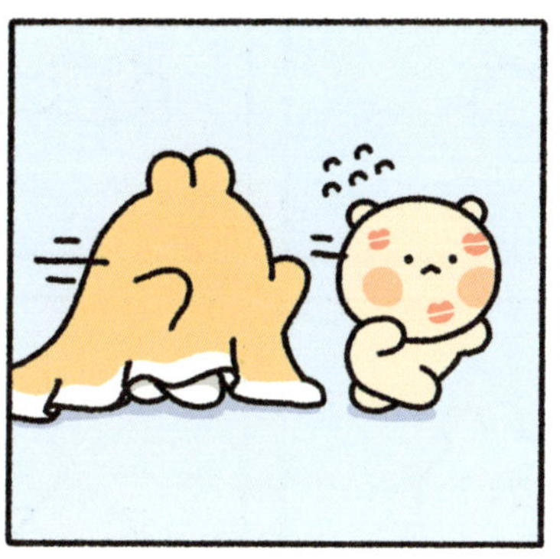

튀어

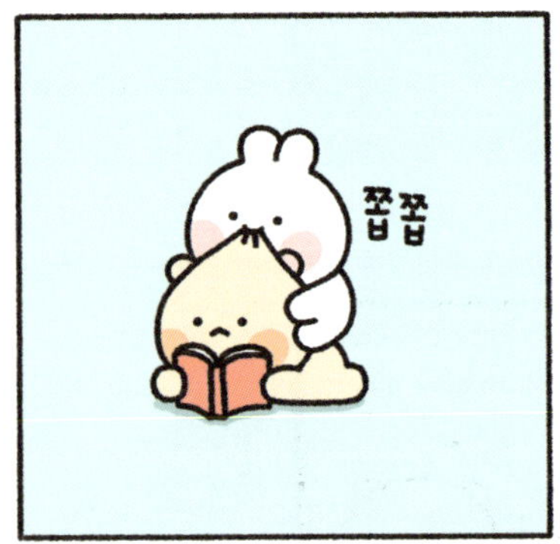

쫍쫍

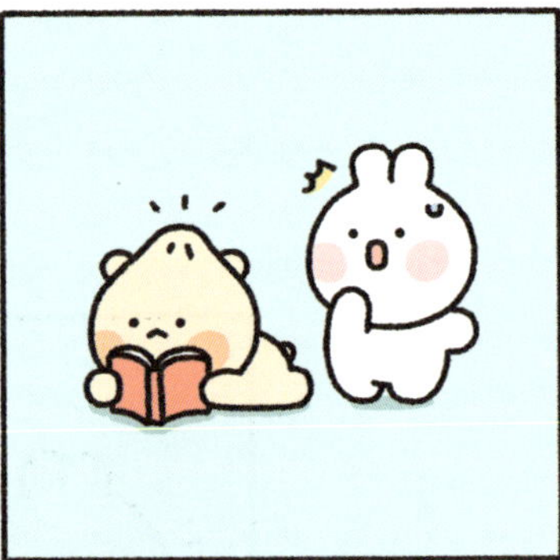

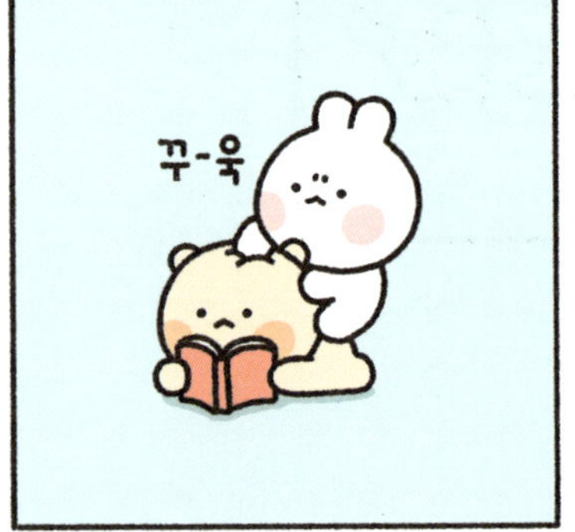

꾸-욱

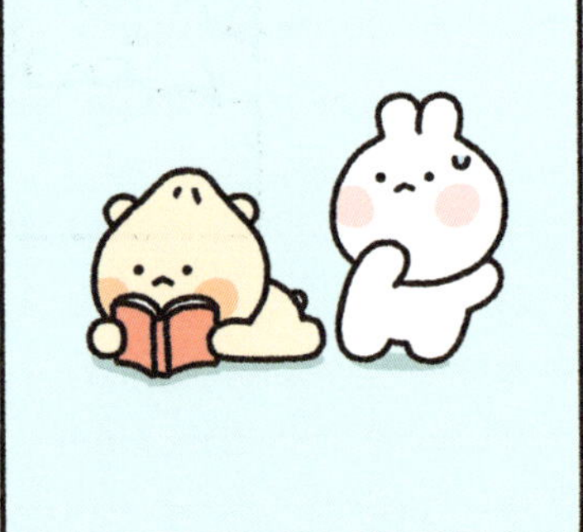

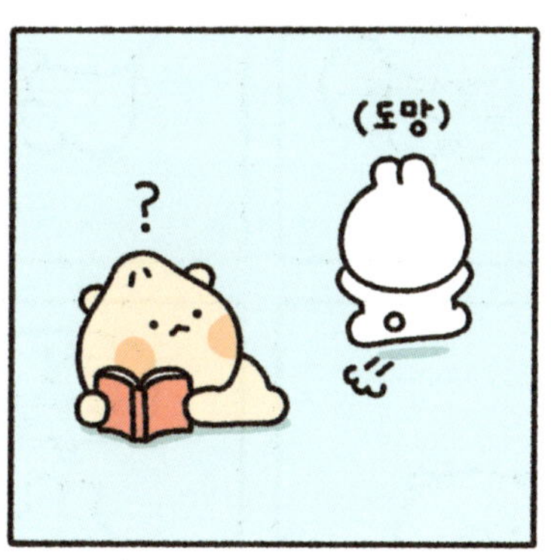
(도망)
?

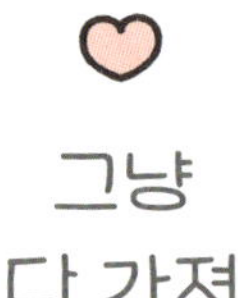

그냥
다 가져

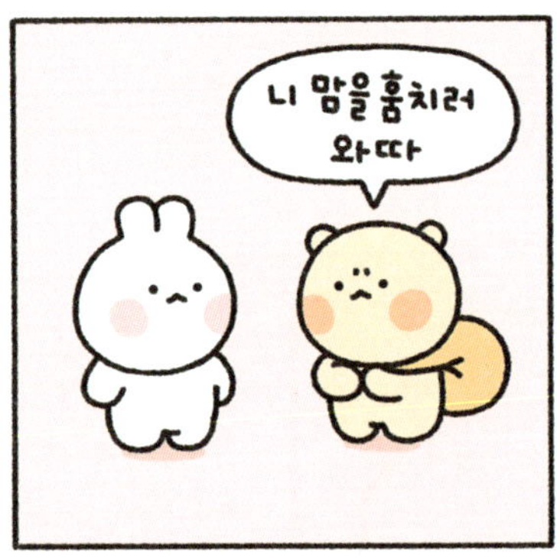
니 맘을 훔치러
와따

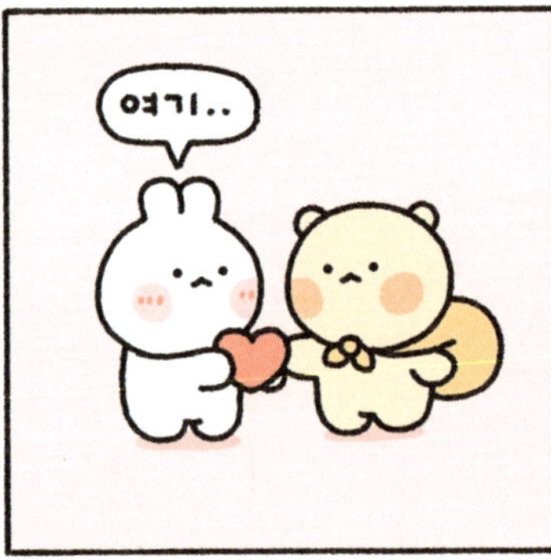
여기..

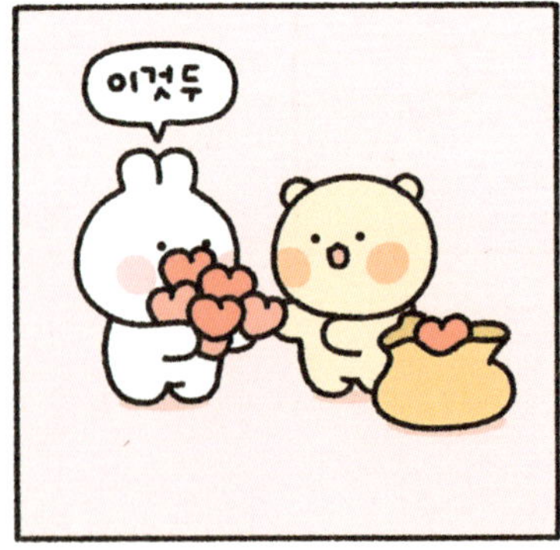
이것두

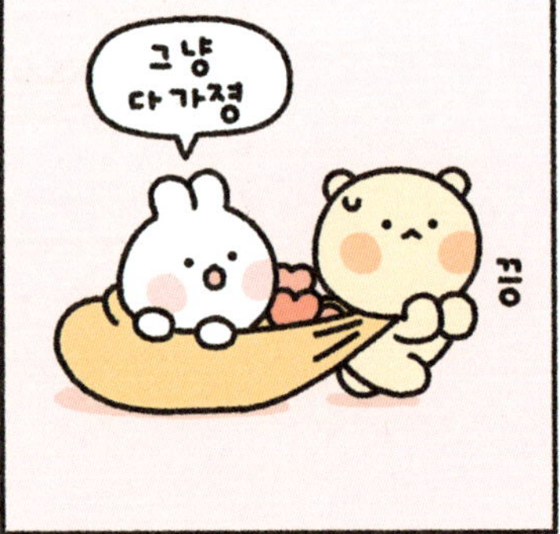
그냥
다 가졍

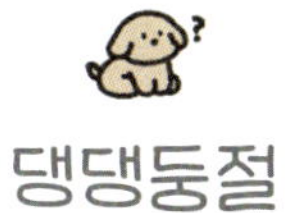

댕댕둥절

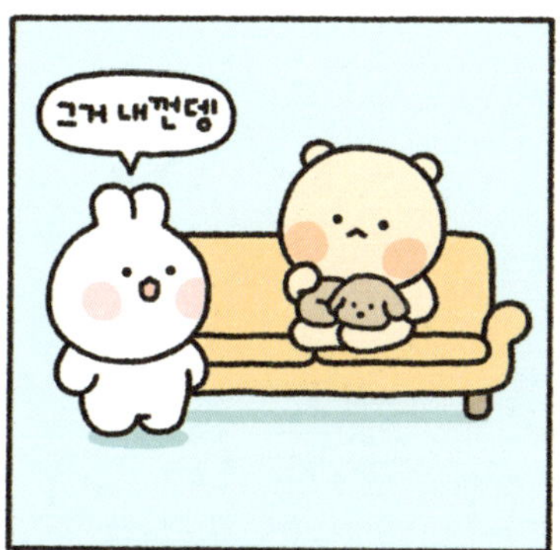
그거 내꺼댕

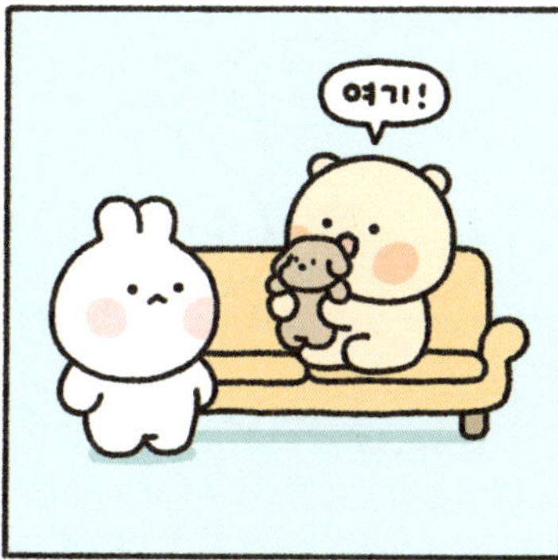
여기!

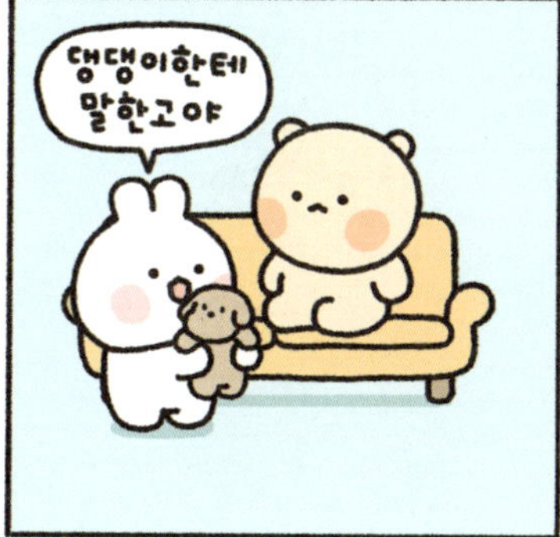
댕댕이한테
말한고야

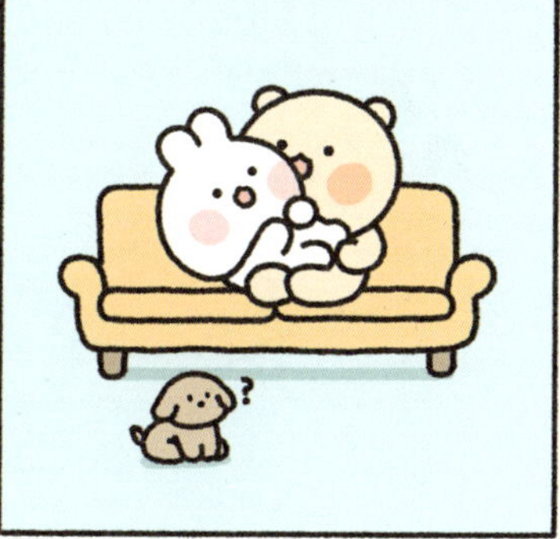

곰돌찡 얼굴에
낙서하기

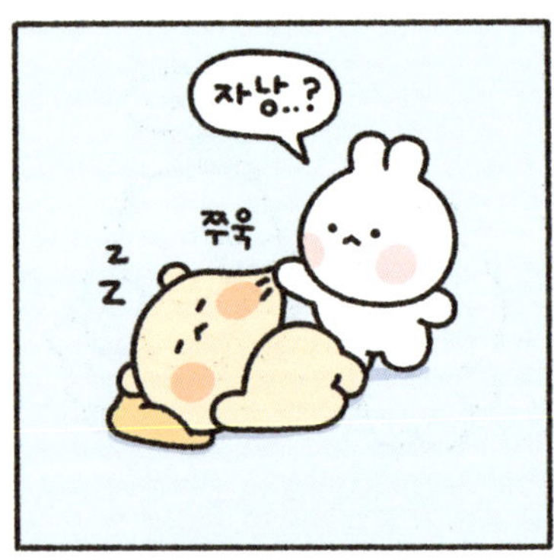

자냥..?
쭈욱
ZZ

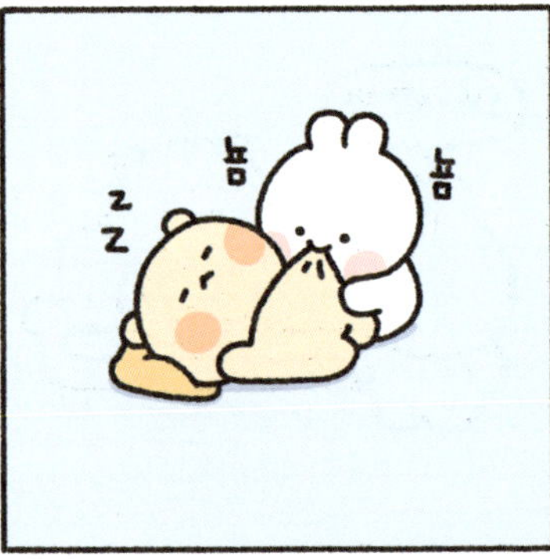

놈
놈
ZZ

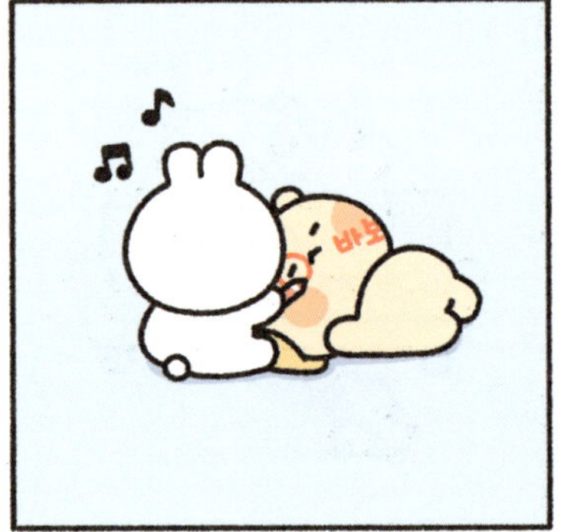

바보

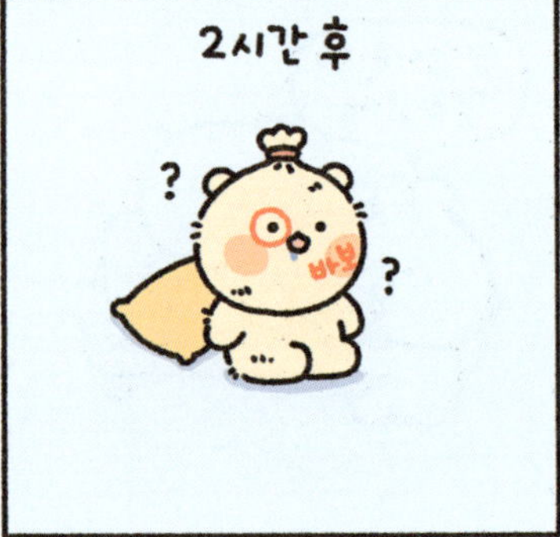

2시간 후
?
?
바보

뒤를
조심하세요 1

슬금
슬금
...

조물
조물

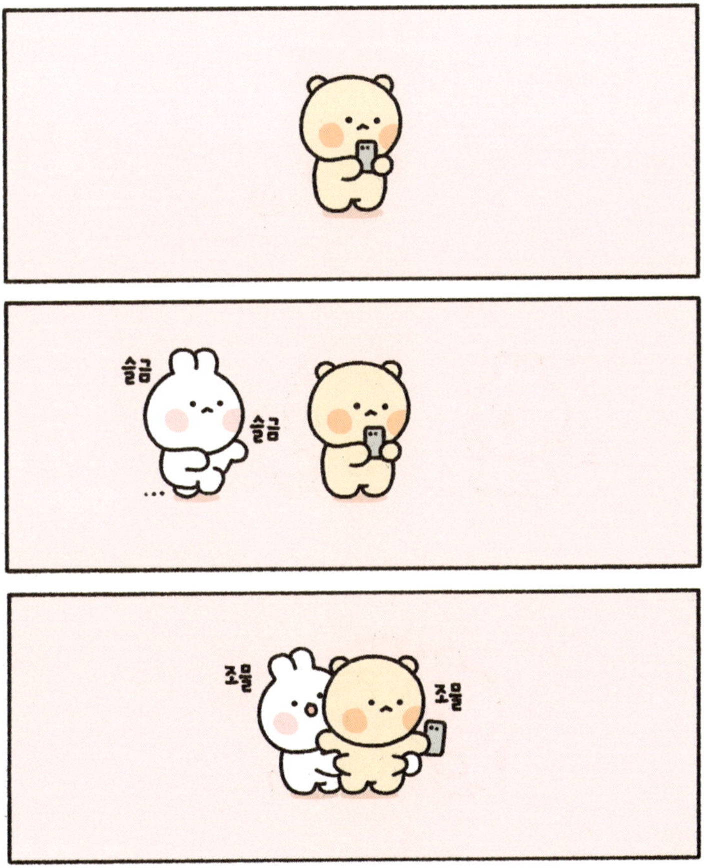

뒤를
조심하세요 2

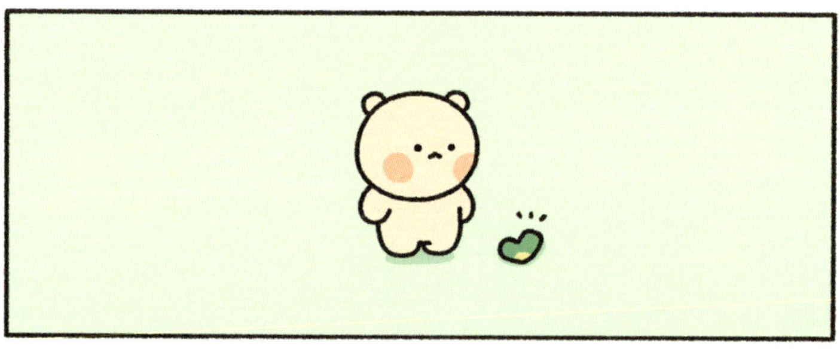

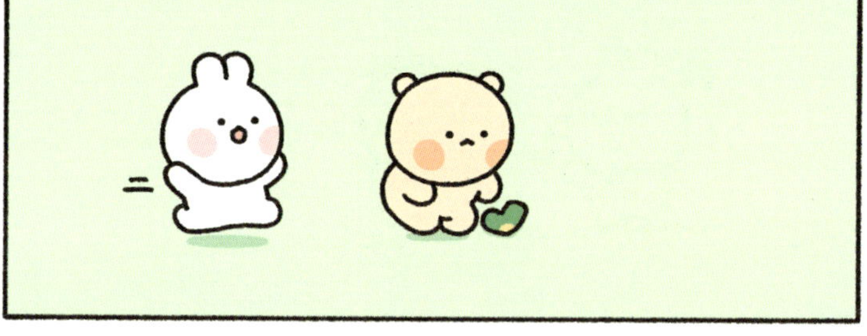

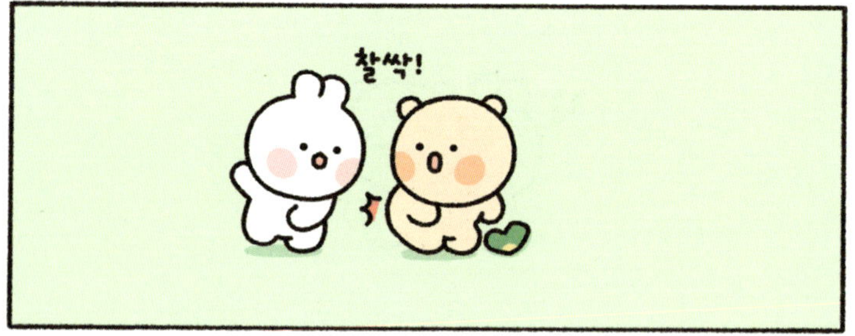

뒤를
조심하세요 3

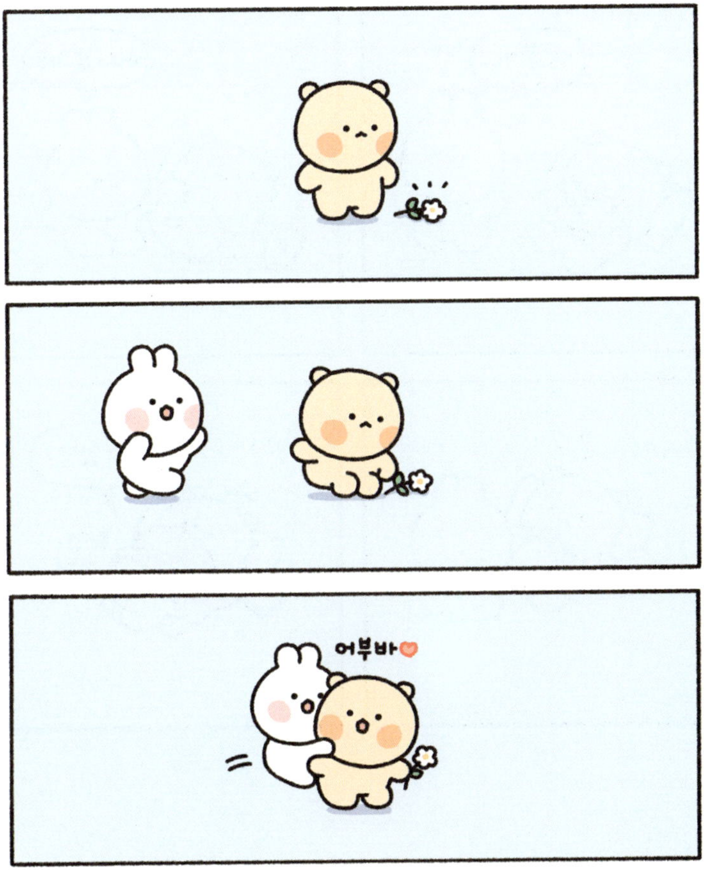

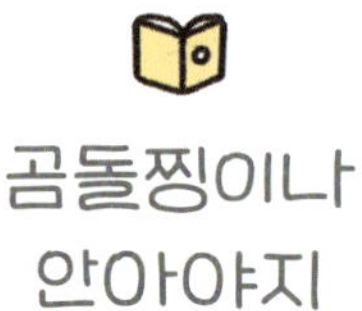

곰돌찡이나
안아야지

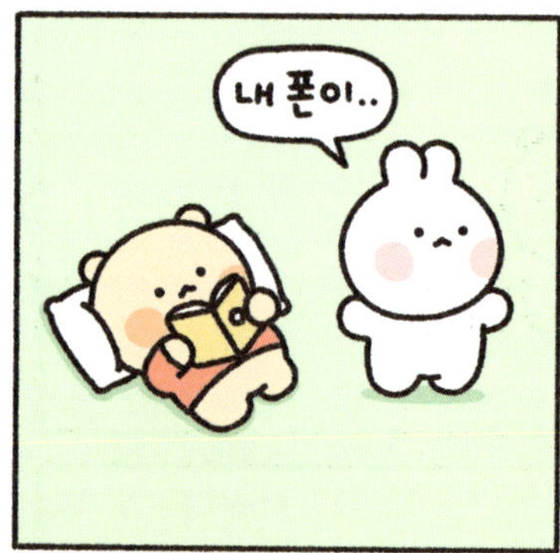

내 폰이..

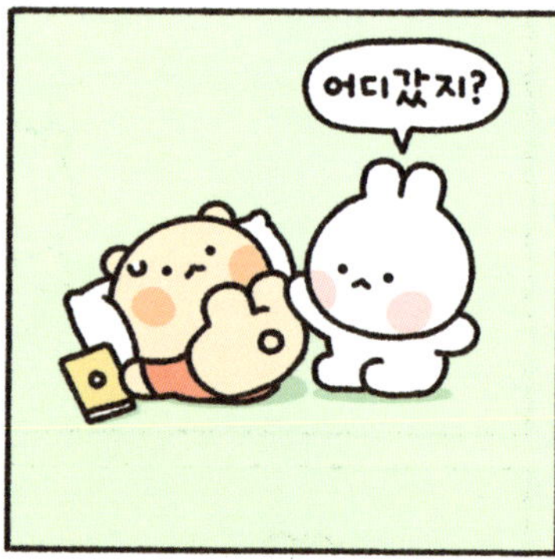

어디갔지?

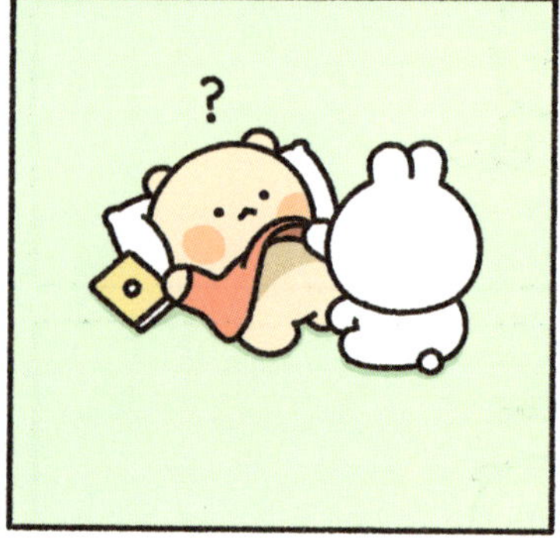

?

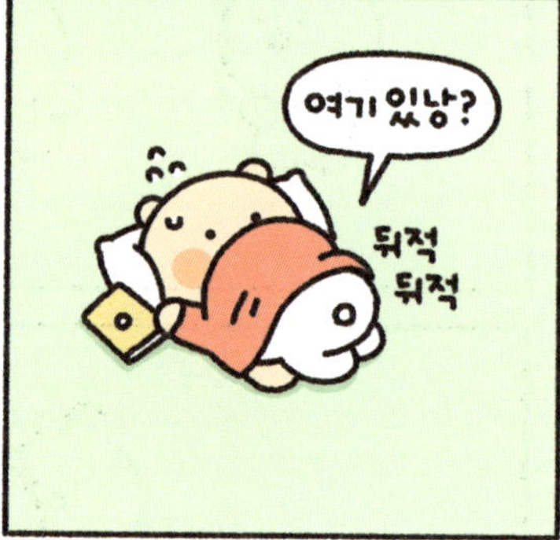

여기 있낭?
뒤적
뒤적

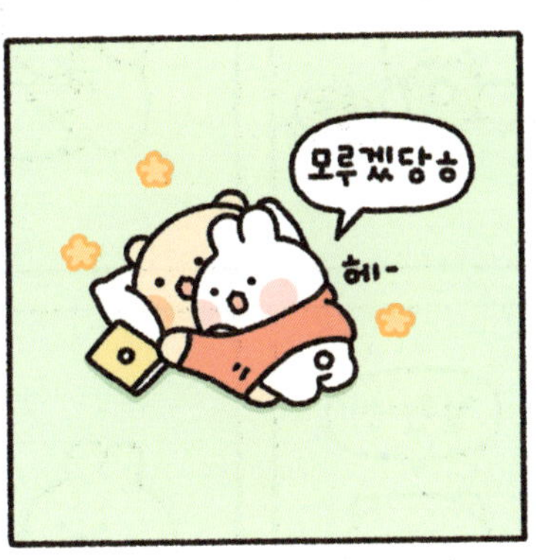

모루겠당숑
헤-

궁디팡팡
중독

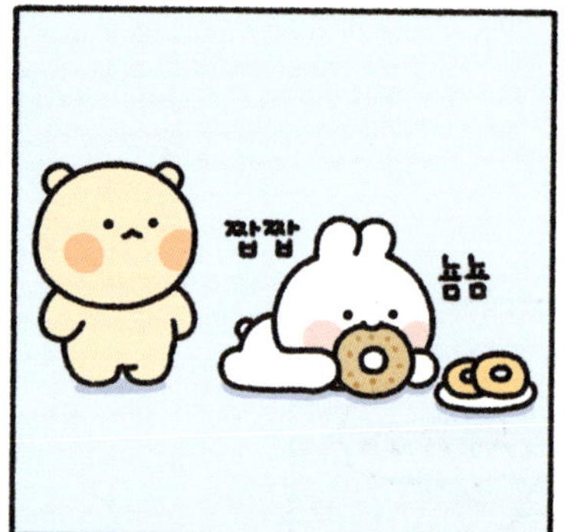

짭짭
냠냠

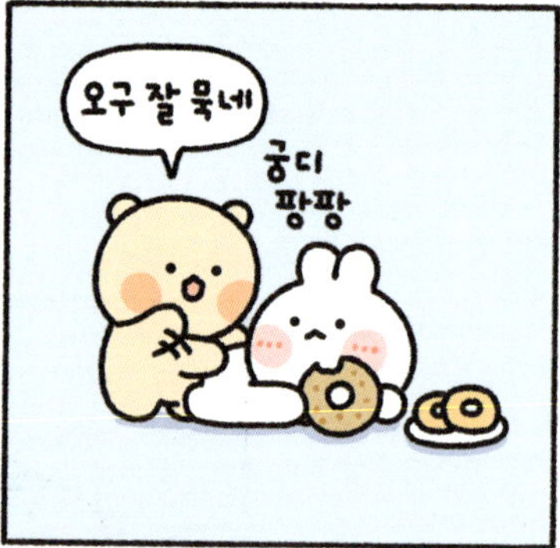

오구 잘 묵네
궁디 팡팡

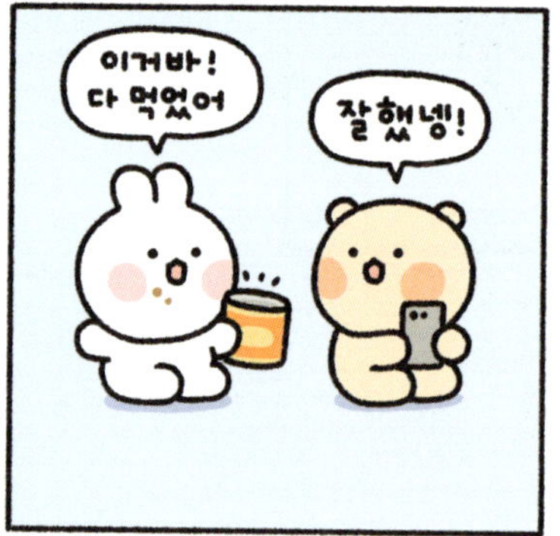

이거바! 다 먹었어
잘했넹!

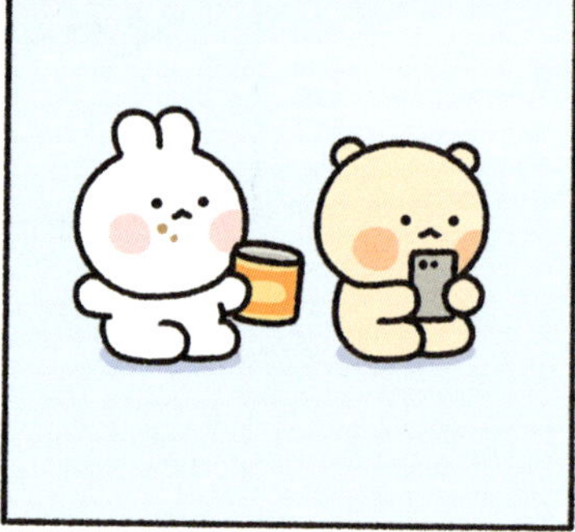

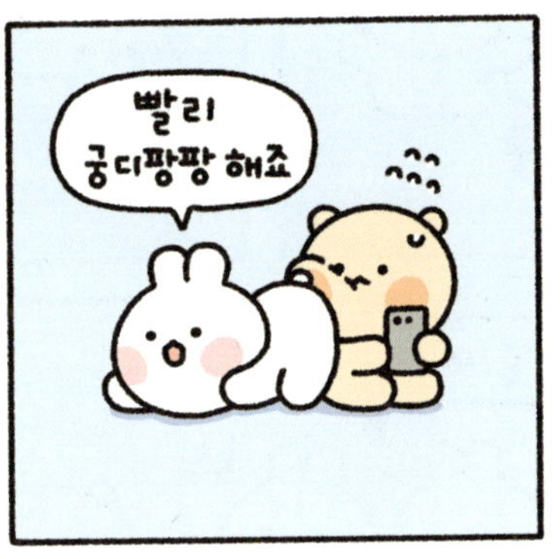

빨리
궁디팡팡 해죠

이중인격

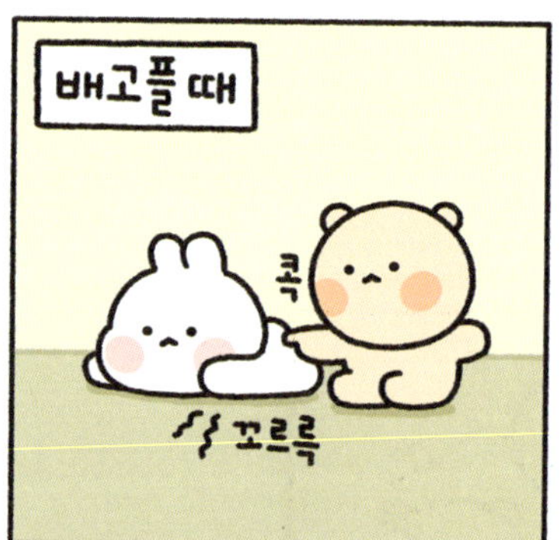

배고플 때
콕
꼬르륵

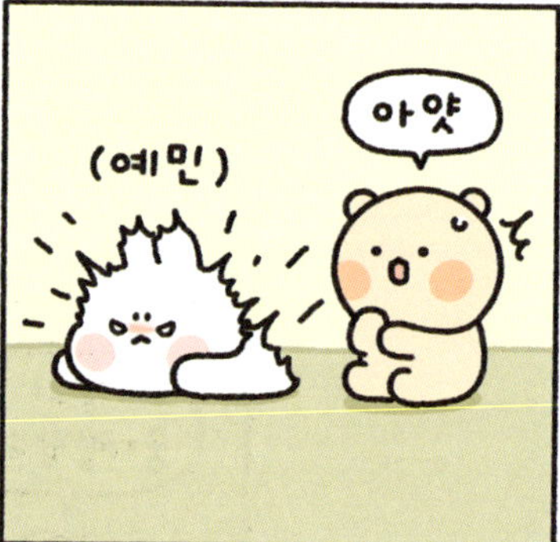

(예민)
아얏

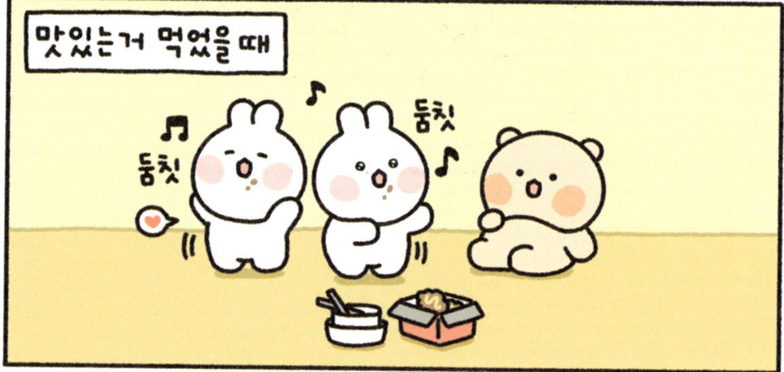

맛있는거 먹었을 때
둠칫
둠칫

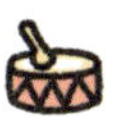

이 리듬에
취해

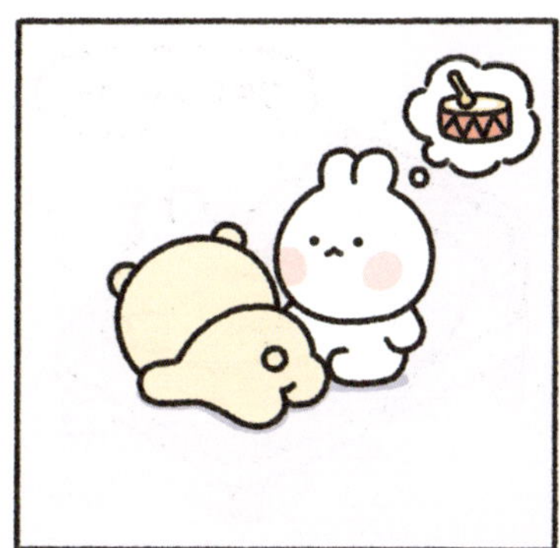

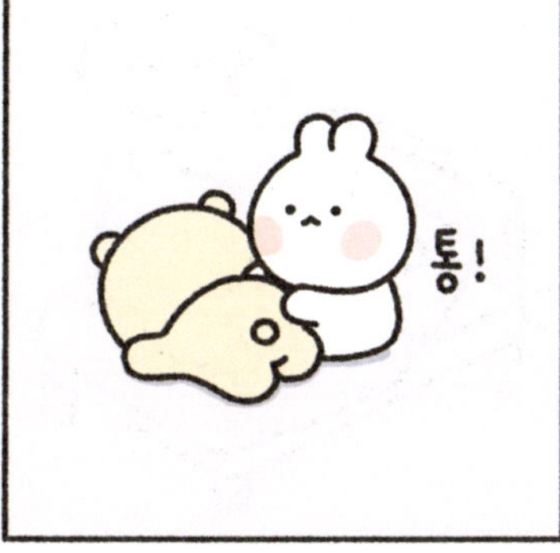
통!

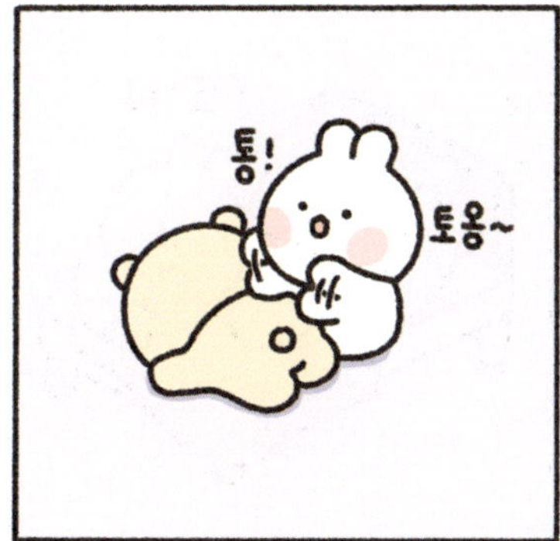
통!
토옹~

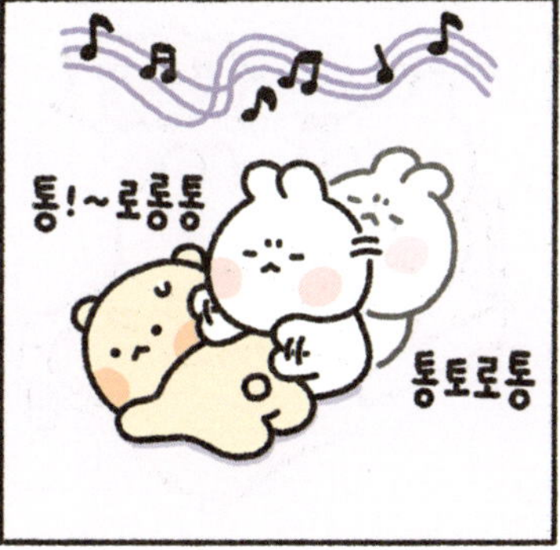
통!~로롱통
통토로통

잠꾸러기 찡찡이네

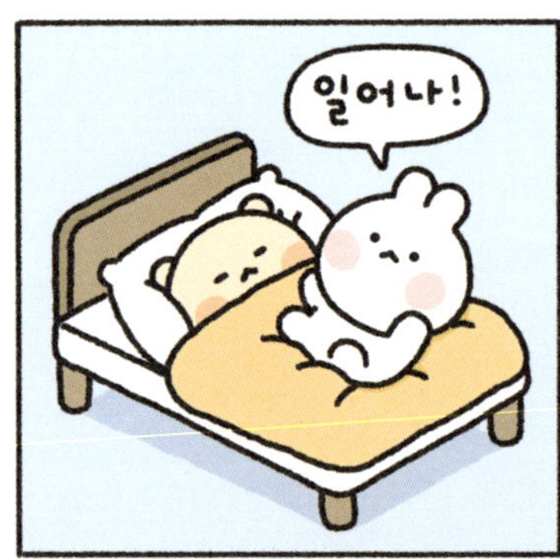

일어나!

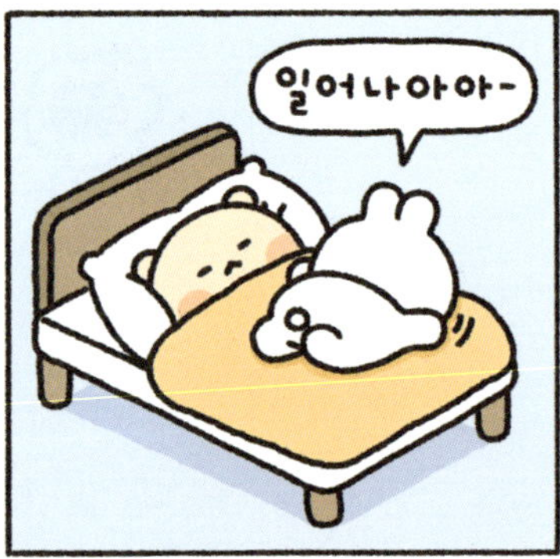

일어나아아-

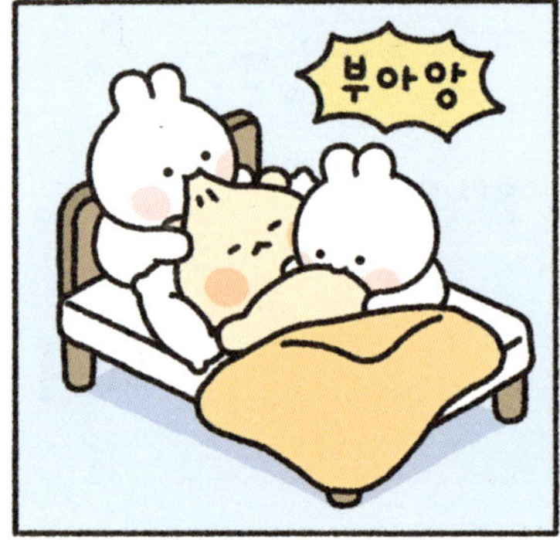

부아앙

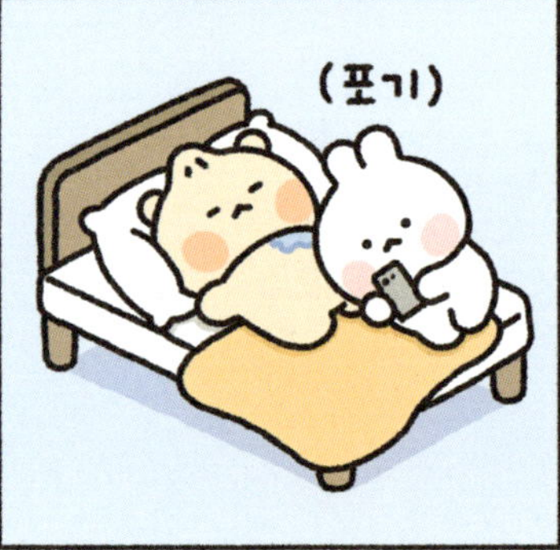

(포기)

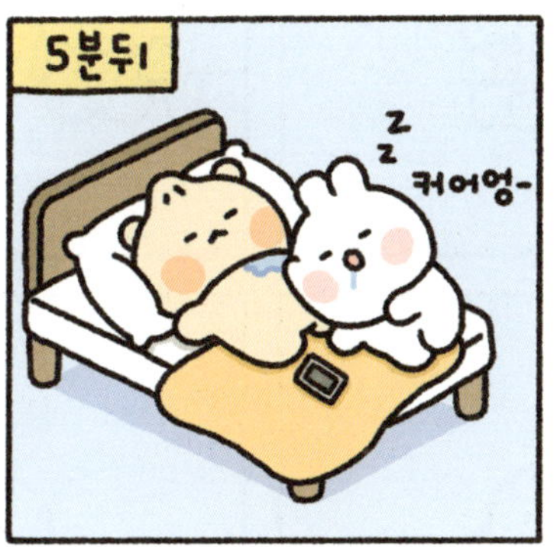

5분뒤
Z
Z
커어엉-

I miss you

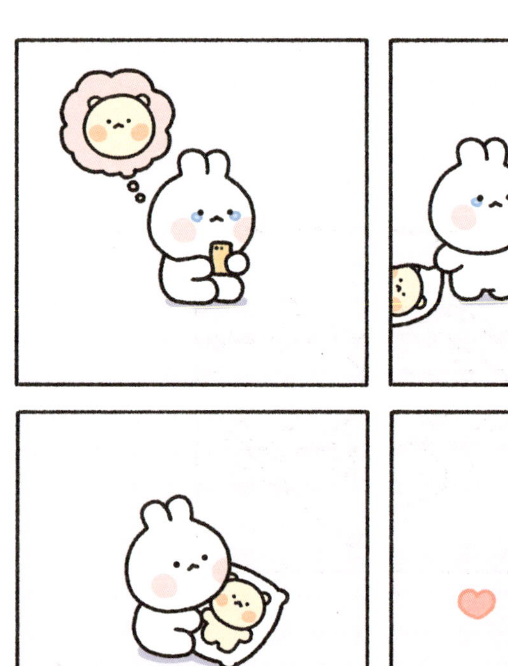

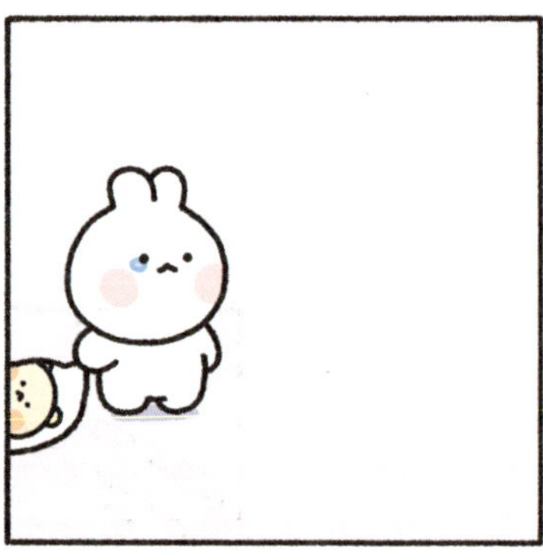

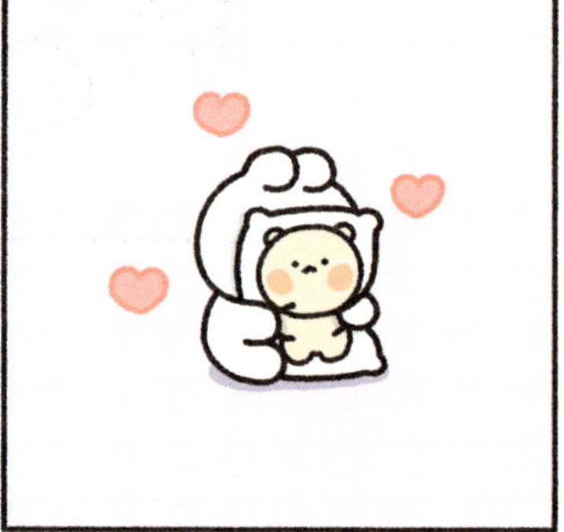

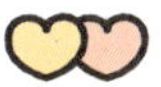

치명적인
유혹

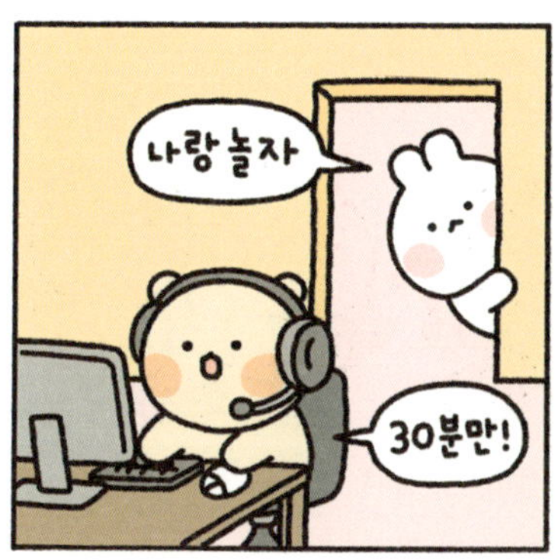

나랑 놀자
30분만!

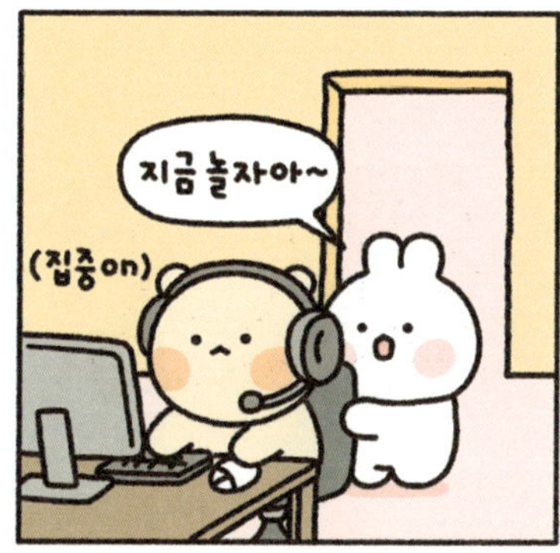

지금 놀자아~
(집중 on)

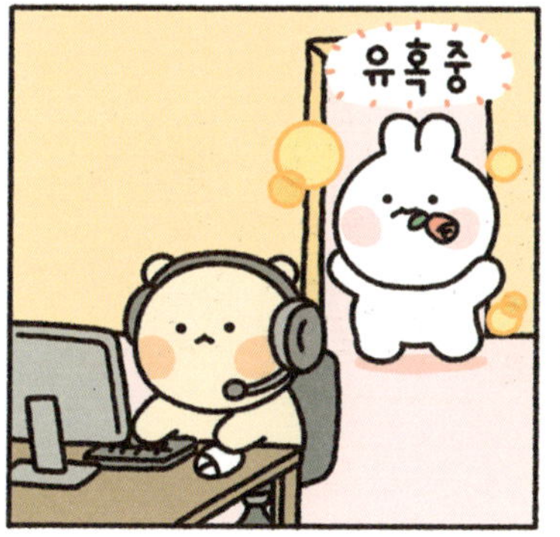

유혹중

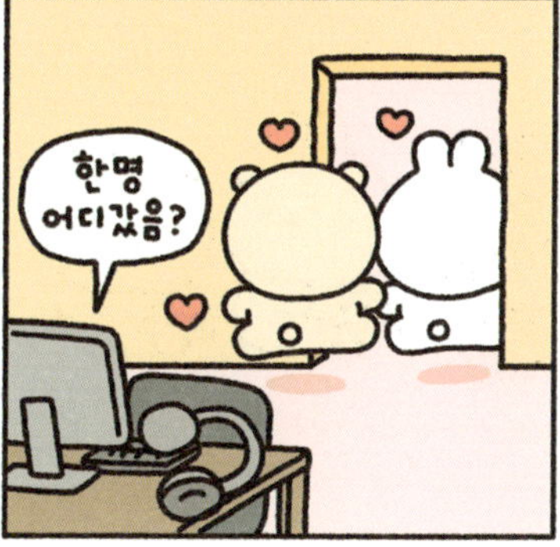

한명
어디갔음?

곰돌찡은
토끼찡 거

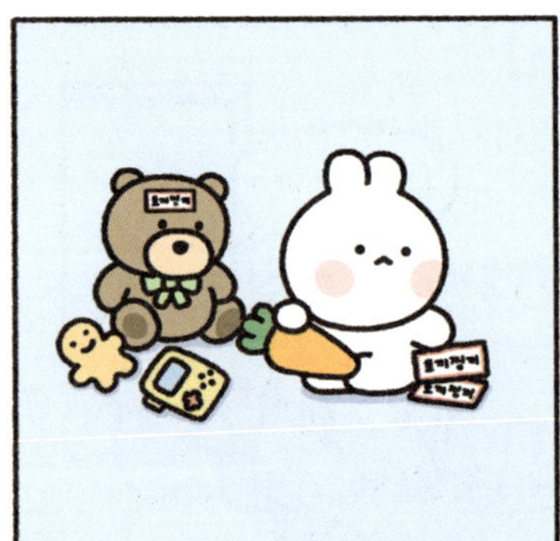

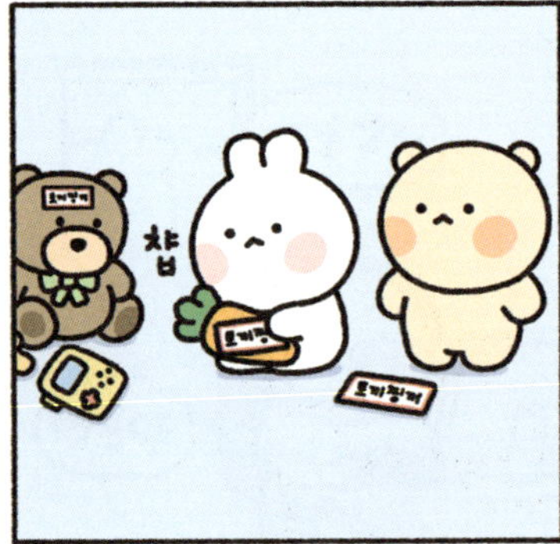

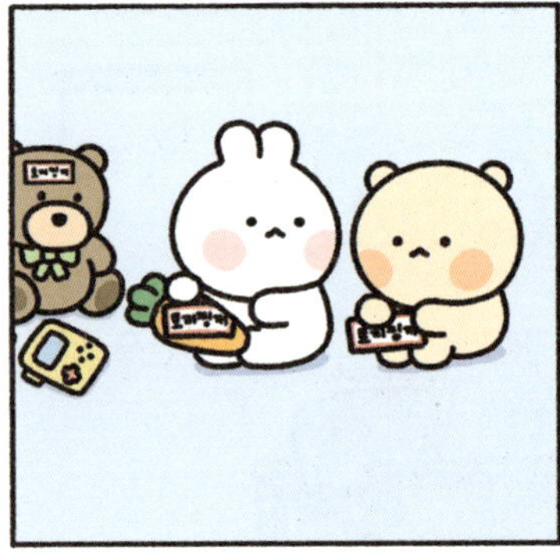

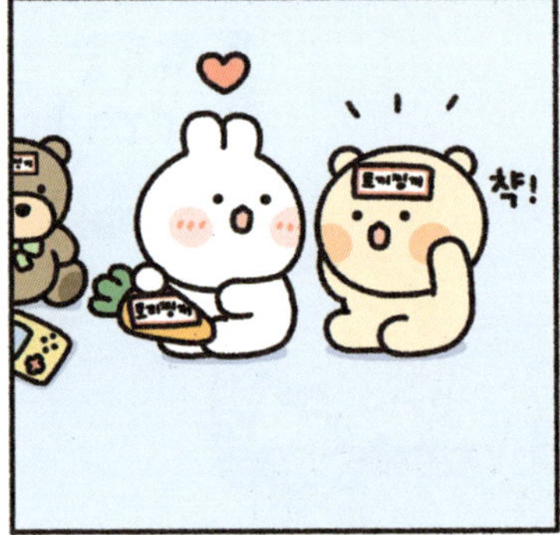

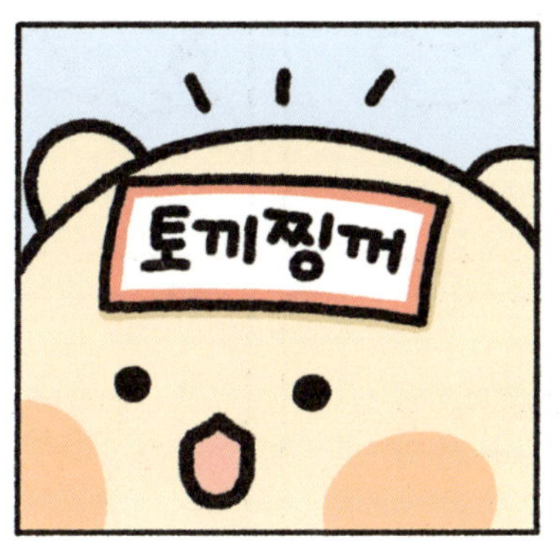
토끼찡께

토끼찡표
눈썹문신

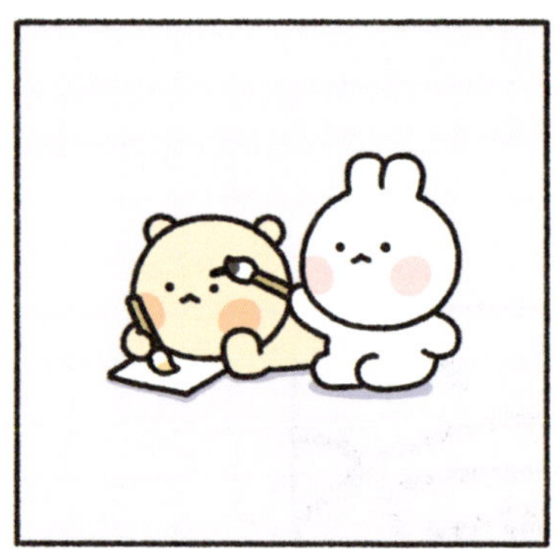

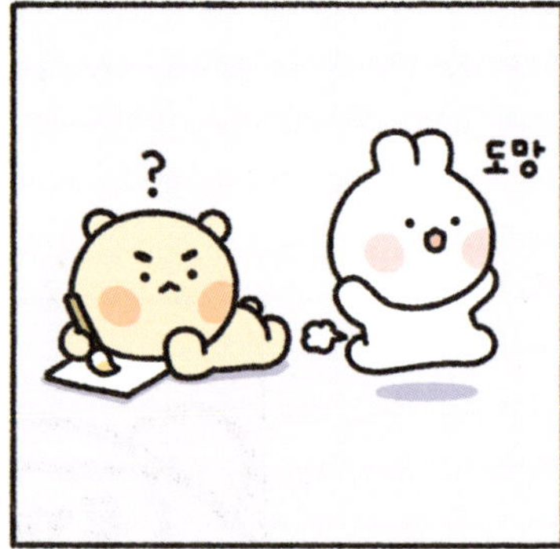
?
도망

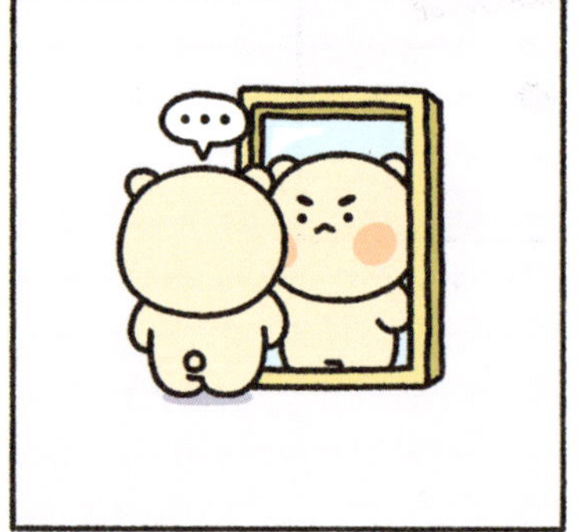

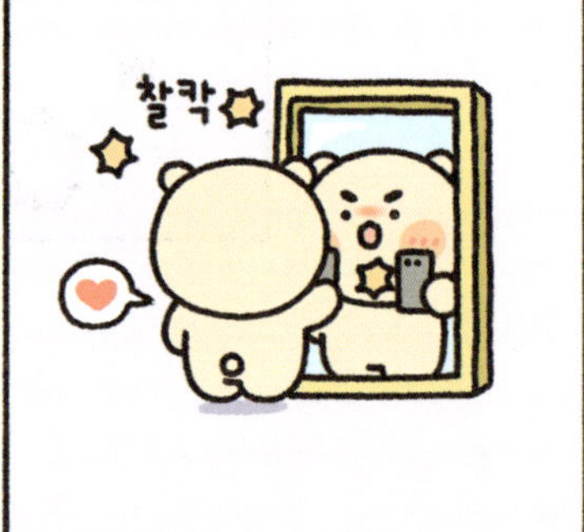
찰칵

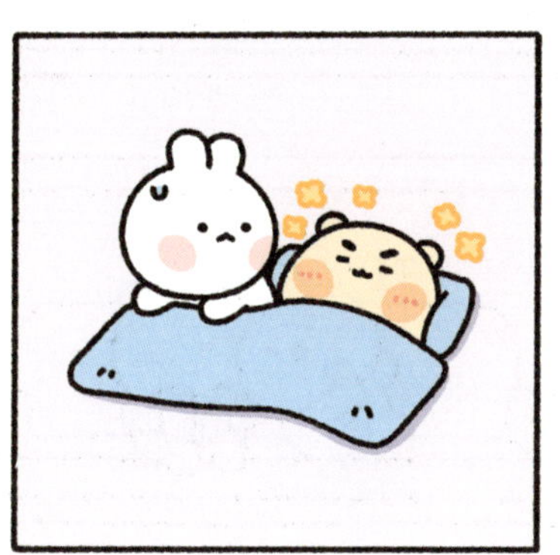

토끼찡
전용쿠션 1

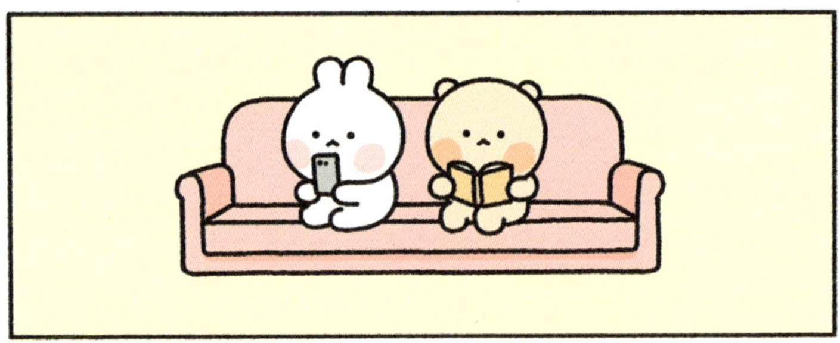

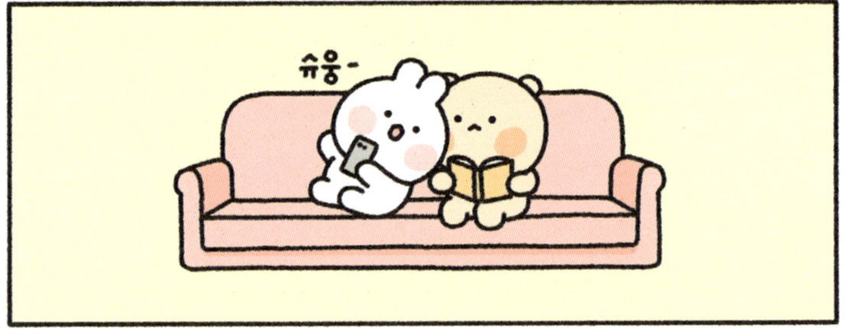
슈웅-

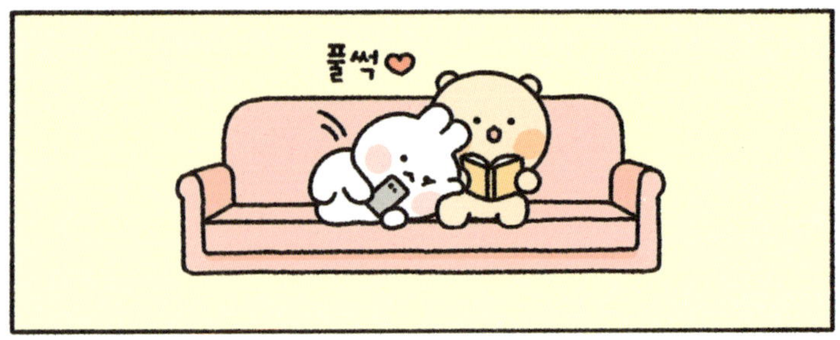
풀썩 ♥

토끼찡
전용쿠션 2

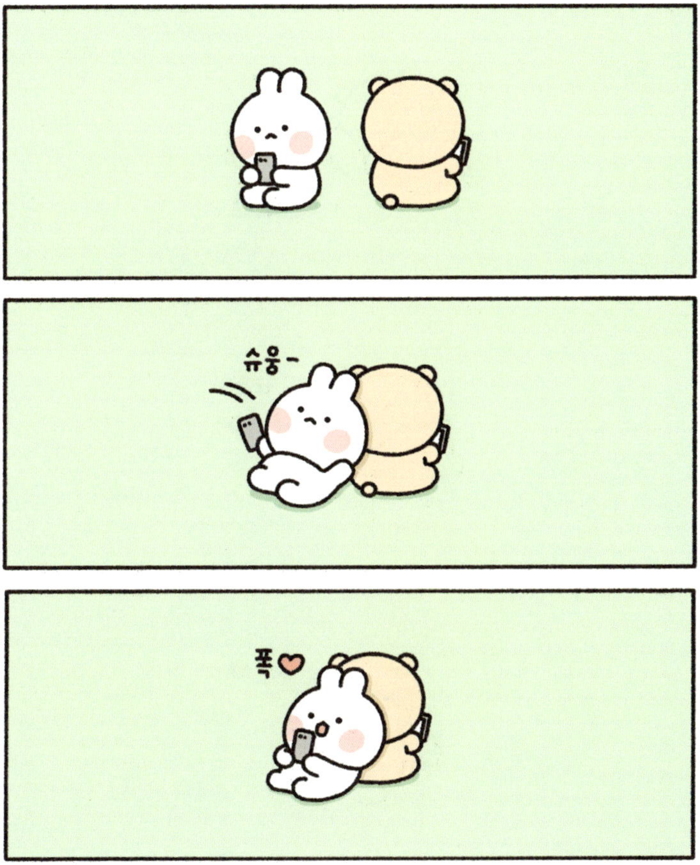

토끼찡
전용쿠션 3

슈웅-

푹신♡

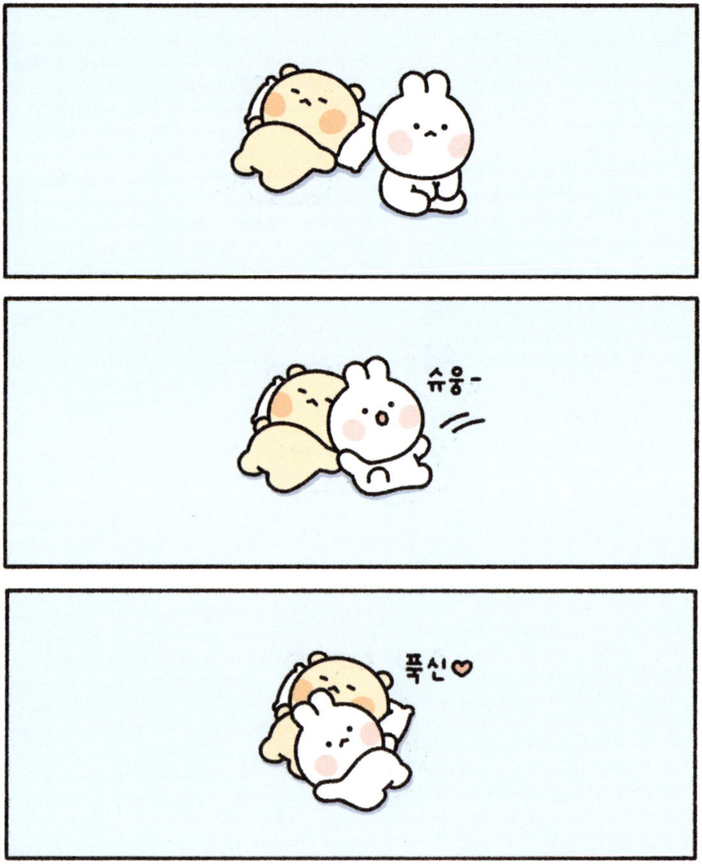

주체할 수 없는
꼬리

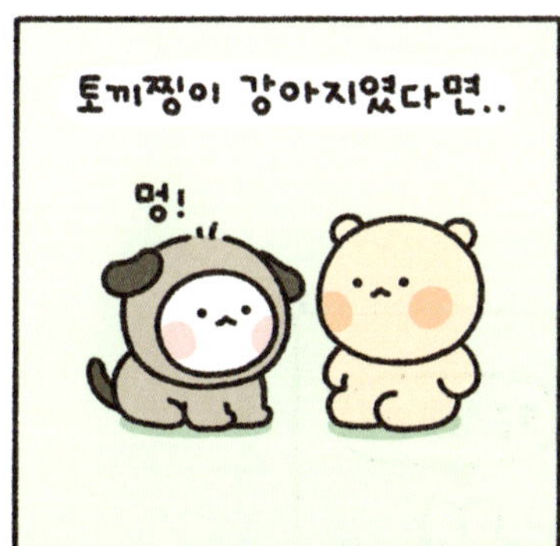

토끼찡이 강아지였다면..
멍!

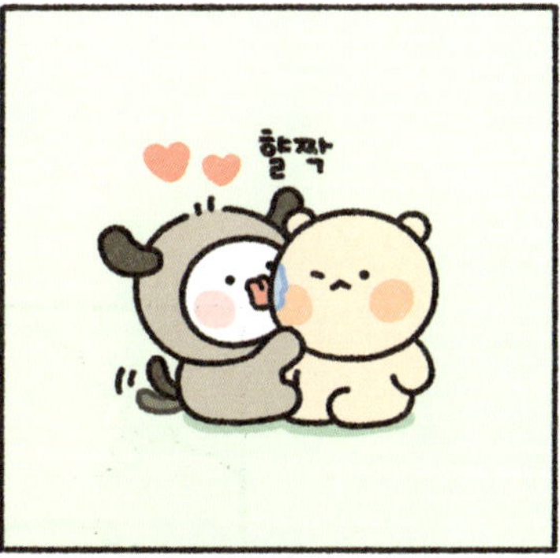

할짝

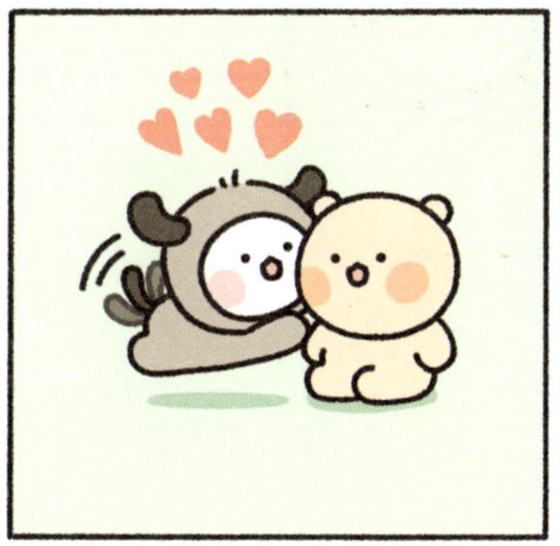

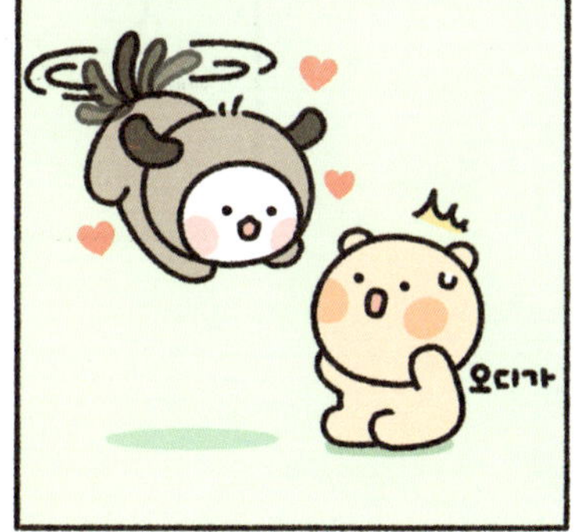

오디가

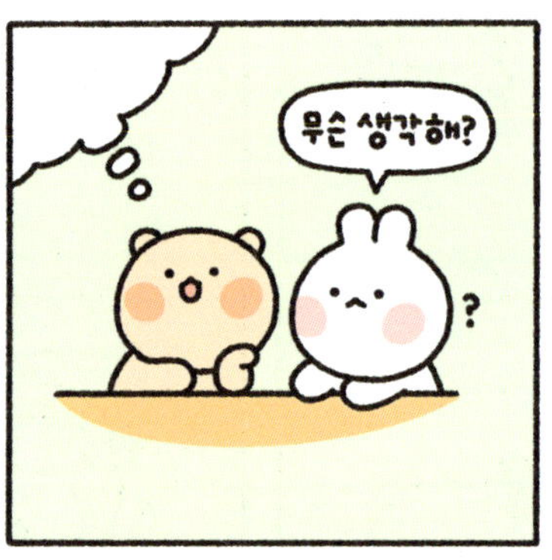
무슨 생각해?

납작

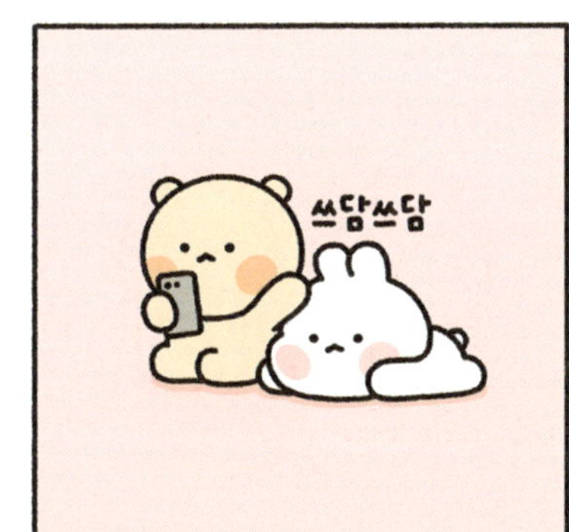
쓰담쓰담

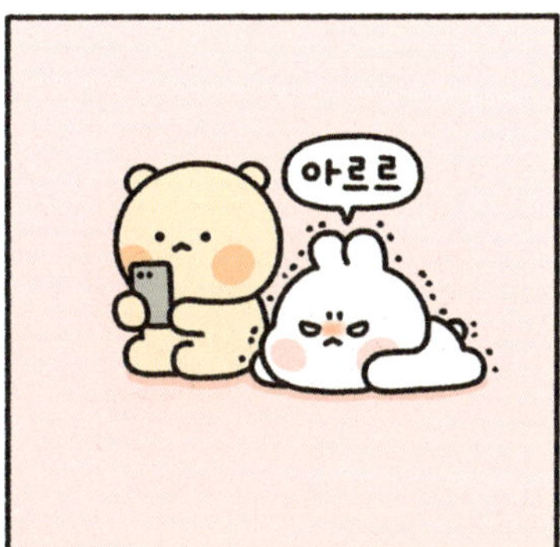
아르르

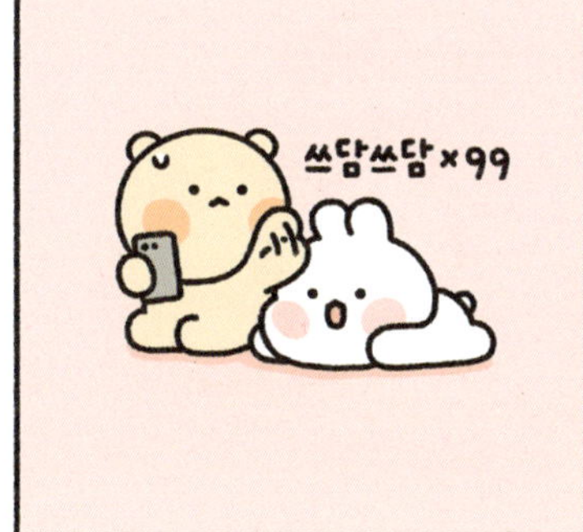
쓰담쓰담×99

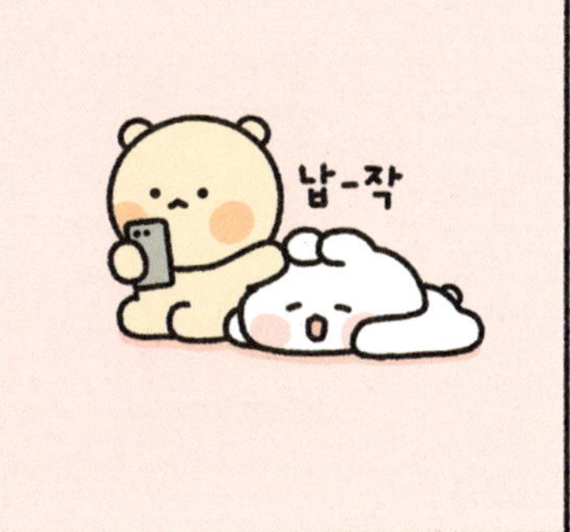
납-작

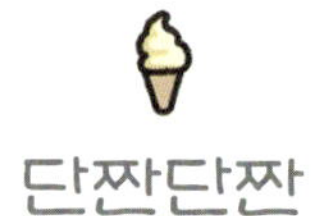

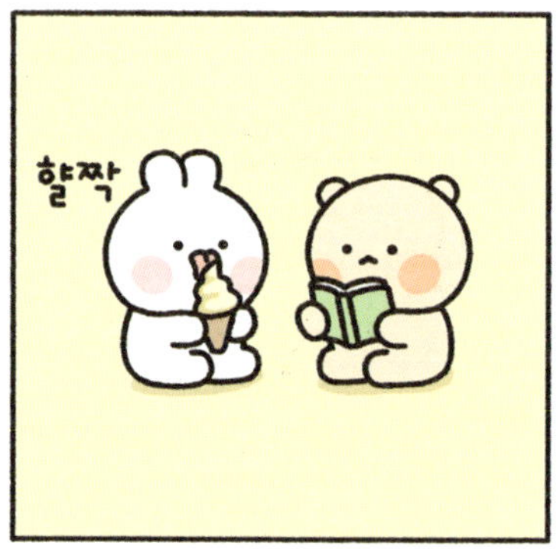
할짝

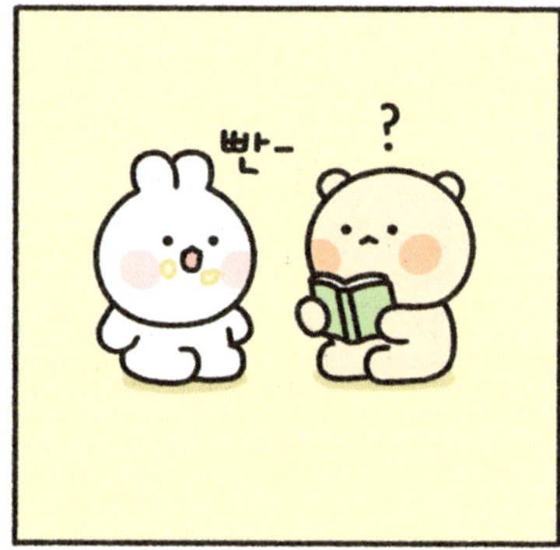
빤-
?

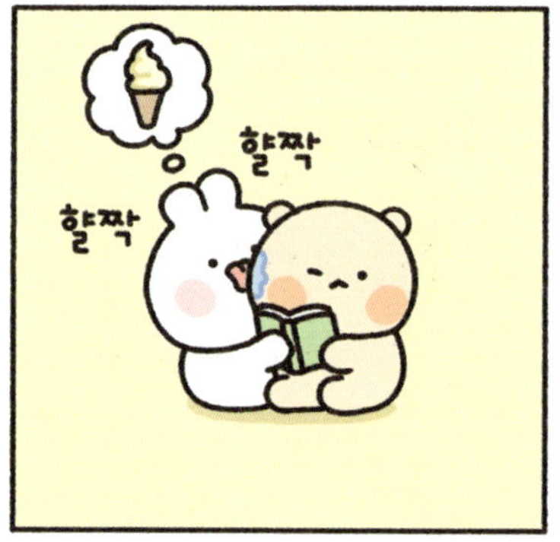
응
할짝
할짝

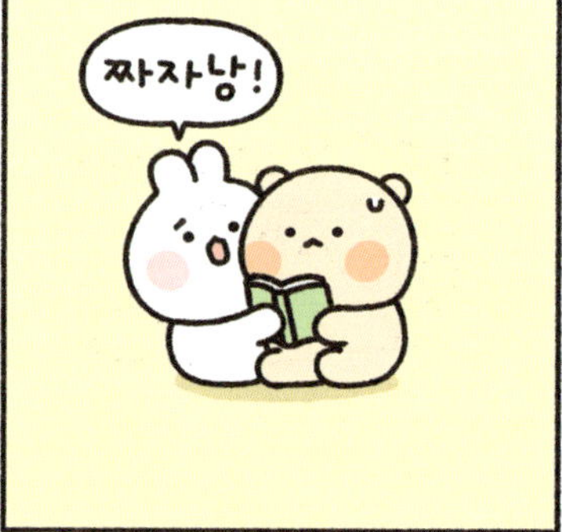
짜자낭!

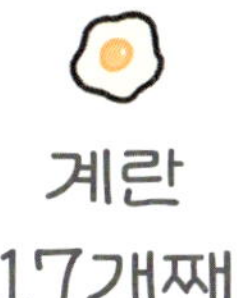

계란
17개째

넴
넴

(기다리는 중..)
꼬르륵

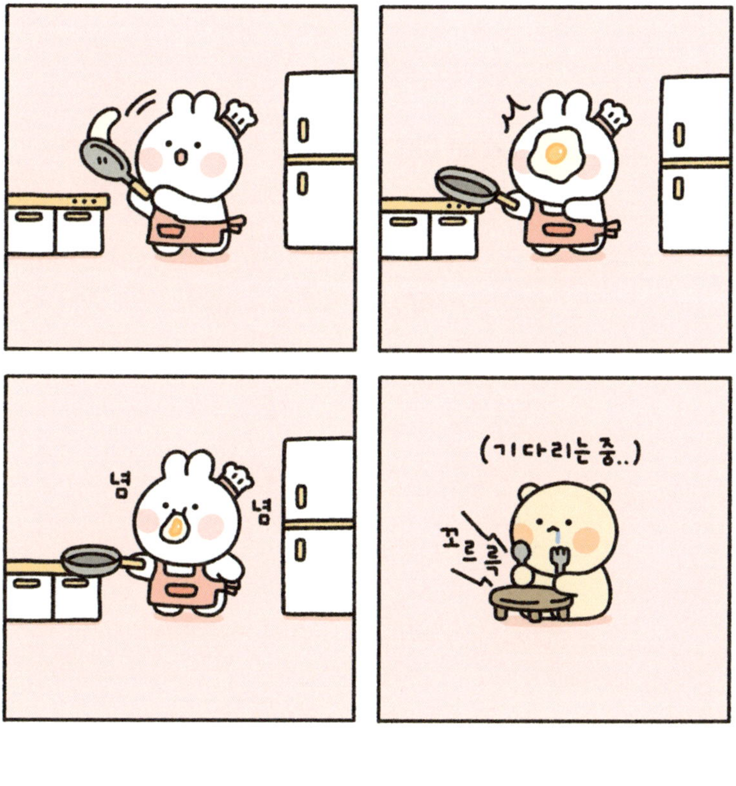

"둘 중 딱 하나만 골라야 한다면?"

술 마신 다음 날 매콤한 해장 **vs.** 술 마신 다음 날 느끼한 해장

이사 날 짜장면 **vs.** 비 오는 날 파전

탄산 없는 콜라 **vs.** 치즈 없는 피자

치킨 퍽퍽살 **vs.** 치킨 목살

평생 빵 금지 **vs.** 평생 밥 금지

매일 고구마 먹기 **vs.** 매일 감자 먹기

고기 먹으면서 공깃밥 **vs.** 고기 다 먹고 볶음밥

고기랑 된장찌개 **vs.** 고기랑 냉면

쌀국수 **vs.** 라멘

소맥 10잔 vs. 소주 1병

파인애플피자 vs. 민트초코

오코노미야키 vs. 타코야키

햄, 소시지 없는 부대찌개 vs. 소스 없는 탕수육

껍질 없는 치킨 vs. 어묵 없는 떡볶이

면 없는 라면 vs. 과일 없는 화채

겨울에 붕어빵 vs. 겨울에 찐빵

휴게소 감자에 소금 vs. 휴게소 감자에 설탕

최애와 땅콩 1개 먹기 vs. 쩝쩝거리는 사람과 최고급 뷔페 먹기

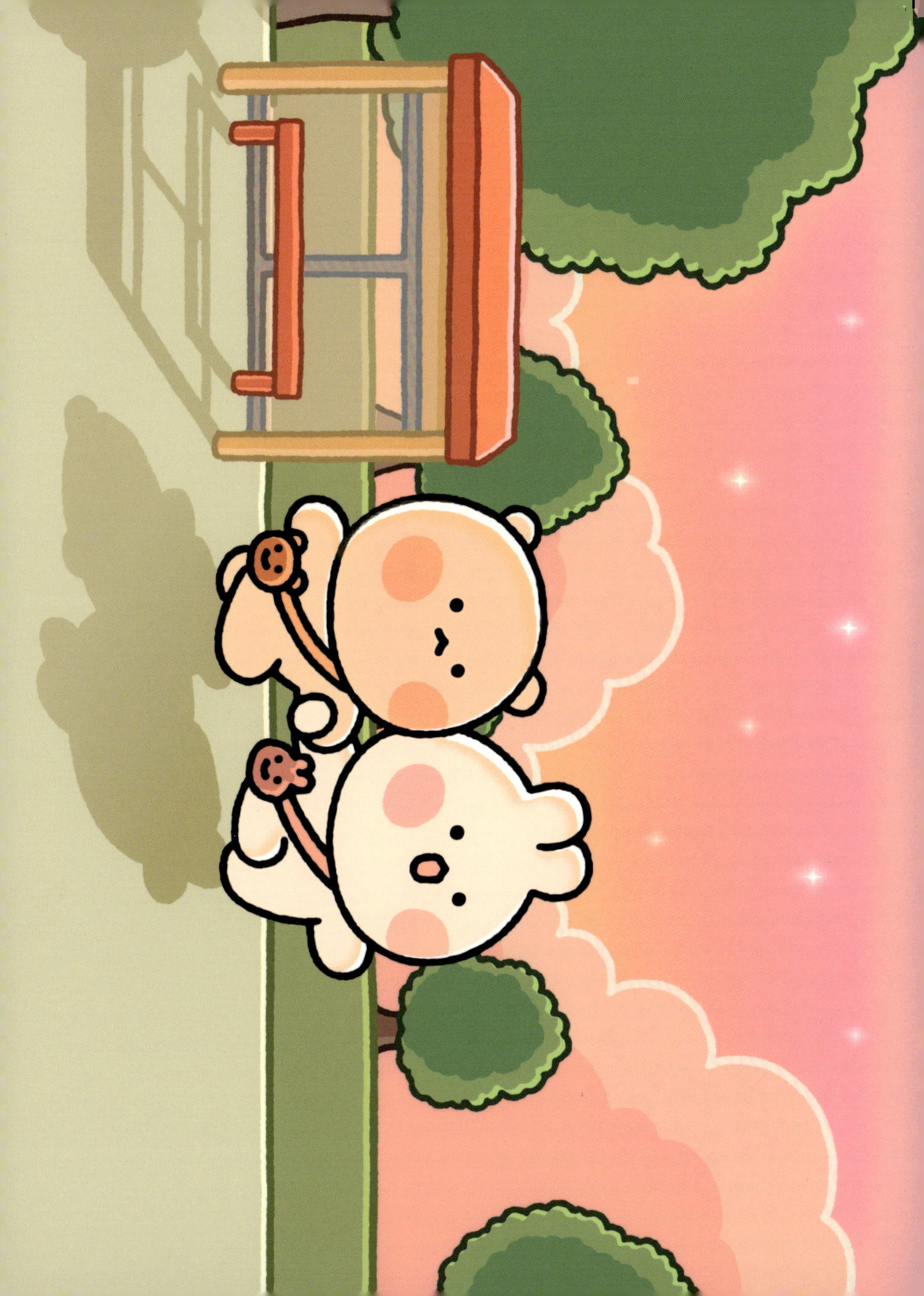

항상 고마운

——— 찡에게 ♡

곰돌찡 토끼찡의 커플 일기장
말랑말랑,
뱃살도 귀여워

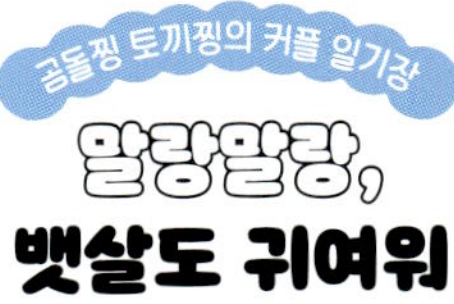

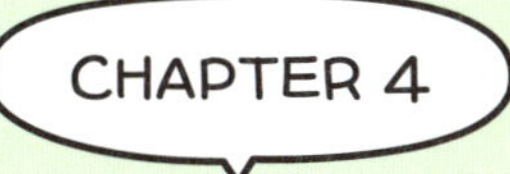

우리는 모두
뱃살이 있다

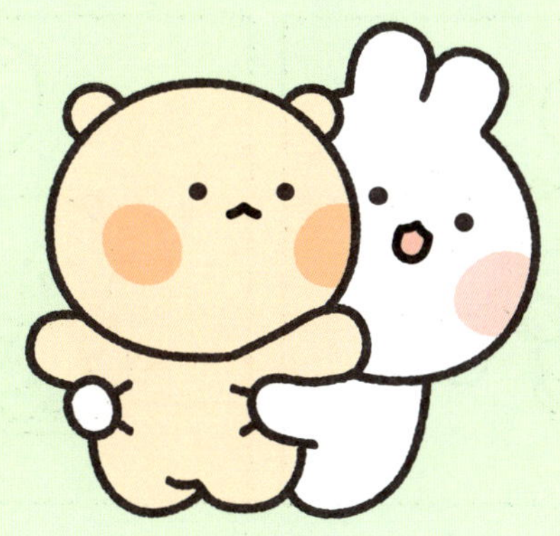

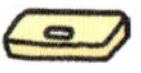

오히려
좋아

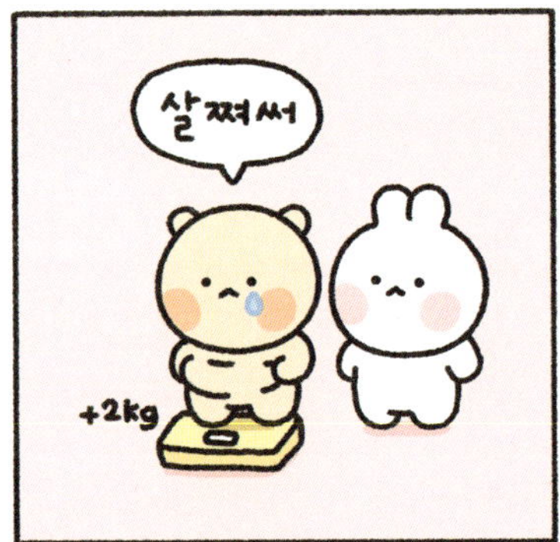

살 쪄써
+2kg

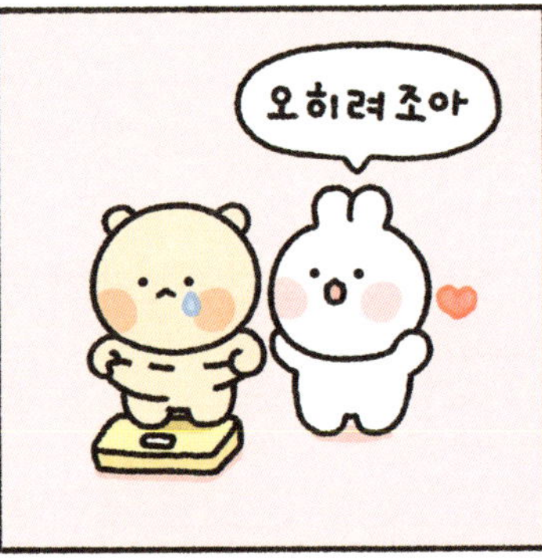

오히려조아

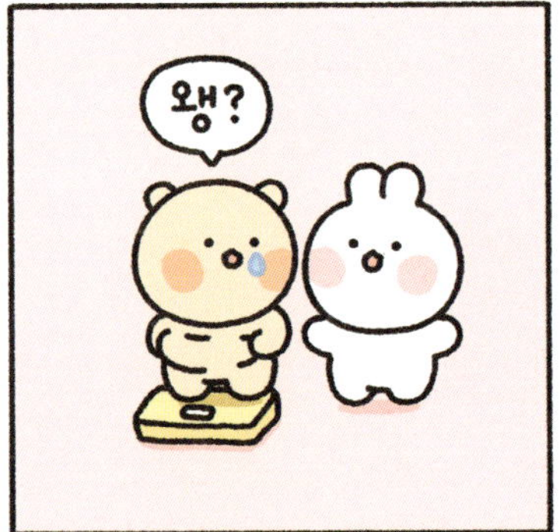

왱?

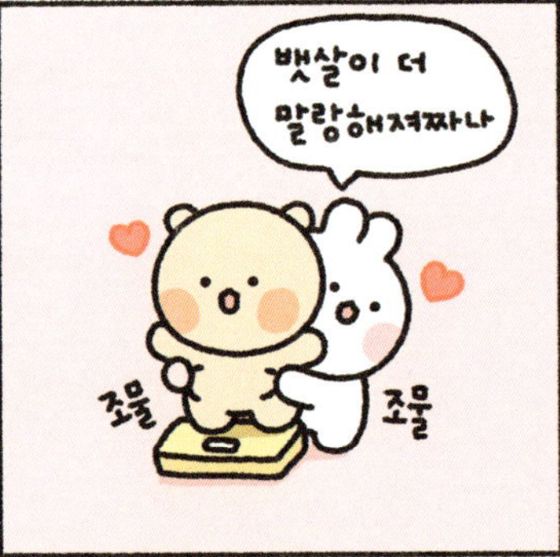

뱃살이 더
말랑해져짜나
조물
조물

뱃살 꽃이
피었습니다

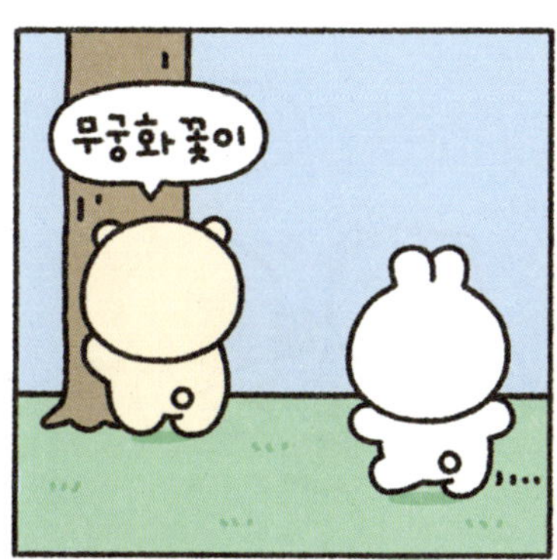
무궁화 꽃이

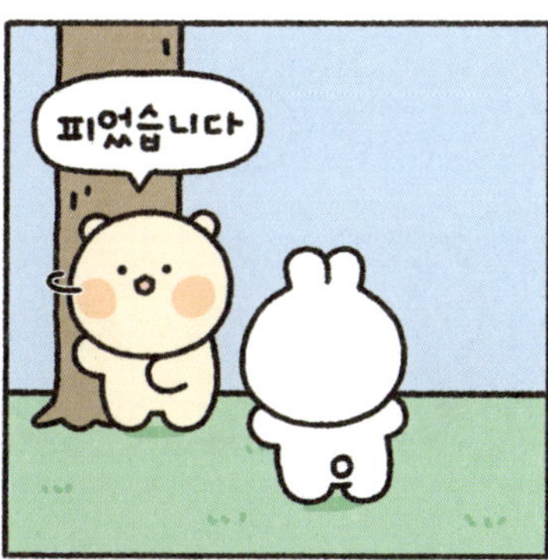
피었습니다

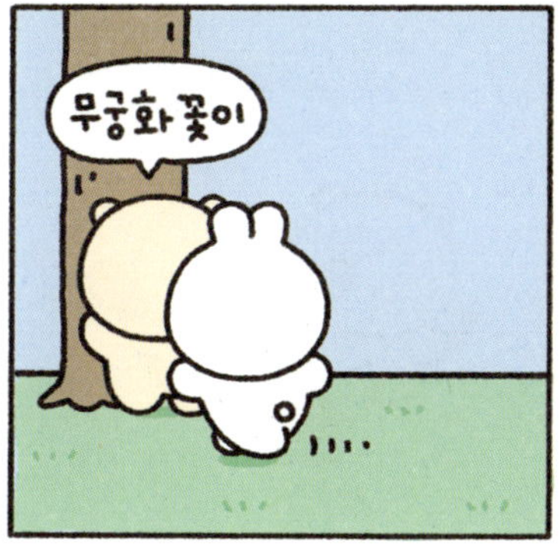
무궁화 꽃이

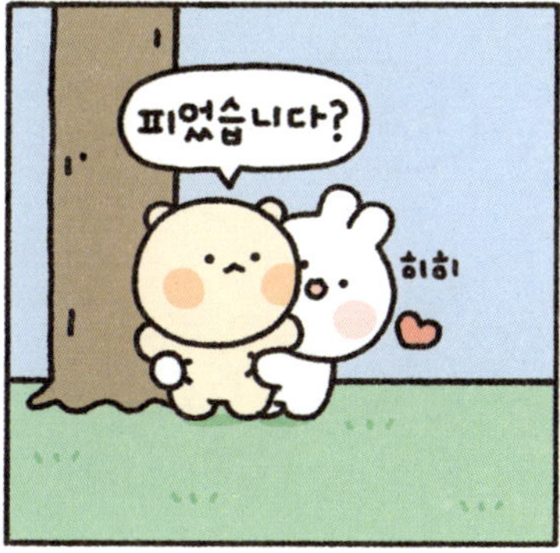
피었습니다?
히히

조용히!

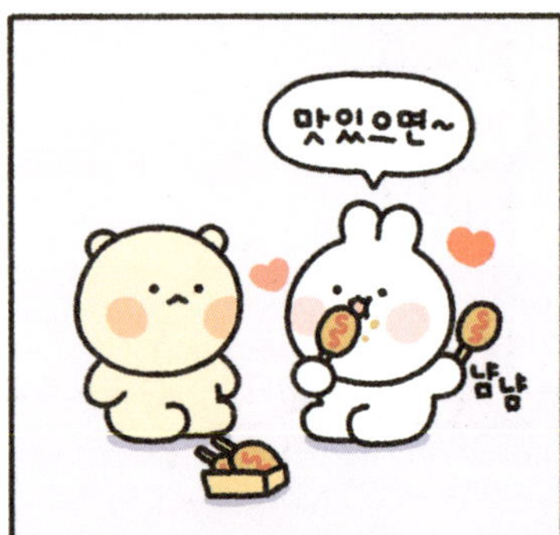

맛있으면~
냠냠

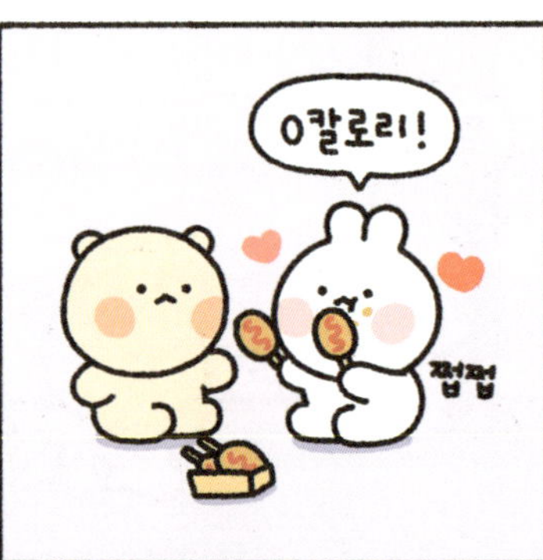

0칼로리!
쩝쩝

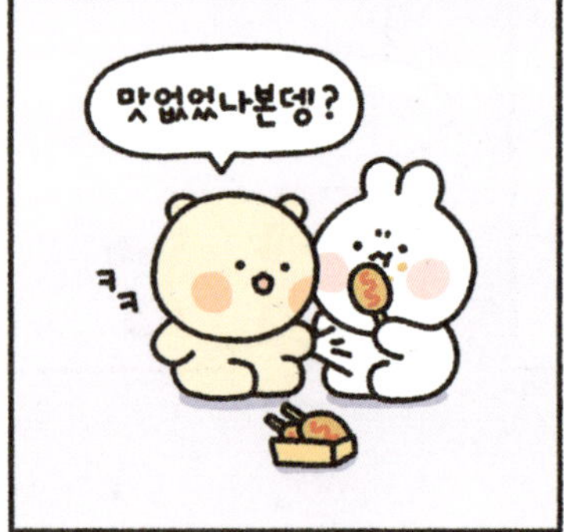

맛없었나본뎅?
ㅋㅋ

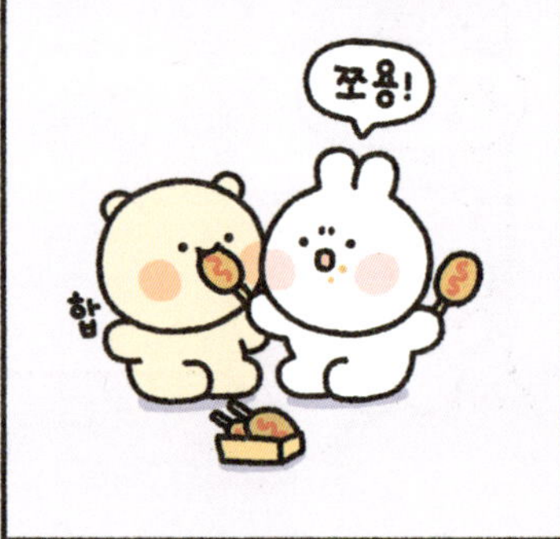

쪼용!
합

3초간 뱃살이 사라지는
마술

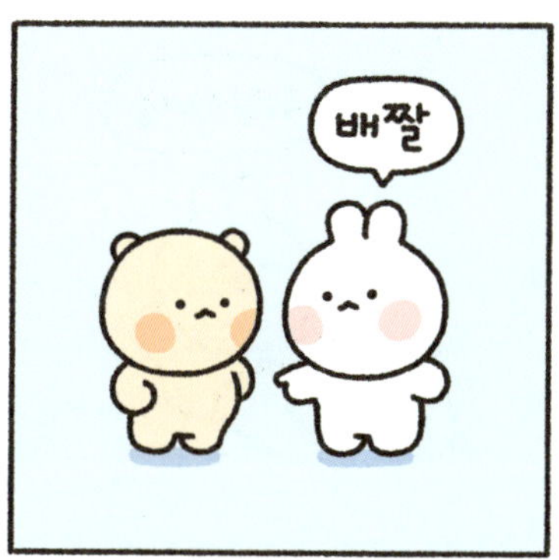
배짤

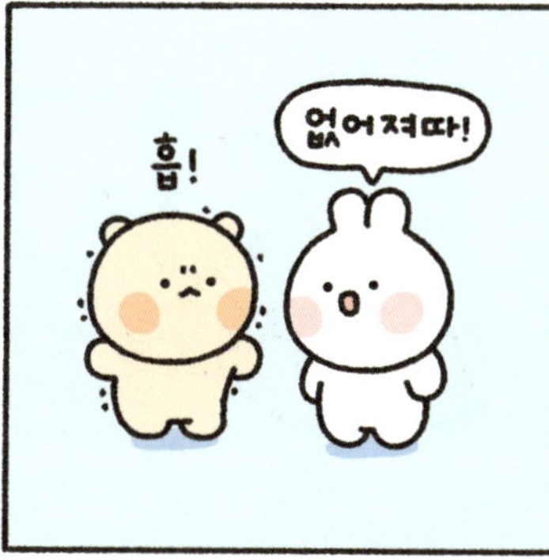
흡!
없어져따!

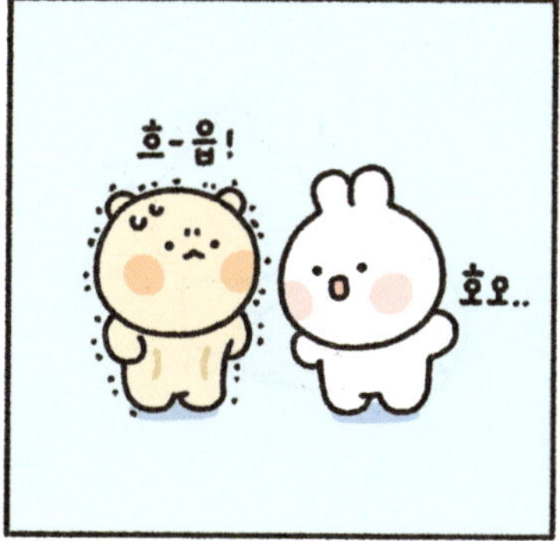
흐-읍!
호요..

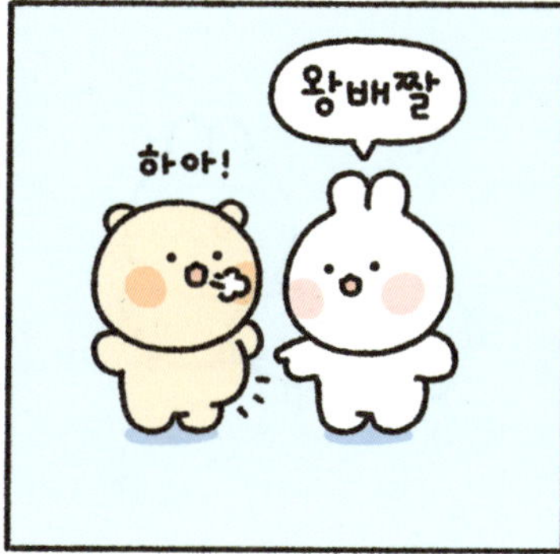
하아!
왕배짤

뱃살
타악기

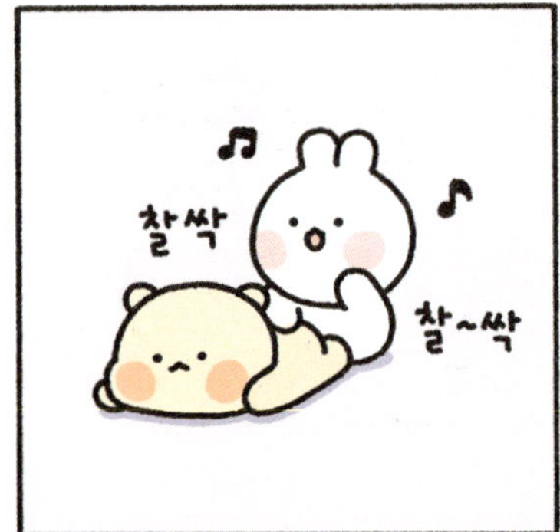

찰싹
찰~싹

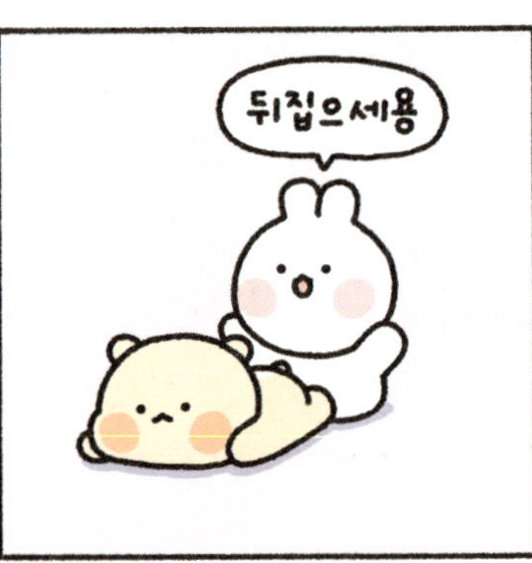

뒤집으세용

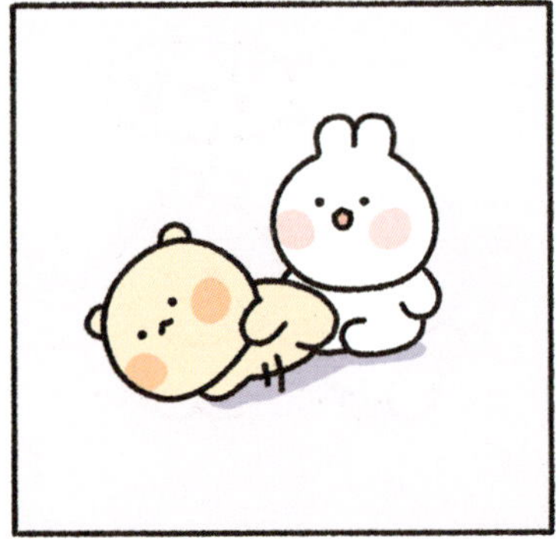

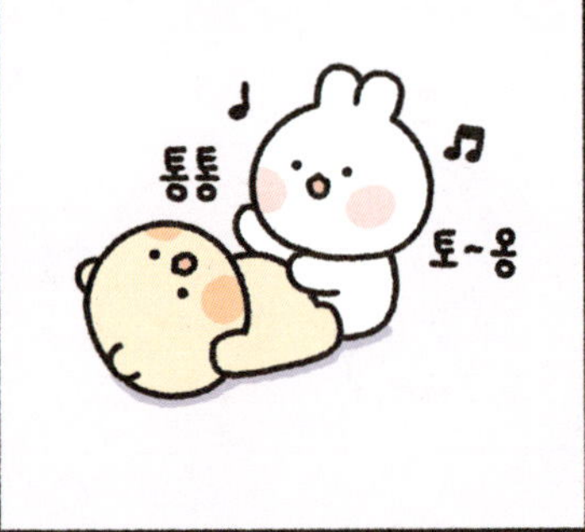

통통
토~옹

우리는 이걸
뱃살이라 부르기로 했어요

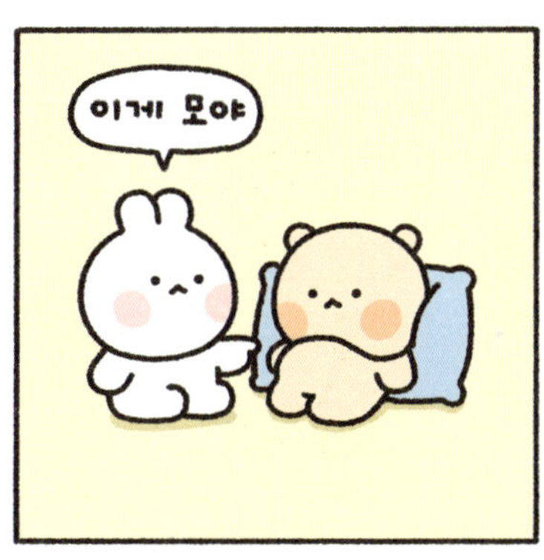

이게 모야

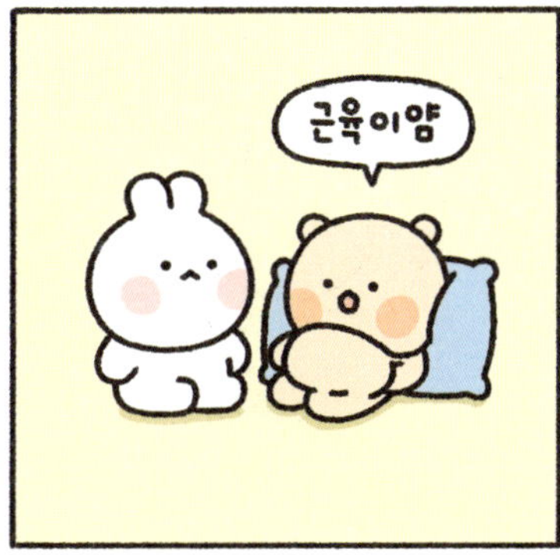

근육이얌

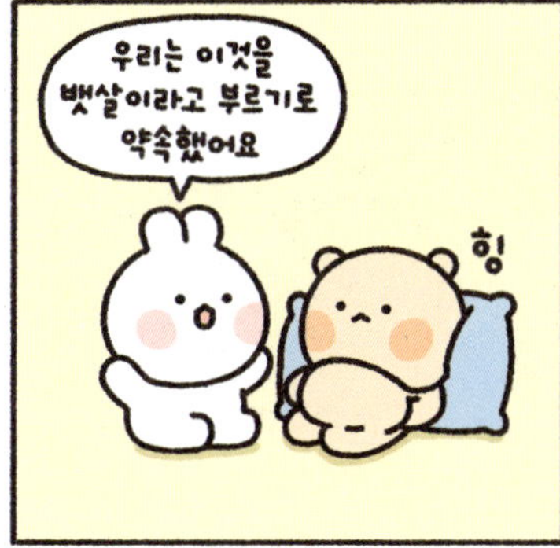

우리는 이것을
뱃살이라고 부르기로
약속했어요
힝

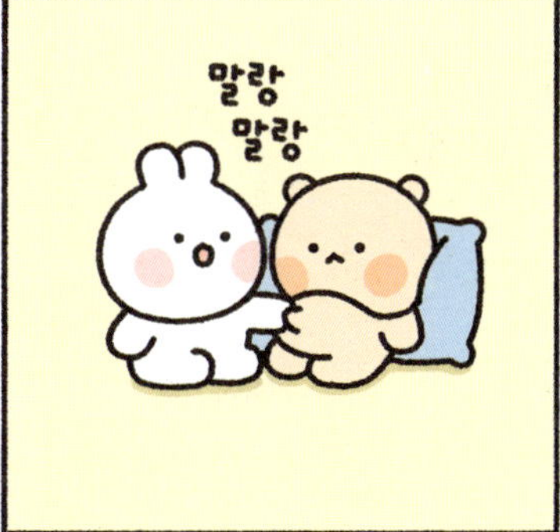

말랑
말랑

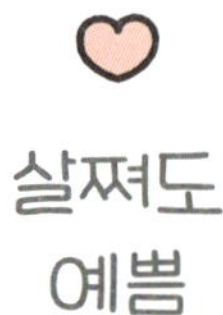

살쪄도
예쁨

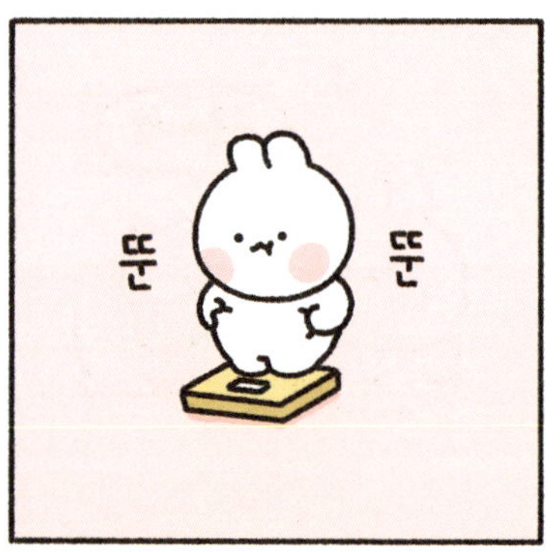

뚠
뚠

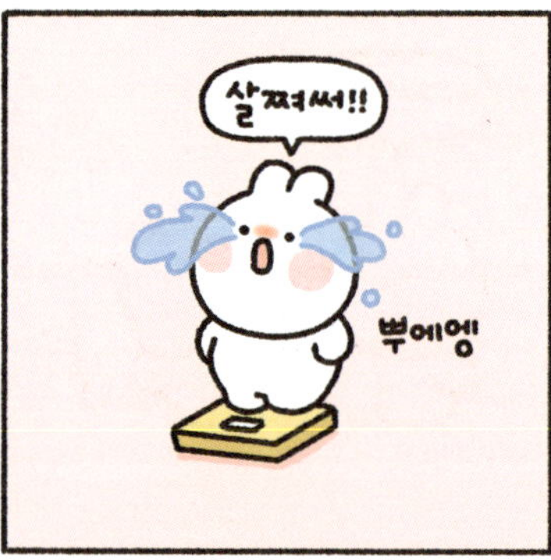

살쪄써!!
뿌에엥

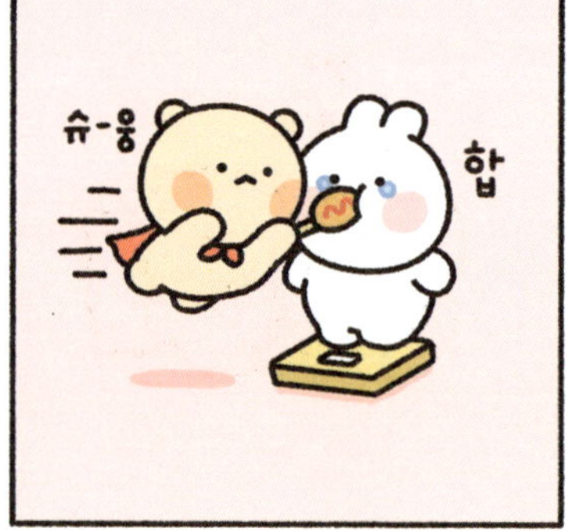

슈-웅
합

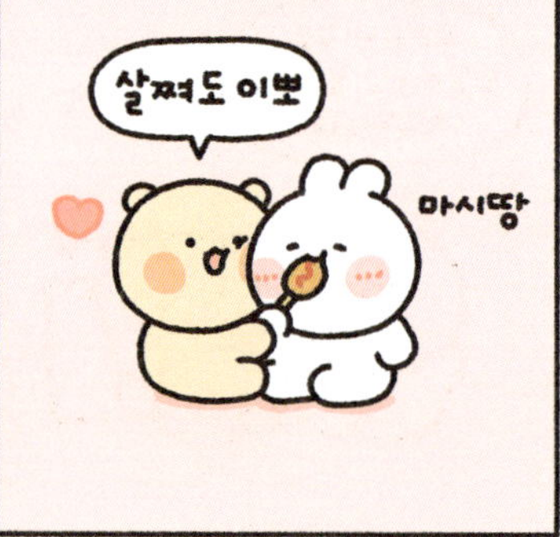

살쪄도 이쁘
마시땅

말랑말랑해

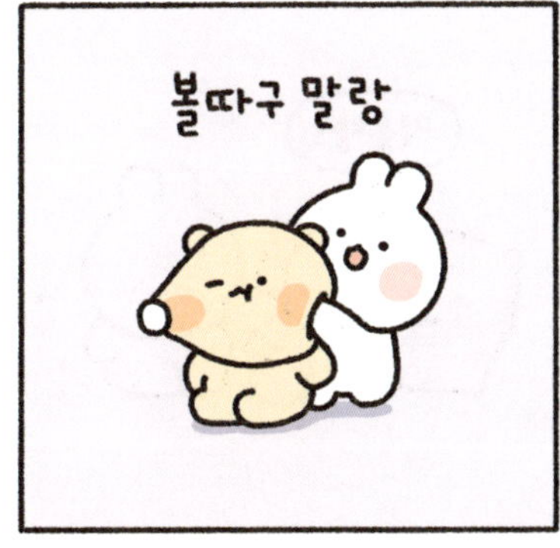

볼따구 말랑

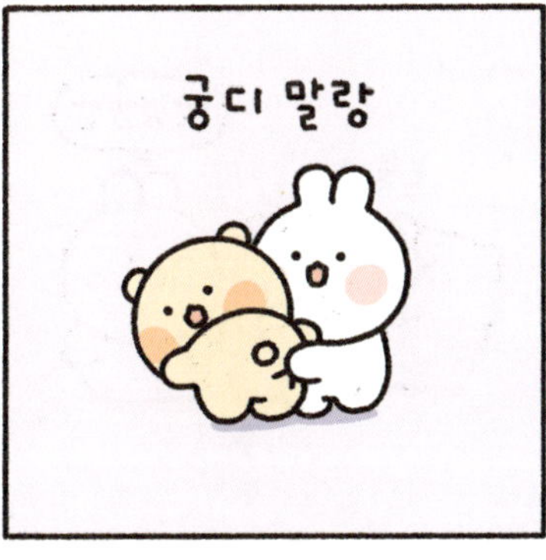

궁디 말랑

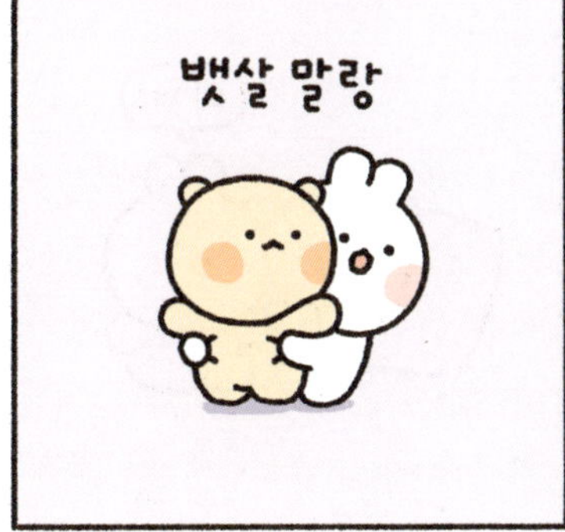

뱃살 말랑

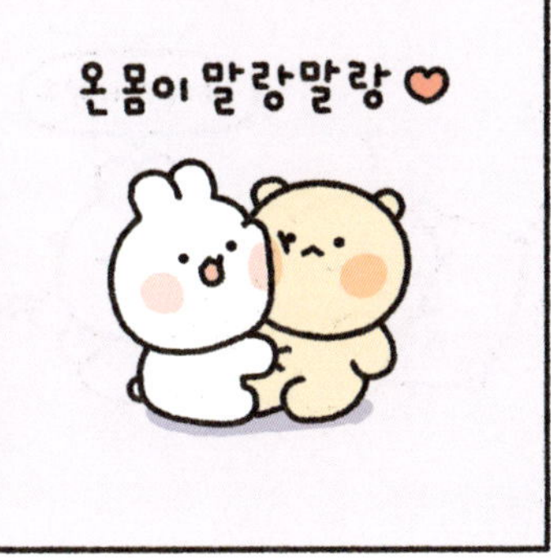

온 몸이 말랑말랑 ♥

뱃살맛집

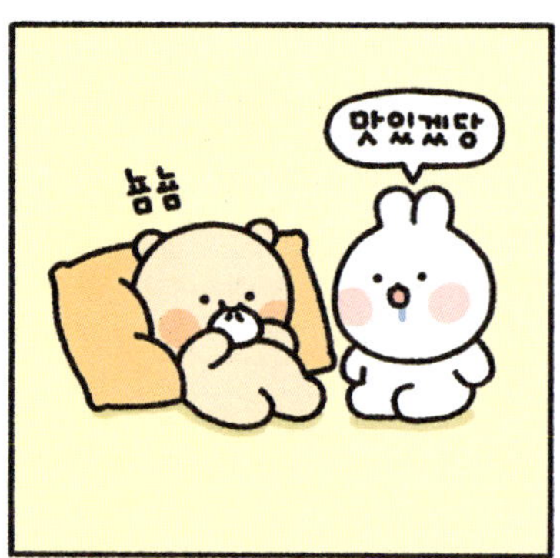
뇸뇸
맛있겠당

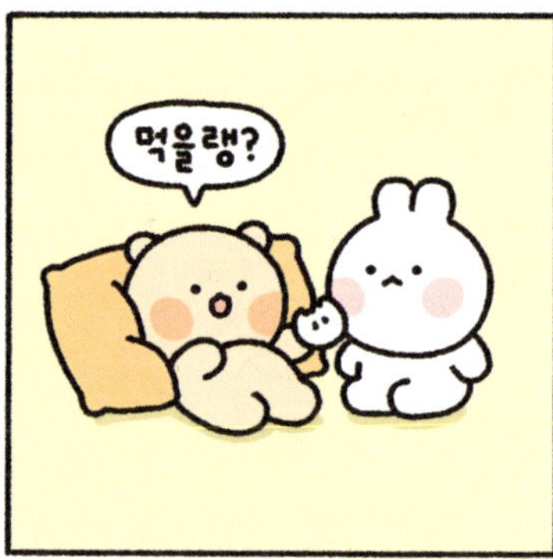
먹을랭?

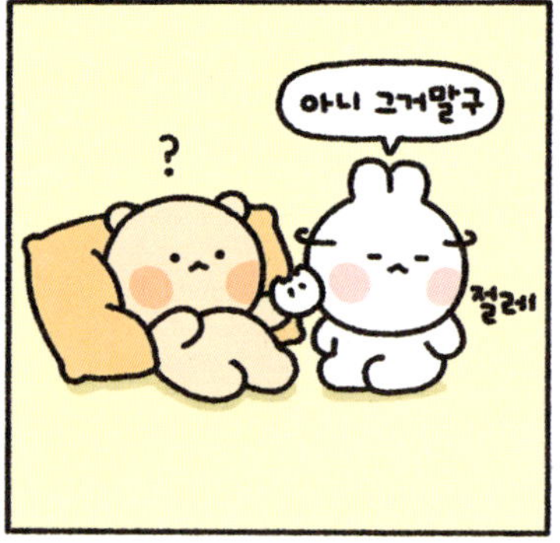
?
아니 그거말구
절레

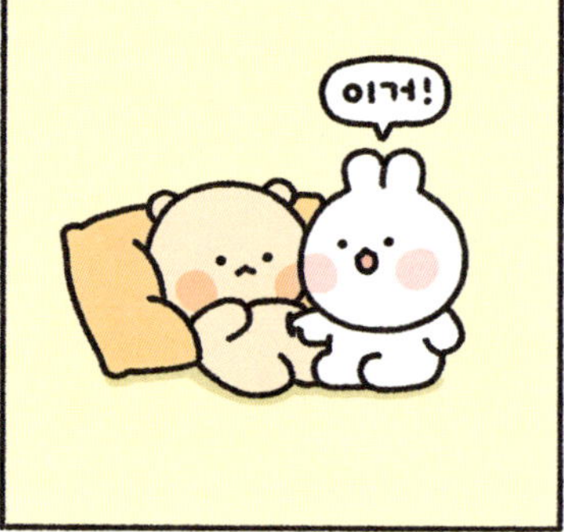
이거!

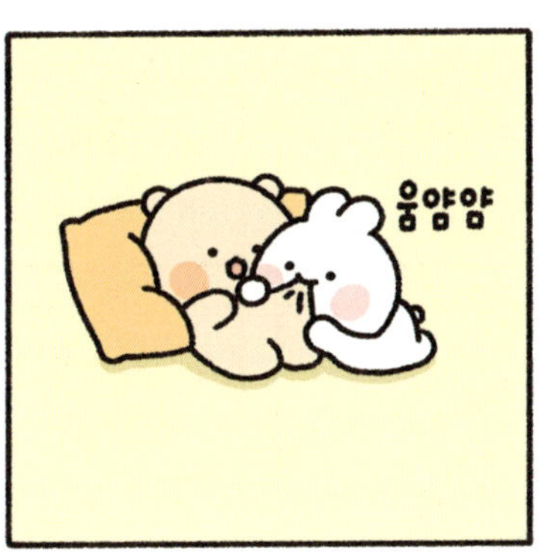
웅얌얌

잘
먹었다

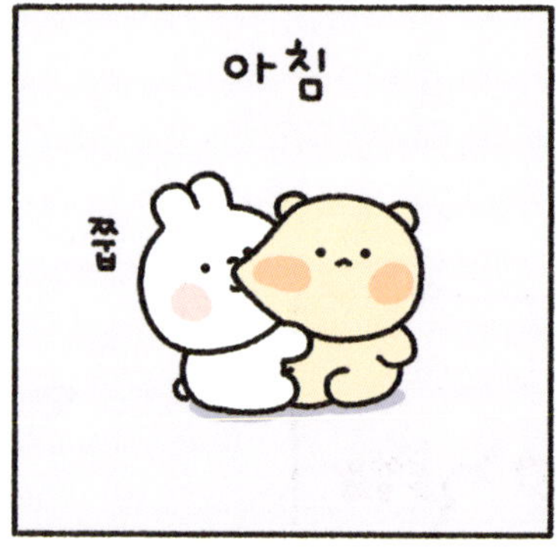

아침
쭙

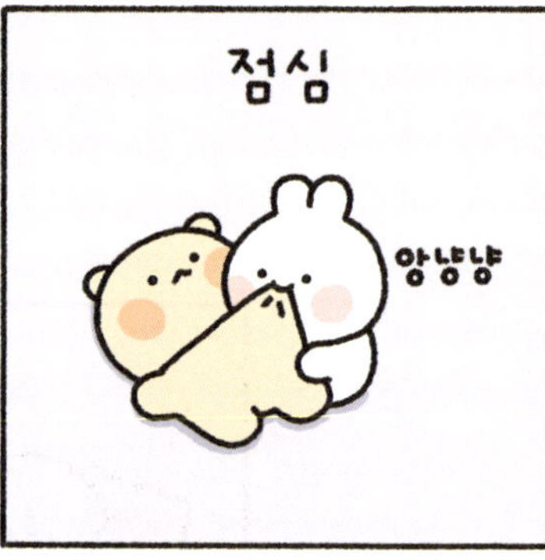

점심
앙냥냥

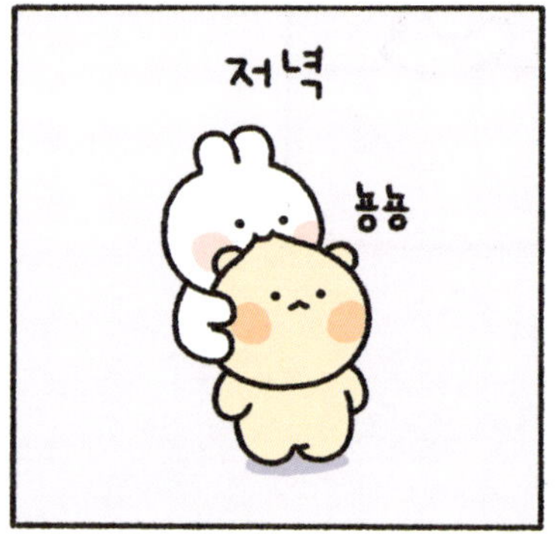

저녁
뇸뇸

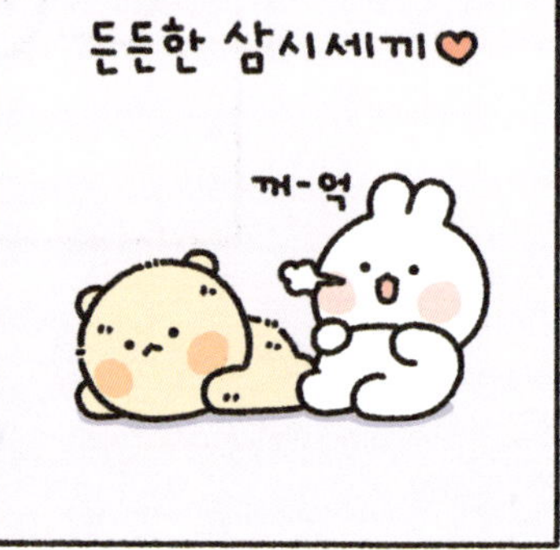

든든한 삼시세끼
꺼-억

뱃살부자

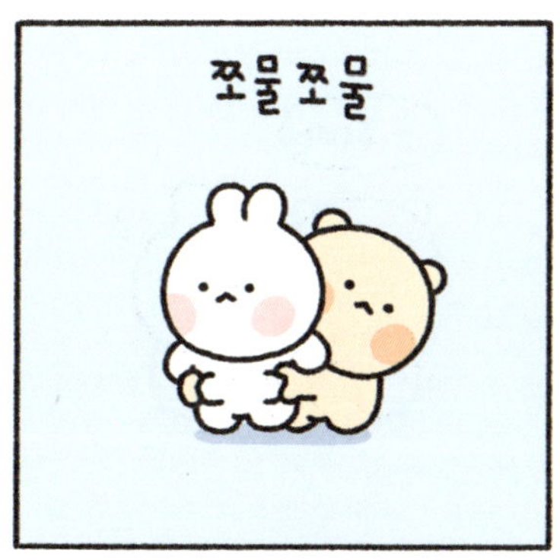

쪼물쪼물

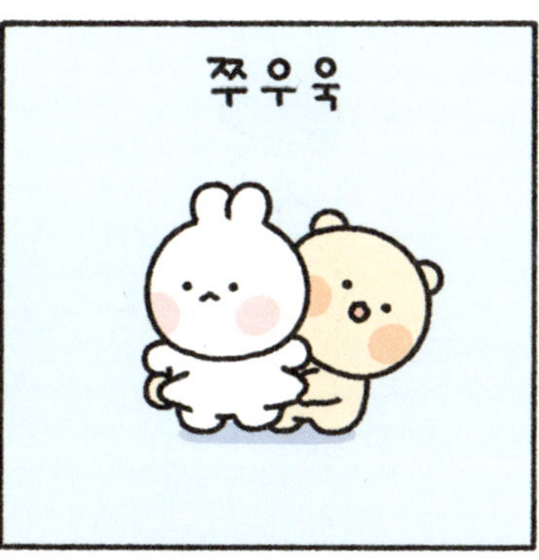

쭈우욱

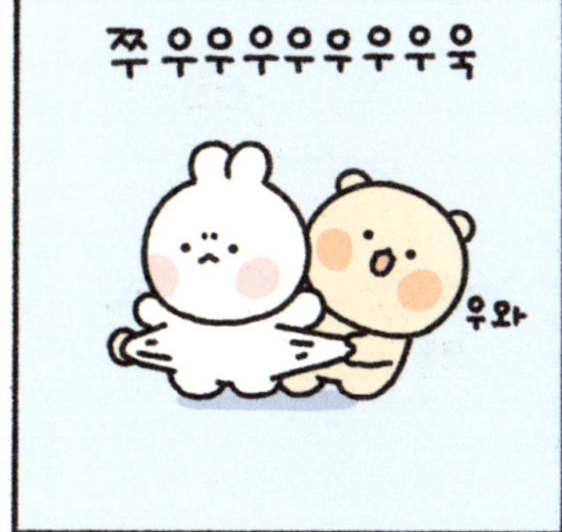

쭈우우우우우우욱
우와

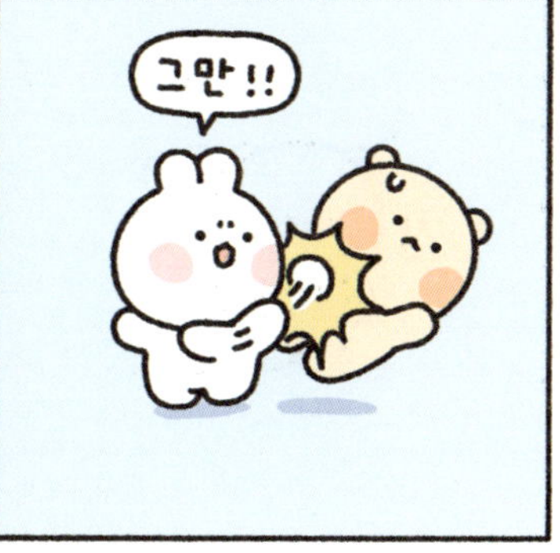

그만!!

조물조물하면
힐링 그 잡채

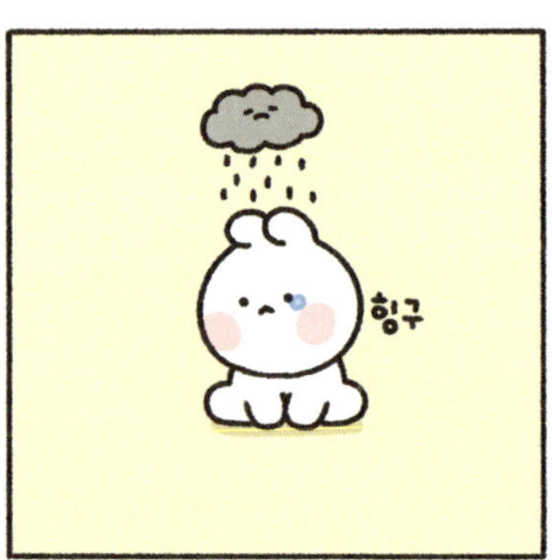

힝구

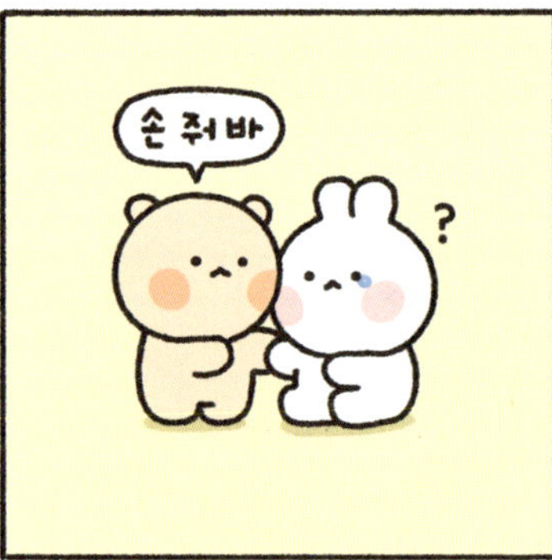

손 쥐봐
?

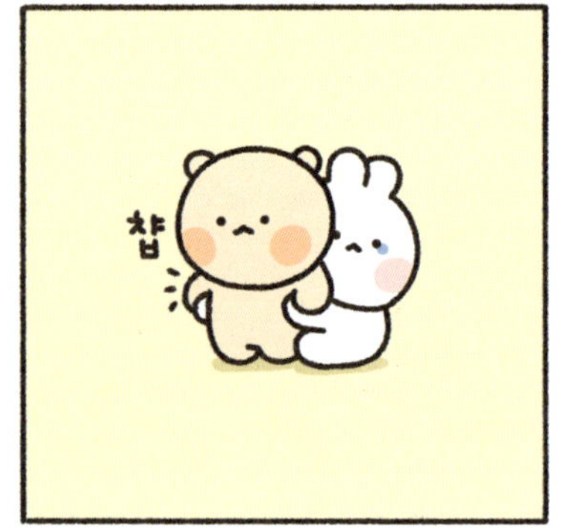

챱

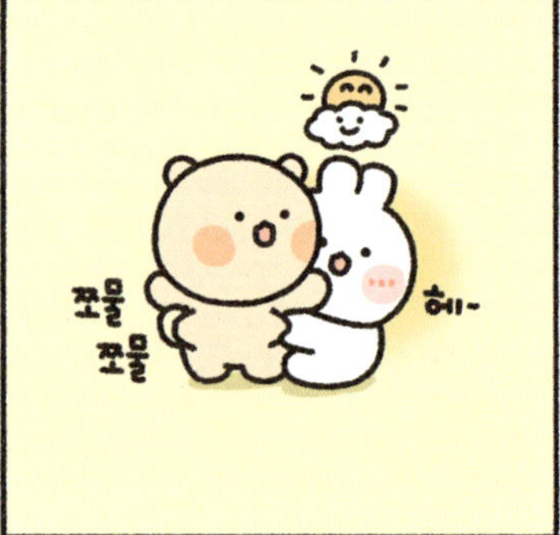

쪼물
쪼물
헤~

재밌는
뱃살놀이

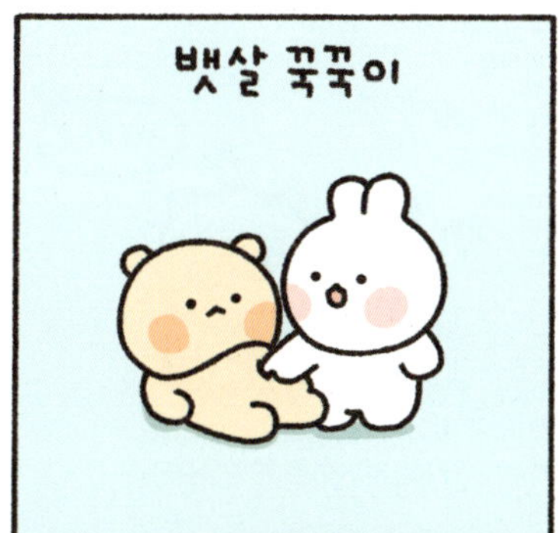

뱃살 꾹꾹이

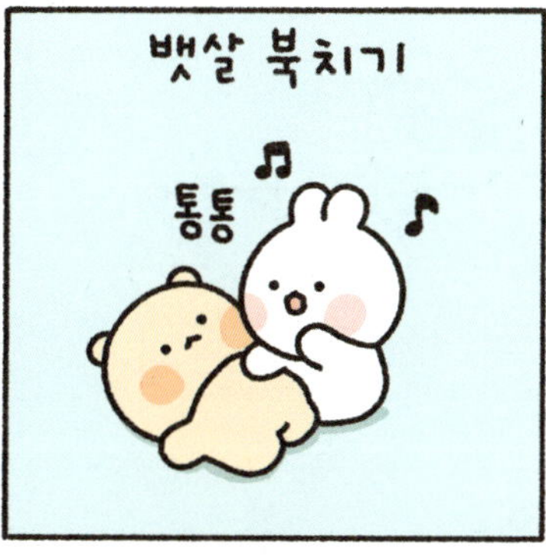

뱃살 북치기
통통

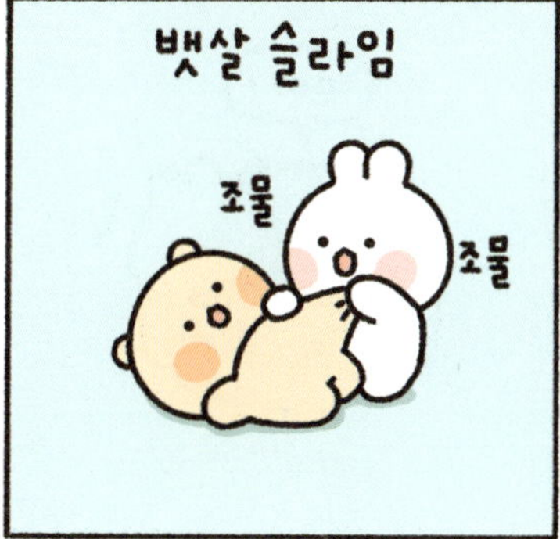

뱃살 슬라임
조물
조물

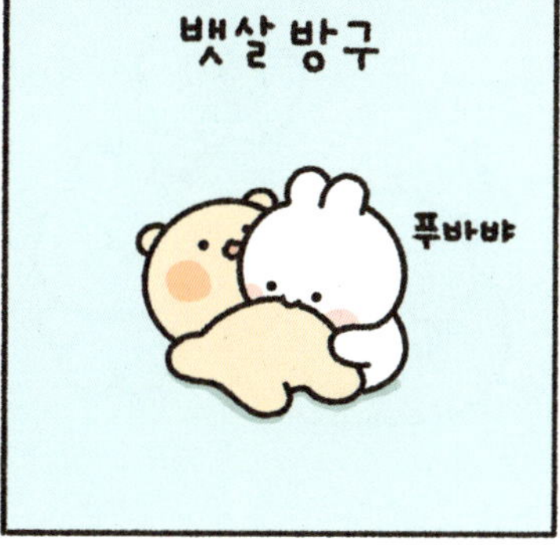

뱃살 방구
푸바뱌

먹음직스러워

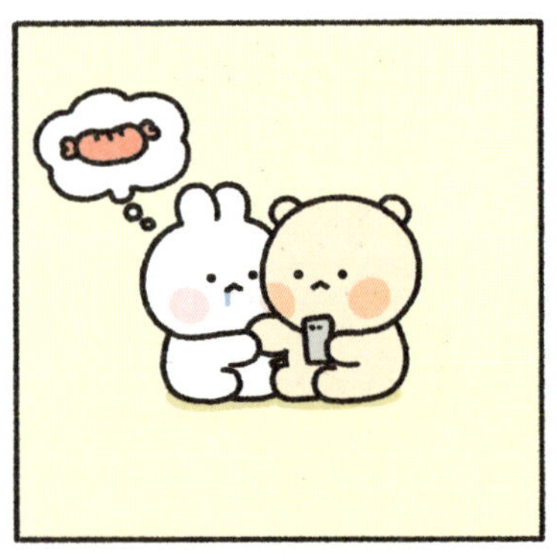
Z
Z

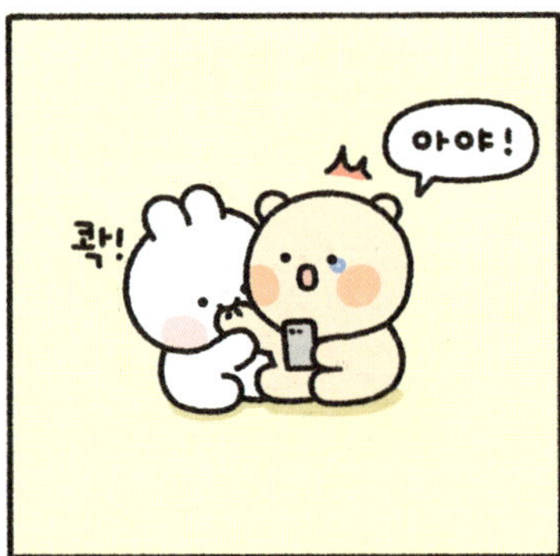
아야!
콱!

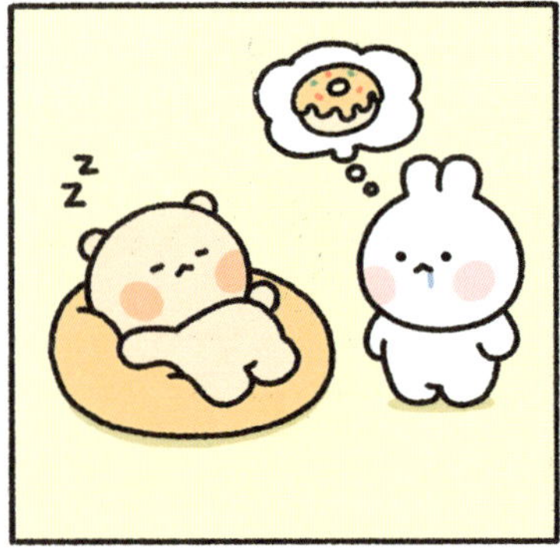

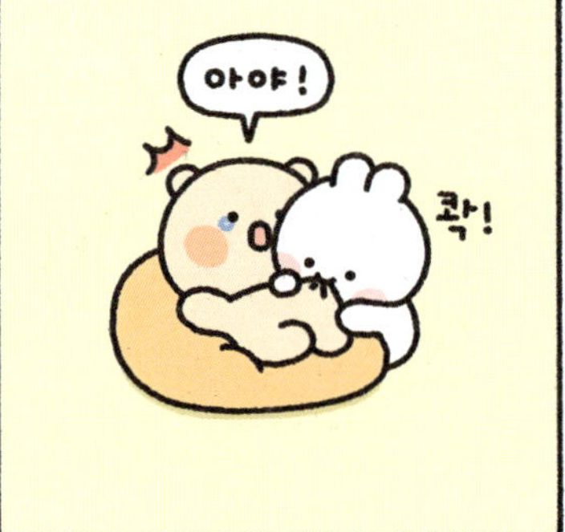
아야!
콱!

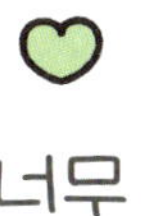

너무
맛있어

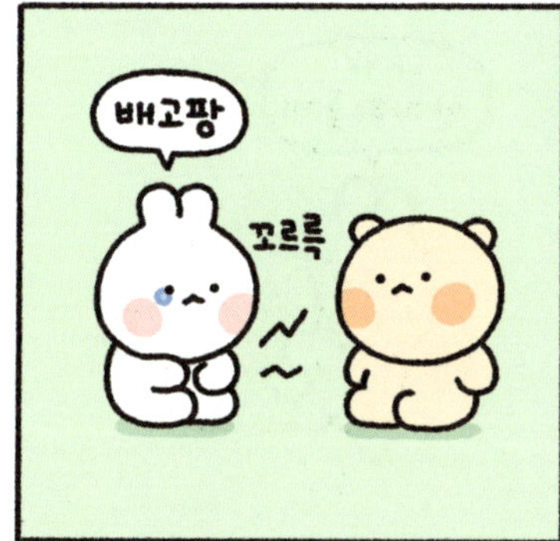

배고팡
꼬르륵

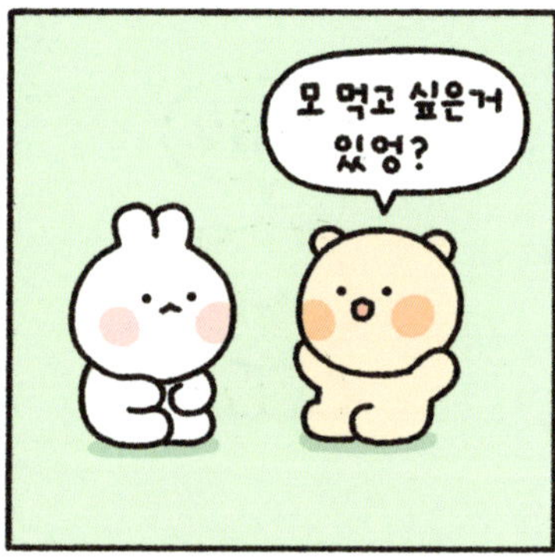

모 먹고 싶은거 있엉?

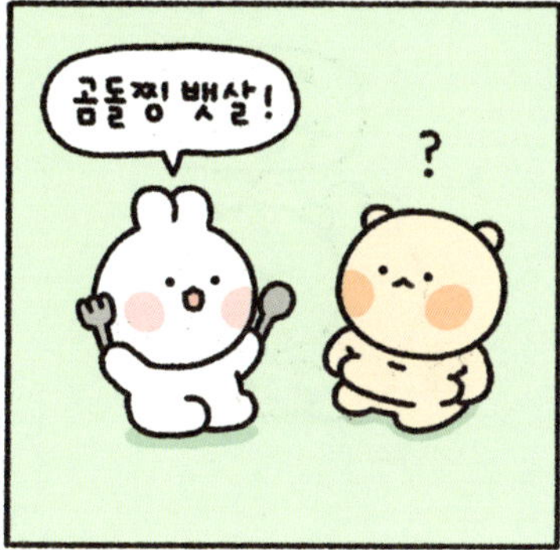

곰돌찡 뱃살!
?

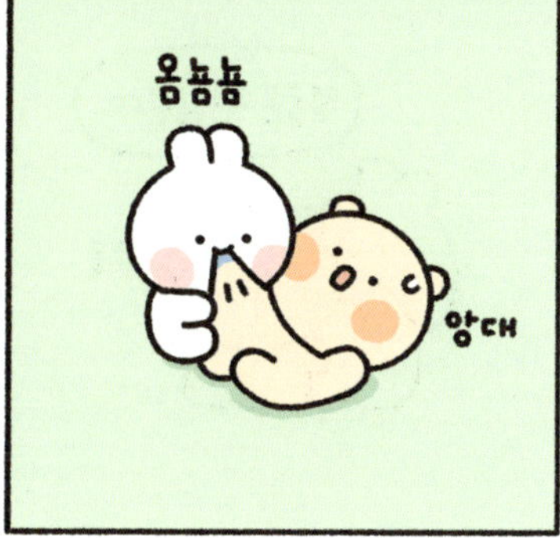

옴뇸뇸
앙대

신종
안마기술

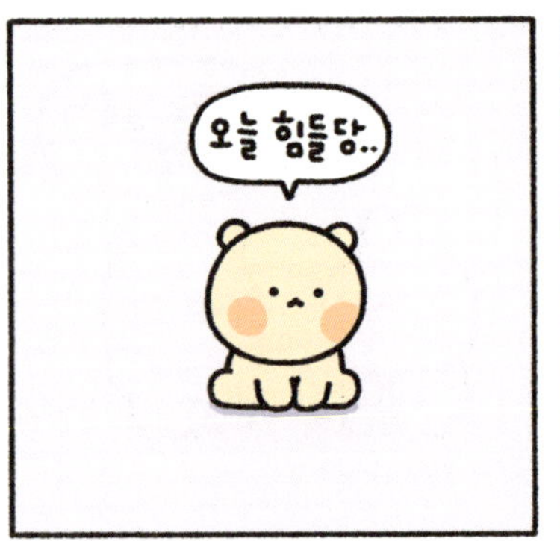

오늘 힘들당..

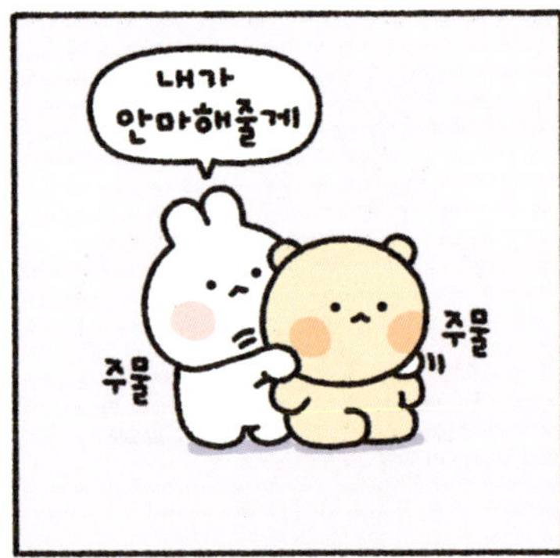

내가
안마해줄게
주물
물주

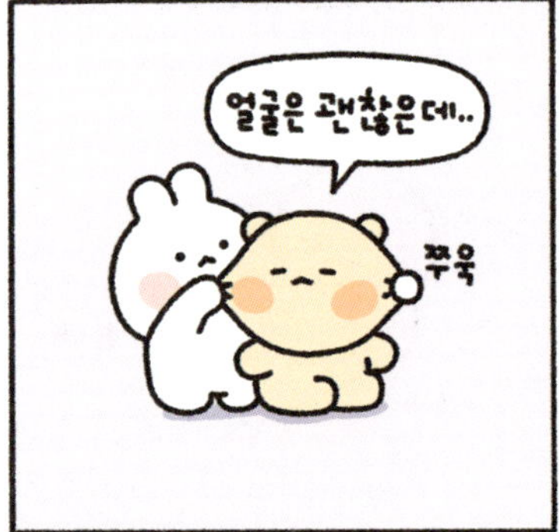

얼굴은 괜찮은데..
쭈욱

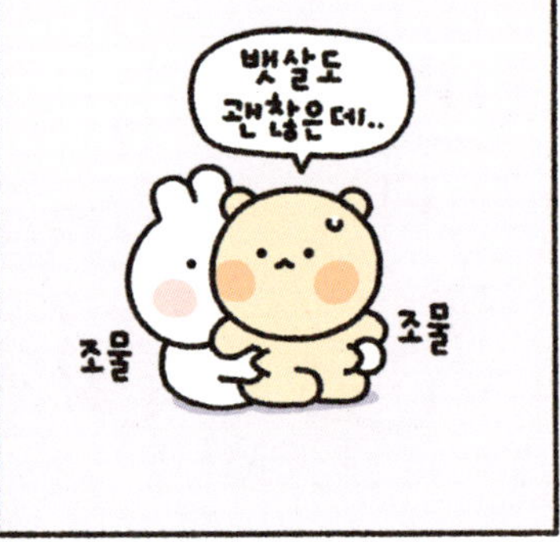

뱃살도
괜찮은데..
조물
물조

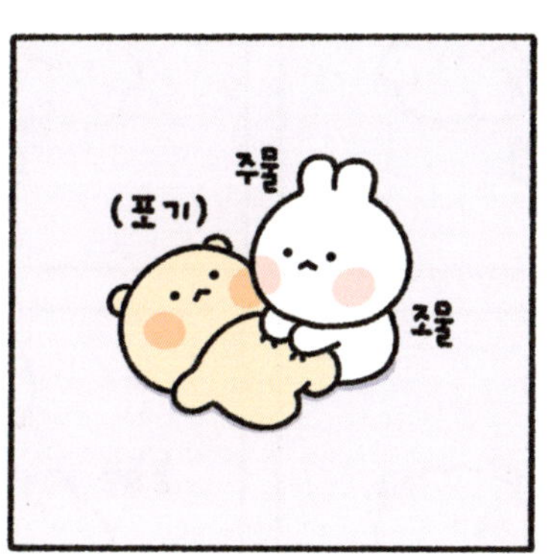
(포기)
주물
주물
조물

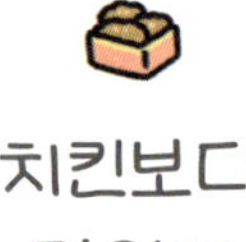

치킨보다
맛있어

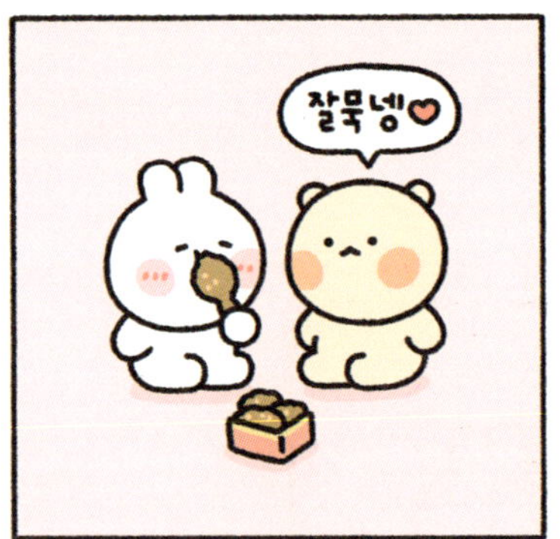
잘묵넹♡

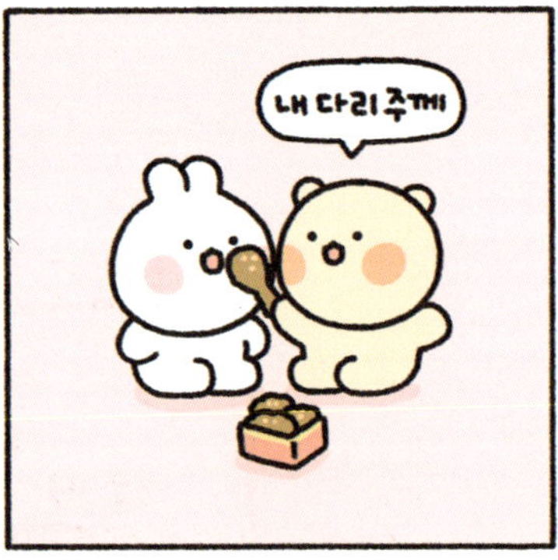
내 다리 주께

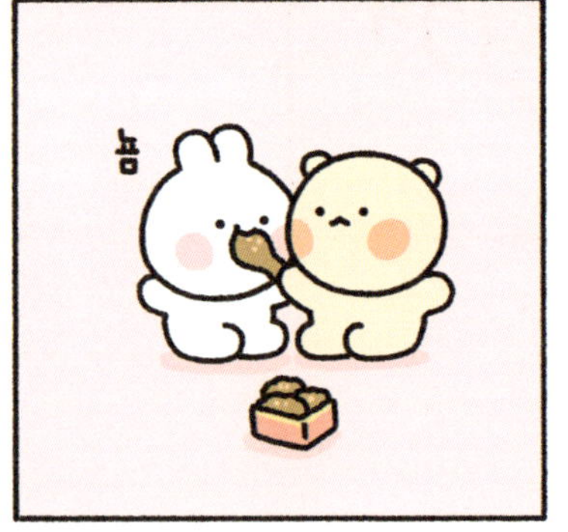
뇸

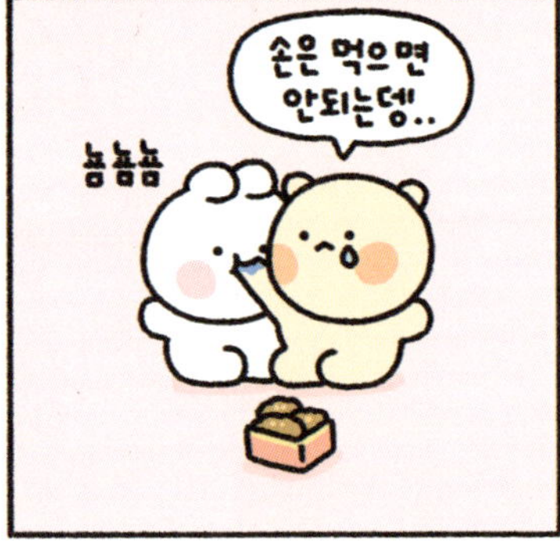
손은 먹으면
안되는뎅..
뇸뇸뇸

제일 재밌는
뱃살

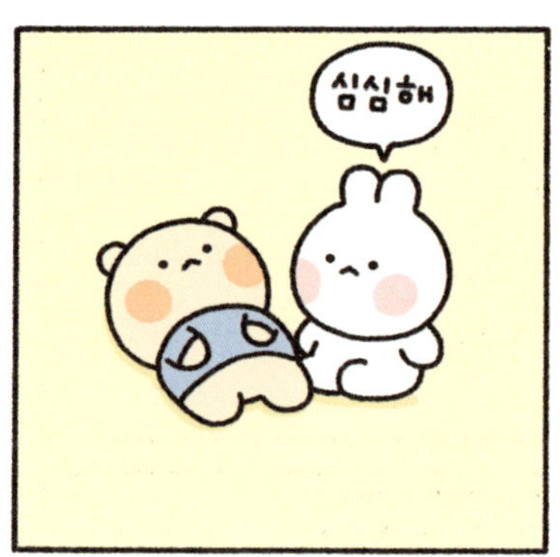

심심해

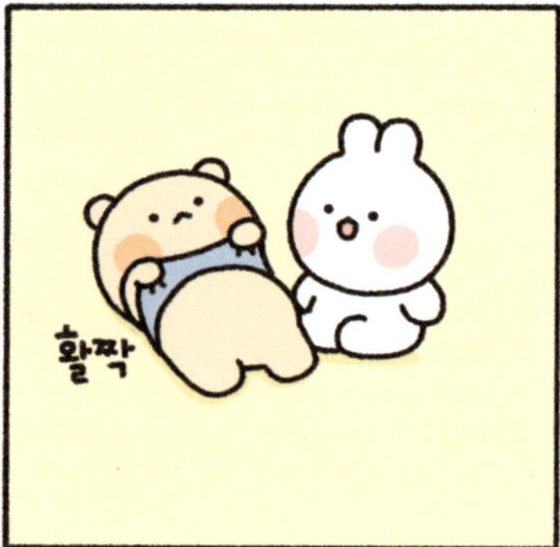

활짝

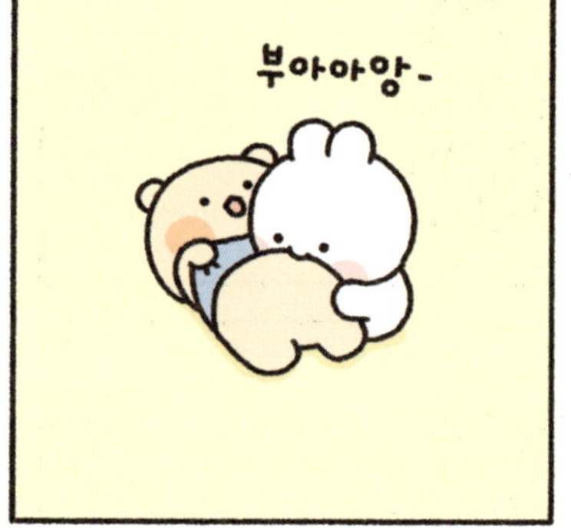

부아아앙-

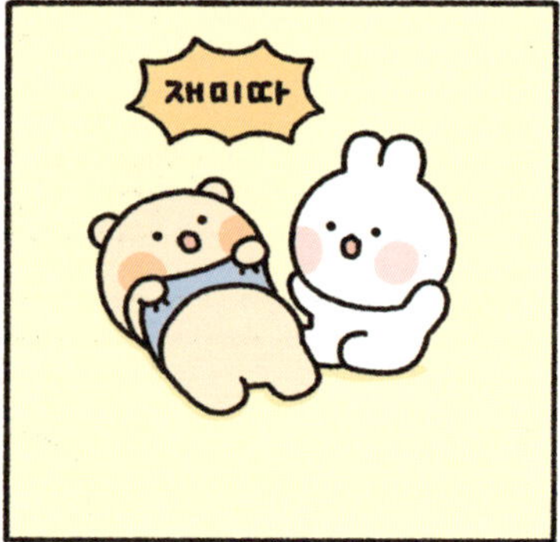

재미따

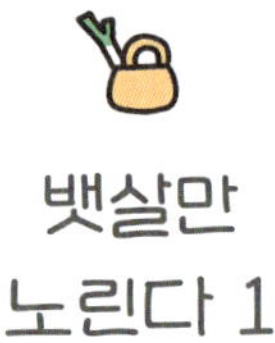

뱃살만
노린다 1

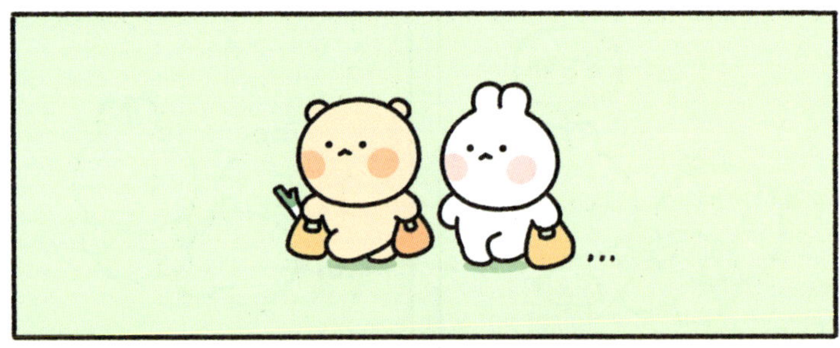
...

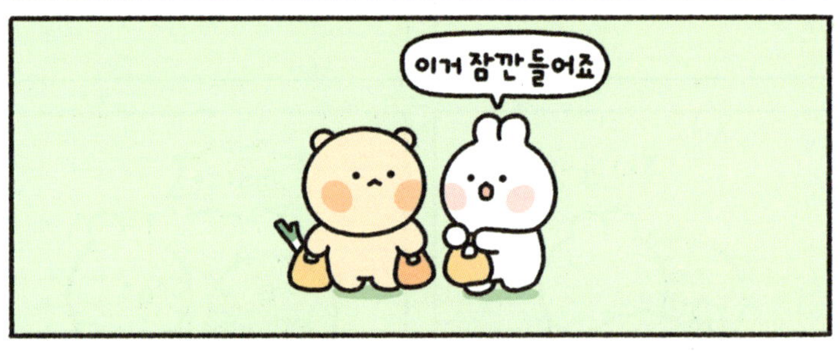
이거 잠깐 들어죠

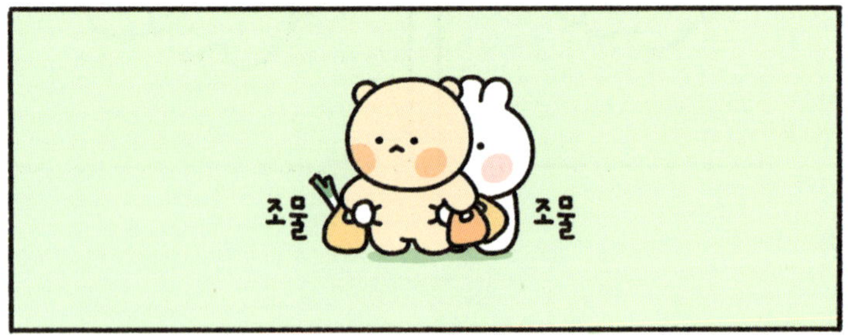
조물
조물

뱃살만
노린다 2

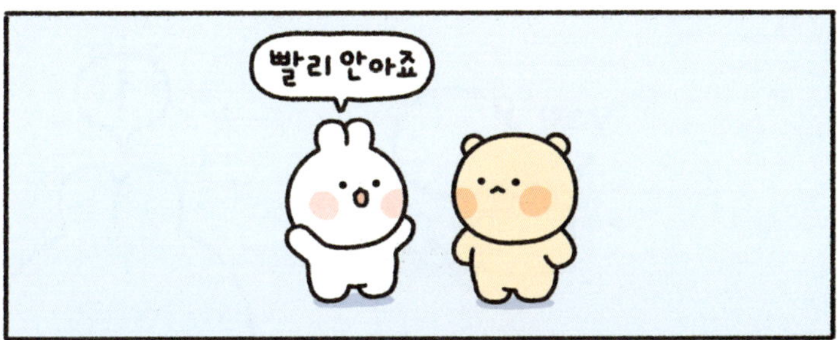

빨리 안아죠

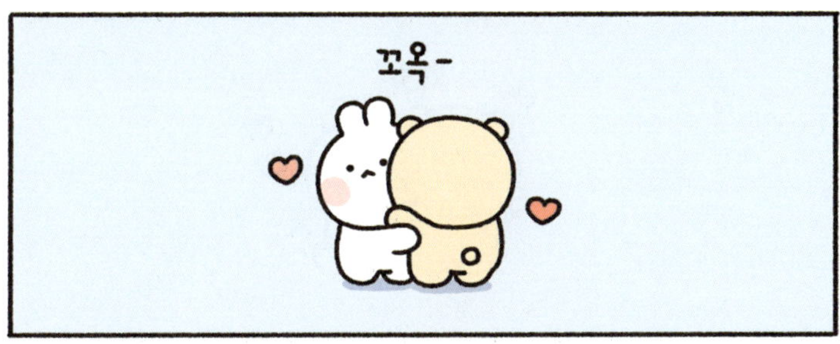

꼬옥-

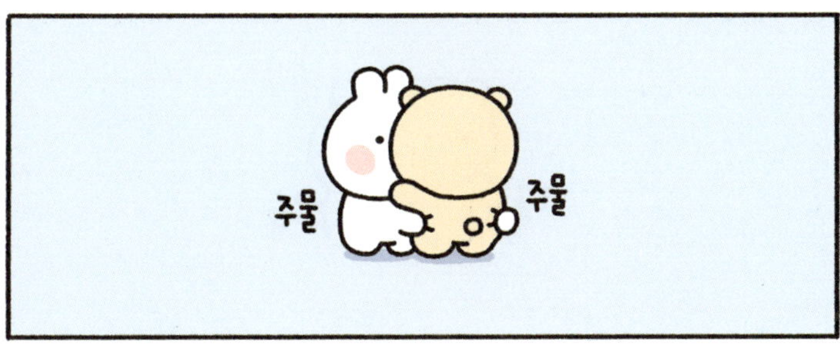

주물
주물

뱃살만
노린다 3

달그락
!

와락

조물
조물

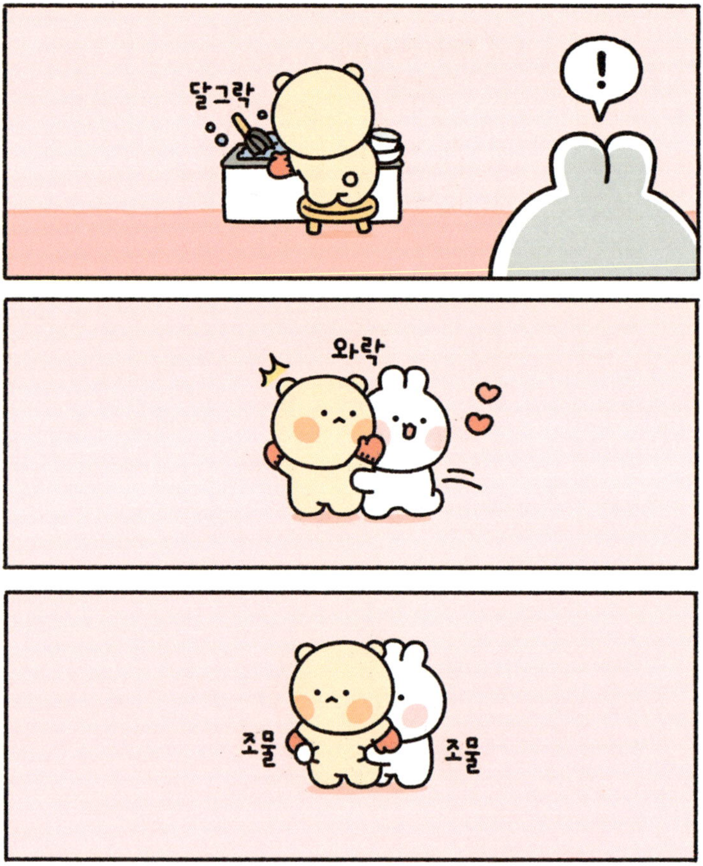

가만
안 둬

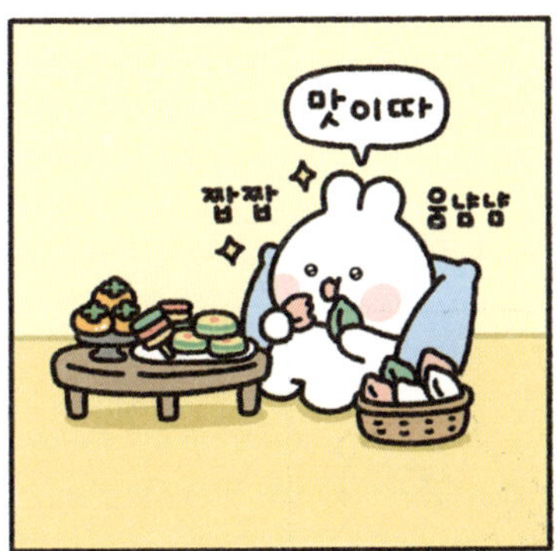
맛이따
짭짭
웅냠냠

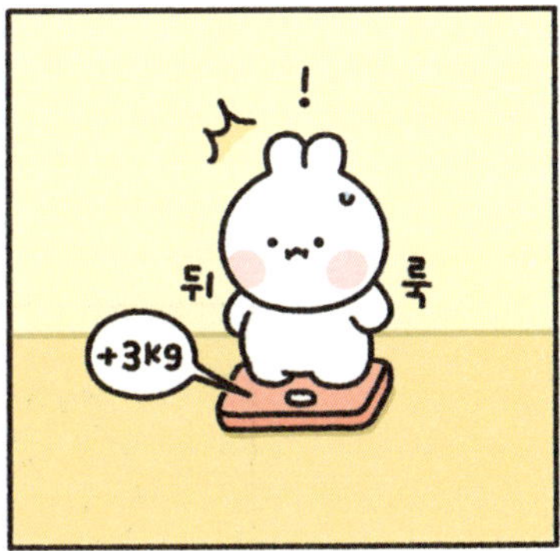
!
뒤
룩
+3kg

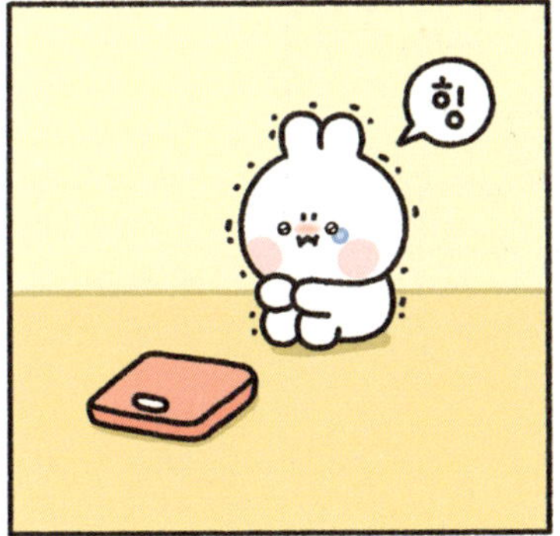
힝

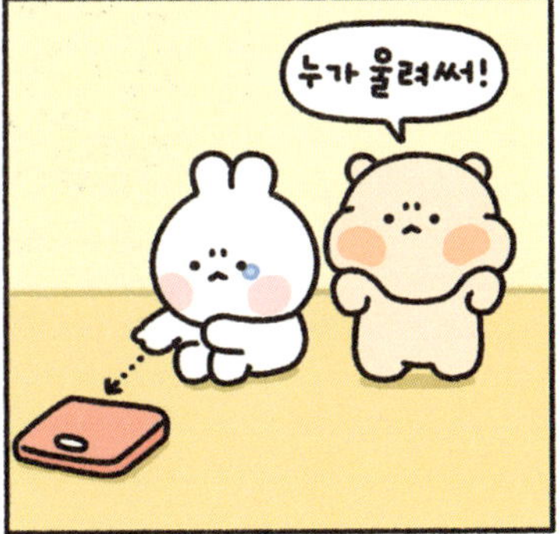
누가 울려써!

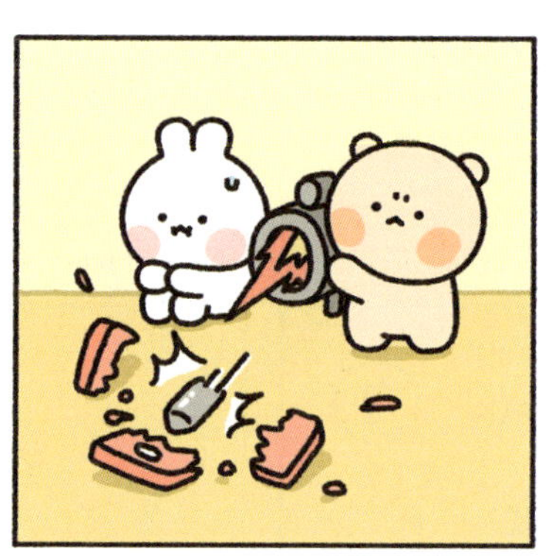

구름같이 포근한
곰돌찡 뱃살

푹
신

포근포근 구름같아

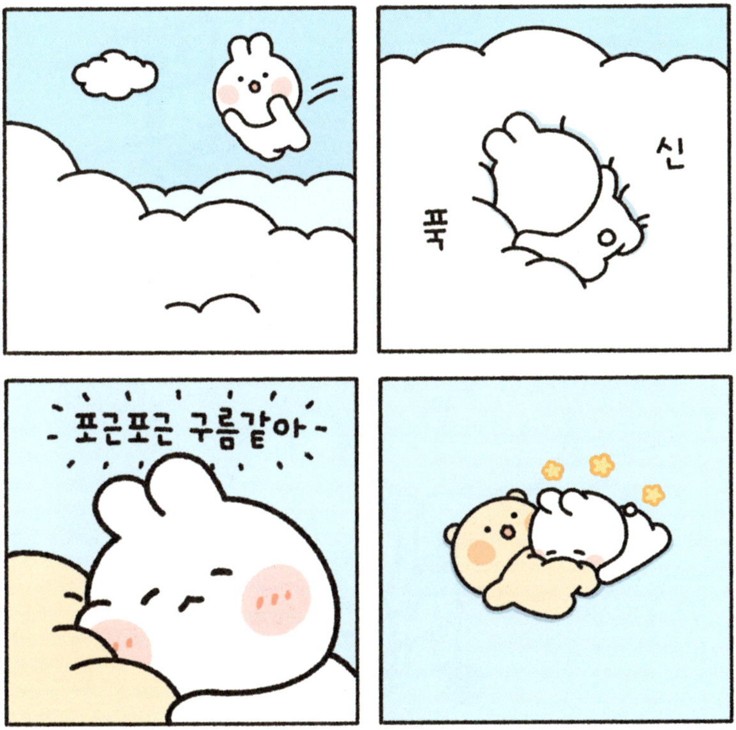

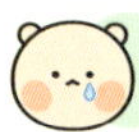 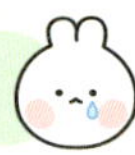

다른 그림 8개를 찾아보자!

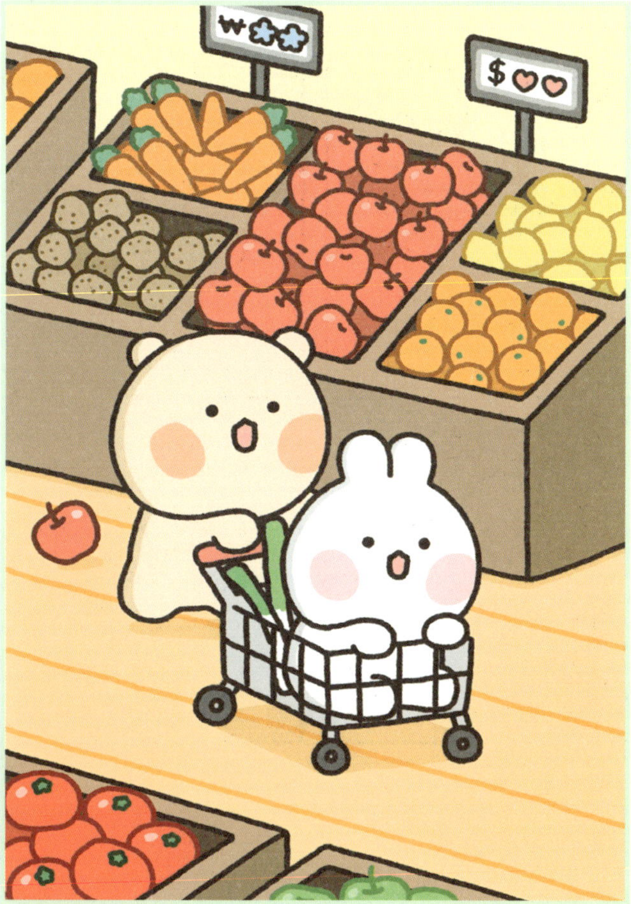

(정답은 344쪽에!)

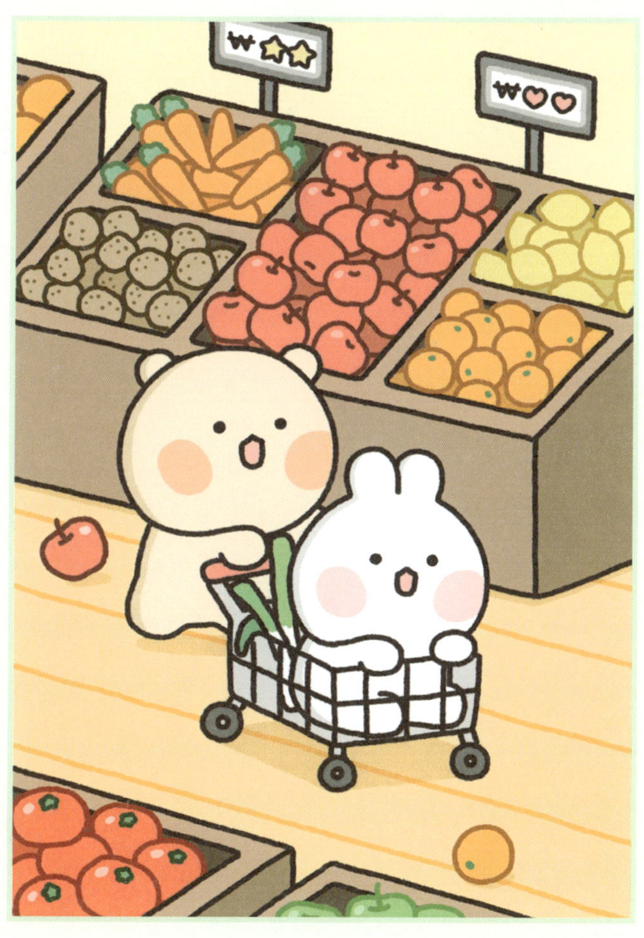

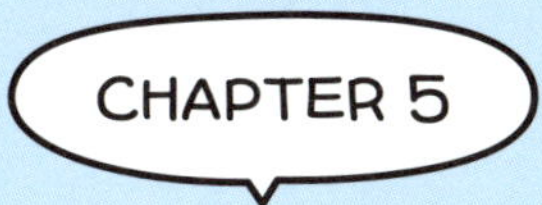

난 늘
네 옆에 있어

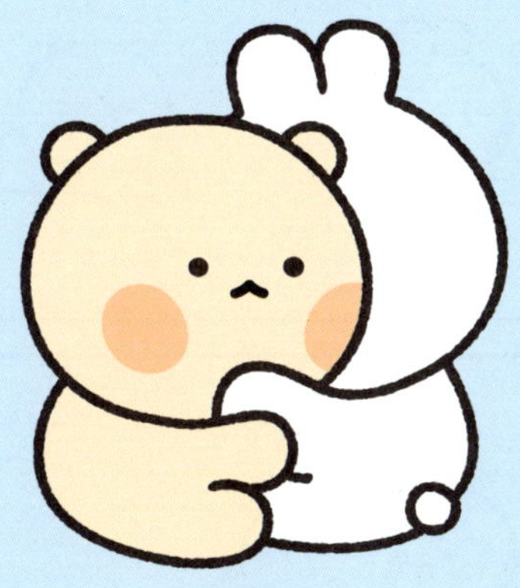

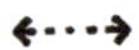

수줍은
밀착 1

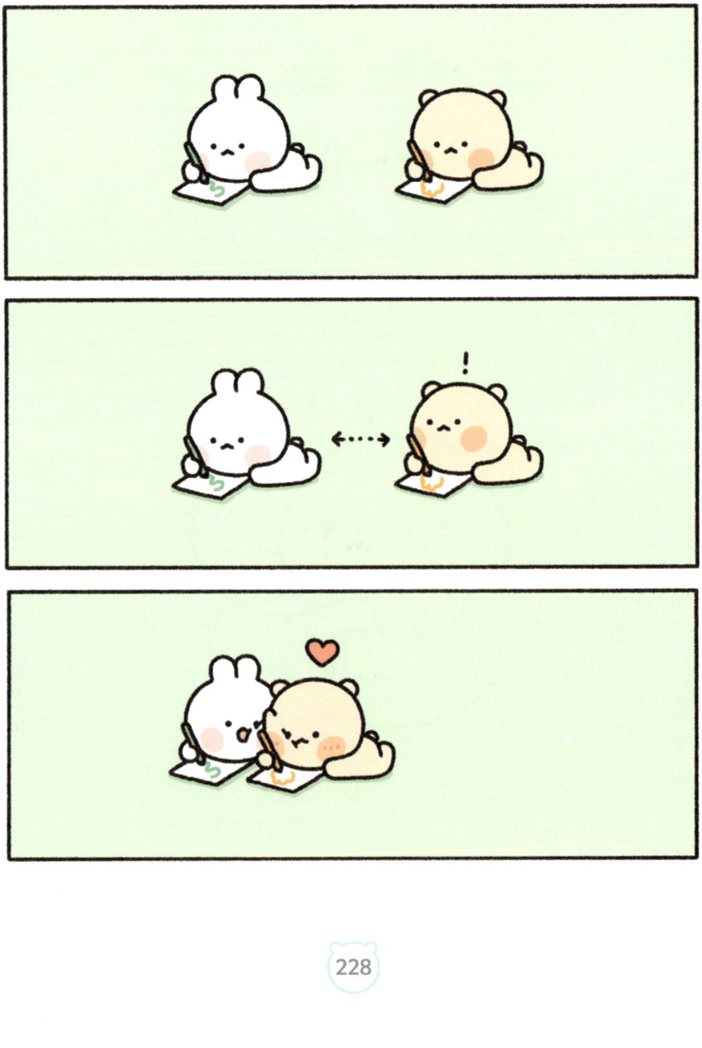

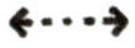

수줍은
밀착 2

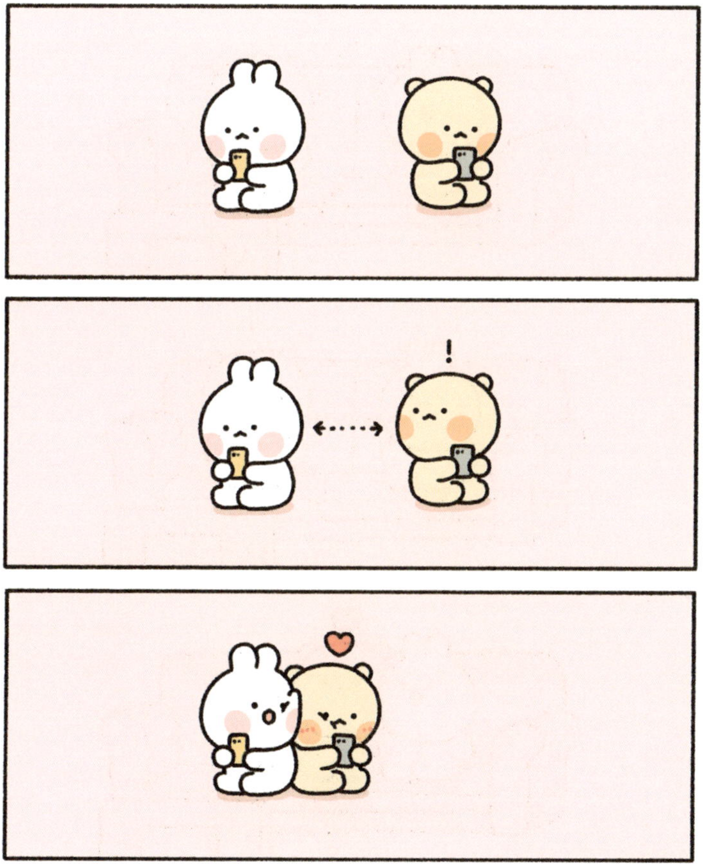

수줍은
밀착 3

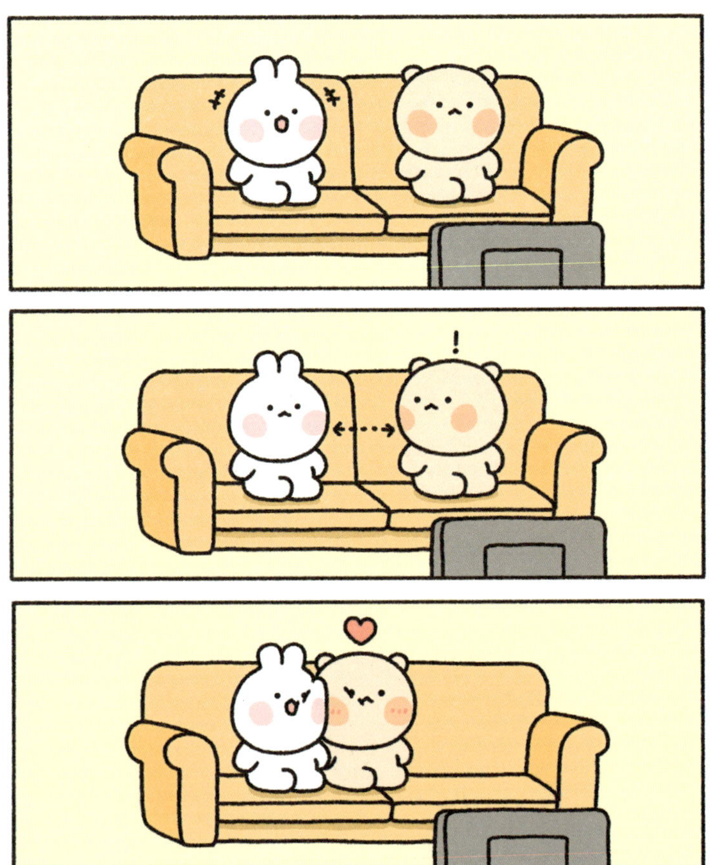

그럴
리가

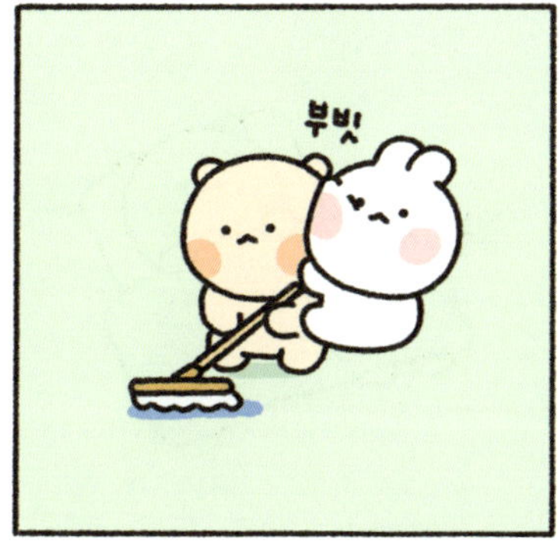
부빗

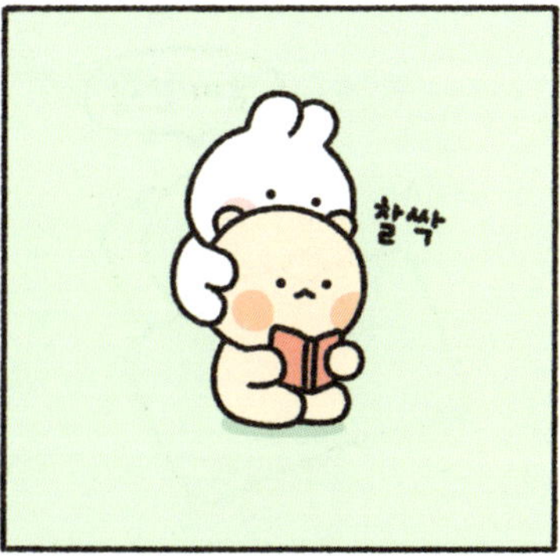
찰싹

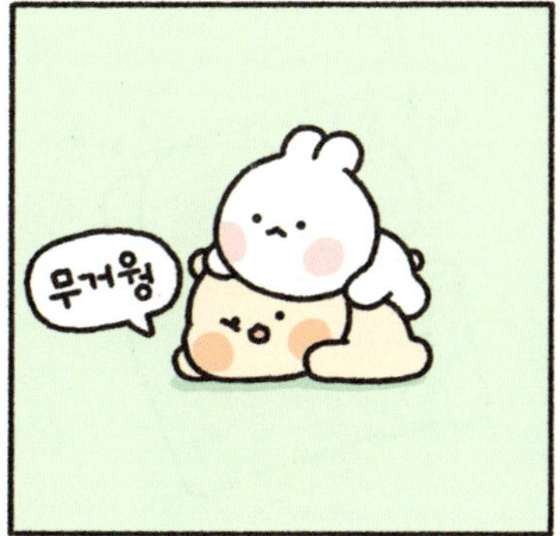
무거웡

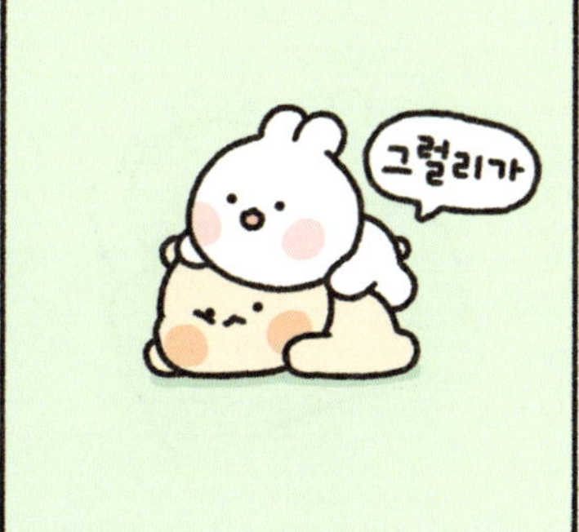
그럴리가

효과만점
수면제 1

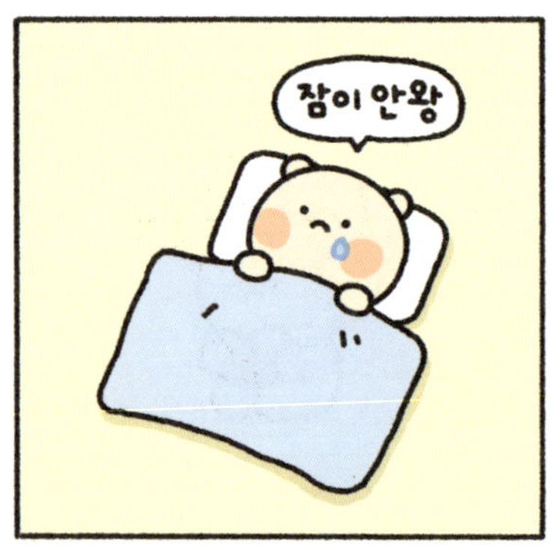
잠이 안왕

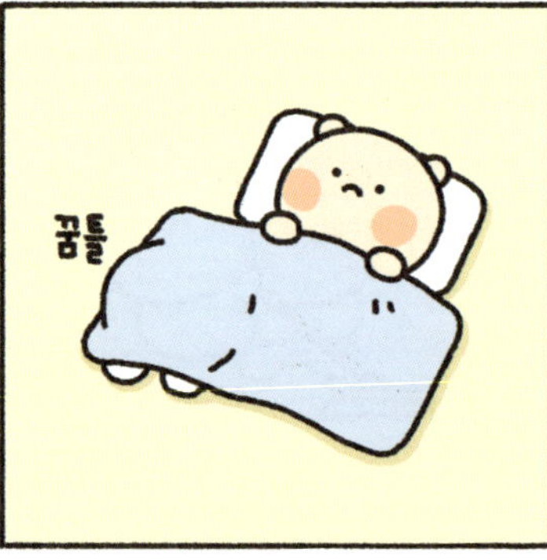
뽀글 꿈

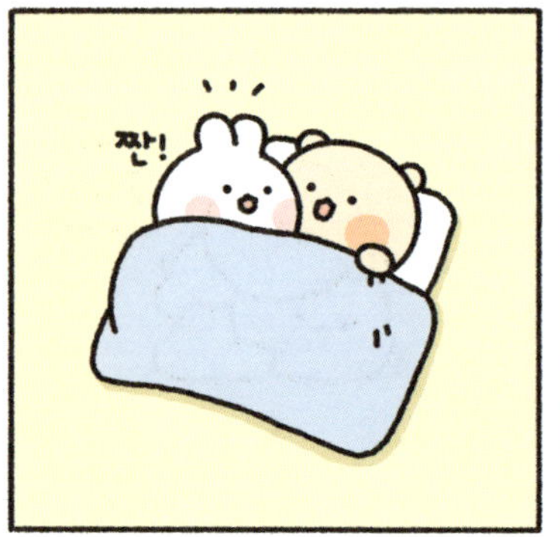
짠!

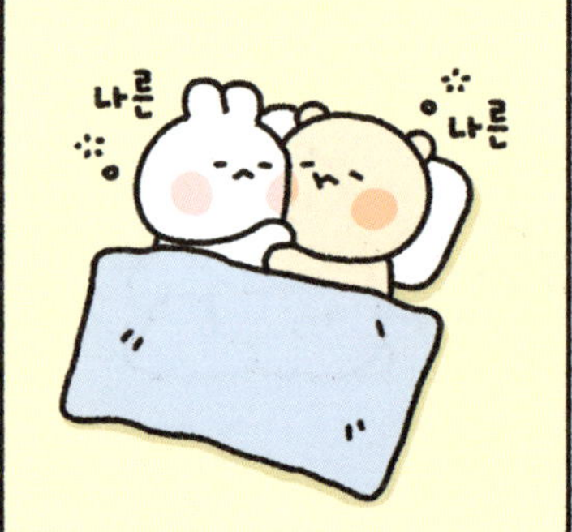
나른
나른

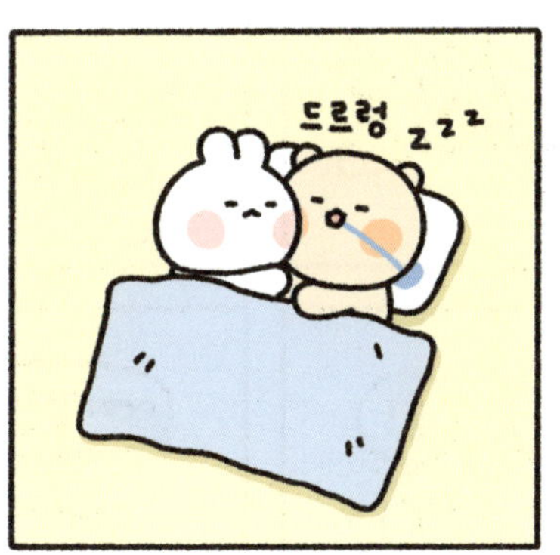

드르렁 ZZZ

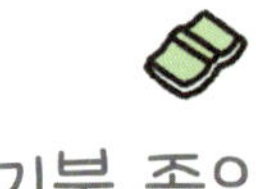

기분 좋았으면
됐지

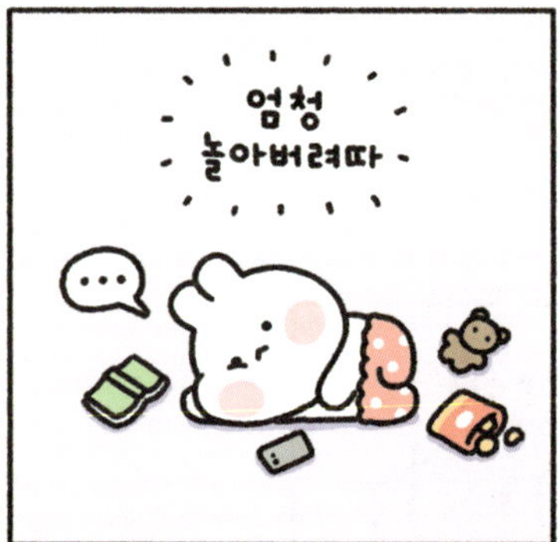
엄청
놀아버려따
…

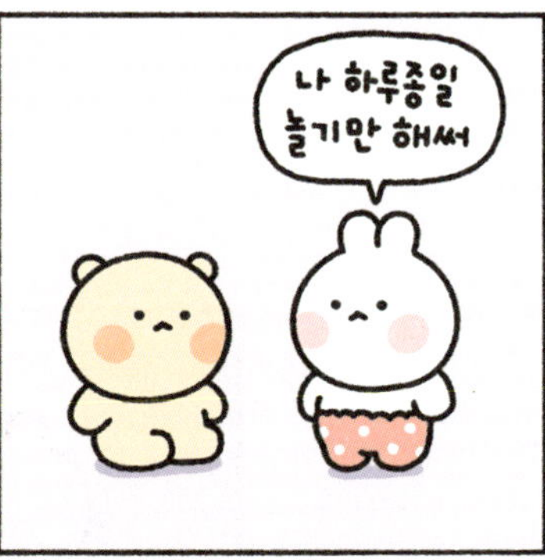
나 하루종일
놀기만 해써

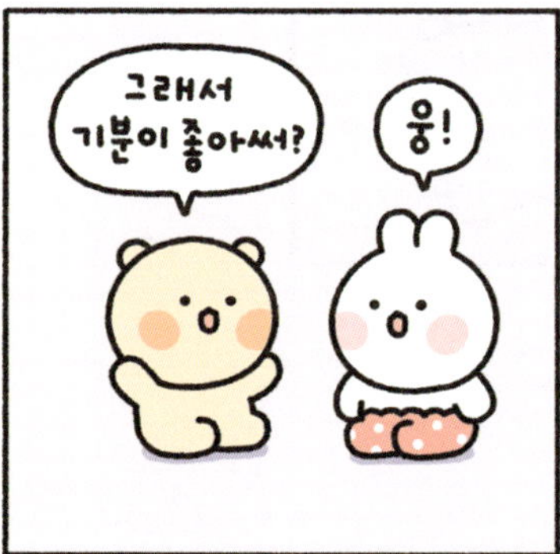
그래서
기분이 좋아써?
웅!

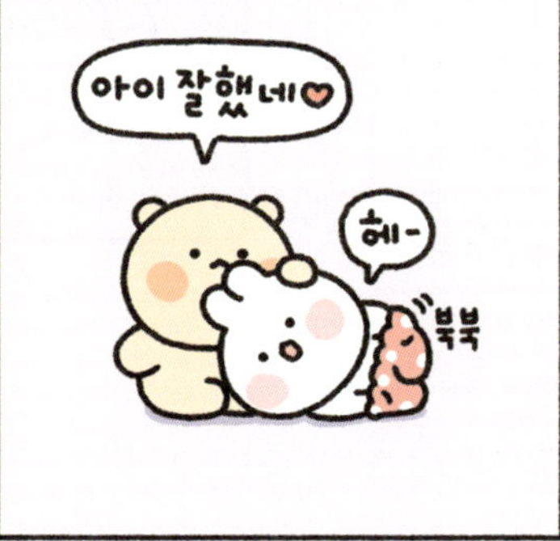
아이 잘했네
헤-
북북

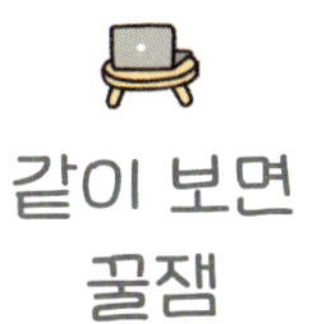

같이 보면
꿀잼

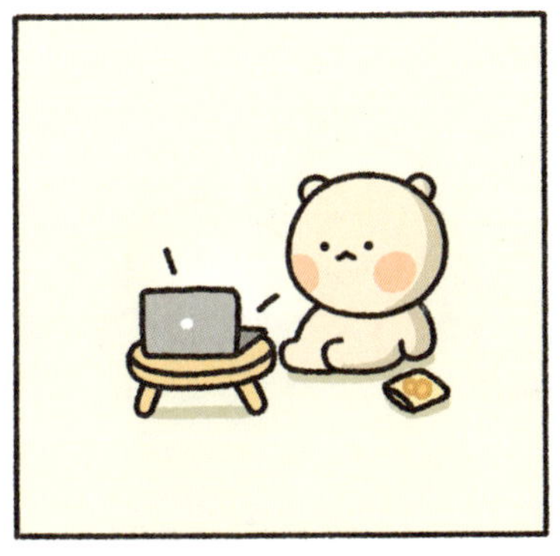

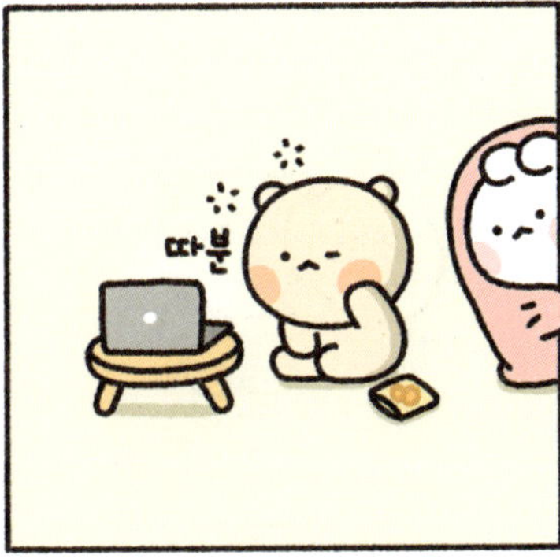

따분

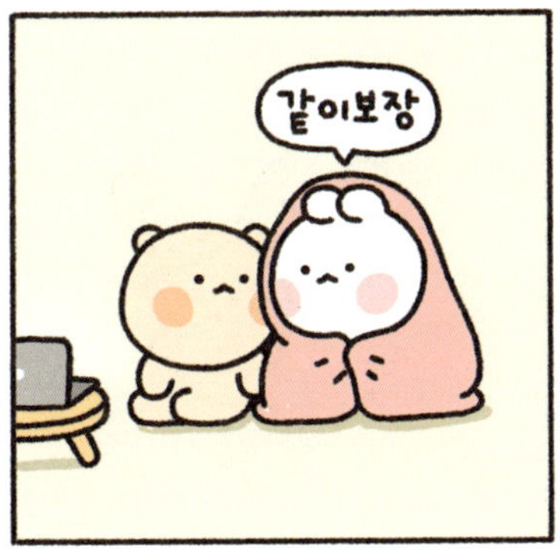

같이보장

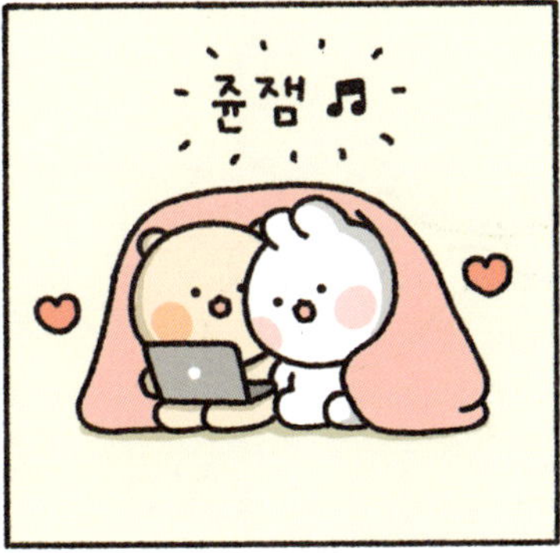

꿀잼 ♬

아무도 우리를
떼어놓을 수 없다

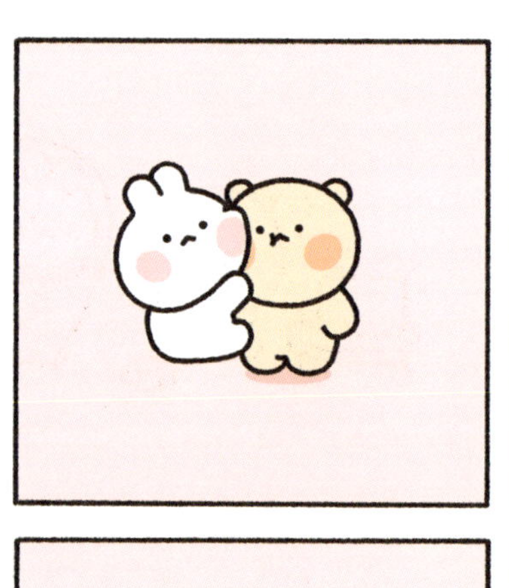

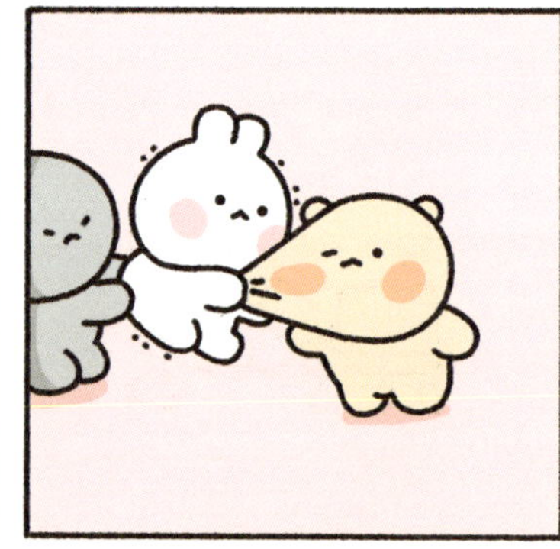

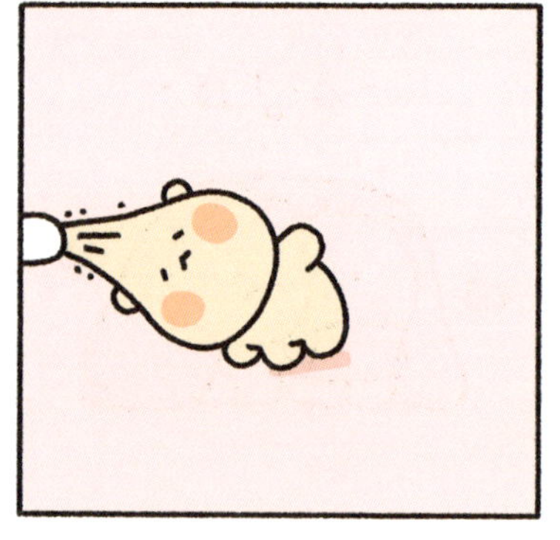

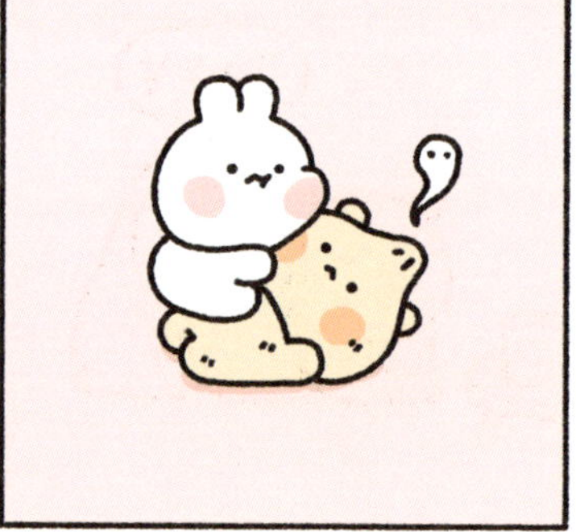

푹신푹신
곰돌찡 침대

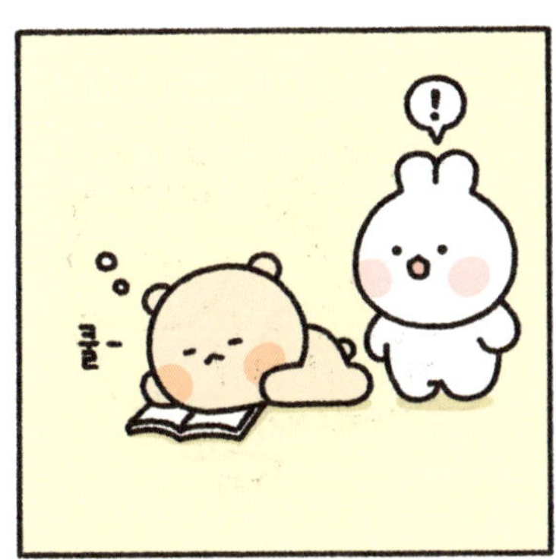

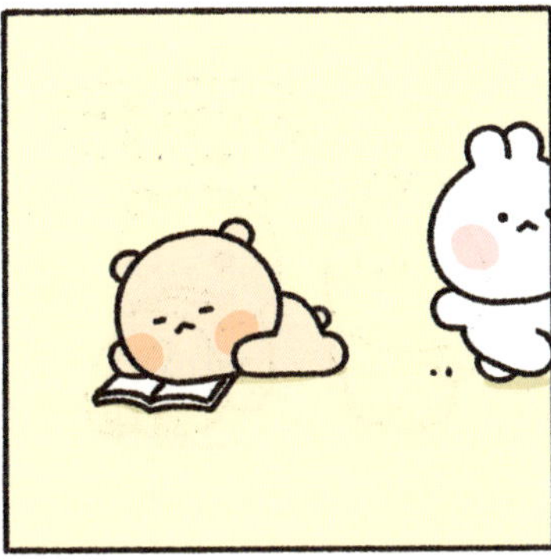

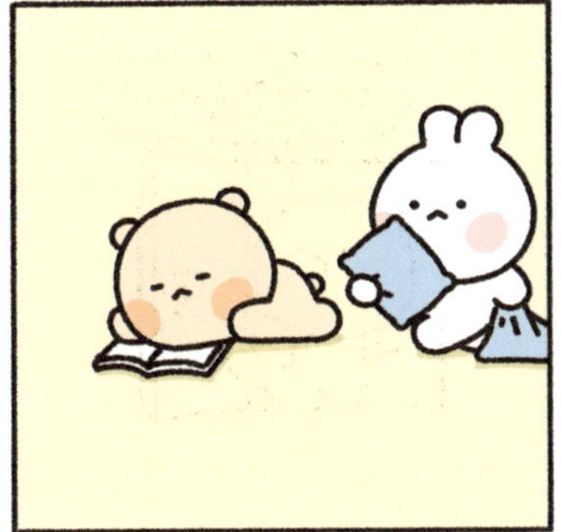

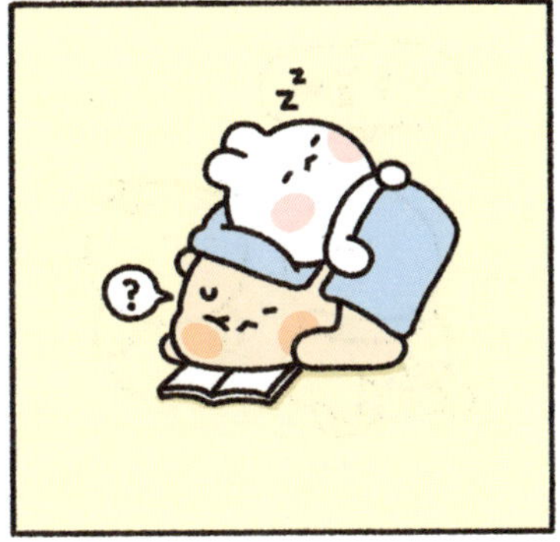

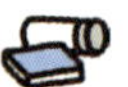

껌딱지 1

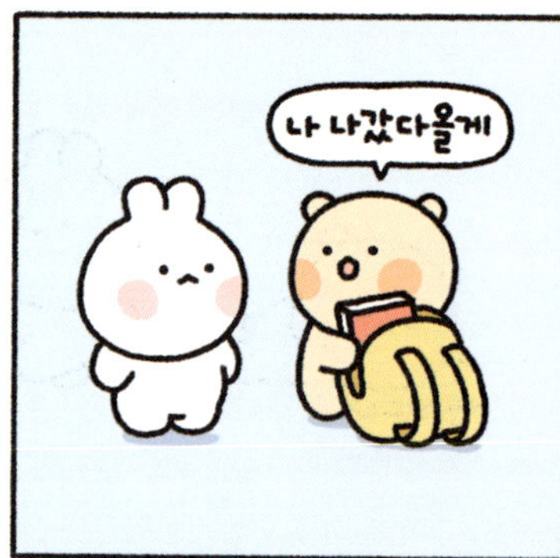

나 나갔다올게

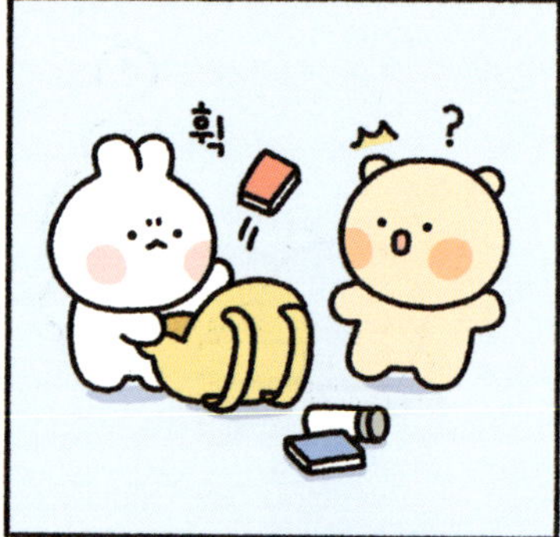

휙
?

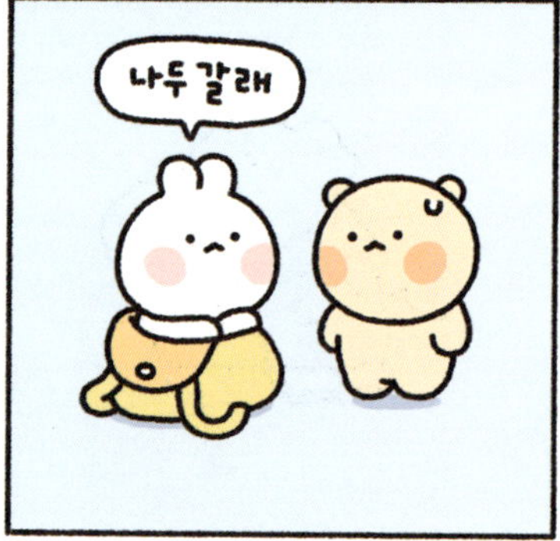

나두 갈래

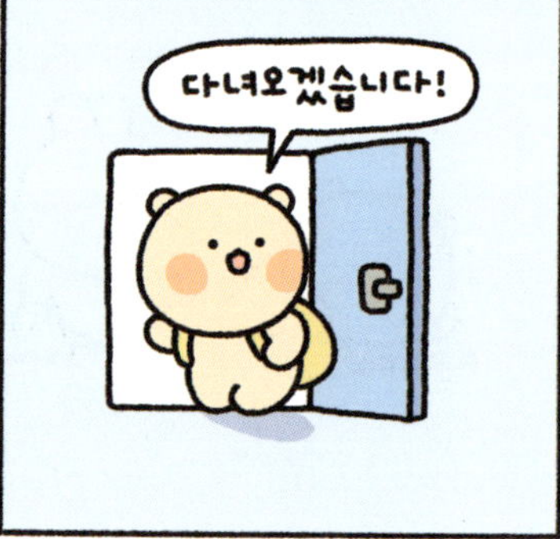

다녀오겠습니다!

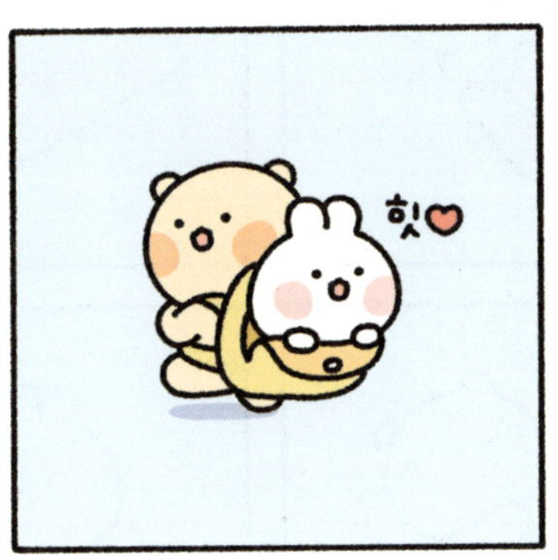

힛

네 옆자리는
내 거야 1

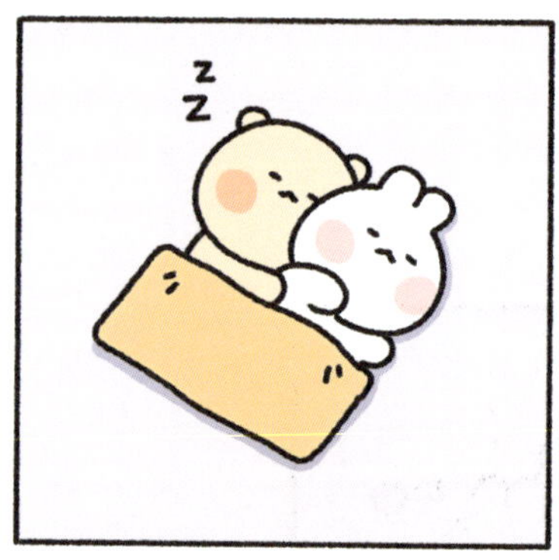

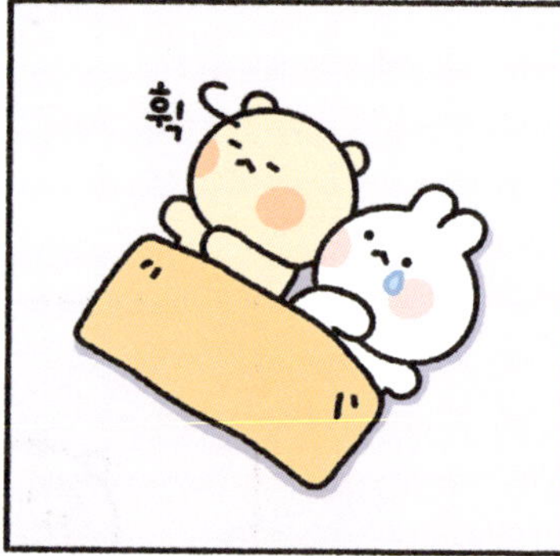

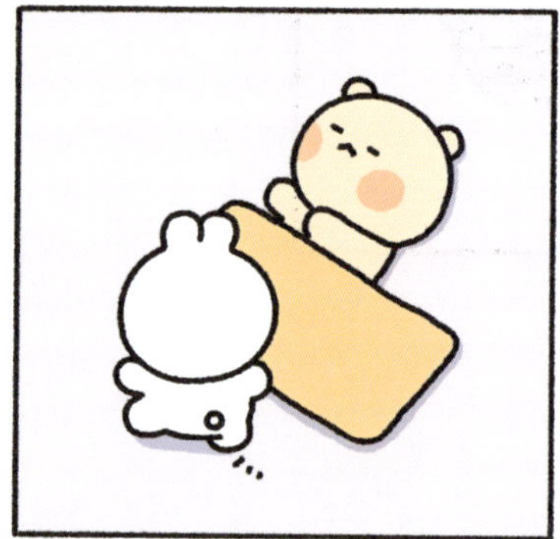

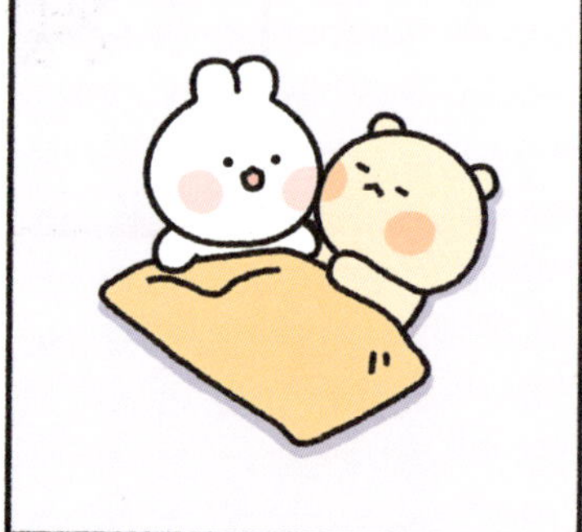

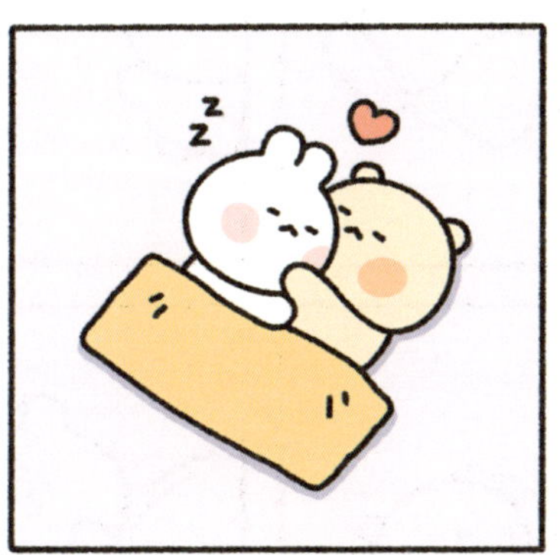

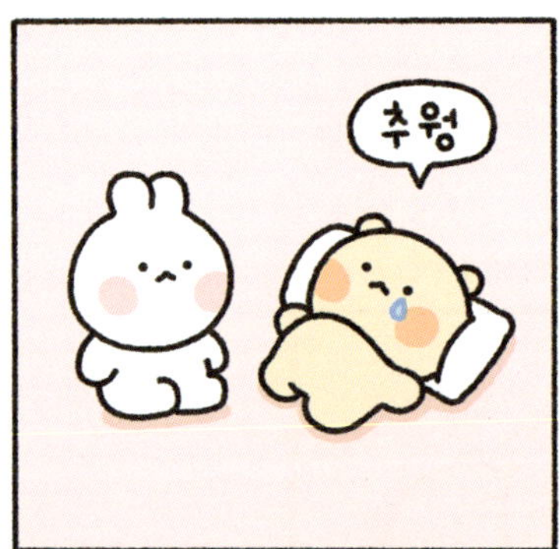

추웡

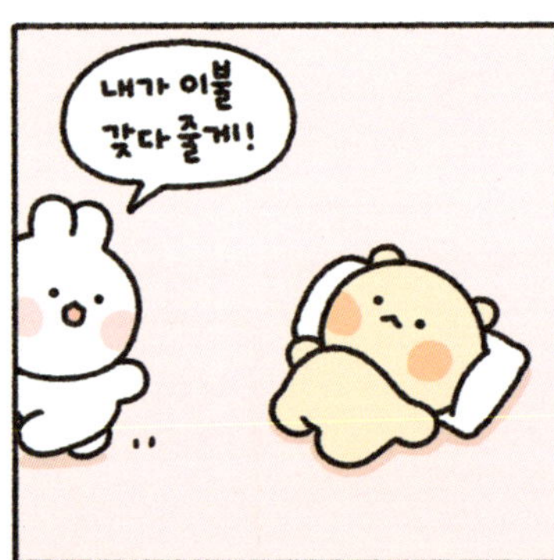

내가 이불
갖다 줄게!
..

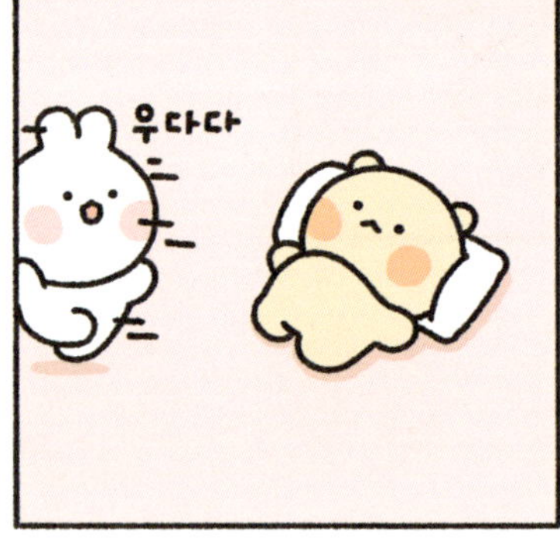

우다다

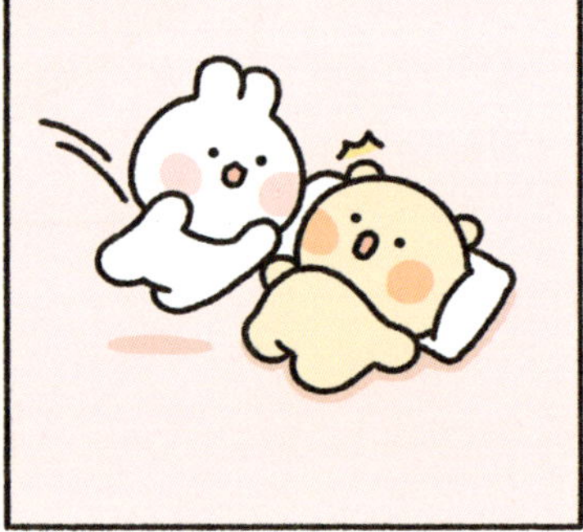

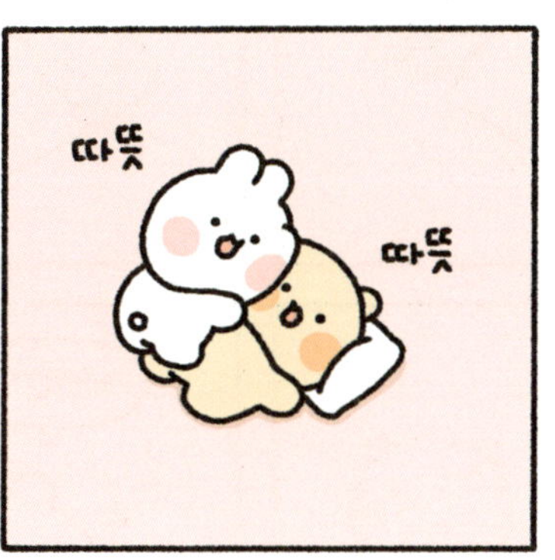

따뜻
따뜻

언제
어디서나

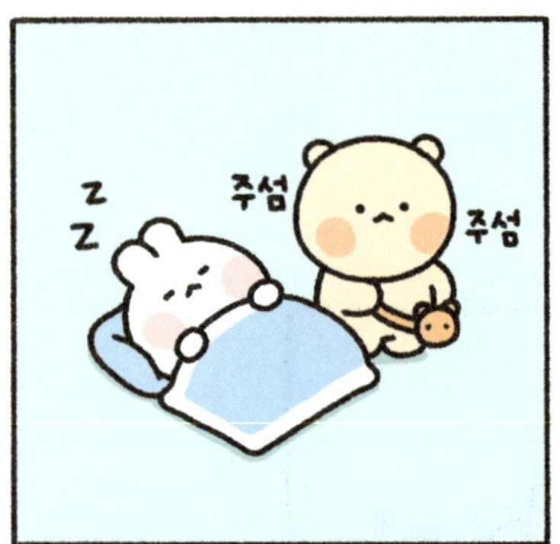

Z
Z
주섬
주섬

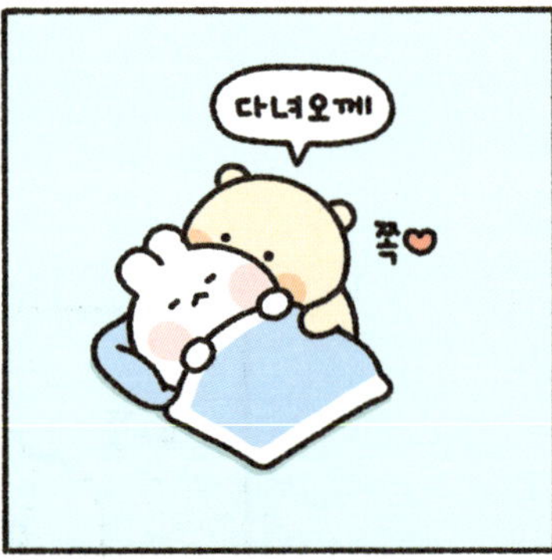

다녀오께
쪽

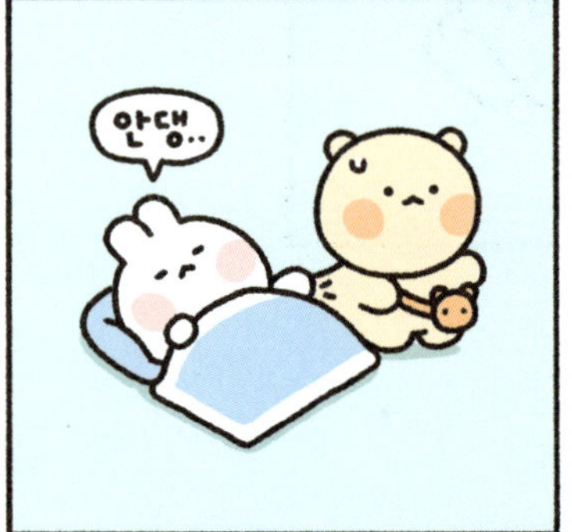

안댕..

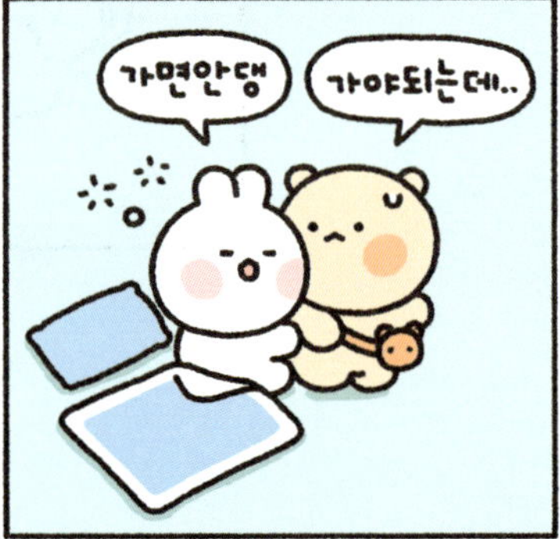

가면안댕
가야되는데..

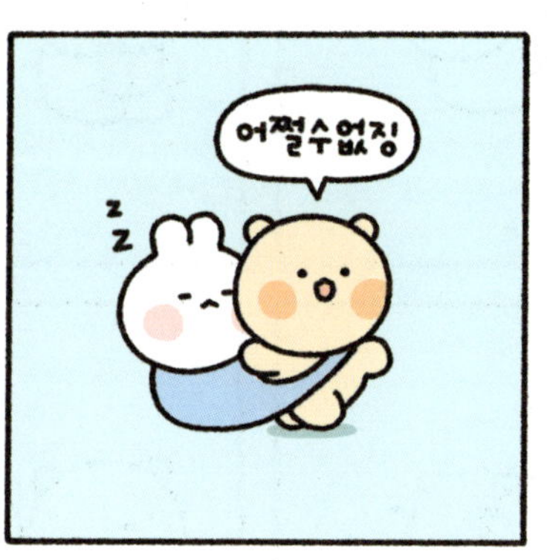

어쩔수없징

제자리로
돌려놓기

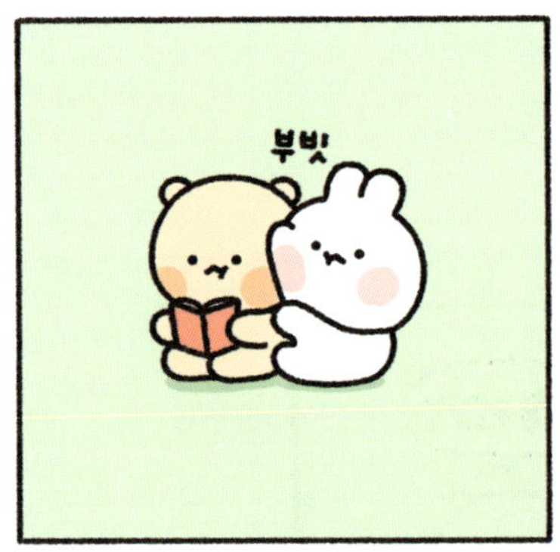

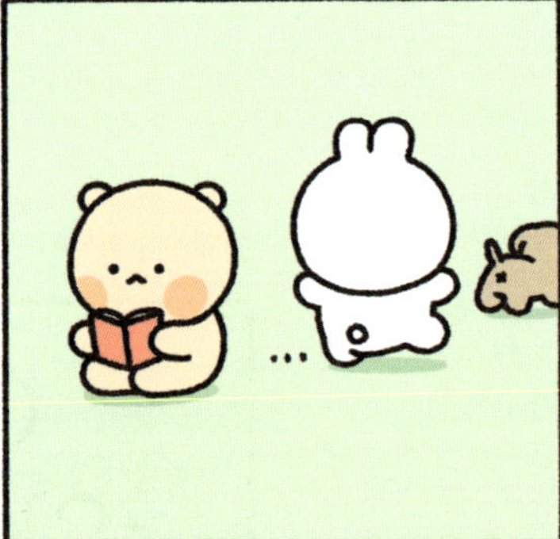

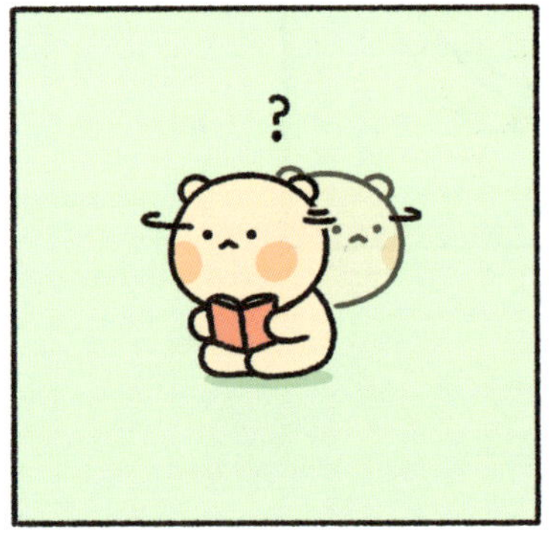

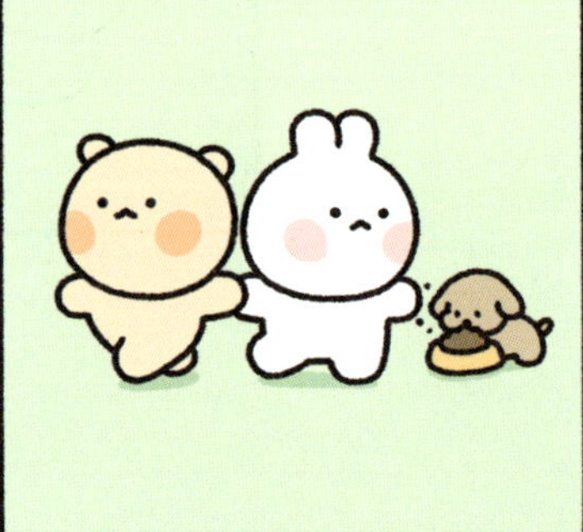

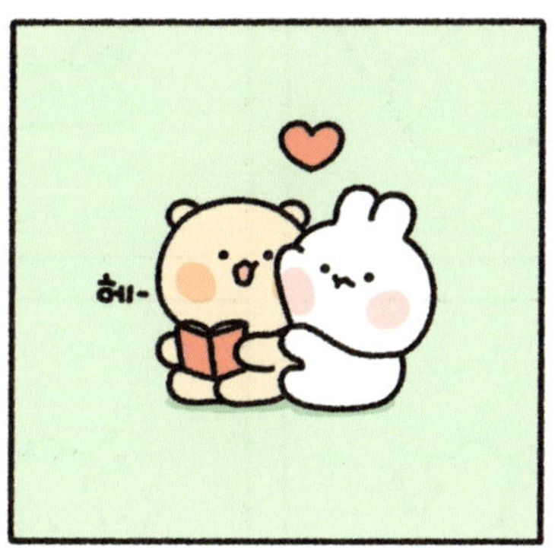
ฮั-

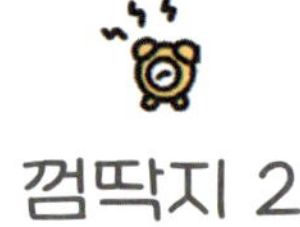

껌딱지 2

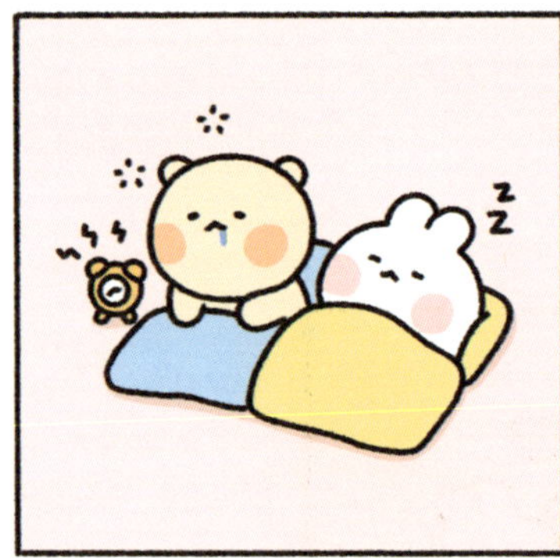

ㄹㄹ

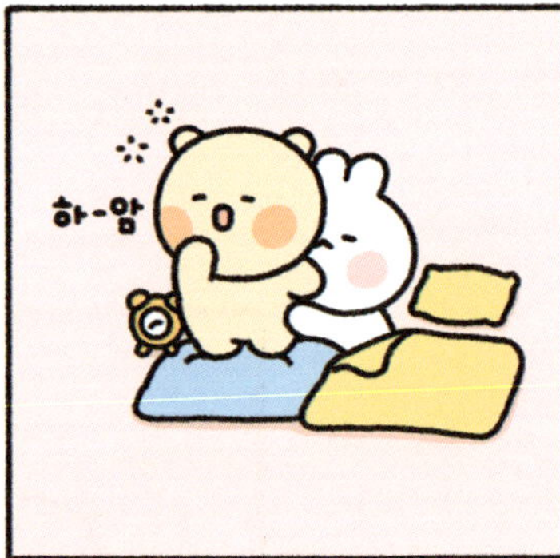

하-암

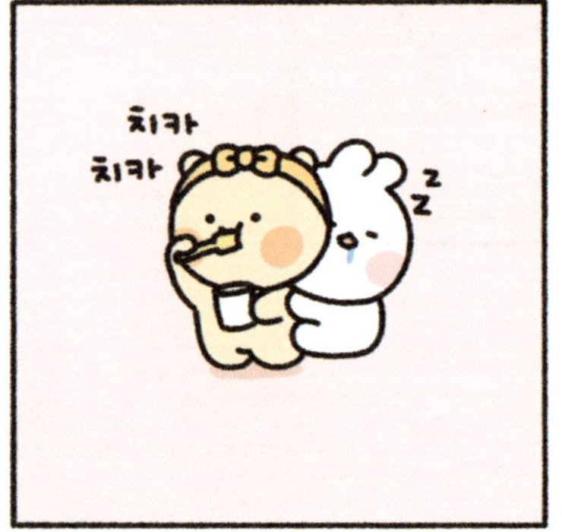

치카
치카
ㄹㄹ

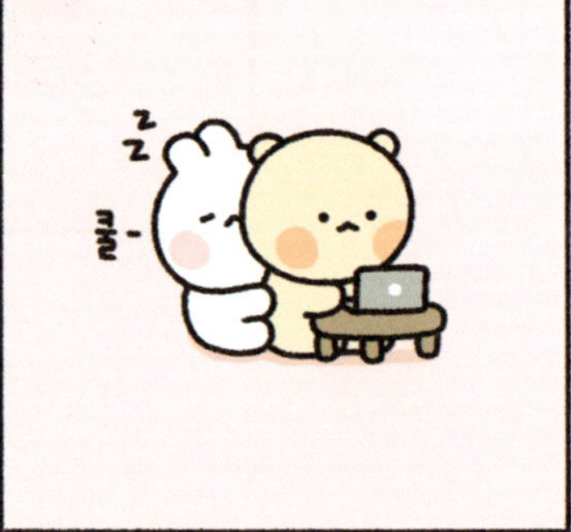

ㄹㄹ
따닥

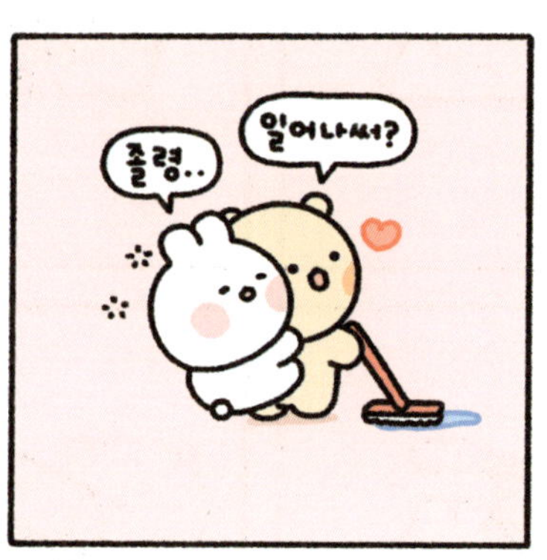
일어나서?
졸려..

곰돌찡만
있으면 돼

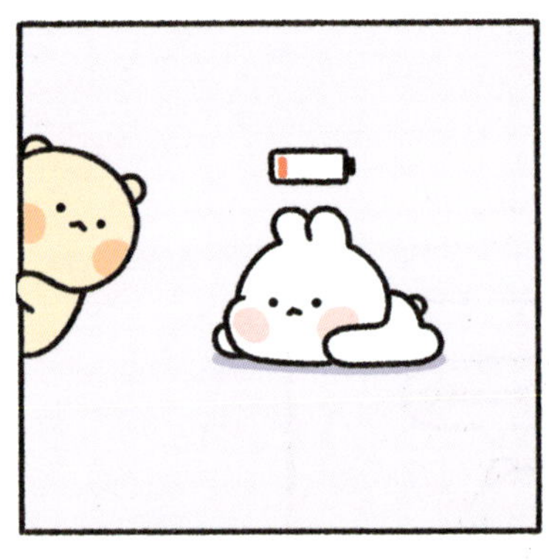

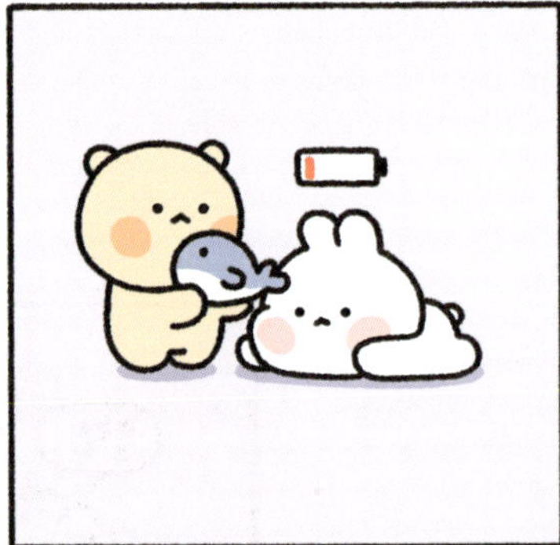

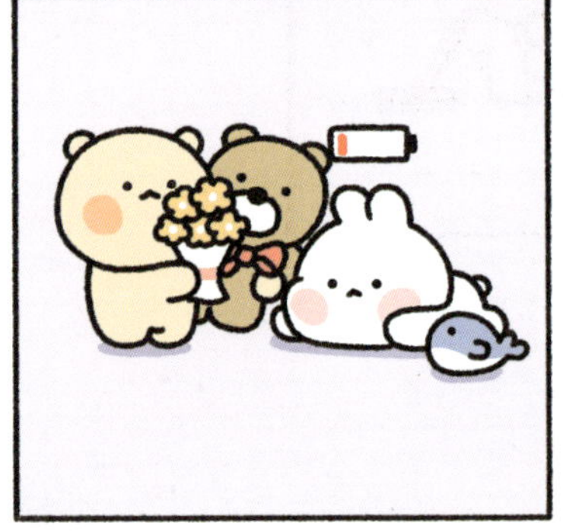

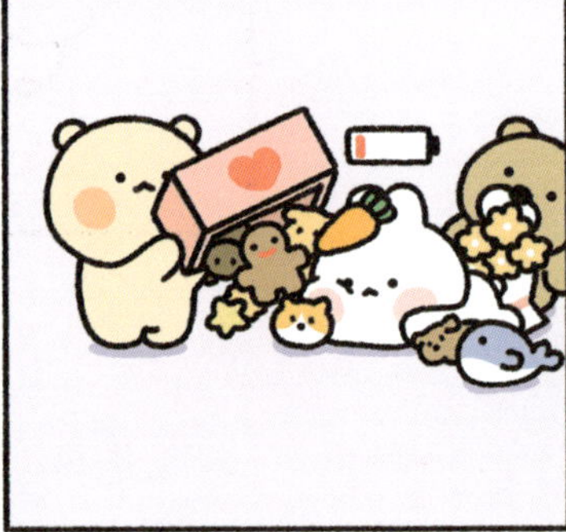

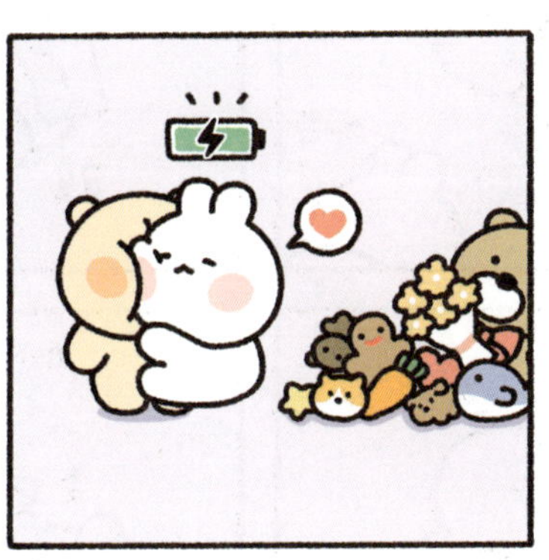

네 옆자리는
내 거야 2

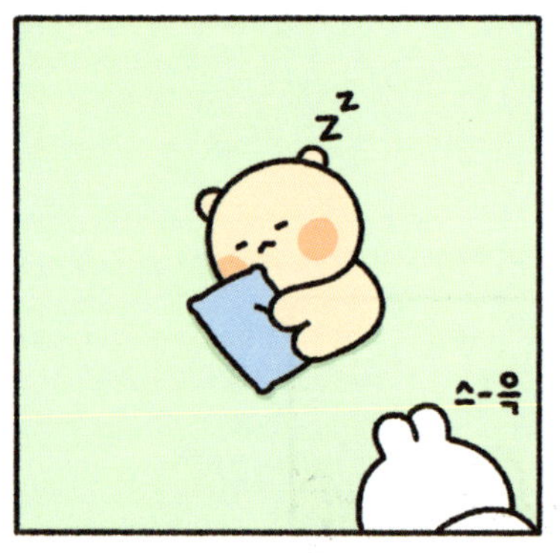
zZ²
스-윽

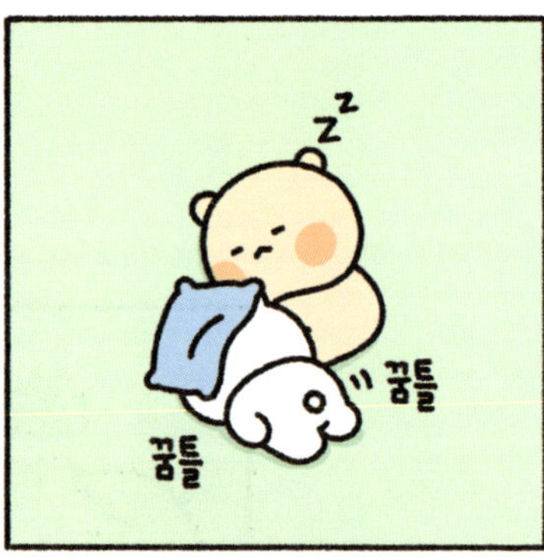
zZ²
꿈틀
꿈틀

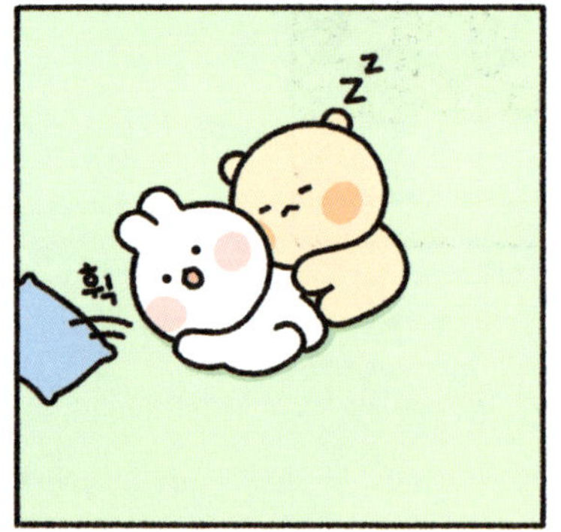
zZ²
휙

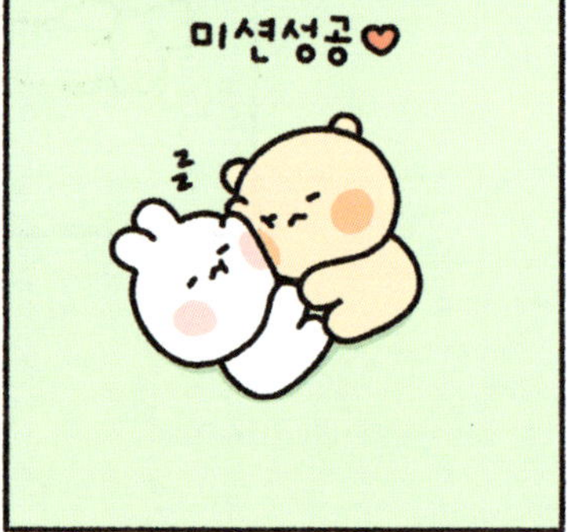
미션성공♡
z²

호들갑
대마왕

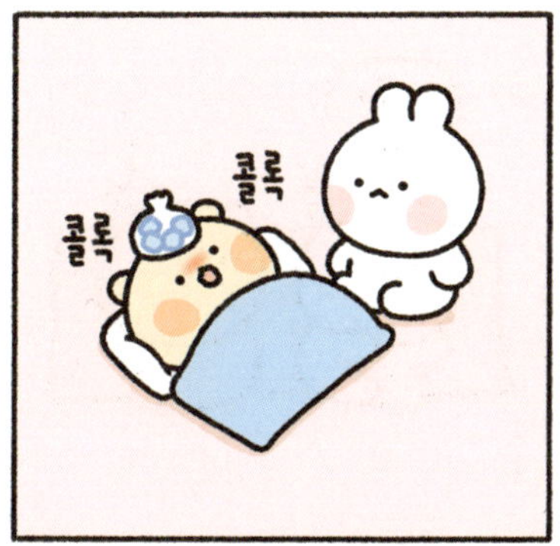

콜록
콜록

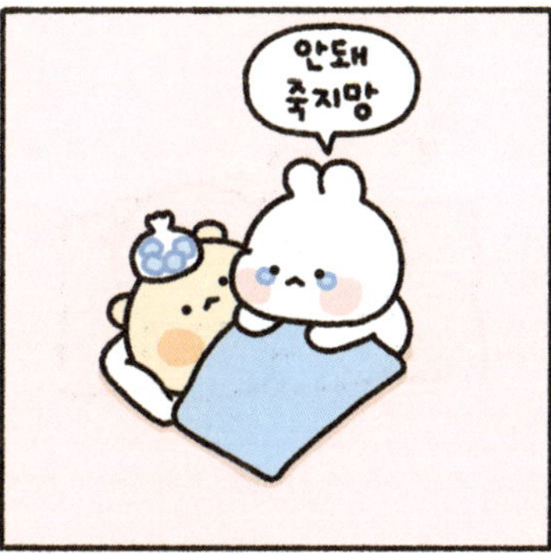

안돼
죽지망

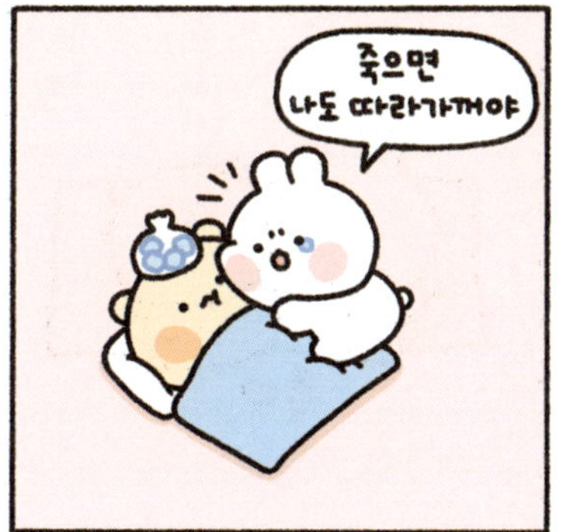

죽으면
나도 따라가께야

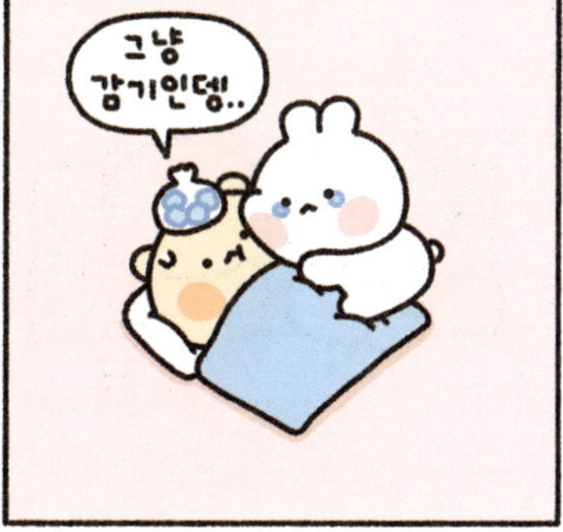

그냥
감기인뎅..

슬금슬금
궁디톡

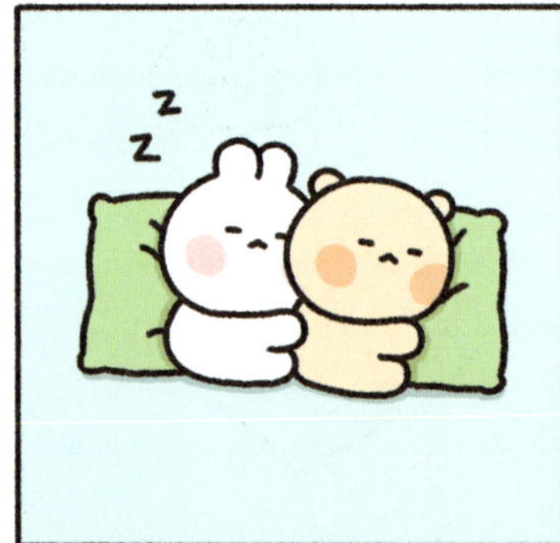
Z
Z

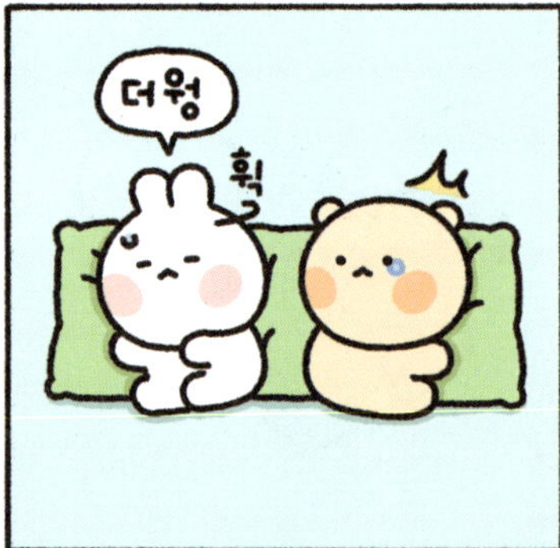
더웡
휙

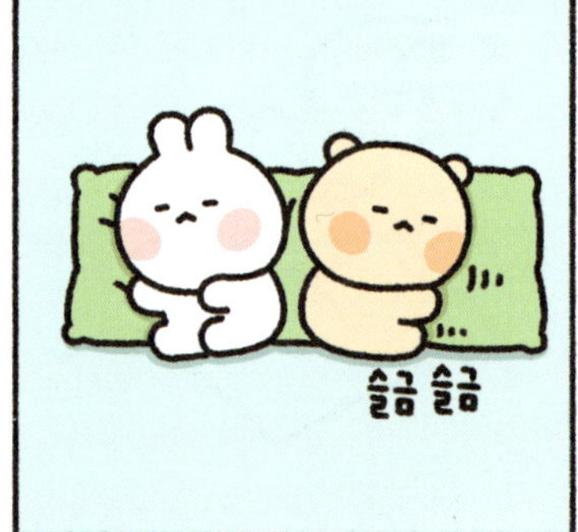
슬금 슬금

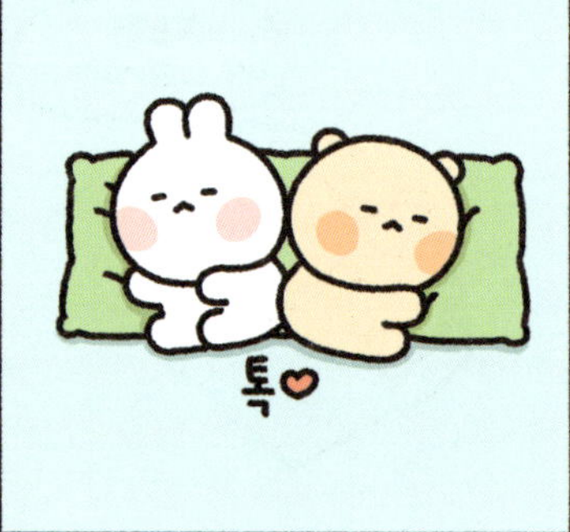
톡

명중률
100프로 1

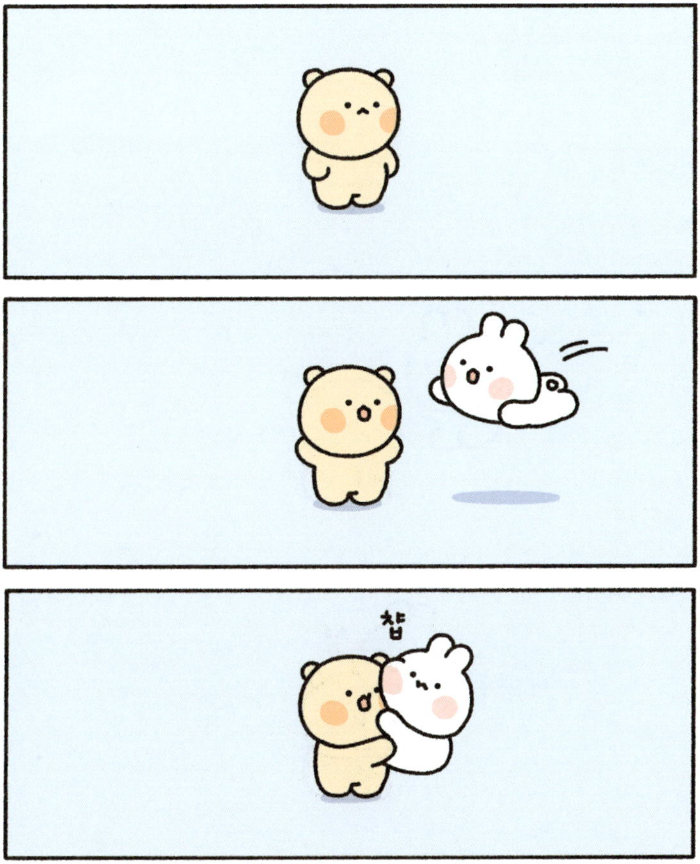

명중률
100프로 2

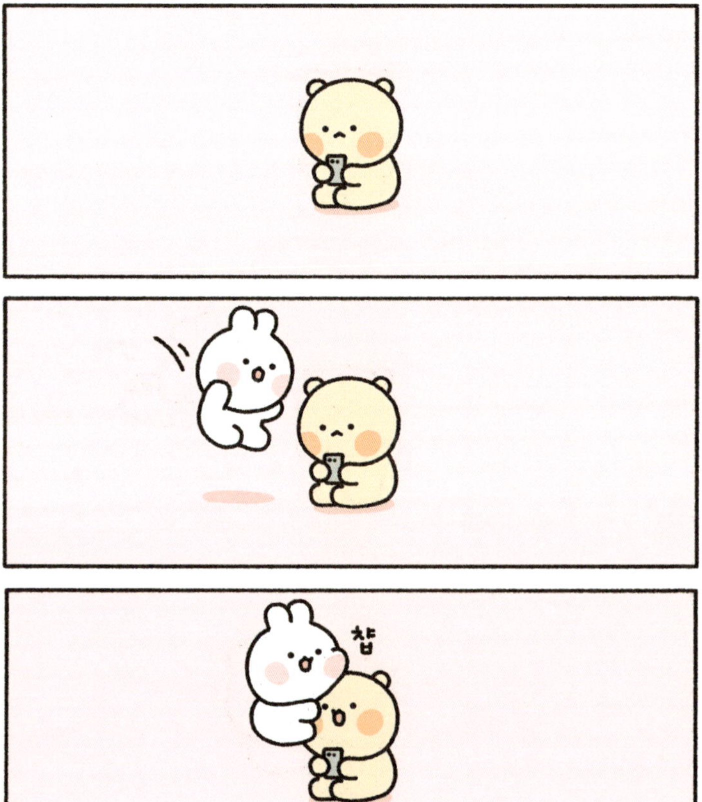

명중률
100프로 3

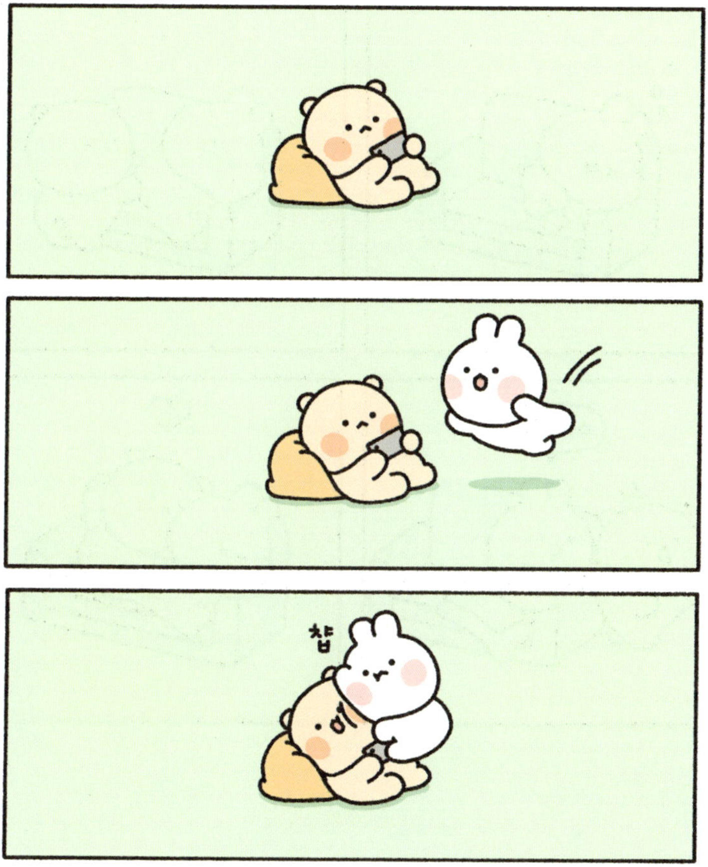

껌딱지 3

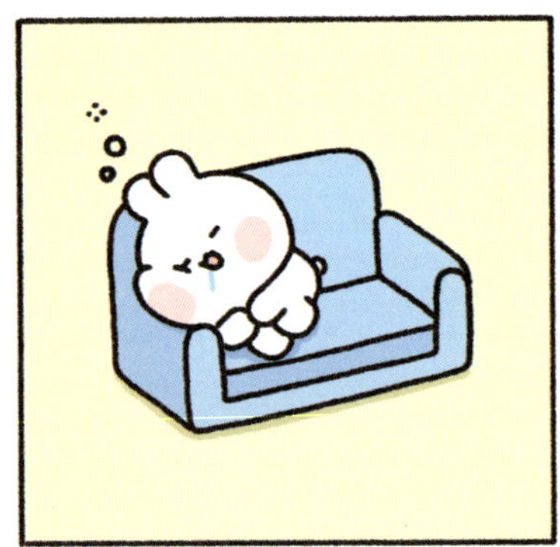

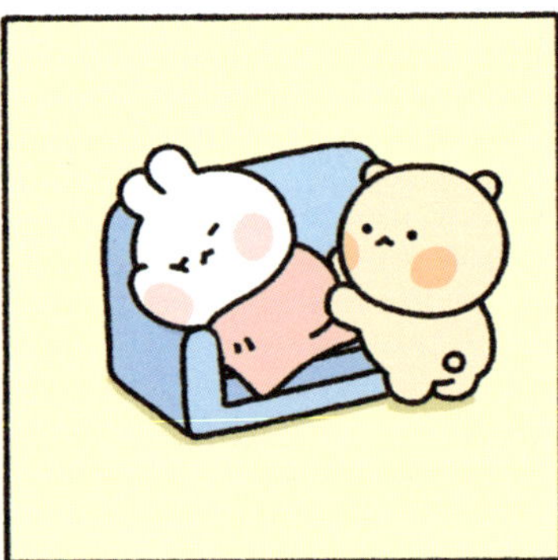

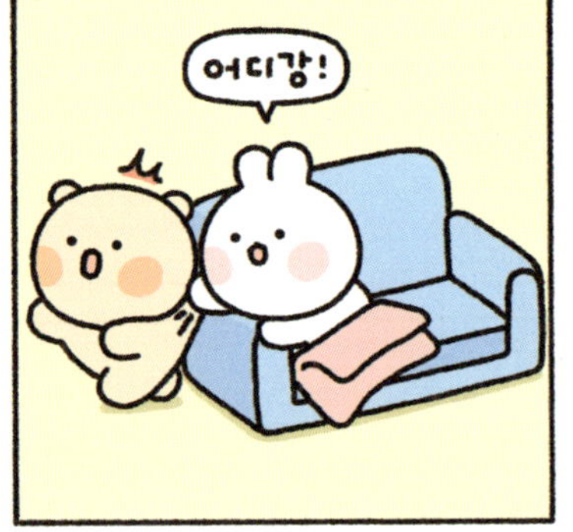

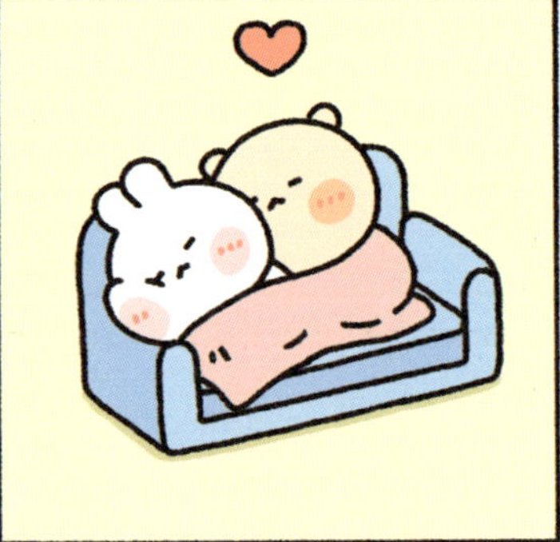

껌딱지 4

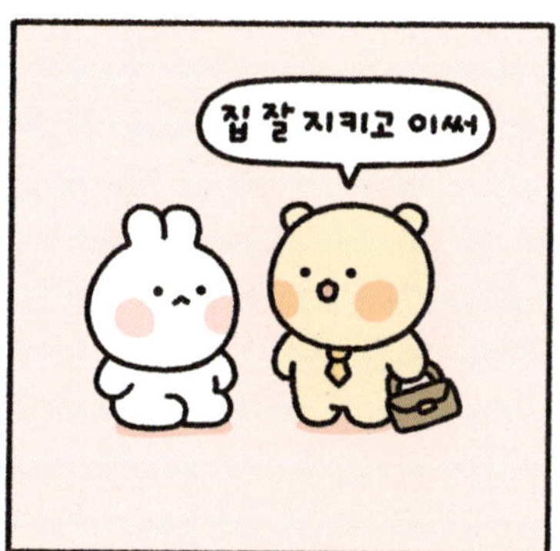
집 잘 지키고 이써

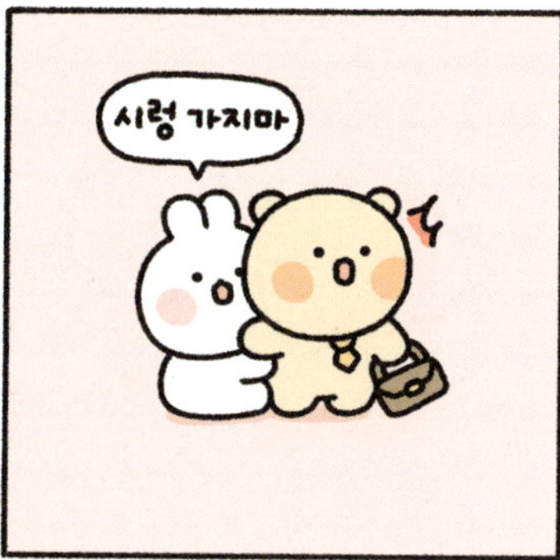
시렁 가지마

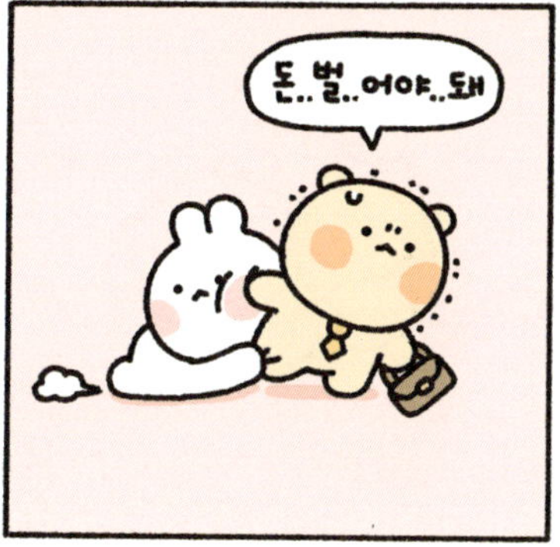
돈..벌..어야..돼

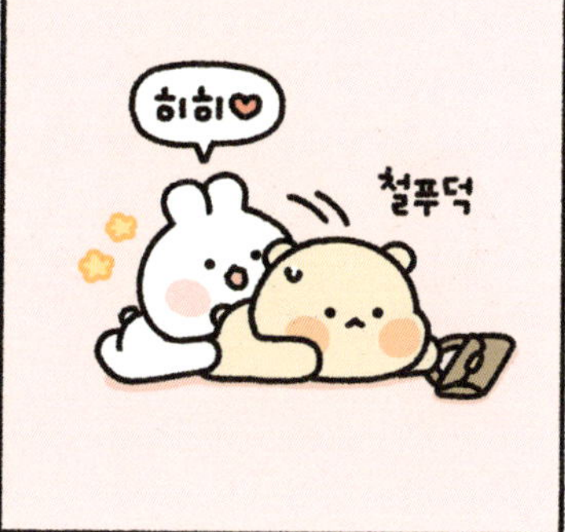
히히♥
철푸덕

베개야
눈치 챙겨

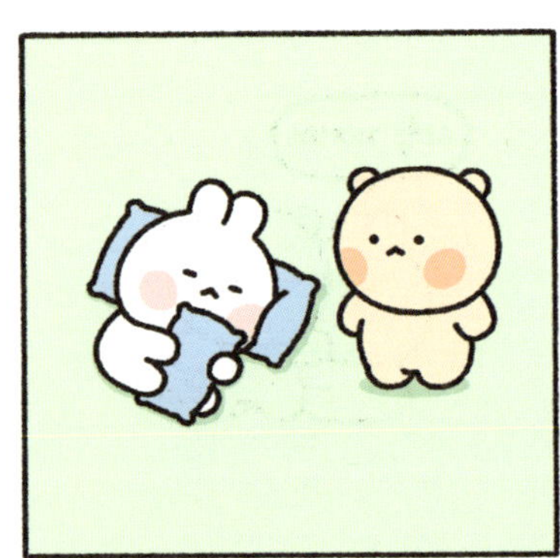

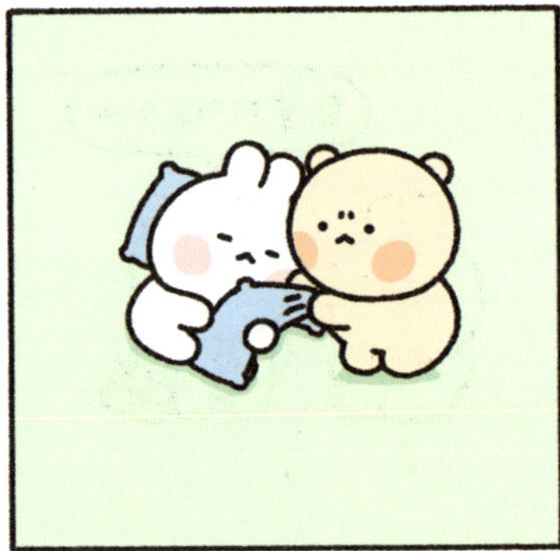

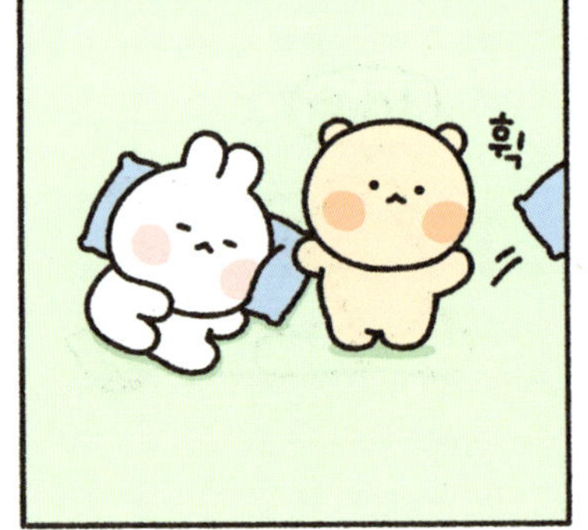

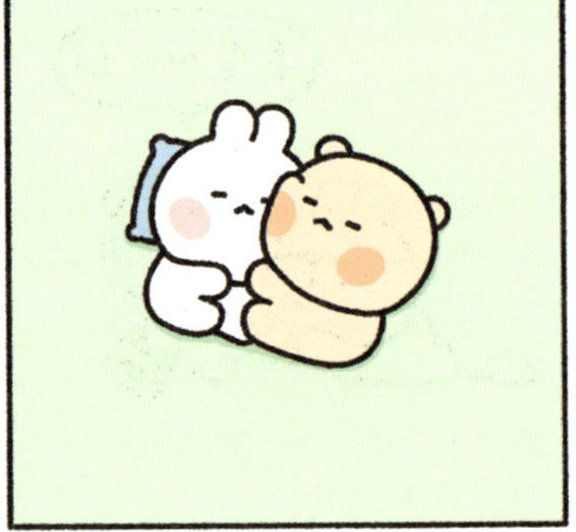

말만
해

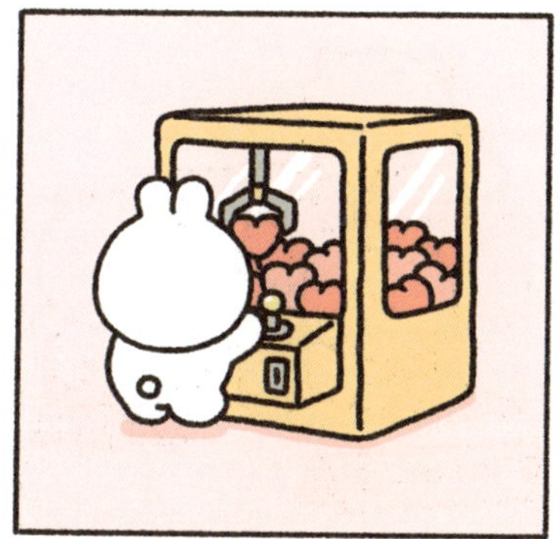

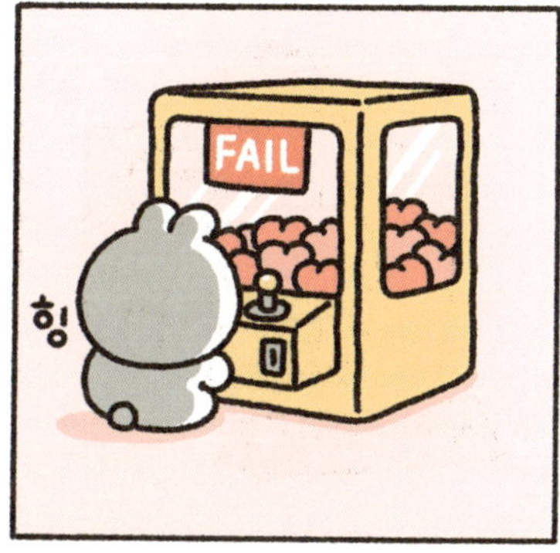

FAIL
힝

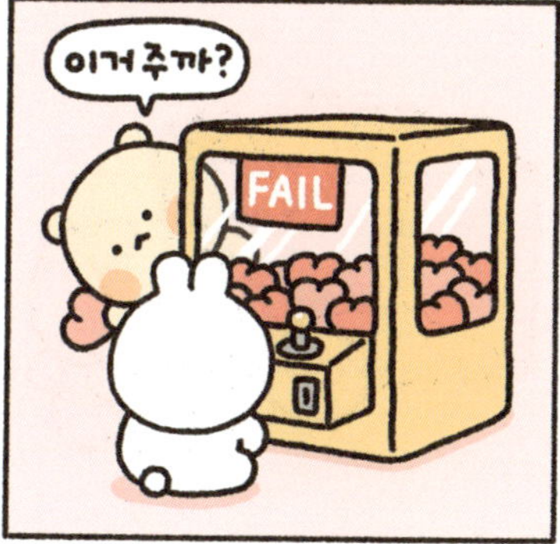

이거 주까?
FAIL

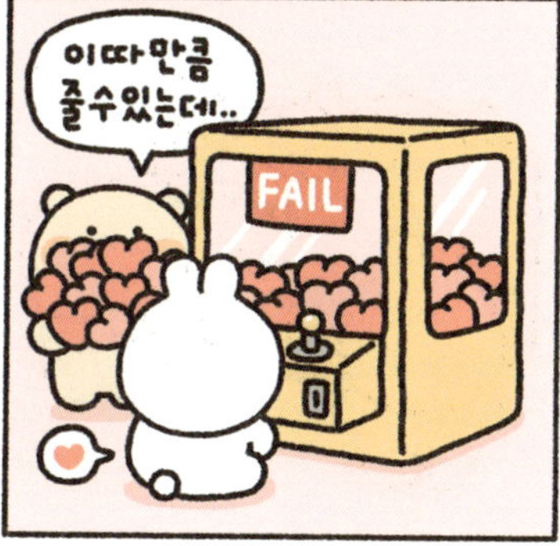

이따만큼
줄수있는데..
FAIL

언제나
최고야

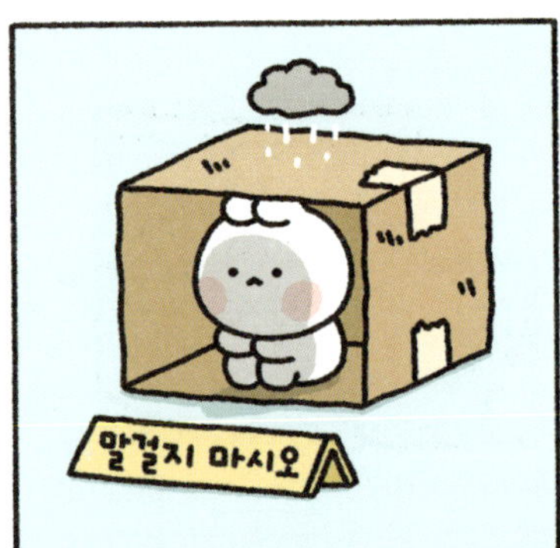

말걸지 마시오

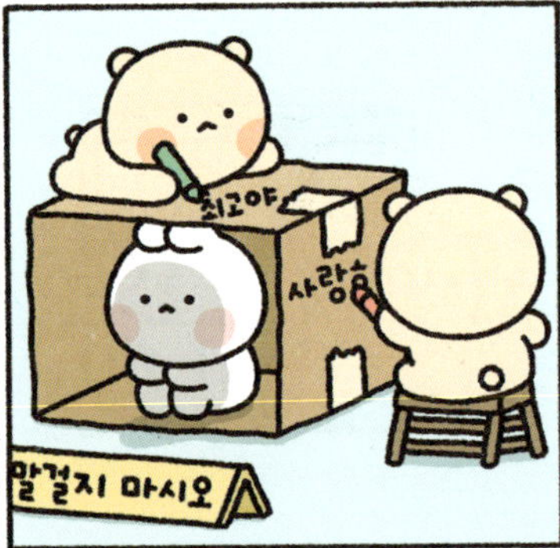

최고야
사랑해
말걸지 마시오

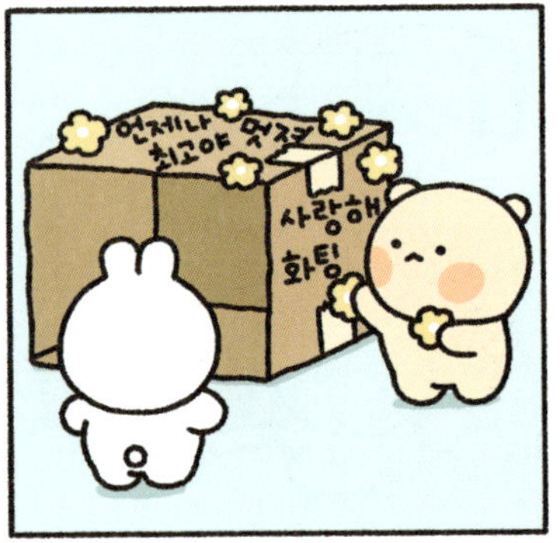

언제나
최고야
멋쪄
사랑해
화팅

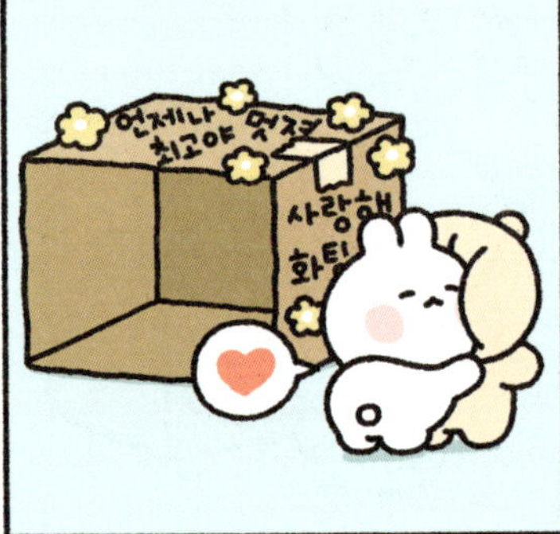

언제나
최고야
멋쪄
사랑해
화팅

쭉 내 옆에
있어줘

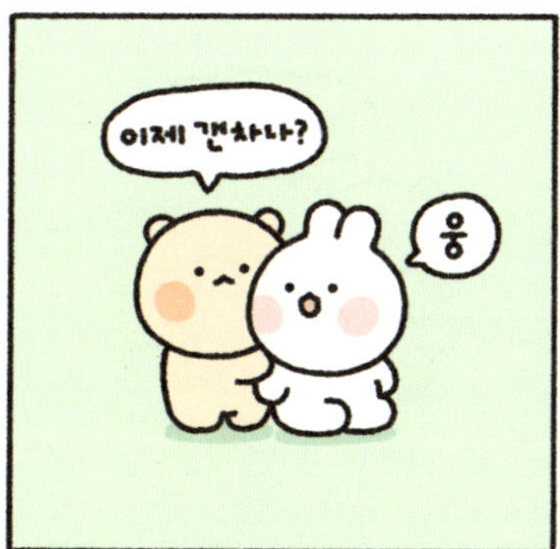

이제 괜찮나?
웅

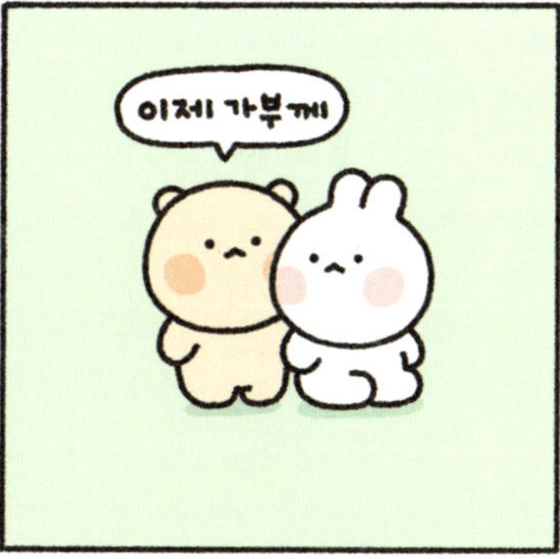

이제 가부께

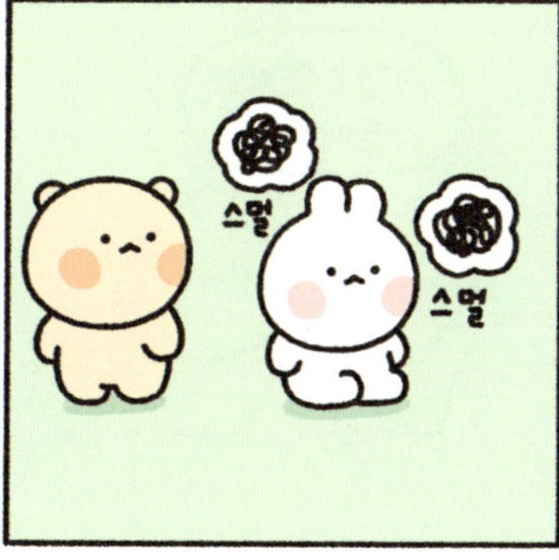

스멀
스멀

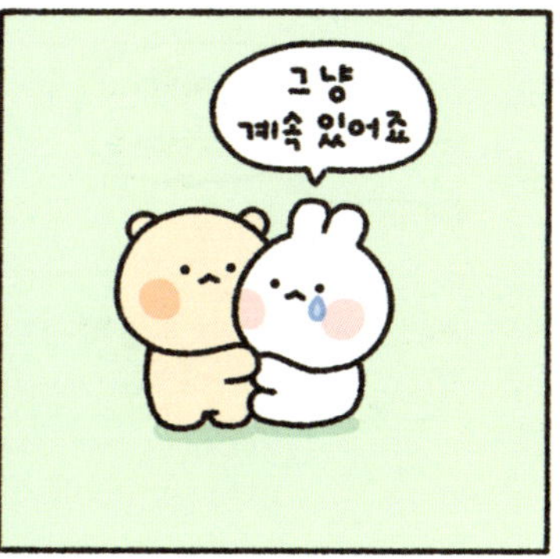

그냥
계속 있어죠

칭찬은 토끼찡도 춤추게 한다

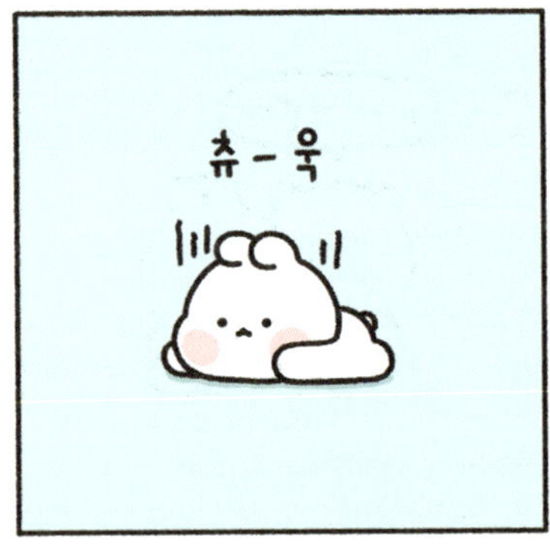

츄 – 욱

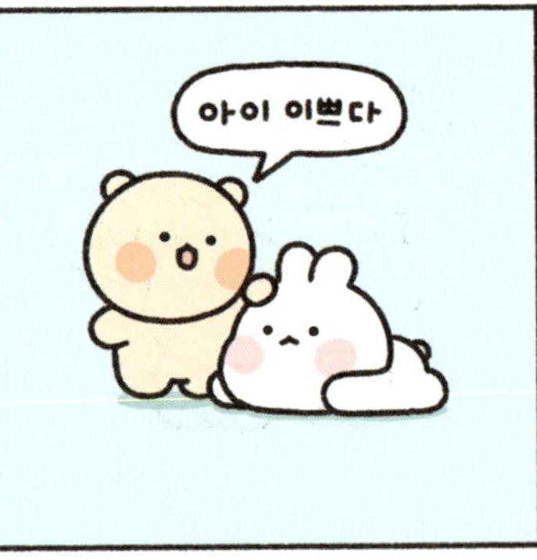

아이 이쁘다

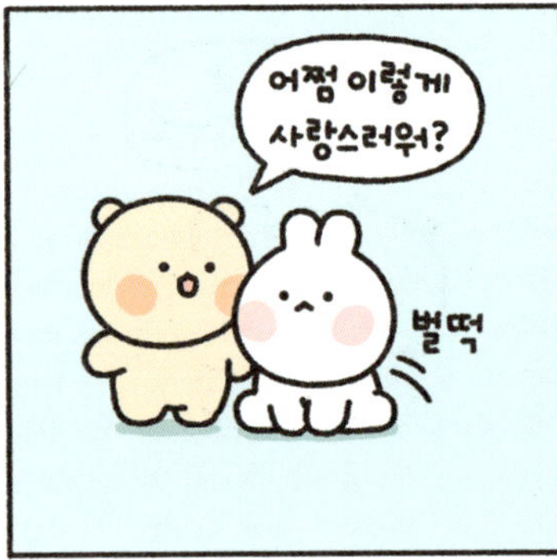

어쩜 이렇게 사랑스러워?
벌떡

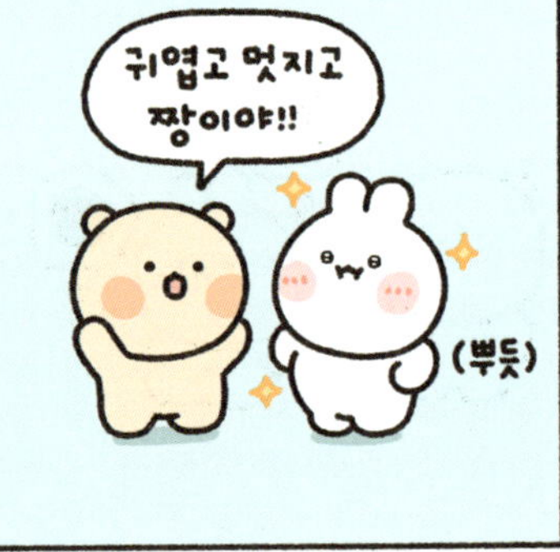

귀엽고 멋지고 짱이야!!
(뿌듯)

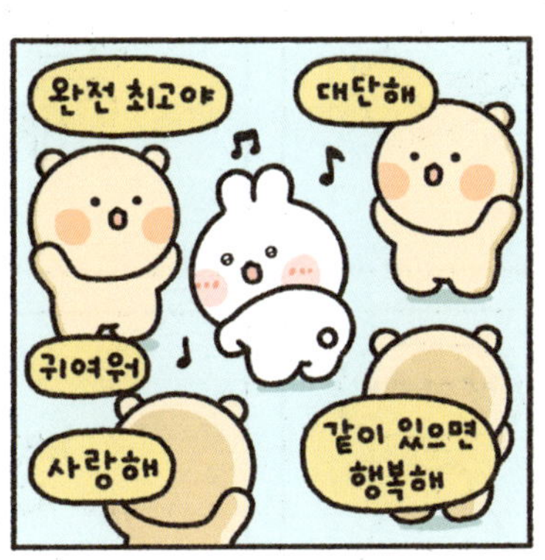

완전 최고야
대단해
귀여워
사랑해
같이 있으면 행복해

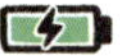

찾았다
내 사랑

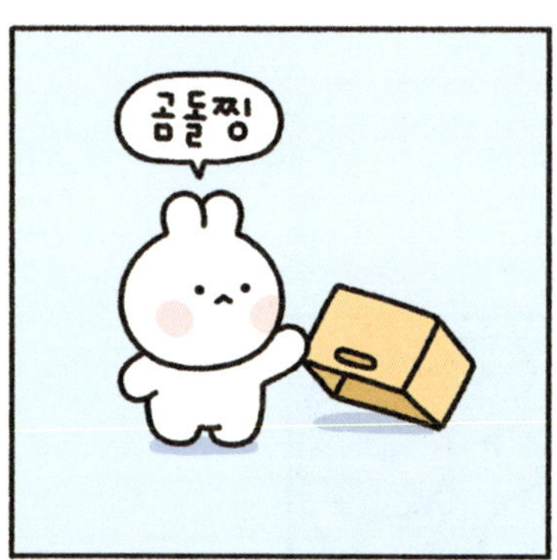
곰돌찡

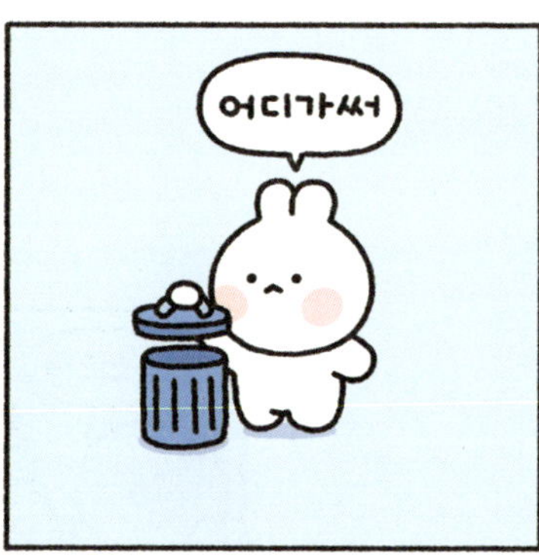
어디가써

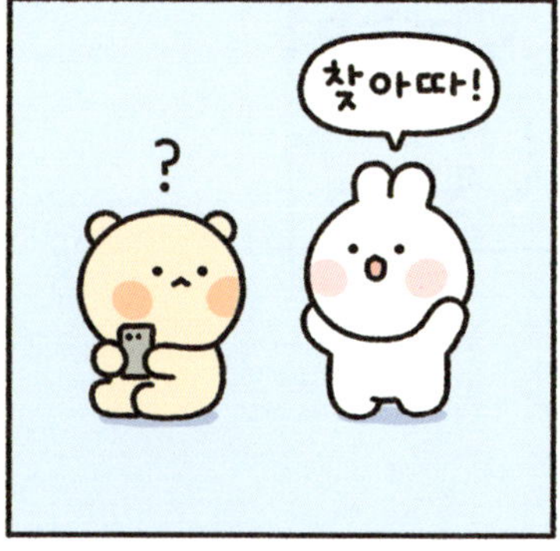
?
찾아따!

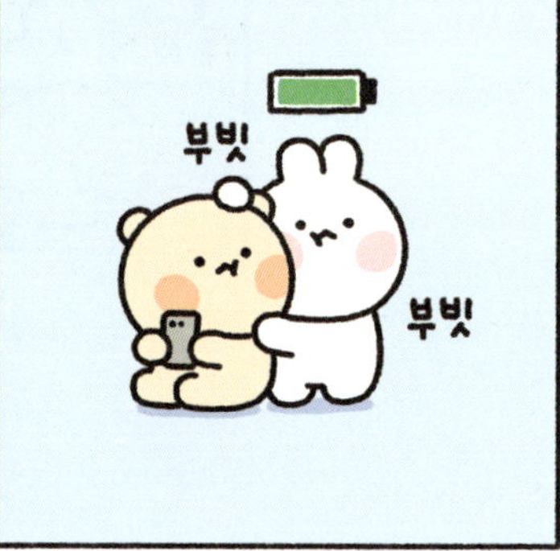
부빗
부빗

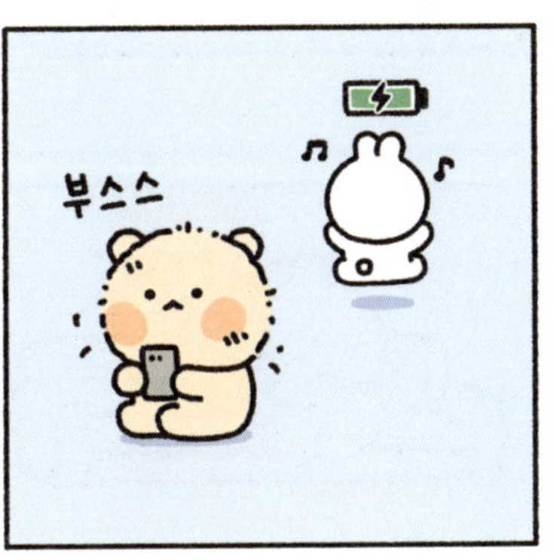
부스스

곰돌찡 품으로
쏙 1

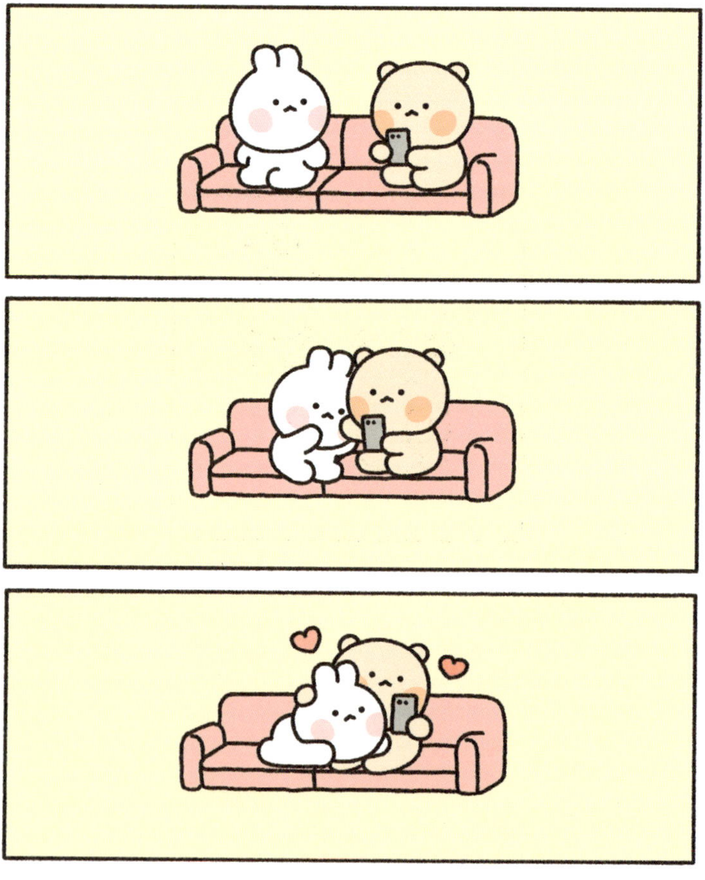

곰돌찡 품으로
쏙 2

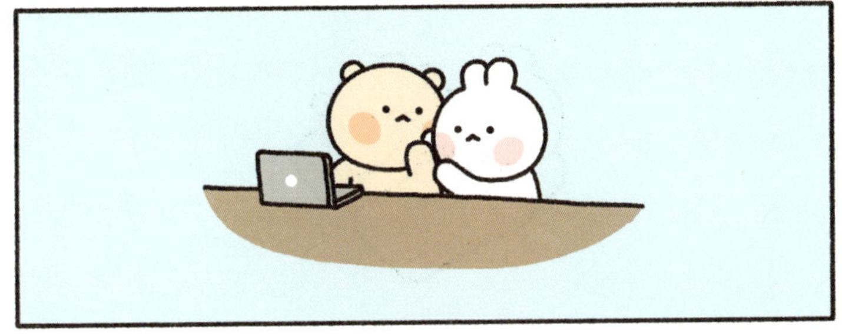

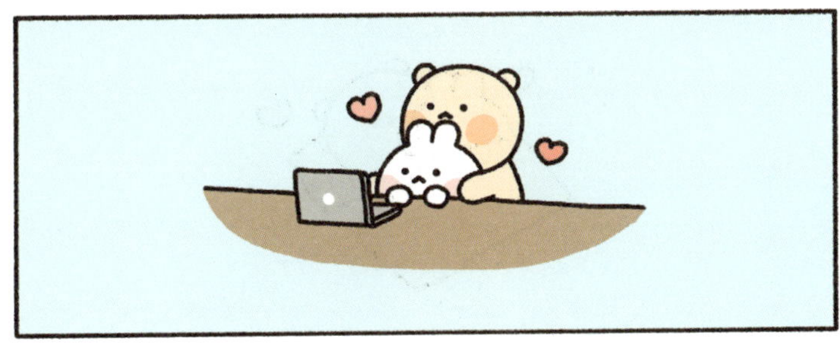

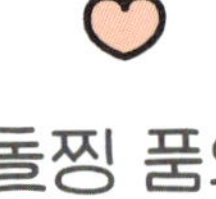

곰돌찡 품으로
쏙 3

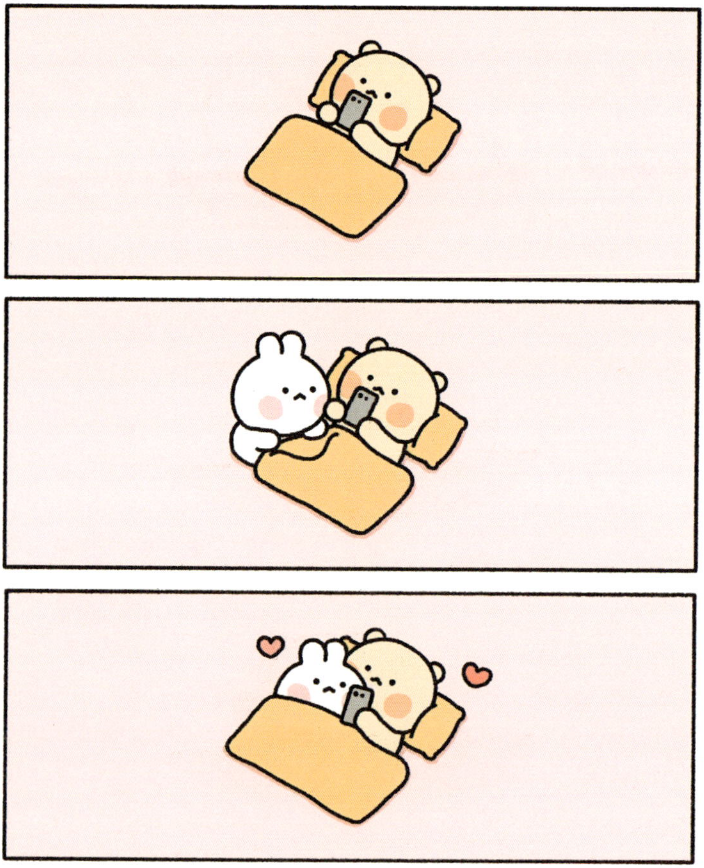

서러울 때
찾는 곳

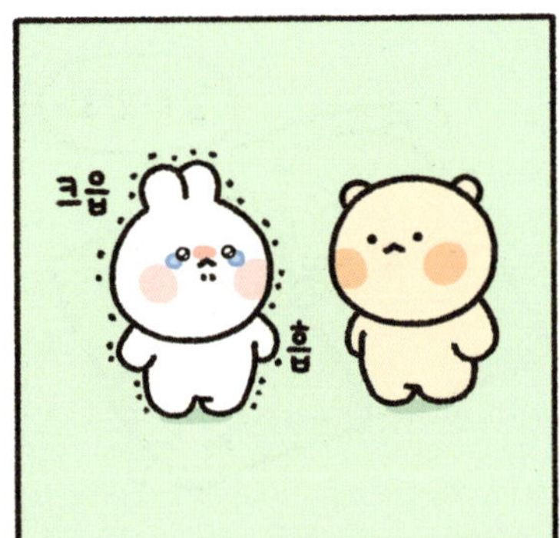

크읍
흡

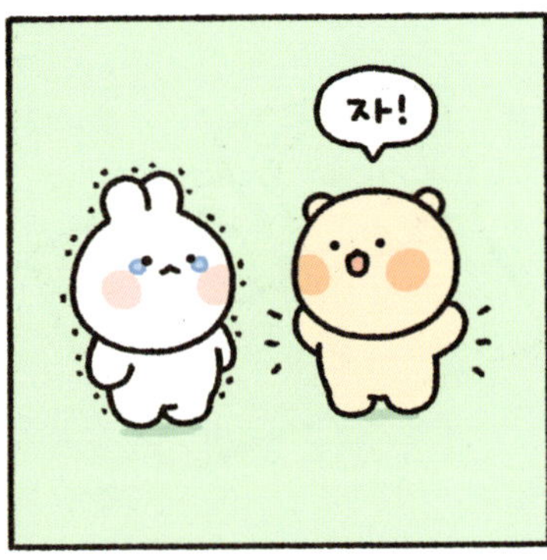

자!

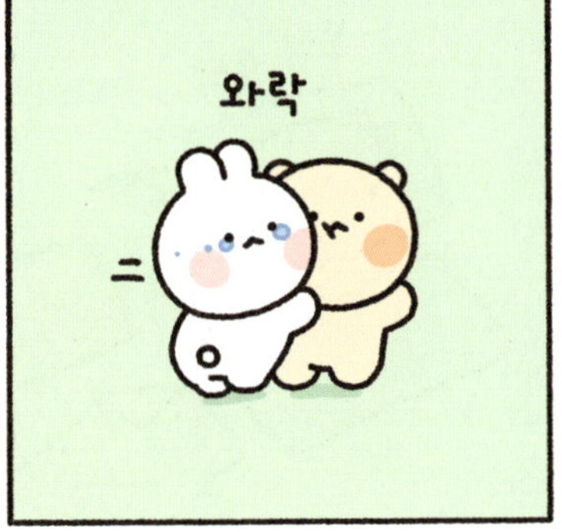

와락

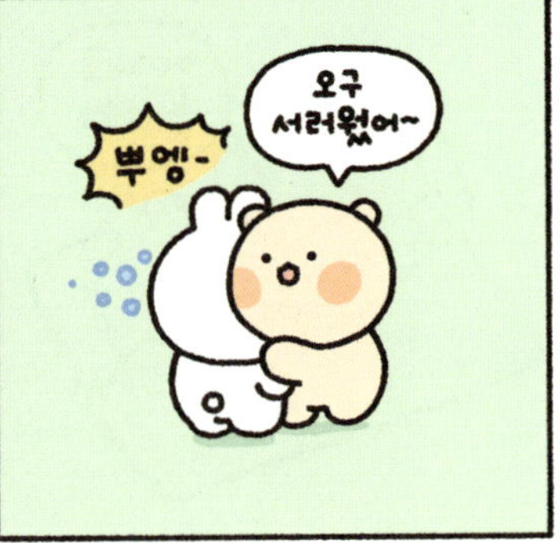

오구
서러웠어~
뿌엥~

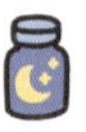

효과만점
수면제 2

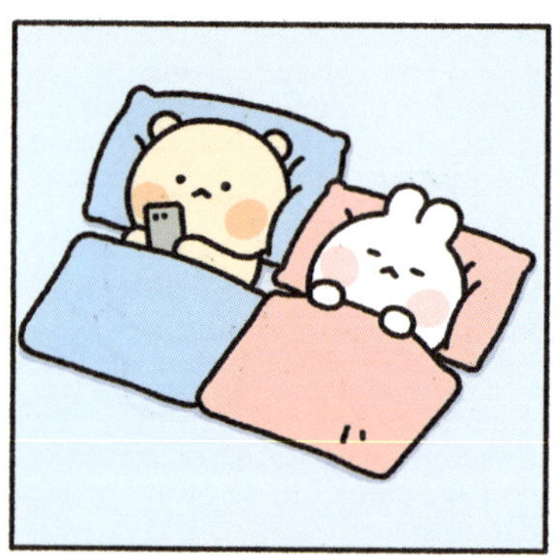

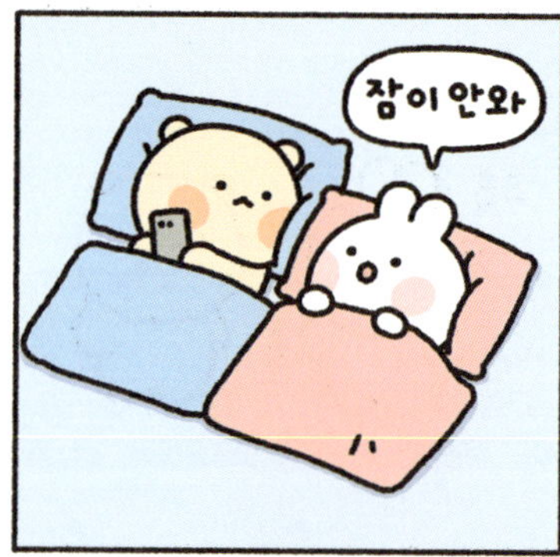

잠이 안와

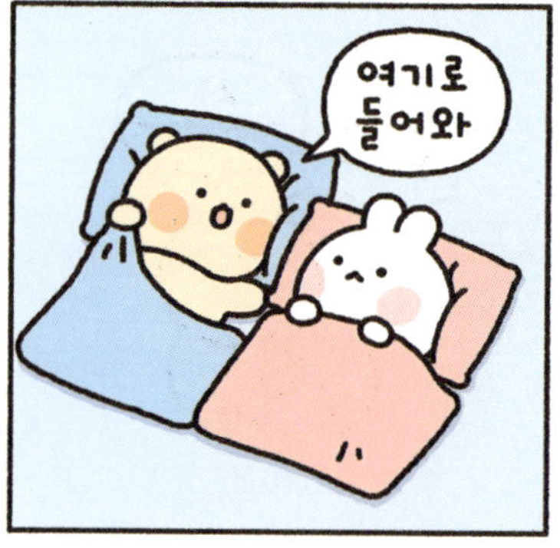

여기로
들어와

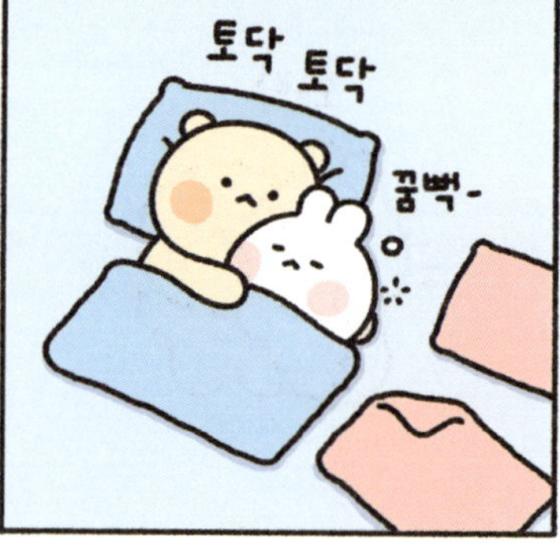

토닥 토닥
꿈뻑-

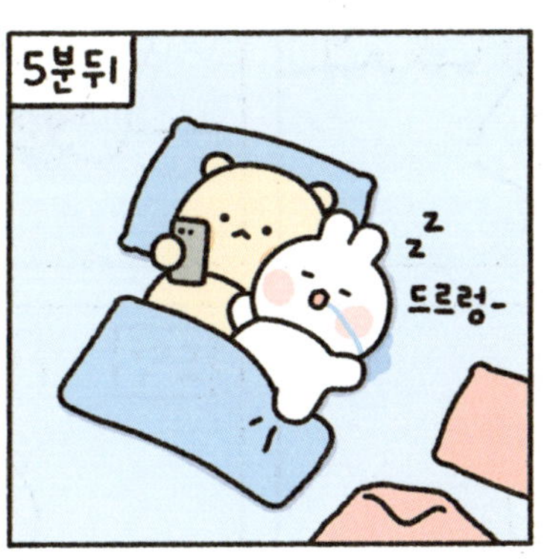
5분뒤
z²
드르렁_

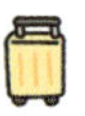

토끼찡이
왜 거기서 나와

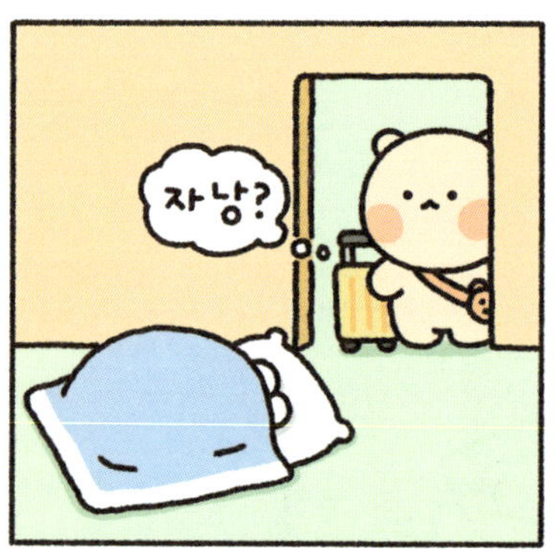
자냥?

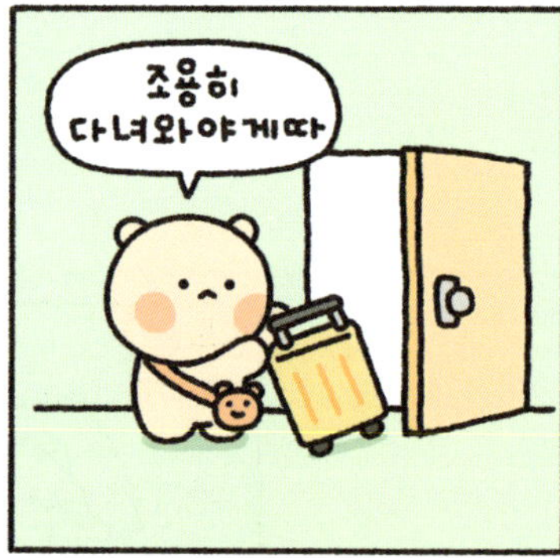
조용히
다녀와야게따

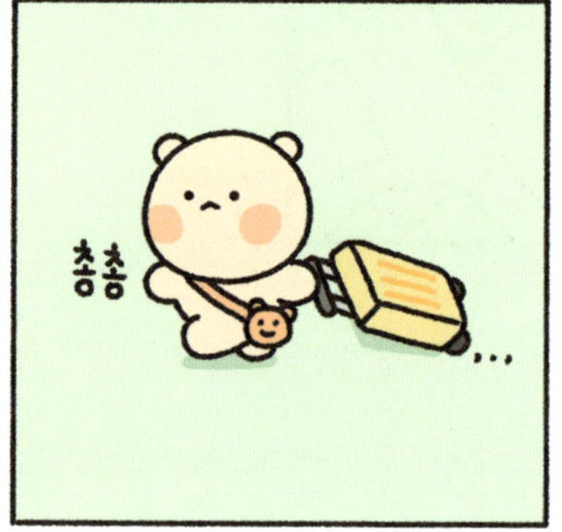
총총
...

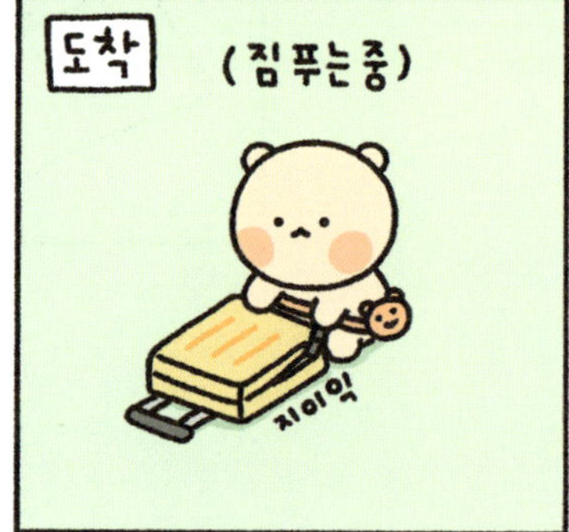
도착
(짐 푸는중)
지이익

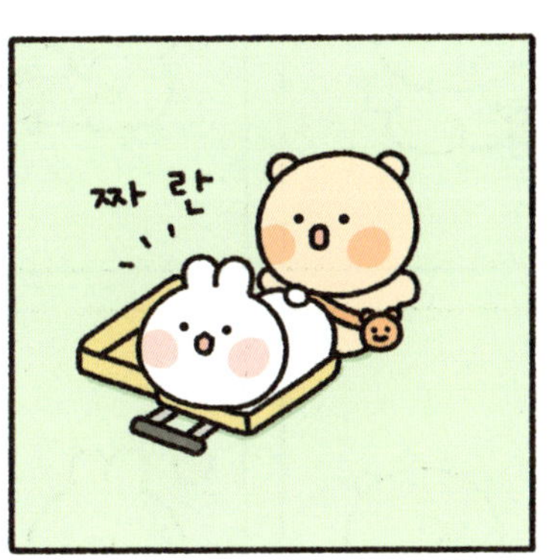

짜 란

더 맛있게
먹는 법

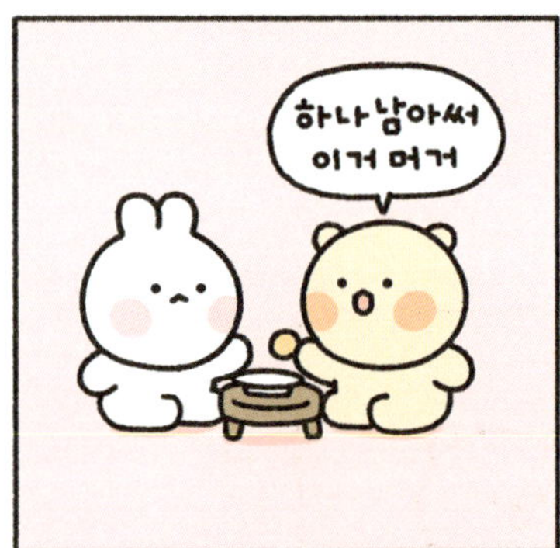

하나 남아써
이거 머거

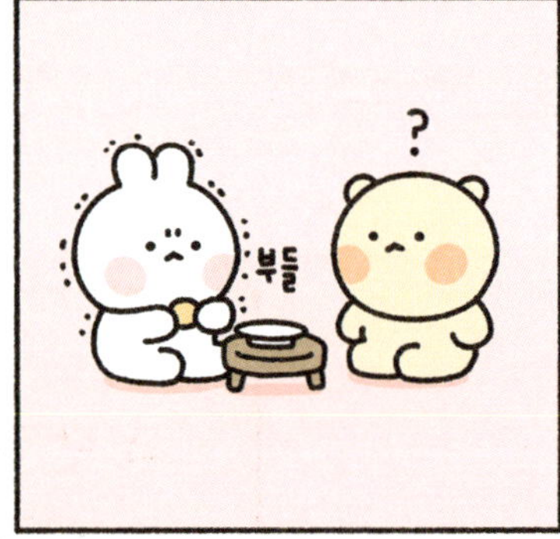

?
부들

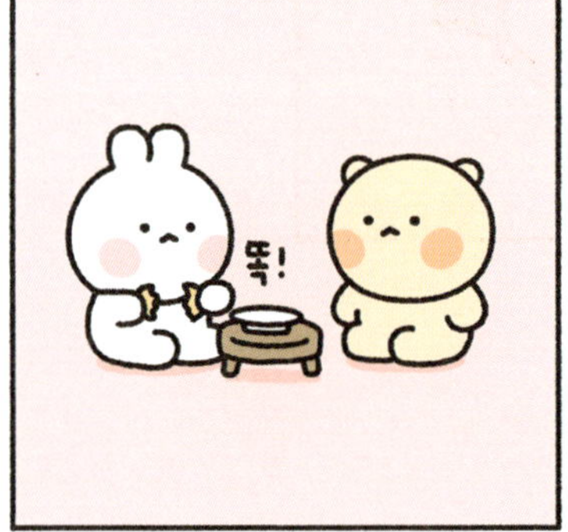

똑!

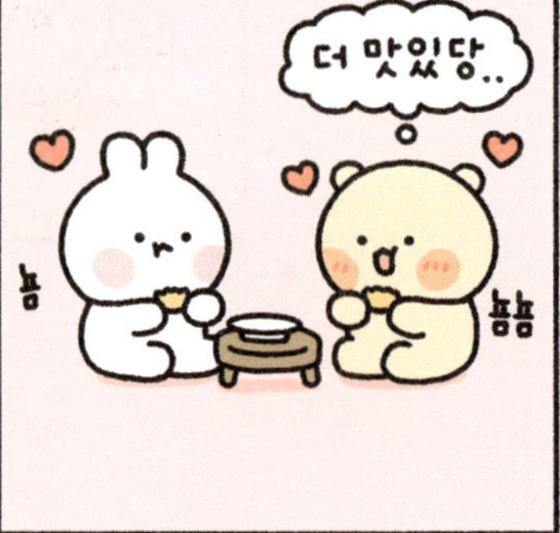

더 맛있당..
냠
냠냠

같이 있는
것만으로도

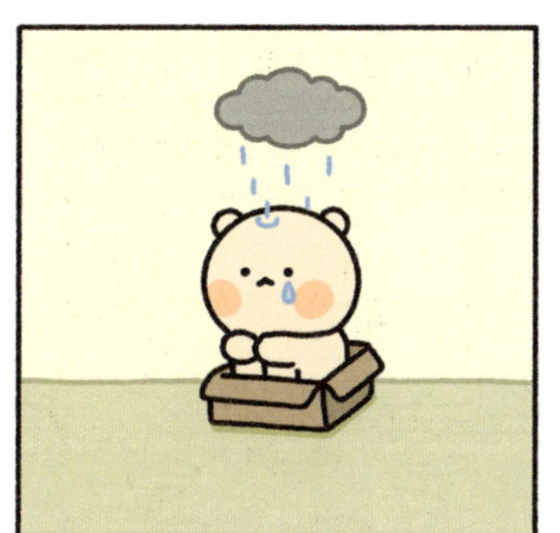

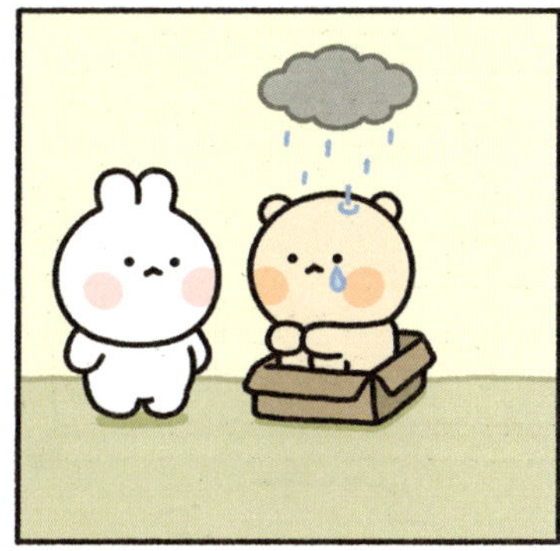

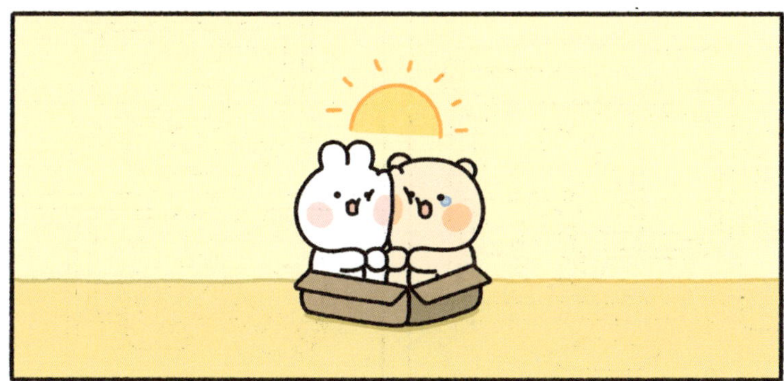

곰돌찡을 위해서라면
괜찮아

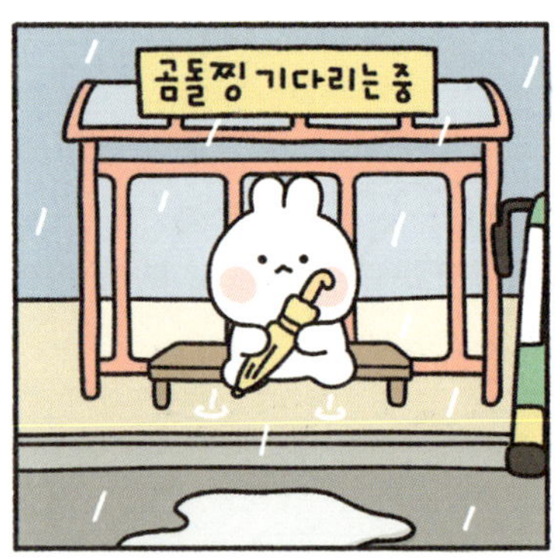

곰돌찡 기다리는 중

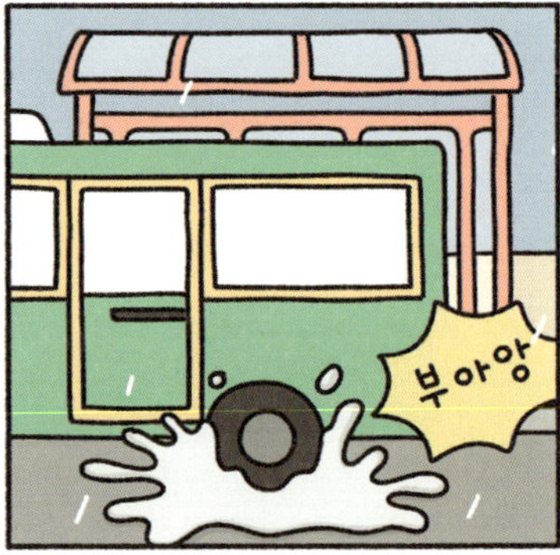

부아앙

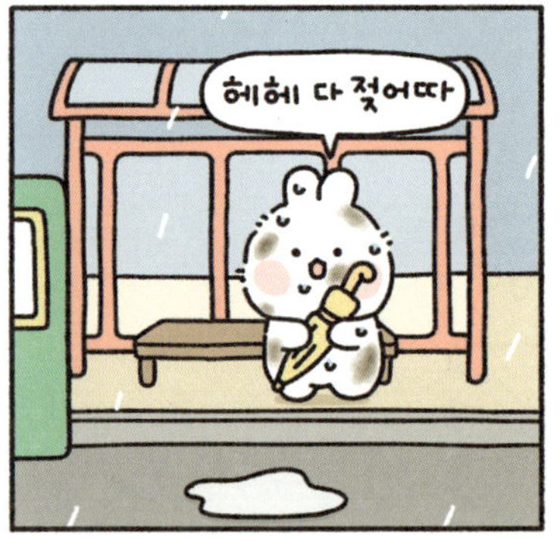

헤헤 다 젖어따

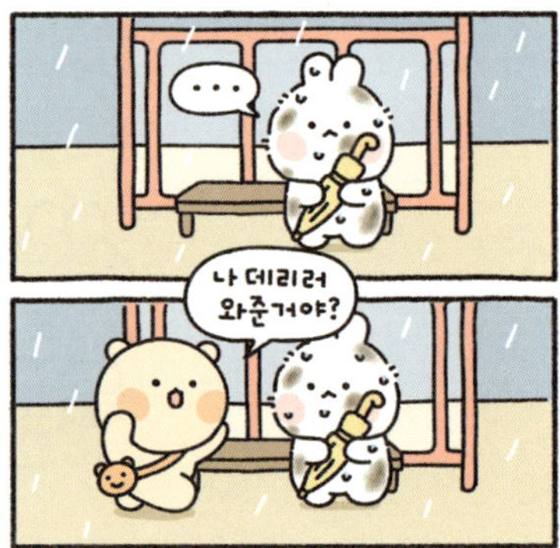

...
나 데리러
와준거야?

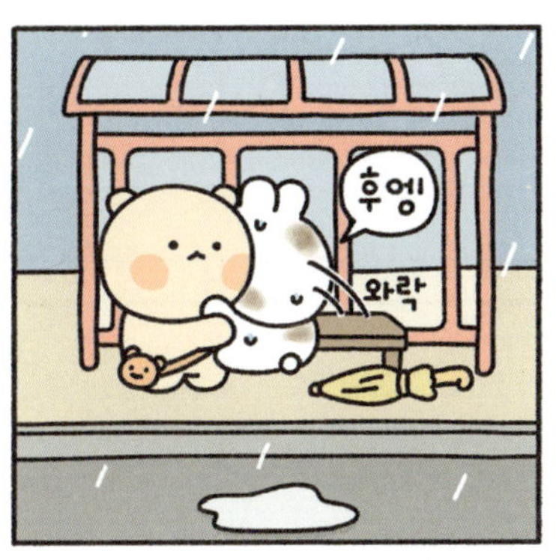

후엥
와락

꽈악

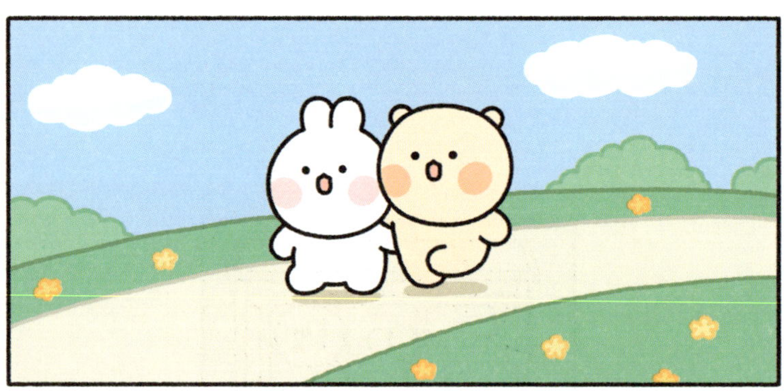

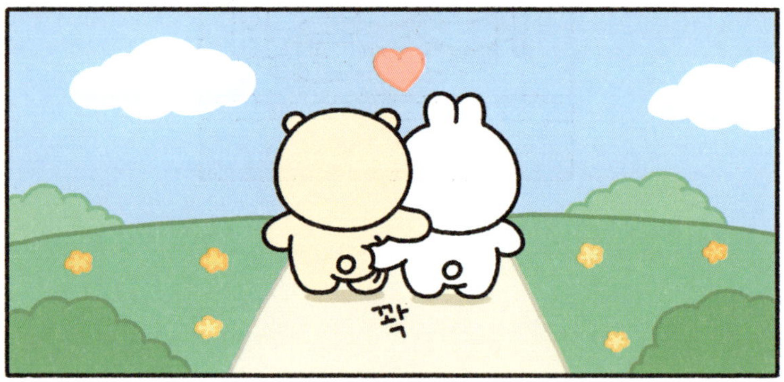

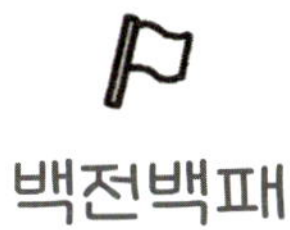

백전백패

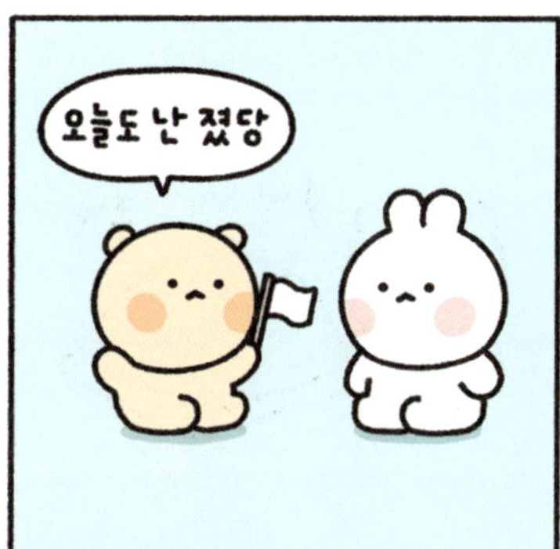

오늘도 난 졌당

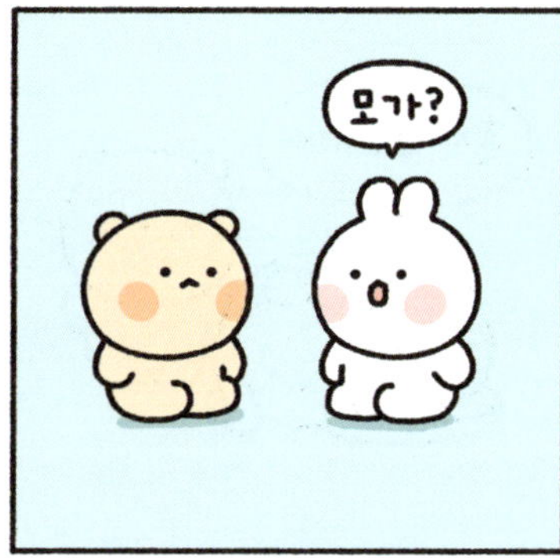

모가?

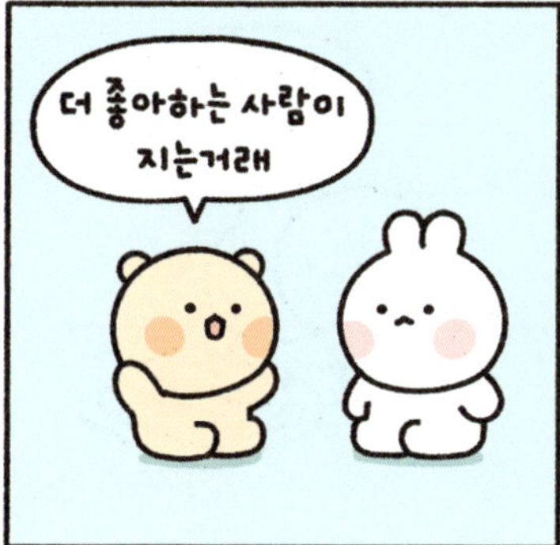

더 좋아하는 사람이
지는거래

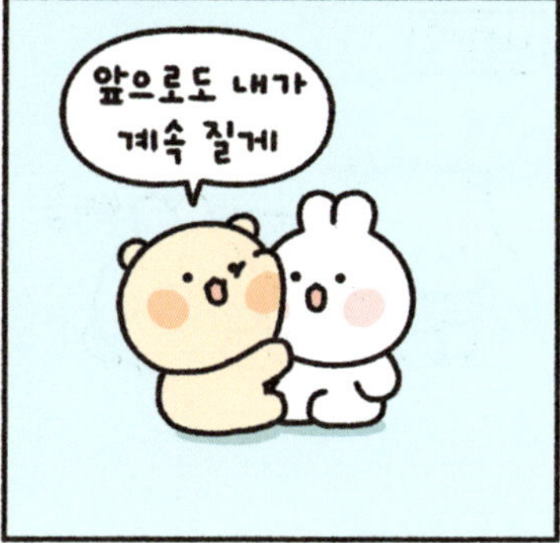

앞으로도 내가
계속 질게

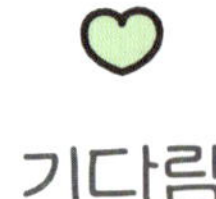

기다림

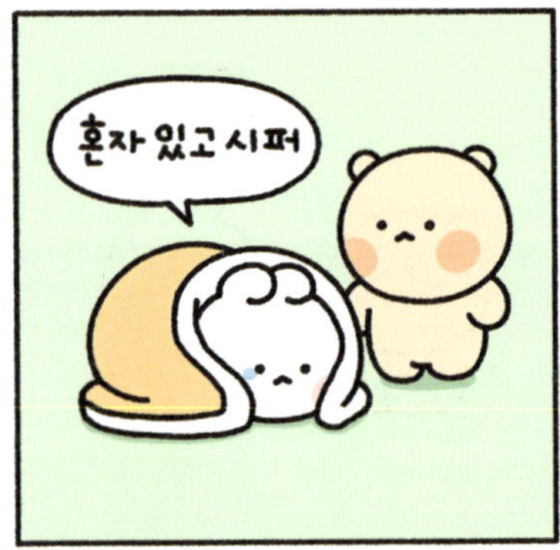
혼자 있고 시퍼

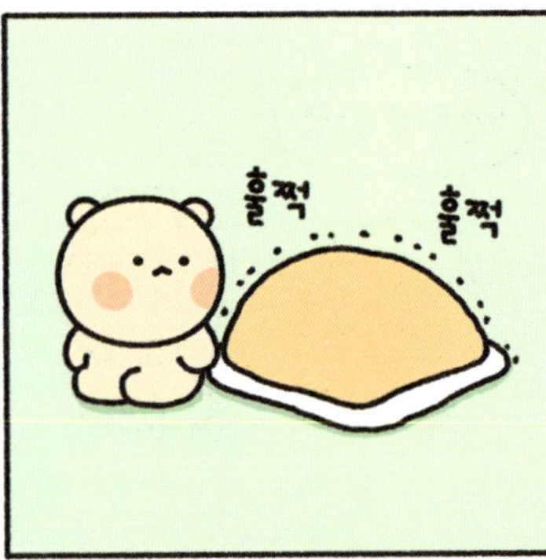
훌쩍
훌쩍

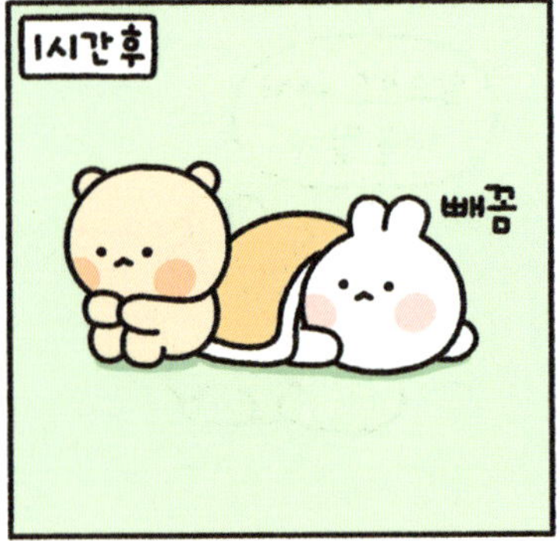
1시간 후
빼꼼

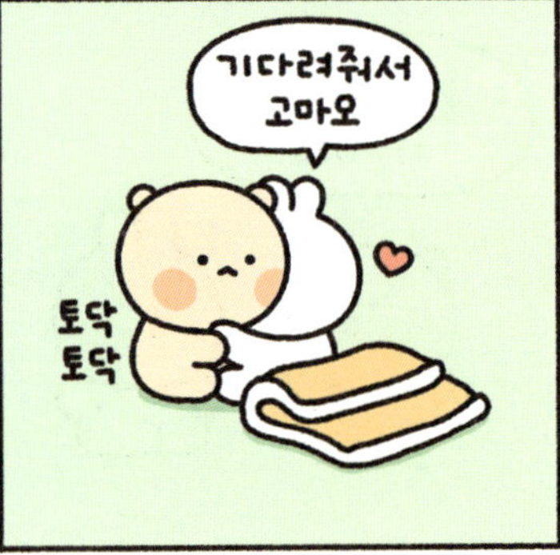
기다려줘서
고마오
토닥
토닥

상대에게 의지하고 있다고
느낄 때는 언제인가요?

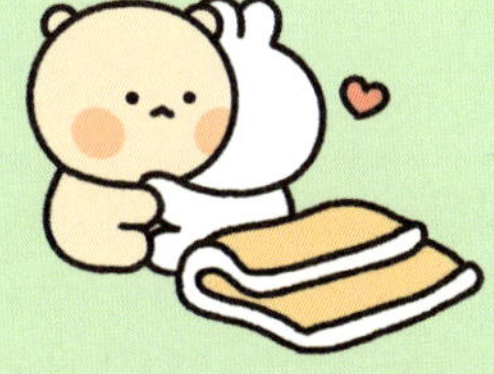

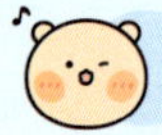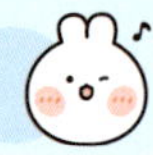

"둘 중 딱 하나만 골라야 한다면?"

싸웠을 때 바로 대화하기 vs. 싸웠을 때 시간을 먼저 두기

연인보다 하루 빨리 죽기 vs. 연인보다 하루 늦게 죽기

매일 사랑해 듣기 vs. 한 달에 한 번 갖고 싶은 선물 받기

연인의 속마음을 읽을 수 있다면 읽는다 vs.
연인의 속마음을 읽을 수 있어도 안 읽는다

한 달에 하루 데이트 vs. 매일 1시간 데이트

집에서만 데이트 vs. 웨이팅 필수인 맛집만 가는 데이트

기념일은 화려하게 vs. 기념일은 평범하게 둘이서만 소소하게

내가 많이 좋아하는 사람 vs. 나를 많이 좋아해주는 사람

평생 생리현상 트기 vs. 평생 생리현상 안 트기

연락할 때 전화가 좋다 vs. 연락할 때 문자가 좋다

매일 2시간 이상 운동하자는 연인 vs.
매일 1시간 이상 맛있는 거 먹자는 연인

강아지 같은 연인 vs. 고양이 같은 연인

단톡방에서 공개고백 받기 vs. 길거리에서 공개고백 받기

분 단위로 짜여 있는 데이트 vs. 아무 계획 없는 데이트

연인의 과거가 궁금하다 vs. 연인의 과거가 안 궁금하다

매일 똑같은 옷 입는 연인 vs. 매일 패션쇼인 연인

자기 전까지 통화해주는 연인 vs. 매일 아침 모닝콜해주는 연인

물을 술처럼 먹어도 안 취하는 술고래 연인 vs.
술은 한 방울도 먹지 않는 알쓰 연인

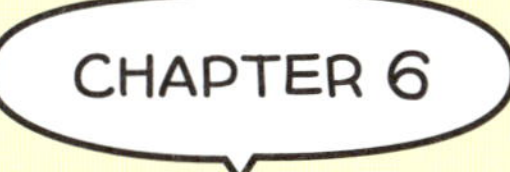

사랑이란
이런 것

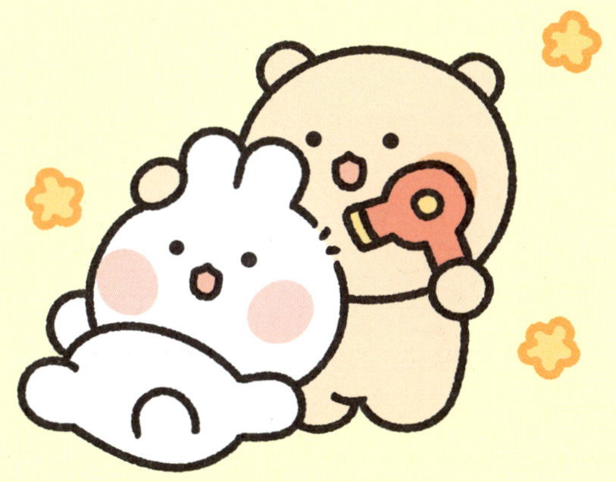

칭찬해줘

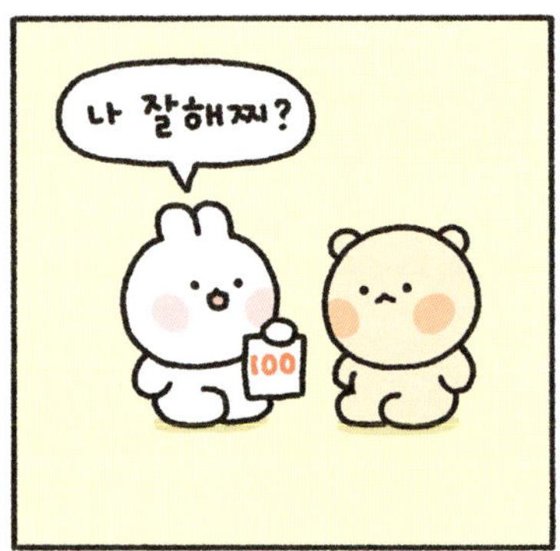

나 잘해쩨?
100

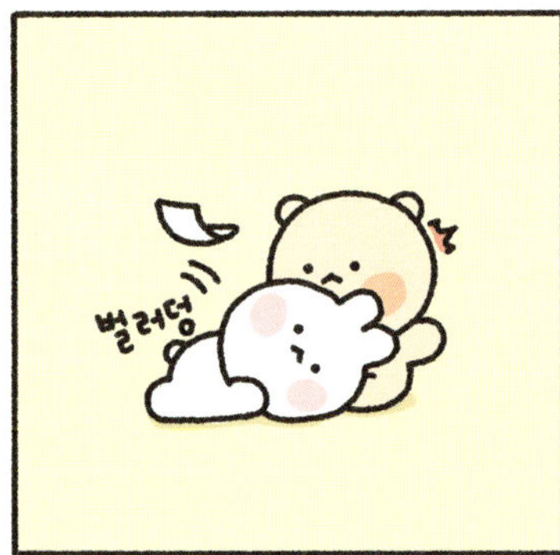

벌러덩

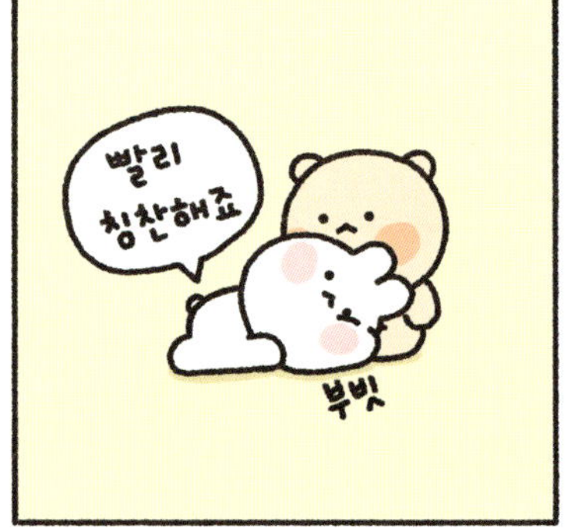

빨리
칭찬해죠
부빗

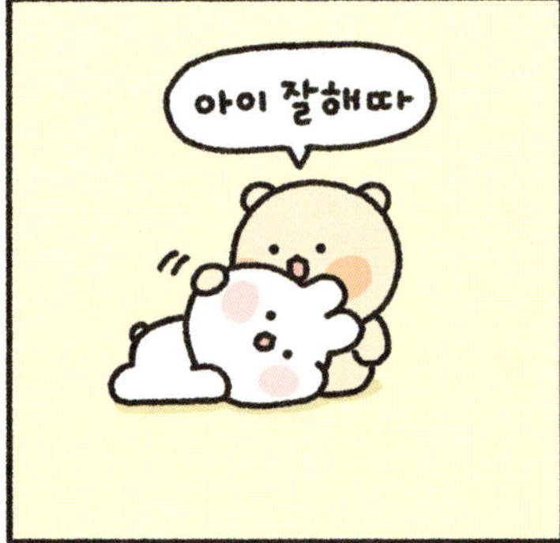

아이 잘해따

곰돌찡이
외출할 때

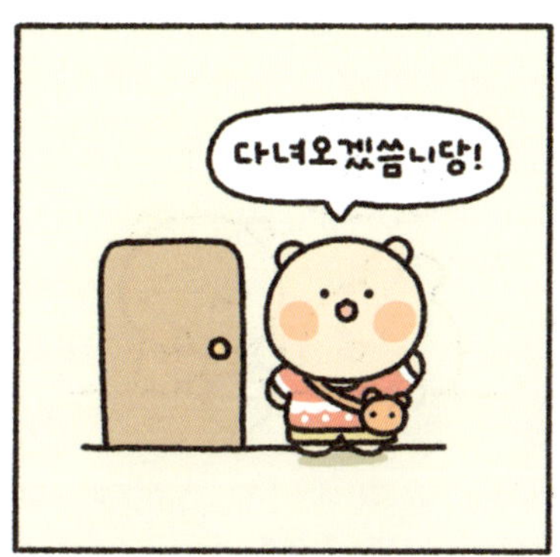

다녀오겠씀니당!

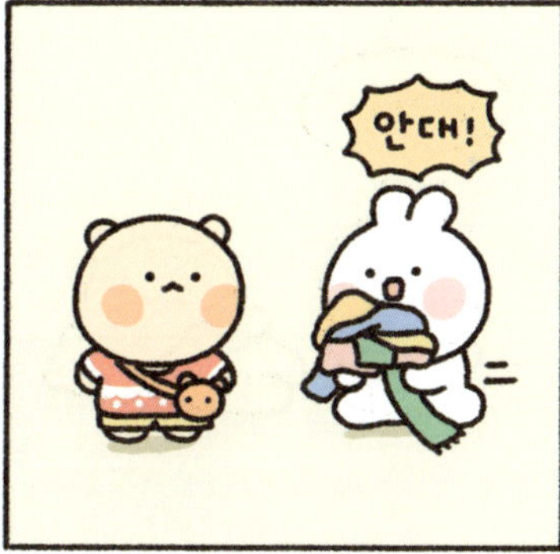

안대!

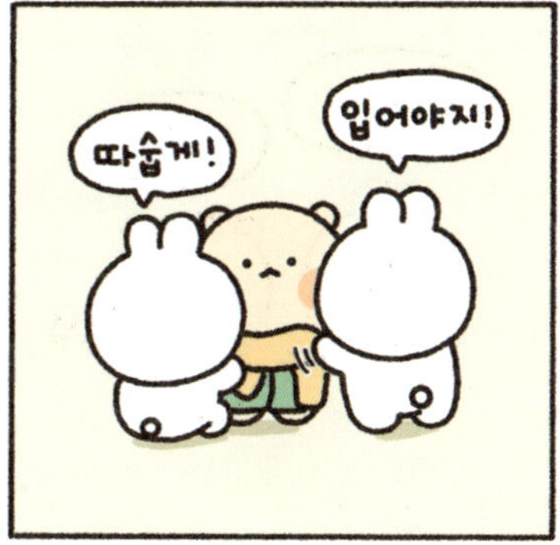

따숩게!
입어야지!

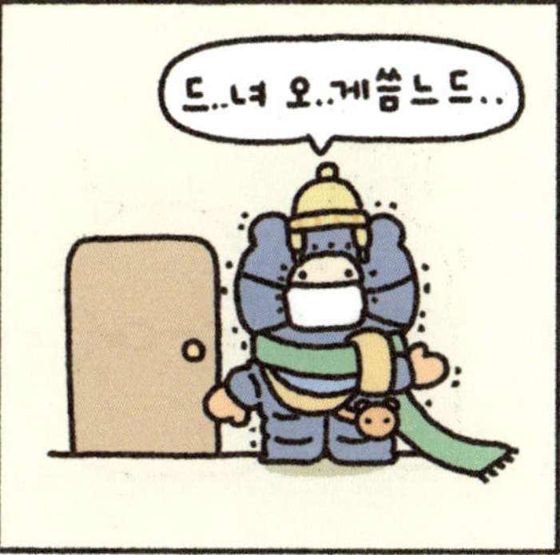

드..녀 오..게씀느드..

귀여워무새

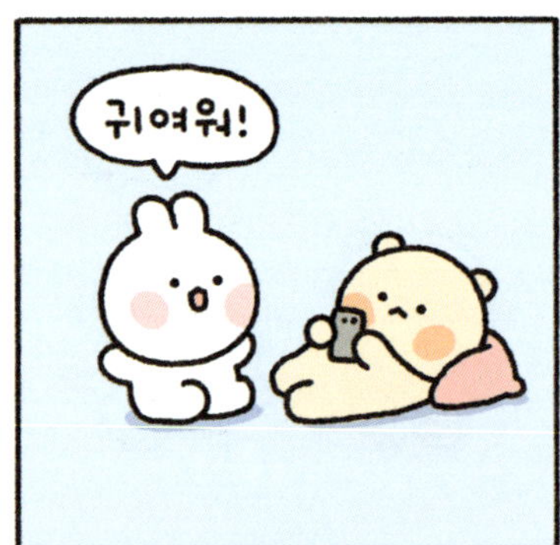

귀여워!

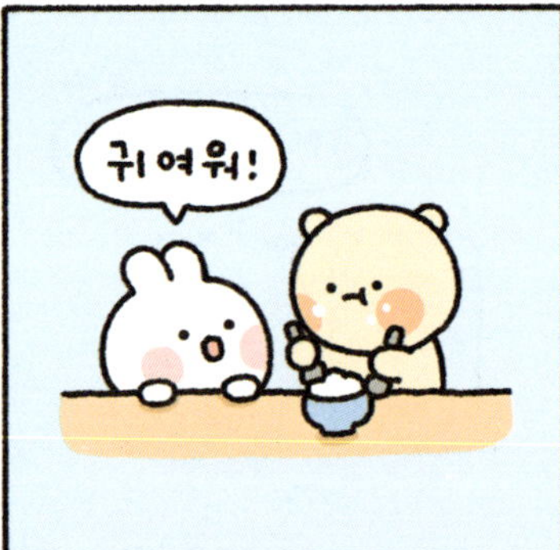

귀여워!

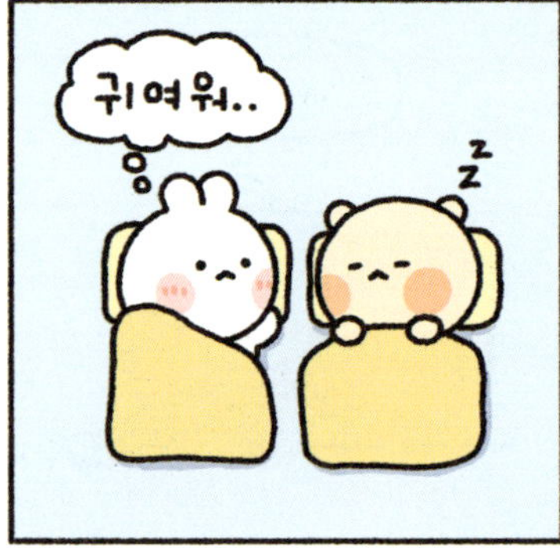

귀여워..
응
Z

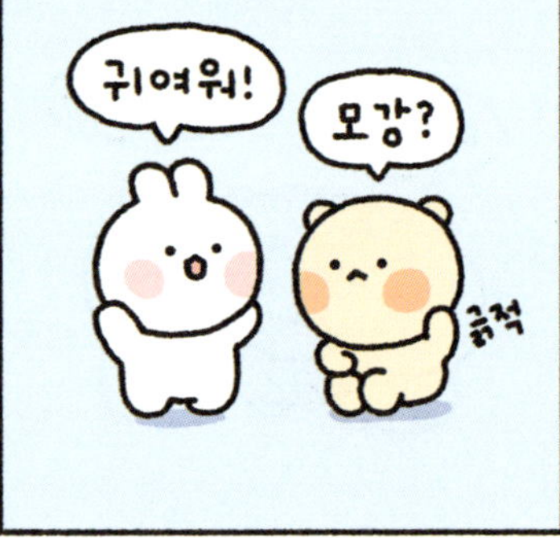

귀여워!
모강?
움쩍

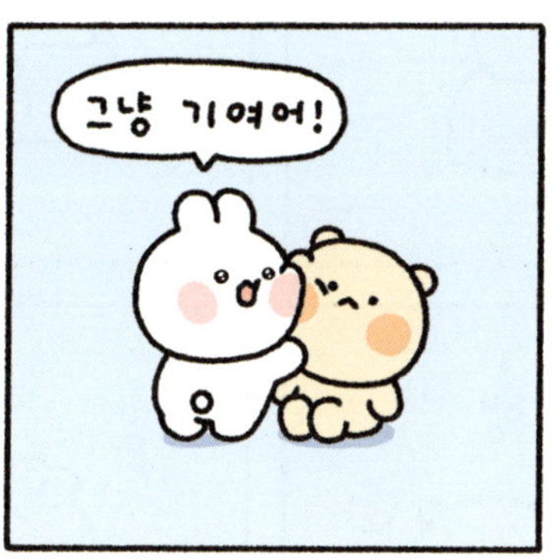
그냥 기여어!

같이 있으면
따뜻해 1

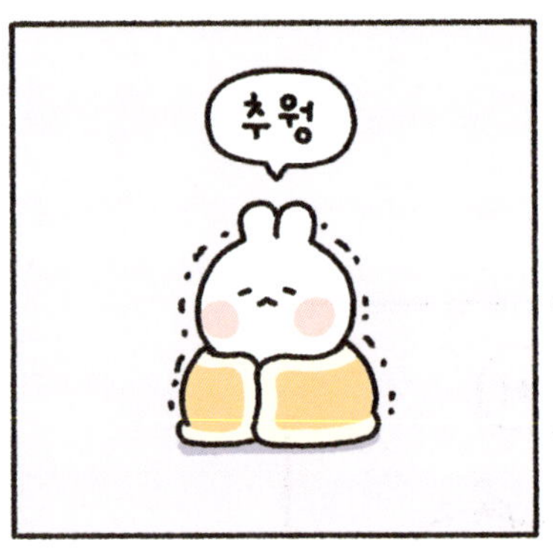
추웡

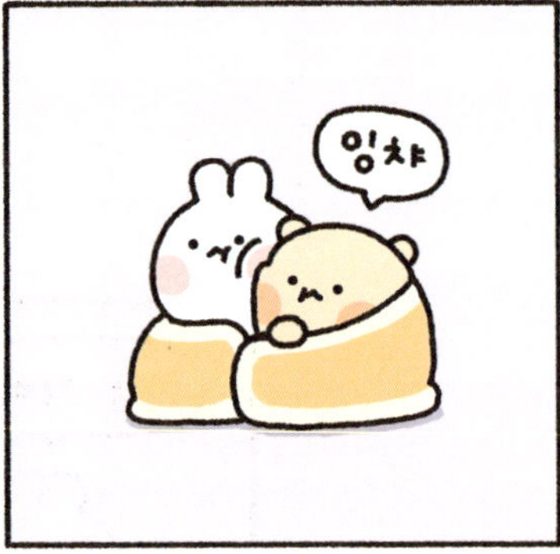
잉챠

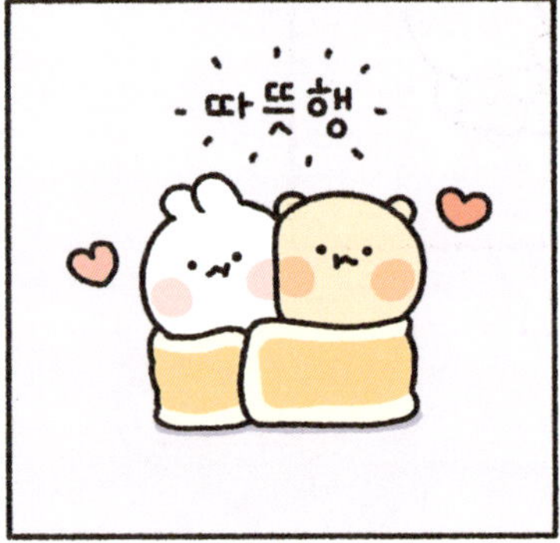
따뜻행

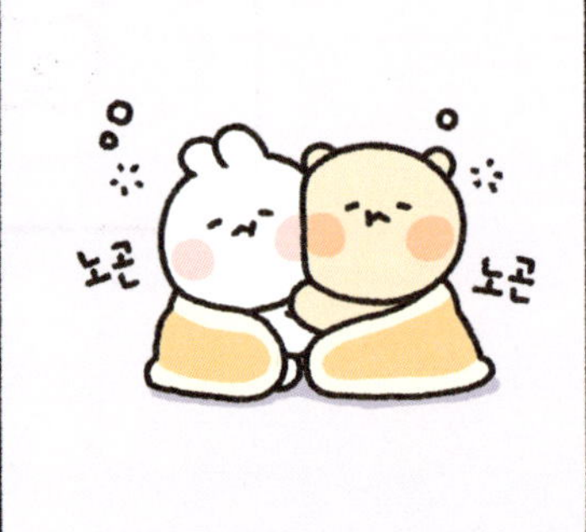
응
노곤
노곤

심장폭행죄로
체포

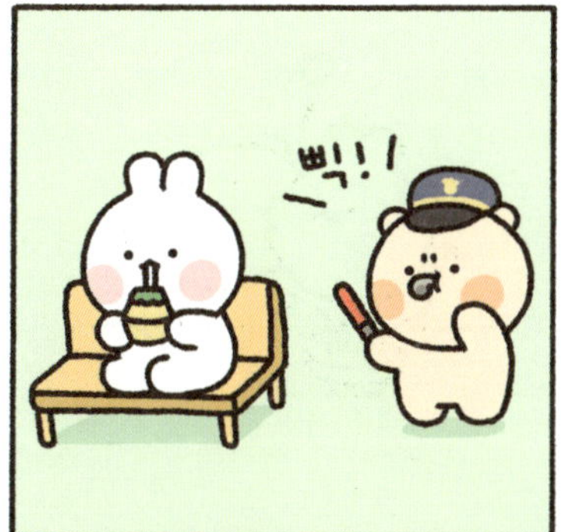
삑!!

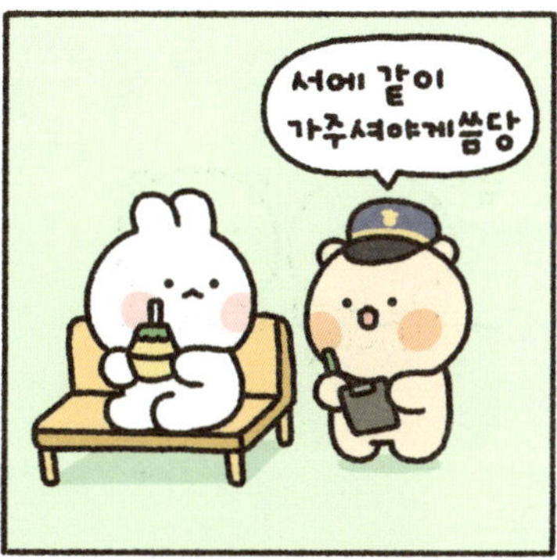
서에 같이
가주셔야게씀당

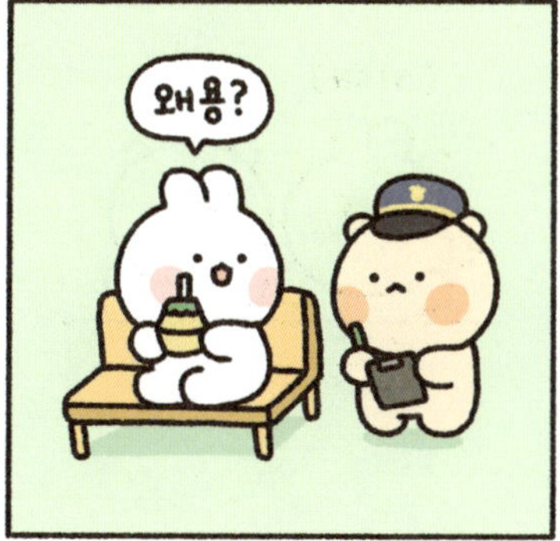
왜용?

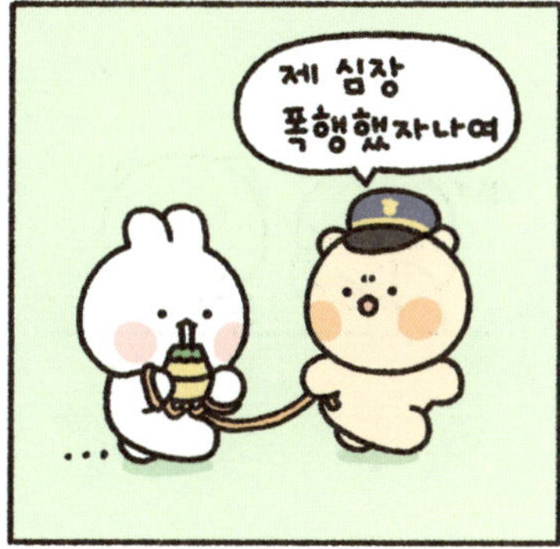
제 심장
폭행했자나여
...

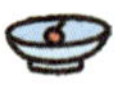

쪽쪽쪽

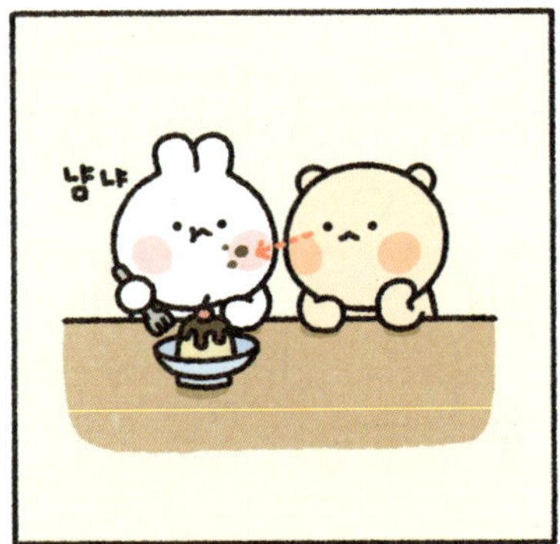

냠냐

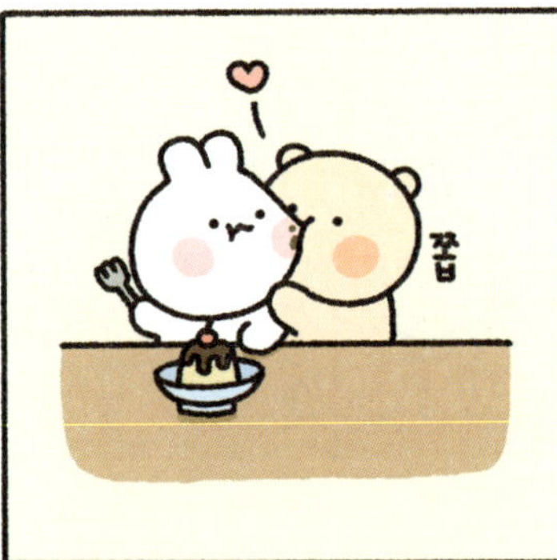

쪽

와구
와구

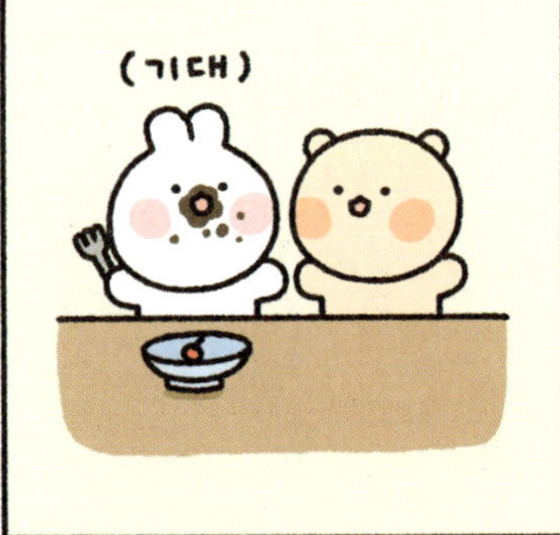

(기대)

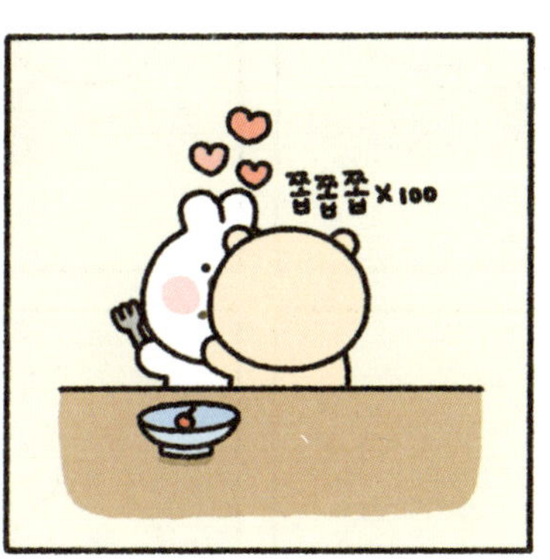

쪽쪽쪽 X100

우리
돼지

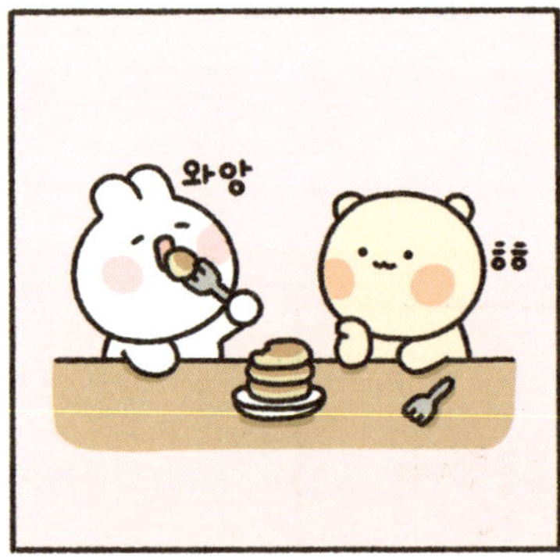

와앙
응응

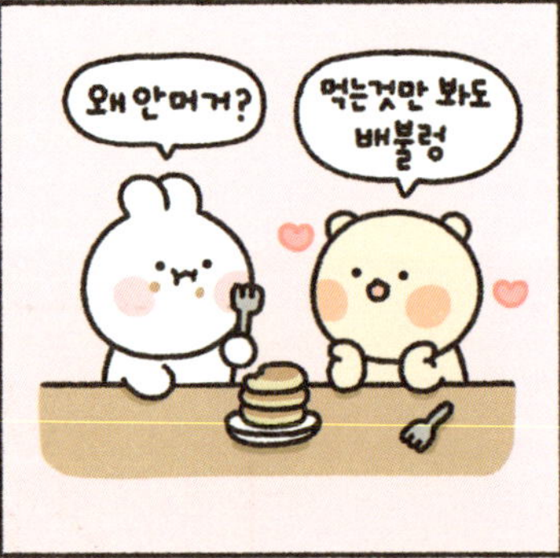

왜 안머거?
먹는것만 봐도
배불렁

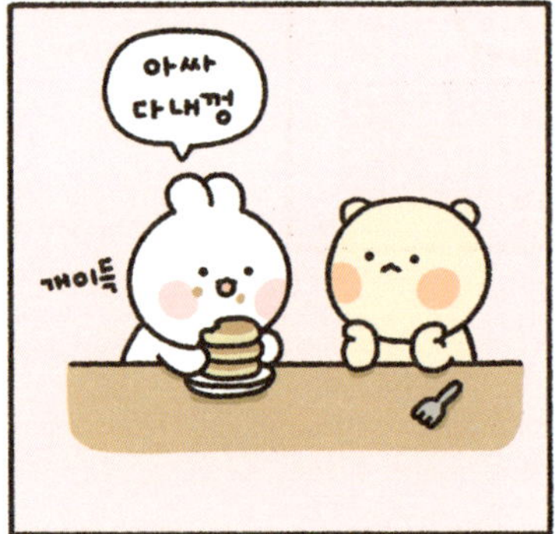

아싸
다내껑
개이득

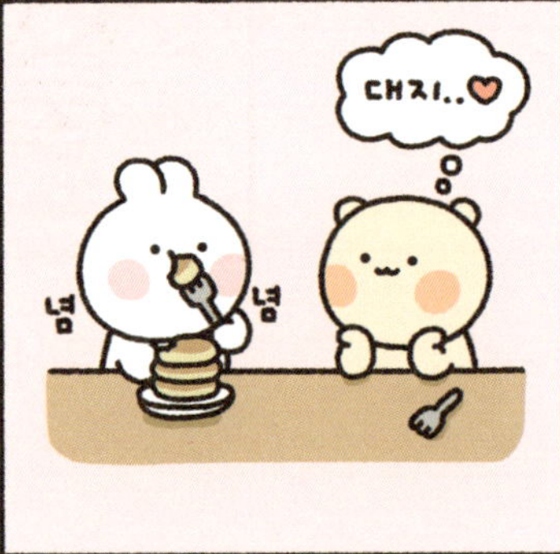

대지..♡
응
냠
냠

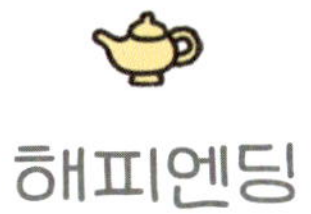

해피엔딩

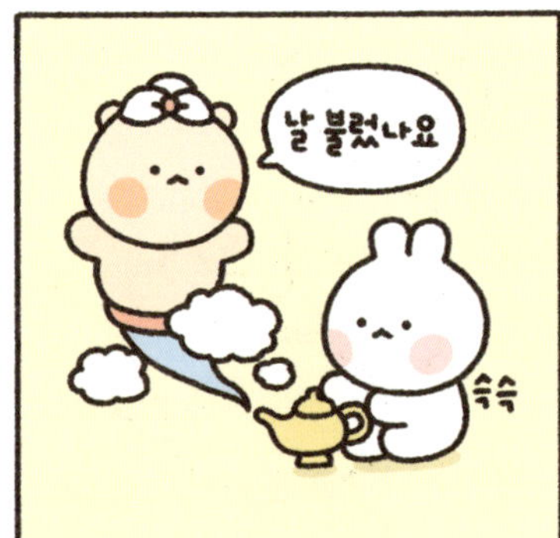

날 불렀나요
쏙쏙

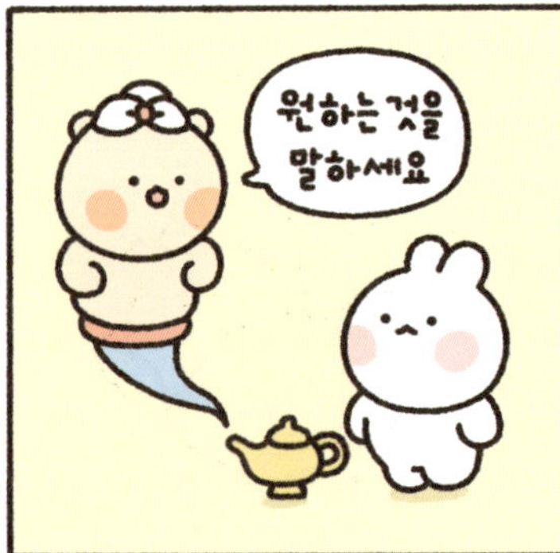

원하는 것을
말하세요

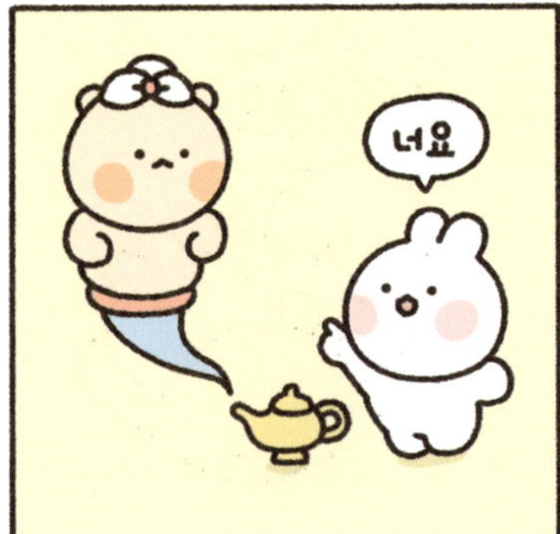

너요

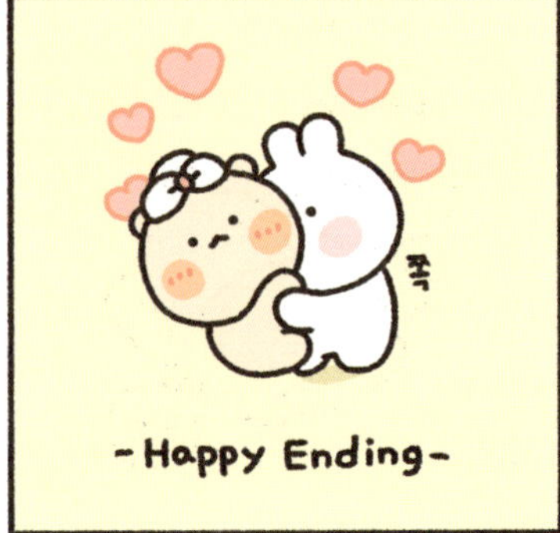

-Happy Ending-
쪽

다
귀여워

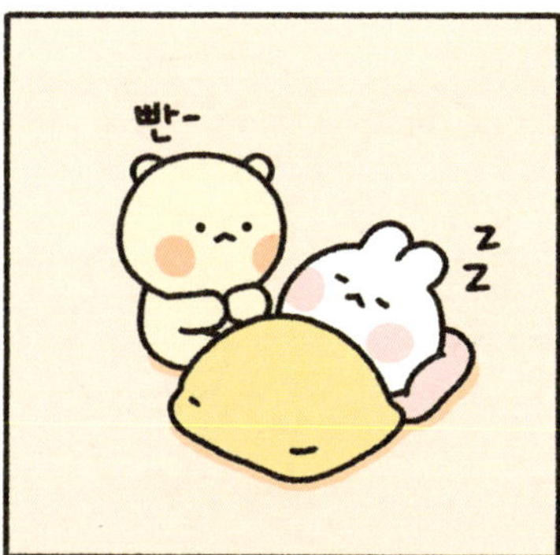

빤-
Z
z

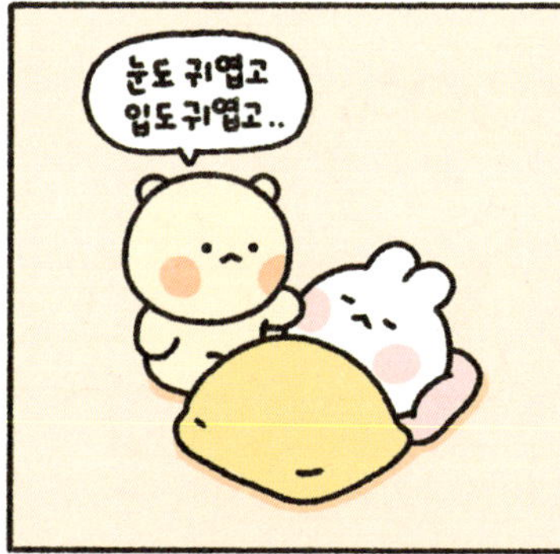

눈도 귀엽고
입도귀엽고..

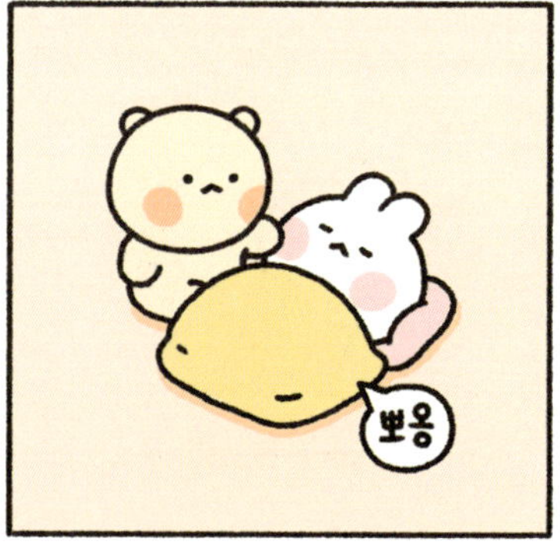

뽀옹

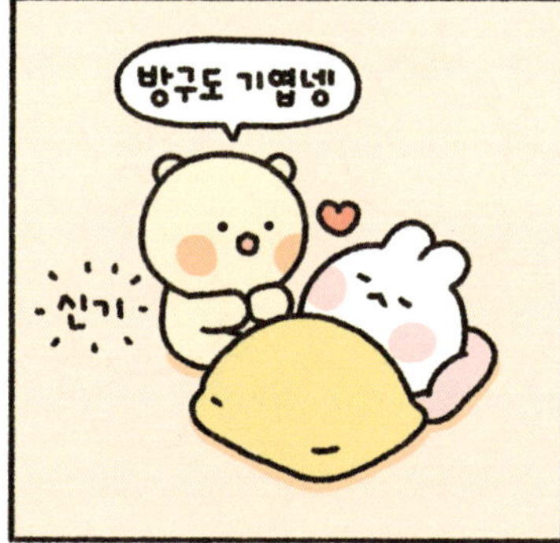

방구도 기엽넹
신기

안 보일 때까지 인사하기

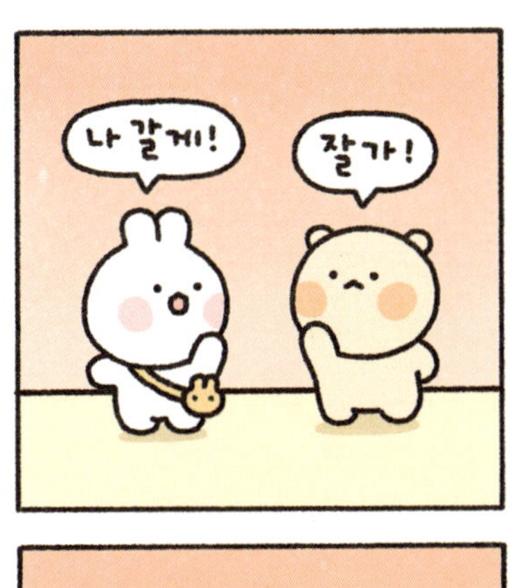

나 갈게!
잘가!

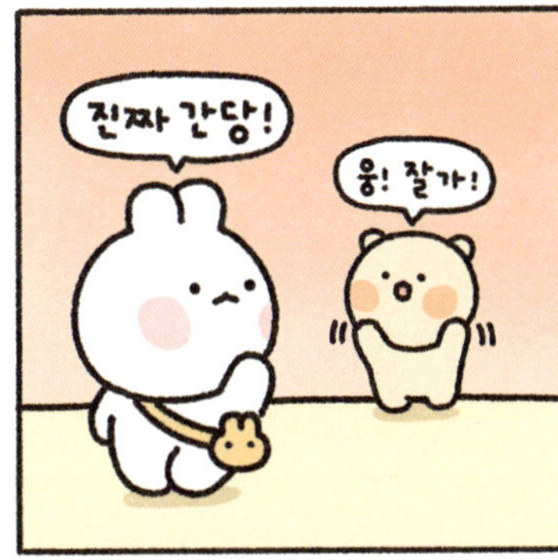

진짜 간당!
웅! 잘가!

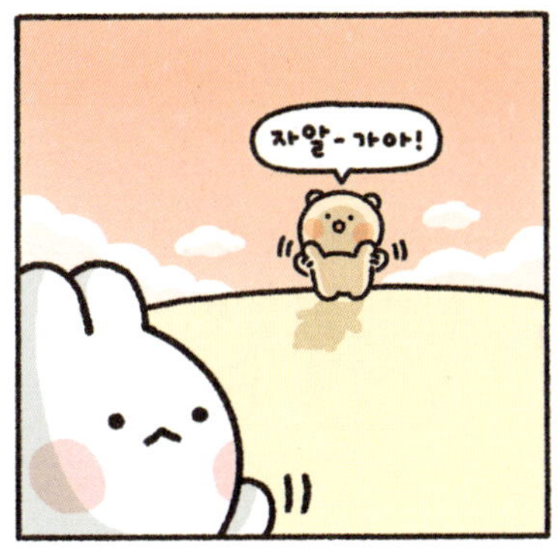

자알-가아!

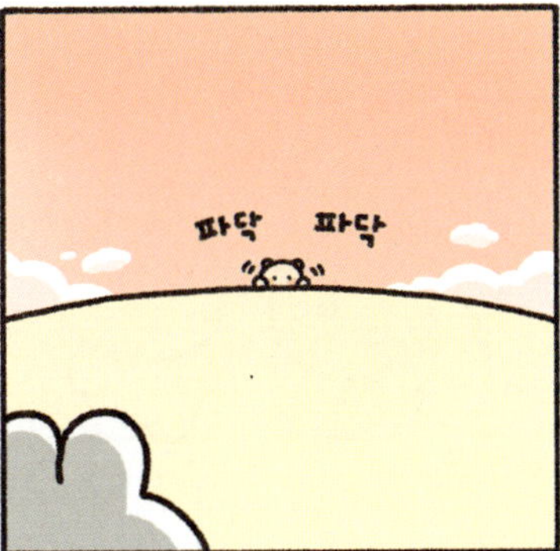

파닥   파닥

내 앞에선
울어도 돼

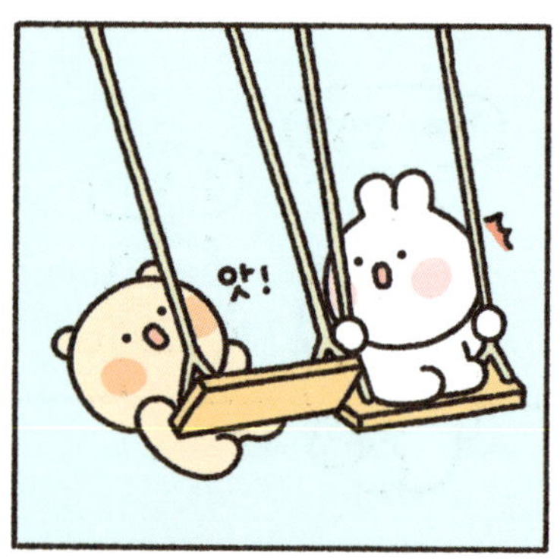

앗!

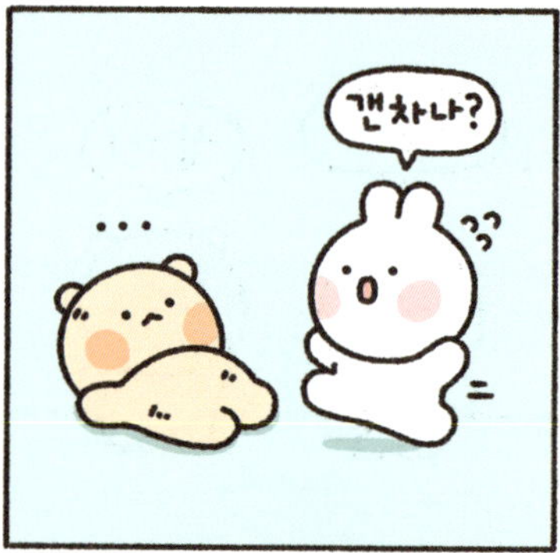

갠차나?
...
??

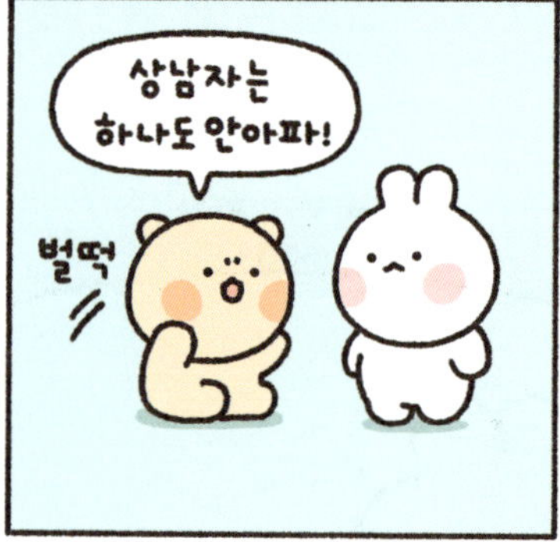

상남자는
하나도 안아파!
벌떡

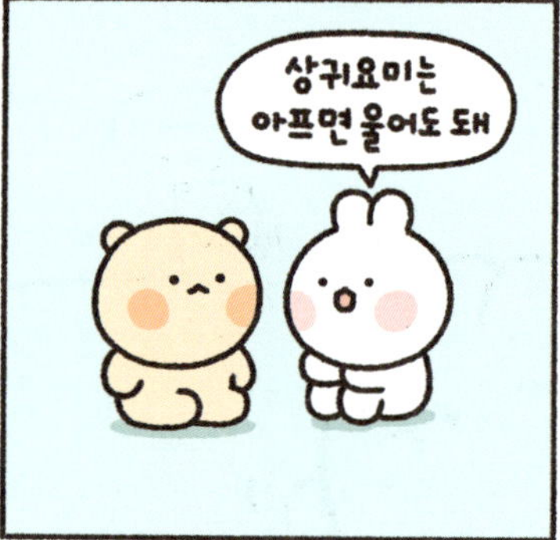

상귀요미는
아프면 울어도 돼

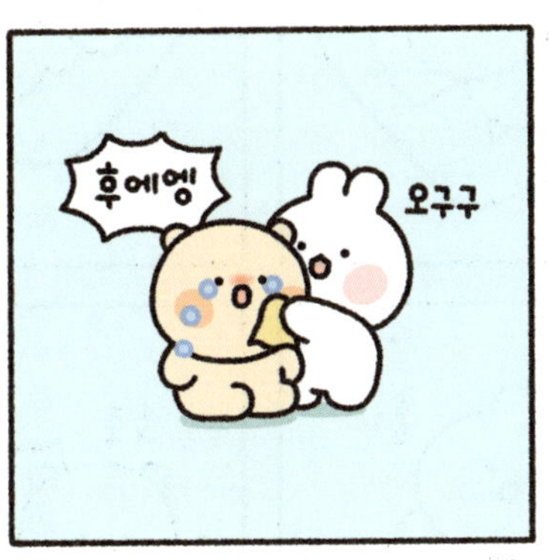

후에엥
오구구

축축해졌지

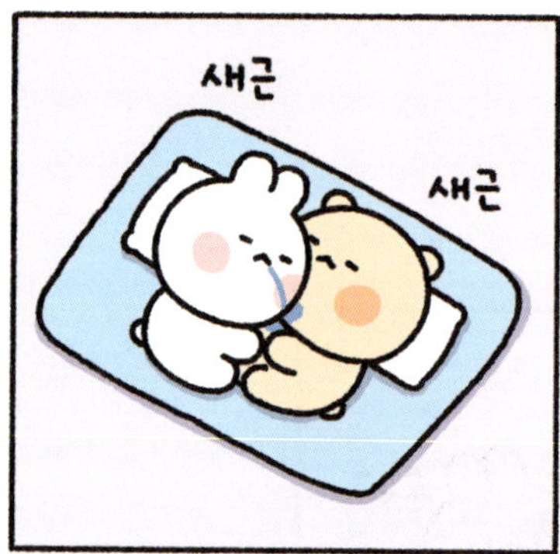

새근
새근

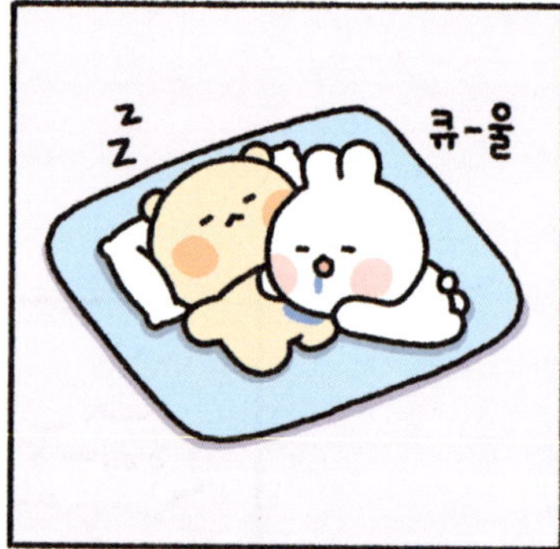

ㄹ
큐-울

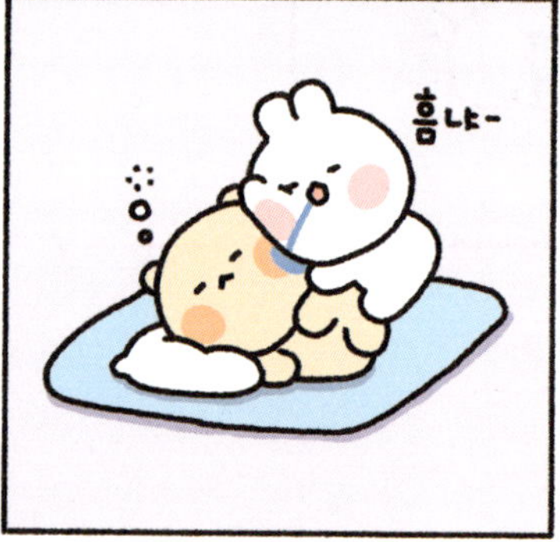

흠냐-

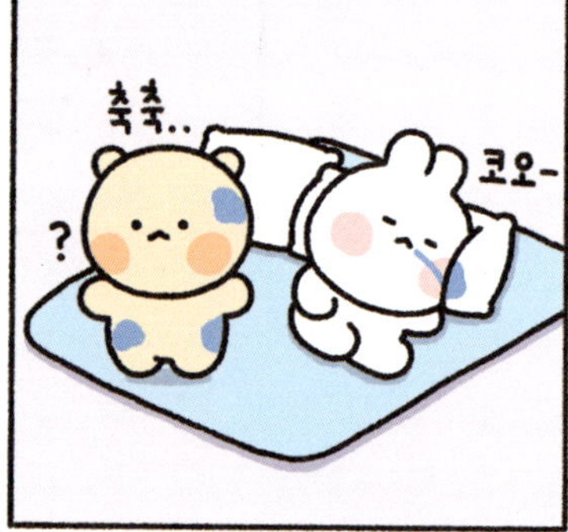

축축..
?
코오-

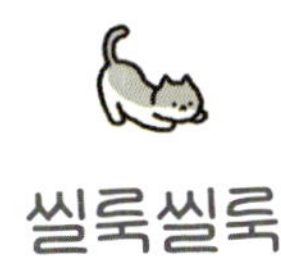

씰룩씰룩

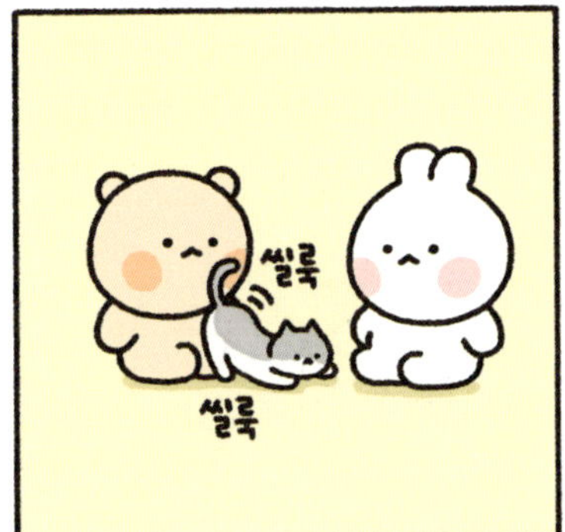
씰룩
씰룩

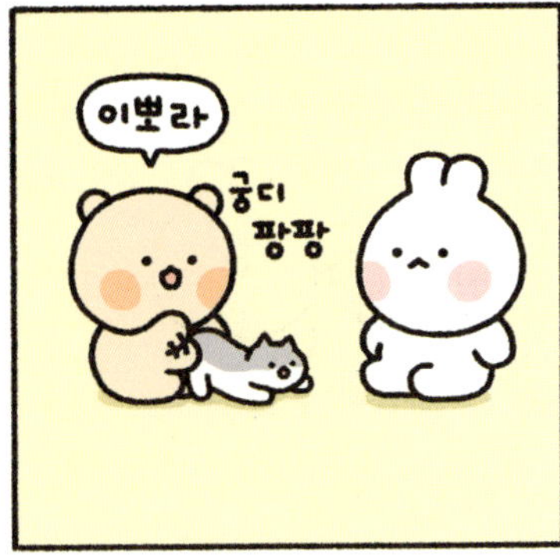
이뽀라
궁디
팡팡

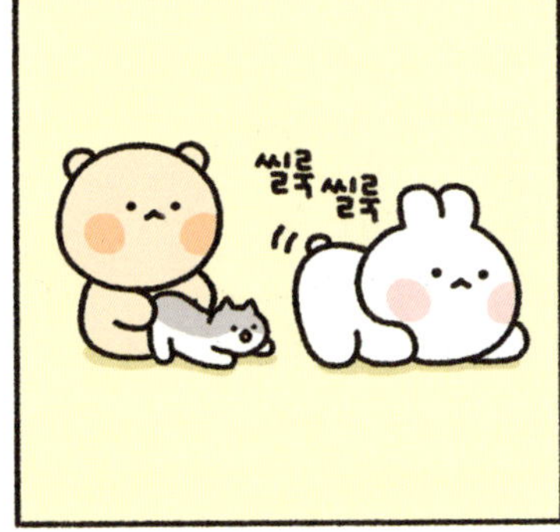
씰룩 씰룩

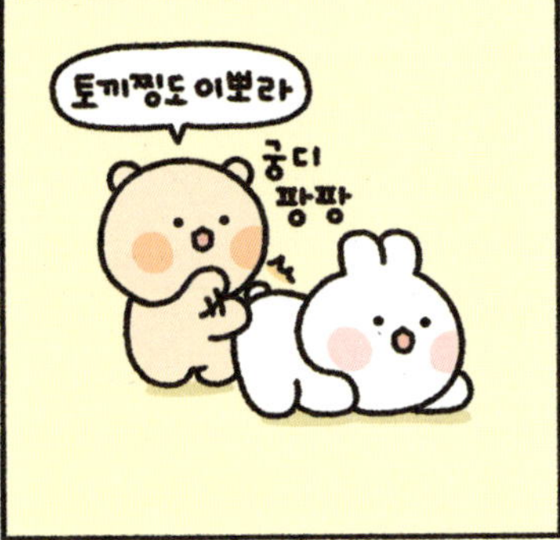
토끼찡도 이뽀라
궁디
팡팡

실물이
최고

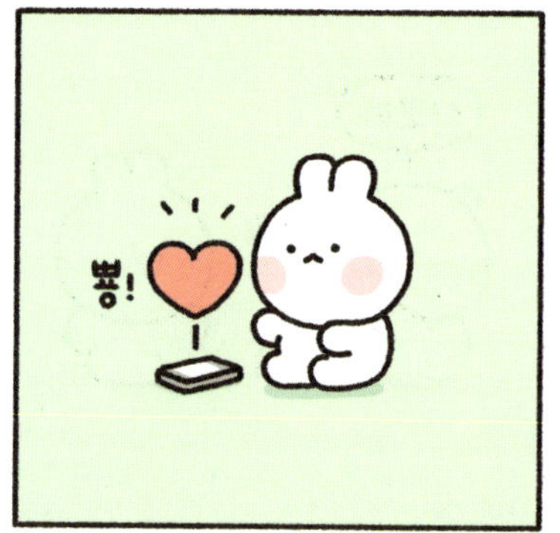

뿅!

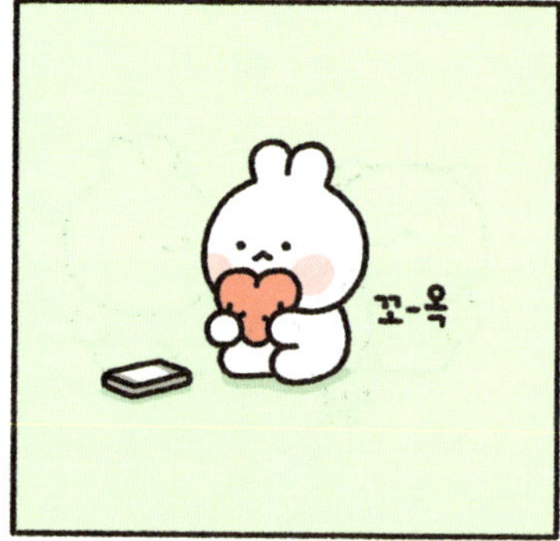

꼬-옥

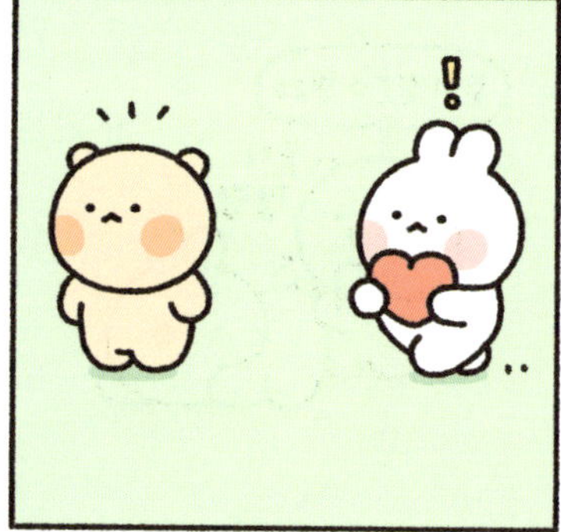

!
..

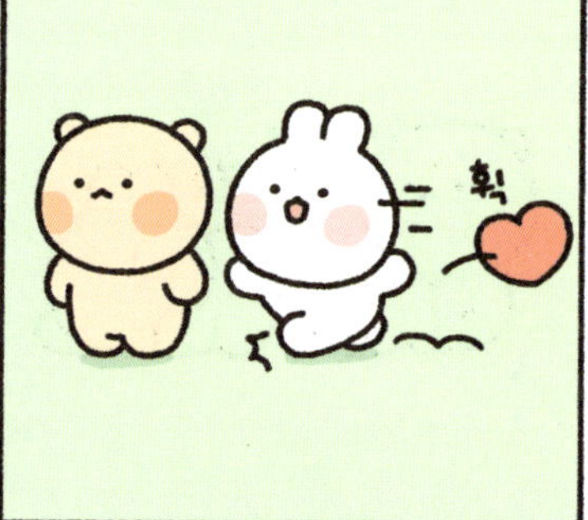

휙

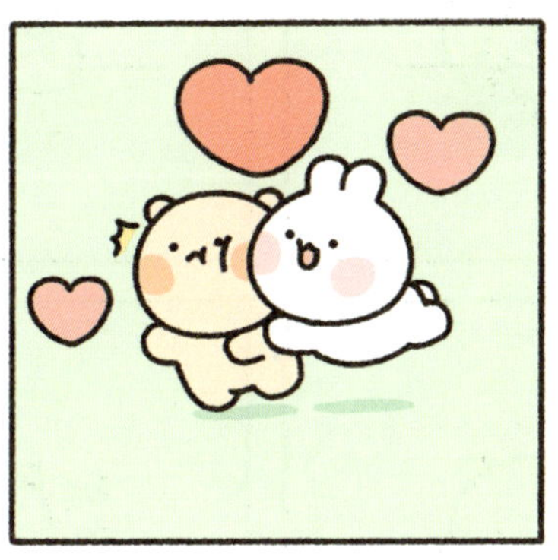

히죽히죽

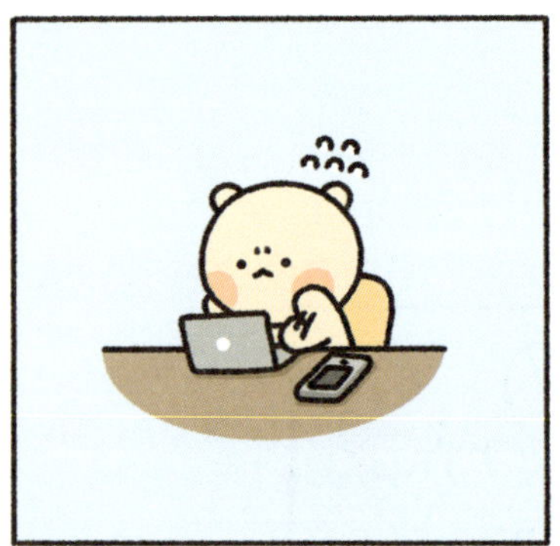

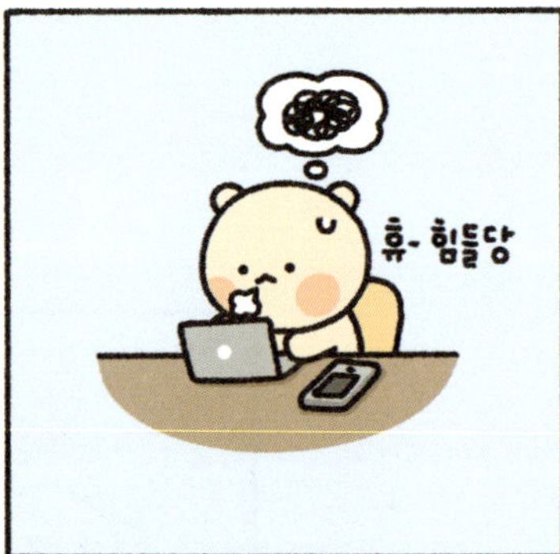
후- 힘들땅

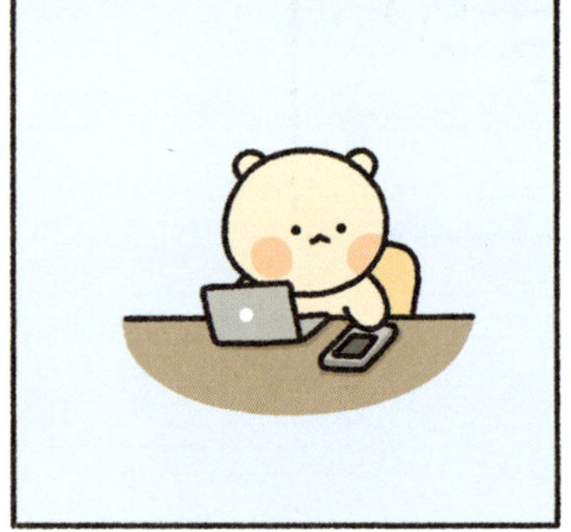

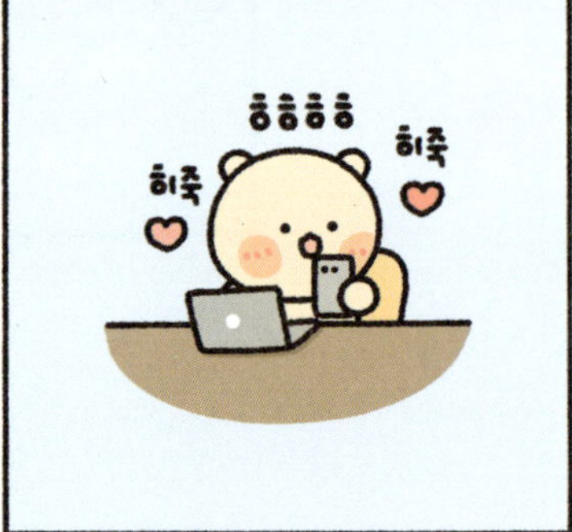
흥흥흥흥
히죽
히죽

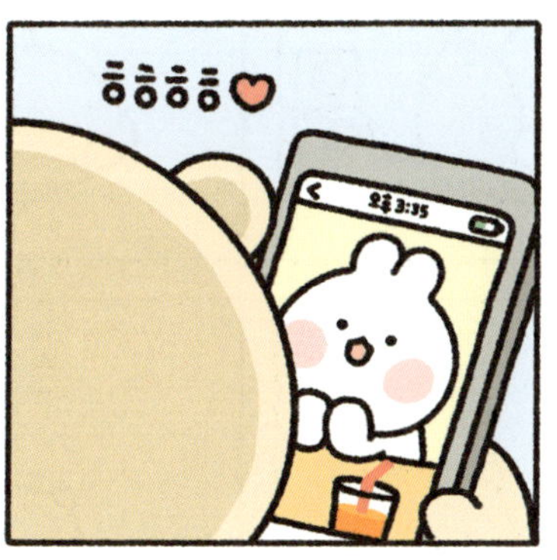

ㅎㅎㅎㅎ
오후 3:35

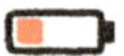

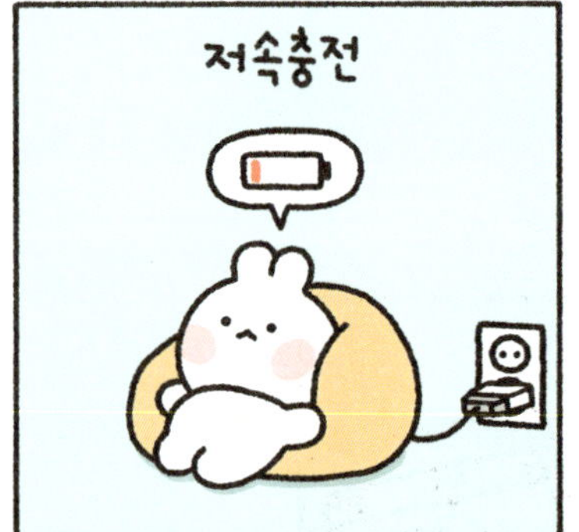

저속충전

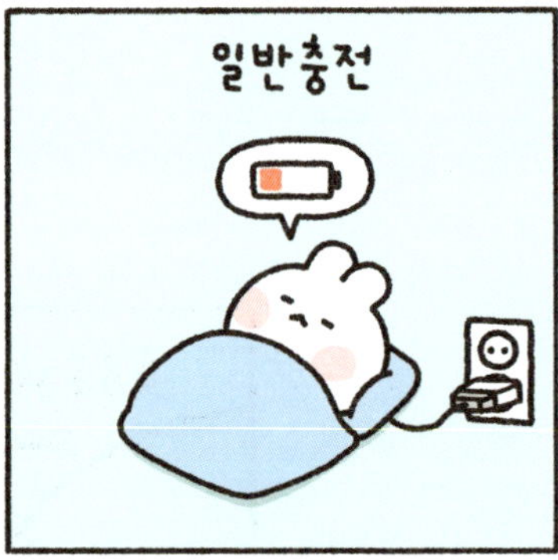

일반충전

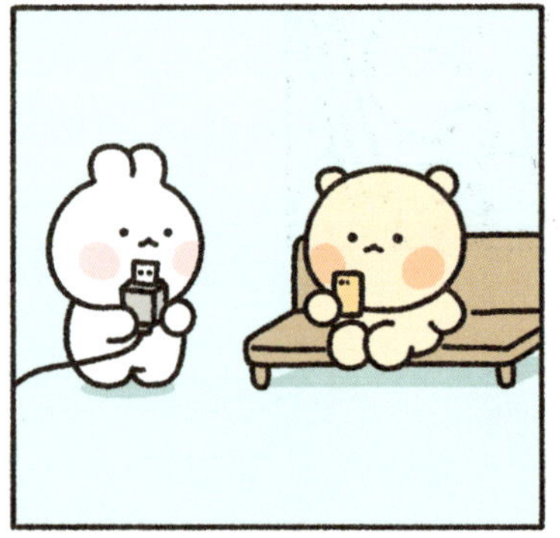

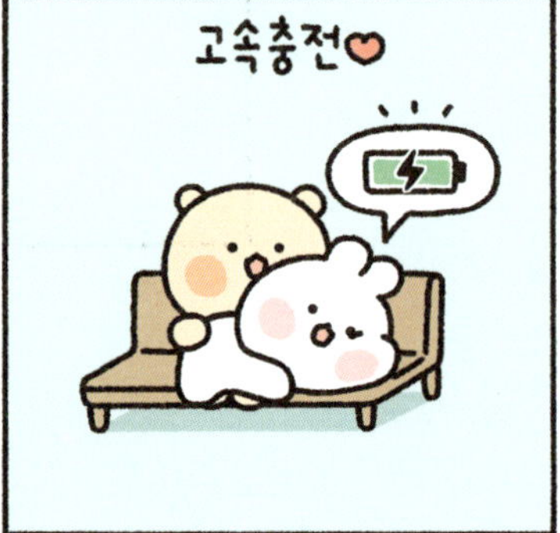

고속충전♥

너무 보고 싶어서
그랬어

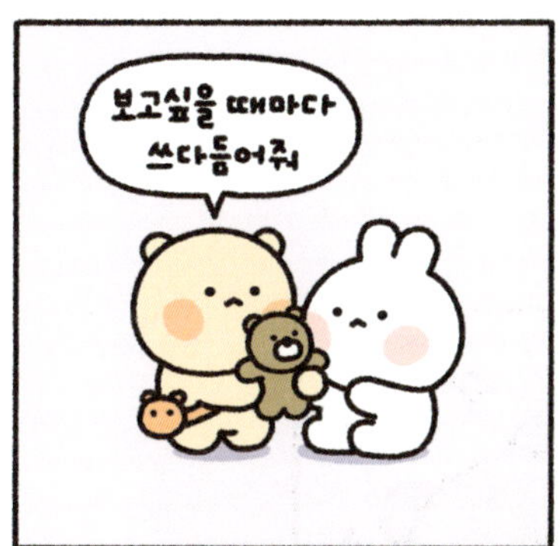

보고싶을 때마다
쓰다듬어줘

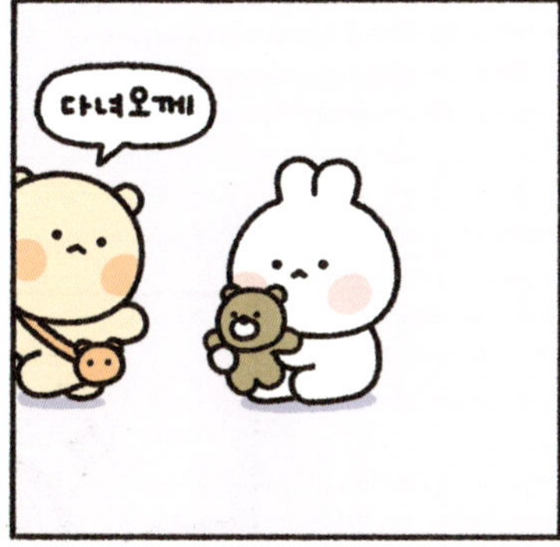

다녀오께

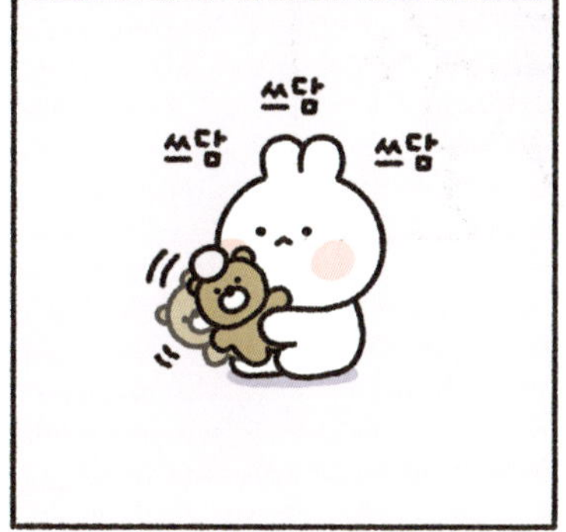

쓰담
쓰담
쓰담
쓰담

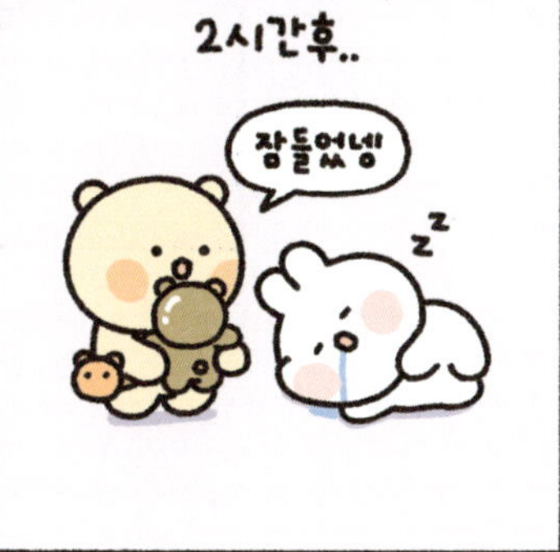

2시간후..
잠들었넹
z

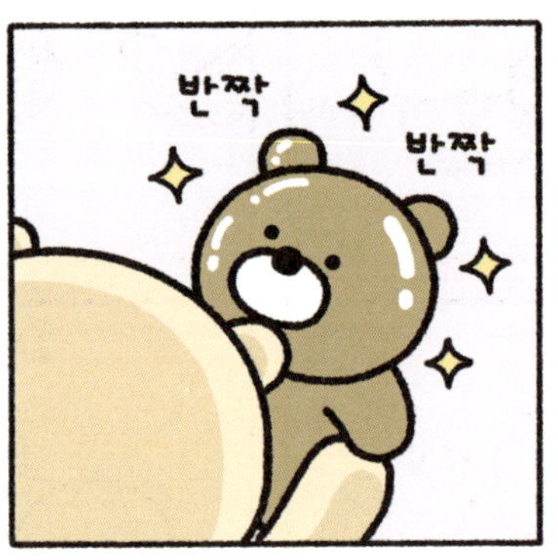
반짝
반짝

같이 있으면
따뜻해 2

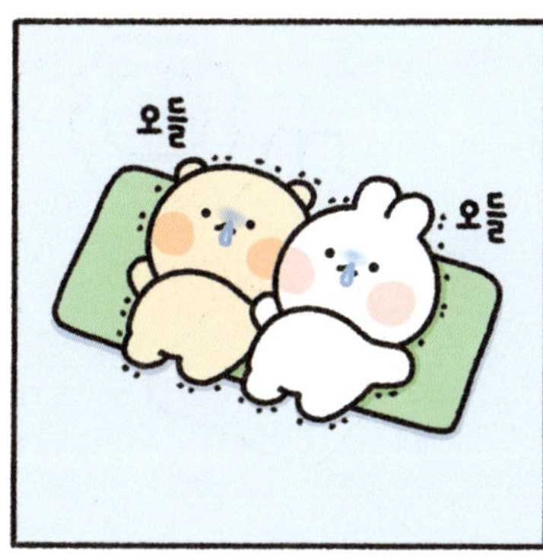
오들
오들

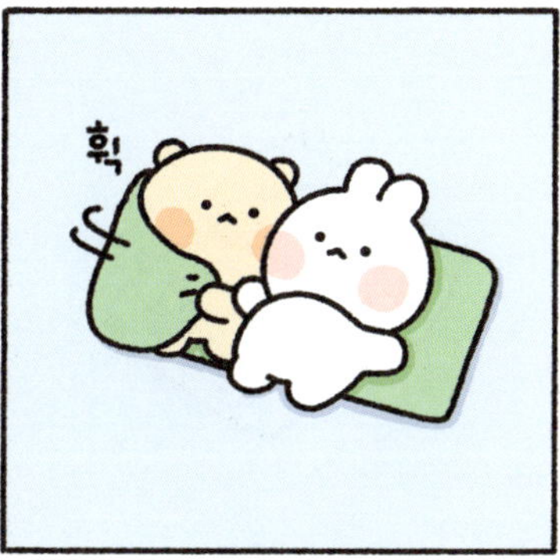
훅

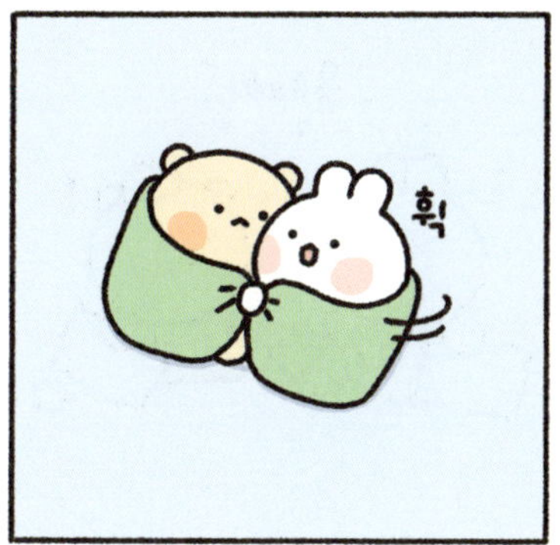
훅

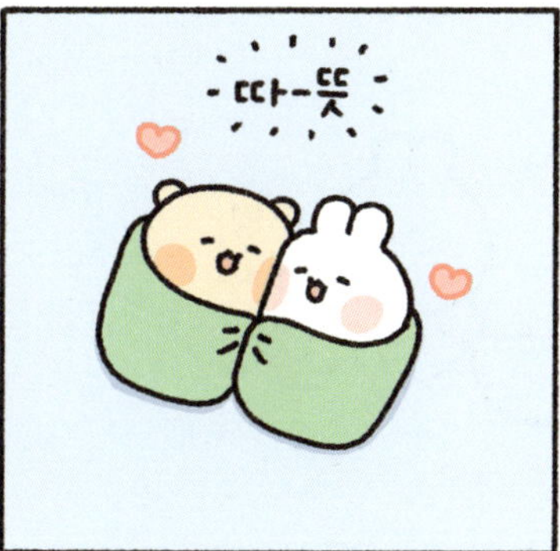
따-뜻

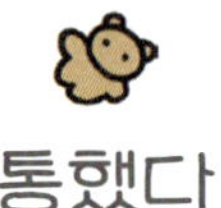

통했다

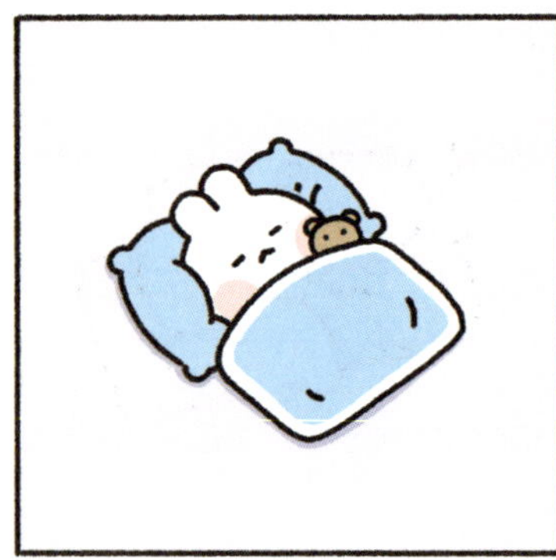

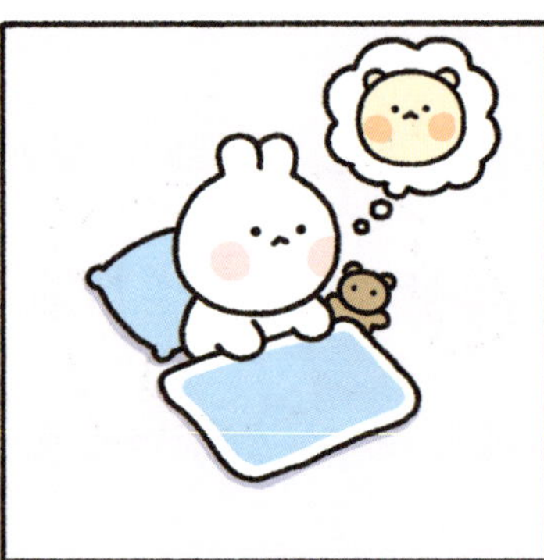

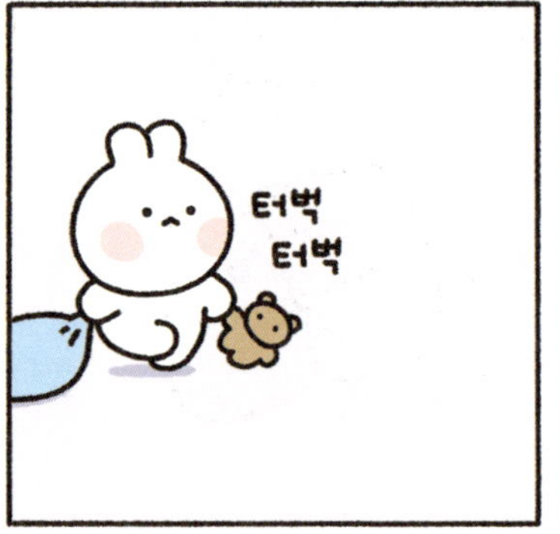

터벅
터벅

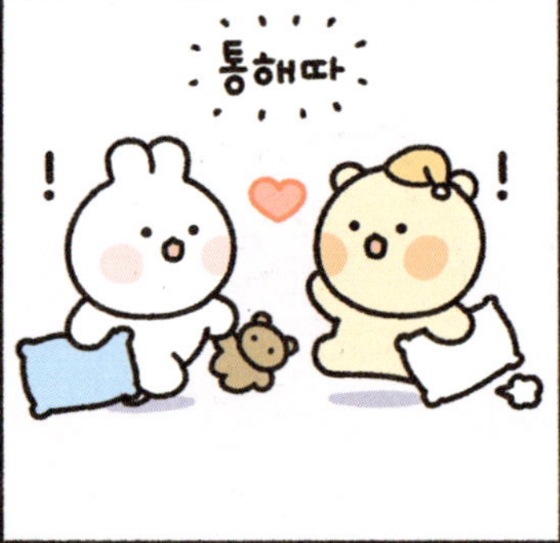

통해따

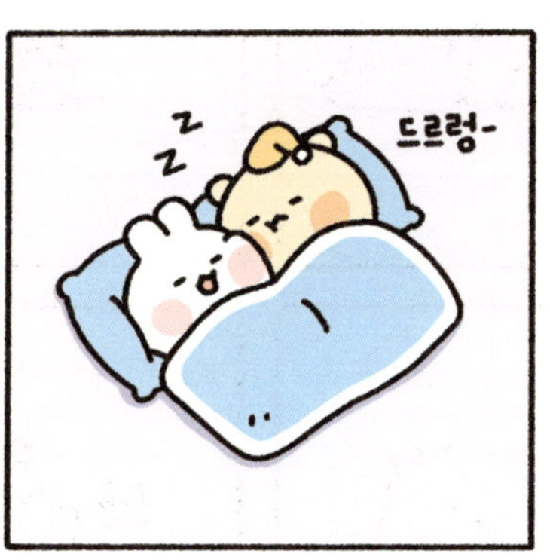

Z
Z
드르렁-

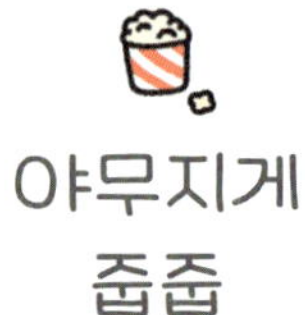

야무지게
줍줍

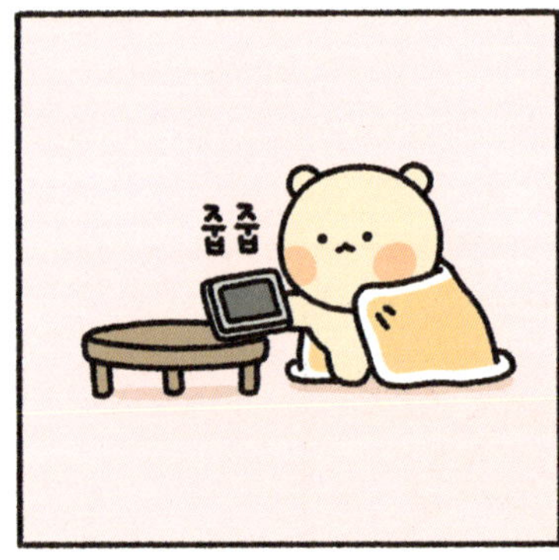
줍 줍

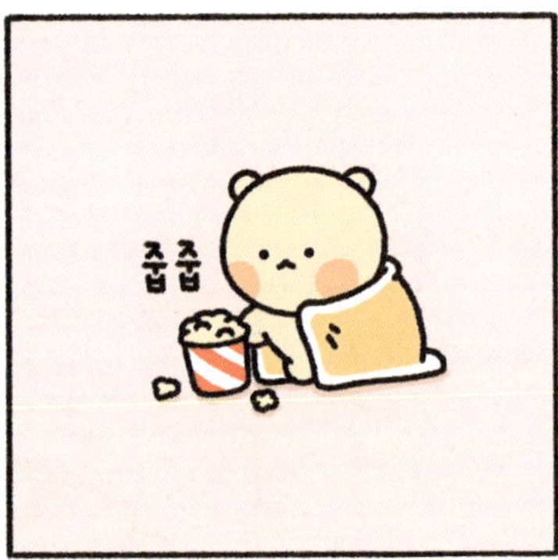
줍 줍

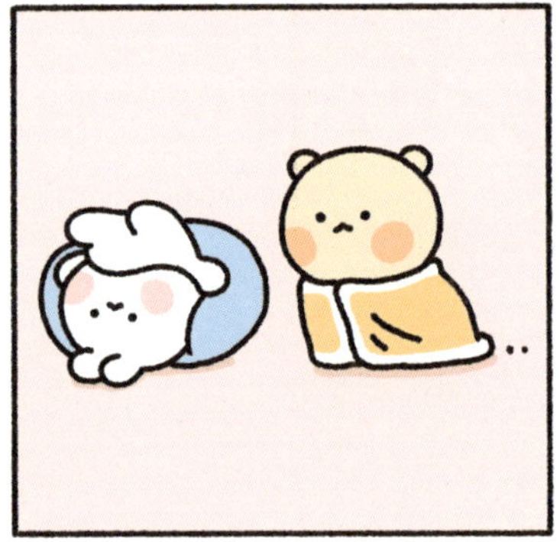

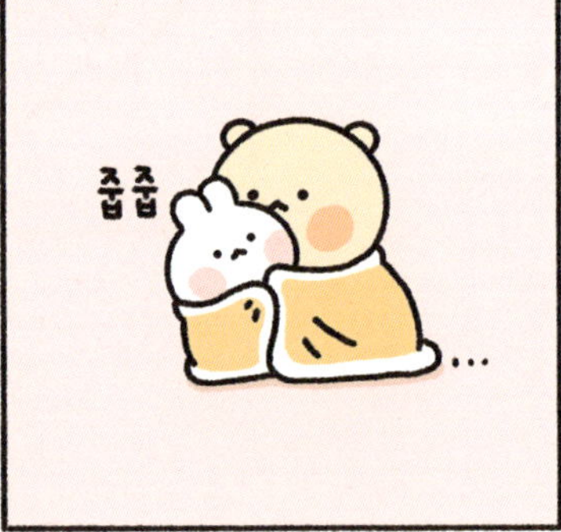
줍 줍

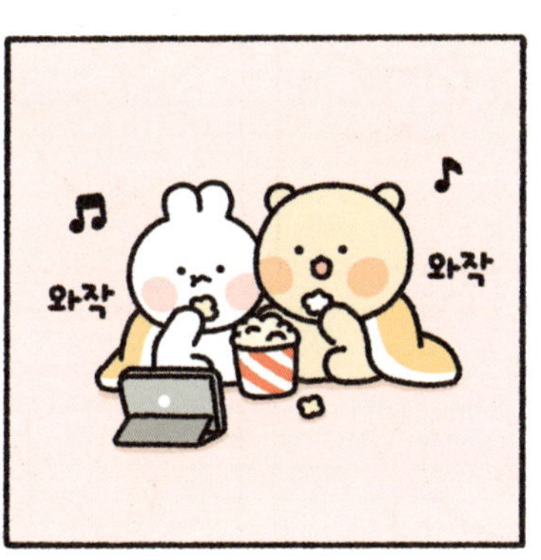

와작
와작

같이
잘래

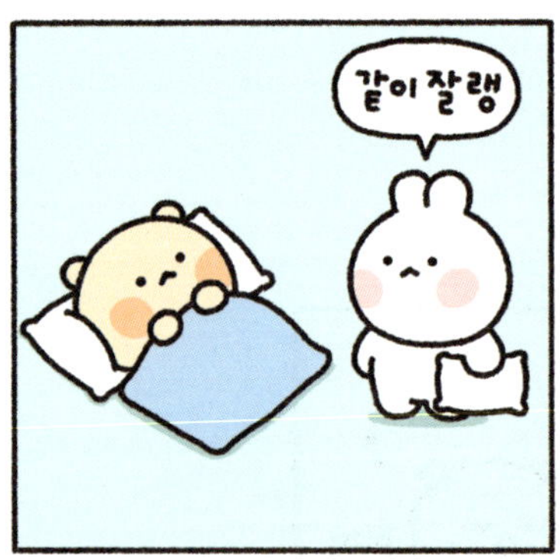

같이잘램

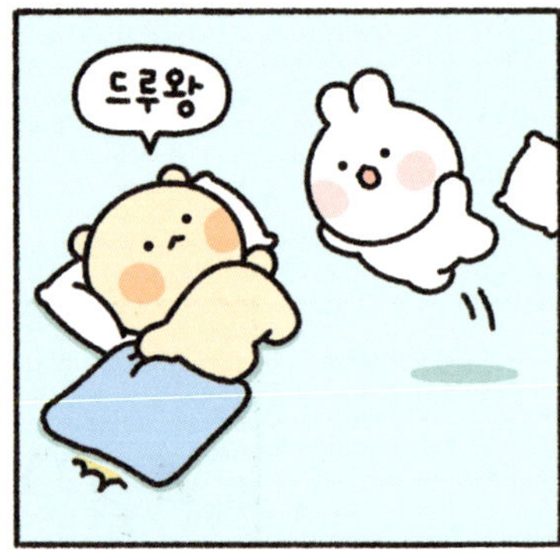

드루왕

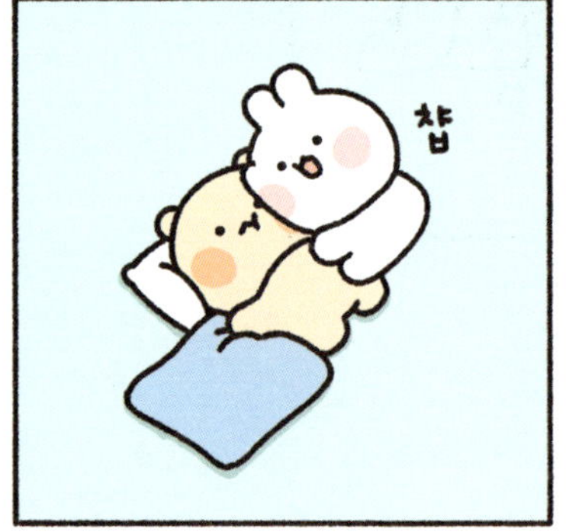

챱

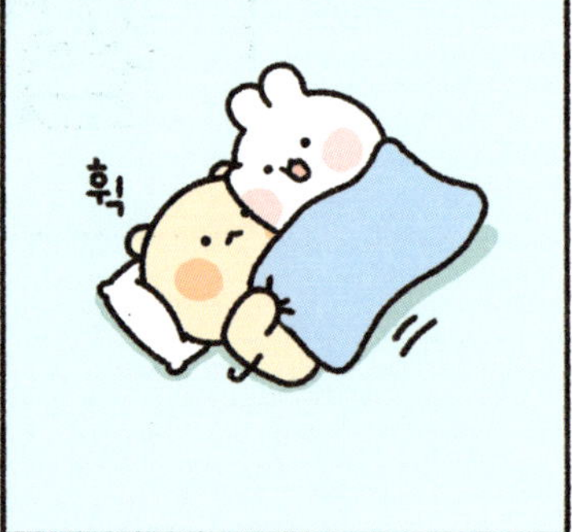

휙

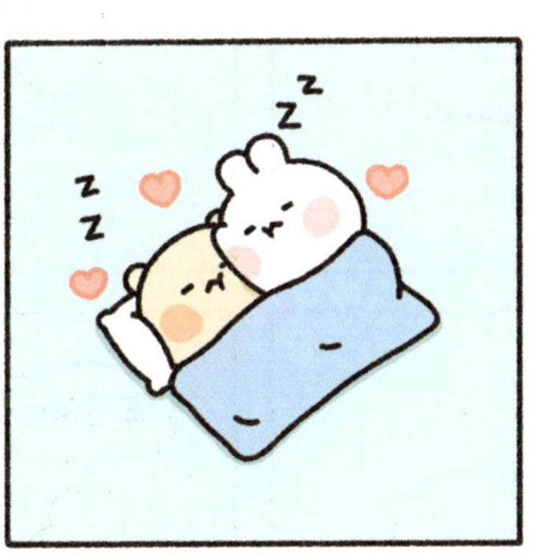

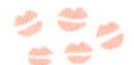

더
해줘

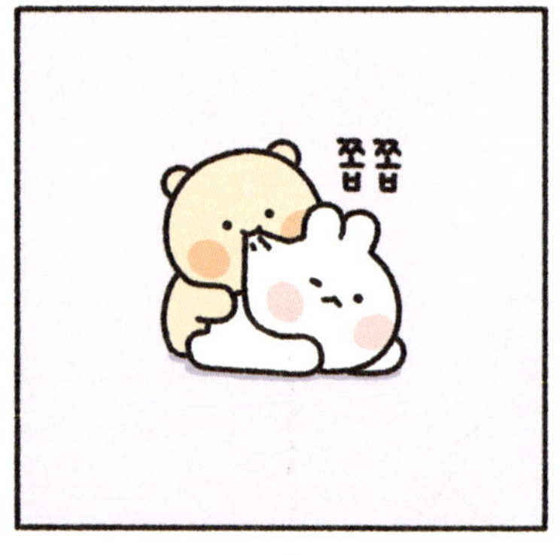

쫍쫍

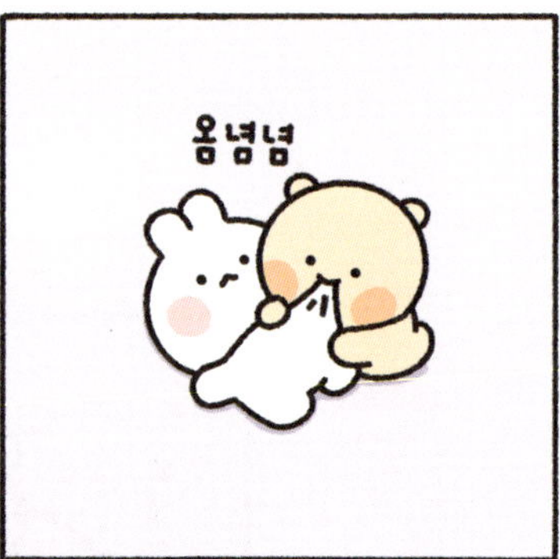

옴냠냠

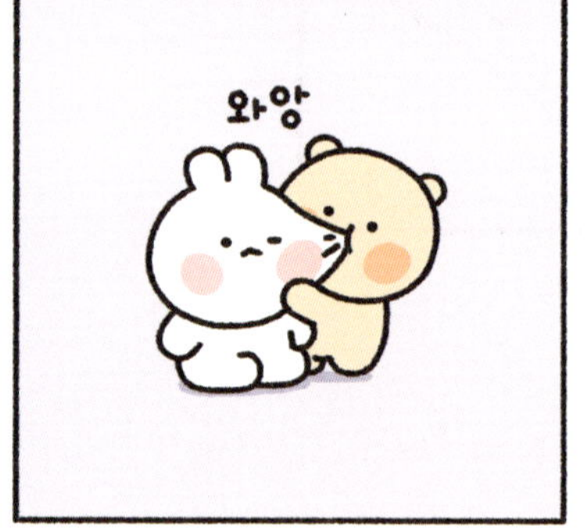

와앙

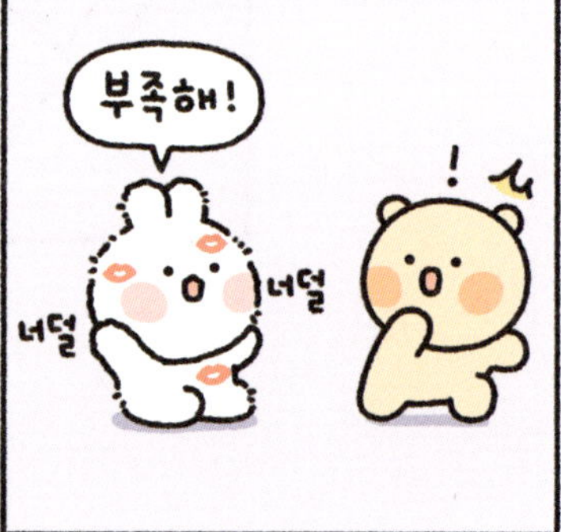

부족해!
너덜
너덜

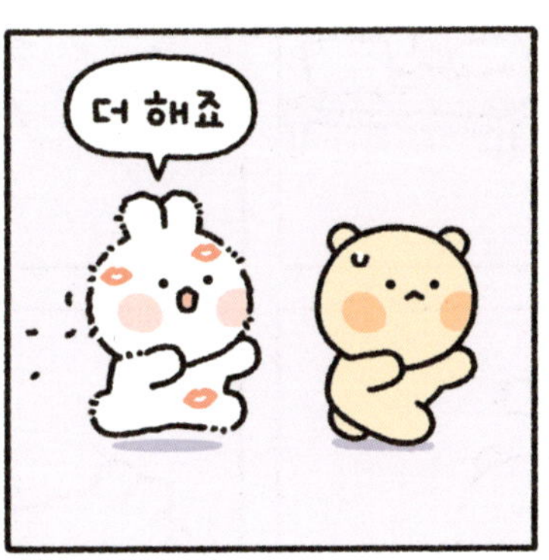
더 해죠

집중력 높이는
방법

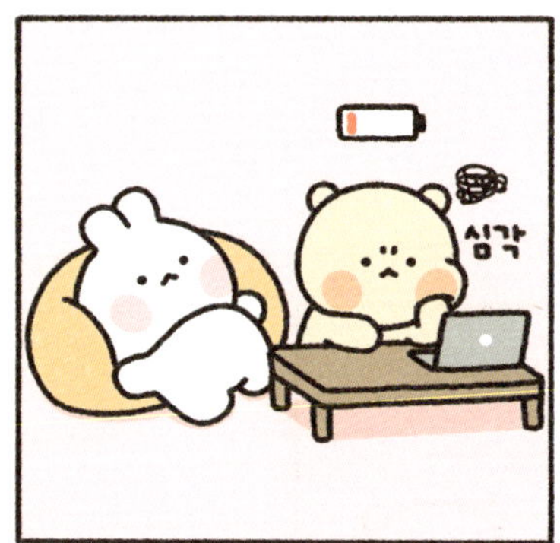
심각

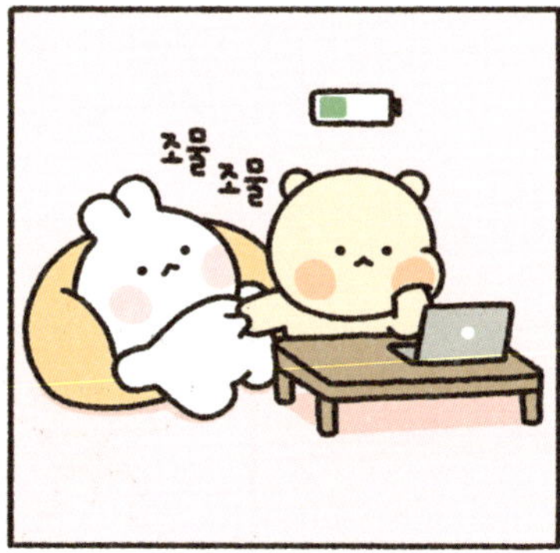
조물
조물

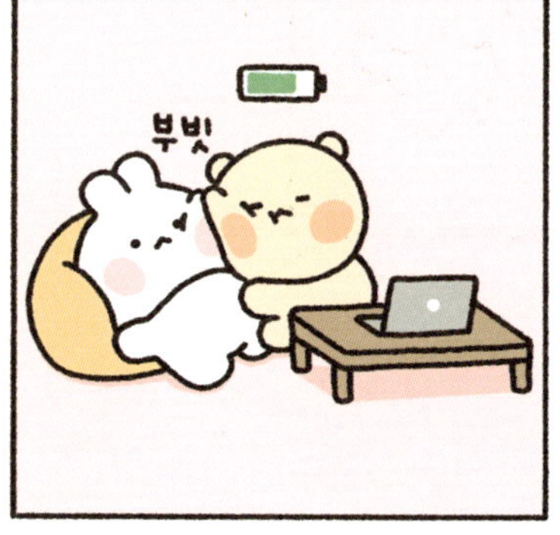
부빗

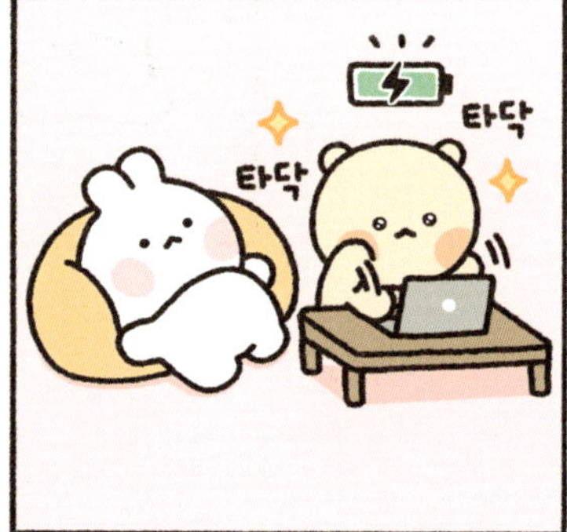
타닥
타닥

♡

장하다
내 새끼

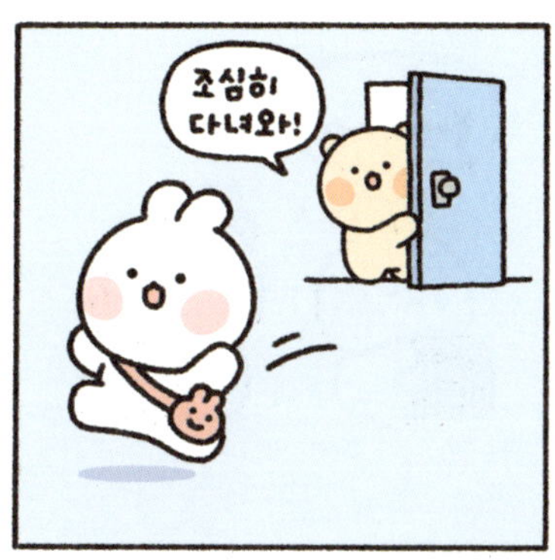

조심히 다녀와!

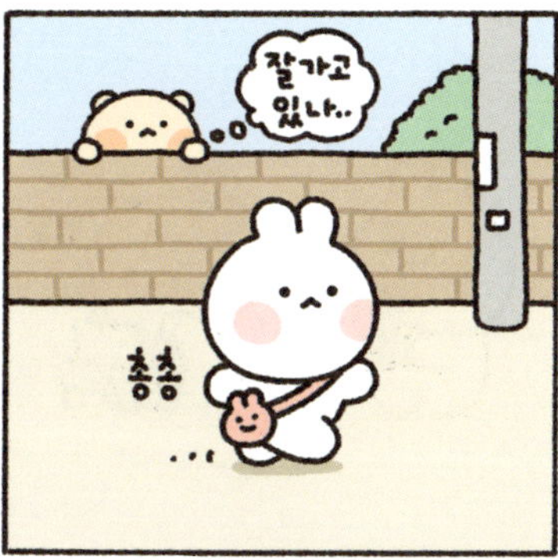

잘 가고 있나..
총총
...

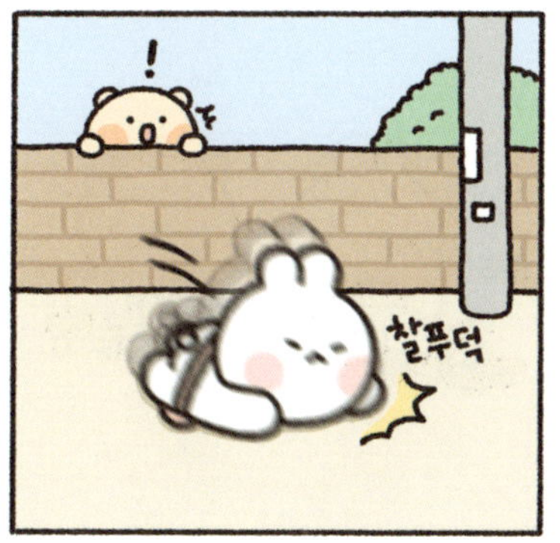

!
찰푸덕

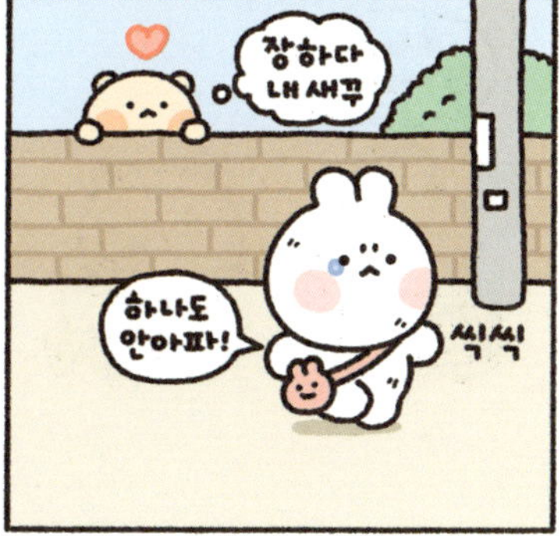

장하다 내 새꾸
하나도 안아파!
씩씩

혼자 노는 건
재미없어

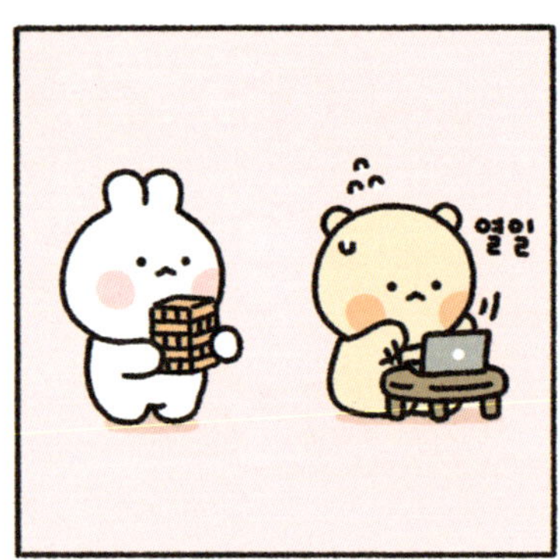

열일

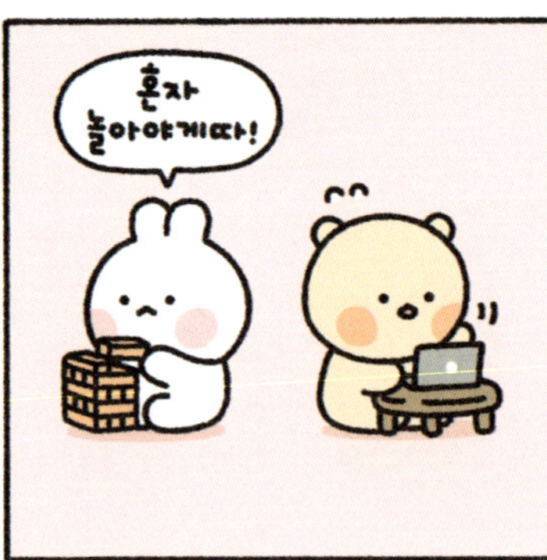

혼자
놀아야게띠!

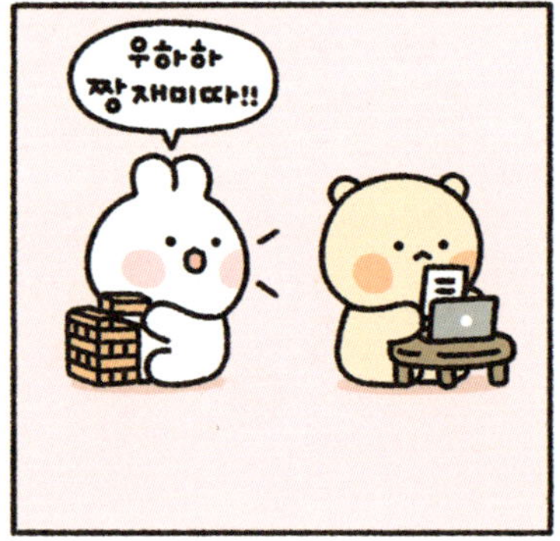

우하하
짱 재미따!!

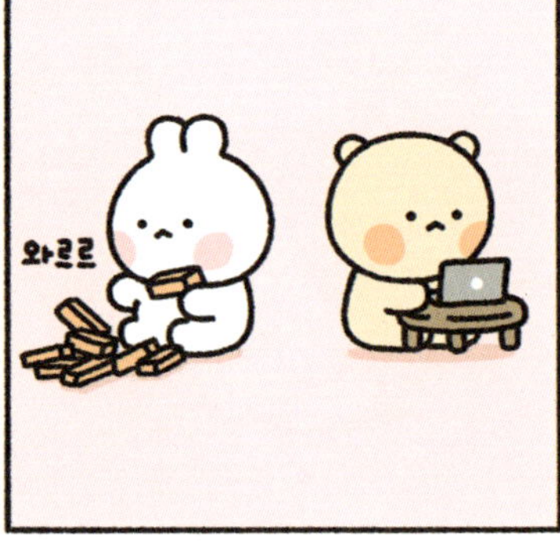

와르르

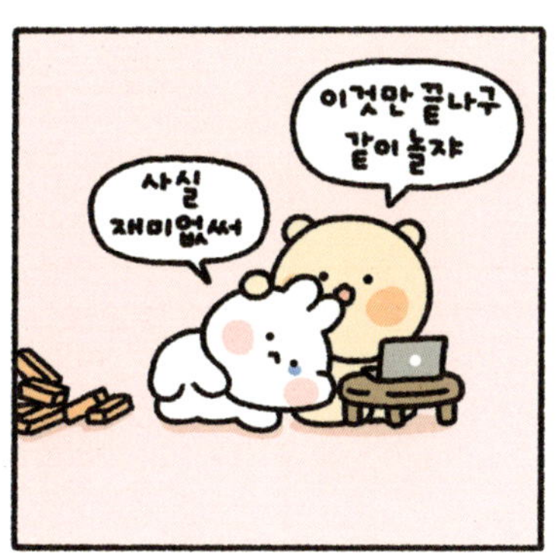
이것만 끝나구
같이 놀쟈
사실
재미없써

안 보이면
보고 싶으니까

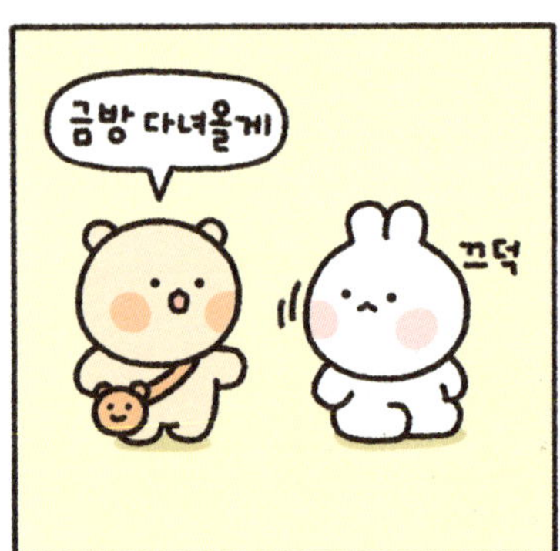

금방 다녀올게
끄덕

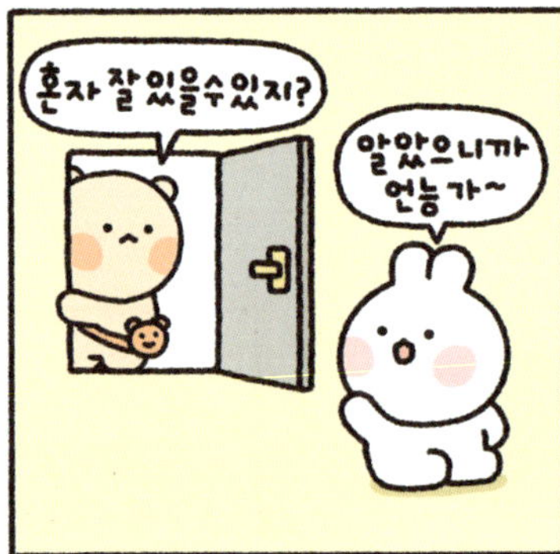

혼자 잘 있을수 있지?
알았으니까 언능 가~

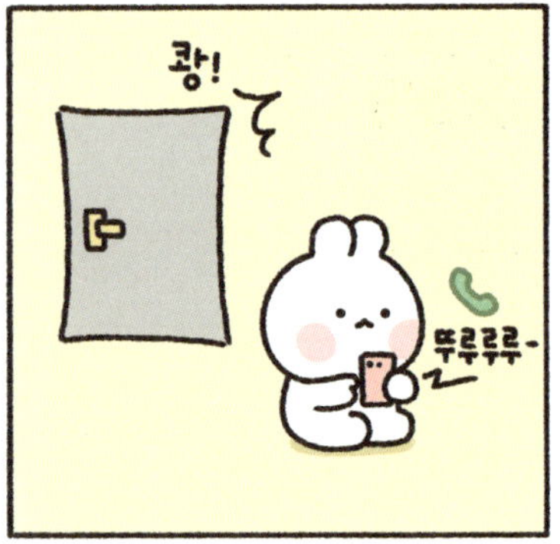

쾅!
뚜루루루~

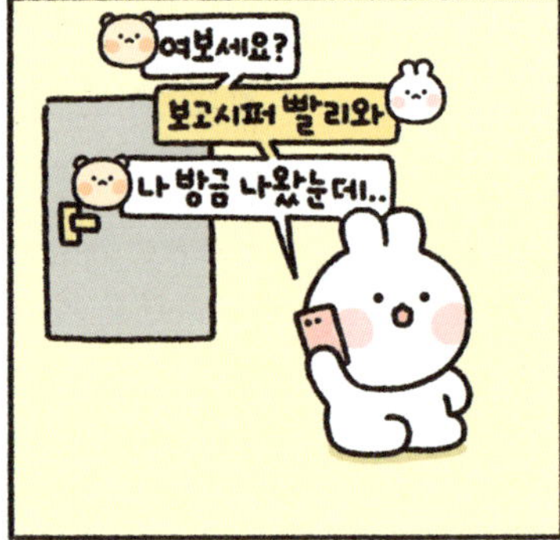

여보세요?
보고시퍼 빨리와
나 방금 나왔는데..

토끼찡 볼때기
4종세트

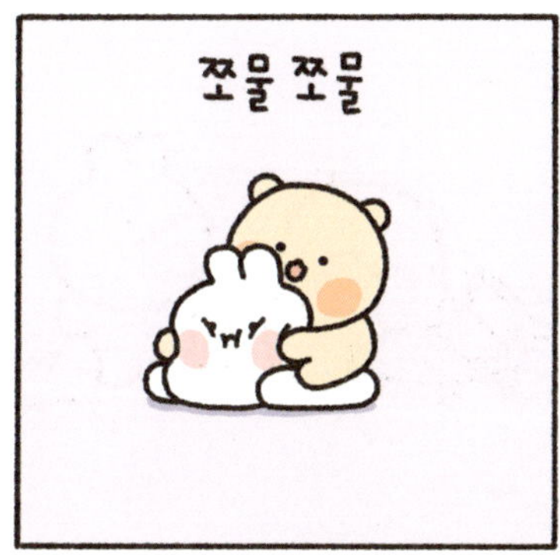
쪼물쪼물

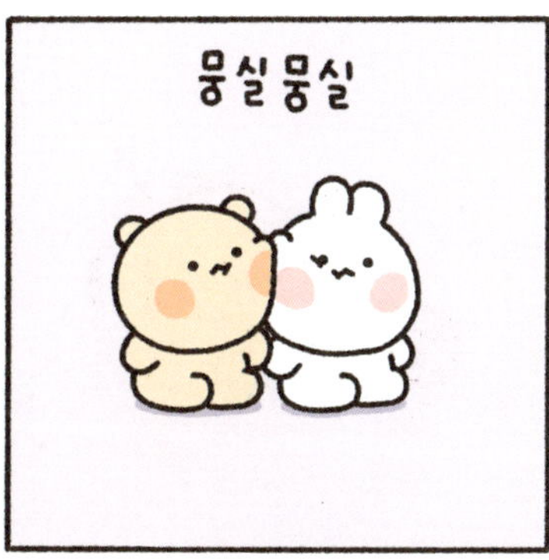
몽실몽실

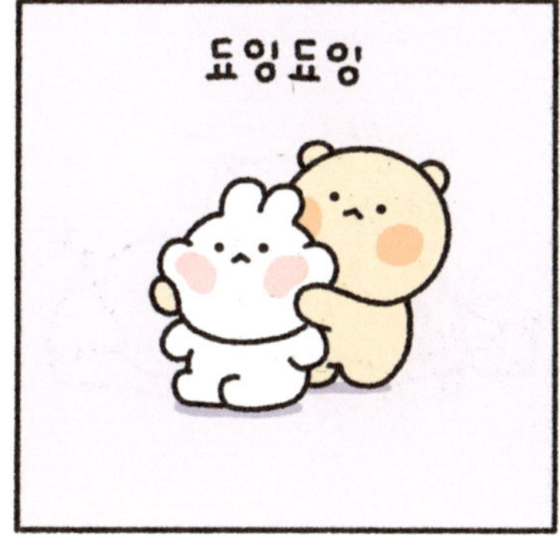
됴잉됴잉

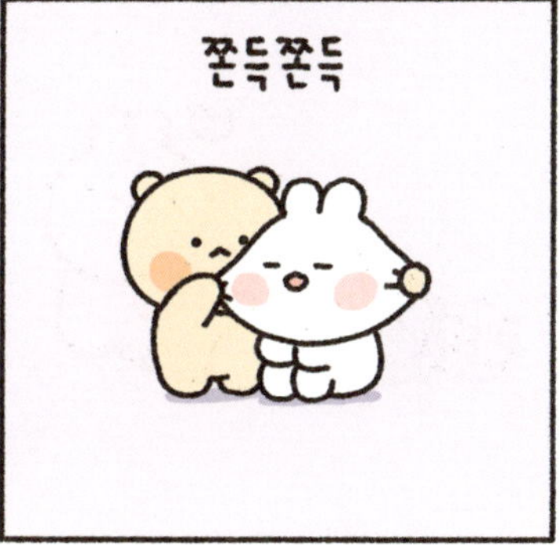
쫀득쫀득

곰돌찡 토끼찡의
훈훈한 일상

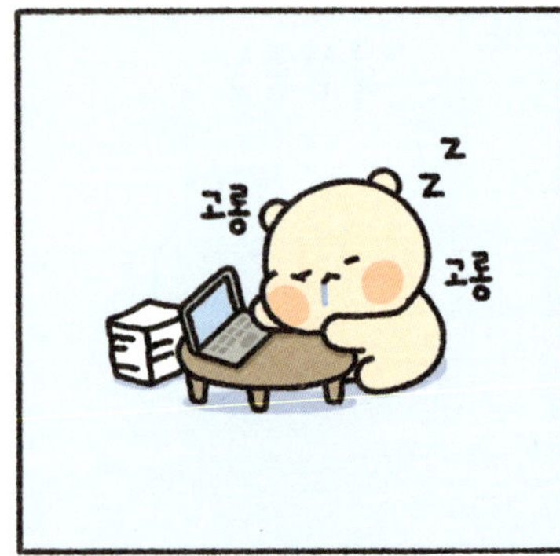

Z
Z
고롱
고롱

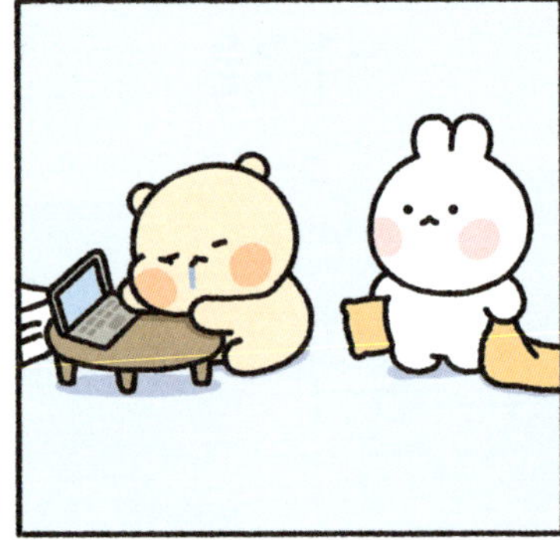

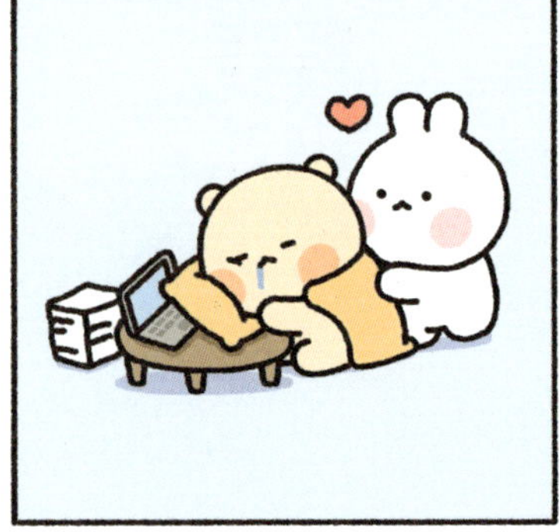

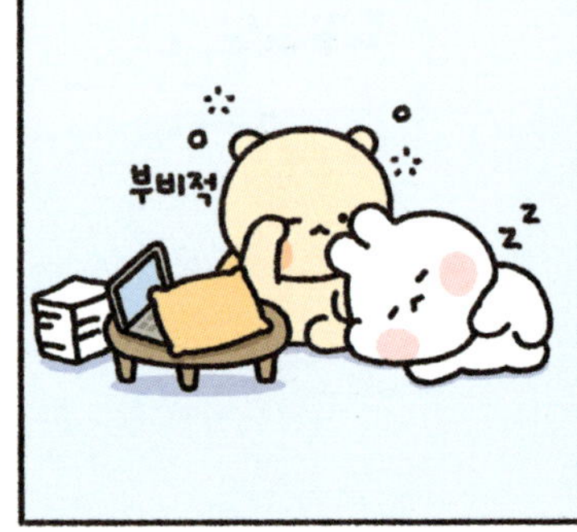

부비적
Z
Z

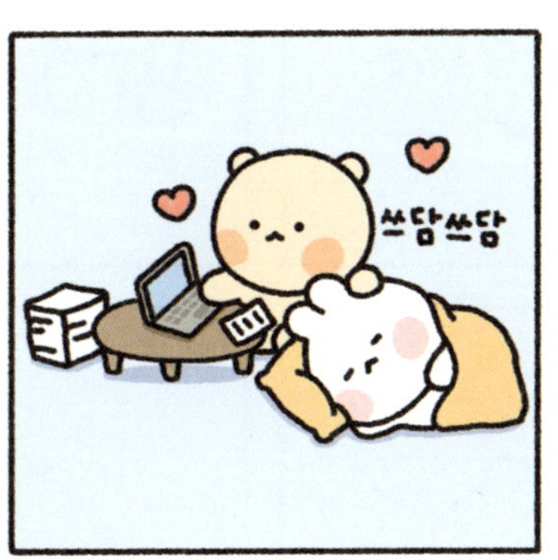
쓰담쓰담

폭
안겨

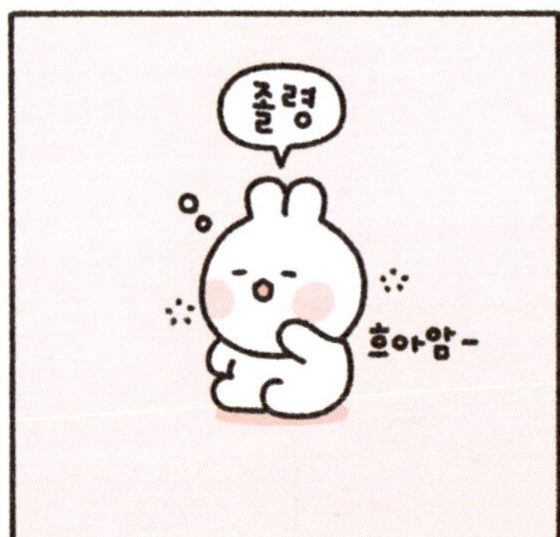
졸령
흐아암~

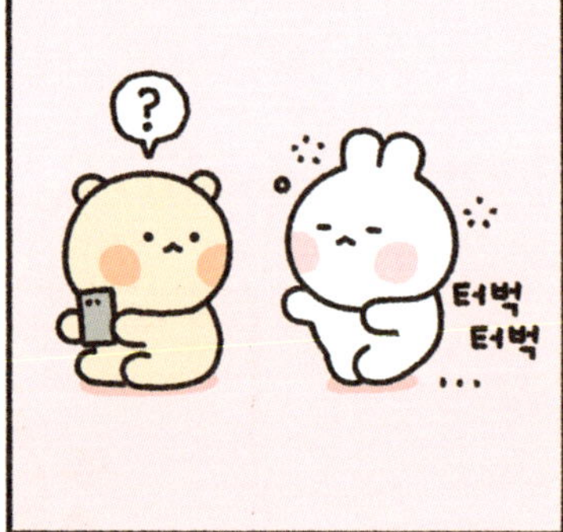
?
터벅
터벅
...

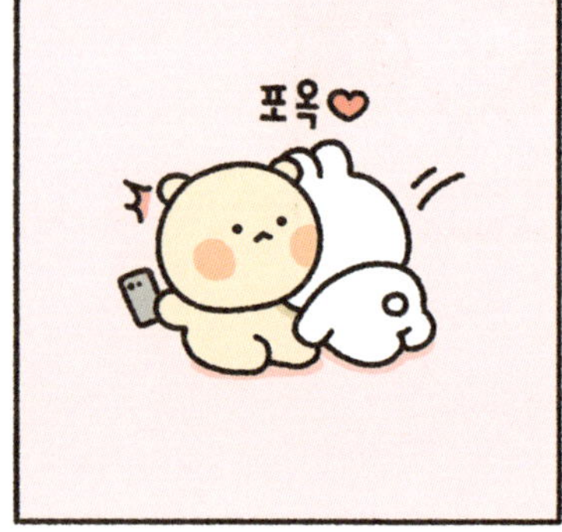
포옥♡

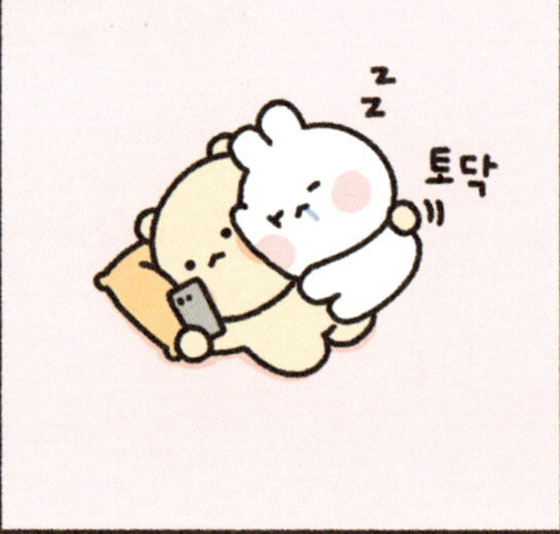
ㅋ
토닥

네 손
절대 놓지 않을 거야

스르륵

꼬-옥
Z
Z

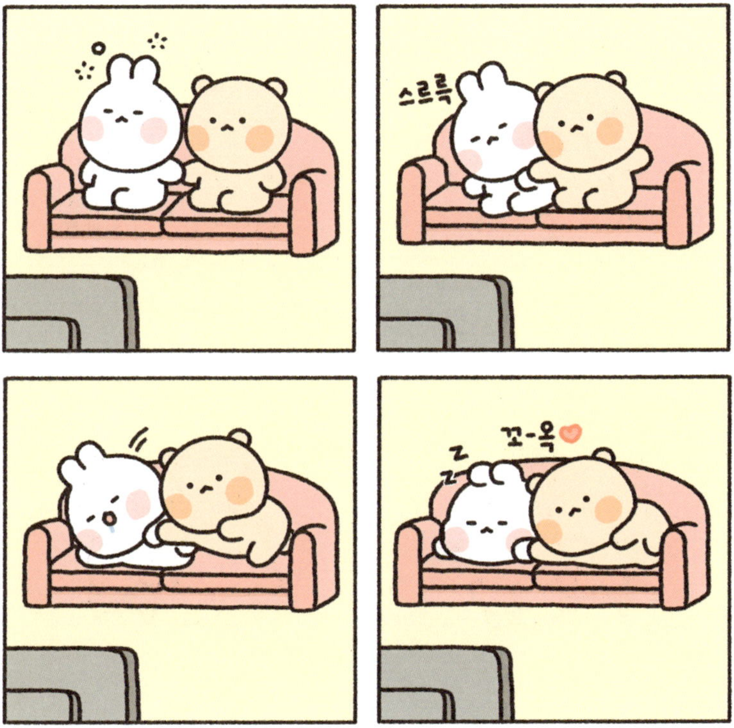

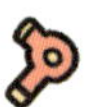

뽀송뽀송해

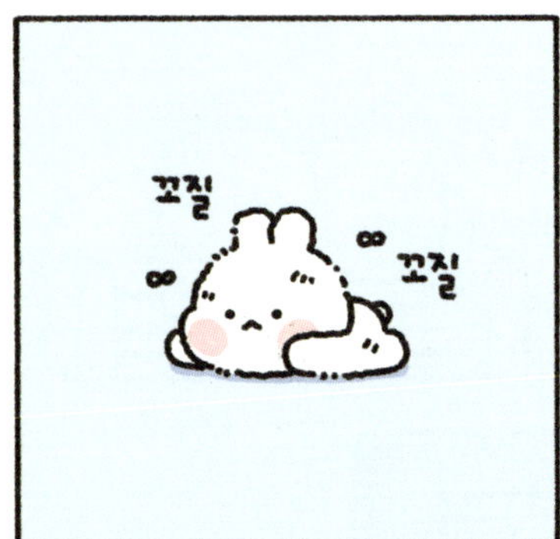

꼬질
꼬질

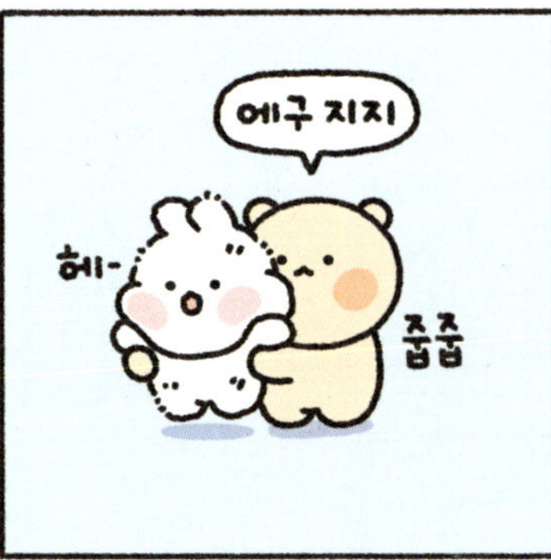

에구 지지
헤-
줍줍

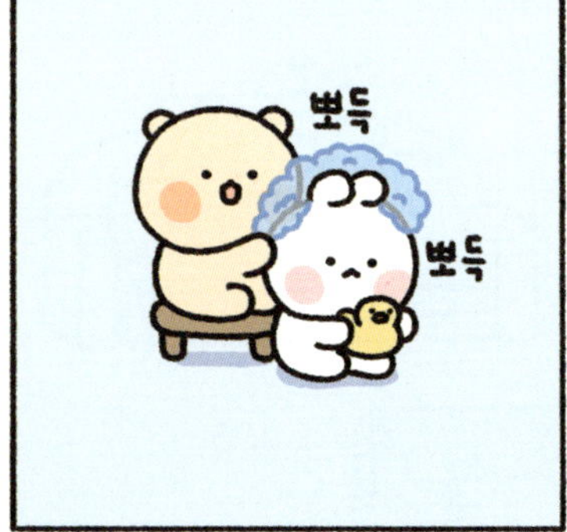

뽀득
뽀득

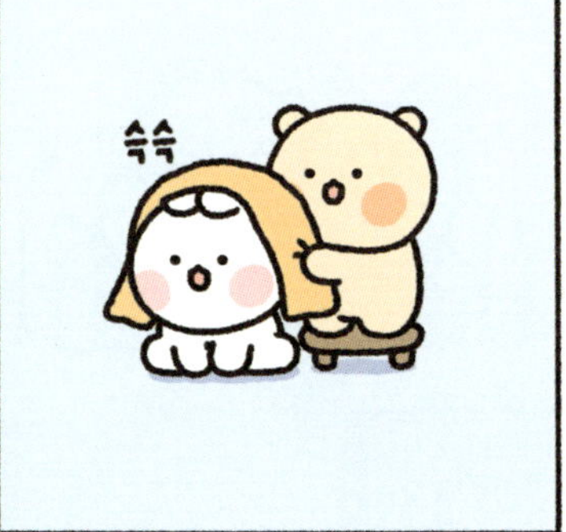

슥슥

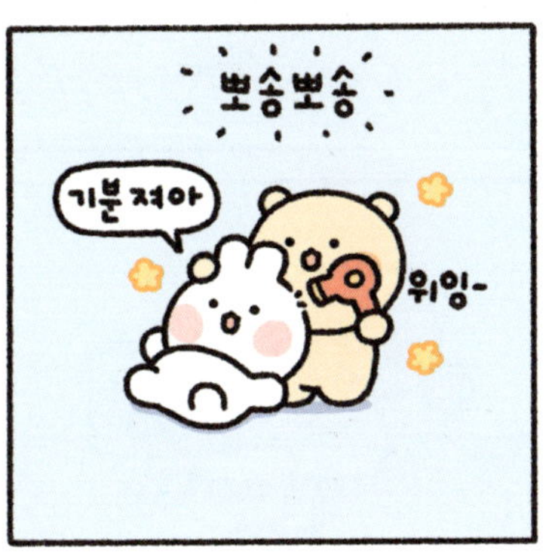
뽀송뽀송
기분 져아
위잉-

토끼찡은
관심을 원해요 1

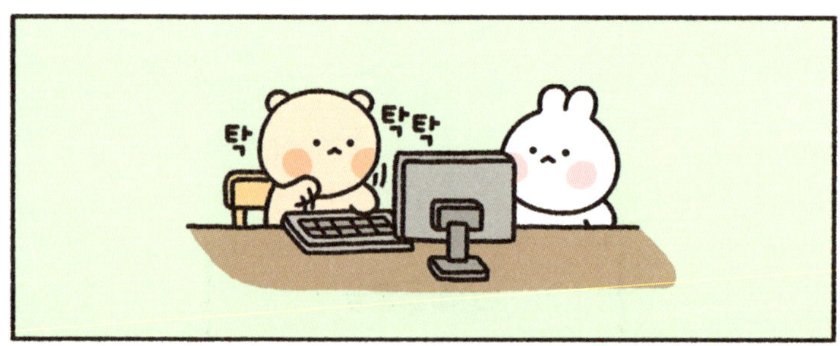

탁
탁탁

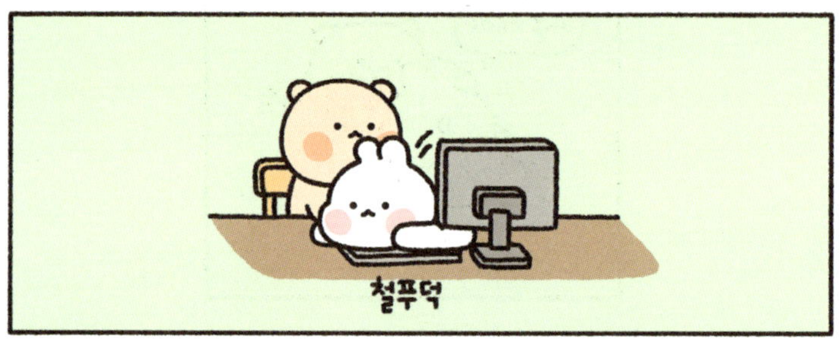

철푸덕

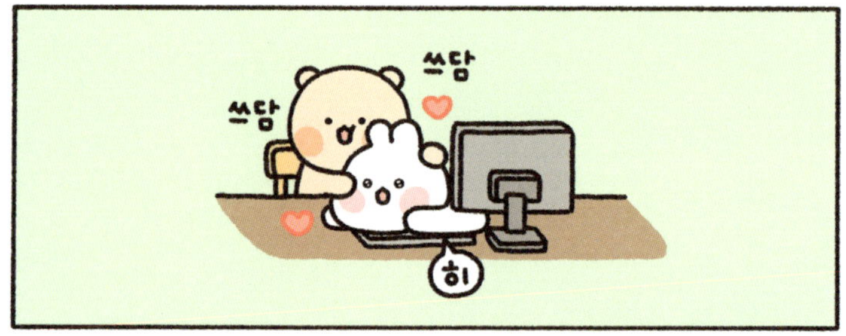

쓰담
쓰담
히

토끼찡은
관심을 원해요 2

찰푸닥

오구
오구
헤

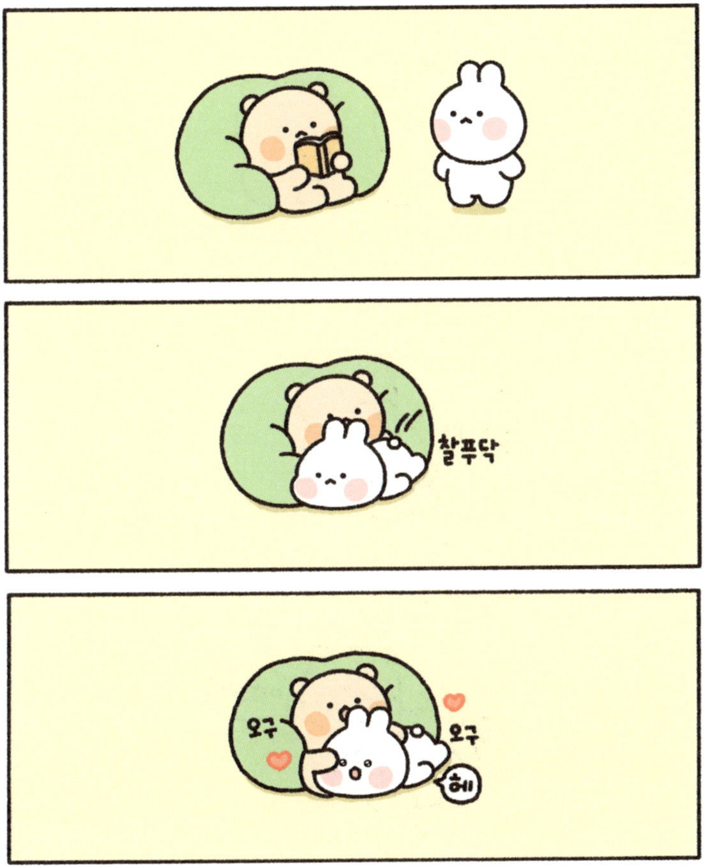

토끼찡은
관심을 원해요 3

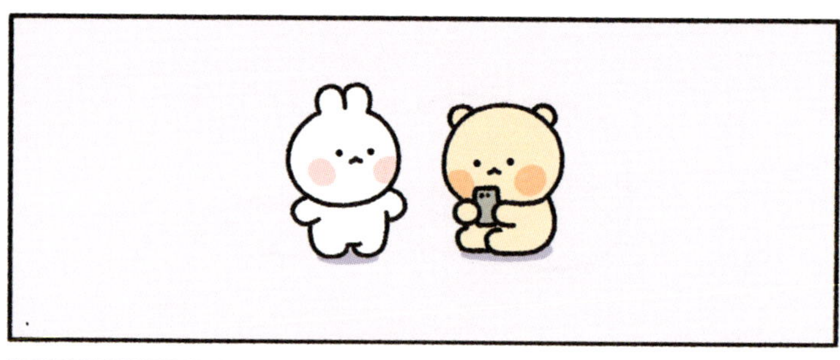

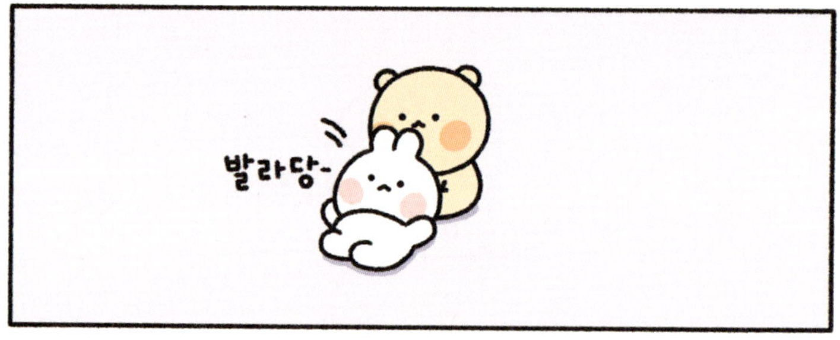

발라당~

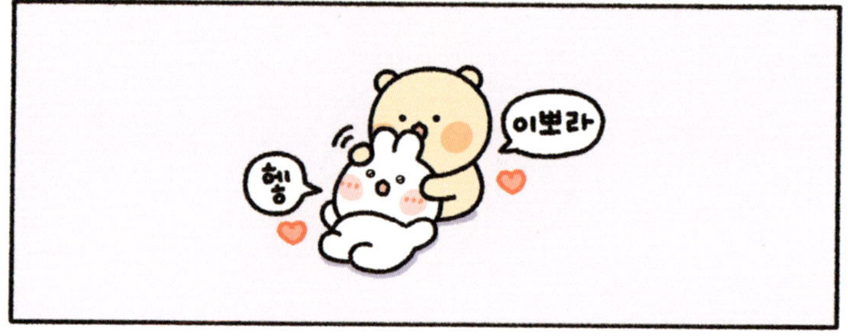

이뽀라
헹

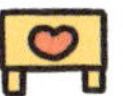

하트출금기

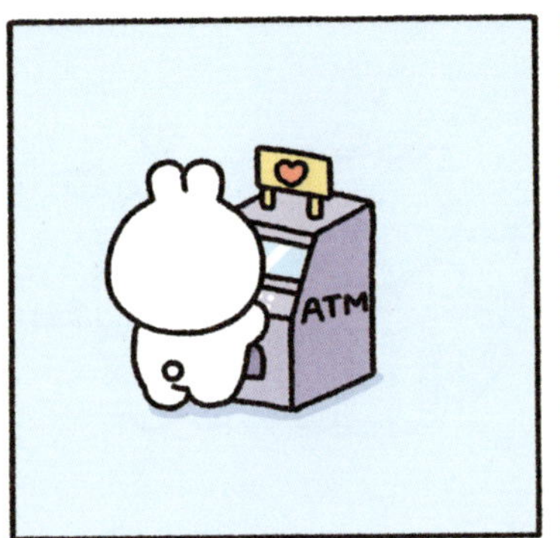
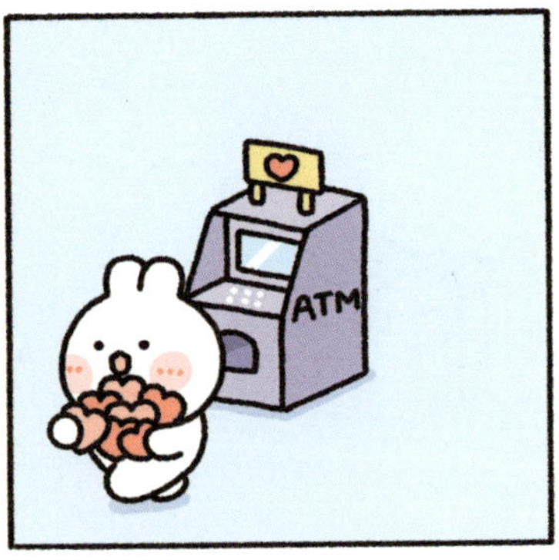
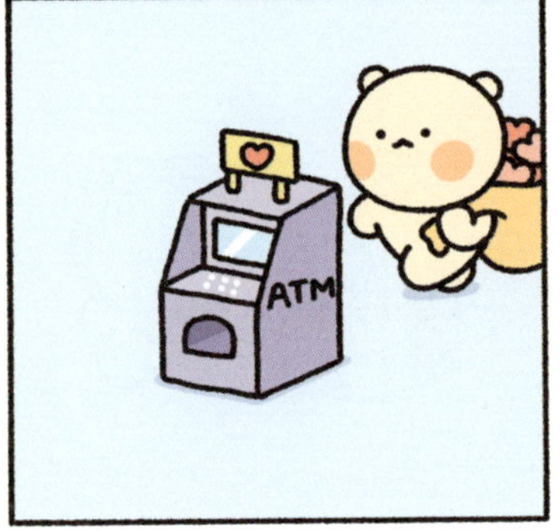
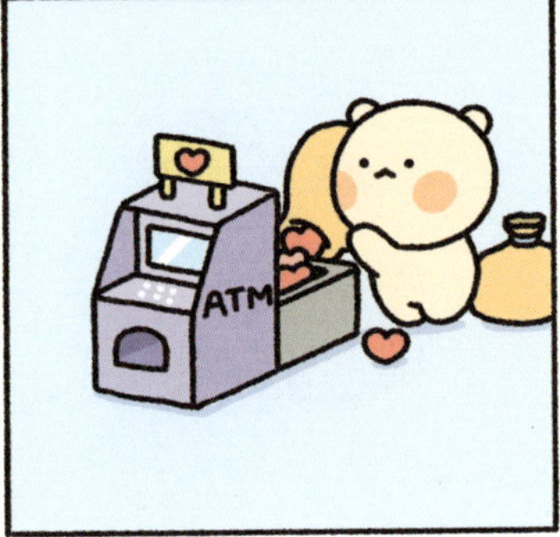

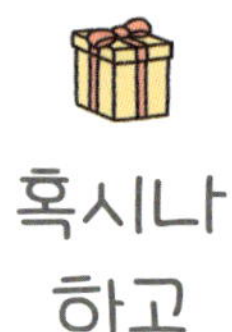

혹시나
하고

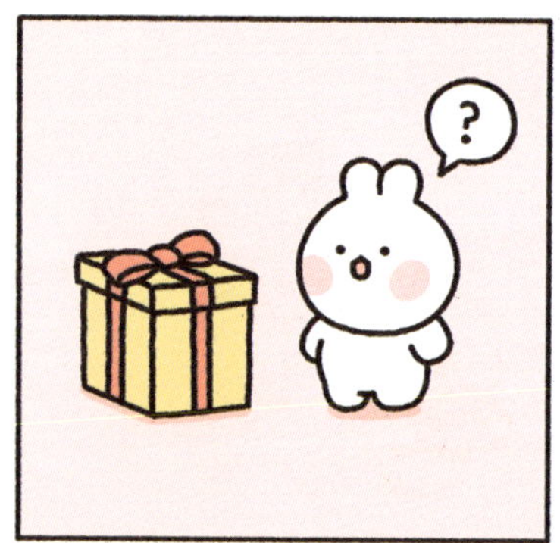

?

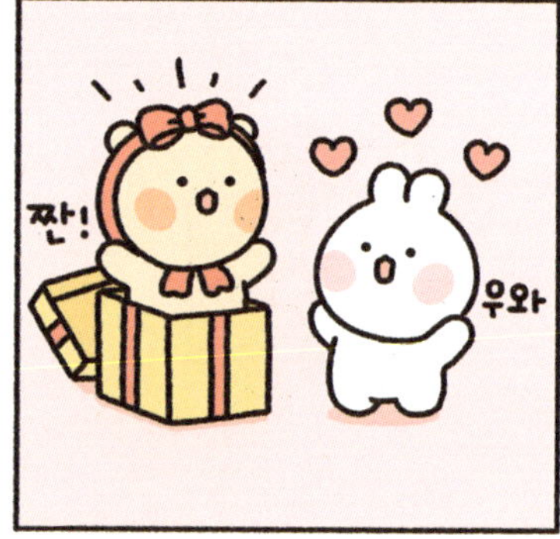

짠!
우와

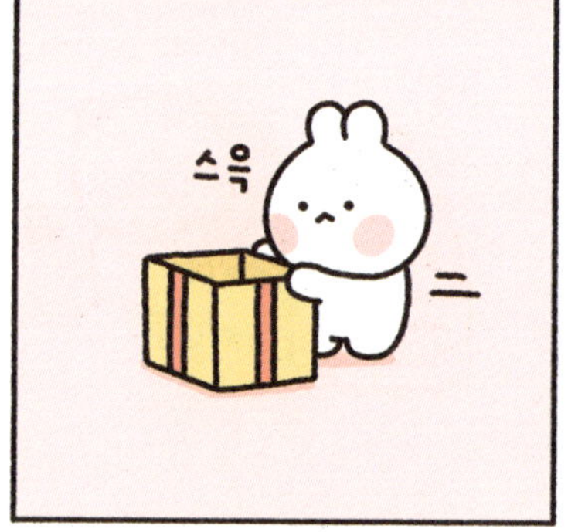

스윽
ㅡ

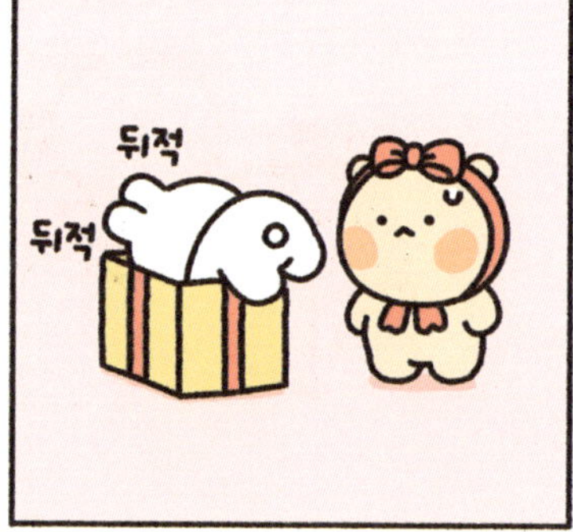

뒤적
뒤적

뭔데뭔데

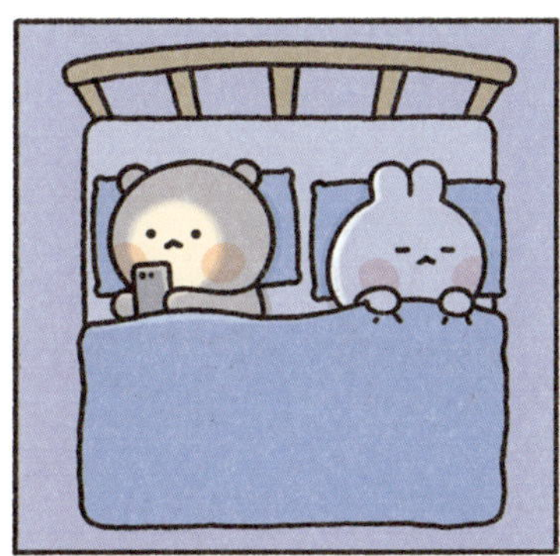

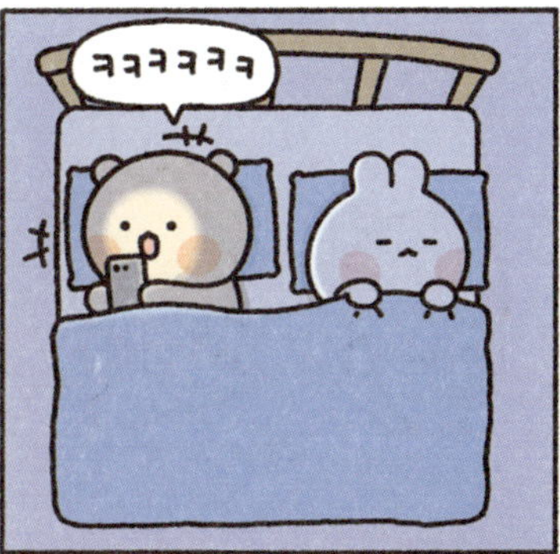

ㅋㅋㅋㅋㅋ

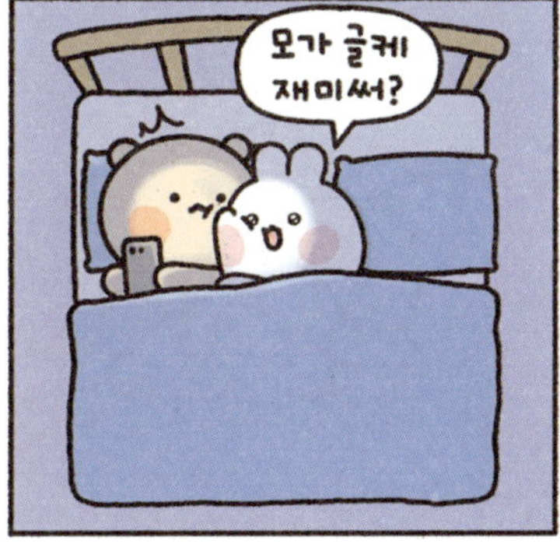

모가 글케 재미써?

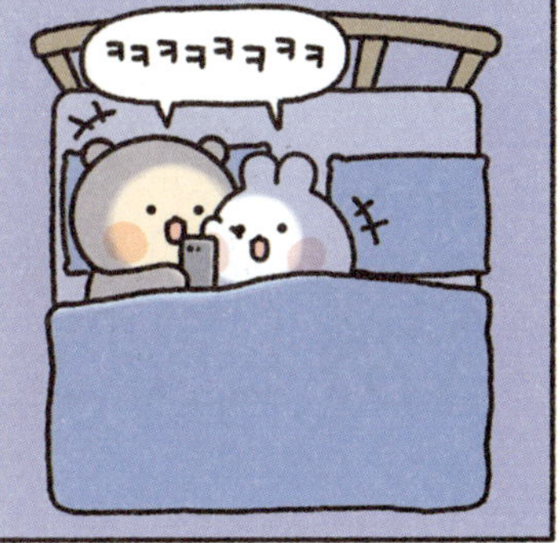

ㅋㅋㅋㅋㅋㅋㅋ

만병통치약

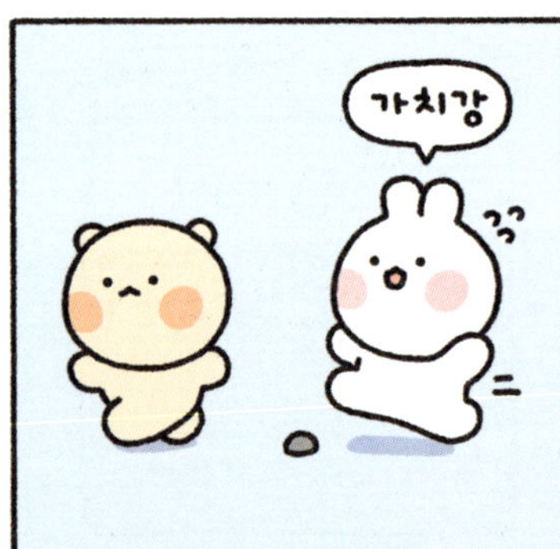

가치강
ㅉ?
=

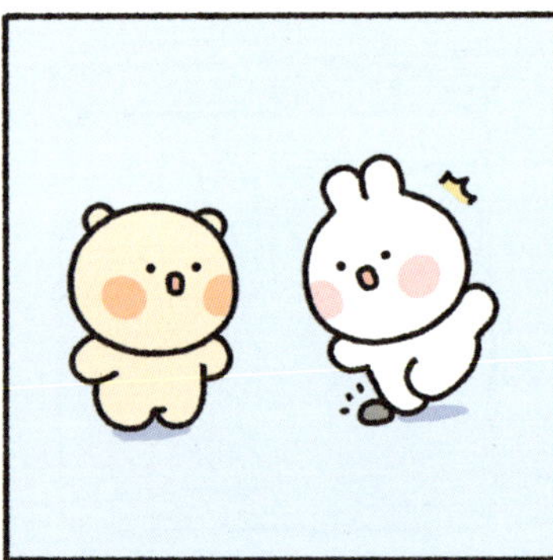

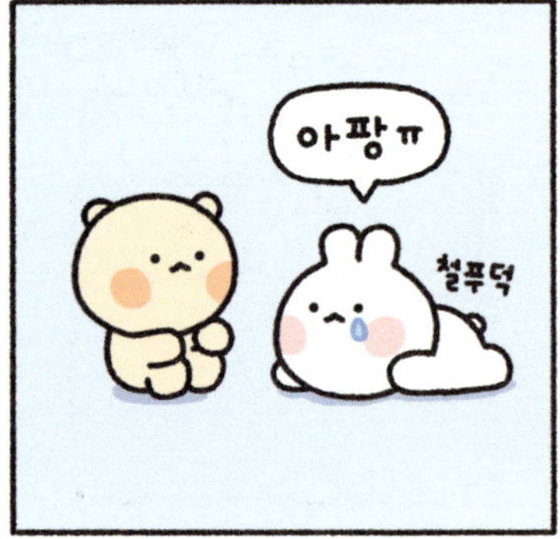

아팡ㅠ
철푸덕

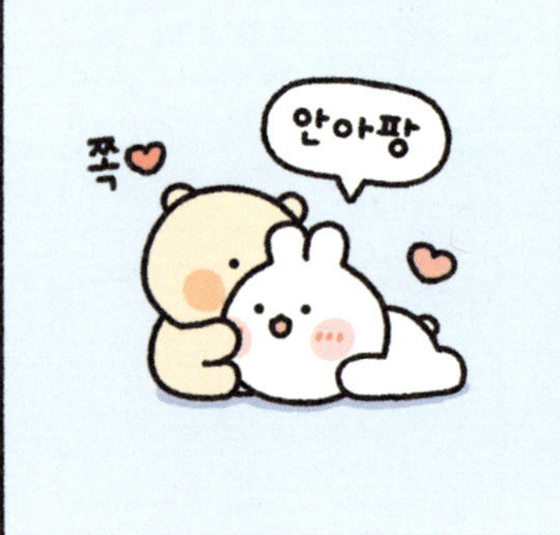

쪽♡
안아팡

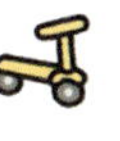

서로의 취향
맞춰주기

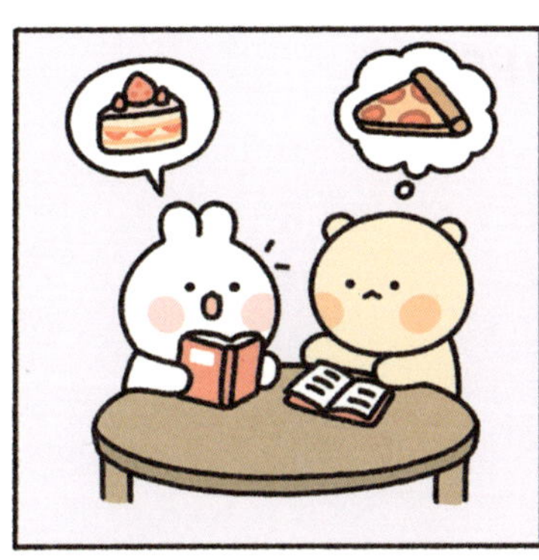

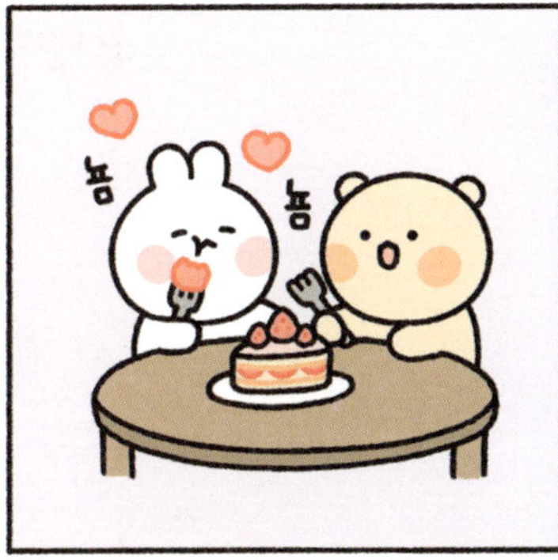

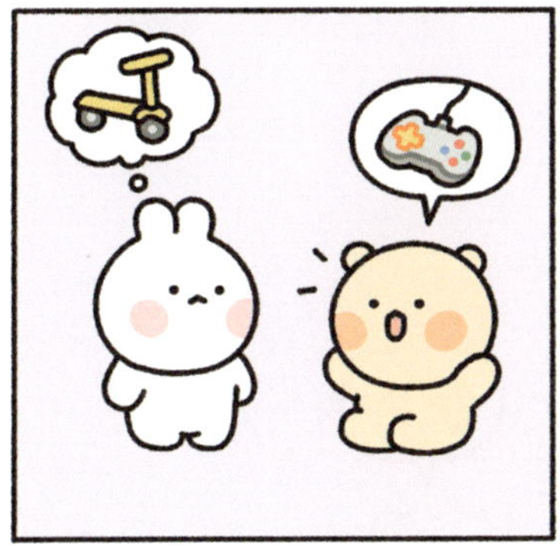

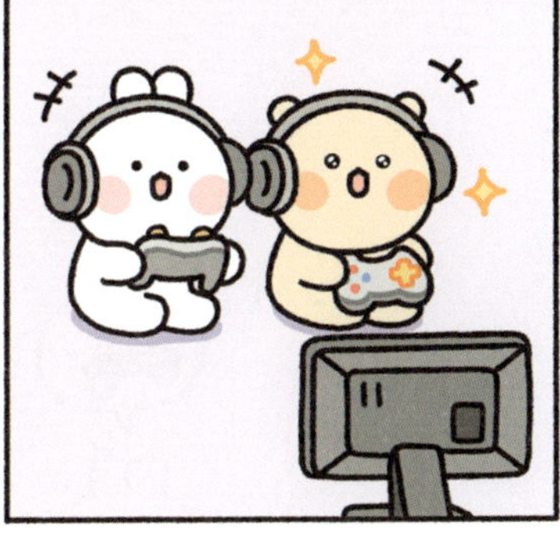

이럴 땐 달라도 너무 다른 우리!
상대와 정반대인 취향이 있다면
무엇인가요?

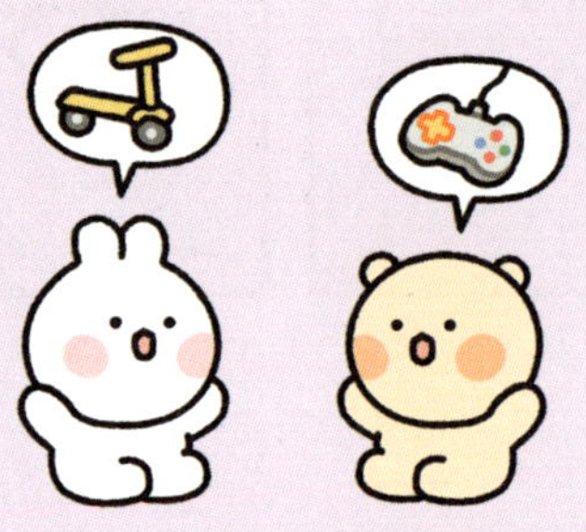

서툴러도 괜찮아
_ 곰돌찡편

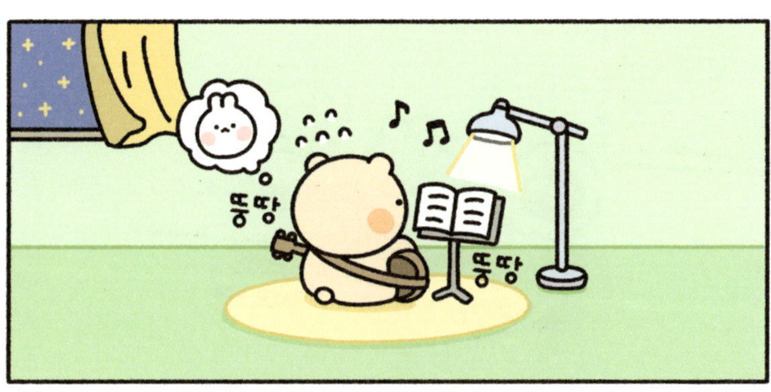

뚱땅
뚱땅

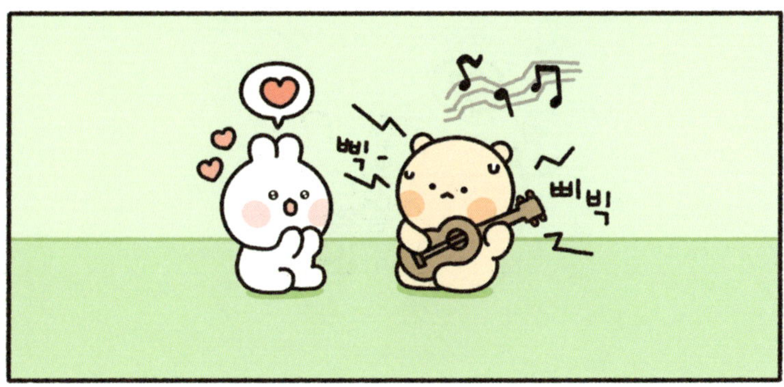

삑
삐빅

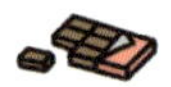

서툴러도 괜찮아
_ 토끼찡편

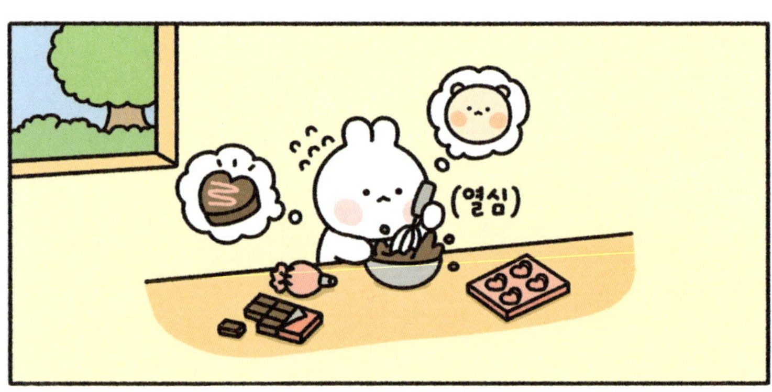
(열심)

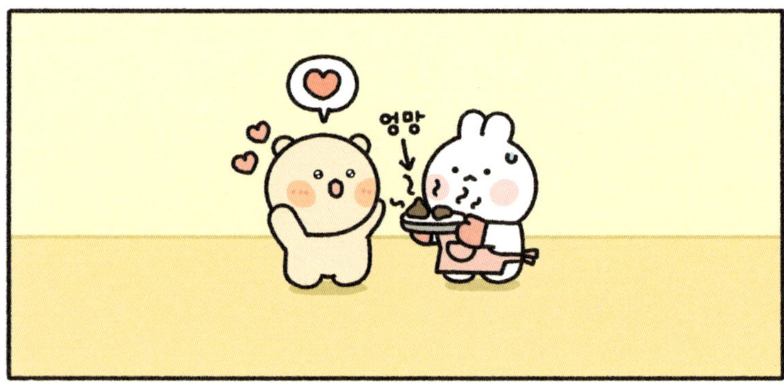
영망

항상
기다릴게

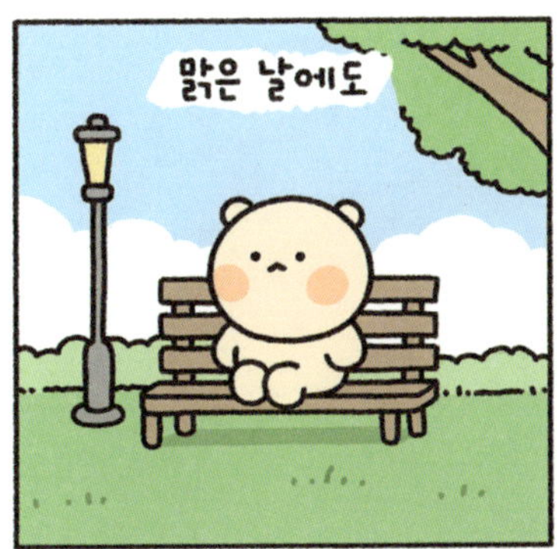

맑은 날에도

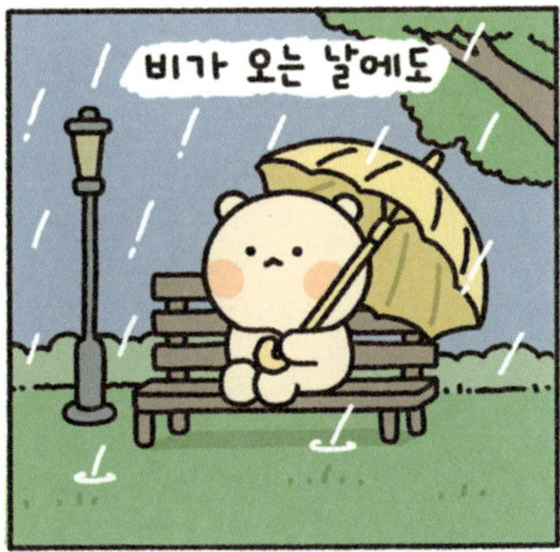

비가 오는 날에도

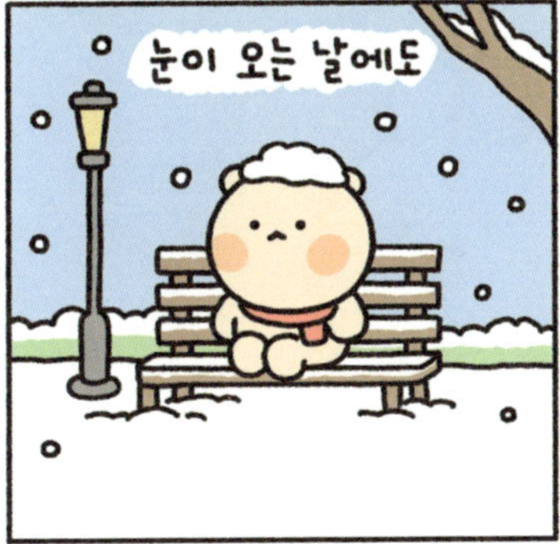

눈이 오는 날에도

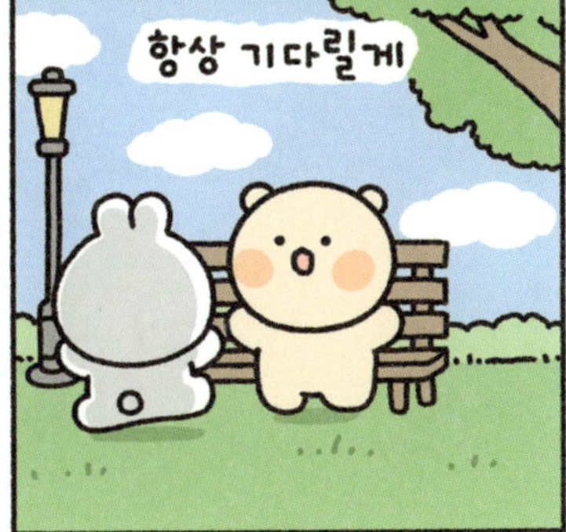

항상 기다릴게

★ 참 잘했어요! ★

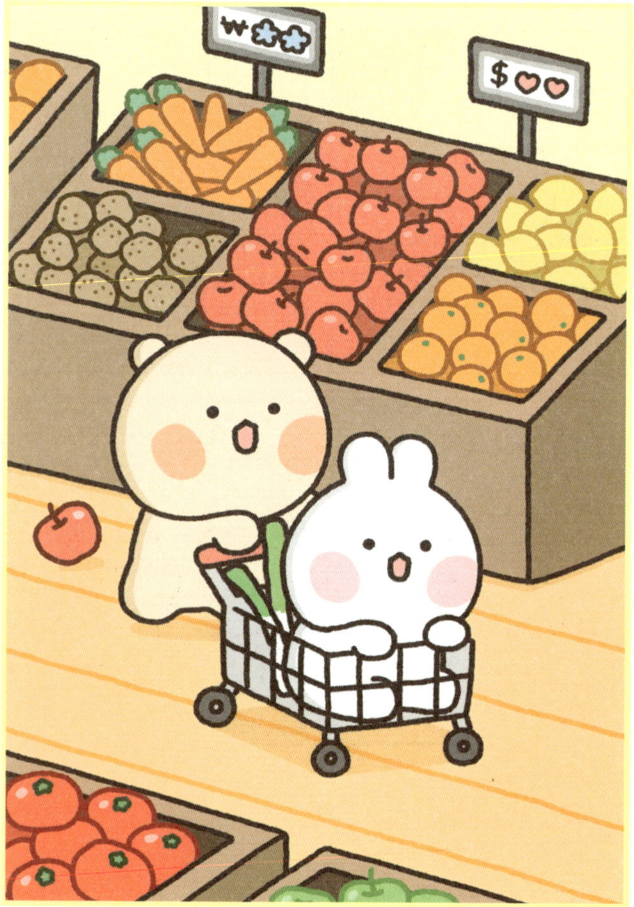

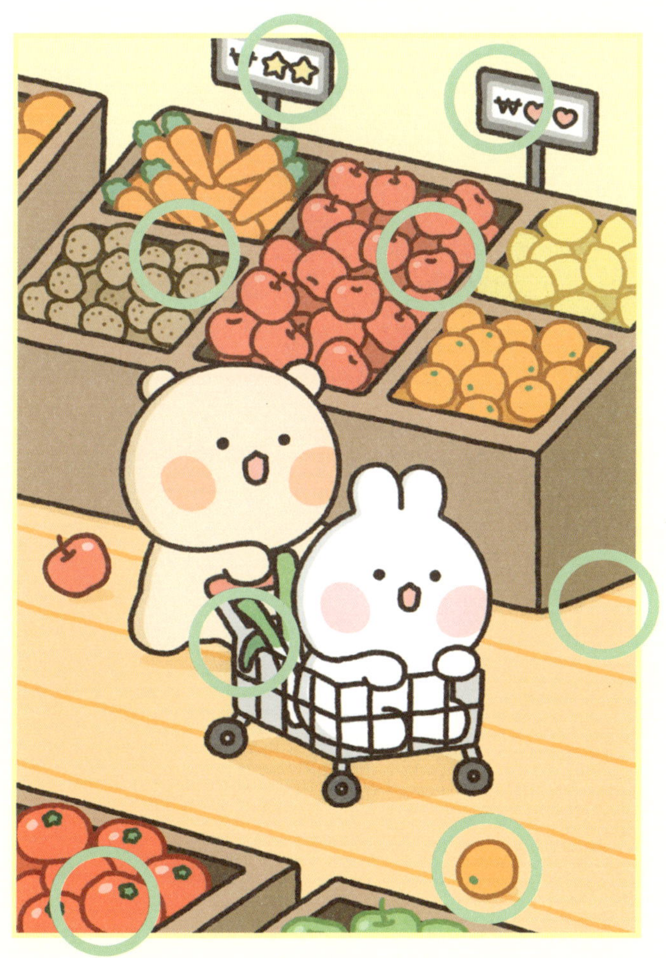
★★
w♡♡

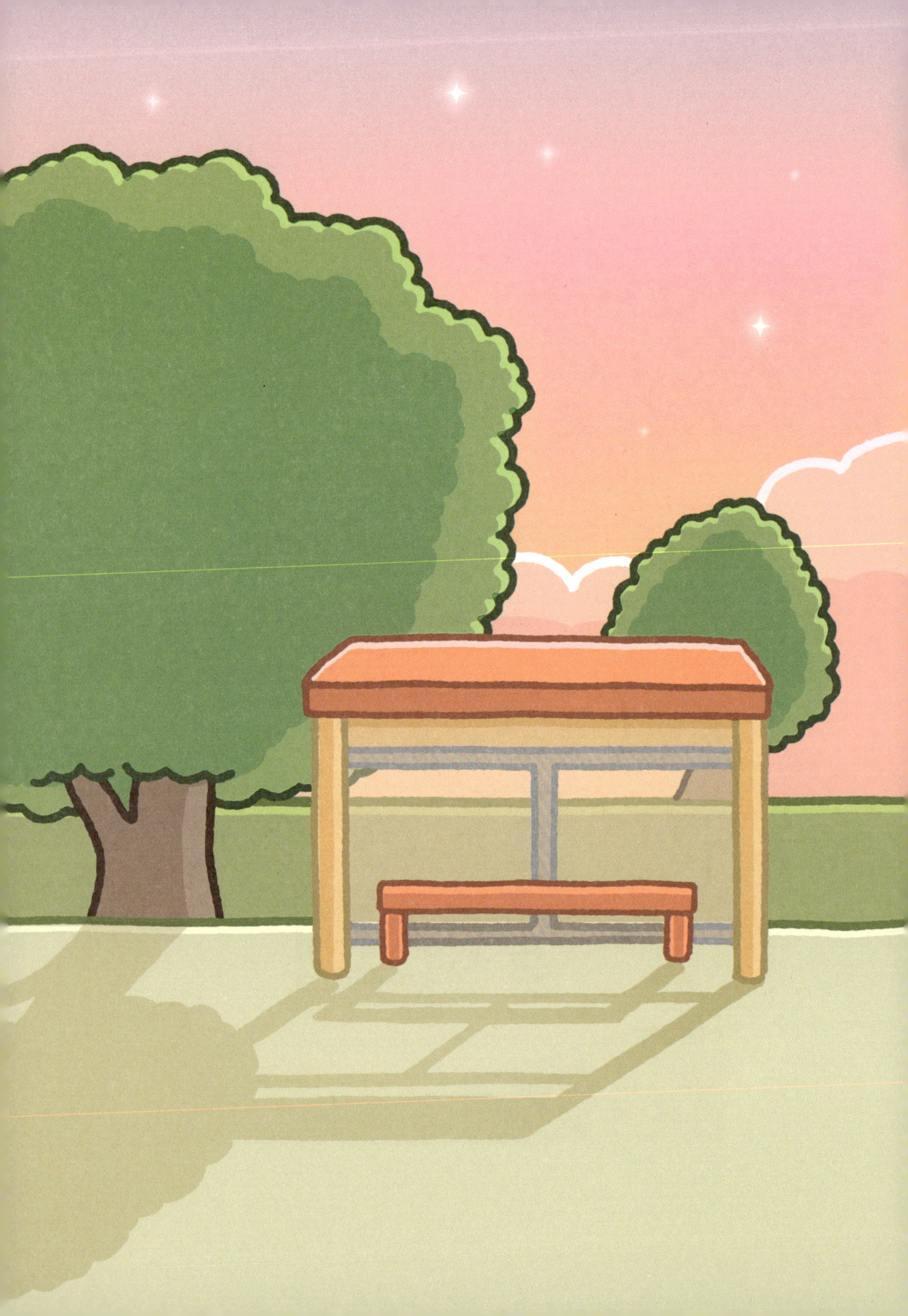

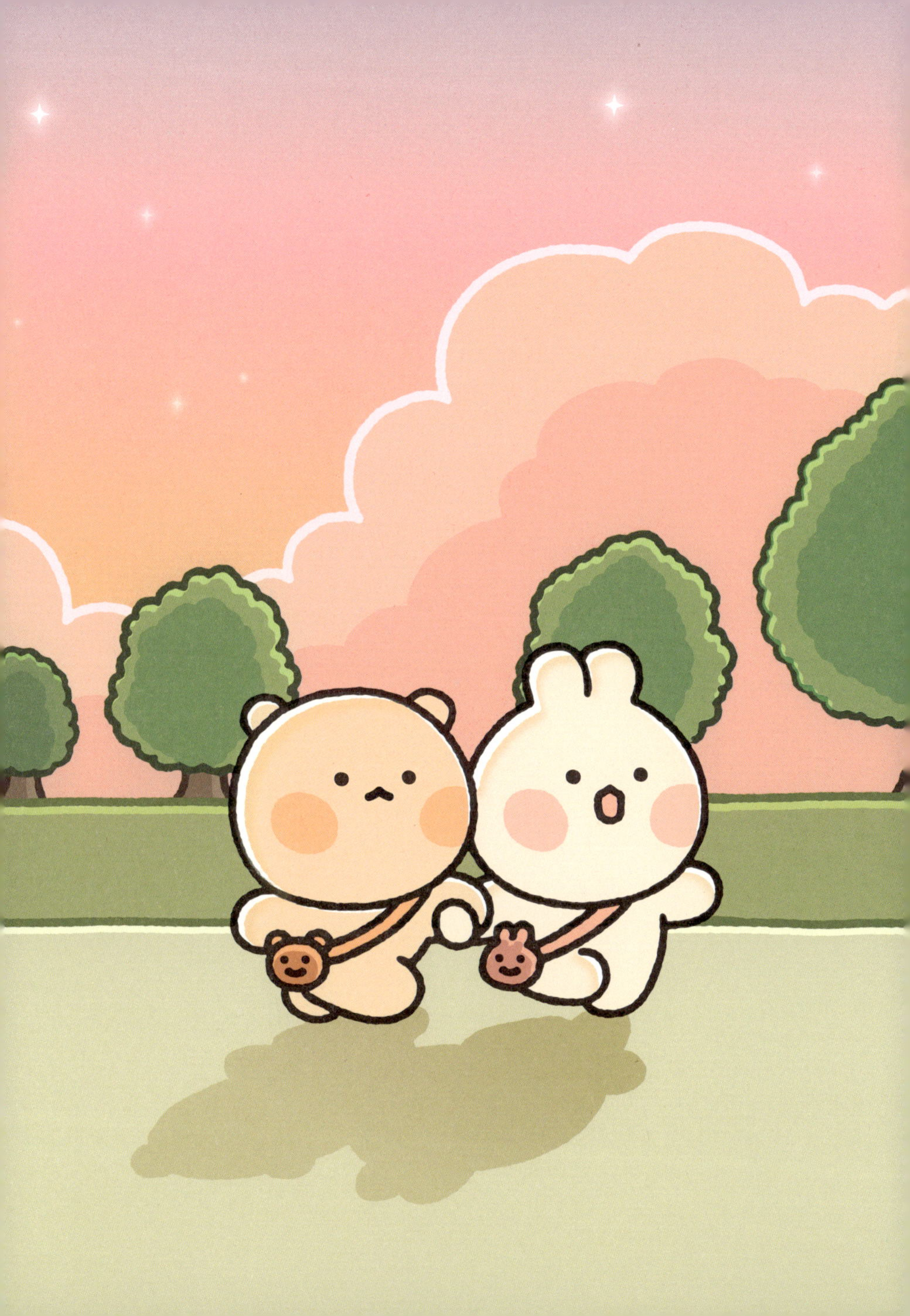

말랑말랑, 뱃살도 귀여워

1판 1쇄 발행	2024년 4월 22일
1판 4쇄 발행	2024년 6월 3일
지은이	유미어스
발행인	황민호
본부장	박정훈
책임편집	강경양
기획편집	김사라 이예린
마케팅	조안나 이유진 이나경
국제판권	이주은
제작	최택순
발행처	대원씨아이㈜
주소	서울특별시 용산구 한강대로15길 9-12
전화	(02)2071-2094
팩스	(02)749-2105
등록	제3-563호
등록일자	1992년 5월 11일
ISBN	979-11-7203-892-2 03810

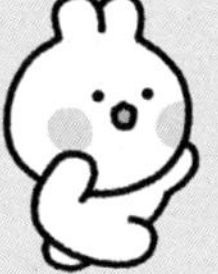

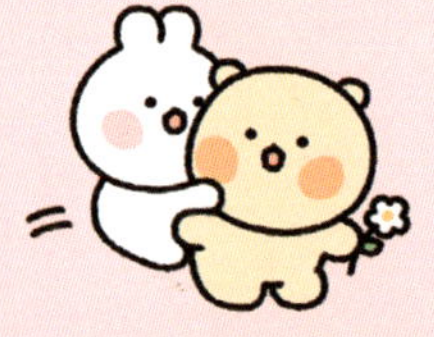